Iva Procházková

Der Mann am Grund

Der erste Fall von Kommissar Holina

Kriminalroman

AF238545

IVA PROCHÁZKOVÁ

Der Mann am Grund

Der erste Fall von Kommissar Holina

Aus dem Tschechischen
von Mirko Kraetsch

braumüller

Der Verlag dankt dem Ministerium für Kultur der Tschechischen Republik für die Förderung dieser Übersetzung.

Die Originalausgabe erschien unter dem Titel „Muž na dně", bei Paseka, Prag 2014. Übersetzung aus dem Tschechischen von Mirko Kraetsch.

Bibliografische Information der Deutschen Nationalbibliothek
Die Deutsche Nationalbibliothek verzeichnet diese Publikation in der Deutschen Nationalbibliografie; detaillierte bibliografische Daten sind im Internet über http://dnb.d-nb.de abrufbar.

1. Auflage 2018
© 2018 by Braumüller GmbH
Servitengasse 5, A-1090 Wien
www.braumueller.at

Lektorat: Lisa Kärcher
Coverfotomontage: © Shutterstock/NejronPhoto, © Shutterstock/PetrKopka, © Shutterstock/ImagePost; Umschlag innen: rechts © Shutterstock/DaLiu, links © Shutterstock/IvetaH
Druck: FINIDR, s.r.o., Lípová 1965, 737 01 Český Těšín
ISBN 978-3-99200-222-1

Bauchschmerzen weckten ihn auf. Wenn er irgendwas hasste, dann nachts aufs Klo zu gehen. Das war schlimmer als der Dackel von Frau Zapletalová. Bruno war immer an der Leine, also konnte man um seine gefletschten Zähne einen großen Bogen machen, aber einen Bogen ums Klo machen, das ging nicht. Man musste aufstehen und gehen, auch wenn es mitten in der Nacht war und im Haus Hunderte von Gefahren lauerten. Hinter jeder Ecke, hinter jeder Tür, wo er nicht hinsehen konnte.

Im Liegen tastete er nach dem Lichtschalter. Machte die Nachttischlampe an, stand auf und ging auf die Galerie hinaus. Nirgends ein Geräusch. Wahrscheinlich war es schon sehr spät. Er schaute übers Geländer in die Tiefe des Treppenlaufs und sein Magen krampfte sich zusammen. Ein gruseliges Haus! Schon oft hatte er Erwachsene gehört, die Papa für seinen Entwurf lobten. Sie sagten, dass er modern, intelligent, originell sei. Ein perfektes Gebäude. Für Marek war es viel zu groß. Das wurde ihm vor allem in der Nacht bewusst. Zum Klo musste er zum Glück nicht bis ins Erdgeschoss, eins der Bäder war im ersten Stock, aber auch dorthin schaffte er es im Dunkeln nicht, ohne sich zu fürchten. Zwischen dem Bad und seinem Zimmer lagen zwei Ecken, hinter jeder konnte sich etwas verborgen haben.

„Sei nicht so 'ne Memme! Du bist fast sechs. Im Herbst kommst du in die Schule", sagte Papa immer. Er hatte recht. Marek war fünfeinhalb, im Januar war er zur Anmeldung gewesen, ab September würde er die erste Klasse besuchen. Aber was hatte das mit dem Weg zum Klo zu tun? In die Schule würde er schließlich nicht nachts gehen und auch nicht alleine, sondern zusammen mit Nina. Die war fast elf und hatte vor gar nichts Angst. Nicht einmal vor Bruno. Wenn der sie anbellte, schnappte sie ihn am Schlafittchen und bellte zurück. Sie war groß und mutig. Marek beschloss, seine Schwester zu wecken.

Er könnte auch zu Yadira gehen, die würde ihn bestimmt zum Klo begleiten, aber er hatte Angst, dass Papa im Schlafzimmer war. Wenn der mitbekäme, dass die nächtlichen Ausflüge zur Toilette immer noch ein Problem waren, wäre er sauer. Er wollte einen Sohn, der sich nicht fürchtete, und Marek hätte ihm den Wunsch auch gern erfüllt. Er wusste bloß nicht, wie. Seine Angst ließ sich nicht durch Vernunft beherrschen.

Ninas Zimmer war direkt nebenan. Marek öffnete die Tür, ging leise bis zum Bett, berührte die Schulter seiner Schwester und rüttelte ganz leicht an ihr. Sie hatte einen leichten Schlaf. „Was ist?"

„Ich muss mal. Komm mit", bat er ohne zu jammern, ohne überflüssige Bettelwörter. Er wusste, dass ihn seine Schwester noch am ehesten verstünde. Er war ihr Zwergi. Oft sprach sie so mit ihren Freundinnen über ihn und vergaß dabei nie, in ein süßliches Gesäusel überzugehen, was Marek überhaupt nicht störte, denn dahinter spürte er ihre beschützende Liebe. Nina veräppelte ihn zwar manchmal, aber sie war sein Obelix. Er konnte sich auf sie verlassen. Auch jetzt. Kommentarlos schlug sie die Decke zurück, stand auf und ging mit ihm zum Bad. Weder hinter der ersten noch der zweiten Ecke lauerte irgendwer.

Marek pullerte mit einem Glücksgefühl. Die Spannung im Unterleib ließ nach, und mit der Erleichterung kam auch seine gute Laune zurück. Nina stand in der Tür, sie kratzte sich am Rücken und gähnte. Als er fertig war, tauschten sie die Plätze, sie setzte sich aufs Klo und er stand an der Tür.

Dann gingen sie über die Galerie zu ihren Zimmern zurück, wortlos, Nina gähnte die ganze Zeit und kratzte sich am Rücken. Irgendetwas dort nervte sie. Sie versuchte es zuerst von unten, dann reckte sie den Arm über die Schulter, um von oben an die juckende Stelle zwischen den Schulterblättern heranzukommen. Marek bot ihr an, sie zu kratzen.

Dankbar nahm sie das an. „Ein bisschen tiefer, weiter links", navigierte sie ihn flüsternd. Mit der Hand auf ihrem Rücken überkam ihn auf einmal der Drang, sie zu kitzeln. Das war die einzige Situation, in der er sich seiner Schwester überlegen fühlte. Nina war ausgesprochen kitzlig und Marek kannte die empfindlichen Punkte an ihrem Körper, die man nur mit den Fingerspitzen berühren musste, um bei ihr Lachkrämpfe und unkontrollierbare Zuckungen auszulösen. In solchen Momenten erlebte er das einzigartige Gefühl, einmal obenauf zu sein.

Mit der linken Hand kratzte er Nina immer noch zwischen den Schulterblättern, aber die Rechte schob er auf ihre Achselhöhle zu. Noch hatte er sie nicht berührt, brachte nur seine Finger in Bereitschaft. Er wusste, dass er sie zwischen die Rippen pieken musste. Nicht zu tief, damit es nicht wehtat. Vor allem unerwartet. Jetzt! Mit der Linken zwischen die Rippen, die Rechte schnell in die Achselhöhle, und nicht wieder aufhören. Er hatte Nina kalt erwischt. Sie stieß einen spitzen Schrei aus und Marek spürte, wie sie sich unter seinen Händen wand. Sie presste die Arme gegen den Körper, ihr rechter Ellbogen fuhr in einer Abwehrgeste nach hinten. Er sprang zur Seite. Sein Schlafanzug rutschte, die Hosenbeine verhedderten sich zwischen seinen Füßen, er trat darauf, stolperte, kam ins Wanken. Marek ließ seine Schwester los, griff nach dem Geländer, aber es war keins da, sie standen direkt vor der Treppe, unter ihnen zweiundzwanzig Stahlstufen, er hatte sie gezählt, Papa hatte sie für dieses perfekte Haus maßfertigen lassen. Marek stieß mit der Schulter an, dann mit der Hüfte, die scharfe Kante der nächsten Stufe erwischte ihn am Hals und setzte einen derartigen Schmerz frei, dass er die folgenden Schläge kaum noch wahrnahm. Vom Aufprall auf den Keramikfliesen der Halle bekam er nichts mehr mit.

Sie wollte sich vor Mareks Kitzeln in ihr Zimmer retten, als sie seinen Schrei hörte. Er war nicht laut, brachte sie aber dazu, sich umzudrehen. Sie sah den Körper ihres Bruders hinunterstürzen wie ein Gepäckstück, das jemandem aus der Hand gerutscht war. Er stieß gegen die Stufen, metallisches Dröhnen erfüllte das ganze Haus. Nina wartete nicht und rannte Marek nach, die Treppe hinunter. Im Laufen klammerte sie sich mit beiden Händen am Geländer fest, nicht aus Angst, dass ihr dasselbe passieren könnte, sondern in einer Art unkontrollierbarem Krampf. Er hatte Körper und Geist gepackt, ihr das Gesicht zu einer verschlossenen Grimasse verzerrt und das Gehirn verbrannt. Sie schaute Mareks reglosen Körper vor sich an, sah auch bereits das Blut, das irgendwo herausrann und über die hellen Fliesen kroch. Sie spürte nichts. Ihre eigenen Bewegungen machte sie sich von außen bewusst, wie eine Beobachterin. Ein Sprung von der letzten Stufe, hinhocken, Mareks Kopf herumdrehen, der Blick in sein Gesicht. Die Pupillen reglos, im Schädel ein Loch. Eher eine Einkerbung. Schmal, offensichtlich tief. Von dort quoll das Blut hervor. Auch aus der Hüfte. Es färbte die Schlafanzugjacke, leuchtend rot, strömend, lebendig. Mareks Blut lebte noch, aber er selbst war tot. Nina erkannte das nicht nur an seinem starren Blick, sondern auch auf eine andere, direktere Weise. Ohne Worte teilte er es ihr mit. Seine Seele sprach zu ihrer Seele. Er sagte ihr, sie solle hinaufgehen, sie könne ihm nicht mehr helfen. Niemand könne ihm mehr helfen. Er sagte, dass es ihm leidtue, was er getan habe. Sie antwortete ihm, auch auf direktem Weg, ohne Worte, dass es ihre Schuld gewesen sei, sie hätte nicht nach ihm ausholen sollen. Du kannst nichts dafür, bist halt kitzlig, antwortete er und Nina nickte, das stimmte, gegen das Kitzeln war sie machtlos. Geh rauf, empfahl er ihr, mach die Tür zu, leg dich ins Bett und tu so, als ob du schläfst. Damit sie dich nicht hier finden. Sie wären sauer auf dich.

Alles, was du ihnen sagen würdest, würden sie als Ausrede ansehen. Weil du lebst und ich tot bin. Und ich kann ihnen nicht mehr erklären, wie's gewesen ist. Geh!

Nina legte Mareks Kopf auf die Fliesen, griff nach dem Geländer und stieg eilig die Treppe hinauf. Zweiundzwanzig Stufen, sie hatte sie gezählt. Sie hatte es eilig, passte aber auf, keinen Lärm zu machen. Das Haus war still, die Erwachsenen waren durch Mareks Sturz nicht wach geworden, oder sie wachten erst langsam auf. Oben schaute sie zurück. Der Körper ihres Bruders sah winzig aus, Arme und Beine wirkten von hier oben aus unnatürlich klein. Bist mein Zwergi, sagte sie wortlos. Und du mein Obelix, antwortete er, als sie bereits ihre Tür schloss. Nina schaute an sich herab. Der Saum ihres Nachthemds war blutverschmiert. Sie zog es aus, knüllte es zusammen und steckte es unter den Kleiderschrank. Dann streifte sie ein sauberes über und stieg ins Bett. Hast du Schmerzen?, fragte sie ihren Bruder. Nein, versicherte er, alles in Ordnung. Und jetzt Schäfchen zählen.

Sie zog sich die Decke über den Kopf und presste ihre Hände zwischen die Knie, damit sie nicht zitterten. Ihr Bruder hatte keine Schmerzen. Das ging in Ordnung. Helfen konnte sie ihm nicht. Nina stellte sich die kleine Brücke über die stark befahrene Straße vor, die auf ihrem täglichen Schulweg lag. Über die Brücke gingen Schafe. Und sie fing an, sie zu zählen: eins, zwei, drei …

Das Haus stand am Ende einer Sackgasse, dahinter begann das Plateau von Břevnov. Dort, wo tagsüber die Kids auf ihren BMX-Rädern trainierten und in der Nacht der zu Staub zerfahrene Plänerkalkstein weiß ins Dunkel strahlte, erinnerte die Hochebene an die Bacuranao-Bucht. Sogar ein Rauschen war hier zu hören. Nicht von Meereswellen, sondern von Kiefern, die sich im frischen Frühlingswind wiegten. Bacuranao war einer der schönsten Strände, die Yadira in der Umgebung von Havanna kannte. In ihrer Pubertät hatte sie dort Stunde um Stunde verbracht. Hatte im weißen Sand gelegen, sich in der Sonne braten lassen und sich hinter den geschlossenen Lidern andere Welten vorgestellt. Voll mit Geschäften und schönen gemütlichen Häusern. Welten ohne Gefängnismauern, hinter denen Menschen für lange Jahre verschwanden. Sie hatte sich Welten hinter dem Ozean vorgestellt. Wenn sie jetzt die Augen schloss, stellte sie sich Havanna vor. Die Straße, in der sie einundzwanzig Jahre gewohnt hatte.

„Heimweh?", fragte Kamil. Yadira nickte, auch wenn Heimweh nicht das richtige Wort war. Havanna fehlte ihr. Seit dem Tag, als sie in Prag-Ruzyně gelandet war und den Transitbereich hinter sich gelassen hatte, als die Tropfen des Prager Regens an den Glasscheiben herabliefen und irgendwo da draußen im Dunkeln die unsichtbare Stadt darauf wartete, dass sie sie betreten und in ihr zu leben beginnen würde, seit ihren ersten Schritten noch nicht einmal auf tschechischem Boden, sondern im Niemandsland, fehlte Havanna ihr.

„Wir wollen an den Ferien hin", sagte sie.

„In den Ferien", korrigierte er sie. Sie hatten vereinbart, dass er Yadira auf Fehler hinweisen würde, damit sie sich bei ihr nicht festsetzten. Sie wollte Tschechisch perfekt beherrschen. Und wusste, dass sie jetzt, nach drei Jahren, viel besser sprach als einige ihrer Landsleute, die schon seit Jahrzehnten in Böhmen lebten. Sie hatte ein Talent für Sprachen. Und ein Ziel: Jura zu studieren. Kamil studierte Biologie. Er war ein Jahr jünger als Yadira, sie verstanden sich gut. Mit ihm konnte sie frei von der Leber weg über alles reden, was sie belastete. Über den grauen Prager Winter, der ihr durch Mark und Bein kroch und sie mit Hoffnungslosigkeit erfüllte. Über die Gesichter, denen man nur so schwer ein Lächeln entlocken konnte. Über das Gestresstsein. Niemand hatte Zeit, in seiner alltäglichen Hetzerei für einen Schwatz innezuhalten, *para chismear un poco*. Vielleicht hatten sie auch Zeit, wussten aber nicht, worüber sie mit Yadira sprechen sollten. Offenbar unterhielten sie sich woanders, mit jemand anderem. In der Straße, in der sie wohnte, redete niemand mit ihr. Auch im Kindergarten, wo sie Marek täglich hinbrachte, begrenzte sich die Begegnung mit den anderen Müttern meist auf einen kurzen Gruß. Zuerst hatte sie gedacht, dass sie sie ablehnten. Wegen ihres Akzents, weil sie anders war, woanders herstammte. Aber allmählich begriff sie, dass es hier üblich war, Kontakte möglichst unpersönlich zu halten.

„Hat dir dein Mann inzwischen erlaubt zu studieren?", fragte Kamil.

„Er hat mir nie etwas verboten. Er macht sich nur Sorgen, ob ich dann noch genug Zeit für die Kinder habe." Laut hätte sie es nie gesagt, aber sie wusste, dass es vor allem die Betreuung der Kinder war, weshalb Radim sie geheiratet hatte. Er schaffte es nicht, seinen Alltag als Vater und Witwer mit der Leitung seiner Firma unter einen Hut zu bringen. Schon als sie ihn das erste Mal gesehen hatte, bei der Besichtigung der Festung La Cabaña, hatte sie gespürt, dass sein Blick nicht bewundernd, sondern prüfend war. Er lauschte ihren Erläuterungen, bei denen sie sorgfältig alle Bemerkungen zur jüngeren Vergangenheit von El Morro vermied, als hinter dessen dicken Steinmauern Feinde des Sozialismus gefangen gehalten wurden, zu denen auch ihr Großonkel Alberto gehört hatte … Sie sprach über die Einnahme der Bucht durch die Engländer und über Antonellis genialen Entwurf genau so, wie sie es ihr im Fremdenführerkurs beigebracht hatten, und die ganze Zeit war sie sich der Blicke von Radim bewusst. Die taxierten nicht ihre Figur und ihr Gesicht, sondern forschten danach, was dahinter stecken mochte. Es hatte sie nicht überrascht, dass er nach dem Rundgang fragte, ob sie ihm am Abend nicht die Stadt *en privado* zeigen würde. Sie hatte eingewilligt, private Führungen waren eine willkommene Nebeneinnahmequelle. Natürlich hing damit die Nachfrage nach weiteren Dienstleistungen zusammen, *aún más privadas*, aber denen ging Yadira geflissentlich aus dem Weg. Mit einem Lächeln erläuterte sie den Ausländern immer, einen Verlobten zu haben. Seinerzeit hatte das auch gestimmt, später nicht mehr. Die Beziehung zu Carlos, für ihren Geschmack allzu leidenschaftlich und ohne feste Basis, war zerbrochen, danach war sie frei, konnte tun und lassen, was sie wollte. Prostitution kam nicht in Frage. Sie ging mit Touristen auf einen Drink, zum Abendessen, Salsa tanzen. In der Hotelhalle verabschiedete sie sich dann immer von ihnen. Auch von Radim. Aber er hatte sie noch einmal aufgesucht.

„Ich will Rechtsanwältin werden, wie mein Großonkel. Der war sehr wichtig für mich", vertraute sie Kamil an. Seine Zigarette hatte er bereits ausgedrückt – er rauchte heimlich, damit seine Eltern nichts merkten, obwohl er schon erwachsen war –, und langsam gingen sie zurück. Sie überlegte, warum sie eigentlich zum Plateau gingen. Sie hätte sich ohne Weiteres auch direkt vor dem Gartentor mit Kamil unterhalten und ihn problemlos auch hereinbitten können, sie hatte nichts zu verbergen. Nachbarn waren sie, mehr nicht. Sie redeten miteinander, lachten miteinander. Kamil sagte niemals: „So ein Stress!" Er hetzte nicht so wie die anderen. Darin ähnelte er Yadiras Freunden aus Havanna. Vielleicht ging sie gerade deswegen gern mit ihm an den Ort, der sie an Bacuranao erinnerte.

„Lebt dein Großonkel nicht mehr?"

„Er ist vor drei Jahren gestorben. Auf meiner Hochzeit war Tío Alberto noch. Er tanzte wie ein junger Bursche", lachte sie. „Und ein bisschen beschwipst war er."

Radim und Yadira hatten in Havanna geheiratet, es war ein großes Fest, ihre ganze Familie war zusammengekommen. Inmitten der allgemeinen Heiterkeit benahm sich Radim etwas steif, sie hatte den Eindruck, dass er sie die ganze Zeit eindringlich musterte. Als würde er fragen, ob sie in der Lage wäre, sich um zwei Kinder zu kümmern. Sie war noch nicht ganz einundzwanzig gewesen. Radim fünfzehn Jahre älter. „Wenn du ihn halbwegs gern hast, dann geh mit ihm weg", hatte Tío Alberto vor der Hochzeit geraten. „Dein Glück machst du hier nicht."

„Mein Großonkel war im Gefängnis, aus politischen Gründen. Er kritisierte die Gesetze. Im Prinzip die …" Wie immer, wenn ihr ein Wort nicht einfiel, sagte sie es auf Spanisch: „*Constitución*."

„Er hat die Verfassung kritisiert? Hat ihn Fidel deswegen eingesperrt?"

„Hm. Er sperrte ihn ein, ließ ihn dann aber wieder frei. Danach kritisierte Tío Alberto nichts mehr. Danach war er brav. Geschüchtert."

„Verschüchtert", korrigierte Kamil sie. „Oder eingeschüchtert."

„Sowohl verschüchtert als auch eingeschüchtert", sagte Yadira. Inzwischen waren sie wieder am Gartentor angekommen. Die Straße war still, die Fenster der Einfamilienhäuser in der Nachbarschaft überwiegend dunkel. Radim war noch nicht wieder da. Als sie ihn nach dem Abendessen angerufen hatte, war seine Reaktion unwirsch gewesen, es war offensichtlich, dass sie ihn gestört hatte. Wie üblich saß er bis spät in die Nacht im Büro. Yadira konnte sich nicht erinnern, wann sie das letzte Mal zusammen zu Abend gegessen hatten. Wann sie das letzte Mal miteinander geschlafen hatten. Er finalisierte gerade ein großes Bauprojekt, einen Auftrag aus öffentlicher Hand, er sagte, dass er den Termin halten müsse, sonst sei eine hohe Konventionalstrafe fällig. Besonders an den einsamen Abenden, wenn die Kinder schon schliefen, hatte Yadira Heimweh. Nach Havanna. Nach ihrer großen Familie. Ihren

Freunden. Hier unterhielt sich nur ein einziger Mensch mit ihr. Umso wichtiger waren die Momente mit Kamil für sie. Sie gaben ihr Kraft. Es genügte, ein paar Worte zu wechseln, ein bisschen zu lachen, sich hinter einer Prager Hochebene für einen Moment den Ozean herbeizuzaubern.

„Gute Nacht", sagte sie. „Wir sehen uns."

Er umarmte sie zum Abschied. Freundschaftlich, warmherzig. Manchmal fragte sie sich, ob er ihr Verhältnis genauso sah, wie sie. Ob er sich vielleicht mehr erwartete. Er war zurückhaltend, vielleicht hätte er das niemals zugegeben, so wie er Angst hatte, seinen Eltern einzugestehen, dass er rauchte.

„Schlaf schön", sagte er noch. Dann überquerte er die Straße und bog am Haus von Frau Zapletalová in die Seitenstraße ein, wo er mit Vater und Mutter wohnte. Yadira schloss das Gartentor und ging über den schmalen Weg zur Eingangstür. Eine Laterne im Garten beleuchtete die Seitenwand des Hauses. Sie nannte es in Gedanken *palacio*. Ein honiggelber Palast mit großen Fenstern und einer Halle, in die problemlos fünfzig Gäste passten. Ein Palast nach Radims Vorstellungen, von ihm selbst entworfen. Ein imposanter Bau, der es sogar in einen Katalog für moderne Architektur geschafft hatte. Yadira gefiel das Haus, aber es weckte in ihr ein schlechtes Gewissen. „Eine gute Wahl", hatte anerkennend ihre Mutter gesagt, als sie zu Besuch gewesen war. Als hätte Yadira das Haus geheiratet. Die Wahrheit lag woanders: Sie hatte einen Menschen geheiratet, der ihr ein zufriedenes Leben bot. Sie waren die Ehe nicht aus leidenschaftlicher Liebe eingegangen, sondern wohlüberlegt. Beide.

Sie angelte nach dem Schlüssel und schloss auf. Das Licht in der Vorhalle brannte nach wie vor, in der Luft hing der Duft nach Bananenkuchen, den sie zuvor gebacken hatte und der nun in der Küche auskühlte. Nina und Marek liebten Bananenkuchen abgöttisch. Sie hatten Yadira versichert: Falls Kuba so war wie ihr Kuchen, dann wollten sie dort wohnen.

„Es ist nicht wie ein Kuchen", hatte sie ihnen gesagt. „In manchen Dingen ist Kuba großartig, *magnífica*, aber in manchen auch *horrible*." Wenn sie mit den Kindern redete, streute sie gern spanische Wörter ein. Den beiden gefiel das. Nina hatte für Spanisch ein besonderes Gefühl, sie konnte Yadira ganze lange Sätze fehlerlos nachsprechen und fragte nicht nach ihrer Bedeutung. Mit irgendeinem verborgenen Sinn nahm sie sie wahr. *Al combate corred bayameses*, brüllte sie durchs ganze Haus und zog dazu ein kämpferisches Gesicht.

Die Wanduhr zeigte halb zwölf. Yadira beschloss nachzuschauen, wie die Kinder schliefen, dann würde sie sich einen Tee machen und noch eine Weile lernen. Vielleicht wäre sie noch wach, wenn Radim käme. Vielleicht würden sie sich ein Weilchen bei einem Glas Wein zusammensetzen und sich unterhalten wie früher. Vielleicht wäre er wieder einmal zärtlich zu ihr.

Sie schlüpfte in ihre Hausschlappen und betrat die Halle. Auch hier brannte eine Lampe. Ihr Licht fiel schwach bis hinauf zur Galerie. Yadira bemerkte, dass Mareks Tür offen stand. Wahrscheinlich ist er auf Toilette, dachte sie. Dann sah sie ihn. Er lag am unteren Ende der Treppe in einer Blutlache. Yadira schrie auf. Sie rannte zu ihm, griff nach seiner Hand. Die war warm. Bestimmt lebt er, redete sie sich ein. Vergeblich versuchte sie, seinen Puls zu ertasten. Es kann doch nicht sein, dass er tot ist! Ihr Blick glitt nach oben und die Hoffnung verflüchtigte sich. Eine schreckliche Höhe. Sie nahm das Telefon, und während sie den Notruf wählte, dachte sie daran, dass sie lügen müsste. Sie würde nicht sagen können, dass sie nicht im Haus gewesen war. Obwohl sie nun wirklich nicht lange weg war, hatte sie einen unverzeihlichen Fehler begangen. *Irresponsabilidad.* Das dürfte sie auf keinen Fall zugeben.

Radim war sich nicht ganz sicher, wie es so weit hatte kommen können. Er hatte sich am Automaten einen Kaffee geholt und dort Aneta getroffen. Es überraschte ihn, dass sie noch im Haus war. Sie sagte, dass sie noch am Monatsabschluss sitze. Eine Weile unterhielten sie sich mit dem Kaffee in der Hand. Natürlich über die Firma, ansonsten verband sie nichts. Aneta fragte ihn, ob er nicht noch irgendwelche Auslagenbelege hätte, und er versprach nachzusehen. Kaum war er zurück im Büro, vertiefte er sich wieder in die Arbeit. Kurz danach kam sie sich die Belege selber holen. Er wühlte in der Schublade, wo er sie immer hineinlegte, dort hatte sich ein Haufen sinnloses Zeug angesammelt, und Aneta half ihm, das Wichtige vom Unnützen zu trennen. Er alberte dabei herum, weil er sich für sein Chaos schämte. Sie sagte, dass jeder etwas anderes könne, seine Begabungen lägen halt woanders als bei der Buchhaltung. Lauthals zweifelte er an seinen Fähigkeiten. Er war gerade in einer kreativen Krise, die er sich aus Termingründen nicht leisten konnte, was seine Nervosität noch erhöhte. Aneta legte ihm die Hand auf die Schulter und verkündete, alles laufe wie am Schnürchen. Das Architekturstudio sei im Aufwind, Aufträge gebe es reichlich, sie könnten ruhig auch noch Leute einstellen. Radim wurde klar, dass sie recht hatte. Sein Unternehmen hatte sich verändert, aber er nicht seine Denkweise. Nach wie vor dachte er in kleinen Maßstäben.

„Du versuchst, unnötig viel alleine zu schaffen", sagte Aneta. „Wenn du deinen Mitarbeiterkreis vergrößerst, nehmen sie dir Routinearbeit ab und du hast mehr Zeit für Projekte, die dich auch wirklich interessieren."

Inzwischen hatte sie beide Hände auf seine Schultern gelegt und Radim ertappte sich dabei, dass er ihre Hüften umfasste. Anetas Gegenwart beruhigte und erregte ihn gleichermaßen. Er erinnerte sich daran, dass er ihr, als er die Stelle besetzt hatte, den Vorzug vor einer anderen Buchhalterin gegeben hatte, die zwar eine längere Berufspraxis, dafür aber kürzere und weniger hübsche Beine hatte. Das Aussehen war für ihn immer außerordentlich wichtig. Bei Gebäuden und bei Frauen. Es genügte nicht, dass sie zuverlässig funktionierten, sie mussten auch optisch einen Genuss bieten. Er stand auf und schloss die Tür.

Bisher hatte er sein Büro ausschließlich zum Arbeiten benutzt, er hatte kein Sofa hier, Aneta und er mussten improvisieren. Wohl auch deshalb brachte ihm dieser Sex eine solche Befriedigung. Alles kam unvorbereitet, ungeplant, spontan. Auch die Minuten danach entwickelten sich ganz nach Radims Geschmack: Aneta zog schweigend ihren Rock an, schnappte sich die vorsortierten Belege vom Tisch, küsste Radim auf die Wange und ging. Sie wollte nicht reden. Einen Augenblick überlegte er, ob er ihr nicht nachgehen und das Ganze irgendwie kommentieren sollte, aber schließlich kam er zu dem Schluss, dass es besser gar nicht hätte laufen können.

Erneut vertiefte er sich in die Arbeit. Etwa eine halbe Stunde später klingelte sein Handy. Er sah aufs Display: Yadira. Das nervte ihn. Sie hatte ihn heute schon mal angerufen, nach dem Abendessen, und ihm Marek und Nina ans Telefon gegeben, er hatte gefragt, wie es ihnen ginge und was sie den Tag über gemacht hätten. Marek hatte von einem wackelnden Zahn berichtet und Nina von Bruno, dem Hund ihrer Nachbarin, mit dem sie eine Art Territorialclinch führte. Dann war Yadira wieder am Apparat gewesen. Sie hatte ihn gefragt, wann er käme. Er hatte geantwortet, dass er noch mindestens drei Stunden zu tun hätte. Dass er versuchen würde, früher Schluss zu machen, aber nichts versprechen könne. Anschließend hatte er das Gefühl gehabt, dass sie enttäuscht war. Sie erwartete von ihm mehr Aufmerksamkeit, wollte, dass er sich mehr Zeit für sie nahm. Er schaffte das nicht. Die Arbeit hatte in seinem Leben immer Vorrang.

Das hatte er bereits Lisa, seiner ersten Frau, deutlich zu verstehen gegeben. Lisa hatte Kinder gewollt und Radim hatte nicht im Geringsten protestiert, sondern nur seine Bedingungen vorgegeben: Er würde mit den Kindern nicht zu Hause bleiben. Durch seine Arbeit sei er in der Lage, genug Geld für ein zufriedenes Familienleben zu verdienen. Für diese Arbeit müsse er allerdings Zeit und einen klaren Kopf haben. Lisa hatte dafür Verständnis gehabt und sich seinen Vorstellungen angepasst. Yadira war anders. Als würde ihr die eigene Persönlichkeit erst durch die Kommunikation mit ihrem Umfeld bewusst werden. Zu Hause in Kuba war sie umgeben gewesen von einem Haufen Bekannter und Verwandter, dauernd gab es etwas zu besprechen, zu klären, zu diskutieren. Unablässig war sie mit jemandem im Meinungsaustausch gewesen. Hier nun war sie auf sich selbst zurückgeworfen. Er war der Meinung, dass ihr das nicht schaden konnte. Sie war dreiundzwanzig, in dem Alter hatte sich Radim bereits heftig für seine Ziele ins Zeug gelegt. Er wusste, was er vom Leben wollte. Und dachte, dass auch Yadira das wusste. Dass sie ihn deswegen geheiratet hatte. Er hatte für ihre Ausreisegenehmigung, die *Tarjeta blanca*, gesorgt und war natürlich auch für alle Kosten aufgekommen.

Er ließ das Handy klingeln, bis es wieder verstummte. In Kuba war er als Mitglied einer Handelsdelegation gewesen, als er Yadira zum ersten Mal begegnet war. Für seine Firma hatte sich aus der Reise schließlich doch kein Geschäft ergeben. Aber schon als er Yadira zum ersten Mal sah, hatte er das Gefühl, in ihrem Gesicht Züge zu erkennen, die ihn an Lisa erinnerten, vor allem die ebene Stirn, die ein praktisches Naturell verriet. Yadira war sparsam, hatte einen natürlichen Sinn für Ordnung und Sauberkeit, aber im Unterschied zu Lisa war sie auch ehrgeizig. Sie wollte Jura studieren. Das fand er unklug. Er hatte ihr geraten, das Staatsexamen in Spanisch und

Englisch zu machen, das würde sie ohne große Mühe schaffen und müsste nicht so viel Zeit opfern, bloß war Tío Alberto, ihr großes Vorbild, seinerzeit in Kuba ein berühmter Rechtsanwalt gewesen und Yadira hatte es sich in den Kopf gesetzt, in seine Fußstapfen zu treten. Hartnäckig hielt sie an dieser Vorstellung fest. Vielleicht sah sie schon ihre Visitenkarten vor sich: Dr. jur. Yadira Beranová. In Kuba hatten sie sie nicht studieren lassen, hier wollte sie nun etwas beweisen. Aber wem?

Das Handy machte erneut auf sich aufmerksam. Diesmal mit einer SMS. *Melde dich!* Radim wurde leicht unruhig. Yadira hatte offensichtlich ein Problem, das sie nicht alleine lösen konnte. Er wählte ihre Nummer und überlegte, was passiert sein mochte. Vielleicht war wieder der Alarm an der Eingangstür losgegangen. Letzte Woche hatte er sich selbst ausgelöst, früh am Morgen, Radim war noch zu Hause gewesen und hatte den Defekt schnell behoben. Falls die Anlage jetzt um Mitternacht angefangen haben sollte zu jaulen und Yadira nicht wusste, was zu tun war, musste sie ziemlich nervös sein.

„Ist was passiert?", fragte er, kaum dass sie ans Telefon gegangen war.

„Marek …" An ihrer Intonation merkte er, dass es weder um die Alarmanlage noch um eine sonstige Marginalie ging. Er erkannte es an ihrem Atem. Sogar ein Schluchzen glaubte er gehört zu haben.

„Was ist mit Marek?"

„Ein Sturz …"

Sie weinte. Jetzt hörte er es ganz deutlich.

„Ein Sturz? Von wo?"

Er wusste es, noch bevor sie antwortete. Sein Sohn war von der Galerie gestürzt. Er war aufs Klo gegangen, hatte sich wie üblich gegruselt, vielleicht war er sogar gerannt, um den verhassten Weg so schnell wie möglich hinter sich zu bringen, war in seiner Panik gestolpert …

„Die … die … Treppe", schluchzte Yadira. Und dann sagte sie das, was er ebenfalls schon ahnte: „Marek … ist tot."

Radim erstarrte, merkte, dass er Gänsehaut hatte. Der Körper reagierte auf die Nachricht schneller als der Verstand. Erst einen Moment später zuckte ihm der Gedanke durch den Kopf, dass die Tragödie sich ereignet hatte, als er gerade am Überlegen war, ob er sich Aneta auf dem Schreibtisch oder auf dem Fußboden vornehmen sollte. Yadira am anderen Ende der Leitung hatte es längst aufgegeben, ihre Tränen zurückzuhalten. Sie weinte laut und bitterlich. „Der Notarzt ist schon unterwegs und …"

„Ich bin gleich zu Hause", sagte er. Überstürzt verließ er das Büro und rannte zum Fahrstuhl. Er spürte, dass alles, was er gerade tat und was er in den nächsten Augenblicken tun würde, ein schlechtes Timing hatte. Jetzt hektisch nach Hause zu rasen, hatte überhaupt keinen Sinn. Vor einer Stunde hätte er zu Hause sein müssen. Er hätte mit seiner Frau in seinem gemütlichen Haus sitzen sollen, sich von allem berichten lassen, was sie gerade beschäftigte, seinen Sohn zur Toilette begleiten oder zumindest die Gespenster, vor denen er solche Angst hatte, aus den Ecken verscheuchen, er hätte bei seiner Familie sein müssen. Er hatte einen Fehler begangen, den keine Eile der Welt wiedergutmachen konnte. Ihn durchdrang ein Gefühl der Schuld, so stark, dass es einem körperlichen Schmerz glich. Dessen Intensität würde mit der Zeit nachlassen, aber nicht verschwinden. Er wusste, dass er von nun an mit ihm rechnen musste, als untrennbarem Bestandteil seiner selbst.

Zehn Jahre später

Kriminalrat Marián Holina saß an einem kleinen Tisch gegenüber dem Stadttheater in Baden bei Wien vor einem Apfelsaft gespritzt und schaute den Passanten nach. Überwiegend Kurgäste oder Touristen. Durchschnittsalter fünfzig plus. Alle Tische im Schatten waren besetzt, die Sonne brannte auf die Pflastersteine herab, das weiße Theatergebäude schloss den Platz auf der gegenüberliegenden Seite ab wie eine Wand aus Schnee. Es ging auf fünf zu, die Hitze des Junitages hatte ihren Höhepunkt bereits überschritten, die Luft nahm in angenehmer Weise die Feuchtigkeit des Wassers auf, das aus dem benachbarten Brunnen sprudelte.

Marián nippte an seinem verdünnten Saft – hätten nicht vier Stunden am Steuer vor ihm gelegen, hätte er sich dieses fragwürdige Vergnügen sicherlich erspart – und war in Gedanken bei dem Riesling, den sie am Vorabend im Dobelhoffpark getrunken hatten und der einen derartigen Eindruck auf ihn gemacht hatte, dass er noch eine Flasche zum Mitnehmen gekauft hatte. Der Wein aus Krems hatte geduftet wie eine blühende Wiese, Marián hatte darin Pfirsich geschmeckt und noch etwas, das er nicht benennen konnte, aber es hatte ihn gerührt. Ein Wein wie eine Liebesnacht, fiel ihm ein. Im Dobelhoffpark hatten sie zwei Flaschen getrunken. Sabina hatte bei der zweiten nicht mehr allzu sehr mitgehalten, sie wollte einen klaren Kopf haben. Der dritte Tag des Seminars war genauso vollgestopft mit Vorträgen wie die beiden vorausgegangenen. Sie wurden auf Englisch gehalten, und sich mit einem Fachthema in einer Fremdsprache auseinanderzusetzen, erschöpfte Sabina sehr. Marián musste sich nicht konzentrieren. Er war nicht wegen der Astrologie nach Baden gekommen, sondern bloß als Begleitung.

„Szervusz Marián!", hörte er hinter sich.

„Szervusz Zoltán!"

Zoltán Györffy war Professor für Zeitgeschichte an der Budapester Eötvös-Loránd-Universität und im Hinblick auf Mariáns unzulängliches Fremdsprachenrepertoire der einzige Seminarteilnehmer, mit dem er sich unterhalten konnte. Die übrigen sprachen untereinander ausschließlich Englisch. Abgesehen von seinen begrenzten sprachlichen Fertigkeiten waren es auch Mariáns nicht vorhandene Erfahrungen mit der Astrologie, die ihn zum Schweigen verurteilten. Schon den dritten Tag begegnete er im Hotel Menschen, von denen er lediglich sagen konnte, dass er sie höchstwahrscheinlich nie getroffen hätte, wäre Sabina nicht gewesen.

„Darf ich?", fragte Györffy auf Ungarisch, wartete gar nicht erst eine Antwort ab und nahm sich einen Stuhl. Im Unterschied zu Marián setzte er sich in die Sonne. Er war etwa fünfundsechzig, hatte dichtes weißes Haar und ein Gesicht wie ein wieder auseinandergefaltetes Origami.

„Ich bin früher vom Seminar weggegangen, ich wollte mir noch das Arnulf-Rainer-Museum ansehen. Sehr empfehlenswert!" Györffy schmiss den Katalog auf den Tisch. Marián griff danach. Abstrakte Kunst. Er hatte es nie gelernt, diese Art von Bildern zu betrachten. Er verstand sie nicht. Aber auch wenn sie ihn interessiert hätten, wäre er nicht ins Museum gegangen. Er war hier nicht als Tourist. Nach Baden war er wegen nichts anderem als einer Frau gekommen. Besser gesagt: wegen einer fremden Frau. Noch genauer: wegen der Frau eines Kollegen. Györffy spürte Mariáns Desinteresse und machte keine weitere Reklame für den Museumsbesuch. Er bestellte sich einen Kaffee und knüpfte an das Gespräch an, das sie am Vortag geführt hatten.

„Ich habe über unsere Debatte gestern nachgedacht und ich finde, dass es definitiv einen Versuch wert wäre. Die Astrologie ist heutzutage näher an der Psychologie als an der Wahrsagerei. Und bei der Polizei wird auf Psychologie erheblicher Wert gelegt, glaube ich. Oder irre ich mich da?" Er sprach langsam, mit sorgfältiger Artikulation. Marián hatte ihm gleich am ersten Abend erklärt, dass er zwar in seiner Jugend in der Slowakei Ungarisch gelernt hätte, es aber, abgesehen von gelegentlichen Besuchen in seinem Geburtsort, wo er sich regelmäßig auch mit dem ungarischen Familienzweig traf, heute eher passiv benutze. Sein Wortschatz war groß, aber bei einem Gespräch brauchte es etwas Zeit, ehe sein Gehirn diverse Ausdrücke und Wortverbindungen korrekt zugeordnet hatte.

„Wir haben Polizeipsychologen, aber sie kommen nicht so zum Einsatz, wie du das in Fernsehserien siehst. Dass uns ein Psychologe ein Täterprofil erstellt und wir anhand dessen die Fahndung ausrichten, das hab ich noch nie erlebt." Marián wurde bewusst, wie sehr es ihn störte, dass der Psychologie beim Ermitteln zu wenig Raum gegeben wurde. Im Verlauf seiner neunzehnjährigen Praxis als Kriminalpolizist hatte er unzählige Male Gelegenheit gehabt, sich davon zu überzeugen, dass die Charakterzüge eines Verbrechers nicht nur die Motivation einer Tat bestimmten, sondern auch ihre Durchführung. Oftmals bis ins kleinste Detail.

„Hast du nur mit Morden zu tun?"

Marián nickte. Ein paar Jahre war er mit Kriminalität allgemein befasst gewesen, aber nachdem Zdeněk Karoch Leiter des Prager Dezernats für Tötungsdelikte geworden war, hatte er Marián zu sich geholt. Kurz vorm Ende des Kommunismus hatten sie noch gemeinsam ihren Wehrdienst in Kutná Hora abgerissen. Sie hatten ein ähnliches Verhältnis nicht nur zu Bonzen, sondern auch zur Wehrpflicht. Die Volksarmee hatten beide für überholt gehalten. Die Kriminalistik hatte sie gelockt. Zdeněk war ehrgeiziger. Nach dem Wehrdienst war er an die Polizeischule nach Pardubice gegangen, während Marián versucht hatte, die fixe Idee seiner Tante zu verwirklichen, dass aus ihm ein Lehrer werden könnte. Tante Jozefína war tot und nichts als das ihr gegebene Versprechen hatte ihn im Pädagogikstudium bei der Stange gehalten. Aber er war es gewohnt, Versprechen einzulösen. Erst als er das Diplom in der Hand hielt und seine erste Lehrerstelle antreten sollte, hatte er sich offen eingestanden, dass er nicht unterrichten wollte.

„Ich habe angefangen, mich mit Astrologie zu befassen, als ich meine Doktorarbeit über die Ungarn-Politik der Habsburger geschrieben habe", sagte Györffy. „Ich bekam die Deutung eines Horoskops von Albrecht II. in die Hand. Mir ist klar geworden, dass die Psychologie von Herrschern in gewisser Weise mit den historischen Ereignissen korrespondiert, auf die sie im Lauf ihres Lebens reagieren mussten. Schon bald hatte ich verstanden, dass das nicht nur Regenten betraf. Was innerlich im Menschen vorgeht, spiegelt sich in dem, was ihm äußerlich begegnet. Die Habsburger haben mir die Richtung gezeigt, weiter gegangen bin ich dann alleine."

„Und welche Richtung würdest du mir zeigen?", fragte Marián. Gleich am ersten Tag hatten sie Brüderschaft getrunken, und obwohl Györffy mindestens fünfzehn Jahre älter war, sagte dieses informelle Verhältnis beiden zu.

„Falls du die Astropsychologie in der polizeilichen Praxis anwenden willst, musst du dir klarmachen, dass die Ausgangsbasis nicht das Ereignis ist, also die kriminelle Handlung, sondern das psychologische Problem, das ihr zugrunde liegt und sich durch Astrologie abbilden lässt. Mit diesem Problem hängt das konkrete persönliche Erleben zusammen. Das Verbrechen ist erst die Reaktion darauf."

„Zum Beispiel?"

„Zum Beispiel hast du Mars und Saturn in Opposition. Du bringst deinen Chef um, weil er dich schikaniert. Jemand anderes hätte einfach gekündigt, aber du reagierst mit Verspätung auf das Problem von Schikanen, das du seit deiner Kindheit mit dir rumschleppst, weil du's als kleiner Junge nicht geschafft hast, das zu bewältigen. Oder aus einem anderen Blickwinkel: Deine Mutter war kühl und streng. Sie könnte eine gesellschaftliche Autorität gewesen sein, Politikerin oder Richterin. Astrologisch manifestieren würde sich das zum Beispiel an der Position des Mondes im Steinbock im zehnten Haus und außerdem durch einen angespannten Aspekt. Dieses psychologische Problem kann bei dir Komplikationen beim Sex auslösen, vielleicht sogar Impotenz. In deinem Bemühen, es nicht zu einem Fiasko kommen zu lassen, lehnst du Sex ab. Oder du verschaffst ihn dir so, dass du den erwarteten Schwierigkeiten aus dem Weg gehst. Du erzwingst dir Respekt bei deiner Partnerin durch Brutalität. Im Extremfall kann das bis zur Vergewaltigung oder zum Mord führen wie bei unserem Serienkiller Béla Kiss."

Marián dachte einen Moment nach. Irgendwas hakte bei Györffys Überlegungen. „Dass der Mond im Steinbock im zehnten Haus steht, erfahre ich aber nicht aus dem Melderegister und auch nicht aus dem Führungszeugnis, sondern nur aus einem Horoskop. Um allerdings ein Horoskop anfertigen zu lassen, müsste ich bei den Verdächtigen nicht nur das Geburtsdatum wissen, sondern offensichtlich auch die Uhrzeit."

Györffy nickte. „Für die Genauigkeit sind sogar Minuten wichtig."

„Damit fällt die Astrologie als Hilfsmethode bei Ermittlungen praktisch flach."

„Nicht ganz." Györffy schlug den Katalog des Rainer-Museums auf und zeichnete auf eine leere Seite einen Kreis. Mit leichter Hand teilte er ihn in zwölf Segmente ein. „Der Tierkreis hat zwölf Sonnenzeichen. Die Astrologie arbeitet mit zehn Planetenprinzipien, vier Elementen und drei Qualitäten, außerdem gibt es noch die Mondknoten und den Schwarzmond. Das alles liefert zusammen mit den Planetentransits, auch ohne dass man den genauen Geburtszeitpunkt weiß, eine ordentliche Menge an Informationen. Ein erfahrener Astrologe kann daraus ein Basisprofil erstellen. Eine Art Grundlage, natürlich ohne Nuancen. Vielleicht würde er einen Hang zur Gewalttätigkeit finden. Er könnte das emotionale Naturell dechiffrieren. Die Beziehung zu Geld. Die Familienstruktur. Das ist der Boden, in dem alles Handeln, positives und negatives, seine Wurzeln hat. Ich glaube, das Verbrechen ist im Prinzip ganz einfach. Es erwächst immer aus denselben Gesetzmäßigkeiten. Nur das, was sichtbar ist, diese obere Zivilisationsschicht, die verändert sich."

Györffy hatte den Kaffee ausgetrunken. Er betrachtete seine Zeichnung. Dann schrieb er ein paar Namen darunter und riss die Seite aus dem Katalog heraus.

„Du hast gefragt, welche Richtung ich dir zeigen würde. Wenn du ein paar Bücher von den Autoren hier liest, wirst du wissen, wo es weitergeht." Er reichte Marián den Zettel, griff in seine Innentasche und legte noch seine Visitenkarte dazu. „Falls du bei irgendwas einen Rat brauchen solltest, melde dich."

„*Köszönöm, Zoltán*", bedankte Marián sich und revanchierte sich mit seiner Karte. „*Köszi szépen!*"

Gegenüber beim Theater entdeckte er Sabina. Sie kam über den Platz auf sie zu, ihr Bild waberte in der aufgeheizten Luft wie eine Fata Morgana. Györffy sah sie ebenfalls.

„Aber ich denke, das wird nicht nötig sein", sagte er mit einem Lächeln. „Warum solltest du bei mir in Budapest anrufen, wo du in Prag deine Privatastrologin hast."

Nach Prag zurück fuhren sie über Nebenstraßen. Sie hatten es nicht eilig. Die niederösterreichischen Weinberge wurden von den südmährischen abgelöst, ähnliche Landschaft, ähnliche Dörfer. Die langsam hereinbrechende Junidämmerung ließ ihre Umrisse noch lange nach Sonnenuntergang erkennen. Sabina sprach vom Seminar. Sie war mit einem mulmigen Gefühl hingefahren, jetzt war sie glücklich, dass sie teilgenommen hatte. Sie sagte, es habe ihr eine Menge neuer Themenfelder eröffnet. Die müsse sie nun erst mal sortieren, ehe sie mit ihnen arbeiten konnte, ob im Astrologiezentrum, wo sie Kurse gab, oder im Radio, wo man ihr angeboten hatte, eine regelmäßige psychologische Ratgebersendung zu moderieren. Sie fragte Marián, ob er sich in den drei Tagen, die sie bei den Vorträgen verbracht hatte, nicht gelangweilt hätte. Er berichtete von seinen Debatten mit Györffy und zeigte ihr den Zettel mit den Autorennamen, die der Professor ihm empfohlen hatte. Sabina war überrascht.

„Du hast nie erwähnt, dass du dich für Astrologie interessierst."

„Ich wusste es auch nicht", sagte er. „Und ich weiß es bis heute nicht. Ich werde versuchen, etwas zu lesen."

Ihm fiel auf, dass sie bis jetzt nicht viel Zeit gehabt hatten, über ihre Interessen zu sprechen. Sie kannten sich ein paar Monate. Zum ersten Mal waren sie sich auf der Geburtstagsfeier von Sabinas Mann begegnet. Hauptkommissar Rostislav Bor arbeitete beim Dezernat für Tötungsdelikte wie Marián, ein paar Mal waren sie Teampartner gewesen, bei der Arbeit verstanden sie sich gut. Rosťa, wie ihn alle nannten, war temperamentvoll, clever, ein athletischer Typ, den Frauen gefiel er. Sie schenkten ihm ihre Aufmerksamkeit, die er erwiderte. Marián traf ihn oft im vertraulichen Gespräch mit Praktikantinnen an, die Körpersprache legte nahe, dass hier gerade keine dienstlichen Angelegenheiten verhandelt wurden. Als Rosťa ihm bei der Party seine Frau vorgestellt hatte, war Marián verblüfft gewesen. Sabina war außergewöhnlich gutaussehend. Da war nichts von der anbiedernden Niedlichkeit der blutjungen Praktikantinnen, sie trug ein Geheimnis in sich.

Marián hatte gespürt, dass er es unter gewissen Umständen mit ihr teilen könnte. Er wusste nicht, unter welchen, hatte aber beschlossen, dem auf den Grund zu gehen. Er hatte sie zu einer *degustácia* eingeladen, einer Verkostung slowakischer Weine, zu der er ursprünglich alleine gehen wollte. Sie sagte, dass ihr das ungelegen käme. Als er die Party verließ, bat sie ihn aber doch um seine Nummer. Zwei Tage später hatte sie ihn angerufen, dass sie nun doch mitkommen würde. Schnell sollte er erkennen, dass das ein typischer Zug von ihr war: eine zögerliche, sich langsam entfaltende Neugier.

„Von Jung hast du schon was gelesen, oder?", fragte sie, während sie auf die Namensliste schaute, die Győrffy mit der Hand hingekliert hatte. Marián schüttelte leicht beschämt den Kopf. Das Einzige, was er über Jung wusste, war, dass er Medizin studiert und sich auf Psychiatrie spezialisiert hatte. Dass er mit Freud befreundet gewesen war. Oder waren sie Opponenten gewesen? Beide hatten, statt psychische Krankheiten auf traditionelle Weise zu erforschen, in ihrem Fachgebiet Experimente gemacht, nur jeder anders. Jung betonte die Wichtigkeit der Intuition. Das lag Marián nahe. Beim Ermitteln experimentierte auch er gern, und Intuition spielte in seiner Arbeit eine bedeutsame Rolle. Die meisten seiner Kollegen lachten ihn wegen seiner Gefühligkeit aus. Anfangs hatte er versucht, seine mentalen Prozesse zu erläutern. Mit der Zeit begriff er, dass sich Intuition nicht erklären ließ. Das schien gegen sie zu sprechen. Andererseits war es Marián noch nie passiert, dass sie ihn im Stich gelassen hätte.

Sie fuhren an den langgestreckten Höhenzügen des Böhmisch-Mährischen Berglands vorbei und Marián kam ins Plaudern über seine Arbeit. Wodurch ihn die Kriminalistik immer angezogen hatte, wie er zur Polizei gekommen war, was er erwartet hatte und was ihm in der Praxis am meisten fehlte. Er sprach von der mörderischen Bürokratie, die er hasste, und von Momenten der Freude und der Erregung, wenn sich die alltägliche Routine für kurze Zeit in kreative Arbeit verwandelte. Es war das erste Mal, dass er sich gegenüber Sabina wirklich öffnete. Schweigend hörte sie zu und er überlegte, ob Rosťa sich ihr auch auf solche Weise anvertraute.

„Ich hatte die Idee, dass uns die psychologische Astrologie beim Erstellen von Täterprofilen helfen könnte", sagte er schließlich. „Györffy ist auch meiner Meinung. Er hat gesagt, dass du mir bestimmt gern hilfst."

Sie lachte. „Wenn Györffy das gesagt hat, dann kannst du dich auch drauf verlassen."

Dann legte sie ihm den Kopf auf die Schulter und schaute auf die allmählich dunkler werdende Landschaft. Je näher sie Prag kamen, desto schweigsamer wurden sie. Marián dachte an Sabinas Ehe. Sie war sich sicher, dass Rosťa sie betrog. Auch Marián glaubte das, scheute sich aber, ihr einen radikalen Schritt vorzuschlagen. Er wollte nichts unternehmen, was das Auseinanderbrechen ihrer Ehe befördern würde. Wenn es passieren sollte, dann würde es auch passieren. Beziehungen hatten ihre Eigendynamik und ihre Länge war nicht direkt abhängig vom Glück der Partner. Er wusste das aus eigener Erfahrung. Verheiratet war er nie gewesen, aber er hatte sieben Jahre Beziehung mit einer Frau hinter sich, mit der er eigentlich für den Rest des Lebens zusammenbleiben wollte. Allerdings war Darja unheilbar krank gewesen, und obwohl beide sich geweigert hatten, an das unausweichliche Schicksal zu glauben, bewahrheiteten sich die ärztlichen Prognosen letzten Endes. Seit ihrem Tod lebte er allein und war davon ausgegangen, dass das auch so bleiben würde. Jetzt hatte er sich aus heiterem Himmel wieder verliebt. Nach langer Zeit war er erneut in einem Zustand, von dem er gedacht hatte, dass er nie wieder eintreten würde. Aber das war er, erregend und intensiv, und Marián hatte Angst, ihn durch Grübeleien über konkrete Schritte und Maßnahmen, die das Flussbett der Gefühle regulieren sollten, zu Staub zu zermahlen. Er wollte es nicht regulieren, er wollte darin schwimmen. Solange es ginge.

Jáchym hatte so eine Ahnung, dass das Dreckschwein kommen würde. Auch wenn das an Sonntagnachmittagen normalerweise nicht geschah. Hanftag war traditionell der Samstag, manchmal auch der Freitag, und natürlich die Feiertage. Interesse an Gras bestand nicht nur zu Silvester, sondern auch zu Ostern oder zum 1. Mai. Jáchym kümmerte sich im Landkreis Kladno um gute Laune zu jeder Jahreszeit und bei jedem Wetter, und Eingeweihte wussten das. Leider auch das Dreckschwein.

Jáchym nahm den Mundschutz ab, reinigte die Druckspritze und zog die Handschuhe aus. Es hatte lange nicht geregnet, die Schädlinge hatten sich im Garten in den letzten Tagen massiv vermehrt. Sie hatten auch das Gemüse befallen. Raupen, Gallmücken, Flohkäfer. In den Gewächshäusern mit dem Hanf herrschte konstant hohe Feuchtigkeit, das war die beste Vorbeugung gegen Milben. Im Mai hatte er ein paar vereinzelte Spinnmilben entdeckt und ihnen mit Niemöl erfolgreich den Garaus gemacht, bevor sie anfangen konnten, Kolonien zu bilden. Jetzt schienen die Pflanzen gesund zu sein und wurden schnell kräftiger.

Ein grüner Lieferwagen fuhr auf den Hof. Milan kam zweimal in der Woche zu dieser Uhrzeit frischen Salat holen, den er dann an Restaurants auslieferte. Früher hatte er Jáchym auch Blumenkohl abgenommen, aber seit dessen Mutter nach Nymburk umgezogen war, baute Jáchym keinen mehr an. Er wollte Zeit für das haben, was ihm Freude machte.

„Morgen haste mich wieder eingeholt", sagte Milan, kaum dass er aus dem Auto gestiegen war. „Alles Gute schon mal! Wann feierst du?"

„Vielleicht pfeif ich dieses Jahr aufs Feiern. Ist ja kein runder Geburtstag."

Sie waren gleich alt. Milan war schon im Frühling zweiunddreißig geworden, Jáchym hatte sich angewöhnt, seine Geburtstagsparty auf die Sommersonnenwende zu legen. Er mochte Feste unter freiem Himmel. Dazu lud er seine Freunde ein, sie saßen im Garten, grillten, sangen, spielten Gitarre. Oft gingen sie erst am Morgen auseinander und Jáchym spürte, dass sie etwas Größeres miteinander verband als nur ihre alltäglichen Sorgen. Über Gott sprach er mit seinen Freunden nie, aber während der gemeinsam im Freien unterm Sternenhimmel verbrachten Nächte war er voller Liebe.

Dieses Jahr war an eine Feier überhaupt nicht zu denken. Wegen dem Dreckschwein.

„Wie geht's deinem Vater?", fragte Jáchym, während er Milan die Kisten mit dem Salat reichte.

„Der schlägt sich wacker."

Jáchym kannte den alten Herrn Stašek seit seiner Kindheit, als er ihr Fußballtrainer war. Jetzt war er siebzig, hatte weit fortgeschrittenen Parkinson und Jáchym schickte ihm im Herbst immer die Wurzeln von weiblichen Hanfpflanzen. Milans Vater bereitete sich aus ihnen einen Sirup zu, der ihm im Kampf mit seiner Krankheit über den Winter half. Wenn die Pflanzen austrieben, kaute er junge Blätter. Jáchym hatte sie schon für Milan bereitgelegt. Soeben frisch gezupft.

„Papa ist dir ausgesprochen dankbar", sagte Milan, als er den Salat bezahlte. „Er packt das nur mit deinem Hanf. Nichts anderes hilft ihm."

Jáchym nickte. Er wusste, wozu Hanf fähig war. Für die Wurzeln und Blätter wollte er von Herrn Stašek nie etwas haben, aber hin und wieder revanchierte sich Milan mit einer kleinen Aufmerksamkeit. Heute holte er eine Tortenschachtel aus dem Auto. „Bei uns in der Familie hat's eine Hochzeit gegeben, hier hast du eine kleine Kostprobe."

Jáchym lüpfte den Deckel. Die Schachtel war voll mit Keksen und winzigen runden Hochzeitsküchlein. Er bedankte sich und steckte sich eins in den Mund.

„Und du und Hedvika? Wann läuten bei euch die Glocken?", fragte Milan neugierig.

„Bald. Vielleicht im Herbst."

„Schöne Grüße." Milan stieg ins Auto, setzte zurück auf die Landstraße, winkte zum Abschied und fuhr an der Mauer des Gehöfts entlang Richtung Kladno davon. Jáchym schaute ihm hinterher. Die Erwähnung von Hedvika hatte seinen Puls beschleunigt. Wieder musste er an das Dreckschwein denken. Was der sich diesmal rausgenommen hatte, das konnte er ihm nicht durchgehen lassen. Er musste ihm einen Denkzettel verpassen, der sich gewaschen hatte. Bloß wie? Das Arschloch war gefährlich. Und schlau. Dass er so eine fiese Sau war, konnte er genauso geschickt verbergen wie andere Sachen. Dazu hatte er das passende Gesicht: männlich, scharf geschnitten, ehrlich, blaue Augen mit Fächern aus Fältchen, die den Eindruck erweckten, als würde er oft lachen. Allerdings lachte er fast nie. Seine Augen waren in der Lage, einen zu verfolgen wie die einer Kobra. Jáchym hätte einmal interessiert, wer alles wusste, dass sich hinter dieser Maske einer ehrlichen Haut so ein niederträchtiger Charakter verbarg. Ein Dreckschwein eben.

Er betrat das Haus, ging durch den Flur und schaute ins Zimmer. Hedvika lag auf der Couch. Sie hatte die Augen zu, aber er sah, dass sie nicht schlief. Er setzte sich zu ihr, die Kuchenschachtel in der Hand.

„Schöne Grüße von Milan", sagte er. „Willst du ein Hochzeitsküchlein kosten?"

Ruckartig drehte sie ihren Kopf zur anderen Seite. Das Ohr, auf dem sie zuvor gelegen hatte, war knallrot. Er fuhr mit den Fingerspitzen darüber.

Sie zuckte weg.

„Was machst du nun?", fragte sie.

„Was soll ich denn deiner Meinung nach machen?", antwortete er mit einer Gegenfrage.

„Bring ihn um."

Man soll das Böse mit dem Guten besiegen, hatte sein Vater immer gesagt. Aber manchmal hatte man keine andere Wahl.

„Okay", sagte er.

Sie öffnete die Augen und musterte ihn. Dann verzog sie das Gesicht.

„Das meinst du eh nicht ernst."

Er antwortete nicht. Sie setzte sich auf. Ihr Gesicht und ihre Bewegungen drückten Verachtung aus, und das gefiel ihm nicht. Er verstand es nicht. Sie stand auf. Dabei vermied sie auch nur die leiseste Berührung mit Jáchym. Vom frühen Morgen an war sie jeglichem Körperkontakt aus dem Weg gegangen. Er überlegte, ob er so tun sollte, als hätte er das nicht bemerkt, oder ob er es offen ansprechen sollte. Besser wäre es, mit ihr darüber zu reden. Er hatte ihr schließlich nichts getan.

„Ich muss los. Wenn ich in einer halben Stunde nicht an der Kasse sitze, schmeißen die mich raus", sagte Hedvika und ging aus dem Zimmer. Er hörte, wie sie durch den Flur in Richtung Bad ging, und folgte ihr. Sie stand vorm Spiegel und kämmte sich.

„Ich fahr mit dir mit", schlug er vor. „Und nach der Schicht hol ich dich wieder ab."

Sie schüttelte den Kopf. Ihre Augen sagten zu ihm: Gestern hättest du mich fahren sollen. Eindeutig ein Vorwurf, aber weil sie ihn nicht laut äußerte, tat er es.

„Nimmst du mir übel, dass ich weg war?"

„Nein." Nie zuvor war ihm aufgefallen, welche Skala von Bedeutungen sich mit einer einzigen Silbe ausdrücken ließ. Natürlich war sie sauer, dass er weg gewesen war. Obwohl sie es schon zwei Wochen im Voraus gewusst hatte. Er hatte ihr rechtzeitig vom geplanten Besuch bei Mutter und Schwester erzählt, auch, dass er das Auto brauchen würde. Sie hatte behauptet, das wäre kein Problem, sie würde nach Hause den Bus nehmen. Ihre Schicht war um zehn zu Ende, der Bus fuhr zwanzig Minuten später. Am Supermarkt stieg sie ein, direkt hier vor der Tür wieder aus. Kein Grund, Angst zu haben. Jáchym dachte genauso. Sie ließen Rambo immer abgeleint. Er war gut trainiert. In ihrer Abwesenheit lief er auf dem gesamten Grundstück herum und passte auf. Allerdings hatte sich das Dreckschwein dem Gehöft gar nicht genähert.

„Mein Fehler, ich hätte nicht zu ihm ins Auto steigen dürfen", sprach Hedvika weiter. Die Bitterkeit in ihrer Stimme steigerte sich zur Angriffslust. „Ich hätte die paar Minuten warten sollen und mit dem Bus fahren. Eigentlich ist das alles meine eigene Schuld. Ich hätte wissen müssen, dass er das ausnutzt. Dass er mich statt nach Hause in den Wald fährt. Dass er mich …"

„Hör auf." Er konnte es nicht mehr mit anhören. Als er spät in der Nacht aus Nymburk zurückgekommen war, hatte sie ihm den Vorfall so genau geschildert, dass es Jáchym vorgekommen war, als hätte er mit ihr und diesem fiesen Arschloch zusammen im Auto gesessen. Als hätte er seinen bohrenden Blick gesehen, seine Stimme bedrohlich all das widerwärtige Zeug flüstern hören, von dem jeder Mann wusste, dass es eine Frau zu Tode ängstigte und sie gefügig machte, weil sie schlimmere Gewaltanwendung vermeiden wollte.

Hedvika schaute ihn im Spiegel an. „Willst du nicht hören, wozu er mich gezwungen hat? Was er mir angetan hat? Und was er mir wieder antun wird?"

„Wird er nicht. Ich lass ihm das nicht durchgehen", erwiderte er energisch. Bloß war er nicht energisch, und sie wusste das. Er war ein nachgiebiger Typ, kam mit Leuten gern im Guten aus, auch mit solchen, die ihm Angst einjagten. Mit denen vor allem. Deshalb gab er dem Dreckschwein auch so viel Gras, wie er verlangte. Und er verlangte immer mehr. Seit er darauf gekommen war, dass Jáchym nicht nur Obst und Gemüse anbaute, hatte er ihn in der Hand. Er nutzte es aus, dass er auf der anderen Seite des Gesetzes stand, eines sinnlosen Gesetzes, das diese Ratte selbst dauernd brach, aber das änderte nichts an der Sache. Jáchym war ein Grower, und wenn er angeklagt würde, hätte er vor Gericht keine Chance. Es würde auf mehrere Jahre ohne Bewährung hinauslaufen, obwohl seine Plantage klein war. Er hatte keine Angestellten, nur Hedvika ging ihm zur Hand. Sie taten bloß, was ihnen Freude machte. Den Hanf bauten sie nicht um des Geldes willen an. Ihre Kundschaft war überschaubar, ihre Einnahmen auch. Die beiden liebten das Zeug. Sie wussten, dass es in ihnen verborgene Winkel öffnete, die ansonsten verschlossen geblieben wären. Sie hatten mit einer ganzen Reihe von Sorten herumexperimentiert. Manche waren wirklich erhaben – sie zu rauchen war, wie eine Messe zu feiern.

„Du lässt ihm alles durchgehen, und das weiß er." Hedvika machte sich jetzt weder über ihn lustig noch griff sie ihn an. Ihr Tonfall war sachlich. Sie legte den Kamm beiseite, zwängte sich an Jáchym vorbei (und achtete nach wie vor peinlichst darauf, ihn nicht zu berühren), im Flur nahm sie ihre Tasche und die Autoschlüssel. „Er hat vor dir keinen Respekt. Wenn's nur auf dich ankäme, würde er das morgen gleich noch mal tun."

Sie verließ das Haus. Ohne sich umzudrehen, ohne sich zu verabschieden ging sie zum Auto, das unter der Pergola parkte. Sie stieg ein und knallte die Tür zu. Aus ihren Bewegungen konnte er die Enttäuschung herauslesen. Sie machte ihm zum Vorwurf, dass er seine Rolle als Mann und Beschützer nicht ausfüllte. Er sah zu, wie das Auto sich entfernte. Der Nachmittag ging in den Abend über, aber die Hitze ließ nicht nach. Die Luft über dem aufgeheizten Asphalt flirrte und das schwächer werdende Motorgeräusch erinnerte ihn an eine schwingende, ausklingende Saite. Nach zig langen Sekunden war es endlich ganz still. In der Stille kamen Jáchym immer wieder originelle Gedanken.

Er ließ den Blick über die Landschaft gleiten. Vom Wald (dort war es gestern passiert) über das Raps- und das Maisfeld bis zu den Sandsteinmauern des Gehöfts. Zwischen den Steinen waren aus Ziegeln die Initialen seines Großvaters und seines Vaters eingemauert: V. V. wie Václav Valík. Obwohl sowohl der Sandstein als auch die Ziegel mit der Zeit erodiert waren, war das Monogramm noch gut lesbar. Jáchym betrachtete es und seine Gedanken landeten bei seinem Vater. Er drehte sich zur Landstraße um. Sie war leer. Er hatte große Lust, das Motorrad aus der Scheune zu schieben, aufzusteigen und loszufahren. Soweit das Benzin reichte. Und noch weiter. Aber er hatte so eine Ahnung, dass das Dreckschwein heute auftauchen würde. Er würde kommen, um Jáchyms Machtlosigkeit so richtig auszukosten und um sich zu versichern, dass er nach seiner Pfeife tanzen würde. Jáchym stand still da, ohne eine Bewegung. Ihm war, als ob ihm sein Vater etwas sagen wollte. Reglos lauschte er. Vaters Worte nahmen langsam konkrete Formen an.

Als das Dach des Gehöfts aus dem Rückspiegel verschwunden war, öffneten sich in Hedvika alle Schleusentore. Sie begann zu weinen. Erst lautlos, aber der Druck in ihrem Brustkorb bahnte sich seinen Weg nach draußen und ließ sie unartikulierte Schluchzer ausstoßen. Sie spürte, wie sie die Kontrolle über sich verlor. An der ersten Abzweigung bog sie in den

Wald ab, nahm den Gang heraus und ließ das Auto bis hinter einen Kieshaufen rollen, der zur Befestigung des Wegs bereitlag. Sie weinte mit geschlossenen Augen, krampfhaft, die Wangen wischte sie sich mit dem Handrücken ab. Im Handschuhfach lag eine Packung mit noch einem letzten Taschentuch, das hob sie sich für später auf, wenn sie sich schnäuzen müsste. Trotz der Verzweiflung und den starken Gefühlen bewahrte sie sich ihren Realitätssinn. Sie hatte ihn auch gestern Nacht nicht verloren, als dieser widerliche Drecksack sie in die Finsternis zwischen die Bäume gezerrt hatte. Das war am anderen Ende des Waldes gewesen, sie hatte gar nicht gewusst, dass er so tief war, nie zuvor war sie dort gewesen. Das Dreckschwein kannte die Stelle offensichtlich gut.

„Ich stopf ihn dir bis in den Rachen rein", hatte er gesagt und mit einem Ruck einen Träger ihres Kleids zerrissen. „Du machst, was ich dir sage, sonst kommst du nie wieder aus dem Wald hier raus."

Sie hatte ihm geglaubt, dass das keine leere Drohung war. Der Tonfall seiner Stimme hatte sie überzeugt. Leise, wie eingeschnürt. Männer konnten sich meist besser beherrschen als Frauen, aber nicht, wenn ihnen das Sperma aufs Hirn drückte. In einigen von ihnen erwachte dann der Golem. Angesichts dumpfer Gewalt war Hedvika immer entsetzt. Sie ging ihr aus dem Weg. Gestern allerdings hatte es keinen Ausweg gegeben. Er zerrte sie aus dem Auto. Sie versuchte, sich ihm zu entwinden, hatte aber gegen ihn nicht die leiseste Chance. Dann hatte er sie auf den Boden geschmissen.

„Mach die Beine breit, du notgeile Schlampe. Ich rammel dir dein feuchtes Loch durch, bis du winselst!", hatte er ihr ins Ohr gezischt. Und noch mehr, viel scheußlichere Dinge. Ausdrücke, die noch nie ein Mann in ihrer Gegenwart ausgesprochen hatte. Sie war von diesem Ausmaß an Obszönität wie betäubt gewesen. Hatte alles getan, was er von ihr verlangte.

Der Druck auf der Brust ließ langsam nach, die Schluchzer hörten auf. Sie angelte sich das Taschentuch, wischte sich die Augen ab und putzt sich gründlich die Nase. Sie spürte, wie sie ihre Fassung wiedererlangte. Das war ihre Waffe. Was sich auch damals gezeigt hatte, als das Dreckschwein hinter die Sache mit dem Hanf gekommen war. Ganz alleine war er aufgetaucht. Hatte behauptet, dass anonym Anzeige erstattet worden sei. Möglich war's, sie versorgten zwar nur Bekannte, aber die hatten auch wieder Bekannte. Der Kreis von Leuten, die von der Plantage wussten, ließ sich nicht kontrollieren. Das Dreckschwein war durch die Gewächshäuser mit dem Gemüse gegangen und hatte sich dabei immer wieder nach Hedvika umgeschaut. Jedes Mal hatte er sie mit Blicken ausgezogen. Sie hoffte, er würde den hinteren Teil des Gartens, der durch die Scheune abgetrennt war, nicht betreten. Aber die beiden konnten ihn nicht daran hindern. Er war auch dorthin gegangen und hatte sie nun in der Hand. Hatte ihnen seine Bedingungen diktiert.

Jáchym hatte damals irrational reagiert. Er wollte die Plantage aufgeben, alles vernichten. Hedvika hatte ihm das ausgeredet. Sie fand, es wäre besser, das Dreckschwein mit in die Sache reinzuziehen. Seit jener Zeit versorgten sie ihn. Allmählich steigerte er seine Ansprüche. Sie wussten nicht, ob er selbst mit Verkaufen angefangen hatte oder immer mehr konsumierte. Beides war unangenehm und könnte ihnen früher oder später gefährlich werden. Aber sie sagten sich, je mehr er von ihnen wollte, desto stärker war er von ihnen abhängig und desto weniger Probleme würde er ihnen machen. Seine gestrige Tat hatte gezeigt, wie sehr sie sich geirrt hatten.

Was die Dusche nicht geschafft hatte, war den Tränen gelungen. Hedvika spürte, dass sie sie gereinigt hatten. Am Morgen war sie unfähig gewesen zu weinen. Sie hatte sich in ihrem Körper wie eine Fremde gefühlt, die sich nicht auskannte und planlos herumirrte. Jede Art von Körperkontakt hatte in ihr die Erinnerung an die vergangene Nacht zurückgerufen. Sie war sich selbst zuwider gewesen. Auch als Jáchym zurück war und sie ihm alles erzählt hatte, war es nicht besser gewesen. Es hatte ihr nichts gebracht, sie hatte das alles lediglich bei ihm abgeladen. Und er, der keiner Fliege etwas zuleide tun konnte, hatte natürlich auch nicht gewusst, wie er darauf reagieren sollte.

Sie schaute sich um. Auf dem Waldweg war sie allein, von der Landstraße trennte sie der Kieshaufen. Sie griff in ihre Tasche. Die Pistole war größer, als ihr das gestern vorgekommen war. Sie nahm sie in die Hand, zielte durchs Fenster auf den Stamm einer Lärche und legte den Zeigefinger leicht an den Abzug. Gleich ließ sie den Arm wieder sinken. Hob ihn erneut. Das tat sie mehrere Male. Entsichern, wieder sichern. Schnell wurde ihr die Pistole in der Hand zu etwas Selbstverständlichem. Wie früher. Sie zog das Magazin heraus – es war voll. Dann setzte sie es wieder ein. Steckte die Pistole zurück in ihre Tasche. Zum ersten Mal seit gestern Nacht lächelte sie – sie stellte sich seinen Gesichtsausdruck vor, als er's gemerkt hatte.

Sie ließ den Motor an. In zwölf Minuten war Schichtbeginn. Niemand würde Hedvika vermissen. Sie hatte sich entschuldigt und einen Ersatz aufgetrieben – die Jeremiášová hatte versprochen, für sie einzuspringen. Die Arbeit als Kassiererin war zwar nicht der Hauptgewinn im Lotto, aber es wäre unangenehm, sie zu verlieren. Sie gehörte zu den Pfeilern, auf denen Hedvikas Leben ruhte. Früher war ihr einziger fester Bezugspunkt das Kinderheim gewesen. Als sie von dort weggegangen war, war sie mit Jáchym zusammengekommen. Ihre ehemaligen Freundinnen wunderten sich. Rümpften die Nase: ein Gemüsebauer! Sie galt als ausgemachte Schönheit, der Meinung ihrer Freundinnen nach hätte sie es viel weiter bringen können. Sie wusste bloß nicht, wohin weiter. Einmal war ein Foto von ihr auf der Titelseite eines Boulevardblatts gelandet, bald waren weitere Angebote gekommen. Aber eine erfolgreiche Karriere als Model fand sie nicht verlockend. Sie war nicht scharf auf Berühmtheit, großes Geld und ein funkelndes Society-Leben. Sie brauchte Liebe und ruhige Gewissheit. In Jáchym hatte sie beides gefunden – er war das, was man einen göttlichen Typen nannte. Deswegen hatte sie ihm von der Pistole gar nicht erst erzählt. Es wäre am besten, wenn sie das allein regeln würde.

Sie steuerte das Auto zurück auf die Landstraße, fuhr an Luhans Feld vorbei (schon mehrmals war ihr der Gedanke gekommen, dass es Luhan gewesen sein könnte, der sie damals angezeigt hatte, aber beweisen konnte sie es nicht) und bog an der Kreuzung in die entgegengesetzte Richtung ab, als wenn sie zum Supermarkt gefahren wäre. Noch hatte sie keine Ahnung, wie sie es tun würde, aber sie wusste, wo sie auf das Dreckschwein warten würde. Wenn das erledigt wäre, würde alles wieder in die gewohnten Bahnen zurückkehren. Tag für Tag würde sie Waren vom Band nehmen, Barcodes scannen und aus dem Porzellanbecher, der unter der Kasse bereitstand, kalten Kaffee trinken. Sie wäre flink und dabei höflich – darauf legte sie immer großen Wert. Ihre Freizeit würde sie mit Jáchym verbringen. Zwischen den Gemüsebeeten, in den Gewächshäusern, im Garten. Ohne Hast, wie beide es gern hatten. Locker dahinfließende Zeit, der Duft nach Erde, ein, zwei Joints, der Hund vor der Haustür. Das Glück, das sie sich aufgebaut hatten und das sie nicht aufgeben würde. Nicht wegen diesem widerlichen Drecksack.

Erneut wurde er in dem bestätigt, was er längst wusste: Schlampen kommen schon als Schlampen auf die Welt. Sie werden nicht erst im Lauf ihres Lebens dazu. Sie haben das von Anfang an in sich: die verkäufliche Geilheit. Das hatte Osvald schon immer erregt. Er litt jedes Mal, wenn er mit Hedvika sprach. Sie tat so, als wüsste sie nichts davon. Schon mehrfach hatte er sie alleine auf dem Gehöft abgepasst. Sie heimlich auf Video aufgenommen. Mehr tun konnte er nicht, dort war dieser Hund. Ein scharfer kaukasischer Schäferhund. Er bewachte sie auf Schritt und Tritt, Osvald blieb nichts anderes übrig, als auf eine Gelegenheit zu warten. Und das Warten hatte sich gelohnt. Er spürte Genugtuung. Sie hatte wissen müssen, dass es passieren würde, lange hatte er ihr entsprechende Signale gegeben. Dadurch, dass sie zu ihm ins Auto gestiegen war, hatte sie's herausgefordert. Schlampe.

Er näherte sich dem Hof und überlegte, zu welcher Taktik er greifen sollte. Eigentlich hatte er nicht herkommen wollen. Er hatte geplant, sich ein paar Tage nicht blicken zu lassen, damit sie unruhig wurden. Vor allem dieser Dödel. Osvald fand es schade, dass er in dem Moment, als sie es Jáchym eröffnet hatte, sein Gesicht nicht sehen konnte. Nun würde er ein anderer sein, der Schock war abgeklungen, die Wut begann sich bestimmt schon in Angst zu verwandeln. Angst gehörte zu Osvalds bewährten Helfern, allerdings war ihm die Sache diesmal außer Kontrolle geraten. Mit der Pistole hatte sie ihm einen dicken Strich durch die Rechnung gemacht. Er begriff nicht, wie ihr das gelungen war. Er musste einen Blackout gehabt haben. Sie war in einem Maß gefügig gewesen, dass er nicht mehr richtig aufgepasst hatte. Das passierte ihm selten. Für ihn war Geilheit immer damit verbunden, auf der Hut zu sein. Er wusste, was er sich rausnehmen durfte und wovon er lieber die Finger ließ. An allzu schlaue Frauen und Mädchen wagte er sich nicht heran. Bei Hedvika hatte er sich geirrt. Genau wie bei der kleinen Chladilová vor zwei Jahren. Sie war gerissener, als es auf den ersten Blick ausgesehen hatte, und hatte Osvald in eine Sackgasse manövriert. Noch heute konnte er sich an seine Panik damals erinnern. Aus Angst hatte er sein komplettes kostbares Archiv vernichtet. So lange hatte er daran gearbeitet, und es dauerte nur einen Augenblick, bis alles weg war. Völlig umsonst! Bis heute bedauerte er, dass er es damals so eilig hatte. Die neue Sammlung wurde nur langsam größer.

Er hielt vor dem Gehöft, seine Hand glitt nervös zum Holster, er berührte die Ersatzwaffe. Nach wie vor war er sich unsicher, ob er nicht einen Fehler machte. Er ließ den Blick über die Fenster schweifen. Die Sonne schien direkt darauf, er konnte nicht nach drinnen sehen. Jáchym war vor dem Haus mit dem Rasenmäher zugange. Als er Osvalds Auto sah, schaltete er das Gerät ab und kam in seine Richtung. Osvald beobachtete ihn angespannt. Er hätte wetten können, dass sie ihm die Pistole gegeben hatte. Zeig, dass du ein Kerl bist, hatte sie höchstwahrscheinlich gesagt. Schlampen sagen so was. Jetzt stand sie im Zimmer hinterm Vorhang und schaute hinaus. Jáchym kam mit leeren Händen, aber sein weites T-Shirt hing ihm lose um die Hüften, er hätte dort problemlos eine Waffe versteckt haben können. Was für eine bittere Ironie, sich von seiner eigenen Pistole erschießen zu lassen, ging es Osvald durch den Kopf, und er überlegte unwillkürlich, was sie wohl mit seinem leblosen Körper anstellen würden. Wahrscheinlich vorm Fenster vergraben. Ihn düngen. Umgraben. Über ihm den Rasen mähen. Der Arsch da würde absichtlich auf ihn pissen.

„'n Abend!" Jáchym hob die Hand zum Gruß. In seinem Gesicht keine Spur von Wut oder Erregung. Osvald ließ ihn nicht aus dem Blick. Meistens konnte er am Gang und an der Körperhaltung eines Menschen unterdrückte Emotionen erkennen. Es kam ihm aber so vor, als unterdrücke Jáchym nichts. Er näherte sich mit seinem federnden Schritt, behängt mit Piercings und dem ganzen Gebammel, die Hühnchenschultern nach vorn gezogen, den Rücken gebeugt, im Gesicht wie üblich ein schläfriges Lächeln, hinterm Ohr einen frisch gerollten Joint. Osvald sah ihn durch die Frontscheibe an und wurde sich immer sicherer: Der Idiot hat keine Ahnung. Sie hatte es ihm nicht gesagt. War sie also doch nicht so schlau gewesen. Sie hatte sich eingeredet, das mit Osvald alleine zu regeln. Pha! Oder war das Drehbuch gestern etwa nach ihrem Geschmack gewesen? Von der kleinen Nutte aus dem Kinderheim war auch nichts anderes zu erwarten. Wollte sie, dass es weiterginge? Die geklaute Pistole sollte der ganzen Sache vielleicht eine reizvolle Note verleihen. Osvald spürte, wie ihn dieser Gedanke erregte. Er hätte überhaupt nichts dagegen, noch mehr mit dem Feuer zu spielen als üblich. Die Vorstellung, dass ihn Jáchym mit Marihuana beliefern und er ihm dafür fleißig Hörner aufsetzen würde, hob seine Laune. Er lehnte sich aus dem Seitenfenster.

„Ich war gerade in der Gegend, da dacht ich, ich komm mal vorbei." Er sah zu, wie Jáchym den Joint hinterm Ohr hervorzog und ihn anzündete. Sofort verspürte er das Verlangen, auch was zu rauchen. Seitdem ihn sein Vorgesetzter hatte antanzen lassen, war er vorsichtig geworden, er wusste, dass Lír ihn streng überwachte. Aber jetzt am Sonntagabend war weit und breit kein Lír in Sicht, und die Lust auf Gras zupfte Osvald an allen Nerven. Kiffen und ein paar Schnäpse – genau das brauchte er jetzt. In letzter Zeit nahm er mehr als früher. Er kämpfte damit gegen seine Depressionen an, die ihn immer häufiger überkamen. Auch das Wetter trug eine Mitschuld. Schon einen Monat lang hatte es nicht geregnet, die aufgeheizte Luft lastete drückend auf der Landschaft und Osvald musste von innen heraus dagegenhalten.

„Nach so einem heißen Tag kommt ein bisschen Grünzeug ganz gelegen", sagte er lässig. Wortlos reichte ihm Jáchym den Joint. Gierig inhalierte Osvald. Die Wirkung ließ nicht lange auf sich warten. Seine Gedärme, gerade noch vor Nervosität zusammengekrampft, entspannten sich. Er nahm noch einen

Zug und spürte die ersten Vorboten der Freude. Sie gelangte durch die Luftröhre in ihn hinein und ließ sich im Grübchen zwischen den Schlüsselbeinen nieder. Der Stress, unter dem er hergekommen war, verschwand rasch. Er begriff nicht, wovor er sich gefürchtet hatte. Hier drohte ihm keinerlei Gefahr. Und auch wenn der Doofi da eine Pistole zücken würde, wäre es nur der amüsante Auftritt eines Clowns. Pha! Osvald hätte ihn zack-zack entwaffnet. Hellwach nahm er die Energie in seinem Körper war. Ein angenehmes Strömen, ohne ihn aufzupeitschen. Eine Stimulanz für alle Sinne.

„Neue Sorte?", fragte er, überrascht vom Tempo und der Intensität, mit der die Wirkung eintrat. Er hatte seit Jahren Erfahrung mit Gras und erkannte die Qualität nach den ersten zwei Zügen. Dieser Stoff war absolute Spitzenklasse. „Davon musst du mir mehr geben."

„Geht nicht. Das kommt nicht aus meiner Zucht."

Irgendetwas in Jáchyms Stimme verriet Osvald, dass er log. Sofort war er auf hundertachtzig. Verarschen lassen würde er sich nicht. Der Trottel da hatte offensichtlich vergessen, wer hier was zu melden hatte. Es würde genügen, dass Osvald ein paar Worte ins Telefon sprach, und aus die Maus – sowohl für den Grower als auch für die Plantage. Was natürlich schade wäre. Er hatte keine Ahnung, wo er sonst zu so erstklassigem Stoff kommen würde. Und Qualität brauchte er, die Weiber waren mäkelig. Je jünger, desto wählerischer. Also lieber nur ein bisschen Angst machen. Er griff nach seinem Handy und spielte schweigend damit herum.

Das genügte. Jáchym setzte sich zu ihm ins Auto. Niemals übergab er ihm die Ware draußen und nie eine größere Menge auf einmal. Er war äußerst umsichtig – was sein Geschäft anging. Osvald hatte überhaupt nicht mitbekommen, wie es passiert war, und schon lag auf dem Sitz ein kleines Plastiktütchen.

„Soll das ein Witz sein? Rück gefälligst mehr raus!"

„Mehr hab ich nicht, echt", beteuerte Jáchym. „Ich hab bloß eine Kostprobe gekriegt."

Osvald drängelte nicht weiter. Bei nächster Gelegenheit müsste er die Gewächshäuser mal checken. Wer weiß, was der Scheißkerl dort alles versteckt hatte. Er nahm noch einen Zug und gab Jáchym den kurzen Rest des Joints zurück. Das Tütchen steckte er in die Hosentasche. Diese Rarität würde er garantiert mit niemandem teilen, die dürfte ihn direkt in den Himmel katapultieren. Schon jetzt fühlte er sich himmlisch.

„Geiles Zeug", sagte er anerkennend. „Warum hast du das nicht im Gewächshaus?"

„Ich denk drüber nach." Jáchym stieg aus dem Auto. „Angeblich haben die Pflanzen keine hohen Ansprüche. Und es geht schnell – Ernte nach acht Wochen."

Osvald ließ noch einmal den Blick über die Fenster des Anwesens gleiten. Es hätte ihn mal interessiert, ob Hedvika an einem von ihnen stand. Gerne hätte er sie nach den gestrigen Ereignissen jetzt gesehen. Vor allem ihre Augen. In den Augen der Mädchen, die er sich gefügig gemacht hatte, konnte er jedes Mal eine furchtsame Unsicherheit lesen. Die Erwartung, was als nächstes passieren würde. Sie kamen sich erniedrigt vor, missbraucht, ihrer Selbstachtung beraubt. Und wussten weder ein noch aus. Dieser Verlust ihres Selbstbewusstseins erregte ihn am meisten. Er spielte mit ihnen wie die Katze mit der Maus. Eine panische, verletzte Maus fand selten den Weg in die Freiheit. Sie wurde passiv, verlor ihren Willen. So wie seine Mutter. Früher hatte sie ihn zur Verzweiflung getrieben. Osvald hatte sie geliebt und sie hatte ihn dafür bestraft. Immer wieder hatte sie ihm deutlich gemacht, wie wenig ihr an ihm gelegen war, und heute konnte er ihr das endlich heimzahlen. Das Blatt hatte sich gewendet. Sie war machtlos. Und er hatte ihr Geld.

Auf der Straße fuhr ein Traktor vorbei, darin saß Luhan. Er winkte ihnen zu. Damals nach der Razzia hatte er beleidigt getan, er konnte es Osvald nicht vergessen, wie der auf seinem Hof rumgeschnüffelt hatte, wütend hatte er sich gewehrt. Warum er ausgerechnet bei ihm suche? Warum er nicht mal einen Blick auf Stašek werfe? Ob er nicht wisse, mit was der Alte seinen Parkinson therapiert? Ha! Er hatte ja keine Ahnung, dass er Osvald auf die richtige Spur geführt hatte. Vom alten Stašek zu Jáchym zu kommen, war dann ein Kinderspiel. Ein Hauch Geduld hatte genügt. Luhan rief ihnen von seinem Traktor aus etwas zu, aber man verstand ihn nicht. Osvald wartete, bis er vorbei war, und ließ den Motor an. Er nickte Jáchym ganz leicht zu. Denn obwohl alles in ihm vor Freude trällerte, blieb er äußerlich auf Distanz. Dieser Idiot durfte nicht mitbekommen, wie sehr er von ihm und seinem Gras abhängig war.

Langsam fuhr er davon. Als er die Pergola passierte, fiel ihm auf, dass der Parkplatz leer war. Das hieß, Hedvika war weggefahren. Entweder zur Arbeit oder … Osvald versuchte, sich in sie hineinzuversetzen. Was würde er tun, wenn er an ihrer Stelle wäre? Er dachte nach. Ein paar beunruhigende Möglichkeiten fielen ihm ein. Logisch betrachtet gab es ein Paar Dinge, vor denen er auf der Hut sein sollte. Doch gleich musste er über seine Befürchtungen lachen. Weibliche Logik? Die dachten doch eh alle nur mit ihrer Möse!

Er überholte Luhan und sah auf die Uhr. Schon wieder bekam er Lust. Aber bis zu seiner abendlichen Verabredung war noch viel Zeit. Er würde vorher zu Hause vorbeifahren und ein anderes T-Shirt anziehen. Dann ganz gemütlich zum Treffpunkt fahren. Er wollte als Erster da sein, das Umfeld scannen. Beim letzten Mal war es extrem peinlich gelaufen. Er war fix und fertig gewesen, die Nerven waren mit ihm durchgegangen, fast hätte er sie umgebracht. Diesmal müsste er aufpassen. Und außerdem die Risiken und Probleme abwägen, die durch diesen aufgeblasenen Glatzkopf entstehen könnten. Fährt einen Porsche, und dabei hat er ganz schön die Kacke am Dampfen! Aber genau das war der wunde Punkt. Falls er auf dem absteigenden Ast saß, würde er wütend um sich schlagen. Beweis genug waren seine Drohungen ja bereits. Den müsste er im Blick behalten. Sich eine Strategie überlegen. Osvald hatte schon oft gedacht, dass er den falschen Beruf hatte, er hätte zur Armee gehen sollen. Sicher wäre er ein besserer Soldat gewesen, als Polizist. Der Polizeidienst bot eine fast schon zu breite Palette an Gelegenheiten, ein Schwein zu sein. Er wusste, dass sie ihn das Dreckschwein nannten. Und er hatte nicht vor, irgendetwas an seinem Ruf zu ändern.

Zufälle gibt es nicht. Alles, was geschieht, ist lediglich Bestandteil von etwas, das bereits geschehen ist. Schuld und Strafe. Einatmen und Ausatmen. Geburt und Tod. Nichts entsteht von selbst. Ich weiß, warum ich gerade jetzt hier sitze und das schreibe, ich kenne die unmittelbare Ursache, die wiederum Folge einer Ursache ist, welche von einer noch älteren Ursache ausgelöst wurde. Die allererste Ursache kenne ich nicht. Sie steht nicht in meinen Aufzeichnungen, so weit zurück reichen sie nicht. Und auch wenn, man kann nicht zurückgehen, nur nach vorn. Möglichst durchdacht. Damit man nichts tut, wovon man nichts weiß. Damit man nicht von den Umständen überrascht wird. Auch die sind nicht zufällig, sie lassen sich nicht verändern, aber man kann über sie die Kontrolle gewinnen. Für dieses Tagebuch. Das den Sinn hat, jedes Ereignis im Gedächtnis festzuhalten. Zum Beispiel die Unterhaltung im Geschäft. Scheinbar ohne Bedeutung.

„Eine Flasche georgischen Weinbrand", sage ich. Seine Lieblingsmarke.

Die junge Verkäuferin lässt den Blick über die Flaschen hinter der Kasse wandern. Ein paar stellt sie um, sucht auch in den hinteren Reihen.

„Georgischen haben wir leider nicht."

Einen Moment lang überlege ich, ob ich woanders hingehen soll. Schließlich verwerfe ich die Idee.

„Dann geben Sie mir den Metaxa."

Ich beobachte, wie sie ihn aus dem Regal nimmt. Mit einem Schmunzeln schaut sie mich an. Sie denkt, dass ich vorhabe, mich gepflegt zu betrinken. Und hat doch keine Ahnung, welchen Dienst mir der Weinbrand leisten soll. Schon bald. In ein paar Stunden. Ich sehe mein Spiegelbild in der Glasscheibe, als ich das Geschäft verlasse. Angespannte Muskeln am Hals, eine allzu harte Miene, in meinen eigenen Augen lese ich Wut. Ich weiß, wo sie herkommt, aber sie könnte für meinen ganzen Plan gefährlich werden. Also muss ich sie loswerden. Ich balle die Hand zur Faust, ganz fest, noch fester, ich sehe die Knöchel weiß anlaufen, aber ich drücke noch mehr zu, mit der Kraft meines Willens zermalme ich meinen Zorn, bis in meinem Blick nichts zurückbleibt als Entschlossenheit. Die muss ich nicht verbergen. Er hat sie auch in sich. Diesen Zweikampf kann nur einer gewinnen. Nämlich ich. Ich bin nicht nur motivierter, ich kenne auch die längere Kette aus Ursachen. Ich bin stärker. Auch dank dieser Aufzeichnungen.

Natürlich rechne ich damit, dass etwas dazwischenkommen kann. Dass etwas schiefgeht. In so einem Fall muss ich improvisieren. Und immer an mein Ziel denken. Das, was hier geschieht, darf nicht weitergehen. Die Achse von Gut und Böse hat weder Anfang noch Ende. Beides ist jederzeit anwesend. In mir, in ihm, in jedem. In unterschiedlichem Maße. Wenn ich ihn umbringe, nütze ich damit allen, denn ich reduziere das Böse. Das muss ich im Hinterkopf haben.

Ich werde es ständig vor mir hersagen. Ich werde meine Aufzeichnungen immer und immer wieder lesen. Damit die Kraft mich nicht verlässt.

Beide Briefkästen waren identisch. Grün gestrichen mit einem Bronzeschild. Auf dem einen stand *Milada Štajfová*, auf dem anderen *Marián Holina*. Die Haustür war ebenfalls grün. In direkter Nachbarschaft zu den neuen Bürogebäuden wirkte sie wie aus einer anderen Welt. Aus einer anderen Zeit. Auch jetzt um Mitternacht.

Marián schloss auf und betrat den Innenhof. Noch gut in Erinnerung war ihm sein erster Eindruck – vor fünfzehn Jahren. Damals war ihm seine Einzimmerwohnung im vornehmen Vinohrady gekündigt worden, in der er schon ein paar Jahre gewohnt hatte, und er hatte dringend etwas anderes gesucht. Mindestens fünfzig Wohnungen hatte er besichtigt, aber entweder gefielen sie ihm nicht oder waren unbezahlbar. Dann fuhr er eines Tages mit dem Rad durch Karlín, das sich östlich der Innenstadt als flacher Streifen zwischen der Moldau und dem Vítkov-Hügel erstreckte. An einer Ampel fiel ihm ein angeklebter Zettel ins Auge, auf dem eine Werkstatt zur Miete angeboten wurde. Von den Telefonnummern zum Abreißen war nur noch eine übrig. Er rief an. Die ältere Dame am anderen Ende bestätigt ihm, dass das Angebot noch gelte, er könne sich die Werkstatt anschauen kommen. Fünf Minuten später war er dort. Die Haustür war leicht ramponiert, aber der Innenhof dahinter wirkte gepflegt, das blumenübersäte Beet erinnerte ihn an den Garten seiner Tante Jozefína. Das Haus gehörte noch zum Altbaubestand des Viertels, der immer häufiger neuen Gebäuden weichen musste. Ein Obergeschoss, eine Pawlatsche, die Treppe außenliegend. Die ehemalige Instrumentenbauerwerkstatt im Erdgeschoss in genauso schlechtem Zustand wie das ganze Haus.

„Ich wohne oben", sagte die Besitzerin, als sie ihn durch die Werkstatt führte. Milada Štajfová, Witwe, ehemalige Sekretärin an der Fakultät für Verkehrswesen der Prager Technischen Universität. Damals war sie sechzig gewesen. Das kurze Haar von der Farbe beschlagenen Silbers, starr wie Nägel, verriet ihre grundlegenden Charakterzüge. „Ich vermiete Ihnen die Werkstatt nur, wenn Sie mir versprechen, dass Sie hier keinen Radau machen. Keine Schleifmaschine, keine Kreissäge oder solchen Unsinn."

„Und was ist mit Musik?" Ihr Erschrecken auf seine Frage war fast schon komisch.

„Haben Sie eine Band?", stieß sie entsetzt hervor. „Wollen Sie hier proben?"

„Ich will hier wohnen", antwortete er. „Ich brauche keine Werkstatt, sondern eine Wohnung. Ich pfeife gern vor mich hin. Ab und zu werde ich Musik von einer CD hören. Und gelegentlich singe ich auch mal ein slowakisches Lied, damit ich meine Muttersprache nicht vergesse."

Die Vorstellung, dass er bei ihr im Haus einziehen würde, fand sie nicht abwegig. Seine slowakische Abstammung allerdings machte keinen guten Eindruck auf sie. „Ich kann die Slowaken nicht leiden", verriet sie ihm mit einer Direktheit, die ihn anfangs frappierte, aber im Lauf der Jahre akzeptierte er sie allmählich als etwas, das das Leben erleichterte.

„Warum denn?"

„Weil sie die Ungarn nicht leiden können."

„Und Sie mögen die Ungarn?"

„Mein Großvater mütterlicherseits war Ungar."

„Meiner auch." Die ungarischen Großväter hatten das Eis gebrochen. Sie hatte ihm die Werkstatt nicht nur vermietet, sondern ihm auch gestattet, dort einige bauliche Veränderungen vorzunehmen, die den Raum in ein angenehmes Loft verwandelten. Es hatte sie auch nicht gestört, als dann Darja mit einzogen war. Sie hatte sie sogar in ihr Herz geschlossen und sie oft im Krankenhaus besucht. Nach Darjas Tod war ihre Beziehung zu Marián sogar noch enger geworden. Es gab eine klare Arbeitsteilung. Marián putzte die Fenster, Frau Štajfová fegte den Bürgersteig. Marián reparierte die Haustür und strich sie neu an, Frau Štajfová brachte den getrennten Müll zu den Recycling-Containern. Er pfiff vor sich hin, sie maulte. Sie schimpfte auf alles, außer auf die Ungarn, und Marián gewöhnte sich daran, ihr Genörgel als etwas Selbstverständliches hinzunehmen. Wenn es eines Tages aufhören sollte, wüsste er, dass sie tot war. Jetzt stand sie auf der Pawlatsche, trotz der vorgerückten Stunde sehr lebendig, presste sich den Morgenmantel gegen den Leib und schimpfte.

„Um diese Uhrzeit sind anständige Leute längst im Bett! Morgen kommen Sie wieder unausgeschlafen zur Arbeit. Da werden Sie schön ermitteln können."

„Ich habe Ihnen was mitgebracht, fangen Sie!" Er warf ihr eine noch eingeschweißte Bonbonniere, die er an einer Tankstelle am Stadtrand von Baden erstanden hatte, hinauf auf die Pawlatsche. Sie fing sie auf. Für ihr Alter zeigte sie ein gutes Reaktionsvermögen.

„Dankeschön", sagte sie. Im gleichen Tonfall, wie andere Menschen sagen: „Gern geschehen." Marián ging zu seiner Tür und schob den Schlüssel ins Schloss. Er spürte, dass sie ihm von oben zusah. „Hat Ihnen das Seminar in Österreich was gebracht?"

„Mehr, als ich erwartet hätte", antwortete er wahrheitsgemäß. Als er zu seinem kurzen Urlaub aufgebrochen war, hatte er ihr anvertraut, wo er hinfuhr, hatte aber nicht erwähnt, mit wem. Er ließ sie in dem Glauben, dass er an dem Astrologieseminar aus eigenem Interesse teilgenommen hatte. „Ich hab dort jedenfalls einen sympathischen Professor aus Budapest kennengelernt. Von dem erzähl ich Ihnen mal. Gute Nacht!"

Er schloss auf, betrat seine Wohnung, stellte die Reisetasche auf den Boden und machte die Tür zu. Er fühlte sich müde, war aber glücklich. Sabina hatte ihm versprochen, nächste Woche zum Abendessen zu kommen. Er hatte beschlossen, Haluschki mit Brimsen für sie zu kochen, slowakische Nocken mit Schafsfrischkäse. Nach einem Familienrezept, in dem ein paar kleine Geheimnisse steckten. Das Wichtigste war der Weißwein, in den der Schafskäse über Nacht eingelegt wurde. Als er an den Wein dachte, öffnete er seinen Kühlschrank und schenkte sich ein Glas aus der angebrochenen Flasche Sauvignon ein. Den ersten Schluck gegen den Durst, den zweiten aus Freude am Geschmack. Aber an seinem Gaumen entfaltete sich kein Aroma, der Wein war zu kalt. Er stellte ihn zum Temperieren auf die Arbeitsfläche.

Nach und nach packte er seine Tasche aus und räumte alles zurück an seinen Platz. Den Rasierapparat ins Bad, das Sakko in den Schrank, das angefangene Buch neben das Bett. Dabei gähnte er. Er würde sich den Wecker stellen müssen. Zdeněk hatte er versprochen, gegen halb acht im Büro zu sein, um den neuen Kollegen persönlich in Empfang zu nehmen. Diviš Mrštík. Polizeiakademie, zwei Jahre Praxis in verschiedenen Abteilungen. Ein Grünschnabel. Jetzt sollte er fest bei ihnen anfangen. Zdeněk, überzeugt von Mariáns pädagogischen Fähigkeiten, hatte ihm den Neuen zugeteilt, zum Erfahrungen Sammeln. Marián war nicht begeistert. Er hatte keine Angst, dass ihm der neue Besen zeigen würde, wie man am besten kehrt, aber er verspürte einen Unwillen, dem naiven, ehrgeizigen Jüngelchen gegenüber seine eigenen Methoden begründen zu müssen. Akademieabsolventen hatten die Angewohnheit, sich nach Arbeitsabläufen zu erkundigen, die Marián bereits so in Fleisch und Blut übergegangen waren, dass er gar nicht mehr darüber nachdachte. Ihm genügte es, dass sie funktionierten. Bloß würde er jetzt erläutern müssen, warum sie funktionierten, und das wusste er oft selbst nicht. Wie bei der Intuition. Er hatte die Befürchtung, dass er sie, wenn er wirklich analysieren würde, welche Wege sie ging und warum sie so verdammt zuverlässig war, verscheuchen könnte. Das einzige, was er mit Sicherheit wusste, war, dass sie sich unterhalb des Bauchnabels zu Wort meldete. Wie jetzt. Das gut bekannte Kribbeln im Unterleib machte ihn darauf aufmerksam, dass etwas passieren würde. Etwas Außergewöhnliches. Aus Erfahrung wusste er, dass außergewöhnliche Angelegenheiten immer auch außergewöhnlichen beruflichen Einsatz bedeuteten, Schlafmangel, Kampf gegen die Zeit.

Er hoffte, dass er heute Nacht noch genug Ruhe fände. Er würde die Fenster offen lassen, damit wenigstens gegen Morgen ein wenig frische Luft in die Wohnung käme. Daran herrschte zunehmend größerer Mangel. Schon achtundzwanzig Tage lang hatte es nicht geregnet, die Temperaturen stiegen immer weiter. Es war der wärmste Juni, an den er sich erinnern konnte. Die Meteorologen behaupteten, dass von den Britischen Inseln langsam eine Kaltfront heranziehe, die Mitteleuropa aller Voraussicht nach am Donnerstag erreichen würde und ausgiebigen Regen mitbrächte. Falls sie sich nicht irrten, erwarteten Prag noch drei heiße Tage.

Der drittletzte Tag vor dem Regen

Kommissar Diviš Mrštík hatte kürzlich – zumindest demnach zu urteilen, was in den Unterlagen stand – seinen siebenundzwanzigsten Geburtstag gefeiert, aber er sah aus wie ein frischgebackener Abiturient. Er war gut gekleidet und benutzte angenehm duftendes Rasierwasser. Sein Händedruck war ebenfalls angenehm.

„Sie fahren ohne Helm?", fragte er, als Marián sein Rad am Ständer im Hof des Polizeipräsidiums anschloss. „Das sollten Sie aber nicht."

„Es ist viel zu heiß, ich schwitze am Kopf", versuchte Marián zu erklären. Er war sich nicht sicher, ob dieser Vorwurf ein Anzeichen von Besserwisserei oder von natürlichem Verantwortungsgefühl war. Er beschloss, seinem neuen Partner möglichst bald das Du anzubieten. Das erleichterte die Verständigung. Wenn man sich duzte, kam man schneller dahinter, ob der andere ein Arschloch war.

„Wir trinken einen Kaffee", schlug er vor und nahm den Weg zur Kantine. Sie war fast leer, an einem Tisch saßen Rosťa und Kommissar Svoboda mit Ivanka aus Brünn, die bei ihnen ein einjähriges Praktikum absolvierte. Sie arbeiteten am Fall Hamouz. Der Rechtsanwalt, der vor einem Monat ein Stück von seiner Villa entfernt erschossen worden war, hatte seine Finger in Immobilienbetrügereien, die Ermittlungen fokussierten sich immer stärker auf einen Kreis von Prager Inkassounternehmern. Die lockenköpfige Ivanka war fröhlich, beim Lachen bildeten sich Grübchen in ihren Wangen und Marián fiel auf, dass sie, wenn sie mit Rosťa sprach, öfter lachte, als wenn sie mit Svoboda redete. Er hatte den Verdacht, dass es genau diese fröhlich Brünner Praktikantin war, die Sabinas Ehe auf die Probe stellte. Er selbst empfand keine Schuld – er hatte sich erst in die Ereignisse eingeklinkt, als sie schon in Bewegung geraten waren.

Er winkte Rosťa und den anderen beiden zu und ging mit Mrštík zum Tresen.

„Wissen Sie, was die Tschechen und die Slowaken gemeinsam haben? Sie halten sich gern in Räumen auf, wo es nach Essen duftet", merkte er an, während sie auf ihren Kaffee warteten. „Hier in der Kantine wird mehr Arbeit erledigt als oben in den Büros. Den Tisch rechts an der Tür hat Zdeněk in Beschlag genommen – den findet man hier Tag und Nacht."

„Meinen Sie Kriminaloberrat Karoch?", fragte Mrštík in demselben, leicht tadelnden Tonfall wie vorhin, als er über den Fahrradhelm gesprochen hatte. Konventioneller junger Schlaumeier mit Sinn für dienstliche Hierarchien, dachte Marián. Die Reste seines katholischen Gedächtnisses flüsterten ihm den Beginn eines Gebets ein, das ihm Tante Jozefína einmal beigebracht hatte: *Panna Mária, prosím ťa, gib mir ein wenig Geduld im Umgang mit meinem Nächsten …* Meist dachte er auf Tschechisch, aber manchmal, wenn seine Gedanken emotional gefärbt waren, kehrte er zu seiner slowakischen Muttersprache zurück.

Sein Telefon klingelte. Er schaute aufs Display.

„Zdeněk?", sagte er anstelle einer Begrüßung. Dann hörte er nur noch zu. Sein gestriges Bauchkribbeln hatte nicht gelogen.

„Unser erster gemeinsamer Fall", sagte er zu Mrštík, als er das Telefonat beendet hatte. „Zuerst trinken wir in Ruhe unseren Kaffee, und dann fahren wir mal in Richtung Beroun. Genauer gesagt in den ehemaligen Vrchlík-Steinbruch. Dort gibt es einen See. Kennen Sie den?"

Mrštík nickte. „Herrliches klares Wasser."

„Wir fahren aber nicht zum Baden hin. Die haben dort gerade ein Auto samt Fahrer rausgeholt."

„Müssten sich darum nicht die Kollegen aus dem Landkreis kümmern?"

„Unter normalen Umständen schon", gab Marián ihm recht. Er nahm einen Schluck Kaffee und biss in sein Hörnchen. Zwei minus, bewertete er es in Gedanken. Für Hörnchen hatte er eine Schwäche, er bewertete ihre Qualität für sich mit Zensuren von eins bis sechs.

„Wodurch sind denn die Umstände unnormal?", fragte Mrštík.

„Der tote Fahrer ist ein Polizist aus dem Landkreis. Sieht so aus, als wäre er nicht zufällig am Grund des Sees gelandet. Damit niemand voreingenommen ist, werden wir die Ermittlungen übernehmen."

„Unterkommissar Osvald Zapletal, achtundvierzig Jahre, geschieden, zwei Kinder. Bei der Polizei war er seit 1997. Die letzten vier Jahre im Landkreis Kladno", berichtete ein Kriminalsekretär aus Beroun mit markanten abstehenden Ohren. Er stand auf dem Parkplatz, von wo eine Piste hinab in den Steinbruch führte. Sie war mit Flatterband abgesperrt. „Bei uns in Beroun hat er davor gearbeitet."

„Warum ist er bei Ihnen weg?", fragte Marián. Er und Diviš Mrštík waren aus dem Wagen gestiegen und schauten sich um. Außer Polizeiautos standen noch zwei Motorräder mit Kennzeichen aus der Umgebung hier.

„Für ihn war's näher nach Kladno."

Auf den Parkplatz bog ein kleiner Bus voller Kinder ein. Aus dem Inneren hörte man ihre durchdringenden Stimmen. Die Frau neben dem Fahrer sah genervt aus. Als sie die Polizeiabsperrung sah, lehnte sie sich aus dem Fenster.

„Was ist denn hier los?", fragte sie mit einem mulmigen Gefühl. „Der Steinbruch ist doch nicht etwa geschlossen?"

„Leider doch", bestätigte der großohrige Kriminalsekretär ihre Befürchtungen.

„So ein Mist!", entfuhr es ihr. „Wir haben heute Wandertag. Wo können wir die denn sonst ins Wasser schmeißen?"

Sie sprach von den Kindern wie über schmutzige Wäsche, die schon anfing zu müffeln.

„Beroun, Svatá, Zdice, Hořovice", ratterte der Kriminalsekretär herunter. Man sah, dass er diese Auskunft heute nicht zum ersten Mal gab. Dann schob er noch eine persönliche Empfehlung nach: „Ich würde mit ihnen in den Aquapark nach Beroun fahren. Dort gibt's super Rutschen."

„Und super Preise", bemerkte die Frau ironisch. „Wir versuchen's lieber in Svatá im Freibad."

„Mit so einem Trupp kriegen Sie doch überall Ermäßigung", befand der Kriminalsekretär. Doch die Frau teilte seinen Optimismus offensichtlich nicht. Sie informierte die Kinder, die schon dabei waren, von ihren Sitzen aufzustehen, über die Programmänderung, sprach etwas mit dem Fahrer ab, und dann fuhren sie davon.

„Zapletal hat am westlichen Stadtrand von Prag gewohnt." Der Kriminalsekretär kehrte ohne die geringsten Schwierigkeiten zu ihrem unterbrochenen Gespräch zurück. „Zur Arbeit ist er von dort aus gependelt."

„Haben Sie ihn gut gekannt?"

„Eineinhalb Jahre war er mein direkter Vorgesetzter."

„Was können Sie uns über ihn berichten?"

Man sah dem Kriminalsekretär an, dass er gründlich über seine Antwort nachdachte. Ehe er lossprach, zog er die Augenbrauen in die Höhe. Marián kannte diese Geste noch gut aus seiner Kindheit. Sein Cousin Fero hob seine Augenbrauen jedes Mal, bevor er eine Lüge äußerte.

„Er war ein guter Polizist. Mit viel Erfahrung."

„Routinier?", fragte Diviš und bekam dafür von Marián den ersten Pluspunkt. Die richtige Frage zum richtigen Zeitpunkt gestellt. Der Kriminalsekretär sprach mit ihnen ohne

Zeugen, er hätte den toten Kollegen problemlos ein bisschen mit Dreck bewerfen können.

„Er war in seinen eingefahrenen Bahnen unterwegs", räumte er zögerlich ein. „Er hat nicht gern seine Gewohnheiten geändert."

„Was für Gewohnheiten?"

„Er hatte so seine Arbeitsweise. Ein bisschen … eigenwillig." Am Waldrand erschien noch ein Polizist. Er kam auf sie zu. Die Mitteilungsfreude des Kriminalsekretärs war mit einem Schlag verflogen. Kurz und knapp beschloss er seine Aussage: „Jedenfalls war er Profi. Und hat Ergebnisse gebracht."

„Wer hat ihn im Steinbruch gefunden?"

„Die beiden da." Der Kriminalsekretär machte eine Kopfbewegung in Richtung der abgestellten Motorräder. „Sie sind früh am Morgen zum Baden gekommen."

„Wo sind sie?"

Der zweite Uniformierte war inzwischen beim Parkplatz angekommen. Sein Hemd hatte unter den Achseln dunkle Flecken, das Gesicht war rot, die Stirn schweißglänzend. Den Schulterklappen nach war er Unterkommissar.

„Farkas", stellte er sich vor. „Ich bring Sie zu den Motorradfahrern. Bloß einen Schluck."

Er holte aus einem der Polizeiwagen eine Wasserflasche, schraubte den Verschluss ab, drehte ihnen den Rücken zu und trank lange und gierig. Sie hörten ihn schlucken.

„Falls Sie was zu trinken dabei haben, nehmen Sie's mit", empfahl er ihnen, als er die Flasche wieder zugeschraubt hatte. „Da unten gibt's kein Wasser. Außer dem im See, aber da hat ja die ganze Nacht ein Toter drin gelegen."

„Woher wissen Sie, dass er die ganze Nacht dort war?", fragte Marián.

Farkas interpretierte seine Frage aus irgendeinem Grund als Vorwurf.

„Pardon", entschuldigte er sich. „Das war bloß eine Metapher."

„Den Todeszeitpunkt bei einem Körper feststellen, der im kalten Wasser lag, das ist ziemlich schwierig", erläuterte die Pathologin Doktor Léblová. „Nach meiner vorläufigen Schätzung ist er gegen Mitternacht gestorben."

„Ist er ertrunken?"

„Es deutet alles darauf hin, aber bestätigen kann das erst die Obduktion."

Es war kurz vor Mittag, die Sonne stand fast senkrecht über dem Rachen des Steinbruchs. Der türkisblaue See machte auf den ersten Blick einen erfrischenden Eindruck, aber die Luft war so aufgeheizt, dass die kleine Wasserfläche zwischen den Felshängen sie nicht abkühlen konnte. Polizisten und Feuerwehrleute waren mit kurzen Ärmeln zugange, trotzdem machte ihnen die Hitze zu schaffen. Noch schlimmer dran waren die Techniker in den Schutzanzügen. Zapletals weißer Octavia stand nach dem Herausziehen am Ufer, der Tote lag darin, eingeklemmt zwischen den Vordersitzen.

„Ich geh davon aus, wir finden bei ihm Alkohol im Blut", sagte Doktor Léblová. „Vermutlich eine größere Menge, sonst hätte er sich problemlos aus dem Auto befreit und wäre ans Ufer geschwommen. Die Techniker haben auf dem Boden des Wagens eine Metaxa-Flasche gefunden."

Doktor Léblová sprach wie üblich kurz und knapp. Vor einer Obduktion ließ sie sich selten zu Hypothesen hinreißen. Marián und Diviš ließen ihre Blicke über den Wagen gleiten. Nach wie vor tropfte Wasser heraus, beide vorderen Seitenfenster waren heruntergelassen, der Schlüssel steckte im Zündschloss. Marián schaute sich am Ufer um. An manchen Stellen fiel es bis zum Wasser hin ab, an anderen war es unzugänglich. Dort, wo das Auto in den See gestürzt war, lag der Wasserspiegel nicht einmal einen Meter tiefer.

„Er könnte sich am Kopf gestoßen und das Bewusstsein verloren haben", sagte Diviš.

„Er hat am Kopf keine sichtbare Verletzung. Aber hier, sehen Sie?" Sie zeigte auf einen leicht bläulichen Streifen an beiden Handgelenken. „Als wären seine Hände gefesselt gewesen."

„Mit was?"

„Strick oder schmales Band."

Marián beugte sich hinab und betrachtete den Toten aus der Nähe. Seine Haare, an den Schläfen grau meliert, waren bereits getrocknet. Er war braungebrannt, das Gesicht wie bei einem Cowboy aus einem klassischen Western. Ausgeprägt männliche Züge. Unter dem schnell trocknenden schwarzen T-Shirt, das sich über breite Schultern spannte, schaute ein Holster mit einer Pistole hervor.

„Können Sie die mal rausziehen?", bat Marián einen Techniker. Der knöpfte das Holster auf und holte vorsichtig, um keine Abdrücke zu beschädigen, die Waffe heraus. Es war keine Dienstpistole, sondern eine Beretta. Mit vollem Magazin.

„Haben Sie in seinen Hosentaschen nachgeschaut?"

„Dort haben Sie alles, was wir bei ihm gefunden haben." Der Techniker zeigte auf eine Plastikwanne, in der Tüten mit Beweismitteln lagen. In einer war ein Portemonnaie. „Da drin hatte er einen Fünfhunderter, ein bisschen Kleingeld, Waffenschein und Führerschein."

In anderen Tüten sah Marián den Dienstausweis, Filtertabak, einen Schlüsselbund und ein kleines Plastiktütchen. Leer.

„Am Ufer haben wir massig Zigarettenkippen gefunden." Der Techniker zeigte Marián eine Tüte voll mit Kippen, darunter auch die von Selbstgedrehten ohne Filter. „Ein paar davon werden wohl die Reste von Joints sein, aber ob die von ihm sind, kann uns erst die DNA-Analyse zeigen."

„Ein Handy hatte er nicht?"

„Nicht bei sich. Falls es im See liegt, finden wir's." Der Techniker machte eine Kopfbewegung in Richtung eines Tauchers, der gerade an der Oberfläche erschienen war. „Die Sicht ist einwandfrei, überhaupt kein Schlamm."

Er schnappte sich die nächste Beweistüte und schob die Pistole hinein. Marián und Diviš gingen zu dem Techniker, der ein Stück weiter die Reifenspuren sicherte. Er trug eine Brille mit dickem Rahmen, wie sie Ende der Sechzigerjahre modern war. Marián fand es absurd, wie eine so unkleidsame Modeerscheinung zurückkehren konnte. Er blieb bei ihm stehen.

„Wie ist es passiert?", fragte er. Er wusste, dass er in diesem Moment kaum eine eindeutige Antwort bekommen konnte, aber er machte bei den Technikern und Laboranten immer Druck. Er tat so, als erwarte er von ihnen mehr, als er es in Wirklichkeit tat, um ihren Ehrgeiz anzustacheln. Das funktionierte besonders bei den jüngeren Jahrgängen. Er bekam seine Ergebnisse schneller als die meisten seiner Kollegen. Der Techniker mit der Retrobrille war höchstens fünfundzwanzig. Er führte die beiden ein Stück weiter weg.

„Hier hat er vermutlich geparkt. Sehen Sie? Die Kante hier bietet eine natürliche Barriere für die Räder. An ihr haben wir Gummipartikel gefunden. Und hier im Sand – das Fragment einer Spur."

„Von seinen Reifen?", fragte Diviš und betrachtete den kaum sichtbaren Abdruck eines Rades.

„Das wissen wir noch nicht."

Marián besah sich den steinernen Vorsprung. Dann ging er zurück zum Auto und schaute hinein. Die Handbremse war gelöst, der Schalthebel stand auf Neutral.

„Er hatte keinen Gang eingelegt und auch die Bremse nicht angezogen", bestätigte der Techniker, der offensichtlich Mariáns Gedanken nachvollzogen hatte. „Der Gang hätte rausrutschen können. Richtung Ufer geht's ja bergab, aber über die Kante hier wäre das Auto nicht von alleine losgerollt. Es muss einen Schubs gekriegt haben."

„Glauben Sie, da hat jemand nachgeholfen?"

Der Techniker zuckte mit den Achseln. „Haben Sie eine bessere Erklärung? Die Frage ist, warum er nicht gebremst hat."

„Er könnte geschlafen haben", sagte Diviš. „Oder er war hackedicht."

Marián schaute auf die Handgelenke des Toten. Hätte der Mörder sicher gehen wollen, dass der Polizist es nicht aus dem Auto schaffen würde, hätte er ihn vermutlich festgebunden. Wäre ihm aber daran gelegen gewesen, dass der Tod wie ein Unglücksfall aussähe, hätte er dem Ertrunkenen später die Fesseln lösen müssen. Marián konnte sich die nächtliche Szene recht lebhaft vorstellen: Dunkelheit, der leere Steinbruch, der Sturz des Autos in den See, das durch die offenen Fenster eindringende Wasser, der am Lenkrad festgebundene Mann. Hatte er geschlafen und war nicht aufgewacht? Oder hatte er verzweifelt versucht, sich zu befreien? Wie viel Zeit hatte der Mörder vergehen lassen, bis er selbst hinabgetaucht war und den Toten losgebunden hatte? Oder hatte sich das alles ganz anders abgespielt?

„Jemand hat die Türen und das Armaturenbrett abgewischt." Die Stimme des ersten Technikers holte Marián zurück in die Realität. „Er hat sogar den Bezug vom Beifahrersitz gesäubert."

„Mit was?"

„Schwer zu sagen, er hat sich mit Wasser vollgesogen, aber er scheint Ammoniak benutzt zu haben. Die chemische Analyse wird zeigen, was das genau war."

Die forensischen Verfahren sind mittlerweile zu allem fähig, dachte Marián. Sie fördern Beweise zutage, von denen wir vor fünfzehn Jahren nicht einmal zu träumen wagten. Nur auf eine Frage haben sie nach wie vor keine Antwort parat, und zwar auf die grundlegendste: *Prečo?* Warum hat der Täter ausgerechnet das getan? Warum etwas anderes nicht? Solange aus menschlichen Beweggründen gemordet wird, kann das Motiv einer verübten Tat allein der Mensch aufdecken. Allein der Mensch kann sich in einen anderen Menschen hineinversetzen. Gründe durchdenken, die zu einem Mord geführt haben könnten, Ursachen für das Verhalten eines Opfers ergründen. Marián hatte schon seit jeher diese Ebene der kriminalistischen Arbeit für die großartigste gehalten. Auch deshalb reizte ihn der Gedanke immer mehr, die Astropsychologie zu Rate zu ziehen. Vielleicht könnte man ja die genaue Uhrzeit von Zapletals Geburt herausfinden. Am ehesten von seiner Mutter. Mütter erinnerten sich an die Uhrzeit, zu der ihre Kinder auf die Welt gekommen sind – falls sie nicht das ereilte, was Mariáns Mutter passiert war. Marika, artikulierte er in Gedanken den Vornamen seiner Mutter, wie immer, wenn er an sie dachte. Es war eine Angewohnheit. Eine automatische neurophysiologische Reaktion, hatte ihm einmal ein Psychiater erklärt, mit dem er auf dieses Thema gekommen war. Während er darüber sinnierte, ob er sich seiner langjährigen Angewohnheit irgendwann einmal entledigen würde, beobachtete er Unterkommissar Farkas. Der sprach ein Stück von ihm entfernt mit zwei Mitarbeitern eines Bestattungsunternehmens und kam dann auf Marián zu.

„Können Sie den Toten abtransportieren?", fragte er. „Er sollte nicht allzu lange in der Sonne bleiben."

„Wir brauchen ihn hier nicht mehr", sagte Marián. „Hat jemand mit der Polizei in Kladno Kontakt aufgenommen?"

„Unser Kommandeur, Hauptkommissar Baigl. Er persönlich hat Oberkommissar Lír informiert. Der Oberkommissar hat gerade in Prag zu tun. Er wird sich mit Ihnen in Verbindung setzen. Hauptkommissar Baigl ist auf dem Weg hierher."

„Was ist mit Zapletals Verwandten?"

„Er hat bei seiner Mutter gewohnt – Růžena Zapletalová. Sie ist nicht zu erreichen. Aber ich habe die Telefonnummer von Zapletals Exfrau. Wollen Sie sie anrufen?"

Marián nickte und ließ sich von ihm die Nummer geben. „Wo sind die beiden Motorradfahrer?"

Farkas zeigte auf die andere Seite der Bucht. In einem schmalen Schattenstreifen unter einem Felsvorsprung kauerten zwei junge Männer.

„Tomáš Hudeček und Jakub Cmíral. Ich hab ihre Personalien aufgenommen. Sie haben gefragt, ob sie gehen können, aber ich habe ihnen gesagt, dass Sie ihnen bestimmt noch ein paar Fragen stellen wollen." Zustimmung heischend schaute er Marián an. Der nickte. Seiner Gesichtsfarbe nach zu urteilen, hatte Farkas Probleme mit Bluthochdruck, aber das hinderte ihn nicht daran, überdurchschnittlich effektiv zu sein.

„Seien Sie doch bitte so nett und übergeben alle Informationen, die Sie bisher zusammengetragen haben, meinem Kollegen Mrštík hier", bat er Farkas. Der nickte und wollte sich auf den Weg machen, aber Marián hielt ihn noch zurück. „Falls sich ein Zeuge bei Ihnen melden sollte oder Sie etwas erfahren, das uns weiterhelfen könnte, rufen Sie mich sofort an. Ich pfeif auf irgendwelche Befangenheiten, ich will, dass der Fall so schnell wie möglich aufgeklärt wird. Das schaffen wir nur, wenn wir alle an einem Strang ziehen, klar?"

„Klar, Herr Kriminalrat", antwortete Farkas und ging zurück zu den Herren vom Beerdigungsinstitut. Auf dem Weg dorthin wischte er sich das Gesicht mit einem Taschentuch ab. Marián und Diviš gingen zu den jungen Männern unter dem Felsen.

„Und wenn's Selbstmord war?", fragte Diviš nach ein paar Schritten.

„Wie hätte er das anstellen sollen?"

„Er hat eine Flasche Weinbrand getrunken und sich bekifft. Dann hat er den Motor angelassen …" Diviš verfolgte seine Theorie in Gedanken weiter. Nach einer Weile schüttelte er den Kopf. „Das ergibt keinen Sinn."

Marián stimmte zu: „Hätte er sich ertränken wollen, dann hätte er das anders gemacht. Und irgendwie muss er ja auch zu den Abdrücken an seinen Handgelenken gekommen sein."

„Für die ließe sich bestimmt eine Erklärung finden. Meiner Meinung nach könnte das auch ein Unfall gewesen sein. Wenn er sturzbetrunken eingeschlafen ist und das Auto sich in Bewegung gesetzt hat …"

„Du hast doch gehört, was der Techniker gesagt hat – es muss einen Schubs gekriegt haben."

„Vielleicht irrt er sich."

„Mit den abgewischten Abdrücken irrt er sich wahrscheinlich nicht."

„Vielleicht ist das eine Verkettung von Zufällen. Angenommen, Zapletal hat vorher in seinem Auto groß reine gemacht."

„Mit Ammoniak?"

„Warum nicht?"

Marián fand, dass die Hypothese an den Haaren herbeigezogen war, er ließ es sich aber nicht anmerken. Diviš war voller Elan, und Marián wollte ihn nicht ausbremsen.

„Kümmer dich um die Motorradfahrer und dann übernimm von Farkas die gesammelten Werke. Ich schau mich inzwischen mal in der Gegend um", sagte er, drehte sich um und bog zwischen die Bäume ab. Viele waren es nicht. Krüppelkiefern, Birken, hier und da ein Strauch. Sie hatten sich in Felsspalten festgesetzt und an Stellen, wo zumindest eine dünne Schicht Erde war. Er stieg bis zu einem Felsvorsprung, von dem aus er einen Blick auf die gesamte Wasserfläche hatte, und setzte sich hin. Er nahm sein Handy und wählte die Nummer von Zapletals Exfrau. Er ließ es läuten, bis die Mailbox ansprang. Dann legte er auf und beschloss, es später noch einmal zu versuchen. Eine Nachricht hinterlassen wollte er nicht.

Von seinem Platz aus sah er das stufenförmige Relief des Steinbruchs, in dem man noch gut die alten Zufahrtswege für das schwere Gerät erkennen konnte. Auf einem der Wege stand der Techniker, der die Spuren abgenommen hatte, und Marián wurde erst aus seiner jetzigen Perspektive klar, dass sich der steinerne Vorsprung, den er ihm vorhin gezeigt hatte, auf einem Weg befand, der von einer anderen Seite zum See führte, als von wo er mit Diviš hinabgegangen war. Er kam nicht vom Parkplatz. Marián stand auf, um herauszufinden, wo dieser Weg seinen Ausgangspunkt hatte.

Nach etwa fünf Minuten halsbrecherischen Aufstiegs erreichte er den Weg und folgte ihm bergauf. Zwischen seinen Schulterblättern floss der Schweiß hinab, aber gleichzeitig verspürte er Befriedigung. Der heiße Sommer war eine Herausforderung. Er kannte keine Zwischentöne, nur scharfe Kontraste. Rinnendes Baumharz und aufgeheizter Stein. Hartes Licht und tiefer Schatten. Mörderische Mittagssonne und der Tod um Mitternacht.

Der Weg verließ den Steinbruch an der Seite, die dem Parkplatz gegenüber lag. Auch hier war mit Flatterband abgesperrt. Daneben war ein junger Wachtmeister postiert. Er saß im Schatten und telefonierte. Als er Marián erblickte, beendete er das Gespräch, erhob sich und kam auf ihn zu.

„Der Zugang zum Steinbruch ist verboten", sagte er. „Da hat sich ein Unglück ereignet."

„Deswegen bin ich hier." Marián zeigte ihm seinen Dienstausweis. Der Ausdruck, den der junge Polizist benutzt hatte, regte unwillkürlich seine Gedanken an. Den Tod am Grund eines Sees zu finden, war zweifellos ein Unglück. Nicht nur für Osvald Zapletal und seine Hinterbliebenen, sondern höchstwahrscheinlich auch für den Mörder. Der spürte jetzt

68

möglicherweise Erleichterung oder Genugtuung, Glück aber wohl kaum. Marián war gewaltsamen Todesfällen schon in unzähligen Versionen begegnet, aber noch nie einem glücklichen Mörder.

„Kennen Sie die Gegend hier gut?", fragte er den Wachtmeister.

„Wie meine Westentasche. Ich bin aus Tmaň, das ist nur ein Stück von hier entfernt."

„Wo führt dieser Weg hin?"

„Auf die alte Pilsener Landstraße. Früher sind hier die Laster mit den Steinen langgefahren."

„Und heute?"

„Fast niemand mehr. Sie sehen ja, in was für einem Zustand der Weg ist. Nur die Datschenbesitzer fahren hier lang zum Wasser. Da ist es romantischer als auf der anderen Seite. Aber eigentlich darf man nicht mit Motorfahrzeugen runter." Er zeigte auf das Verbotsschild am Rand des Steinbruchs. „Tagsüber passen die Leute auf, weil wir manchmal kontrollieren, aber abends und nachts scheißen die in hohem Bogen drauf."

In hohem Bogen wie Zapletal, dachte Marián und schaute sich um. Das Weizenfeld neben dem Weg war vorzeitig golden geworden, die von der langen Trockenheit verbrannten Weiden erfrischten nicht einmal das Auge. Die Gegend um Beroun erinnerte an eine afrikanische Steppe. Nur die Inseln aus Wald und die Berge am Horizont verliehen der Landschaft einen saftigeren Ton. Ein Haus gab es in der Nähe nicht.

„Dort hinter dem Hügel ist eine kleine Datschenkolonie." Der Wachtmeister deutete mit der Hand in eine Richtung. „Etwa zwei Kilometer von hier."

Marián bedankte sich und wollte schon zu Diviš zurückkehren, als ihm das vorausgegangene Gespräch auf dem Parkplatz wieder einfiel – über die eigenwilligen Methoden des Verblichenen.

„Haben Sie Unterkommissar Zapletal persönlich gekannt?", fragte er.

Der Wachtmeister schüttelte den Kopf.

„Ich hab hier angefangen, als er schon in Kladno war. Aber ich hab gehört, dass er ein guter Polizist war."

„Das hab ich auch", sagte Marián und machte sich auf den Rückweg.

Beim Hinuntergehen versuchte er noch einmal, Zapletals Ex-frau zu erreichen. Diesmal meldete sie sich fast augenblicklich.

„Ja?", sagte sie. In ihrer Stimme lag Misstrauen.

„Frau Zapletalová?"

Das Misstrauen wurde zu Distanziertheit. „Nicht mehr. Floriánová heiße ich jetzt. Mit wem spreche ich?"

Er stellte sich vor. Am anderen Ende herrschte Stille. Sie stellte keine Fragen, wartete ab. Marián konnte direkt phy-sisch ihre Anspannung spüren. Er sprach in einem möglichst neutralen Tonfall: „Frau Floriánová, ich habe für Sie eine Nachricht, die Ihren Exmann betrifft."

„Was ist mit ihm?"

„Das würde ich Ihnen lieber persönlich sagen."

„Ist ihm etwas passiert?"

„Ja, leider." Einen Moment wartete er auf eine Reaktion, als aber keine kam, sprach er weiter: „Könnte ich zu Ihnen kommen?"

„Was ist mit ihm?"

„Ich würde Ihnen wirklich lieber einen Besuch abstat-ten …"

„Ein Unfall?"

„Ein Unglück." Er benutzte den Ausdruck des jungen Wachtmeisters.

„Ist er tot?", fragte sie und schob eilig nach: „Keine Sorge, ich bin nicht allein. Meine Eltern sind hier. Aber auch wenn sie nicht hier wären, ich dreh nicht durch. Durchgedreht bin ich wegen Zapletal, als er noch gelebt hat – ich meine: mit mir."

Die Bemerkung klang nicht zynisch, sondern sachlich. An der Stimme der Frau erkannte man, dass die Zeit romantischer Illusionen längst hinter ihr lag. Falls sie sie überhaupt jemals durchlebt hatte. Unwillkürlich stellte er sich ihr Äußeres vor: eher kürzere Haare, ungeschminkt, Schuhe ohne Absätze.

„Ja, Herr Zapletal ist verstorben", sagte er schließlich.

„Können Sie mir sagen, wie?"

„Ich komm Sie besuchen", antwortete er. „Wo finde ich Sie?"

„In Uherské Hradiště."

Fast dreihundert Kilometer. Damit hatte er nicht gerechnet. Er blieb stehen, dachte nach. Durch die Äste der Kiefern sah er das Feuerwehrauto davonfahren. Es erklomm den Hügel über den Weg an der gegenüberliegenden Seite des Steinbruchs, von den Rädern stieg Staub auf, das Motorgeräusch wurde vom Echo verstärkt, das die Felswände zurückwarfen.

„Wann wollen Sie denn vorbeikommen?", klang es aus dem Telefon. „Ich mache Zwölf-Stunden-Schichten."

„Wo denn?"

„In der Lungenklinik. Ich bin Krankenschwester. Morgen habe ich frei."

Er überlegte, ob es sinnvoll wäre, so weit zu fahren, um ihr ein paar Fragen zu stellen. Und er wusste noch nicht einmal, welche. In dieser Phase der Ermittlungen würde ihm die Exfrau des Opfers wohl nicht allzu sehr weiterhelfen können. Da hörte er am anderen Ende ein Geräusch, das wie ein Schnäuzen klang.

„Gestern früh hat er mich angerufen." Offensichtlich versuchte sie, ein Weinen zu unterdrücken.

„Können Sie mir sagen, weswegen?"

„Bei manchen hören die Probleme mit der Scheidung nicht auf, und Osvald …" Sie stockte. Als sie wieder losredete, bemerkte Marián in ihrer Stimme ein leicht mulmiges Gefühl. „Selbstmord war es doch nicht, oder?"

Marián beschloss, den weiten Weg doch auf sich zu nehmen. Er spürte, dass die ehemalige Frau Zapletalová etwas wusste, was ihn interessieren könnte.

„Nein, kein Selbstmord", sagte er. Er bat sie um ihre Adresse und versprach, am folgenden Tag so bald wie möglich bei ihr zu sein. Er würde am frühen Morgen aufbrechen, um der Hitze zu entgehen.

„Wissen Sie vielleicht, wo wir seine Mutter erreichen könnten?", fragte er.

„Sie liegt im Krankenhaus, in der Uniklinik", antwortete sie. Wieder in diesem distanzierten Tonfall wie zu Beginn des Gesprächs. „Sie hatte gerade eine Schädel-OP."

Alles beim Alten, dachte Marián. Das Treffen mit dem Leiter der Polizei Beroun hatte ihn zurück in jene Zeit befördert, als er beim Landkreis Prag-Umland seinen Dienst versah. Hauptkommissar Baigl hatte die gleiche Körpersprache wie Oberkommissar Komárek, Mariáns damaliger Vorgesetzter. Seither waren siebzehn Jahre vergangen, aber das Bedürfnis kleiner Dienststellenkommandeure, sich durch eine knappe Ausdrucksweise und ungeduldiges Nach-der-Uhrzeit-Schauen wichtig zu machen, hatte sich nicht geändert. Der einzige Unterschied bestand darin, dass Komárek andauernd auf seine Armbanduhr gesehen hatte, Baigl hingegen auf sein Handydisplay. Er war ungefähr in Mariáns Alter, der Stimme und dem häufigen Räuspern nach zu urteilen ein starker Raucher. Jetzt rauchte er nicht. Er hatte ein Bonbon im Mund. Während er es von einer Wange in die andere schob, versicherte er Marián seiner Unterstützung und Hilfe, informierte ihn, dass Zapletal bereits der Zweite sei, der im See ertrunken war – vor zwei Jahren hatte dort ein Koch aus einem Berouner Hotel beim Baden einen Herzinfarkt erlitten –, und schließlich fragte er Marián, ob er von ihm in diesem Moment etwas Konkretes benötige. Denn falls nicht (Blick nach der Uhrzeit), würde er jetzt wegtreten. Er habe so viel zu tun, dass er nicht wisse, wo er zuerst hinrennen soll.

„Haben Sie Osvald Zapletal gut gekannt?" Marián nannte absichtlich nicht den Dienstgrad, um zum Ausdruck zu bringen, dass es ihm eher um die persönliche Beziehung ging.

„Nur dienstlich. Seit er nach Kladno gegangen ist, habe ich ihn nur sporadisch gesehen. Manchmal hat er reingeschaut, er hatte bei uns Freunde, noch von früher."

„Wen?"

„Mit Prchlík war er befreundet, der ist schon in Pension. Ansonsten …" Baigl überlegte und ließ seine Augen umherschweifen. Zapletals Wagen war bereits weg, die Motorradfahrer ebenfalls. Diviš sprach auf dem Weg, wo ein wenig Schatten lag, mit Farkas. Bei ihm machte Baigls Blick Halt. „Ich glaube, dass er auch mit Farkas enger in Kontakt stand. Sonst fällt mir gerade niemand weiter ein."

„Wie war es für Sie, mit ihm zu arbeiten?"

„Damals war ich noch nicht Chef. Er war für mich ein Kollege, ein Partner. Seine dienstlichen Pflichten hat er zuverlässig erfüllt." Baigl überlegte, was er über den Toten noch sagen könnte. Offenbar fiel ihm nichts mehr ein, also wiederholte er sich nur: „Auf den war Verlass."

„Würden Sie seine Arbeitsweise als eigenwillig bezeichnen?"

Baigl zerbiss mit einem lauten Knirschen den Rest des Bonbons in seinem Mund. „Ich würde sagen, er ist nicht besonders aus der Reihe getanzt."

„Wissen Sie, ob es mit jemandem Konflikte gab?"

„Wie gesagt, viele Berührungspunkte hatten wir nicht. Fragen Sie Farkas. Der kann Ihnen bestimmt mehr sagen."

Marián teilte Baigls Gewissheit nicht. Falls Farkas Lust gehabt hätte, über Zapletal zu reden, hätte er das zweifellos längst getan. Nun, ein paar Fragen würde er ihm stellen.

„Genauere Auskunft können Ihnen die aus Kladno geben. Zapletal ist vier Jahre bei ihnen gewesen, in so einer Zeit lernt man sich kennen. Oberkommissar Lír ist heute leider auf Weiterbildung, aber …"

„Er setzt sich mit mir in Verbindung", ergänzte Marián das, was er bereits von Farkas gehört hatte. Ihm fiel Baigls ungeduldiger Blick zum Handydisplay auf. Es war eindeutig, dass er ihm auch auffallen sollte.

„Ich bedanke mich für Ihre Zeit. Da werd ich Sie mal nicht länger aufhalten", sagte er also.

„Sieht's nach Mord aus?"

„Wir sind uns noch nicht mal sicher, ob er ertrunken ist." Marián wich einer direkten Antwort aus.

„Jedenfalls, wenn Sie irgendwas brauchen, ich und meine Leute stehen Ihnen zur Verfügung", versicherte Baigl. „Apropos, ich gehe davon aus, dass sich die Journalisten auf mich stürzen werden. Was soll ich denen sagen?"

„Die sollen lieber übers Wetter schreiben, das ist als Thema brutaler."

„Ich werd's ihnen so weitergeben. Und falls sie doch über Zapletal schreiben wollen, schicke ich sie zu Ihnen."

„Dieser Prchlík, der inzwischen in Pension ist, haben Sie von dem eine Adresse?"

„Der wohnt in Velká Chuchle. Eine Adresse brauchen Sie nicht, Sie finden ihn dort in den Ställen oder direkt auf der Rennbahn. Er hat zwei Pferde. Angeblich kümmert er sich mehr um die als um seine eigene Frau." Baigl zuckte mit den Schultern und schnitt eine Grimasse. Marián war sich nicht sicher, ob sich sein Kollege lustig machte oder seinen Unwillen äußerte. „Das ist bestimmt üble Nachrede. Solange ich Prchlík kenne, standen die Frauen bei ihm immer an erster Stelle. Würde mich wundern, wenn die Pension daran grundlegend was geändert hätte."

Ein letztes Mal schaute er auf seinem Handydisplay nach der Uhrzeit, schüttelte Marián die Hand und entfernte sich dann forschen Schrittes. Die Sonne stand jetzt nicht mehr im Zenit, sondern war ein Stück weiter zum westlichen Rand des Steinbruchs herabgewandert. Das beschattete Gebiet hatte sich etwas vergrößert und Marián spürte in der Luft zum ersten Mal die Frische des Wassers.

Sie hatten zwar das Navi eingeschaltet, aber trotzdem dauerte es relativ lange, bis sie die Datschenkolonie gefunden hatten. Vom Parkplatz aus gab es keinen direkten Weg dorthin, sie mussten auf der Autobahn bis zur nächsten Abfahrt weiter und dann in großem Bogen zurück. Hunger hatten sie auch. In einem kleinen Ort machten sie Halt an einem eher rustikal wirkenden Lokal. Von der Mittagskarte gab es lediglich noch das Erbspüree mit Würstchen. Zunächst zogen sie das in Betracht, aber die Ausdünstungen aus der Küche versprachen kein großes kulinarisches Erlebnis. Also griffen sie lieber nach einer Tüte Chips, die sie während der Fahrt aßen und mit kaltem alkoholfreiem Bier hinunterspülten. Diviš informierte Marián über seine Unterhaltung mit den Motorradfahrern.

„Hudeček ist siebzehn, Cmíral achtzehn. Sie studieren Maschinenbau an der Fachschule in Hořovice. Heute hätten sie eine wichtige Klausur schreiben sollen. Vor dem Unterricht wollten sie baden, damit sie einen klaren Kopf haben. Vor sieben sind sie am Steinbruch angekommen, ins Wasser gesprungen …"

„Die Motorräder haben sie auf dem Parkplatz gelassen?", unterbrach ihn Marián.

„Damit wollten sie erst nicht rausrücken, aber dann haben sie doch zugegeben, dass sie bis ans Wasser runtergefahren sind. Sie sind um die Wette ans andere Ufer geschwommen. Cmíral hat gewonnen. Er war's, der das Auto unter Wasser bemerkt hat. Er ist sich sicher, dass es gestern noch nicht da war."

„Ist er gestern auch im Steinbruch gewesen?"

„Bei der Hitze scheint er täglich herzukommen. Gestern ist er … um viertel sieben abends weggefahren." Diviš sah die Stichpunkte in seinem kleinen gelben Notizbuch durch. Auf Marián machte das einen sympathischen Eindruck. Keine elektronischen Errungenschaften, die einen im Stich ließen, wenn man es am wenigsten gebrauchen konnte, sondern ein zuverlässiger Stift und Papier, dachte er zufrieden. Er selbst hatte ein ähnliches Büchlein in der Innentasche. Und zahllose Vorgänger standen zu Hause im Bücherregal als sein Privatarchiv. Das hatte ihm schon viele Male beim Herausfinden von Zusammenhängen geholfen. Frühere Fälle lieferten oft Informationen über aktuelle Verbrechen. Diviš sprach weiter: „Cmíral ist zum Auto runtergetaucht und hat reingeschaut. Als er gesehen hat, dass jemand drin ist, sind er und Hudeček sofort zurückgeschwommen."

„Haben sie nicht versucht, ihn rauszuholen?"

„Sie hatten Angst, ihn anzufassen. Sie standen unter Schock. Vor allem Hudeček."

„Sind sie allein im Steinbruch gewesen?"

„Das behaupten sie. Da unten hat man kein Netz, deshalb mussten sie sich erst mal anziehen und nach oben fahren. Genau um sieben Uhr fünfunddreißig haben sie ihren Fund gemeldet. Sie haben auf dem Parkplatz gewartet, dass jemand kommt. Und dann haben sie auf uns gewartet. Sie wollten von mir eine Bestätigung haben."

„Eine Bestätigung?"

„Als Entschuldigung – wegen der verpassten Klausur. Ich hab ihnen gesagt, sie sollen das mit Farkas regeln." Diviš vertilgte die letzten Chipskrümel, knüllte die Tüte zusammen und stecke sie ins Handschuhfach.

„Hat der dir was gesagt?", fragte Marián.

„Wer?"

„Farkas. Ich hab gesehen, dass ihr miteinander gesprochen habt."

„Gesprochen habe ich, Farkas war auf der Hut, dass er seinen toten Freund ja nicht irgendwie anschwärzt. Er hat mir nichts von Belang gesagt – außer, dass Zapletal ein ausgezeichneter Polizist gewesen sein soll."

Marián nahm den Fuß vom Gaspedal. Sie waren da.

Die Datschenkolonie war vom Weg durch eine hohe Hecke und eine Schranke abgetrennt. Hinter ihr ragten mehrere Komposthaufen empor. Ein älterer braungebrannter Mann mit kurzen Hosen und Sonnenhut entleerte auf einen davon gerade den Inhalt eines Eimers. Als er das Auto vor der Schranke erblickte, stemmte er eine Faust in die Hüfte und ging in Abwartestellung. Marián und Diviš stiegen aus.

„Da können Sie nicht parken", informierte er sie umgehend.

„Und wo können wir parken?", fragte Diviš.

„Zu wem wollen Sie denn?"

„Vielleicht zu Ihnen", antwortete Marián und zeigte ihm seine Dienstmarke. „Oder zu irgendjemand anderem, der uns was Interessantes sagen kann."

„Wozu?"

„Nächtliches Baden im Steinbruch."

Der Sommerfrischler stellte den Eimer auf den Boden, baute sich breitbeinig vor ihnen auf und verschränkte die Arme vor der Brust. Dadurch veränderte er seine abwartende in eine Debattierhaltung.

„Ihnen geht's um den Ertrunkenen, stimmt's? Sind Sie die Ermittler?"

Marián nickte. Der Mann machte auf ihn den Eindruck, als ob Fragen ihn nur einschränken würden. Er beschloss also, ihm rednerische Freiheit zu lassen.

„Das ist jetzt schon das zweite Mal. Vor zwei Jahren ist da ein Koch ertrunken. Der hat einen Herzinfarkt gehabt. Das jetzt war angeblich ein Polizist? Der soll mit dem Auto da reingefallen sein?" Der Sommerfrischler blickte fragend erst zu Marián, dann zu Diviš. Die beschränkten sich auf ein Nicken. Den Mann ermunterte das, schneller und aufgeregter zu sprechen. „Wer soll denn bitteschön Vorschriften einhalten, wenn Sie selbst sie nicht einhalten? Da unten haben Autos nichts zu suchen! Auch Motorräder nicht. Den ganzen Steinbruch müsste man einzäunen. Ein paar Schritte zu Fuß gehen, das hat noch keinen umgebracht. Aber die Leute heutzutage sind faul. Und sie wollen's gemütlich haben ... bei verschiedenen Sachen."

Die letzten beiden Wörter begleitete eine vielsagende Grimasse.

„Sie meinen Pärchen?", fragte Diviš.

„Jede Nacht geht da irgendwer bumsen."

„Woher wissen Sie denn das?"

„Das wissen doch alle. Fragen Sie, wen Sie wollen, den Sedmera zum Beispiel – der geht abends immer in den Steinbruch angeln. Dort kann man schöne Karpfen fangen. Schleien auch, und Flussbarsche ..."

Marián begriff, dass es Zeit war, die Auskunftsfreudigkeit des Sommerfrischlers in Bahnen zu lenken.

„Ist Herr Sedmera gestern Abend auch dort gewesen?", fragte er.

„Das weiß ich nicht."

„Bringen Sie uns zu ihm?"

Der Mann nahm seinen Eimer auf.

„Kommen Sie. Aber rechnen Sie nicht damit, dass Sie weiß Gott was erfahren."

Sedmeras Bart hatte die Farbe von Morgennebel und in seinem Blick lag eine Tiefe, wie nur ein Angler sie haben konnte. Er antwortete bereitwillig, aber höchstens zweisilbig. Bei einigen Fragen beschränkte er sich auf ein Achselzucken. *Hm,* im Steinbruch war er gestern gewesen. *Nö,* gefangen hatte er nichts. *Nö,* ein Auto hatte er unten nicht gesehen. *Nö,* etwas Verdächtiges gehört auch nicht. *Hm,* keine Ahnung, wann genau er wieder gegangen war. *Hm,* dunkel war es schon. *Hm,* nach zehn könnte das gewesen sein. *Etwa.*

Erst als Marián und Diviš es aufgaben und sich verabschieden wollten, äußerte der Angler einen Satz, der nicht nur Subjekt und Prädikat hatte, sondern auch einen Aussagewert.

„Der weiße Octavia ist mir erst oben entgegengekommen."

Marián spitzte die Ohren: „Wo?"

„Auf dem Weg."

„Hier auf dem?" Diviš zeigte mit der Hand auf den Weg vor der Schranke.

„Näher beim Steinbruch."

„Sind Sie sicher, dass das ein weißer Octavia war?" Nicken. „Und der ist runter zum See gefahren?" Nicken. „Haben Sie gesehen, wer drin gesessen hat?" Kopfschütteln. „Tja … Dann mal vielen Dank."

Marián trank die Minzlimonade aus, die ihnen Frau Sedmerová serviert hatte, und wollte sich nun definitiv verabschieden, als der zweite voll entfaltete Satz folgte.

„Gesichter hab ich nicht erkannt, aber es sind zwei gewesen."

„Zwei Männer?" Schulterzucken. „Mann und Frau?" Schulterzucken. „Ist Ihnen sonst noch was aufgefallen?"

Sedmera fuhr sich mit den Fingern durch den Bart und blieb lange in Gedanken versunken. Dann schüttelte er den Kopf. Er hatte nichts mehr hinzuzufügen.

Nach der Hitze auf der Straße endlich ein erträgliches Klima! Radim ging durch die Hotelhalle zum Restaurant. Fürs Mittagessen war es zu spät, fürs Abendessen zu früh. Genau das hatte sich Nina gewünscht. Sie wollte ihren einundzwanzigsten Geburtstag in ruhiger, familiärer Atmosphäre begehen und trotzdem an einem außergewöhnlichen Ort. Der Gourmet Club bot zur Nachmittagszeit genau eine solche Gelegenheit. Das gemütliche Ambiente eines englischen Klubs, Wandvertäfelungen, angenehme Kühle, alles in allem fünf Gäste. Am Klavier saß ein junger Mann und spielte leise und unaufdringlich Jazzstücke des genialen Jaroslav Ježek. Radim schaute sich um. Aus Gewohnheit war er viel zu früh gekommen, Nina und Yadira waren noch nicht da. Auf dem Tisch gegenüber vom Kamin, der zu dieser Jahreszeit nicht in Betrieb war, stand ein Reserviert-Schild. Radim ging dorthin.

„Guten Tag", begrüßte ihn ein Kellner, der hinter seinem Rücken aufgetaucht war. „Einen Tisch für Sie?"

„Das hier ist bestimmt meine Reservierung", antwortete Radim.

„Herr Beran?", fragte der Kellner. Radim nickte. Er dachte daran, dass es noch gar nicht so lange her war, dass ihn die Kellner hier mit Namen begrüßten, kaum dass er hereingekommen war. Aber die Zeiten hatten sich geändert und Radim lag nichts ferner, als dem hinterherzutrauern, was früher einmal war. Er stand mit beiden Beinen in der Gegenwart und tat alles dafür, dass ihn die Zukunft nicht überraschte. Das hatte auch der gestrige Tag bewiesen, aber an den wollte er jetzt nicht denken.

„Darf ich Ihnen schon die Getränkekarte bringen, oder wollen Sie noch warten?", fragte der Kellner, während er Radim den Stuhl zurechtrückte. Auf dem Tisch stand die bestellte Vase mit Sonnenblumen. Ninas Lieblingsblumen.

Er wollte, dass dieser Tag alle Erwartungen seiner Tochter erfüllte. Oder zumindest alle, die er als Vater ihr erfüllen konnte.

„Bringen Sie mir schon mal ein Mineralwasser. Ohne", präzisierte er, um der unausweichlichen Frage zuvorzukommen. Der Kellner verschwand. Radim streckte den Arm aus und zupfte die Blumen zurecht. Sie waren viel zu symmetrisch in der Vase angeordnet und außerdem mit kleinen Strohbüscheln dekoriert, was künstlich wirkte. Also rupfte er sie heraus. Er wusste, dass Nina das genauso getan hätte. Sie hatte von ihm nicht nur den Sinn für Formen und Raum geerbt, sie hatten auch denselben Geschmack. Oder er hatte ihn in ihr vielleicht kultiviert, aber er wollte sich keine unberechtigten Verdienste zuschreiben. Nina konnte für sich selbst stehen. Sie hatte ein eigenwilliges Talent, ein Gefühl für Farben, ausgeprägte analytische und methodische Fähigkeiten. Einmal würde aus ihr eine großartige Architektin werden. Der Aufenthalt in Brasilien würde ihr nicht nur Inspiration bieten, sondern vor allem ihr Ego stärken. Radim wusste, dass die Architektur nach wie vor eine Männerdomäne war. Frauen, die sich dort durchsetzen wollten, brauchten überdurchschnittliche Selbstsicherheit.

In seiner Sakkotasche piepste das Handy. Er zog es heraus und schaute auf die eingegangene Nachricht. Von Yadira. Sie teilte ihm mit, dass sie mit Nina vor dem Capoeira-Center war und gleich da sein würde. Das amüsierte ihn. Auch nach dreizehn Jahren Ehe hatte er sich nie ganz an das Bedürfnis seiner Frau gewöhnt, unablässig zu kommunizieren. Wenn sie nicht diskutierte, dann telefonierte sie zumindest oder schrieb Messages. Anfangs hatte ihn das verrückt gemacht, aber im Lauf der Zeit hatte er sich mit diesem Charakterzug von ihr abgefunden. So wie er sich nach Mareks Tod auch mit anderen Sachen abgefunden hatte.

„Könnten Sie das entsorgen?", fragte er den Kellner, als der wieder an den Tisch kam. Er reichte ihm die Strohbüschel aus dem Blumenstrauß. „So ist es schöner."

„Natürlich", sagte der Kellner, der es gewohnt war, sich den Spleens der Gäste nicht zu widersetzen. Er schenkte Radim Wasser ein und ging mit dem Stroh in der Hand wieder davon. Radim holte aus seiner Tasche einen Umschlag, auf dem *Nina 21* stand, lehnte ihn gegen die Vase und betrachtete ihn. Plötzlich merkte er, dass er Tränen in den Augen hatte. Marek wäre dieses Jahr sechzehn geworden. Hätte er schon eine Freundin? Ob er sich zum Geburtstag ein kleines Motorrad gewünscht hätte? Wie er wohl aussehen würde? Wäre er genauso groß wie Radim? Würden sie sich ähnlich sehen?

Er blinzelte und wischte sich die Augen trocken. Wenn Yadira und Nina jetzt kämen, wüssten sie sofort, was ihm durch den Kopf ging. Das würde sie deprimieren. Die Festtagsstimmung wäre dahin. Jedes Mal, wenn Marek erwähnt wurde, auch indirekt, zogen sich alle drei in ihre Schneckenhäuser zurück. Auch nach zehn Jahren hatten sie es nicht geschafft, die Tragödie zu verarbeiten. Sie war so tiefgreifend gewesen, dass Radim anfangs dachte, sie würde die Familie kaputtmachen, aber das Gegenteil geschah. Nach dem ersten Schock schweißte das Unglück sie zusammen. Als hätten sie sich gegenseitig Mut gegeben, mit dem Leben weiterzumachen. Radim verspürte das offensichtlich am stärksten, denn bei ihm ging es außerdem um das Gefühl, eine Schuld auf sich geladen zu haben. In langen schlaflosen Nächten und endlosen Stunden des Grübelns war er zu dem Schluss gekommen, dass eigentlich er es war, der Marek getötet hatte. Er hatte keine Geduld mit seinem Sohn gehabt. Hatte sich über seine nächtlichen Ängste lustig gemacht, während er seine eigene Arbeit unsinnig überbewertete. Er hatte die Fürsorge für die Kinder auf Yadira abgewälzt wie auf ein angeheuertes Kindermädchen oder eine Bedienstete. Er war ein Egoist gewesen und hatte dafür einen hohen Preis bezahlt.

Der junge Mann am Klavier hörte für eine Weile auf zu spielen und an Radims Ohr drang aus dem Vestibül das Klappern von Absätzen. Es kam näher und er wusste, dass das Yadiras Schuhe waren. Er erkannte sie am Schritt. Nina klapperte beim Gehen nicht. Sie trug bequemes Schuhwerk, war eher der sportliche Typ. Aber mit Capoeira hatte Yadira angefangen. Vor ein paar Jahren hatte sie diesen alten brasilianischen Sklaventanz entdeckt und sich sofort dafür begeistert. Sie versuchte auch Radim zu überzeugen, mit dieser eleganten Kampfkunst anzufangen. Er hatte es auch probiert, aber nicht lange durchgehalten, es war nicht seins. Lieber schwitzte er bei Tennis oder Squash.

Yadira hatte es schließlich geschafft, Nina zu überreden – und Capoeira war für sie zu einem weiteren gemeinsamen Nerv geworden. Radim war fasziniert, wie viel die beiden teilten. Sie standen sich näher als Schwestern. Vielleicht war auch das eine Folge von Mareks Tod. Alle schöpften etwas daraus wie aus gemeinsamen Wurzeln. Radim wusste, wenn das so bleiben sollte, dann durfte er nicht zulassen, dass die Familie zerfiel. Deswegen hatte er Yadira nichts gesagt. Allerdings hatte er jedes Detail des Nachmittags neulich im Gedächtnis abgespeichert: den Kaffeehaustisch, an dem er mit einem Investor verhandelt hatte, die steile Straße in Žižkov vor dem Fenster, Yadira, die aus dem Hotel gekommen war, und den Mann, der ein paar Schritte hinter ihr gegangen war und so getan hatte, als gehöre er nicht zu ihr. Radim hatte ihn sofort erkannt. Das Gefühl der Enttäuschung war so schmerzhaft gewesen, dass er Mühe hatte, sich zu beherrschen und nicht mit einer spontanen Eifersuchtsszene zu reagieren. Am Ende war er sitzen geblieben. Er hatte sich für eine bessere Lösung entschieden.

Radim streckte den Rücken. Fest entschlossen, um seine Frau zu kämpfen. Mit allen Mitteln. Früher hatte er törichterweise gedacht, dass er ihr mit der Ehe einen Gefallen getan hatte. Heute wusste er, dass er ohne sie nicht leben könnte. Seine gestrige Tat war aus objektiver Sicht wahnsinnig gewesen. Aus seiner inneren Perspektive jedoch notwendig. Für ihn könnte das katastrophale Folgen haben, aber es gab keine Zeugen. Niemand würde ihn verdächtigen.

Nina und Yadira betraten das Restaurant. Eine anmutige einundzwanzigjährige Studentin und eine dreiunddreißigjährige Frau auf dem Höhepunkt ihrer Schönheit. Radim hatte einen Kloß im Hals. In dem Moment, als er sie erblickte, verflogen auch die allergeringsten Zweifel und Gewissensbisse. Er wusste, dass er richtig gehandelt hatte. Wenn nötig, würde er es wieder tun – für sie.

Sie hatte es erst am Mittag im Radio gehört. Nüchtern, ohne Details, ohne dass ein Name genannt wurde. *… ist in einem gefluteten Steinbruch bei Beroun ein ertrunkener Mann gefunden worden …* Die Nachrichtenportale im Netz widmeten sich der Angelegenheit etwas detaillierter. Dort erfuhr Yadira, dass der Ertrunkene achtundvierzig war und in Prag wohnte. Das beigefügte Foto von Osvald war alt, darauf waren seine Schläfen noch nicht grau. Yadira merkte, wie das Gefühl von Freiheit in ihr immer stärker wurde. Erst jetzt war es Wirklichkeit. „Osvald Zapletal ist tot", sagte sie laut vor sich hin. Sie atmete langsam und tief ein und wieder aus. Als würde sich ein fest um ihren Leib geschnürtes Korsett langsam lockern – Millimeter für Millimeter, Öse für Öse.

Der heutige Tag war in jeder Hinsicht außergewöhnlich. Alles lief anders ab. Am Morgen auf dem Weg zur Arbeit war sie so unkonzentriert gewesen, dass sie an einer Kreuzung jemandem die Vorfahrt genommen und fast einen Unfall verursacht hatte. Der empörte Fahrer überschüttete sie aus seinem Fenster heraus mit Beschimpfungen. Das übliche tschechische Repertoire.

„Zigeunerin, und fährt wie 'ne Blondine!", fügte er zum Abschluss hinzu. Die Mischung aus machistischer Überheblichkeit und Rassismus amüsierte sie wirklich. Sie schlängelte sich durch den morgendlichen Berufsverkehr und schaltete von einem Radiosender zum nächsten. Überall kamen Nachrichten, aber von dem, was sie zu hören erwartet hatte, keine Spur. Fünfzehn Minuten eher als sonst kam sie auf dem Schulparkplatz an. Sie hetzte in ihr Büro, um noch vor dem Unterricht das Internet zu durchforsten, aber trotz aller Hektik konnte sie sich den Blick auf die Fassade nicht verkneifen. Der Schriftzug *Cicero – Fremdsprachenakademie* weckte in ihr nach wie vor kindliche Freude. Sie wusste, dass Tío Alberto stolz auf sie wäre. Sie war keine Rechtsanwältin, aber dafür beschäftigte sie acht feste Lehrkräfte und einige Freie mit unterschiedlichen Muttersprachen, bot in fünf Sprachen sogar Kurse mit anerkanntem internationalem Zertifikat an und jährlich machten bei ihr um die hundertfünfzig Schüler einen Abschluss. Sie hatte es geschafft.

„Soll ich dich in der Schule abholen und wir fahren zusammen zum Capoeira, oder treffen wir uns erst dort?", wollte Nina wissen, als sie in der Mittagspause anrief. Yadira hatte Schwierigkeiten, ihr zu antworten. Kurz zuvor hatte sie die Meldung über Osvald endlich entdeckt. Jetzt schaute er sie vom Bildschirm aus mit seinen hellblauen Augen an (von denen sie wusste, dass sie dunkel und hart werden konnten wie Stahl), der Artikel neben dem Foto spekulierte über die Ursache seines Todes. Yadira überflog den Text und bemühte sich, ihrer Stimme die Erregung nicht anmerken zu lassen.

„Wir treffen uns dort", antwortete sie. „Ich komm auf den letzten Drücker, ich muss noch bis halb drei unterrichten."

„Und lass das Auto bei der Schule, damit du zu meinem Geburtstag nicht bloß Wasser trinken musst", sagte Nina. Sie machte eine kleine Pause und fragte dann: „Hast du Nachrichten gehört?"

„Warum?" Sie wusste, was Nina sagen würde. Sie wollte es hören.

„Unser Nachbar ist tot." Ninas Tonfall war neutral. Rein informativ. „Der Zapletal. Angeblich ist er ertrunken."

„Ein Unfall?", fragte Yadira. Sie hoffte, dass ihre Stimme auch neutral klang.

„Das haben sie nirgendwo gesagt."

Den ganzen Unterricht lang und unterwegs zum Capoeira musste sie an Osvald denken. Sie dachte auch an seine Mutter. Schon zum dritten Mal war sie operiert worden, Yadira wusste nicht, wie es ihr ging. Vielleicht würden sie die Ärzte in Ordnung bringen und sie könnte wieder nach Hause. Würde sie dann wieder am Zaun entlang durch den Garten schlurfen und die Nachbarn mit seltsamen Begrüßungen und scheinbar verrücktem Gerede aufhalten? „Huuu, kannst du nicht grüßen? Um die Vorladung vom Gericht kommen Sie nun nicht mehr drumrum, gnädiger Herr. Wie geht's, Gigolo? Hat bei Ihnen schon wieder der Gerichtsvollzieher geklingelt, Meister? Vor dem Hund brauchen Sie keine Angst haben, der ist ganz klein, der beißt Ihnen höchstens eine Zehe ab." Heute gab es im Haus der Zapletals bloß noch Katzen (es war unmöglich, sie zu zählen, sie sahen alle gleich aus), Bruno lebte nicht mehr. Bis zum letzten Moment hatte er die Zähne gefletscht, hysterisch gekläfft und nach den Füßen von Passanten geschnappt. Yadira wagte sich überhaupt nicht in seine Nähe. Gemieden hatte sie den gegenüberliegenden Bürgersteig und auch das Haus schon lange, bevor sie es mit Osvald zu tun bekommen hatte. Noch als sie Marek in den Kindergarten brachte, machte sie immer einen großen Bogen darum.

Das Capoeira hatte ihr den Kopf durchgepustet. Es konnte das Denken zum Stehen bringen, *dejar de pensar*. Das fand Yadira an diesem Sport am besten. Sie liebte das Gefühl, das er in ihr auslöste. Konzentration, Ruhe, absolute Bereitschaft. Stärke. Hätte sie Capoeira bereits in Kuba kennengelernt, wäre sie vermutlich nie weggegangen. Mit diesem Bewusstsein von innerer Freiheit hätte sie in ihrer diktatorischen Heimat vielleicht leben können.

Als Nina und sie nach dem Training duschten, sprachen sie von der Geburtstagsfeier und von dem Geschenk, das Nina von Radim bekommen würde. Er hatte daraus kein Geheimnis gemacht. Das konnte er auch gar nicht – für eine Überraschung war das ein viel zu anspruchsvolles Geschenk. Alles musste im Voraus geplant und organisiert werden. Nur noch drei Tage bis zum Abflug. Um das Studium an der Universität von São Paulo hatte sich Nina selbst gekümmert, für den Rest hatten Yadiras Cousine Mariluz, Radims geschäftliche Kontakte und sein Geld gesorgt. Er hatte ihr sogar ein Praktikum im Studio Oscar Niemeyer arrangiert. Yadira wusste, dass das für ihn eine leichtere Aufgabe war, als die Studienreise zu finanzieren. Nach wie vor hatte er noch Kontakte, aber in letzter Zeit lief sein Geschäft nicht besonders gut. Große Aufträge gingen ihm durch die Lappen, mehrmals hintereinander war er bei öffentlichen Ausschreibungen leer ausgegangen. Yadira verdiente zwar anständig, den Rückgang bei Radims Einnahmen konnte sie allerdings nicht ausgleichen. Den mussten sie aus Aktiengewinnen gegenfinanzieren. Auf hohem Niveau zu leben, war für Radim eine Prestigefrage. Er fuhr einen Porsche, Yadira hatte er einen Mini gekauft, nach wie vor lebten sie in ihrem imposanten honiggelben Palast.

„Wie wär's, wenn wir wegziehen?", hatte Yadira damals vorgeschlagen. Nach Mareks Tod hasste sie das Haus. Sie fürchtete sich in ihm. Sie konnte nicht durch die Halle gehen, ohne dass sie auf den Fliesen eine Blutlache sah, sie konnte nicht über das Geländer der Galerie schauen, ohne dass ihr von unten Mareks offene Augen entgegenblickten. Sie betrachteten sie, machten ihr Vorwürfe. Yadira hoffte, Radim würde das Haus verkaufen. Aber er sagte, das sei auch keine Lösung. Sie müsse Mareks Tod innerlich bewältigen. Äußere Veränderungen würden da nicht helfen. Das war nicht nur ein Irrtum, sondern ein schicksalhafter Fehler. Hätten sie damals einen sauberen Schnitt gemacht, einen Ortswechsel gewagt, sich den Blicken der Nachbarn entzogen, hätte sich ihr Leben ganz anders entwickelt. Jetzt war es allerdings für solche Überlegungen zu spät.

Radims kahler Kopf war schon vom Eingang aus deutlich auszumachen. Er saß im hinteren Teil des Restaurants an einem Tisch, auf dem ein Strauß Sonnenblumen strahlte, und erwartete sie.

„Ich kann mich nicht erinnern, dass Pa irgendwann einmal irgendwo zu spät gekommen ist", sagte Nina, als sie in seine Richtung gingen. Nur nach Hause, ergänzte Yadira in Gedanken. Allerdings lag das weit zurück in der Vergangenheit. Seit Mareks Treppensturz waren Radims Gewohnheiten nicht wiederzuerkennen gewesen. Er war aufmerksamer. Zärtlicher. Häuslicher. *Un marido ideal.* Auch um Nina kümmerte er sich geduldiger als zuvor. Er war weiser geworden. Aber in seinem Innern gab es einen Widerstreit. Yadira fing manchmal einen seiner Blicke auf und es lief ihr kalt den Rücken hinunter. Sie überlegte, was er tun würde, wenn er Bescheid wüsste.

„Alles Gute zur zweiten Volljährigkeit", sagte er, als sie am Tisch angekommen waren. Er stand auf, umarmte Nina und gab ihr einen Kuss. „Tut's dir nicht leid, dass du deine Kindheit jetzt definitiv hinter dir hast?"

„Kindheit? Was soll das sein?" Nina sah ihren Vater an wie eine Studentin ihren Professor, von dem sie eine korrekte Definition erwartete.

„Das ist die Phase, wenn du abends einschläfst und es nicht erwarten kannst, dass wieder Morgen wird", antwortete er. Offensichtlich wollte er ein Bonmot zum Besten geben, aber seine Worte waren von persönlicher Verbitterung durchdrungen. Die Sonnenblumen in der Vase verloschen, die Stimmungsweiche verstellte sich mit einem Quietschen in eine unerwünschte Richtung. Allen dreien wurde das bewusst, aber Nina reagierte wie immer am schlagfertigsten.

„Es gibt Menschen, die ihre Kindheit niemals hinter sich lassen. Ich glaube, dazu gehöre ich auch. Aber das sage ich lieber nicht allzu laut, sonst weigern sie sich, mir Schampus einzugießen", flüsterte sie verschwörerisch. Die Weiche rutschte zurück, die Sonnenblumen erstrahlten wieder. Der Kellner eilte herbei, die Speisekarten unter dem Arm. Das Festmahl konnte beginnen.

Sie lachten. Wieder einmal hatte sie es geschafft. Sie hatten gute Laune, ihr Vater fuhr sich über die Glatze, Yadiras Augen strahlten. So liebte sie sie, so würde sie sie in Erinnerung behalten. Andere Momente, verzweifelt und ausweglos, kämen nicht mit in ihr Gepäck. Die würde sie hierlassen. In São Paulo wären sie ihr nur lästig.

„Probier mal." Sie bot ihrem Vater etwas von ihrem gebratenen Lachs an und schnitt sich ein Stück von seinem Rinderfilet ab. Schon als kleines Kind hatte sie informelle Tischsitten eingeführt und alle waren darauf eingestiegen. Bloß Marek hatte bei Tisch mit ihr um jeden Bissen gekämpft, den sie ihm gemopst hatte, und versuchte immer, mit den Händen seinen Teller zu verteidigen. Manchmal gelang ihm das – er kannte ihre schwachen Seiten. Vor allem ihre allerschwächste.

„Das ist keine horrende Summe, aber für den Anfang sollte es reichen", sagte ihr Vater mit Blick auf den Scheck, den sie inzwischen aus dem Umschlag geholt hatte. „Die Preise für

Essen sind in Brasilien vergleichbar mit denen bei uns, Gemüse ist teurer."

„Ich werde nur Bananen essen", versicherte sie ihm. „Die kriegt man angeblich vor Ladenschluss umsonst."

„Vergiss nicht, dir eine warme Jacke mitzunehmen", ermahnte sie Yadira. „Mariluz schreibt, dass letzte Woche in São Paulo nur zehn Grad gewesen sind."

„Heute sind's vier, schreibt das Internet."

„Wenn du dich ein bisschen eingewöhnt hast, findest du vielleicht was Besseres zum Wohnen." Die Stimme ihres Vaters war gespielt sorglos. Nina wusste, genau wie er, dass sie sich nichts Besseres suchen würde. Das Quartier, das Mariluz organisiert hatte, war sehr kostengünstig, seine Bescheidenheit entsprach allerdings dem Preis. Ihr Vater hätte nie offen zugegeben, dass er sich mehr momentan nicht leisten konnte. Es war wichtig für ihn, dass er Nina die Reise ermöglichen konnte. Als er vor Jahren in ihr ein Interesse an Architektur entdeckt hatte, war er sichtlich aufgeblüht. Er begann dieses Interesse zu fördern. Ging mit ihr zu Ausstellungen, auf Urlaubsreisen zeigte er ihr bedeutende Bauwerke. Er gab ihr Bücher zu lesen, erzählte von Le Corbusier, Daniel Libeskind, Jan Kaplický, Eva Jiřičná, Friedensreich Hundertwasser. Er übertrug auf Nina alle Hoffnungen, die er offenbar einmal in seinen Sohn gelegt hatte. Das störte sie nicht, im Gegenteil, sie war glücklich, dass sie ihre heimliche Schuld ein wenig wiedergutmachen konnte. Zumindest geringfügig. Sie öffnete die Schachtel mit dem Medaillon, das Yadira ihr geschenkt hatte, und betrachtete es aus der Nähe.

„Wunderschön, danke." Auf dem Anhänger war eine Madonna mit dem Jesuskind.

„Virgen de la Caridad del Cobre", entzifferte sie den Schriftzug unter dem Bild.

„Meist nennen wir sie Cachita oder Ochún."

„Kann sie Wunder bewirken?"

„Sie ist die Schutzheilige von Kuba, aber ich habe sie immer als meine persönliche Beschützerin gesehen. Sie hat mir schon oft geholfen, vor allem in Familiensachen."

Auf Yadiras Lippen lag ein Lächeln, aber Nina wusste, was sich dahinter verbarg. Sie kannte jeden ihrer Gedanken, jede Gefühlsnuance, alle Albträume und Tagträume. Bis ins kleinste Detail hätte sie die Dämonen ihrer Stiefmutter beschreiben können. Sie verstanden sich ohne ein Wort. Säßen sie jetzt allein am Tisch, würden sie wahrscheinlich schweigen. Warum sollte man über etwas sprechen, das zu Ende war? Mit welchen Worten? Unser Nachbar ist tot, Punkt. Eine sachliche Mitteilung. Präzise, auch wenn sie die innere Dimension des Ereignisses nicht erfasste. Die reichte tief in die Vergangenheit zurück. In die Zeit vor zehn Jahren.

„Hätten Sie gern noch ein Dessert?", fragte der Kellner. „Ich kann besonders den Obstkuchen mit Eis empfehlen."

Obwohl Yadira protestierte und behauptete, keinen Bissen mehr runterzukriegen, bestellte Ninas Vater Nachspeise für alle.

„Geburtstag ohne Geburtstagskuchen kommt gar nicht in Frage", verkündete er.

„Vielleicht einen Likör dazu?"

Ihr Vater bestellte sich ein Glas Metaxa, die Frauen entschieden sich für einen Sherry. Nina hatte weder auf Kuchen noch auf Sherry Appetit, aber sie wollte ihren Vater nicht enttäuschen. Schon zehn Jahre tat sie alles, um ihn nicht zu enttäuschen. Es war undenkbar, etwas anderes zu tun. Noch heute spürte sie die kitzelnden Finger ihres Bruders zwischen den Rippen, nach wie vor hatte sie seinen Schrei im Gedächtnis, der seinen Sturz begleitete. „Was willst du von Capoeira?", hatte der Mestre sie gefragt, als sie vor Jahren das erste Mal in der Sporthalle aufgetaucht war. „Falls du nicht das Bedürfnis hast, dir etwas zu erkämpfen, dann geh wieder."

„Ich will nicht mehr kitzlig sein", hatte sie gesagt. „Lässt sich das beherrschen?"

„Capoeira bringt dir bei, alles zu beherrschen. Du darfst nur keine Angst haben."

Sie hatte ihm geglaubt und war gut damit gefahren.

„Also, auf deine Reise", sagte Yadira. Sie stießen noch einmal an. „Möge sie erfolgreich sein und das erfüllen, was du dir von ihr versprichst."

Was versprach sie sich eigentlich? Nach der zweijährigen Beziehung mit Matyáš, der an der Musikakademie studiert hatte und sich am Ende des Winters plötzlich, ohne jede Warnung, aus der Schule und aus ihrer Beziehung verabschiedet hatte, weil er das Angebot bekommen hatte, sich in irgendeinem obskuren Pariser Nachtklub an ein Keyboard zu setzen („Begreifst du das, man muss alles mal ausprobieren!"), hatte sie das Gefühl, dass es Zeit war für eine Veränderung. Sie musste nicht alles ausprobieren, wünschte sich nur, eine Zeit lang ungebunden zu sein. Unabhängig. Warum nicht in Brasilien? Den Amazonas entlangschippern und sich einen Weg durch den Regenwald bahnen. Über die Juscelino-Kubitschek-Brücke spazieren. Sämtliche blauen Fenster im Santuário Dom Bosco zählen. Mal nachschauen, ob dort hinterm Ozean nicht zufällig ein neuer, großartiger Typ auf sie wartete.

Brasilien kam ihr auch deshalb gelegen, weil es weit weg war. Nina hoffte fest darauf, dass ihr die geografische Entfernung größere Distanz zur Vergangenheit vergönnen würde. Sie wollte jene Märznacht nicht wieder und wieder erleben, die Nacht, als sie in ihrem Bett lag, Schäfchen zählte und dabei genau auf die Geräusche achtete. Sie wartete darauf, dass die Schlafzimmertür aufgehen würde, aber stattdessen hörte sie Yadiras Stimme draußen. Sie redete mit jemandem am Gartentor. Dann hörte Nina den Schlüssel in der Haustür.

Sie hielt die Luft an. Es dauerte nicht lange bis zu Yadiras Aufschrei. Es war eher ein Brüllen. Unartikuliert, wie von einem Tier. Es durchdrang ihre Zimmertür und ihre Bettdecke, es zwang Nina, sich die Hände auf die Ohren zu pressen. Sie wusste, dass ihr Bruder tot war, keinen Moment hatte sie daran gezweifelt, aber das Brüllen, das durchs Haus dröhnte, besiegelte diese Tatsache endgültig. Jetzt gab es keine Hoffnung mehr. Sie sprang aus dem Bett, rannte zur Tür. Öffnete sie aber nicht. Sie wusste nicht, was sie sagen sollte. Um Vergebung bitten? Sie hatte keine Vase kaputtgemacht, keinen Unfug getrieben, sie hatte ihren Bruder getötet. Das war unverzeihlich. Dafür würde sie sich selbst bestrafen müssen. Sie öffnete das Fenster. Unten waren Rasen und Büsche, Nina kam der Gedanke, dass sie sich vielleicht nur ein Bein brechen würde oder nicht einmal das. Sie zögerte zu lange, der Mut verließ sie. Dann schloss sie das Fenster wieder und kroch zurück ins Bett. Sie hörte den Krankenwagen kommen. Das Auto ihres Vaters. Die Stimme des Arztes. Yadiras Schluchzen. Die Schritte ihres Vaters auf der Treppe. Er öffnete die Zimmertür, schaute sie schweigend an. Sie lag reglos da, tat so, als ob sie schliefe. Seit jener Zeit tat sie andauernd nur noch so als ob – bei allem.

Sie hatten den Kuchen noch nicht aufgegessen, als das Handy ihres Vaters klingelte. Er entschuldigte sich, stand auf und ging zum Telefonieren in die Hotelhalle. Die beiden Frauen saßen sich schweigend gegenüber. Yadira spielte nervös mit der Kuchengabel herum. Schob Fruchtstücke auf dem Teller hin und her.

„Ist was?", fragte Nina.

„Die Katzen." Yadira sprach mit gesenktem Blick. „Ich sollte mal zu Zapletals gehen und sie füttern, wenn jetzt niemand dort ist. Ich müsste nicht mal in den Garten, ich könnte die Schüssel einfach unterm Zaun durchschieben."

Nina sah sie aufmerksam an. Es war klar, dass die Katzen ein Stellvertreterthema waren. Sie dachte an Zapletals Tod und daran, wie es jetzt weitergehen sollte.

„Wir füttern sie bei uns", schlug sie vor. „Wir rufen sie, dann kommen sie schon. Zu den Zapletals würde ich lieber nicht gehen. Du weißt doch, dass sie am Eingang die Kamera haben. Jetzt, wo da ermittelt wird …"

Sie sah ihren Vater zurückkommen und verstummte.

„Es ging um den Auftrag in Shanghai", erläuterte der die Dringlichkeit des Telefonats. „Das Tschechische Zentrum. Wie's scheint, hab ich eine Chance, in die engere Auswahl zu kommen."

Sie gratulierten ihm. Noch einmal stießen die drei an. Ninas Vater konnte nicht widerstehen und bestellte sich noch ein Glas Metaxa. Er fing an, davon zu reden, was sie nicht vergessen dürften, was sie vor der Reise noch erledigen müssten. Sie hörte zu, dabei sah sie Yadira an. Sie war sich nicht sicher, ob sie in ihren Augen Erleichterung sah oder Angst.

Marián wusste, dass einige seiner Kollegen bei Ermittlungen in ihren Büros Info-Wände aufstellten, ihm reichte ein Fenster. Daran klebte er Fotos und Zettel mit Notizen. Mit einem Folienschreiber zeichnete er Schemata und Lageskizzen direkt auf die Glasscheibe. Jedes Mal, wenn er einen Fall abschloss, putzte er das Fenster gründlich sauber. Im Lauf der Jahre war das zu einem Ritual geworden.

Jetzt klebte mitten auf der Fensterscheibe ein Foto von Osvald Zapletal, und in einer Ecke standen ein paar Zahlen, die seine berufliche Laufbahn dokumentierten. Die hing eng mit den Brüchen in seinem Leben zusammen. 1997 hatte er geheiratet und als Oberassistent bei der Polizeidienststelle in Uherské Hradiště angefangen. Zwei Jahre später wurde er zum Kriminalsekretär befördert und nach weiteren drei Jahren zum Obersekretär. In dieser Funktion verblieb er bis 2005, als er geschieden wurde und nach Prag umzog. Kurz danach begann er bei der Dienststelle in Beroun, wo er eineinhalb Jahre später zum Unterkommissar befördert wurde. Im Sommer 2007 beantragte er seine Versetzung nach Kladno.

„Er hat in Břevnov gewohnt." Marián suchte auf dem Stadtplan von Prag die Straße heraus, wo Zapletal gelebt hatte. „Am Plateau 2. Bis Kladno hat er zwanzig Minuten gebraucht."

„Ich wundere mich sowieso, dass er sich keine Stelle direkt in Prag gesucht hat."

„Wenn du's einmal gewohnt bist, auf dem Land zu arbeiten, hast du keine Lust mehr auf Stadt. Das Leben ist einfach ruhiger da."

„Sollten wir nicht mal zu seiner Mutter ins Krankenhaus fahren?"

„Die ist frisch am Gehirn operiert. Mal sehen, ob sie uns überhaupt zu ihr lassen."

Das Telefon auf dem Tisch klingelte. Es war die Pathologin Doktor Léblová.

„Morgen um drei?", fragte sie auf ihre sparsame Art und Weise.

„Früh muss ich noch nach Uherské Hradiště", antwortete Marián. „Können wir's auf später verschieben?"

„Ich schau mal."

Er hörte das Klacken ihrer Finger auf der Tastatur, energisch wie alles, was sie tat.

„Übrigens", sagte sie, während sie ihren Terminkalender durchsah. „Ich kann euch inzwischen sagen, wie viel Promille er im Blut hatte."

„Wie viel?"

„Zwei neun."

„Da hat er also die Flasche Metaxa komplett alleine ausgetrunken."

„Sieht so aus", räumte sie trocken ein. „Dann morgen sechzehn Uhr dreißig?"

„Gut, halb fünf."

Sie notierte es und legte auf.

„Wir fahren nach Uherské Hradiště?", fragte Diviš überrascht.

„Ich fahre allein. Frau Zapletalová – eigentlich Floriánová – war mit ihrem Ex-Mann die ganze Zeit in Kontakt. Ich werd sie mal ein bisschen ausfragen."

„Und ich?"

„Langweilen wirst du dich jedenfalls nicht", versicherte Marián ihm. „Erstens gehst du gründlich die Anrufliste von Zapletals Handy durch, zweitens musst du den Technikern Dampf machen. Er hatte fast drei Promille Alkohol im Blut, und uns interessiert sowieso, ob auf der Metaxa-Flasche außer seinen Fingerabdrücken noch andere waren. Wir müssen wissen, ob er vielleicht Schulden hatte. Du fährst nach Kladno, redest mit seinen Kollegen, guckst seine Sachen durch. Ich will die Auswertung von den Sitzbezügen haben und ..."

„Dazu ist es noch zu früh", wandte Diviš ein, während er die Aufgaben in seinem gelben Büchlein notierte.

„Es ist nie zu früh", belehrte ihn Marián. „Je eher wir den Bericht von der Technik haben, desto eher können wir komplex über den Fall nachdenken und desto schneller kommen wir auf die richtige Spur. Merk dir: Die Zeit, die man am Anfang verliert, kann man nicht wieder aufholen."

Als er über die Zeit sprach, schaute er auf die Uhr. Es sah vielversprechend aus, in der Kantine sollten sie noch was kriegen. Er ging hinaus auf den Flur.

„Komm, wir besprechen das beim Essen. Zdeněk wartet schon auf uns."

Kriminaloberrat Zdeněk Karoch, Leiter des Dezernats für Tötungsdelikte, saß an seinem Tisch rechts von der Tür und war mit seinen Hähnchenmedaillons schon fast fertig. Er aß nur mit der Gabel, denn die andere Hand brauchte er, um sein Telefon zu halten. Aufmerksam hörte er zu und gab zwischen den einzelnen Bissen kurze Antworten. Außerdem hatte er sein aufgeklapptes Notebook vor sich stehen und schaute auf den Bildschirm. Das war seine übliche Art, zu arbeiten und sich zu ernähren. Sie verursachte bei ihm keine Magengeschwüre („Noch keine!", sagten die Skeptiker), sondern hatte ihm zu seinem Chefposten verholfen. Er war extrem belastbar und multitaskingfähig, hatte eine natürliche Autorität und keine Angst, selbstständig Entscheidungen zu treffen, was Marián bereits während ihres gemeinsamen Wehrdienstes miterlebt hatte. Dort war Zdeněk dem Garnisonslazarett zugeteilt gewesen und fuhr auf einem Rettungswagen mit. Eines Tages hatte er, ohne den Befehl bekommen zu haben, einen Gefreiten ins Krankenhaus gebracht: Gejza Balog, der sich über Bauchschmerzen beklagt und den Oberstleutnant Dr. med. Nosek (die Mannschaft nannte ihn den Henker von Kutná Hora) dennoch auf den Übungsplatz geschickt hatte, nicht ohne ihm zu versichern, dass er sich dort seine versetzten Winde schon aus dem Leib rennen würde. Im Krankenhaus hatte man bei Balog einen Darmverschluss diagnostiziert und er musste umgehend operiert werden. Zdeněk hätte für sein eigenmächtiges Handeln vorm Militärstaatsanwalt landen können, aber schließlich hatte Nosek in seinem eigenen Interesse die ganze Angelegenheit unter den Teppich gekehrt.

„Nein, Rosťa!", sagte Zdeněk Karoch gerade ins Telefon. „Allein gehst du nicht zu dem Arschloch! Du nimmst Jarda mit und mindestens noch zwei Kollegen in Uniform. Und nerv mich nicht!"

Er legte das Handy auf den Tisch und drehte den Notebook-Bildschirm ein Stück zu Marián hin. Der sah dort ein Foto der Bestatter am Grund des Steinbruchs, die gerade den Sarg in den Wagen luden. Marián scrollte weiter – es erschien ein Foto von Doktor Léblová. Auf dem nächsten sah man Diviš, wie er sich gerade mit Farkas unterhielt. Am deutlichsten war der Schnappschuss von Marián, während er den steinigen Abhang hinaufkraxelte, auf dem Gesicht ein Ausdruck, als würde er den Mount Everest erklimmen. Zdeněk steckte sich ein halbes Hähnchenmedaillon in den Mund und zermalmte das Fleisch langsam zwischen den Kiefern. Mit seinem Blick forderte er eine Erklärung.

„Der Steinbruch lässt sich nicht ringsherum sichern, das ist ein unübersichtliches Terrain", erläuterte Marián. Er nahm Platz, zog das Notebook seines Chefs näher zu sich heran und las den Artikel neben dem Foto. Der Stil verriet einen erfahrenen Journalisten, ein paar Fakten und Namen zeugten davon, dass der Autor die Gegend kannte und gut informiert war. An einer Stelle im Text blieb Marián hängen: … *Zapletal, treuer Begleiter und Mitstreiter bei den unrühmlichen Praktiken von Oberkommissar Prchlík, der zwar mit seiner Pensionierung aus Beroun verschwunden ist, nicht aber aus dem Gedächtnis einiger seiner Zeitgenossen …*

„Das heißt, bei euch haben sich die Journalisten fröhlich getummelt?" Zdeněks Stimme war schneidend vor Sarkasmus.

„Ich habe keinen einzigen gesehen", sagte Marián.

Zdeněk ließ gereizt die Gabel auf den Teller fallen. „Die Fotos haben sich ja wohl nicht von selbst gemacht! Und der Artikel fischt nicht im Trüben. Da hat jemand seine Zunge nicht im Zaum halten können."

„Ich denke, da liegst du falsch", widersprach Marián ganz gelassen. Er wusste, dass man Wut am besten mit Ruhe begegnete. „Da steht nichts, was jemand groß hätte ausbaldowern müssen. Ich würde sagen, das hat ein Journalist aus der Gegend geschrieben. Er hat von oben ein paar gute Schnappschüsse gemacht und hat sie mit Infos von früher kombiniert. Wahrscheinlich jemand Älteres."

„Online-Journalismus machen aber meist die jüngeren Jahrgänge", wandte Zdeněk ein, während er Diviš, der vom Tresen das Essen für sich und Marián brachte, mit Blicken folgte.

„Prchlík ist in Pension. Zapletal soll mit ihm befreundet gewesen sein, bevor er nach Kladno gegangen ist. Das ist vier Jahre her." Marián machte eine Kopfbewegung in Richtung Bildschirm. „Hier steht was von Prchlíks unrühmlichen Praktiken. Meiner Meinung nach ist der Verfasser jemand, der sich persönlich an die Praktiken erinnern kann. Ein Name steht zwar hier nicht, aber der lässt sich ja wohl …"

„Ich find raus, wer das geschrieben hat", verkündete Diviš kurz und knapp. Er stellte die Teller auf den Tisch und nahm Platz. „Das wird sicher kein Problem sein."

Sie wünschten sich guten Appetit und begannen zu essen. Marián dachte darüber nach, wie die digitalen Medien das Selbstbewusstsein junger Kriminalisten gestärkt hatten. Die Selbstverständlichkeit, mit der sie das Internet benutzten, gab ihnen das Gefühl von Übermacht über ihre älteren Kollegen. Marián hatte am Rechner alles gelernt, was er für seine Arbeit brauchte (sogar müheloser als einige seiner Altersgenossen), aber beim Umgang mit der Technik hatte er niemals eine gewisse Scheu abgelegt. Er erklärte sich das damit, dass sie allzu spät in sein Leben getreten war. Er hatte keine Spielekonsole in den Händen gehabt, wenn er als Baby auf dem Nachttopf saß, hatte seinen Lehrern nie die Hausaufgaben per Mail geschickt, hatte auf Facebook nie mit Tausenden Freunden seine ersten amourösen Erfahrungen geteilt, hatte für seine Semesterarbeiten nie im Netz recherchiert.

„Was hast du denn bei dem Zapletal für ein Gefühl?", fragte Zdeněk. Sie arbeiteten schon so lange zusammen, dass für ihn Mariáns Intuition längst kein Grund zur Belustigung mehr war.

„Das war Mord."

„Bis jetzt …" Diviš war drauf und dran, etwas einzuwenden, aber Marián ließ ihn nicht zu Wort kommen.

„Wir haben einen Zeugen, der gestern im Steinbruch bis zum Dunkelwerden geangelt hat. Als er gegangen ist, kam ein weißer Octavia angefahren. In dem haben zwei Leute gesessen. Er hat die Gesichter nicht gesehen, aber man kann davon ausgehen, dass einer von ihnen Zapletal war. Todeszeitpunkt war gegen Mitternacht."

„Das ist noch …" Diviš versuchte erneut, sich durchzusetzen, diesmal unterbrach ihn Zdeněk.

„Ertrunken?"

„Das kann erst die Obduktion bestätigen", beeilte sich Diviš mit der Antwort. Offensichtlich war ihm klar geworden, dass er mit zu wenig Durchsetzungskraft nie zum Zuge käme. „Aber er stand unter Alkoholeinfluss, möglicherweise waren auch noch andere Drogen im Spiel."

„Vor seinem Tod war er an den Händen gefesselt", sprach Marián weiter. „Außerdem hat im Auto jemand Abdrücke beseitigt und den Sitz mit Ammoniak gereinigt. Die Laborergebnisse kommen so schnell wie möglich, Diviš kümmert sich darum."

Zdeněks Handy klingelte. Er schaute aufs Display.

„Habt ihr schon seine Familie verständigt?", fragte er, bevor er ranging.

„Mit seiner Exfrau hab ich telefoniert. Morgen fahr ich zu ihr nach Uherské Hradiště", antwortete Marián. „Ich hab das

Gefühl, dass ich ihr was aus der Nase ziehen kann, was man nicht am Telefon sagt."

„Zapletals Mutter liegt im Krankenhaus", fügte Diviš hinzu. „Sie hat …"

Der Chef hörte schon nicht mehr hin. Grußlos, das Notebook unterm Arm und das Telefon am Ohr, stürmte er aus der Kantine. Sein unvermittelter Abgang brachte Diviš sichtlich aus dem Konzept, aber für Marián war das ein positives Signal. Bei Arbeitsgruppen, wo Zdeněk Karoch keine Probleme sah, hielt er sich nie länger als unbedingt nötig auf.

„Die liegt in der Sieben", informierte sie die Schwester auf der Neurochirurgie. „Sie hat gerade Besuch."

„Wen denn?", fragte Marián und zeigte seine Dienstmarke.

„Ihre Schwester. Die kommt jeden Tag. Sitzt manchmal zwei Stunden bei ihr. Danach kommt sie immer noch beim Doktor vorbei." Die Schwester machte eine Kopfbewegung in Richtung des Arztes, der im hinteren Teil des Raums Schreibarbeit erledigte. „Jeden Tag fragt sie nach ihrem Zustand."

„Und wie ist der?"

„Der Schwere des vorgenommenen Eingriffs entsprechend", antwortete der Arzt, ohne auch nur den Kopf zu heben.

„Denken Sie, dass wir ihr eine tragische Mitteilung machen können?"

„Hádes", stellte er sich vor, und Marián ging durch den Kopf, dass für einen Menschen, der im Gesundheitswesen arbeitete, so ein Nachname ein Handicap war. Der Arzt mit seinem festen Händedruck und der fröhlichen Miene holte ihn wieder zurück.

„Frau Zapletalová ist stabil, aber sie sollte möglichst viel Ruhe haben", sagte er. „Darf ich fragen, um was für eine Mitteilung es geht?"

„Ihr Sohn ist tot."

Die Fröhlichkeit verschwand aus den Augen des Arztes. „Der war gestern noch hier. Am Morgen habe ich mit ihm gesprochen. Was ist denn passiert?"

„Das untersuchen wir gerade", antwortete Marián ausweichend.

„Wir müssten Frau Zapletalová ein paar Fragen stellen", fügte Diviš hinzu.

„Kann das nicht ein kleines bisschen warten?"

„Was ist denn bei Ihnen ein kleines bisschen?"

„Ein paar Tage. In diesem Stadium spielt für die Patientin jeder Tag Ruhe eine riesige Rolle. Zeit ist der entscheidende Faktor."

„Für uns leider auch. Ist Frau Zapletalová in der Lage zu antworten?"

„Bis jetzt kommuniziert sie minimal. Heute ist sie das erste Mal für ein paar Minuten aus dem Bett aufgestanden. Reden Sie mit ihrer Schwester, die kann Ihnen vielleicht mehr helfen."

Er machte eine Geste, als wolle er sich verabschieden, aber Marián hielt ihn auf.

„Als Sie gestern mit dem Sohn gesprochen haben, was hat er da für einen Eindruck auf Sie gemacht?

„Denselben wie immer. Ich kenne ihn, seit er mit seiner Mutter zur den vorbereitenden Untersuchungen gekommen ist", erläuterte Doktor Hádes. „Anständig, höflich, aber … mehr als pragmatisch."

„Wie meinen Sie das?"

„Ich hatte immer den Eindruck, dass zwischen ihm und seiner Mutter etwas fehlt. Als würden sie sich nicht besonders nahestehen." Er schüttelte den Kopf. „Aber vielleicht war das auch nur Selbstbeherrschung. Ich hab irgendwo gelesen, dass Polizisten ein Training absolvieren, wo sie lernen, ihre Emotionen zu steuern und mit Affekten umzugehen. Stimmt das?"

„Bei so was sind wir absolut perfekt", gab ihm Marián recht. „Ich habe gelesen, dass nur Ärzte noch besser sind."

Doktor Hádes nahm seine Ironie mit einem Lächeln auf. Erneut machte er eine Geste, als wolle er sich verabschieden, aber dann fiel ihm noch etwas ein.

„Wenn hier ältere Patientinnen liegen und ihre erwachsenen Kinder sie besuchen kommen, fragen sie mich meist, wie es der Mutti geht", sagte er gedankenversunken. „Aber nicht Herr Zapletal."

„Wonach hat er denn gefragt?"

„Mir ist aufgefallen, dass er nie gesagt hat: ‚meine Mutti', sondern immer nur: ‚die Mutter'. Gestern hat er mich gefragt, wie viel Zeit ich seiner Mutter gebe. Das fand ich ziemlich eigenartig. Als wäre er davon überzeugt, dass der Eingriff, den wir durchgeführt haben, auf die Verbesserung ihres Gesundheitszustands keinen Einfluss haben würde."

„Wird er das denn?"

Der Arzt zuckte mit den Achseln.

„Deswegen haben wir ihn ja gemacht. Es ging um die komplizierte Entfernung eines Tumors, mehr kann ich Ihnen nicht sagen. Die Operation ist aus meiner Sicht gut verlaufen, aber auch wenn der Erfolg zeitlich begrenzt wäre, welches Kind zieht so was schon im Voraus in Betracht? Wir alle wollen uns doch die Hoffnung bewahren, oder?" Doktor Hádes schüttelte verständnislos den Kopf. „Ohne Umschweife gesagt: Der Pragmatismus von Herrn Zapletal hat auf mich gewirkt wie Gefühlskälte. Aber bauen Sie lieber keine Hypothese darauf auf, das ist nur mein ganz persönlicher Eindruck."

Marián reichte ihm eine Visitenkarte. „Falls Ihnen noch was einfällt, rufen Sie mich an. Ich bin für persönliche Beobachtungen immer dankbar. In der Praxis bringen die uns manchmal weiter als die Pinsel und Reagenzgläser von unseren Technikern."

Es war ein Zweibettzimmer. Růžena Zapletalová lag am Fenster und schlief, das Bett an der Tür war nicht belegt. Am Tisch saß eine kleine ältere Frau mit Brille und machte ein Kreuzworträtsel in einer Zeitschrift. Als Marián sie erblickte, tauchte sofort Tante Jozefínas Küche in Lehôtka vor seinen Augen auf. So weit sein Gedächtnis zurückreichte, hatte sich in dieser Küche nie etwas verändert. Auf dem Tisch lag immer die Wachstuchdecke (die Stelle, wo eine Zigarette seines Onkels einen Brandfleck hinterlassen hatte, geschickt mit einem bemalten Teller kaschiert), auf einem Wandregal stand eine Uhr in Form eines Motorrads (das Zifferblatt war im Vorderrad) und daneben lag ein Stapel Zeitungen und Zeitschriften. Tante Jozefína war eine leidenschaftliche *krížovkárka*. Sonntag für Sonntag setzte sie nach dem Mittagessen die Brille auf, spitzte ihren Bleistift und machte sich über ihr Kreuzworträtsel her. Marián liebte die Sonntage wegen ihrer Unveränderlichkeit. Draußen konnte passieren, was wollte, bis in die Küche drang es nicht vor.

„Alena Blažková", stellte sich die Frau vor. Sie schob ihr Rätsel zur Seite, stand auf und reichte ihnen die Hand. Marián las Furcht in ihren Augen. Noch bevor er seinen Dienstausweis hervorholte, hatte die Vorahnung ihr bereits gesagt, dass er schlechte Neuigkeiten bringen würde. Sie versuchte, sie hinauszuzögern, indem sie die Bettdecke am Fußende glatt zupfte.

„Meine Schwester ist gerade eingeschlafen. Sie hat eine schwere Operation hinter sich."

„Wir müssten mit ihr sprechen."

„Weswegen denn? Ich könnte es ihr ausrichten."

„Wir kommen mit einer Nachricht, die man jemandem nicht so ohne Weiteres ausrichtet", sagte Marián. „Ihr Sohn ist verunglückt."

Sie erstarrte mitten in der Bewegung. „Osvald? Was ist ihm denn passiert?"

Marián spürte, wie Müdigkeit ihn überfiel. Er wüsste nicht zu sagen, wie viele Male er die gleiche Situation bereits erlebt hatte. Es änderten sich nur die Namen. Alles andere war identisch: die Worte, die in böser Vorahnung gespannten Gesichter, der Schreck, die Ungläubigkeit, die Verzweiflung. Männer wurden oft von selbstmitleidiger Wut gepackt, Frauen von Hysterie. Die Dame mit der Brille wirkte aber nicht hysterisch. Marián vermutete, dass sie ihren Schmerz nach innen kehren würde.

„Herr Zapletal ist unter tragischen Umständen ums Leben gekommen", sagte er so leise wie möglich, fast flüsternd. „Mehr können wir Ihnen im Moment nicht sagen."

Alena Blažkovás Blick huschte rasch zu ihrer Schwester, dann blickte sie Marián wieder an.

„Ist ihm bei der Arbeit was zugestoßen?"

„Er war nicht im Dienst."

„Ein Autounfall?"

„Die Todesursache ist noch nicht geklärt", antwortete Diviš.

Sie weinte nicht. Ihre von den dicken Brillengläsern vergrößerten Augen blinzelten heftig.

„Meine Schwester darf das nicht erfahren", sagte sie ängstlich. „In ihrem Zustand würde sie das nicht verkraften!"

Die schlafende Frau regte sich. Sie stöhnte auf und drehte den bandagierten Kopf zur anderen Seite.

„Kommen Sie mit auf den Gang", bat Alena Blažková die beiden Polizisten. „Damit wir sie nicht aufwecken."

Sie gingen aus dem Zimmer. Diviš wollte die Tür schließen, aber Alena Blažková hinderte ihn daran. Sie ließ die Tür angelehnt und stellte sich daneben, um durch den Spalt ihre Schwester sehen zu können.

„Hat sie außer Ihnen noch Verwandtschaft?", fragte Marián.

„Unsere Eltern sind längst tot und Osvald ist … war ihr einziger Sohn."

„Sind Sie regelmäßig in Kontakt gewesen?"

„Ich gehe zweimal, manchmal auch dreimal pro Woche zu ihnen. Ich bin verwitwet, Kinder habe ich keine …" Sie nahm die Brille ab und wischte sich mit der Hand über die Augen. „Ich wohne oben in Petřiny, da hab ich's zu ihnen nach Břevnov nicht weit."

„Hat Herr Zapletal vor Ihnen mal von irgendwelchen Problemen gesprochen?", fragte Diviš.

„Was für Probleme?"

„Hat er vielleicht einen Streit erwähnt, ernstere Konflikte, Feinde?"

Sie drehte sich von der Tür weg, ihre Augen, des Schutzschirms aus Dioptrien entledigt, huschten wehrlos von einem zum anderen.

„Er ist umgebracht worden", hauchte sie entsetzt. „Ist doch so, oder?"

„Frau Blažková, können wir uns auf etwas einigen?", sagte Marián. „Fürs Erste stellen wir die Fragen. Je genauer Sie antworten, desto besser. Das hilft uns bei den Ermittlungen, verstehen Sie?"

Schweigend polierte sie mit einem Taschentuch ihre Brillengläser, dann schnäuzte sie sich, setzte die Brille wieder auf und positionierte sich erneut so, dass sie ins Zimmer schauen konnte.

„Über Probleme gesprochen hat er nie", sagte sie. Nach kurzem Zögern ergänzte sie: „Aber er hatte welche."

„Woher wissen Sie das?"

„Ich bin schon in Rente, aber mein ganzes Leben lang habe ich als Hörspieldramaturgin gearbeitet." Sie sprach vor sich hin, den Blick unablässig auf das Bett gerichtet. „Das ist ein sehr spezifisches Genre. Man lernt, Pausen und Zwischentöne sehr genau wahrzunehmen, alles, was verborgen zwischen den Zeilen steht. Und auch das, was nicht gesagt wird."

„Und worüber hat Herr Zapletal geschwiegen?"

„Da gab es mehrere Sachen."

„Zum Beispiel?"

„Er hat nie über Frauen gesprochen."

„Ihrer Meinung nach waren Frauen ein Problem für ihn?" Marián fiel auf, dass ihm die Unterhaltung langsam anfing, Spaß zu machen. Er machte einen Schritt zur Seite, damit er Alena Blažkovás Gesicht zumindest von der Seite sehen konnte. „Könnten Sie uns erläutern, in welchem Sinn?"

„Seine Ehe war gescheitert. Magda, seine Frau, ist ein Familientyp. Eine gute Mutter. Ruhig. Mir nichts dir nichts hätte sie sich nicht scheiden lassen. Vor Gericht haben beide als Grund gegenseitige Entfremdung angegeben. Ich glaube, sie haben sich auf die Formulierung geeinigt, aber ..." Sie ließ den Satz unvollendet.

„Aber Ihrer Meinung nach hat etwas anderes dahintergesteckt?"

Sie zuckte mit den Schultern.

„Untreue?"

„Das hatte ich vermutet, aber nach der Scheidung ist er alleine geblieben. Er ist nach Prag zurückgekommen, hat aber keine neue Partnerin mit nach Hause gebracht, hat auch keine erwähnt. Und Magda ist auch allein geblieben – also mit den Kindern. Ich glaube nicht, dass sie sich wegen irgendeinem Verhältnis scheiden lassen haben. Das war eher ..." Die Pause, die sie machte, wäre auch für ein Hörspiel zu lang gewesen. „Scheinbar ... Vielleicht sind sie im Bett nicht richtig miteinander klargekommen. Magda ..."

Sie schüttelte ganz leicht den Kopf, als würde sie sich selbst zur Ordnung rufen. Marián begriff, dass er ihr nicht gestatten durfte, dass Terrain zu verlassen, auf das sie geraten war.

„Hat sie Ihnen einmal etwas Konkretes anvertraut?"

„Ach wo, dazu haben wir uns nicht gut genug gekannt."

„Dann vielleicht ihrer Schwester?"

„Angeblich sind sie mal auf das Thema zu sprechen gekommen", räumte sie zögerlich ein. „Aber ich weiß darüber nichts. Ich habe nicht nachgefragt. Das ist auch schon lange her. Wie soll das denn mit Osvalds Tod zusammenhängen?"

„Es mag absurd klingen", pflichtete Marián ihr bei, „aber wir müssen uns mit allem befassen. Und dazu gehören eben auch alte Meinungsverschiedenheiten im Schlafzimmer."

Sie nickte, machte ein verständnisvolles Gesicht, aber man merkte, dass sie sich wieder verschloss.

„Ich kann Ihnen dazu wirklich nichts weiter sagen." Hinter dem freundlichen Tonfall spürte Marián Entschlossenheit. Eine Weile schwiegen alle drei und schauten durch die angelehnte Tür ins Zimmer. Das Gesicht von Frau Zapletalová sah auf der großen Fläche des Kopfkissens winzig aus. Ihre Wangen waren mit Leberflecken übersät, sie hatte tiefe Augenringe und die Haut am Hals hing schlaff herab. Sie wirkte viel älter als ihre Schwester. Zwischen ihren Falten ließen sich aber noch Reste früherer Schönheit entdecken: Von ihr erzählten die hohen Wangenknochen und die großen, immer noch vollen Lippen. Die Stirn war vom Verband verdeckt, darunter wölbten sich markante Augenbrauenbögen. Marián hätte gern gewusst, ob sie auch so hellblaue Augen hatte wie ihr Sohn. Oder waren die vom Vater geerbt? Und wo steckte dieser Vater überhaupt?

„Ist Herrn Zapletals Vater noch am Leben?", fragte in diesem Moment Diviš, als hätte er Mariáns Gedanken gelesen.

„Das weiß ich nicht."

„Wir sollten ihn informieren."

„Das wird nicht gehen."

„Warum nicht?"

„Sie haben sich nicht gekannt." Alena Blažková drehte sich zu den beiden um und blickte sie unverwandt, mit einer gewissen Aufmüpfigkeit an. „Zapletalová ist ihr Mädchenname. Rózi – also, Růžena war nie verheiratet. Ihren Osvald hat sie als ledige Frau bekommen, einen Vater hat sie nie angegeben. Genügt Ihnen das zu Ihrer Zufriedenheit?"

„Frau Blažková, hier geht es doch nicht um unsere Zufriedenheit. Ihr Neffe ist höchstwahrscheinlich eines gewaltsamen Todes gestorben und wir müssen diesen Fall untersuchen." Marián verlieh seinem Tonfall eine amtliche Note, um sie daran zu erinnern, dass die Unterhaltung bei aller Freundlichkeit doch Bestandteil einer Kriminalermittlung war. „Sie selbst haben gerade den Wunsch geäußert, dass wir es Ihrer Schwester vorerst nicht mitteilen sollen. In diesem Fall müssten Sie aber mit uns kooperieren."

„Falls es Ihnen unangenehm ist, hier zu sprechen, können Sie Ihre Aussage auch bei uns machen", schlug Diviš vor, und Marián gab ihm in Gedanken den zweiten Pluspunkt. Wieder einmal der richtige Satz zur richtigen Zeit. Auf Zeugen, insbesondere ältere Menschen, wirkte ein Verhör auf einer Polizeidienststelle erniedrigend. Sie versuchten, das zu vermeiden. Diviš' höflich geäußerter Vorschlag zeigte bei der alten Dame unmittelbar Wirkung. Jegliche Trotzigkeit war auf einen Schlag verflogen.

„Ich kooperiere doch", sagte sie. „Ich gebe mir Mühe, alle Ihre Fragen zu beantworten. Was brauchen Sie denn noch?"

„Bei Ihrem Neffen haben wir einen Schlüsselbund gefunden. Ich gehe davon aus, dass darunter auch der Wohnungs- oder Hausschlüssel ist. Wir müssen uns seine Sachen anschauen. Eine Routineangelegenheit, aber wir würden es begrüßen, wenn Sie mit dabei wären."

„Natürlich, falls …" Sie verstummte mit einem erschrockenen Gesichtsausdruck. „Die Katzen!"

„Herr Zapletal hat Katzen?"

„Nicht er, meine Schwester. Osvald hat sich in den letzten Tagen um sie gekümmert. Ich muss sie füttern gehen."

„Wenn das so ist, fahren wir also doch zusammen. Nicht auf die Dienststelle, sondern in die Zapletal-Wohnung", sagte Diviš.

„Es ist ein kleines Haus", korrigiert ihn die alte Dame. „Von unseren Eltern geerbt. Ich bin nach meiner Hochzeit ausgezogen, aber Růžena wohnt schon ihr ganzes Leben lang dort. Und Osvald ist dort geboren."

„Direkt im Haus?"

„Fast. Rózi hätte es beinahe nicht mehr bis in den Kreißsaal geschafft." Alena Blažková musste beim Auftauchen dieser weit zurückliegenden Erinnerung lächeln. „Um neun am Abend ist der Krankenwagen gerufen worden und eine Stunde später war Osvald auf der Welt. Die Ärztin hat sich damals noch einen Spaß gemacht. Sie hat gesagt: Der Junge wird Ordnung in seinem Leben haben. Er ist am zehnten gekommen, genau um zehn nach zehn."

„Und hatte er denn Ordnung in seinem Leben?"

Die alte Dame zuckte mit einem Seufzer die Schultern. Sie ging wieder ins Zimmer, steckte den Stift und die Zeitschrift in die Tasche und trat ans Bett. Marián sah, wie sie ihrer Schwester über die Wange strich und das Kopfkissen zurechtrückte. Die Bewegungen strahlten eine liebevolle Fürsorglichkeit aus.

„Versprechen Sie mir, dass Sie nicht ohne mich zu ihr gehen", sagte sie eindringlich, als sie wieder auf den Gang kam. „Alleine sagen kann ich es ihr nicht, aber ich möchte bei ihr sein, wenn sie's erfährt."

Marián nickte, aber er sah, dass das nicht genügte. Sie gehörte zu einer Generation, die es gewohnt war, Versprechen laut und feierlich zu äußern.

„Ich versprech's Ihnen", sagte er, doch in Gedanken hörte er sich sagen: „Ja, das geloben wir." Den Drang, seine Hand über den Kopf zu heben, unterdrückte er allerdings. Seine Zeit als Junger Pionier war schließlich längst vorbei.

Die Katzen waren schwarzweiß. Marián zählte vier, aber sicher war er sich nicht. Sie zogen alle dasselbe Gesicht, liefen im Garten herum, wechselten Ort und Position, er hatte den Eindruck, dass sie alle geklont waren. Ins Haus trauten sie sich nicht. Aus sicherer Entfernung beobachteten sie, was im Innern vor sich ging. An Marián und Diviš gewöhnten sie sich relativ schnell, Alena Blažková strichen sie um die Beine, aber die Ankunft der Techniker löste ihre panische Flucht in den Nachbargarten aus. Die Reihe aus Johannisbeersträuchern am Zaun wurde zur Demarkationslinie, die sie bis zum Abend nicht mehr überschreiten sollten.

An Zapletals Bund waren drei große Schlüssel und zwei kleine. Die großen gehörten zum Gartentor, zur Haustür und zur Mansarde. Der Techniker sicherte zuerst die Fingerabdrücke und schloss dann auf.

„Osvald gehören die beiden Zimmer oben … also: haben gehört." Über ihren Neffen in der Vergangenheitsform zu sprechen, bereitete Alena Blažková immer noch Schwierigkeiten. „Als er nach seiner Scheidung hierher zurückgekommen ist, hat er sich Wasser nach oben gelegt und ein kleines Bad und eine Küchenzeile eingebaut."

„Sieht nicht so aus, als ob er jemals gekocht hätte", bemerkte Diviš mit Blick auf die beiden makellos sauberen Kochfelder und den Schrank, in dem lediglich zwei Tassen, eine Büchse mit Kaffee und Gläser standen. Er öffnete den Kühlschrank. Der war voll mit Bierflaschen, und auf dem obersten Rost stand ein Teller mit mehreren Stücken Kirsch-Streuselkuchen. Im Gefrierfach lag eine halb leere

Flasche Wodka. Der Geruch nach kaltem Rauch hing in der Luft.

„Wann sind Sie zum letzten Mal hier gewesen?"

„Gestern. Ich habe die Beete gewässert. Vorgestern habe ich Osvald den Kuchen mitgebracht", sagte die alte Dame. „Das war ein Kuchenfan!"

„Und auch ein Alkoholfan?", sagte Marián, als er unter das Spülbecken schaute. Neben dem Mülleimer standen mehrere Reihen aus leeren Flaschen, sorgfältig nebeneinander aufgestellt. „War das nicht sein nächstes Problem?"

„Er hat gern mal einen über den Durst getrunken, das stimmt." Alena Blažková zeigte ins Nachbarzimmer, wo ein Fernseher stand und davor ein Sessel. „Zum Fußball Gucken gab's immer ein paar Bier. Manchmal hab ich mit Rózi unten in der Küche gesessen, wir haben uns unterhalten und gehört, wie hier oben immer die Kühlschranktür zuknallt."

Marián hockte sich hin und schaute sich die leeren Flaschen unter der Spüle genauer an. Zweimal Wodka, zweimal georgischer Weinbrand. Kein Metaxa.

„Ist er manchmal unter Alkoholeinfluss Auto gefahren?", fragte Marián.

„Er war Polizist!", antwortete die alte Dame empört.

„Das will nichts heißen."

„Fahren Sie etwa unter Alkoholeinfluss?"

„Ich nicht, aber dem einen oder anderen Kollegen ist das schon mal passiert. Sie wissen doch selbst genau, dass bei der Polizei nicht nur Engel arbeiten."

„Osvald hat sich verantwortungsvoll verhalten", sagte sie und beobachtete abwechselnd erst einen hochgewachsenen Techniker mit einem Fotoapparat, dann einen anderen, der den Fensterstock mit einem schwarzen Pulver bestreute. Sein Tun ärgerte sie sichtlich.

„Darf ich fragen, wessen Fingerabdrücke Sie hier suchen? Mein Neffe hat niemals Besuch mit nach Hause gebracht. Hierher sind nur seine Mutter und ich gekommen. Manchmal mussten wir die Blumen gießen oder die Wäsche wechseln, das hat er immer vergessen."

„Fingerabdrücke sind Routine, gute Frau", antwortete der Mann und widmete sich weiter seiner Arbeit. Marián ging langsam durch die kleine Dachgeschosswohnung. Viel Komfort hatte sie nicht zu bieten, Privatsphäre erst recht nicht. Osvald Zapletal war zu Hause unter ständiger Beobachtung gewesen. Über jeden seiner Schritte, jedes Öffnen des Kühlschranks wusste man Bescheid. Die Mutter hatte für ihn gekocht, die Tante Kuchen gebacken, sie hatten ihm die Bettwäsche gewechselt und die Pelargonien gegossen, sie hatten gesehen, wann er die Stufen hinaufstieg und wann herunter.

„Ist Frau Zapletalová manchmal verreist gewesen?"

„Vor drei Jahren sind wir zusammen bei der Kur gewesen. Aber seit es ihr gesundheitlich immer schlechter ging, wollte sie nirgendwo mehr hin. Konnte auch nicht mehr. Sie ist mehrmals operiert worden und war dann ziemlich schwach. In letzter Zeit ist sie nur noch im Garten herumgegangen. Ich hab ihr die Einkäufe erledigt."

Ein Haus, das vierundzwanzig Stunden täglich überwacht war, dachte Marián. Die absolute Kontrolle. Wie hat Zapletal diesen Mangel an Freiheit ausgehalten? Höchstwahrscheinlich hat er sich woanders Gelegenheiten gesucht, um sich auszutoben. Aber wo? Und welcher Art waren sie gewesen?

„Wahrscheinlich ist er gestört worden, bevor er aus dem Haus ist", vermeldete Diviš. „Er hat nicht mal sein Notebook ausgeschaltet."

Auf einem Wandregal neben dem Notebook stand ein gerahmtes Foto mit zwei Jungen. Der ältere hatte blaue Augen, aber ansonsten ließen sich Zapletals Züge nicht in den Kindergesichtern ausmachen. Weitere Fotos konnte Marián in der Wohnung nicht entdecken. Er öffnete den Kleiderschrank. T-Shirts, Slips, Socken, ein Stapel Pullover, Jeans. Alles ordentlich zusammengelegt. Im Schrank hingen eine Jacke, eine Uniform und ein grauer Anzug (gute Marke, feiner Stoff), drei Hemden und ein paar elegante Krawatten.

„Ist er manchmal ausgegangen?", fragte Marián, während er die Taschen durchsuchte. Auf diese Prozedur verzichtete er niemals. Diesmal fand er ein bisschen Kleingeld, ein Päckchen Zigarettenpapier und eine Rechnung aus dem Restaurant Trocnov.

„Ab und zu schon, aber mit wem und wohin, das weiß ich nicht." Man sah Alena Blažková an, dass sie die Wohnungsdurchsuchung zutiefst ablehnte. Sie sah ein, dass sie den Ermittlungen diente, betrachtete sie aber als feindliches Eindringen. Die ganze Zeit versuchte sie, Marián, Diviš und beide Techniker im Blickfeld zu haben, so als hätte sie Angst, dass sie etwas stehlen könnten. Den dritten Techniker, der am Gartentor zu tun hatte, hatte sie durchs Fenster unter Kontrolle. „Osvald war nicht besonders mitteilsam. Er war eher der introvertierte Typ. Wenn wir manchmal zusammen gegessen haben, dann hat er bei Tisch die ganze Zeit kein Wort gesagt."

Marián musste an die Vermutung von Doktor Hádes denken.

„Wie war denn die Beziehung zwischen ihm und seiner Mutter?", fragte er.

„Warum?" Auf einmal hatte sie Panik im Blick. „Hat Ihnen da irgendjemand was erzählt?"

„Gibt es denn etwas zu erzählen?"

„Ich interessiere mich nicht für Klatsch und Tratsch. Osvald hat seine Mutter gern gehabt. Er war ein guter Sohn", sagte sie kategorisch. Im Unterschied zu ihr interessierte Marián sich ausgesprochen für Gerüchte. Sie waren Bestandteil seiner Arbeit, genau wie die Fakten. Eines ergab ohne das andere meist keinen Sinn. Er würde also Informationen in der Nachbarschaft sammeln müssen. Er schaute zum Fenster hinaus. Rechts erblickte er das Plateau von Břevnov. Zwischen dem Gartenzaun und dem offenen Gelände lag noch ein kleiner Kiefernwald. Das Zapletal-Haus stand ganz am Ende der Straße. Meist gab es hier Einfamilienhäuser mit einem Obergeschoss, umgeben von biederen Gärten. Hier und da schimmerte zwischen Baumästen ein Pool durch. Direkt gegenüber thronte ein Bau, der mit seiner extravaganten Silhouette ziemlich aus dem Kontext der Straße herausfiel. Hinter einer Hecke aus üppig blühenden Hortensien konnte Marián die kompromisslosen Linien moderner Architektur erkennen. Große Glasflächen, raffinierte Einfachheit, Nichtexistenz von Ornamenten. Mut. Es wirkte nicht wie ein Ort zum Wohnen, sondern wie eine Einstellung zum Leben. Am Gartentor stand ein kahlköpfiger Mann und leerte gerade den Briefkasten. Dabei schaute er in Mariáns Richtung.

„Das ist die Kommode von unserem Papa. Osvald hat sie mit nach oben genommen. Er hatte sie immer abgeschlossen", vernahm er hinter sich Alena Blažkovás Stimme. Er drehte sich um. Diviš und der hochgewachsene Techniker standen vor dem antiken Möbelstück aus dunklem Holz und Diviš versuchte, die Tür zu öffnen. Nichts zu machen. Der Techniker probierte es mit den kleinen Schlüsseln von Zapletals Bund. Einer von ihnen passte und die Tür ging auf. Dahinter waren zwei Schubfächer. Im oberen lagen Ordner mit Dokumenten, die mit Reitern versehen waren und genauso sorgfältig aufeinanderlagen wie die Sachen im Wäscheschrank. Die untere Schublade hatte wieder ein Schloss. Der Techniker öffnete sie mit dem zweiten kleinen Schlüssel vom Bund. Im Inneren lag ein großer Umschlag.

„Sind Sie sicher, dass Sie das Recht haben, seine Schubfächer zu durchsuchen?", fragte Alena Blažková misstrauisch.

„Allerdings. Wir nehmen sogar etwas mit. Natürlich legen wir ein Verzeichnis an, und sobald wir die Sachen nicht mehr benötigen, bekommt Ihre Schwester sie zurück", versicherte Marián ihr und schaute in den Umschlag. Darin lag ein USB-Stick und ein Haufen Tütchen mit graugrünem Inhalt. Diviš stieß einen leisen Pfiff aus.

„So viel Gras für den Eigenbedarf sieht man auch nicht alle Tage", sagte der hochgewachsene Techniker anerkennend. In der Tür erschien sein Kollege, der bisher im Garten gewesen war.

„Frau Blažková, wo finde ich denn die Festplatte zu der Videoüberwachung draußen?"

Sie sah ihn an, als hätte er Kiswahili mit ihr gesprochen. „Was genau meinen Sie jetzt damit?"

„Am Haus ist eine Überwachungskamera", antwortete er. Laut und deutlich. Durch ihrer begriffsstutzige Reaktion hatte er offenbar den Eindruck gewonnen, dass er mit einer Schwerhörigen sprach. „Irgendwo im Haus muss ein Computer sein, an den die Aufnahmen übertragen werden. Können Sie mir zeigen, wo der ist?"

Alena Blažková machte sich auf den Weg ins Erdgeschoss. Marián wartete, bis sie außer Hörweite war.

„Osvald Zapletal war ein Kiffer, daran gibt's ja wohl keinen Zweifel", sagte er.

„Der hat hier einen schönen Vorrat. Möglicherweise hat er auch gedealt", gab Diviš zu bedenken. „Hinter seinem Tod könnten offene Rechnungen mit der Drogenmafia stecken."

Marián fand die Hypothese gewagt, ganz auszuschließen war das aber nicht. Die Drogenmafia war allgegenwärtig, warum sollte sie also keine Verbindungsglieder in den Reihen der Provinzpolizei haben? Ob das wohl jene unrühmlichen

Praktiken von Oberkommissar Prchlík und seinem treuen Schatten waren? Und was war mit der eigenwilligen Arbeitsweise, von der der großohrige Kriminalsekretär aus Beroun gesprochen hatte? Dabei hätte es um Aktivitäten im Zusammenhang mit Drogen gehen können.

„Kümmer dich mal um einen Zugang zu seinem Bankkonto", bat er Diviš. „Und je eher du rausfindest, wer den Artikel im Netz geschrieben hat, desto besser."

Dann wandte er sich an den hochgewachsenen Techniker. Er hatte den Eindruck, dass er Čáp hieß, war sich aber nicht sicher. Auf einen Versuch ließ er es ankommen.

„Ich würde gerne jetzt gleich mal auf den Stick schauen. Ginge das, Herr Čáp?"

„Natürlich." Aus der Stimme und dem Blick des Mannes konnte man herauslesen, wie angenehm überrascht er war, dass Marián seinen Namen wusste. Er inspizierte den Stick und steckte ihn ans Notebook. In Mariáns Innentasche klingelte das Telefon. Er schaute aufs Display, die Nummer kannte er nicht.

„Holina", meldete er sich.

„Oberkommissar Lír", ertönte es matt am anderen Ende. Eine Stimme wie ein Tamagotchi kurz vorm Dahinscheiden. Im Unterschied zu Baigl verspürte der Kommandeur aus Kladno offenbar kein Bedürfnis, durch Tatendrang zu beeindrucken. Er sprach langsam und gedrosselt. „Endlich hab ich mich aus den Klauen von meinen Instrukteuren befreit. Wenn Sie Zeit haben, können wir uns treffen."

„Da wäre ich sehr froh", sagte Marián und trat mit dem Telefon hinaus auf den Flur. „Wann und wo?"

„Ich bin in Holešovice vor dem Präsidium. Einen Mordshunger hab ich, gerade bin ich dabei, gegenüber ins Wirtshaus U Houbaře einzukehren. Kennen Sie das?"

„Die haben gutes Pilsner vom Fass."

„Ich bin mit dem Auto hier, aber ich lass mir gern davon berichten", versprach Lír. „Falls das für Sie nicht zu weit ab vom Schuss liegt, kann ich hier auf Sie warten."

„Ich könnte in einer halben Stunde da sein", sagte Marián. „Wie erkennen wir uns?"

„Suchen Sie den größten und rötesten Riechkolben im ganzen Lokal", riet ihm Lír. „Und geschwollene Augen. Ich heul wie 'ne Jungfer, die Pollen fliegen."

Marián ging ins Zimmer zurück. Čáp und Diviš beugten sich über das Notebook mit dem angesteckten USB-Stick.

„Jetzt wissen wir, warum er das in einer abgeschlossenen Schublade hatte", sagte Čáp und trat zur Seite, damit Marián auf den Bildschirm sehen konnte. Dort war das Foto einer nackten, blutjungen Frau, fast noch ein Mädchen, in einer Position, die man durchaus als akrobatisch bezeichnen konnte. Wäre sie nicht pornografisch gewesen. Diviš klickte auf ein zweites Bild, darauf war ein anderes Mädchen, noch jünger, mit glasigem Blick. Sie sah betrunken aus. Die Aufnahmen wirkten, als wären sie heimlich gemacht worden. Die Mädchen waren auffällig geschminkt, aber ihre Posen verströmten keinen Exhibitionismus. Eher eine Art passive Ergebenheit.

„Pornografie zu besitzen, ist nicht strafbar", betonte Diviš und klickte nochmals weiter. Das nächste Mädchen hatte dunkle Augen und darin einen verschwommenen Ausdruck.

„Falls er das nicht ohne das Wissen von den Kleinen hier verbreitet hat", sagte Čáp.

„Und falls er zum Herstellen von Pornografie keine Kinder missbraucht hat", ergänzte Marián mit einem Blick auf die pubertären Formen des dunkeläugigen Mädchens. Es waren nicht viele Fotos, einige Gesichter tauchten immer wieder auf, alle waren sehr jung und ähnelten sich in irgendetwas. Vielleicht in ihrer Passivität, vielleicht darin, dass sie sichtlich unter dem Einfluss von Alkohol oder einer anderen Droge standen. Auf dem letzten Foto war kein Mädchen, sondern eine Frau. Reif, wunderschön. Sie sah aus wie eine Spanierin oder Mexikanerin. Sie posierte nicht und wirkte auch nicht angetrunken. Ohne jegliche Frivolität lag sie auf dem Bett, ein Arm auf der Brust, der andere unterm Kopf. Sie schaute nicht in die Kamera, sondern seitlich vorbei, in den Augen einen gedankenverlorenen Ausdruck. Sie machte ein Gesicht wie jemand, der allein zu sein glaubte. Ihre dunkelhäutige Nacktheit bildete einen starken Kontrast zum weißen Bettlaken.

„Salma Hayek", befand Čáp.

„Kennen Sie die etwa?", fragte Marián den Techniker.

„Ich meine die Schauspielerin, die sieht der hier ähnlich."

„Mich würde mal interessieren, ob er die Fotos selbst gemacht hat", sagte Diviš.

„Nein, der muss sich die Bilder irgendwie besorgt haben. Sieht nach Amateuraufnahmen aus."

Ein privates Pornoarchiv zu besitzen, war erst einmal nichts Außergewöhnliches. Dass darin aber so junge Mädchen zu finden waren, zudem unter sichtlichem Alkoholeinfluss, ließ bei Marián die Alarmglocken schrillen. Allerdings wusste er auch, dass nicht wenige seiner Kollegen so etwas nach wie vor als kleine Fehltritte, Schwächen, unschuldige Gelüstchen oder Geheimniskrämerei abtaten. Er hatte die Erfahrung gemacht, dass das, was für viele von ihnen nach einer Routineangelegenheit aussah, oft der Anfang einer wichtigen Spur war. Er wandte sich an den Techniker.

„Wenn wir die Fotos jemandem zur Identifizierung zeigen würden, müssten wir sie irgendwie unscharf machen oder verfremden, damit man nichts weiter erkennt als die Gesichter."

„Kein Problem", versicherte Čáp. „Wenn Sie wollen, setzen wir die Mädchen auch auf eine Kirchenbank."

Marián quittierte das unangemessene Gewitzel mit Schweigen und ging zur Tür.

„Ich treff mich mit Lír aus Kladno, ich nehm das Auto, fahr du mit den Technikern zurück", sagte er zu Diviš. Ihm fiel die Restaurantrechnung wieder ein, die er in der Jacketttasche gefunden hatte. „Ruf mal im Trocnov an. Find raus, ob sie sich an Zapletal erinnern können, und falls er öfters bei ihnen war, dann mit wem."

„Und danach?"

„War das für heute nicht genug?", rief er, während er bereits die Treppe hinunterstieg. „Danach hast du Feierabend."

Die kalte Dusche nach der Schicht brachte Hedvika jedes Mal wieder in Schwung. Besonders an heißen Tagen. Heute duschte sie aus einem anderen Grund – sie nahm an sich immer noch den Geruch von Samstagnacht wahr. Er ging nicht abzuwaschen, so sehr sie es auch versuchte. Die Uhr in der Umkleide zeigte 19:30, durch die schmalen Fenster unter der Decke konnte man die Sonne sehen. Langsam schob sie sich Richtung Westen. Vor dem Duschvorhang hörte sie die durchdringende Stimme der jungen Kassiererin Pepina, die sich mit der der alten Radová unterhielt, einer Rentnerin, die nur noch zum Aushelfen kam.

„Zapletal", sagte die Radová. „Breite Schultern, braungebrannt, ansehnlicher Kerl."

„Wie alt ist der denn gewesen?", wollte Pepina wissen. Hedvika sah sie durch eine Ritze im Vorhang. Sie stand vor dem Spiegel neben ihrem Spind und kämmte sich.

„Vielleicht fünfzig. In Uniform ist der nicht rumgelaufen. Das war ein Inspektor oder Kommissar oder wie die das nennen. Der hat damals das mit der Chladilová untersucht, erinnerst du dich? Als die Mutter von der gestorben ist."

„Da haben sie vermutet, dass die ihr was gegeben hat, oder?"

„Am Ende soll's 'n ganz normaler Schlaganfall gewesen sein. Der Zapletal hat damals hier alle abgeklappert. Hat so

Sachen gefragt und in der Umkleide rumgeschnüffelt und den Spind von der Chladilová durchsucht. Das ist gute zwei Jahre her."

„Ja, jetzt weiß ich, so einer mit blauen Augen."

Hedvika überlegte, ob ihr das Dreckschwein schon damals aufgefallen war. Sie konnte sich nicht erinnern. Weder an die Durchsuchung der Umkleide noch an eine Befragung. Sie stellte die Dusche ab, schob den Vorhang auf und schnappte sich ihr Handtuch. Die Radová saß auf der Bank und zog sich die Schuhe an.

„Der ist im Steinbruch ertrunken", setzte sie ihre Berichterstattung fort. „Meine Schwiegertochter arbeitet in Beroun bei der Gemeinde, dort haben sie heute anscheinend über nichts anderes geredet."

„In welchem Steinbruch?", fragte Hedvika, um auch etwas zu sagen.

„Das weiß ich nicht. Sie haben ihn unter Wasser in seinem Auto gefunden." Die Radová sprach mit theatralischem Nachdruck, zog ein wichtiges Gesicht und man sah, dass sie ihre Freude daran hatte, so gut informiert zu sein. „Ermitteln tun die Prager, das soll wohl Mord gewesen sein."

„Der Mörder hat ihm wahrscheinlich eingeredet, dass man unter Wasser auch fahren kann." Pepina wieherte los. Sie war durchgeknallt und lachte bei jeder passenden und unpassenden Gelegenheit. Hedvika stellte sich das Gesicht von diesem widerlichen Drecksack unter Wasser vor. Die Stirn, hinter der keine perversen Gedanken mehr ausgebrütet würden, die ausdruckslosen Augen, den Mund, der nie wieder etwas Bedrohliches oder Obszönes sagen könnte.

„Wann haben sie ihn denn gefunden?"

„Heute früh. Sie sollen zwei Zeugen haben. Bestimmt suchen sie noch mehr."

„Was für Zeugen?", fragte Pepina.

„Zwei Burschen, die dort gebadet haben. Ich hab den Zapletal das letzte Mal Samstagabend gesehen, als ich von der
Schicht nach Hause bin. Er ist gerade vorbeigefahren, hat mir
zugerufen, ob er mich mitnehmen soll. Natürlich aus Spaß,
der wusste ja, dass ich gleich um die Ecke wohne." Auf einmal
stutzte sie und hob ihren Blick zu Hedvika.

„Mit dir hat er doch auch geredet, oder?"

Hedvika wurde heiß und kalt – jetzt hatte sie den Salat. Sie
hatte geahnt, dass jemand ihre Unterhaltung mit dem Dreckschwein bemerkt haben musste. Es konnte nicht unbeobach-
tet geblieben sein, dass sie zu ihm ins Auto gestiegen war. Sie
hatte das nicht verheimlicht und es wäre auch nicht besonders
schlau, es jetzt zu leugnen. Beiläufig nickte sie.

„Hm, mich hat er auch gefragt, ob er mich heimfahren soll",
sagte sie, während sie sich das Wasser aus den Haaren schüttelte. „Wenn er von der Arbeit kommt, fährt er bei uns vorbei.
Klar, da hab ich nicht nein gesagt. Ich war ruckzuck zu Hause,
auf den Bus hätte ich noch zwanzig Minuten gewartet."

Sie schlang sich das Handtuch um den Körper und ging
hinüber zu ihrem Spind.

„Zwanzig Minuten warten und dann noch 'ne halbe Stunde
lang an jeder Milchkanne im Umkreis anhalten, bis du endlich bei eurem Hof gelandet wärst", verkündete die Radová.
Ihr Tonfall brachte klar zum Ausdruck, dass sie Busfahren für
rückständig hielt. „Hat der Zapletal über irgendwas geredet?
Ich meine, ob er irgendwas Komisches gesagt hat?"

Pepina musste wieder lachen.

„Bestimmt hat er ihr gesagt, dass ihn in zwei Tagen wer
ersäuft."

Die Radová winkte ab wie bei einem hoffnungslosen Fall.
Sie stand auf und nahm sich ihre Tasche.

„Bis morgen, Mädels." Sie winkte zum Abschied und marschierte davon.

„Die ist zum Totlachen!", befand Pepina. „Fünfzig war der, und die sagt ‚ansehnlich'!"

Hedvika zog sich an und überlegte, ob sie den Dingen ihren Lauf lassen oder sich als Zeugin melden sollte. Vielleicht würde sie damit späteren Problemen aus dem Weg gehen. Aber was sollte sie sagen? Was den Samstagabend anging, müsste sie lügen. Und sobald sie anfinge zu lügen, würde sie einen Fehler machen und sie würden ihr auf die Schliche kommen. Darin waren sie geübt. Nein, sie würde sich nicht melden, sondern abwarten. Ob sie wohl schon das Projektil gefunden hatten? Vielleicht würden sie es ja gar nicht finden. Und wenn doch, müssten sie damit ja nicht unbedingt sie in Verbindung bringen.

Sie schloss ihren Spind ab und verließ mit Pepina die Umkleide. Sie ließ sie weiter schwadronieren, nickte nur, hörte aber nicht zu. Sie gingen an der Pforte vorbei, draußen verabschiedeten sie sich. Hedvika schaute sich um. Am Rand des Parkplatzes sah sie Jáchym am Auto lehnen. Als er sie erblickte, hob er die Hand. Sie machte sich zu ihm auf den Weg. Er trug Arbeitshosen, offenbar hatte er vorher die Pflanzen gegossen. Eine automatische Bewässerung gab es nur in ein paar Gewächshäusern und in einem Teil des Gartens, der Rest musste mit der Hand erledigt werden. Das war Hedvikas Lieblingsbeschäftigung. Sie liebte den Geruch von warmer, feuchter Erde, meist goss sie viel zu lange und Jáchym machte ihr dann Vorwürfe, dass sie Wasser vergeudete. Aber er war nie sauer. Nie hob er die Stimme, nie machte er ihr Szenen. Das war eine der Sachen, die sie an ihm sehr zu schätzen wusste.

„Ahoj!" Er umarmte sie und gab ihr einen Kuss. Sie wehrte sich nicht. Die Abscheu, die noch gestern jede Art von körperlicher Berührung in ihr ausgelöst hatte, verflüchtigte sich langsam. Der Verstand war wieder ans Steuer gelangt. Er soufflierte ihr, dass es unfair wäre, Gefühle auf Jáchym zu übertragen, die von jemand anderem provoziert worden waren. Von jemandem, der sie nie wieder berühren würde.

„Fahren wir nach Hause, oder hast du noch was zu erledigen?", fragte er, als sie im Auto saßen.

„Nach Hause", sagte sie. Das, was sie zu erledigen hatte, war zu Hause. Hinter dem säuberlich aufgeschichteten Holzstapel vor der Sauna. Als sie gestern überlegt hatte, wo sie die Pistole verschwinden lassen könnte, war ihr sofort diese Stelle eingefallen. Als provisorisches Versteck fand sie sie geeignet. Jetzt musste sie das Ding aber wirklich loswerden. Obwohl sie keine Lust dazu hatte, sie mochte Schusswaffen. Sie gaben ihr ein Gefühl von Sicherheit. Wenn sie die Pistole nur irgendwo anders unterbringen könnte, wo es wirklich sicher war …

„Weißt du's schon?", sagte Jáchym beiläufig. Sie hatten den Parkplatz inzwischen verlassen und kurvten durch das Gewerbegebiet. Er wandte den Blick von der Straße ab, schaute Hedvika von der Seite an. Sie nickte. Es hatte keinen Sinn irgendwelche Spielchen zu spielen, beide wussten, wovon er sprach.

„Angeblich ist die Prager Kripo da dran."

„Er ist ertrunken."

„Mord ist nicht ausgeschlossen", sagte sie, lehnte sich aus dem Fenster und hielt ihr Gesicht in die Frühabendluft. Die war immer noch warm, gesättigt vom Geruch nach aufgeheiztem Asphalt.

„Wer hat's dir gesagt?"

„Die Radová. Sie weiß es von ihrer Schwiegertochter."

Sie bogen auf die Straße ab, die zu ihrem Gehöft führte, und sagten nichts mehr. Jáchym fuhr langsam. Jedes Mal kosteten sie diesen Abschnitt aus. Luhans Hof hatten sie bereits hinter sich, ihr eigenes Anwesen vor sich. Vollkommen frei stand es da. Wie ein Leuchtturm. Es hockte zwischen Feldern und Wald, mit seinen Gärten setzte es den Charakter der Landschaft auf natürliche Weise fort. Bei langsamem Näherkommen hatte man Zeit, auf die Details zu achten: Die Gottesmarterln, die alten Sandsteinmauern mit dem Monogramm V. V., das Satteldach. Hedvika hatte sich schon als Kind in diesen Ort verliebt, als sie mit den Erzieherinnen zum Erntedankfest hierher gefahren waren oder zum Arbeitseinsatz auf den Erdbeerfeldern. In dem alten, längst nicht mehr genutzten Taubenschlag gab es herrliche Winkel. Zwischen den einzelnen Brutkisten hatten sie Verstecken gespielt. Damals hatte das alles noch zum Staatsgut gehört, das der Patenbetrieb ihres Kinderheims war.

„Die Radová hat gesagt, dass sie zwei Zeugen haben und noch mehr suchen." Sie sah Jáchym an. Er zog ein gedankenverlorenes Gesicht, zwischen den Augenbrauen eine Falte.

„Wir müssen reden", sagte er.

„Über was?"

„Die Jeremiášová hat vorhin ihren Blumenkohl abgeholt. Und hat gesagt, dass sie gestern bei der Arbeit für dich eingesprungen ist. Wir könnten also zum Beispiel darüber reden, wo du gewesen bist." Er ließ ihr keine Zeit zu reagieren und sprach weiter: „Und außerdem sollten wir über die Pistole reden, die hinter der Sauna rumliegt. Ist die von ihm?"

Sie verspürte Erleichterung. Jetzt war sie damit nicht mehr allein.

„Ich hab sie ihm abgenommen, als …" Die Erinnerung überfiel sie mit solcher Wucht, dass ihre Stimme versagte. Sie sah keine Details vor sich, nur die allgemeine Atmosphäre dieser Szene. Den finsteren Wald, die verlassene Lichtung. Die piekenden Zweige unter ihrem Rücken, den erbarmungslosen Männerkörper, geflüsterte Obszönitäten. Ihr Grauen, seine Kraft. Seinen Geruch. Den hatte sie mit nach Hause genommen, trug ihn immer noch an sich. Trotz all der Zeit, die sie unter der Dusche zugebracht hatte. Sie hatte das Gefühl, dass jeder ihn riechen musste. Er hatte sie markiert. Auch durch die ekelhaften Wörter, die er ihr im Dunkeln ins Ohr gezischt hatte und die sie nie wieder vergessen würde.

„Da fehlt eine Patrone. Hast du mit dem Ding geschossen?"

„Ich wollte ihn erschießen", sagte sie. „Es ist aber anders gekommen."

Beide versanken wieder in Schweigen, sie vermutete, dass ihre Gedanken nicht weit voneinander entfernt waren.

„Sie werden die Pistole suchen." Jáchym bog unter die Pergola ein und hielt an. Er schloss die Fenster, schaltete den Motor ab, blieb aber sitzen. „Vielleicht suchen sie sie jetzt schon."

„Ich seh zu, dass ich sie loswerde."

„Und wir gehen den Abend gestern gemeinsam durch. Schritt für Schritt. Wenn sie uns anrufen, müssen wir übereinstimmende Angaben machen."

Sie nickte. Er streichelte sie. Noch einen Moment saßen sie schweigend da, Jáchym spielte mit einer Haarsträhne von ihr. Hedvika wurde bewusst, dass sie die Ereignisse der letzten zwei Tage aufeinander geworfen hatten. Sie begannen auch das Wenige miteinander zu teilen, das jeder von ihnen bisher als seinen innersten Bereich betrachtet hatte. Sie stiegen aus. In die Nase stieg ihr der Duft von getrocknetem Gras, das Jáchym gestern gemäht und liegen gelassen hatte.

„Hast du schon gegossen?"

„Nur die Gewächshäuser, den Garten hab ich für dich aufgehoben."

Sie nahm ihn an der Hand. Gemeinsam gingen sie in den Hof, von wo aus Rambo sie bereits begrüßte. Die Sonne war schon untergegangen, der Himmel verfärbte sich allmählich violett. Das Zirpen der Grillen nahm an Intensität zu und prophezeite eine sternenklare Nacht.

Sie war aus einem Spalt zwischen den Holzscheiten herausgerutscht, als er am Nachmittag den Stapel umsortierte, um frisch gehacktes Holz dort unterzubringen. Sie steckte in einer Plastiktüte, mit einer Schnur umwickelt. Am Ende eine Schleife. Trotz der Panik, die Jáchym überfiel, musste er lächeln. Eine Schleife um eine Schusswaffe konnte nur eine Frau machen. Er knotete das Bündel auf und zog die Pistole vorsichtig heraus. Auf den ersten Blick erkannte er die kompakte Fünfundsiebziger der Polizei. Dass es die vom Dreckschwein war, konnte er sich denken. Nun musste er nur noch herausfinden, wann Hedvika sie dort versteckt hatte, was sie getan hatte und was sie weiter zu tun gedachte. Im Magazin fehlte eine Patrone. Jáchym überkam eine unwiderstehliche Lust, sich aufs Motorrad zu schwingen und loszufahren, was das Zeug hielt. Riskant, wild. Geschwindigkeit hatte ihm schon immer die Hirnwindungen durchgepustet. Aber sein Vater wäre damit nicht einverstanden gewesen. Jáchym schob die Waffe in seinen Hosengürtel und schnalzte mit der Zunge.

„Komm, wir gehn 'ne Runde."

Rambo schloss sich ihm freudig an. Sie gingen durch das seitliche Tor auf den Weg, der zwischen dem Mais- und dem Rapsfeld hindurchführte. Reglos stand die Luft über der Erde. Die Trockenheit und die hohen Temperaturen, die schon einen Monat anhielten, hatten sichtbare Schäden verursacht. Der Raps war kaum verzweigt, die Schoten unterentwickelt, die Blätter gelblich. Im Maisfeld leuchteten kahle Stellen durch, die Stängel neigten sich zum Boden. In einem Monat müsste der Maisbart kommen, aber Jáchym wusste, dass die meisten Pflanzen, falls das Wetter sich nicht ändern sollte, nicht mit Kolben rechnen konnten. Das hätte ihn nicht zu kümmern brauchen, sowohl das Raps- als auch das Maisfeld gehörten Luhan, aber darum ging es nicht. Er hatte schon immer mit Pflanzen mitgefühlt. Sie hatten kein Nervensystem, litten nicht auf gleiche Weise wie ein Mensch oder ein Tier, aber er wusste, dass sie eine Wahrnehmung hatten. Sie kannten Gewalt, Angst, Wohlgefühl, sogar eine gewisse Art von Hoffnung. Jáchym hatte sich während seiner zwölfjährigen gärtnerischen Praxis viele Male davon überzeugt. Man sagte, er habe einen grünen Daumen, aber in Wirklichkeit war er einfach nur in der Lage, seine Erfahrungen zu nutzen. Am meisten beim Hanf. Er sprach mit ihm, hörte ihm zu. Fühlte mit ihm. Deswegen gedieh er so gut.

Rambo lief mit der Schnauze am Boden am Rand des Maisfeldes entlang. Ab und an schaute er zurück, um sich zu überzeugen, dass ihm Jáchym noch hinterherkam. Sie gingen oft so gemeinsam, das tat ihnen beiden gut. Der Hund bekam Auslauf, Jáchym nutzte die Spaziergänge zum Nachdenken. Diesmal kreisten all seine Gedanken um Hedvika. Gestern hatte sie ihn belogen. Sie hatte so getan, als fahre sie zur Arbeit, aber heute hatte er durch Zufall erfahren, dass sie mit der Jeremiášová die Schicht getauscht hatte. Er lachte kurz nervös auf. Natürlich war das kein Zufall gewesen. Zufälle gab es nicht. Nur Schicksal.

Rambo blieb bei den Gottesmarterln stehen und wartete. Er wusste, dass sie hier Pause machen würden. Jáchym setzte sich in den Schatten und baute sich einen Joint. Er lehnte den Rücken gegen den geweißten Sockel mit dem Kreuz, gab sich Feuer und atmete den Rauch ein. Er behielt ihn in der Lunge und entließ ihn dann langsam gen Himmel. Am Schicksal hatte er nie gezweifelt, nur über seine Einflusssphäre war er sich nicht sicher. Wurde tatsächlich alles auf dieser Welt vom Schicksal gelenkt? War auch das Schicksal, dass er ausgerechnet heute beschlossen hatte, den trockenen Stamm der Zitterpappel kleinzusägen, der schon längere Zeit in der Scheune gelegen hatte? Hätte er das nicht getan, hätte er die Pistole nicht entdeckt. Und hätte er sie nicht entdeckt, was hätte Hedvika dann damit gemacht? Wozu hatte sie sie überhaupt?

Wo war die fehlende Patrone? Jáchym wusste, dass Waffen für Hedvika nichts Unbekanntes waren. Das Kinderheim, in dem sie aufgewachsen war, hatte mehrere Partnerorganisationen, darunter auch den Turn- und Sportklub Kladno. Dort war Hedvika zur Wettkampfschützin geworden. Sie hatte allerdings aufgehört, als sie feststellte, dass sie es ohne gute Ausrüstung niemals an die Spitze schaffen würde. Und eine gute Schießausrüstung kostete einen Haufen Geld. Dem Geld ordnete keiner der beiden sein Leben unter.

„Hier zu mir!", rief er nach Rambo, der sich auf den Weg zwischen die Maispflanzen gemacht hatte. Auf der Stelle erstarrte er, alle vier Pfoten angespannt, die Nase noch auf die Fährte ausgerichtet, die ihn angelockt hatte. Doch sofort machte er kehrt und kam zurück zu Jáchym gerannt. „Platz."

Der Hund legte sich gehorsam ins Gras und Jáchym kraulte ihn zwischen den Ohren. Nie musste man ihn anschreien, nie musste man ein Kommando wiederholen. Er war intelligent. Er wusste, was richtig war, und hatte klare Prioritäten. Hedvika stand in Rambos Werteordnung am höchsten. Sie beschützte er. Wenn sie im Garten war, wich er nicht von ihrer Seite. Er erkannte jede ihrer Stimmungen, jede Gedankenregung. Genau wie Jáchym. Durch ihr Unglück waren sie gestern alle beide regelrecht wie gelähmt gewesen. Mit hängenden Ohren hatten sie sich über das Grundstück geschleppt: zwei unnütze, ratlose Rüden. Bis Jáchym die Erleuchtung gekommen war. Er wusste sofort, dass die Idee gut war. Allerdings musste auch ein guter Einfall sorgfältig umgesetzt werden. In allen Punkten bis zum Ende durchgezogen. Konsequent. Ein Mangel an Konsequenz war seit jeher eine Schwäche von ihm – alles konnte daran scheitern. Nur ein einziges vernachlässigtes Detail konnte alles vereiteln.

Er zog die Pistole aus dem Gürtel und spielte mit ihr herum. Jáchym stellte sie sich in Hedvikas Hand vor und überlegte, was gestern genau geschehen war. Die Augen des Dreckschweins fielen ihm wieder ein, nur ein Stück von seinen entfernt. Er kannte niemanden sonst, der einen so durchdringend anschauen konnte. Niemandem gönnte er den Tod mehr als dieser Ratte. Nicht aus Hass, das Arschloch hatte ihn einfach verdient. Aber bestimmte Umstände verwirrten Jáchym. Er würde mit Hedvika Klartext reden müssen. Falls das eine Kurzschlusshandlung gewesen war, würde er versuchen, das Schlimmste zu verhindern. Erstens war es nötig, für ein Alibi zu sorgen. Zweitens musste sie ihm sagen, wo sie mit der Stoßstange angefahren war. Die Schramme war kaum zu sehen und Spuren von fremdem Lack hatte Jáchym nicht entdeckt, aber er musste wissen, wie es dazu gekommen war.

Er seufzte. Genauso wichtig wie der gestrige Tag war natürlich der Samstagabend. Da hatten sich die Wege der beiden sichtlich gekreuzt und bestimmt auch Spuren hinterlassen. Man müsste sich eine glaubwürdige Version ausdenken. Obwohl Hedvika das Opfer und das Dreckschwein der Täter war, konnten sie es niemandem sagen. Sie würden sich nicht nur sofort verdächtig machen, sondern man würde ihnen zudem bestimmt auch den Hof auf den Kopf stellen. Das würde sie ins Gefängnis bringen. Beide. Sie mussten die Vergewaltigung um jeden Preis geheim halten. Der Polizei durfte man nicht die Wahrheit sagen, schon gar nicht freiwillig. Jáchym wusste leider, dass man sie ihr manchmal gar nicht sagen musste. Manchmal kam sie von selber darauf. So wie das Dreckschwein.

Er rauchte fertig und drückte den kurzen Stummel sorgfältig an seiner Schuhsohle aus. Er fühlte sich ruhig, der Hanf hatte die Kanten geglättet. Gern hätte er gewusst, wie dem fiesen Arschloch sein letzter Joint geschmeckt hatte. Ihm fiel ein, was Vater ihm einmal gesagt hatte: Hunden soll man erzählen, wenn jemand stirbt, damit sie nicht mehr auf ihn warten. Vater hatte damit jemanden Nahestehendes gemeint, den der Hund gern gehabt hat. Rambo hatte das Dreckschwein gehasst. Gerade deshalb sollte er von seinem Tod erfahren. Hass verbrauchte eine Menge Energie, Rambo konnte sie sich ab jetzt für etwas anderes aufsparen.

„Hör mal", sagte Jáchym. „Ich sag dir mal was."

Rambo hob den Kopf und blickte ihm aufmerksam in die Augen. Jáchym erwiderte den Blick. Er sprach langsam und deutlich: „Das Dreckschwein ist tot. Der kommt nie wieder zu uns. Du wirst die Hackfresse nie wieder zu Gesicht kriegen. Vergiss ihn ruhig. Hedvika kann er nichts mehr tun, da kannst du sicher sein. Die elende Ratte hat's hinter sich. Und weiß vielleicht gar nichts davon."

„Krisenkommunikation, das organisiert die TRA", sagte Oberkommissar Lír und schob Marián einen Flyer der *Tactical Rescue Academy* zu. „Ich hab die Kohle dafür gekriegt, also hab ich alle meine Leute da hingescheucht. Ich selbst muss leider als gutes Beispiel vorangehen."

„Ich hab bei der TRA auch mal was gemacht. Ich glaube, das hieß Strategien bei Hochrisikoaktionen oder weiß der Teufel bei was. Das war sehr lehrreich."

„Ja, ja, das machen die einwandfrei", pflichtete Lír ohne Begeisterung bei. Er saß in der hintersten Ecke des Restaurants und sah genauso aus, wie er sich selbst am Telefon beschrieben hatte. Kaum hatte Marián das Wirtshaus U Houbaře betreten, wusste er, zu wem er musste. Die Abendessenszeit ging zu Ende, Lír war mit seiner Mahlzeit bereits fertig. Vor sich hatte er einen türkischen Mokka stehen, den er langsam umrührte. Marián fielen auf den umliegenden Tischen die Hörnchen in den Brotkörben auf. Ihre Kruste war schön knusprig, sie schrien geradezu nach Begutachtung. Er bestellte sich eine Gulaschsuppe.

„Karoch, unser Chef, ist ein Motorrad- und Autonarr", sagte er, als der Kellner wieder weg war. „Seinetwegen mussten wir alle einen Kurs für Fahren unter Extrembedingungen belegen. Den Männern hat's gefallen."

„Ihnen nicht?", fragte Lír.

Marián schüttelte den Kopf. „Auf der Straße die Sau rauslassen, die Zeiten sind bei mir längst vorbei."

„Bei mir ist das Saurauslassen in allen möglichen Bereichen vorbei", verkündete Lír müde und holte das nächste Taschentuch aus der Packung. „Und Schulungen auch. Einem alten Hund bringst du keine neuen Tricks mehr bei. In zwei Jahren gehe ich in Pension, ich muss nicht der landesweit am besten geschulte Polizist im Ruhestand sein."

Er wischte sich über die geschwollenen Augen, schnäuzte sich die Nase und schob seinen Stuhl auf eine Weise an den Tisch, die klar zum Ausdruck brachte, dass das einführende Geplänkel vorbei war.

„Scheußliche Sache mit dem Zapletal", sagte er. „Wir sind alle total perplex gewesen. Wissen Sie schon was Näheres?"

„Das vorläufige Obduktionsergebnis krieg ich morgen. Bisher deutet alles darauf hin, dass beim Sturz ins Wasser jemand nachgeholfen hat. Haben Sie vielleicht eine Idee, wer?"

„Ein paar Kandidaten würden sich bestimmt finden. Ich kenne keinen Kerl, den nicht jemand ins Jenseits befördern möchte. Vor allem Polizisten. Wann ist es denn passiert?"

„Sonntag gegen Mitternacht, plus minus."

„Am Sonntag war er im Dienst. Ich hab in die Aufzeichnungen geschaut, keine außergewöhnlichen Vorkommnisse. Um sechs ist er weg. Olinka, unsere Pförtnerin, hat gesehen, wie er sich ins Auto gesetzt hat und in seine Richtung losgefahren ist."

„Das heißt, nach Prag?"

„Er ist immer hintenrum gefahren. Über Hřebeč und Hostouň. Er hat behauptet, das ist der beste Weg."

Der Kellner brachte Marián eine Gulaschsuppe und einen Brotkorb.

„Lassen Sie sich's schmecken", sagte Lír. Er hatte seinen Kaffee inzwischen fertig umgerührt und trank ihn jetzt in kleinen Schlückchen. „Zapletal gehörte zu denen, die rechnen konnten – Zeit, Benzin, Kilometer, Anstrengung. Er hat immer pragmatisch gedacht."

Marián fiel ein, dass er die gleiche Charakteristik bereits von Doktor Hádes gehört hatte.

„Erzählen Sie mir was von ihm", bat er Lír und griff nach einem Hörnchen. Er biss die Spitze ab. Ein scharfes Knirschen, aber im Innern war es weich. Geschmeidig. Eine Zwei, bewertete er es in Gedanken. Vielleicht eine Zwei plus.

„Er ist zwar vier Jahre bei uns gewesen, aber viel wissen über ihn tu ich nicht. Er hatte kein großes Mitteilungsbedürfnis. Über Privatkram hat er nicht geredet. Bei der Arbeit war er selbstständig, ordentlich, fast ein Pedant. Er konnte sich Respekt verschaffen. Und Ausdauer hatte er. War nie außer Puste. Er war perfekt für solche Aktionen, wo man einen langen Atem braucht. Tja, er wird uns fehlen …"

„Womit hat er denn in letzter Zeit zu tun gehabt?", unterbrach Marián Lírs Lobgesang. Er fand, dass solche Superlative besser für Zapletals Beerdigung geeignet wären, hier halfen sie ihm nicht weiter.

„Mit mehreren Einbruchsdelikten. Wahrscheinlich hängen die zusammen." Lír griff in seine Aktentasche, kramte eine Weile darin herum und reichte Marián dann einen Zettel. „Ich hab Ihnen mal die Liegenschaftskarte von den Gemeinden ausgedruckt, die in Zapletals Revier fielen. Dazu gehört auch Buštěhrad. Im April hat dort jemand eine Villa ausgeräumt. Der hat Zeug für mindestens eine halbe Million mitgehen lassen. Vor einem Monat dann ein Haus in Lidice. Und vor vierzehn Tagen noch eins, in Cvrčovice. Das alles liegt im

Umkreis von ein paar Kilometern. Die gleiche Arbeitsweise, die gleiche Zielrichtung. Am Freitag hab ich mit Zapletal darüber geredet. Er war unzufrieden. Er hat gesagt, dass sie zig Verhöre geführt haben, aber immer noch auf der Stelle treten."

„Ich bräuchte Zugang zu den Akten."

„Darum kümmere ich mich." Lír stierte in den Kaffeesatz am Boden seiner Tasse, als würde er versuchen, etwas herauszulesen. „Aber ich bezweifle, dass Ihnen das was nützt", sprach das Orakel.

„Na von wo aus soll ich denn nun anfangen?" Marián hob die Stimme. Er merkte, dass Lír ihn mit seiner Müdigkeit angesteckt hatte. Um sie abzuschütteln, ging er in die Offensive. „Sagen Sie mir doch, wo Sie die Katze am Schwanz packen würden. Hatte er mit irgendwem eine offene Rechnung? Stand er jemandem im Weg? Hat sich jemand über ihn beschwert?"

Lír riss die Augen von seiner Tasse los. Die Dumpfheit war aus ihnen verschwunden.

„Wie sind Sie darauf gekommen?"

„Ich hab einfach geraten. Einer seiner früheren Kollegen aus Beroun hat eigenwillige Methoden erwähnt. Das ist ein ausgesprochen weiter Begriff. Könnten Sie ihn für mich ein bisschen eingrenzen?"

Lír runzelte die Augenbrauen und spitzte die Lippen. Marián kam der Gedanke, dass so in etwa Archimedes geschaut haben könnte, als der dämliche römische Soldat seine Kreise störte.

„Jemand hat sich über ihn beschwert", sagte er endlich. „Eine entnervte junge Frau. Es ist nicht leicht, wenn man seine Mutter verliert, dass können Sie sich vorstellen, oder?"

Das konnte sich Marián problemlos vorstellen. Er nickte und wartete, was nun kommen würde. Die Langsamkeit, mit der Lír seine Informationen absonderte, führte bei ihm zu ähnlichen Gefühlen wie beim Schlangestehen an der Kasse.

„Sie ist unter Verdacht geraten. Schuld daran waren die Pathologen bei uns. Die haben um die Todesursache einen sinnlosen Zirkus veranstaltet. Erst als das ans Institut für Forensische Medizin und Toxikologie gegangen ist, haben sie die wilden Hypothesen gestoppt."

„Um welchen Todesfall ging's da?"

„Sie hieß Chladilová. An den Vornamen kann ich mich jetzt nicht erinnern. Sie war in Kladno Hotelrezeptionistin. Nach dem Urlaub ist sie nicht bei der Arbeit erschienen. Ihre Tochter ist zu ihr nach Hause gefahren und hat sie in der Küche gefunden. Sie muss schon ein paar Tage tot gewesen sein. Bei der ersten Obduktion sind Spuren von Cyanid gefunden worden, aber später hat sich rausgestellt, dass das nur eine ganz kleine Menge war. Bei ihr kam das eher von der gesunden Ernährung, aus Saaten. Aber es hat zu der Vermutung geführt, dass sie vergiftet worden ist."

„Warum ist der Verdacht auf ihre Tochter gefallen?", fragte Marián und legte den Löffel zur Seite. Ob nun die Erwähnung von Cyanid oder von gesunder Ernährung schuld war, der Appetit war ihm vergangen.

„Widersprüche in ihren Aussagen. Die war verwirrt, hat alles durcheinandergebracht. Sie hat bei ihrer Großmutter gewohnt und behauptet, dass sie ihre Mutter schon vierzehn Tage nicht gesehen hat. Dann aber, dass sie mit ihr vor fünf Tagen gesprochen hat. Die Nachbarin hat gehört, wie sie sich gestritten haben … Es war seltsam. Sie haben sie festgesetzt, dann wieder freigelassen, eine Hausdurchsuchung gab's auch. Erst bei der neuen Obduktion haben sie ein Blutgerinnsel im Gehirn von der Chladilová gefunden, und damit hat sich das aufgeklärt. Es war ein Schlaganfall."

„Und wie hängt das mit Zapletal zusammen?"

„Die junge Chladilová hat Beschwerde gegen ihn eingereicht. Er soll ihr ein unmoralisches Angebot gemacht haben."

„Wollte er sich schmieren lassen?"

„In Form von sexuellen Gegenleistungen."

„Für was?

„Dass er die Widersprüche in ihren Aussagen ausmerzt und sich darum kümmert, dass ihr keiner mehr auf die Nerven geht." Lír breitete die Arme aus. „Totaler Schwachsinn! So was hätte er ihr überhaupt nicht versprechen können. Auch wenn er noch so gewollt hätte, in dem Stadium hätte er die Ermittlungen nicht mehr beeinflussen können."

„Er hätte davon ausgehen können, dass Frau Chladilová das nicht weiß." Marián gab dem Kellner, der zu ihnen gekommen war, ein Zeichen, dass er den Rest der Suppe mitnehmen könne. Das angebissene Hörnchen behielt er in der Hand und klaubte gedankenverloren die Salzbröckchen ab. „Wie alt ist sie gewesen?"

„Weiß ich nicht … Eine junge Frau. Verkäuferin im Supermarkt."

Marián schwieg. Da war es schon wieder: das gut bekannte Kribbeln unterhalb des Bauchnabels. Es gab zu verstehen, dass Zapletals Fall gerade den Startblock verlassen hatte und sich vorwärtsbewegte. Noch war ihm nicht klar, in welche Richtung, aber es würde ihn nicht überraschen, wenn es zwischen der Beschwerde der jungen Chladilová und den Fotos in der abgeschlossenen Kommodenschublade einen Zusammenhang gäbe.

„War sie hübsch?"

Lír zog einen Mundwinkel nach oben. Höchstwahrscheinlich sollte das ein ironisches Grinsen darstellen, aber in seinem geschwollenen Gesicht wirkte es wie ein Unfall.

„Hübsch oder hässlich, sie hat sich das alles aus den Fingern gesogen. Glauben Sie mir, sie hatte nichts gegen Zapletal in der Hand. Die Beschwerde von ihr war eine Anhäufung von Hirngespinsten ohne einen einzigen Beweis. Sie hat sie auch relativ schnell wieder zurückgezogen."

„Zurückgezogen? Mit welcher Begründung?"

Lír zuckte die Schultern. „Das weiß ich schon gar nicht mehr. Aber ich kann's für Sie raussuchen."

„Da wär ich froh. Und auch ein Foto von ihr."

„Was versprechen Sie sich davon? Die Angelegenheit ist zwei Jahre her. Absolut bedeutungslos. Weder ich noch Zapletal noch sonst wer hat dem irgendeine Bedeutung beigemessen. Allen war klar, dass die Kleine unter Stress steht und sich unlogisch benimmt. Als sie sich ein bisschen beruhigt hatte, ist offenbar ihr gesunder Menschenverstand wieder angesprungen."

Marián nickte. Er wollte nicht mit Lír polemisieren, aber zu alten bedeutungslosen Angelegenheiten hatte er eine andere Meinung. Und zu stressbedingtem Handeln auch. Das war oft aggressiv, panisch, gewaltsam, überstürzt, stand aber immer in der Logik des Selbsterhalts.

„Und die Beschwerde hat sie im Verlauf der Ermittlungen eingereicht?"

Lír versuchte sich zu erinnern. „Mir ist so, als wäre das kurz danach gewesen."

Das ergab keinen Sinn. Wenn die zweite Obduktion klar gezeigt hatte, dass Frau Chladilová von niemandem vergiftet worden, sondern an einem Schlaganfall gestorben war, stand ihre Tochter nicht mehr unter Verdacht und es gab keinen Grund, sich falsche Anschuldigungen auszudenken – gegen Zapletal oder wen auch immer. Das hätte ihr nichts gebracht.

„Kann ich Ihnen sonst noch weiterhelfen?", fragte Lír. Seine müden, geröteten Augen verrieten, dass falls er durch das Abendessen und den Kaffee irgendwelche Energien getankt hatte, sich diese längst wieder verflüchtigt hatten.

„Was ist mit seiner Dienstpistole?"

„Die hat er meistens bei sich gehabt."

„Bei sich hatte er seine private Beretta."

„Dann ist sie im Tresor auf dem Revier. Ich überprüf das. Sonst noch was?"

„Sein Schreibtisch und der Rechner ..."

„Ich hab dafür gesorgt, dass da niemand rangeht. Wann kommen Sie sich das anschauen?"

„Morgen kommt mein Kollege bei Ihnen vorbei."

Lírs Handy meldete sich. Es klang wie das Tuten einer Dampflok. Er holte es aus der Hosentasche und schaute aufs Display.

„Du hast mir jetzt gerade noch gefehlt", sagte er zu der Nummer, die er dort las, und steckte das Telefon wieder ein. Marián lauschte dem Geräusch der Dampfpfeife und überlegte, ob er noch eine Frage hatte, die ihm der müde Oberkommissar beantworten könnte. Eine fiel ihm ein.

„Wie sah's bei Zapletal mit Alkohol aus?"

„Mir ist nicht aufgefallen, dass er da ein Problem gehabt hätte."

„Und Gras? Hat er ab und an mal was geraucht?"

Das Handy in Lírs Hosentasche tutete wehmütig wie ein Zug, der in die Ferne davonfuhr, und Marián kam der Gedanke, dass Lír in seiner Jugend vielleicht unter dem Einfluss reichlicher Karl-May-Lektüre gern Indianer gespielt hatte. Ihn würde mal interessieren, welchen Spitznamen er hatte. Falls seine Nase sich schon damals an ihre heutigen Dimensionen angenähert hatte, müssen seine Western-Kumpane vor kreativen Einfällen nur so gesprüht haben.

„Er hatte immer Tabak dabei, er hat Selbstgedrehte geraucht. Ein, zwei Mal hatte ich den Eindruck, dass er einen Hauch zu locker war. Ich kann's nicht leiden, wenn das Getuschel überhandnimmt, also hab ich ihn geradeheraus gefragt, ob er high ist. Das hat er abgestritten."

„Wann war das?"

„Ungefähr vor einem Monat. Warum fragen Sie?"

„Wir haben bei ihm ein bisschen ‚Ware' gefunden. Ehrlich gesagt, es war nicht ganz wenig. Aber das bleibt unter uns, ja?", bat ihn Marián mit Nachdruck. Lír nickte. Er sah nicht allzu beunruhigt aus. Eher nachdenklich.

„Wenn er gekifft hat, dann hat er das geschickt angestellt", sagte er. „Und nicht im Dienst. Also hab ich mich nicht weiter heißgemacht."

Das Tuten in seiner Hosentasche hatte endlich aufgehört. Er quittierte das mit einem zufriedenen Lächeln.

„Ich hab das Prinzip, dass ich mich nirgendwo reinhänge, wenn das nicht ausdrücklich nötig ist. Verstehen Sie?"

Marián nickte. Er war sich zwar nicht sicher, ob er mit dem Reinhängen das Annehmen von Telefongesprächen meinte oder die Verfolgung von Zapletals Hanfkonsum, aber er fragte nicht weiter nach. Er hatte den Eindruck, die Antwort zu kennen. Die zwei Jahre, die Lír noch bis zur Pension blieben, wollte er sich über nichts mehr heißmachen.

Die Rohan-Insel im Norden von Karlín entschlummerte gerade in dichter Dunkelheit, die nur vom Licht der Laternen verdünnt wurde, die die Zufahrt zum Betonwerk säumten. Aus einiger Entfernung hörte man die quäkenden Stimmen der Enten. Die Hitze des Tages hatte nachgelassen, Tau hatte sich auf dem Boden noch nicht gebildet, aber vom Fluss her kamen erfrischende Schwaden feuchter Luft. Marián spürte sie an den Wangen und an der Nasenschleimhaut. Er joggte über den schmalen Weg vom Danube House zur Brücke von Libeň, wo er umdrehen wollte. Das war seine Strecke. Er absolvierte sie, wann immer es seine Zeit gestattete. Manchmal kombinierte er das Laufen auch mit Rudern. Das hatte ihm sein Arzt geraten, zur Verbesserung der Blutzirkulation. Sich selbst hatte Marián es zur Stärkung seiner Rückenmuskulatur empfohlen. Im Winter war er siebenundvierzig geworden, er wollte sich seine physische Kondition erhalten. Ihm gehörte die Hälfte eines schlichten Ruderboots, die andere Hälfte besaß Herr Holomek, Beleuchter im Musiktheater Karlín. Herrn Holomek war seine physische Kondition egal, er fuhr mit dem Boot auf den Fluss hinaus, um sich von den hysterischen Musicals und seiner großen Familie zu erholen. Er und Marián hatten einen unterschiedlichen Tagesrhythmus, sodass es mit dem Teilen des Boots bestens funktionierte.

Von der Moldau kam der nächste Schwapp Luft, diesmal spürbar kühler. Er versprach eine angenehme Nacht. Ehe er losgelaufen war, hatte Marián zu Hause alle Fenster aufgerissen. Er hoffte, dass sich die Luft in der Wohnung bei seiner Rückkehr halbwegs wieder atmen ließe. Jetzt kam ihm die Idee, dass er draußen schlafen könnte. Die alte Štajfová war auf ihre Datsche gefahren, er war alleine im Haus und könnte sich die Isomatte in den Garten legen und mit dem Sternenhimmel überm Kopf einschlafen. Noch angenehmer wäre es hier auf der Insel. Es gab abgelegene Winkel unter Weiden, auf Uferwiesen oder hinter den Resten der abgerissenen Lagerhäuser, Werkstätten oder Sportlerunterkünfte. Dort übernachteten Obdachlose, manche wohnten den Sommer über auch hier. Marián sah gelegentlich ihre Nester, ab und zu hörte man aus dem Dunkeln angeheiterte Stimmen. Die Rohan-Insel war die Sommerfrische der Landstreicher. Sie zogen hierher um, aus den Passagen, von den Bahnhöfen und den vollgespuckten Bürgersteigen; wäre Marián gekommen, um zwischen ihnen zu übernachten, hätte er Panik ausgelöst. Er redete sich zwar immer ein, dass ihm die typischen Kennzeichen seines Berufsstandes fehlten, aber Obdachlose konnte man nicht hinters Licht führen. Sie erkannten einen Polizisten hundert Meter gegen den Wind und hatten immer einen Grund, ihn sich so weit wie möglich vom Leib zu halten.

Auf den Weg fiel ein Lichtkegel, eine Klingel ertönte und ein Radfahrer fuhr vorbei. Im selben Moment meldete sich Mariáns Telefon. Schon mehrfach hatte er sich vorgenommen, es zum Laufen zu Hause zu lassen, aber schließlich hatte er es doch nicht fertig gebracht. Ohne Handy wäre er unruhiger, als wenn er es dabei hätte.

„Ahoj", meldete sich Sabinas Stimme. „Ich hoffe, ich hab dich nicht geweckt."

„Ich jogge", sagte er und wechselte vom Laufen ins Gehen.

„Wo denn?"

„Auf der Rohan-Insel."

„Dort war ich als junges Mädchen beim Tennis."

„Die Plätze sind inzwischen außer Betrieb. Aber es gibt eine Menge hübsche Flecken. Außerdem hab ich hier ein halbes Boot", prahlte er. „Ich nehm dich mal mit auf den Fluss."

„Mit einem halben Boot kann man raus auf den Fluss fahren? Das lass ich mir nicht entgehen", lachte sie und Marián spürte Erregung. Wenn sie jetzt gemeinsam hier wären, würden sie nicht mal eine Isomatte brauchen. Das Gras unter den Zitterpappeln am Ufer war weich und freundlich. Das weiche Gras unter den Erlen dort, wie's mich umarmt, wie's singt …, fiel ihm ein Vers ein, den er in der Schule auswendig lernen musste, aber er wusste nicht mehr, wer das Gedicht geschrieben hatte.

„Wann kann ich dich sehen?", fragte er.

„Ich könnte morgen kommen."

Schnell ging er in Gedanken seine Termine für den nächsten Tag durch. Aus Uherské Hradiště sollte er am frühen Nachmittag zurück sein, halb fünf erwartete ihn in der Pathologie Doktor Léblová, danach müsste er mit Diviš die Ergebnisse von den Technikern auswerten, Zdeněk Bericht erstatten und in die Akten aus Kladno schauen. Diviš hatte sich am ersten Tag bewährt, Marián konnte ihm ein größeres Quantum an selbstständiger Arbeit aufhalsen, als er vorausgesetzt hatte.

„Wie viel Uhr?"

„Frühestens halb acht. Vielleicht auch ein bisschen später."

Er kapierte, dass die Zeitangabe etwas mit Rosťa zu tun hatte. Aber er fragte nicht nach. Voraussetzung für eine Beziehung mit einer verheirateten Frau war es, seine Rolle zu kennen. Nehmen und geben, keine Forderungen stellen. Vor allem, wenn diese verheiratete Frau so schön war und sechzehn Jahre jünger. Die sechzehn Jahre empfand Marián als riesigen Altersunterschied, aber Sabina hatte ihm erklärt, dass ihre Venus und sein Jupiter im Sextil stünden. Das klang pikant. Er hatte gefragt, ob das Sextil etwas mit Sex zu tun habe. Das nicht, hatte sie gesagt, aber gerade im Fall von Jupiter und Venus sei das ein Aspekt, der die gegenseitige Anziehungskraft, das emotionale Verstehen und die Lust auf gemeinsame Unternehmungen unterstütze. Sein Jupiter verleite angeblich zur Leichtsinnigkeit.

„Ich mache zu acht Uhr was zum Abendessen", sagte er. Sabina kochte nicht gern, aber sie aß gern mit Marián. Die Zeit, die sie gemeinsam bei Tisch verbrachten, war von einem erotischen Zauber, auch wenn sie kein unmittelbares Vorspiel zum Liebesakt war. Marián freute sich darauf, den Riesling aus Krems aufzumachen. Außerdem hatte er in der Speisekammer noch einen exzellenten Burgunder, den er in Lehôtka zu Weihnachten geschenkt bekommen und sich für einen besonderen Anlass aufgehoben hatte. Sobald er von der Insel zurück wäre, würde er ihn einkühlen. Haluschki nach dem Rezept von Tante Jozefína würde er allerdings nicht kochen können, denn er hatte nicht mehr genug Zeit, guten Brimsen aufzutreiben und ihn einzulegen. Er würde sich etwas Schlichteres zu essen überlegen.

„Soll ich was mitbringen?", fragte Sabina. Ihm fiel seine Unterhaltung mit Györffy ein und die Lektüre, die er ihm empfohlen hatte.

„Schau doch mal, ob du vielleicht ein Buch über Psychologie hast, das ein Laie wie ich versteht."

„Sonst noch einen Wunsch?"

Einen Wunsch gäbe es da noch, aber er hatte Angst, damit rauszurücken. Schließlich fasste er Mut.

„Ich arbeite an einem Fall, bei dem ich durch puren Zufall die Geburtszeit eines Mannes auf die Minute genau erfahren habe", sagte er. „Ich wäre froh, wenn du mir anhand dessen etwas über sein Leben und seinen Charakter sagen könntest. Vielleicht sogar ein Horoskop erstellen."

„Ein Verdächtiger?"

„Vorerst haben wir keinen Verdächtigen. Es geht um einen Typen, der gestern unter ungeklärten Umständen zu Tode gekommen ist."

„Und du glaubst, wenn du sein Horoskop kennst, führt dich das zum Mörder?" Ihre Frage klang misstrauisch, in der anschließenden Erläuterung schwang ihre Ablehnung mit. „Marián, ich erstelle Horoskope für Lebende, nicht für Tote. Das ist eigentlich eine Persönlichkeitsanalyse. Sie soll zum besseren Erkennen von Schlüsselproblemen dienen und eine Möglichkeit aufzeigen, wie man Situationen im Leben lösen könnte. Nach dem Tod löst man aber nichts mehr."

„In unserer Abteilung untersuchen wir allerdings nur Todesfälle."

Sie schwieg. Was er von ihr wollte, lag außerhalb ihrer bisherigen Praxis. Sie hatte Psychologie studiert, die Astrologie war für sie nur ein Sprungbrett zur Psychoanalyse. Er spürte, dass es Zeit war, seinen leichtsinnigen Jupiter ans Ruder zu lassen.

„Stell dir vor, mich würde jemand beim Joggen umbringen", sagte er. „Am Morgen würden mich hier die Obdachlosen finden. Nehmen wir mal an, der Ermittler lässt ein Horoskop von mir machen und erfährt daraus, dass es da vor ein paar Monaten ein glückliches emotionales Ereignis gab. Ein erfahrener Astrologe würde in den Sternen meine geheime Liebesbeziehung zu einer intelligenten, außergewöhnlichen Frau entdecken, die verheiratet ist. Dann bräuchte man nur noch die Frau zu finden und ihren Ehemann festzunehmen."

Sie stieg auf sein Spiel ein. „Rosťa würde sich nicht die Mühe machen und auf die Rohan-Insel kommen. Er würde dich woanders umbringen."

„Vermutlich im Dienst, hm? Er würde warten, bis wir gemeinsam einen gefährlichen Einsatz absolvieren müssten, versehentlich würde sich ein Schuss lösen – und bauz, so ein Pech, den Partner getroffen! Unter normalen Umständen könnte er sich da rausreden, aber wenn mein Horoskop mit den untrüglichen Indizien zur Verfügung stünde …"

„Marián?", unterbrach sie ihn.

„Ja, Sabina?"

„Vielleicht hättest du doch lieber Lehrer werden sollen. Du kannst schön anschaulich erklären."

Er hatte kapiert, dass sie es für ihn machen würde.

„Der Tote ist geboren in Prag, am zehnten …"

„Schick's mir per SMS, wenn ich Zeit hab, schau ich's mir mal an."

Sie verabschiedete sich. Marián sah auf die Uhr. Kurz vor elf. Die Enten waren inzwischen verstummt, aus dem Dunkel hörte man nur das Wasser glucksen. Er beschloss, diesmal seine Strecke zu verkürzen. Morgen musste er früh raus. Er steckte sein Telefon ein und machte sich auf den Rückweg.

Gleich Mitternacht. Die beste Zeit zum Schreiben. Es ist still, nichts lenkt einen ab, man ist allein mit seinen Gedanken. Kann sie sortieren. Formulieren. Ohne diese Notizen wäre es für mich später schwer, mich an Details zu erinnern, grundlegende Momente aus dem Gedächtnis zu fischen: seine Hilflosigkeit, das Gesicht, aus dem die widerwärtige Überheblichkeit verschwunden war, den Geruch seiner Haut.

Die Zeit um Mitternacht eignet sich für vieles. Gestern war sie wie geschaffen zum Sterben. Jetzt, aus dem Abstand von vierundzwanzig Stunden, sehe ich die ganze Szene wie von außen. Die steilen Felsen des Steinbruchs, mich, ihn. Ich beuge mich zu ihm hinab. Spüre keinen Atem, kann seinen Puls nicht fühlen. Er kommt mir tot vor. Er ist tot! Sollte ihn der Weinbrand erledigt haben? Er hat die ganze Flasche ausgetrunken. Dazu hat er sich mehrere Joints gebaut. Kann einen das umbringen? Einen Moment zögere ich, ob es wirklich Sinn hat, weiterzumachen. Ich lasse ihn einfach hier und verschwinde. Aber vielleicht ist er gar nicht tot, morgen früh kommt er zu sich und macht weiter. Das darf ich auf keinen Fall zulassen.

Ich beschließe, die Sache zu Ende zu bringen. Die finale Phase ist die wichtigste. Zuerst die Spuren meiner Anwesenheit beseitigen. Ich habe dabei, was nötig ist. Die Dunkelheit gibt mir Deckung, aber sie ist auch verräterisch – leicht kann ich etwas übersehen. Ich bemühe mich, so systematisch wie möglich zu arbeiten. Dann ist sein Handy dran. Ich schau mir an, was drauf ist. Fotos, wie zu erwarten war. Auch ein Video: Es zeigt uns, im Garten. Man kann nicht erkennen, wann er es aufgenommen hat. Ich ziehe die SIM-Karte heraus. Langsam werde ich hektisch. Ich habe das Gefühl, auf der gegenüberliegenden Seite des Sees ein Rascheln zu hören, eine Bewegung. Wer immer das sein mag, er kann mich nicht sehen. Am Steinbruch herrscht größere Finsternis als in einem Burgbrunnen. Nur die Sterne leuchten hell auf dem Wasser. Ich schicke ihn zu den Sternen.

Ich löse die Handbremse, gehe um das Auto herum, schiebe von hinten an. Ein bisschen Kraft brauche ich schon, damit es über den Felsvorsprung kommt, aber dann fährt es von alleine. Ich laufe nebenher bis zum Ufer. Es kippt nach vorn, dann gibt es ein lautes Plumpsen. Ich beobachte, wie die weiße Karosserie ins dunkle Wasser hinabsinkt. Das, was sich vorher auf der anderen Seite geregt hatte, fliegt erschreckt auf. Irgendein nächtlicher Räuber. Nachtschwalbe oder Eule.

Ein paar Minuten warte ich. Dann ziehe ich mich aus, nehme die LED-Taschenlampe und steige ins Wasser. Die Handschuhe behalte ich an. Das ist jetzt der unangenehmste Teil meines Plans, aber ich kann ihn nicht auslassen. Das Auto ist zum Glück nur ungefähr zwei Meter unter Wasser. Es hat auf den Grund aufgesetzt, ist auch nicht umgekippt. Ich schwimme heran, schaue ins Innere. In dem schmalen Lichtstreifen meiner Leuchte sehe ich sein T-Shirt. Er ist ein wenig zur Seite gerutscht, rührt sich nicht. Ich binde ihm die Hände los. Es geht schwer, die Schnur hat sich tief in seine Haut eingeschnitten, der Knoten sich mit Wasser vollgesogen. Mit Handschuhen schaffe ich das nicht. Ich muss sie ausziehen, halte sie zwischen den Zähnen. Langsam geht mir die Luft aus. Schließlich kann ich den Knoten doch lockern. Ich zerre am Strick und schwimme rasch wieder nach oben. Dann sammle ich meine Sachen zusammen. Hauptsache nichts hierlassen! Ein letztes Mal taste ich mit der Taschenlampe das Ufer ab. Und Abmarsch. Sein Handy und die anderen Sachen, die mich verraten könnten, entsorge ich irgendwo unterwegs.

So hat es sich zugetragen, so erinnere ich mich daran, wann immer das nötig sein wird. Das Wichtigste ist, nicht das Gedächtnis zu verlieren. Nicht zu vergessen, was dem vorausgegangen ist. Was mich zu dieser Lösung gebracht hat. Und sollten mir eines Tages Zweifel kommen, brauche ich nur daran zu denken, was er angerichtet hat. Wie er uns in der Hand hatte. Wie viele Schweinereien er noch vorhatte. Das muss ich immer und immer wieder vor mir hersagen. Damit keine Selbstvorwürfe kommen.

Der vorletzte Tag vor dem Regen

Halb sieben fuhr er los. Die Sonne brannte noch nicht, Prag verbarg sich hinter einem leichten Nebelschleier. Die Kaltfront, die von den Britischen Inseln heranzog, war in der Nacht in Nordwestfrankreich eingetroffen, Gewitter mit Hagel und Starkregen im Gepäck. Am stärksten war die Bretagne betroffen, die von großflächigen Überschwemmungen heimgesucht wurde. Marián hatte das Fenster herabgelassen, frische Morgenluft strömte ins Auto, er hörte den Wetterbericht. Nach Schätzung der Meteorologen würden sich die Niederschläge im Verlauf des heutigen Tages Richtung Ostfrankreich verlagern. Auf dem gesamten Gebiet von Tschechien sollte das klare Wetter mit tropischen Temperaturen weiter andauern. Marián kam die Idee, dass er auf dem Rückweg irgendwo in einem Fluss baden gehen könnte. Er müsste sehen, wie er zeitlich dran wäre. Badehose und Handtuch hatte er für alle Fälle immer dabei.

Die D1 Richtung Osten war überraschend frei. Bei Jihlava stockte der Verkehr leicht, hinter Brünn gab es ungefähr einen Kilometer Stau, aber dann verlief die Reise ohne Verzögerungen weiter bis nach Nesovice. Dort stand alles. Die Feuerwehr beseitigte gerade die Folgen eines Unfalls, offenbar etwas Ernstes, Marián sah ganz vorn einen Krankenwagen, ein Auto lag auf dem Dach, ein anderes stand zerdrückt in den Leitplanken, und wie üblich fiel ihm seine Mutter ein. Marika, sagte er aus Gewohnheit ihren Namen vor sich hin und versuchte sich an ihr Gesicht zu erinnern, obwohl er schon im Voraus wusste, dass das eine vergebliche Mühe war. Im Gymnasium war ihm das noch gelungen. Er hatte einen einfachen Trick: Er stellte sich ihre Augenbrauen vor und die Art, wie sie sie runzelte, wenn sie lachte. Über die Augenbrauen kam die Erinnerung an das ganze Gesicht mit allen Eigentümlichkeiten, den Sommersprossen auf der Nase, sogar die Kadenz ihres Lachens. Später schaffte er es nicht mehr. Seine Mutter war aus seinem direkten Gedächtnis verschwunden. Zurück blieb nur ihre Gestalt, wie sie auf den Fotos im Familienalbum festgehalten war. Die waren schwarzweiß und, entsprechend den Gepflogenheiten der Fotografen damals, retouchiert. Die Sommersprossen auf der Nase fehlten, es fehlten die winzigen Fältchen in ihrer Mimik, auf einigen Aufnahmen sah sie aus wie eine wildfremde Frau. Wenn Marián ab und zu im Album blätterte, waren ihm die Fotos seiner Cousins, von Tante und Onkel viel näher. Die verband er mit konkreten Ereignissen seines Erwachsenwerdens, aus dem seine Mutter – ob nun durch die Schuld des Busfahrers, eine nicht funktionierende Lichtsignalanlage oder eine Fügung des Schicksals – plötzlich und unwiederbringlich verschwunden war.

Die Aufräumarbeiten und die Einengung auf einen Fahrstreifen kosteten ihn fast eine halbe Stunde. Marián nutzte die Zeit und telefonierte mit den Technikern. Außer den Fingerabdrücken hatten sie noch nichts. Die auf dem Lenkrad, am Verschluss des Sicherheitsgurts und an der Fahrertür stammten von Zapletal. Die Metaxa-Flasche war sorgfältig abgewischt worden, hinten an der Karosserie fanden sich Abdrücke von Lederhandschuhen, mittlere Größe. Die einzige Spur, die gesichert werden konnte und die nachweislich nicht zu Zapletal gehörte, war der Abdruck eines Ohrs am Beifahrerfenster. „Ganz frisch, wunderbar zu erkennen. Durchgestochenes Ohrläppchen mit Ohrring."

„Würde das zu einer Identifizierung reichen?", fragte Marián.

„Definitiv", versicherte ihm der Techniker. Dann erklärte er ihm, er brauche nicht noch einmal anzurufen. Sie würden tun, was in ihrer Macht stünde. Und von sich aus Rückmeldung geben, sobald neue Ergebnisse vorlägen. *Panna Mária, prosím ťa,* weck diese Faulpelze auf, die sollen damit nicht so rumtrödeln!, sandte Marián eine Bitte an die höhere Instanz. Morgen will ich das auf dem Tisch haben. *Vďaka.*

„Natürlich weiß ich, dass Sie Ihr Bestes tun", sagte er höflich und verabschiedete sich. Auch wenn er die Techniker oft mit seiner Ungeduld ärgerte, versuchte er mit ihnen konfliktfrei auszukommen.

Als er in Uherské Hradiště eintraf, war es viertel elf. Mit Hilfe des Navis fand er die richtige Straße und hielt vor einem dreistöckigen Mietshaus. Die Sonne fing schon ordentlich an zuzulegen, aber für die Stelle, wo er parkte, bestand Hoffnung, dass sie im Schatten bliebe. Kaum war er ausgestiegen, fuhr ihm der Honigduft von Lindenblüten in die Nase. Genussvoll sog er ihn ein und musste unwillkürlich an die geschwollenen Augen des Oberkommissars aus Kladno denken. Ob es wohl ausgerechnet der böhmische Nationalbaum war, auf den Lír allergisch war? In dem Fall sollte er als Pensionist irgendwo hinziehen, wo nicht auch noch jeder hinterste Müllplatz mit Linden bepflanzt war, dachte Marián und ging zur Haustür. An der Klingel stand *Magda Floriánová*, darunter *Tomáš und Albert Zapletal*. Er drückte auf den Knopf.

„Ja?", meldete sich einen Moment später die Frauenstimme, die er bereits vom Telefon kannte.

„Holina", stellte er sich vor. „Prager …"

„Kommen Sie rauf", unterbrach sie ihn. „Dritter Stock."

Der Türöffner summte und Marián betrat den Hausflur. Das Gebäude war offensichtlich vor Kurzem saniert worden, die typischen Kennzeichen der Fünfzigerjahre-Architektur waren um neue Fliesen und Fenster ergänzt worden, aber der majestätische Ficus, der auf dem untersten Treppenabsatz thronte, stammte höchstwahrscheinlich noch aus der Zeit, als die ersten Mieter eingezogen waren.

Als Marián gerade den dritten Stock erreichte, ging über ihm schon die Tür auf. Er hob den Kopf; sie erwartete ihn bereits. Ihr Händedruck war kurz und kräftig, die dunklen Augen schauten ihn ernst an.

„Kommen Sie rein", sagte sie, ließ ihn vorbei und schloss hinter ihm die Tür. „Schuhe ausziehen brauchen Sie nicht."

Sie führte ihn ins Wohnzimmer und zeigte auf einen der beiden Sessel. Sie selbst nahm auf dem Sofa Platz. Auf dem Couchtisch stand eine Glaskaraffe mit Wasser, in dem Eiswürfel und Zitronenscheiben schwammen. Auch Gläser standen schon bereit. Wahrscheinlich hatte sie ihn vom Fenster aus kommen sehen.

„Wollen Sie?", fragte sie und hob die Karaffe an.

„Danke, gern."

Während sie in beide Gläser kalte Zitronade einschenkte, kam hinter ihrem Rücken ein etwa elfjähriger Junge mit einem Rucksack über der Schulter ins Zimmer. Marián erkannte in ihm den jüngeren der beiden Söhne auf dem Foto in Zapletals Mansarde.

„Tag", murmelte er und blieb an der Tür stehen.

„Ahoj", antwortete Marián.

Der Junge musterte ihn aufmerksam. „Sind Sie wegen Papa hier?"

„Ja", nickte Marián.

„Was ist ihm denn passiert?"

„Albert, ich glaube, es ist Zeit", ertönte es vom Sofa, noch ehe Marián dazu kam, sich eine Antwort zu überlegen. „Opa wartet schon."

Mutter und Sohn wechselten einen Blick. Es war offensichtlich, dass sie vor Mariáns Ankunft etwas vereinbart hatten.

„Ich geh ja schon, bloß …" Alberts Stimme verriet, dass das, was ihn plagte, stärker war als die Vereinbarung, die er mit seiner Mutter getroffen hatte. „Ich hab da 'ne Frage."

„Welche denn?" Marián fiel auf, dass er ungefähr im gleichen Alter wie Albert gewesen war, als er vom Tod seiner Mutter erfahren hatte. Nicht von einem Polizisten, sondern von Tante Jozefína, die ihn aus der Schule abgeholt hatte.

„Ist Papa von jemandem erschossen worden?"

„Nein, erschossen hat ihn niemand."

„Wie ist er denn dann gestorben?"

„Albert …" Sie ging zu einem bittenden Tonfall über. „Weißt du noch, was wir vereinbart haben?"

„Ich will ja nur wissen, ob ihm das wehgetan hat!", rief er und Marián hatte den Eindruck, dass er gleich weinen müsste.

„Es hat überhaupt nicht wehgetan", sagte er laut. Und in Gedanken: *Himlhergotsakra,* woher soll ich denn das wissen! Bei einem Tod durch Ertrinken ging man davon aus, dass er schmerzfrei war, aber Doktor Léblová hatte Marián einmal erklärt, dass das gar nicht unbedingt stimmen musste. Ein Ertrinkender könnte im Brustkorb ein Brennen spüren, als würde ihm jemand die Lungen herausreißen. Erst dann kam die Bewusstlosigkeit. Albert sah ihn forschend an.

„Sind Sie sicher?"

„Ich habe Erfahrung. Ich erkenne das." Marián senkte die Stimme. Er wusste, dass eine tiefere Tonlage zu höherer Vertrauenswürdigkeit beitrug. „Quäl dich nicht damit rum. Deinem Papa hat nichts wehgetan, das kannst du mir glauben."

Offenbar war es ihm gelungen, den Jungen zu überzeugen. Seine weinerliche Miene verlor sich langsam wieder.

„Das ist gut." Er ließ den Rucksack auf seinem Rücken kurz in die Luft hüpfen. „Also dann … Wiedersehen."

„Ahoj."

Albert wandte sich zum Gehen, aber nach ein paar Schritten kehrte er zurück, beugte sich hinunter und gab seiner Mutter einen Kuss. Sie zog ihn zu sich heran. Beide hatten raspelkurzes Haar, runde Köpfe, braungebrannte Ohren.

„Wir telefonieren", sagte sie. „Viel Spaß beim Schwimmen."

Sie wartete, bis hinter ihm die Wohnungstür ins Schloss gefallen war. Dann hob sie den Blick zu Marián: „Stimmt das? Musste er wirklich nicht leiden?"

„Höchstwahrscheinlich nicht. Heute Nachmittag weiß ich mehr. Vorerst gehen wir von einem Tod durch Ertrinken aus."

„In einem See bei Beroun. Ein gefluteter Steinbruch", ergänzte sie. „Im Netz steht, dass er mit dem Auto reingefallen ist. Den Fotos nach sind die Felsen wahnsinnig hoch. Ist er von dort oben da reingestürzt?"

„Nein, man kann runterfahren. Er war mit dem Auto unten am Ufer."

Einen Moment dachte sie darüber nach, offenbar versuchte sie es sich vorzustellen.

„Das versteh ich nicht."

„Wir tappen, offen gesagt, vorerst auch noch im Dunkeln."

„Aber Sie haben eine Theorie, oder?"

„Ich würde bei Ihnen gern ein paar Dinge überprüfen."

Schweigend nickte sie und nahm einen Schluck Zitronade. Marián fiel auf, dass ihre Finger das Glas krampfhaft umklammerten.

„Wie alt ist Ihr zweiter Sohn?", fragte er. Das war nur eine taktische Einleitung, genau diese Angabe brauchte er nicht zu überprüfen. Gestern hatte er übers Einwohnermeldeamt das Alter beider Söhne herausgefunden und auch, dass Floriánová ihr Mädchenname war, den sie nach der Scheidung wieder angenommen hatte. Marián hatte früher einmal mit Darja über die Änderung des Nachnamens gesprochen. Sie arbeitete als Referendarin in einer Anwaltskanzlei, die sich auf Scheidungsrecht spezialisiert hatte. Sie hatte behauptet, dass die Entscheidung von Frauen, nach einer gescheiterten Ehe den Nachnamen ihres Exmanns abzulegen, meist dem Gefühl entsprang, unfair behandelt worden zu sein. Sie wollten nichts von dem Menschen behalten, der sie verraten oder verletzt hatte.

„Tomáš ist schon vierzehn. Er ist in der Schule. Albert wollte nicht. Ich hab ihm erlaubt, dass er mit meinem Vater ins Freibad geht. Das ist für ihn besser, als zu Hause zu sitzen und sich mit den Gedanken an seinen Papa rumzuquälen."

„Standen sie sich nah?", fragte er. Wortlos nickte sie.

„Wie oft haben die beiden sich gesehen?"

„Osvald hat ihn sich geholt, je nachdem, wann er frei hatte. Manchmal ist Albert auch alleine hingefahren."

„Tomáš nicht?"

„Nein." Eine nüchterne Antwort, ohne Erläuterung. Marián wurde klar, dass es nicht einfach sein würde, sie zu einem Gespräch über Privatangelegenheiten zu bewegen. Höchste Zeit, das anzugehen, jetzt aber ohne Umwege.

„Hat Ihr Mann, als Sie verheiratet waren, viel getrunken?"

Die Frage verblüffte sie, man konnte sehen, dass sie nachdachte, wie Marián darauf gekommen war.

„War er Alkoholiker?"

„Er konnte damit umgehen."

„Wie?"

„Tagsüber hat er nicht getrunken. Und niemals, wenn er wusste, dass Arbeit auf ihn wartet, oder dass er fahren muss."

„Wir haben eine leere Flasche Weinbrand unter dem Autositz gefunden. Im Blut hatte er fast drei Promille."

Darauf reagierte sie nicht. Marián holte sein Notizbuch aus der Innentasche. Er hatte das gestrige Telefonat noch genau im Gedächtnis, aber er tat so, als hätte er sich dazu Anmerkungen gemacht. Schriftliche Aufzeichnungen weckten immer mehr Respekt als ein gewöhnliches Gedächtnis.

„Gestern haben Sie mir gesagt, ich zitiere: Osvald hat zu den Menschen gehört, bei denen die Probleme mit der Scheidung nicht aufhören." Er sah sie direkt an. „Was für Probleme?"

„Damit meinte ich nicht den Alkohol.“

„Was haben Sie dann gemeint?“

„Nichts Konkretes.“

Er zog ein zweifelndes Gesicht. „Sie haben gefragt, ob es Selbstmord war. So eine Frage stellt man nicht, wenn man nicht einen konkreten Anlass sieht.“

Wieder trank sie einen Schluck Zitronade. An ihren Augen sah er die ersten Anzeichen von Müdigkeit. Welchen Grund auch immer das Lügen und Abstreiten hatte, es erschöpfte sie. Zur Wahrheit zurückzukehren, war immer eine Erleichterung. Besonders für jemanden wie sie. Sie war nicht ausgebufft, aus jeder ihrer Bewegungen konnte man Geradlinigkeit herauslesen.

„Er hatte Probleme mit seiner Mutter“, sagte sie.

„Die Operation ist angeblich gut gelaufen.“

„Es ging nicht nur um die Operation.“

Er wartete. Würde er ihr jeden Satz aus der Nase ziehen müssen? Die Uhr hinter ihrem Rücken zeigte elf. Er ließ den Sekundenzeiger bis nach oben laufen, und als sie weiterhin schwieg, drängte er sie leicht ungeduldig: „Um was ging es noch?“

„Manchmal hat's zwischen ihnen geknirscht. Eigentlich … eigentlich die ganze Zeit.“

„Haben sich die beiden gestritten?“

Wieder eine Pause. Marián nutzte sie, um sein Glas Zitronade hinunterzukippen. Das Eis ließ er zwischen Gaumen und Zunge schmelzen. Er bekam langsam den Eindruck, dass die Reise hierher Zeitverschwendung war. Die frühere Frau Zapletalová würde ihn nicht weiterbringen. In diesem Moment stand sie auf und stellte sich ans Fenster, mit dem Rücken zu ihm. Er merkte auf.

„Wenn man als Kind was lernt, kriegt man das nur schwer wieder los“, sagte sie. „Osvald hat das nicht geschafft.“

„Was hat er als Kind gelernt?"

„Verachtung. Zuerst gegenüber seiner Mutter, dann … allen Frauen gegenüber."

Marián ließ sich ein schmales Stück Eis in den Rachen gleiten. Endlich eine Aussage, die für ihn einen Wert besaß.

„Warum hat er seine Mutter verachtet?"

„Es war ihr Lebensstil." Wieder verstummte sie, aber Marián drängte sie nicht mehr. Er spürte, dass sie von allein weiterreden würde. Nach wie vor hatte sie das Gesicht zum Fenster gedreht und sprach gegen die Gardine. „Früher nannte man das ,eine Frau mit lockerem Lebenswandel'. Osvald hat keine blumigen Umschreibungen benutzt. Für seine Mutter hatte er kürzere Bezeichnungen. Schon als kleiner Junge hatte er kapiert, dass sie sich verkaufte, und einer ihrer Kunden war sein Vater. Ich glaube, er wollte nicht mal wissen, welcher. Die Aversion, die er ihr gegenüber hatte, die hat ihm völlig ausgereicht. Allerdings hat die Aversion dazu geführt, dass …" Sie stockte, und nach einem Moment begann sie von einem anderen Ende: „Bei uns in der Klinik sehe ich das jeden Tag – eine gesundheitliche Schädigung löst die nächste aus. Und mit psychischen Problemen ist es genau dasselbe."

Marián fielen Györffys Worte von neulich ein: Die Ausgangsbasis ist nicht die kriminelle Handlung, sondern das psychologische Problem, das ihr zugrunde liegt. Er überlegte, inwieweit sich das auch auf das Problem des Opfers beziehen ließe.

„Was für psychische Probleme hatte denn Ihr Mann?" Magda Floriánová drehte sich um. Er sah, dass sie gerötete Augen hatte. Sie ging aus dem Zimmer, nach einer Weile hörte er hinter der Wand ein Schnäuzen. Sie kam mit einem Farbfoto in der Hand zurück.

„Von Osvalds Abi-Ball", sagte sie und reichte es Marián. Auf dem Foto war eine Frau in einem violetten Abendkleid und ein junger Mann mit einer Abiturmedaille um den Hals. Er war dürr und hatte lange Haare, die ihm in die Augen fielen. Noch sah er nicht aus wie ein Cowboy, aber sein Gesicht zeigte schon ausgeprägt männliche Züge. Selbstbewusst stand er neben seiner Mutter, die sich bei ihm untergehakt hatte. Mariáns Blick blieb an ihr hängen. Seine Ahnung, als er gestern in ihr eingefallenes Gesicht auf dem Krankenhauskissen geschaut hatte, bestätigte sich: Růžena Zapletalová war eine schöne Frau gewesen.

„Osvald hat als Kind einen einfachen Merksatz gelernt: So wie seine Mutter ist, so sind alle Frauen. Und so muss man sich ihnen gegenüber auch verhalten."

„Abschätzig?"

Einen Moment sah sie schweigend auf das Foto in Mariáns Hand. Dann hob sie die Augen. In ihrer dunklen Tiefe erkannte er Sedimente von altem Schmerz. Aufgewirbelt durch das Weinen.

„Wie zu Nutten", sagte sie leise, ausdruckslos. „Darum ging es in unserer Ehe."

Yadira verbrachte die Mittagspause in ihrem Büro. Sie hatte die Jalousien heruntergelassen und den Ventilator angeschaltet. Sein Geräusch und die regelmäßigen Wellen aufgewirbelter Luft auf der Haut erinnerten sie an ihre alte Wohnung in Havanna. Nachmittags war dort die Temperatur bis auf vierzig Grad gestiegen, und der große Ventilator, der auf dem Schrank stand, hatte die heiße Luftmasse umgerührt und sie von einer Ecke in die andere geschubst. Das war eine Zeit, in der man nichts machen konnte. Alle verfielen in einen traumwandlerischen Zustand, in dem auch das Anheben eines Glases und das Trinken eines Schlucks Wasser zu einer übermenschlichen Anstrengung ausarteten. Yadira hatte meistens gelernt (Tío Alberto zufolge war Wissen der einzige Besitz, der nicht verstaatlicht werden konnte), sich aber auch oft dabei ertappt, wie sie wegnickte oder in Gedanken weit abschweifte. Jetzt, mit zeitlichem Abstand, hatte sie das Gefühl, ihre ganze Kindheit lang in Schweiß gebadet zu haben. In ihrer neuen Heimat hatte sie eine derart lähmende Hitze nie erlebt. Der letzte Sommer war zwar heiß gewesen und der dieses Jahr würde vielleicht noch wärmer werden, aber im Unterschied zu Havanna schwitzte man in Prag weniger, weil hier nicht so eine Luftfeuchtigkeit herrschte. Yadira und ihre Lehrkräfte aus der Karibik vertrugen die hohen Temperaturen viel besser als die restlichen Kollegen. Die Tschechen stöhnten und überboten einander mit ihren katastrophischen Prophezeiungen, die Arbeitsmoral der Russen war deutlich gesunken, die Franzosen verloren in der Hitze ihren Charme und die Amerikaner tranken unnütz viele eiskalte Getränke.

Yadira trank Kefir – das war bei Hitze das Allerbeste. Sie brütete an ihrem Tisch über den Abrechnungen für die Förderanträge und ging zwischendurch auch noch ans Telefon. Eva Čejdová, ihre Sekretärin, hatte heute frei, Yadira war auf der ganzen Etage allein. Sie knöpfte Bluse und Rock auf und zog sich die Schuhe aus. In der Schule herrschte Ruhe, alle waren beim Mittagessen, die Nachmittagskurse begannen erst in einer Dreiviertelstunde.

„Sie können einfach vorbeikommen. Eine Unterrichtsstunde zur Probe ist kostenlos", informierte sie am Telefon eine Frau, die sich nach einem Portugiesisch-Kurs erkundigte. „Pro Gruppe haben wir im Durchschnitt sechs Teilnehmer."

„Wie lange dauert es ungefähr, bis ich sprechen kann?", fragte die Frau.

„Auf simplem Niveau können Sie sich schon nach drei Monaten verständigen", versprach Yadira ihr. „Aber wenn Sie eine etwas anspruchsvollere Konversation bewältigen wollen, einen geschriebenen Text verstehen oder was Sie im Radio oder Fernsehen hören, da brauchen Sie mindestens ein Jahr. Wir haben an der Schule zwei ausgezeichnete Lektoren, meine Tochter hat bei ihnen Sprechen gelernt wie eine geborene Portugiesin."

„Ihre Tochter ist wahrscheinlich noch jung. Aber ich bin schon fünfzig", sagte die Frau.

„Das Alter ist nicht so entscheidend wie die Motivation. Meine Tochter will in Brasilien studieren, das hat sie angestachelt", erläuterte Yadira. Dass Nina ein angeborenes Talent für Fremdsprachen hatte und Portugiesisch auch ohne Lektoren gelernt hätte, behielt sie für sich. Spanisch hatte sie sich durch bloßes Zuhören angeeignet. Seit Mareks Tod hing sie sehr an Yadira, oft begleitete sie sie zu Treffen von Expats oder schaute mit ihr Filme auf Spanisch. Yadira hatte Nina aus ihren alten Kinderbüchern vorgelesen, beim Kochen sang sie *Ay mi perica, dame la pata*. Manchmal redeten sie zusammen Spanisch, ohne dass es ihnen auffiel. Vielleicht hatte gerade das am Ende Yadira Mut gemacht, sich ihr anzuvertrauen. Die Muttersprache war der Schlüssel zur Seele, und Nina konnte diesen Schlüssel im Schloss umdrehen.

„Ich hab auch eine Motivation", sagte die Frau am anderen Ende der Leitung. Es klang zögerlich, fast verschämt. „Ich habe einen Freund. Wir wollen heiraten."

„Gratuliere!"

„Er will, dass ich nach der Hochzeit zu ihm ziehe."

„Wo wohnt er denn?"

„Auf den Azoren. Sind Sie schon mal dort gewesen?"

„Nein, aber das muss wunderschön sein."

„Das Paradies auf Erden", seufzte die Frau. „Bloß wird in dem Paradies Portugiesisch gesprochen."

„Kommen Sie so bald wie möglich zu einer Probestunde, dann werden Sie ja sehen", sagte Yadira. Auf dem Gang hörte sie Schritte. Sie presste sich das Telefon mit der Schulter gegen das Ohr und knöpfte ihre Bluse zu. „Wenn es Ihnen bei uns gefällt, können Sie sich für einen Anfängerkurs einschreiben. Dann lernen Sie immerhin, was man bei einer Eheschließung antwortet."

Die Frau lachte kurz auf. „Also gut, ich komme", versprach sie und verabschiedete sich.

Die Schritte auf dem Gang kamen näher. Yadira stand rasch auf und machte auch ihren Rock wieder zu. Es klopfte.

„Herein!", rief sie, während sie unter dem Tisch nach ihren Schuhen suchte. Die Tür ging auf.

„Guten Tag", grüßte eine Männerstimme.

„Guten Tag." Sie schlüpfte in ihre Schuhe und blickte auf. In der Tür stand Kamil. Verdattert starrte sie ihn an. Sie hatten sich mindestens sechs Jahre nicht gesehen. „Bist du das?"

Statt einer Antwort breitete er die Hände aus und umarmte sie. Warmherzig, freundschaftlich, so wie früher.

„Endlich hab ich's mal geschafft", sagte er. „Immer wenn ich in Prag bin, sag ich mir, dass ich mal bei dir vorbeigehen muss, aber ich bin nie dazu gekommen. Ich hab gegoogelt, wo du arbeitest. Zum Glück bist du die einzige Yadira Beranová im Land. Und offenbar überhaupt die einzige."

Er ließ sie los, sie betrachteten sich aus der Nähe. Aus dem schüchternen Studenten war ein selbstbewusster junger Mann geworden. Sie wusste, dass er aus Prag weggegangen war, aber schon lange hatte sie nichts von ihm gehört.

„Wohnst du immer noch in Budweis?", fragte sie.

„Ein Stück außerhalb", sagte er. „Meine Frau und ich haben uns so ein kleines Energiesparhaus gebaut. Ich unterrichte am Institut für Biologie und Ökosysteme."

„Hast du Kinder?", fragte sie und bot ihm einen Stuhl an.

„Wir erwarten gerade das erste." Er holte Luft, sie spürte, dass er ihre Frage erwidern wollte, aber er überlegte es sich anders. Kurz nach dem Unglück mit Marek waren ihre Unterhaltungen immer weniger persönlich geworden. Kamil sprach vor ihr nicht mehr über seine Pläne, sie hörte auf, ihm ihr Herz auszuschütten. Sie trafen sich immer seltener, dann liefen sie sich nur noch zufällig über den Weg. Bis er aus Prag weggezogen war. Yadira fiel auf, dass zwischen ihnen etwas unvollendet geblieben war. Wie wenn man sich mit der Sense einen Weg durch hohes Gras gebahnt und in der Mitte der Wiese damit aufgehört hätte. Sie holte ein Fläschchen Kefir (sie hatte den ganzen Kühlschrank voll) und stellte es vor ihn hin.

„Danke." Er schraubte es auf und nahm mit großem Appetit einen Schluck. „Und du? Wie geht's dir denn?"

Statt sich nach den Kindern zu erkundigen, stellte er die Frage unverbindlich, ganz allgemein. Er überließ es ihr, auszuwählen, was aus ihrem Leben sie ihm anvertrauen und welches Thema sie vermeiden wollte.

„Jura habe ich am Ende doch nicht studiert", sagte sie. „Das hier ist mein Beruf."

„Du unterrichtest Spanisch?"

„Ich unterrichte und leite das Ganze hier." Sie hoffte, dass das nicht aufgeblasen klang. „Ich hab die Schule selbst gegründet."

Das machte Eindruck auf ihn. Voller Bewunderung stieß er einen Pfiff aus. In diesem Moment sah er genauso jungenhaft aus wie vor zehn Jahren, als sie sich auf dem Plateau getroffen hatten und er sich eine Zigarette angezündet hatte – heimlich, damit es seine Eltern nicht sahen.

„Das macht mir Spaß", sagte sie. Und ohne Rücksicht darauf, ob sie sich vielleicht auf allzu persönliches Terrain vorwagte, fügte sie hinzu: „Das erfüllt mich. Nina ist schon groß, andere Kinder habe ich nicht, also vertätschel ich die Schule wie ein Kind."

„Verhätschel", korrigierte er sie. Beide mussten lachen. Als wären sie in ihre alten Rollen zurückgefallen.

„Bist du glücklich?", fragte er. Noch vor zwei Tagen hätte sie wahrheitsgemäß antworten müssen, dass sie im Schatten lebte. Im Schatten von Schuld, Unsicherheit, Scham. Aber die Situation hatte sich im Verlauf eines Tages geändert. Genauer gesagt: im Verlauf einer Nacht.

„Ich glaube, so kann man's nennen", sagte sie. „Radim ist aufmerksamer geworden, er hat mehr Zeit für mich und für Nina. Wir haben uns aneinander gewöhnt."

„Das klingt nicht so, als ob du im siebten Himmel wärst", bemerkte Kamil.

„Niemand ist im siebten Himmel. Du bestimmt auch nicht. Das Leben kann nie vollkommen glücklich sein. Es gibt Glücksmomente und dann wieder ..." Sie verstummte, suchte nach dem richtigen Ausdruck. In ihrer Muttersprache hätte sie *angustias* gesagt.

„Sorgen?"

„Sorgen", wiederholte sie. Das passte. Sorgen machten einen alt. Um wie viele Jahre war sie eigentlich in den zehn Jahren gealtert? Beim letzten Skypen mit ihrer Cousine hatte Mariluz ihr ein Kompliment gemacht, sie sehe immer noch aus wie eine *chica*. Yadira war neugierig, ob sie das nicht zurücknähme, wenn sie sie erst in ihre Arme schließen würde. Die Fältchen auf der Stirn und um die Augen herum ließen sich nicht mehr verleugnen.

„Ich bin nicht nur zu Besuch gekommen", verkündete Kamil in einem Tonfall, aus dem sie heraushörte, dass er etwas Wichtiges auf dem Herzen hatte. Das verrieten auch seine Augen. Sie waren ernst geworden und schauten durch sie hindurch. „Schon lange wollte ich mal mit dir über eine heikle Sache reden."

Instinktiv spürte sie, dass er *darüber* sprechen wollte.

„Damals, als die Tragödie mit Marek passiert ist, ist noch was gewesen, was damit in engem Zusammenhang stand."

„Ja?", sagte sie mit belegter Stimme. „Was denn?" Man sah Kamil an, dass er nicht wusste, wo er anfangen sollte. Er ließ seinen Blick nervös schweifen, nach einer Weile lächelte er – er hatte einen Ansatzpunkt gefunden.

„Weißt du überhaupt, dass ich in dich verliebt war?" Endlich sah er sie an. Der Ernst war nicht aus seinem Blick verschwunden, aber er hatte eine freudige Nuance bekommen. „Bis über beide Ohren. Aber ich hab mir's nicht getraut, es dir zu sagen. Ich hatte Schiss, dass du dich nicht mehr mit mir triffst. Hättest du das gemacht?"

„Weiß nicht. Wahrscheinlich nicht. Ich hab dich damals sehr gebraucht, du hast mich verstanden. Radim hat sich egoistisch verhalten. Er war hart zu mir."

„Du hast mir leid getan. Und ihn habe ich gehasst. Ich hatte eine Höllenangst, was er macht, wenn er was von unseren Treffen mitkriegt. Der hätte garantiert nicht geglaubt, dass die ganz unschuldig waren."

„Ich habe ihm nie davon erzählt."

„Aber jemand anderes hätte ihm davon erzählen können."

„Wer denn?"

„Eure Nachbarin", antwortete er. „Die Zapletalová. Von ihrem Garten aus hat sie direkt auf euren Eingang geguckt. Und auf das Plateau, wo wir immer gewesen sind."

„Warum soll die sich denn um uns gekümmert haben?", fragte Yadira ausdruckslos und spürte, wie sich ihre Halsmuskulatur anspannte. Sie versuchte zu schlucken, aber es fiel ihr schwer. Kamil schaute auf das Kefirfläschchen, er drehte es zwischen den Fingern hin und her.

„Kurz nachdem die Kripo bei euch gewesen ist und den Unfall von Marek untersucht hat und alles drumrum, da hat mich die Zapletalová mal auf der Straße angehalten. Sie hat gesagt, dass sie weiß, dass wir uns ‚heimlich zusammen rumdrücken' und dass du's ‚mit mir treibst' und deine Kinder unbeaufsichtigt allein zu Hause lässt. Sie hat gesagt, dass sie uns in der Nacht, als das mit Marek passiert ist, gesehen hat, wie wir uns draußen ‚befummelt‘ haben, und dass das nicht nur deinen Mann interessieren wird sondern auch die Kripo. Das ist ‚Verletzung der Aufsichtspflicht mit Todesfolge‘, dafür kannst du ordentlich eins auf 'n Deckel kriegen.“ Er redete schnell, monoton. „Ich wusste nicht, was ich machen soll. Ich hab ihr immer wieder gesagt, dass das nicht stimmt. Dass du dich um deine Kinder kümmerst, dass du die ganze Zeit zu Hause bist. Aber die hat nur die Fresse verzogen. Zum Schluss … Zum Schluss hat sie gesagt, dass sie keinem was sagt, aber dass mich das was kosten wird.“

„Sie wollte Geld von dir?“

„Dreißigtausend. Sie wusste, dass ich kaum mehr auftreiben könnte.“

„Und du hast mitgemacht?“

„Was hätte ich denn tun sollen? Sie hat mir sogar Fotos gezeigt. Heimlich hat sie uns von ihrem Garten aus fotografiert. Sie hat gesagt, dass sie zur Polizei geht. Die hätte dir … uns beiden das Leben versauen können. Dreißigtausend fand ich jetzt nicht so viel. Die hab ich mir bei 'nem Ferienjob verdient.“

„Und warum hast du mir nichts gesagt?“

Vorwurfsvoll schaute sie ihn an. Wenn sie sich gegen die Zapletalová zusammengetan hätten, dann hätte sie wahrscheinlich nicht solche Macht über sie gehabt.

„Denk doch mal dran, wie's dir damals ging!“ Kamil beugte sich zu ihr, sprach eindringlich. „Du warst verzweifelt, ich hatte Angst, dass du dir was antust. Ich konnte nicht zulassen, dass dich zu dem ganzen Scheiß auch noch die alte Hexe runterzieht. Also hab ich ihr die Kohle gegeben. Die hat dann noch ein paar Mal kassiert.“

„Wie viel hast du ihr insgesamt gegeben?“

„Ist doch jetzt egal. Ich mach mir keinen Kopf, was die mir aus dem Kreuz geleiert hat, aber über was anders." Er machte eine kleine Pause und Yadira wurde voller Entsetzen klar, dass das erst die Einleitung war. Was er ihr sagen wollte, würde erst noch kommen.

„Wahrscheinlich weißt du, dass sie einen Sohn hat – also eigentlich hatte. Den Polizisten", sagte er. Yadiras Herz raste los wie bei einem Wettkampf. „Vor zwei Tagen ist der tragisch ums Leben gekommen. In dem Fall wird ermittelt."

„Was hat das mit uns zu tun?"

„Er hat über uns Bescheid gewusst. Vielleicht ist das sogar er gewesen, der auf die Idee mit der Erpressung gekommen ist, ich weiß es nicht. Mir ist eingefallen, dass sie, wenn sie seinen Tod jetzt untersuchen, auch die Zapletalová vernehmen, und es könnte passieren, dass sie denen was sagt."

„Der geht's schlecht. Sie liegt im Krankenhaus."

„Ich wollte dich nur auf eventuelle Komplikationen vorbereiten. Hoffen wir mal, dass die nicht eintreten. Aber wir müssen beide dasselbe sagen. Wir wissen von nichts."

Sie nickte. Er hatte recht, die Zapletalová war schwer krank, aber nach wie vor gefährlich.

„Wir wissen von nichts, verstehst du?", sagte Kamil noch einmal mit Nachdruck. Man sah, dass er wirklich beunruhigt war. „Die hat sich alles ausgedacht. Dabei müssen wir bleiben."

Es hatte keinen Sinn, weiter darüber zu reden. Die Angelegenheit hatte ein Stadium erreicht, in dem keiner von beiden etwas unternehmen konnte. Höchstens noch beten. Bei Kamil kam das nicht in Frage, er war Atheist, sein Gott war die Natur. Aber Yadira hatte ihre Schutzheilige. Die Virgen de la Caridad del Cobre hatte sie noch nie im Stich gelassen. Ochún war stark und barmherzig. Sie moralisierte nicht herum, sie half. Yadira wusste, dass sie sich auf sie verlassen konnte.

„Vielen Dank. Für alles", sagte sie, als sie sich kurze Zeit später von Kamil verabschiedete. Die Mittagspause war vorüber, die Schule füllte sich langsam wieder. „Wann kommt denn euer Nachwuchs?"

„Im September. Berechneter Termin ist der dritte."

„Sag bloß! Ich bin einen Tag früher geboren."

„Und ich am elften. Als der Anschlag aufs World Trade Center war, hab ich gerade meine Geburtstagstorte angeschnitten."

Sie umarmten sich und er ging. Yadira setzte sich zurück an den Tisch. Sie wusste, dass sie sich zusammenreißen musste. In ein paar Minuten würde ihr Unterricht anfangen. Für heute hatte sie anspruchsvollen Stoff vorbereitet und durfte nicht unkonzentriert sein. Sie öffnete die Schublade und fing an, das Lehrmaterial herauszuholen. Kopien von Tests, Lehrbücher, Audioaufnahmen. Sie dachte an die Zapletalová. Die musste Kamil einen Haufen Geld abgeluchst haben. Was hatte sie damit gemacht? Wo war sie damit hin? Der Betrag, den Yadira ihr im Lauf der Jahre gezahlt hatte, lag bei über einer halben Million. Noch jetzt hatte sie das ironische Krächzen der Nachbarin in lebendiger Erinnerung: „Sie haben sich doch einen stinkreichen Kerl geangelt, der merkt gar nicht, wenn sich ein paar Tausender aus der Haushaltskasse in Luft auflösen. Oder ist Ihnen lieber, dass das auffliegt?" Davor hatte Yadira Angst. Sie kannte ihre Schuld. Und sie bezahlte. Monat für Monat. Mit der ersten Operation der Nachbarin kam eine Pause, sie hatte nicht mehr genug Kraft zum Erpressen. In Yadira war damals die Hoffnung aufgeflammt, dass es mit ihrer Leibeigenschaft vorbei sein könnte. Aber dann meldete sich Osvald und sie begriff, dass das noch schlimmer war. Dass sie dem nie entgehen würde. Ihr blieb nichts anderes übrig, als sich vollständig in die Obhut ihrer Schutzheiligen zu begeben. Und die hatte eine Lösung gefunden.

Yadira überkam auf einmal eine tiefe Traurigkeit. Sie legte die Hände auf die Tischplatte und vergrub ihren Kopf dazwischen. Erst versuchte sie, das Weinen zu unterdrücken, dann hörte sie auf, sich zu wehren. Es brachte ihr Erleichterung und es war kostenlos. Ansonsten musste man für alles, was man tat oder woran man auch nur dachte, bezahlen. Alles hatte Konsequenzen. Alles führte zum Unglück. Und zum Leiden. „Du lebst nicht im siebten Himmel", hatte Kamil gesagt. Und wenn er sich nun irrte? Und wenn das nun der siebte Himmel war? Wie sahen dann wohl die anderen aus?

Für ein Bad im Fluss hatte Marián keine Zeit mehr. Er hatte sich viel zu lange in Uherské Hradiště aufgehalten und jetzt hatte er es eilig, damit er seinen Termin bei Doktor Léblová nicht versäumte. Eilig hatte er es aber nur in Gedanken, realiter ging es nicht, der Weg war dicht und es sah so aus, als würde sich die Situation nicht so bald ändern. Der Stau, in dem er dahinkroch, war den Radiomeldungen nach ungefähr zwölf Kilometer lang. Die Sonne brannte erbarmungslos vom wolkenlosen Himmel, eine Anzeigetafel an der Autobahn informierte ihn, dass die Temperatur der Fahrbahn fünfundvierzig Grad betrug. Marián hatte die Fenster zu und die Klimaanlage an, kaute an einem Käsehörnchen herum, das er sich an einer Tankstelle gekauft hatte und das keine bessere Bewertung als Vier minus verdiente, telefonierte über die Freisprecheinrichtung mit Diviš und nippte dabei an lauwarmem Mineralwasser.

„Zapletal war tatsächlich ein Ordnungsmensch. Auf seinem Schreibtisch und im Rechner hat er ein perfektes System gehabt", informierte ihn sein Kollege. „Nichts, was nicht auch dort hingehört, kein einziges Privatfoto. Nur Ordner und Dokumente, die die Arbeit betreffen. Ich hab einen ITler mitgenommen, damit ich nichts übersehe. Wir haben alles gründlich durchforstet. Übrigens, bei Zapletals letztem Fall kannst du Einsicht nehmen, Lír hat ihn uns zugänglich gemacht. Da geht's um Einbrüche …"

„Ich weiß, Buštěhrad, Lidice."

„Cvrčovice", fügte Diviš hinzu. „Sachschaden um die zwei Millionen. Wie war's bei dir?"

Marián schilderte ihm in groben Zügen seinen Besuch bei Magda Floriánová.

„Die Unstimmigkeiten im Schlafzimmer, von denen die Blažková geredet hat, haben in der Praxis bedeutet, dass Zapletal keinen normalen Sex wollte, besser gesagt, er war nicht in der Lage dazu. Nach den Worten seiner Ex hat er eine abnormale Stimulation gebraucht."

„Abnormal? In welchem Sinn?"

„Er hat seine Frau unflätig beschimpft und erniedrigt. Hat sich aufgespielt, dass er außer ihr noch andere hat – jüngere, hübschere. Er soll sich ihr gegenüber benommen haben wie zu einer Prostituierten, die ruhig sein und hinhalten soll."

„Hat er ihr wehgetan?"

„Sie wollte nicht ins Detail gehen. Aber wahrscheinlich ging's nicht um physische Gewalt. Eher um Psychoterror. Obszönitäten, Beleidigungen, Drohungen." Wieder sah er ihre Augen vor sich. Er überlegte, ob es ihr je gelingen würde, den Schmerz loszuwerden, der an ihrem Grund saß.

„Warum hat sie sich nicht schon eher scheiden lassen?"

„Die ersten Jahre nach der Hochzeit hat er sich zurückgehalten. Offenbar hat er seine speziellen Gelüstchen woanders befriedigt. Vielleicht hat er sich sein Repertoire auch erst aufgebaut. Dann hatten sie auch schon Kinder, also hat sie wegen ihnen mit der Scheidung gezögert. Sie hat erst den Entschluss gefasst, als Tomáš, der Ältere, nach einem Auftritt von seinem Vater zum Großvater abgehauen ist und sich geweigert hat, nach Hause zurückzukommen. Sie hat das nicht so direkt ge-

167

sagt, aber ich habe kapiert, dass Zapletal damals bei seinem Erstgeborenen für immer verkackt hatte. Die Beziehung von den beiden hat sich nie wieder berappelt."

Aber immerhin war es eine Beziehung, dachte Marián. Ob er wollte oder nicht, fiel ihm sein eigener Vater ein. Sein Anteil an Mariáns Leben war so gering, dass man von einer Beziehung überhaupt nicht reden konnte. Sie hatten nicht ganz zwei Jahre zusammen gelebt. Er hatte Marián ein rotes Tretauto gekauft und war dann schneller von seinem Horizont verschwunden, als er damit fahren gelernt hatte. Angeblich war er nach Australien geflohen, sagte seine Mutter immer. Tante Jozefína sprach später von Irland. Jenseits des Pazifiks oder jenseits des Atlantiks, das war Marián Wurscht.

„Wo war Tomáš Sonntagnacht?", fragte Diviš.

„Ach geh! Das ist ein vierzehnjähriger Junge. Der hat zur Zeit nur drei Themen im Kopf: Mädchen, Pickel und sein Schlagzeug. Ich hab kurz mit ihm gesprochen, als er aus der Schule kam. Er hat mir gesagt, dass es ihm egal ist, ob sein Vater tot ist oder lebendig, weil er für ihn sowieso schon lange nicht mehr existiert."

„Harter Tobak."

Marián war es auch Wurscht, ob sein Vater lebte oder tot war. Angesichts des Alters neigte er eher zur zweiten Variante, aber er hatte nie das Bedürfnis, dem nachzugehen. Zum Grab seiner Mutter fuhr er regelmäßig, das seines Vaters, falls es irgendwo überhaupt eins gab, interessierte ihn nicht.

„Wie weit bist du mit dem Handy?", fragte er. Inzwischen hatte er die Käsekruste vom Hörnchen geschält, jetzt drehte er es um und biss das andere Ende ab. Er spürte, wie sich sein Magen vor Hunger zusammenkrampfte, aber an das Schaumstoffinnere wagte er sich doch nicht heran.

„Das letzte Mal eingeloggt war's südwestlich von Beroun am Sonntag 22.15 Uhr. Zu der Zeit ist er wahrscheinlich in den Steinbruch runtergefahren. Seit dem Moment hat sich's nicht mehr lokalisieren lassen."

„Bist du die Anrufliste durchgegangen?"

„Ich bin gerade dabei, ein paar Kontakte zu überprüfen. Das letzte Telefonat war Sonntag 20.45 Uhr. Da hat ihn wer aus einer Telefonzelle in Beroun angerufen. Das Gespräch hat eine knappe Minute gedauert. Die Nummer von Magda Floriánová taucht wiederholt auf. Die hat er oft angerufen. Auch am Sonntagmorgen. Er hat dreiundzwanzig Minuten mit ihr gesprochen. Über was haben die sich wohl nach so einer Ehe unterhalten?"

„Er soll sie meist dann angerufen haben, wenn er depressiv war. Dann hat er sich selbst bemitleidet, hat sich ihr anvertraut, dass er nicht weiter weiß."

„Also hat er seine Ex zu seiner Therapeutin gemacht?"

„Mehr oder weniger. Er hat seine Lebensweise aufgedröselt, die Beziehung zu seiner Mutter, das übermäßige Trinken …"

„Und über Hanf hat er auch geredet?"

„Er hat wohl angedeutet, dass er nicht nur an der Flasche hängt. Der Alkohol und die Drogen, da gab's garantiert einen Zusammenhang zu seinen Depressionen."

Die Blechlawine setzte sich in Bewegung. Marián schaltete einen Gang höher.

„Seiner Frau nach war er ganz weit unten, richtig am Boden zerstört."

„Das passt. Im direkten und im übertragenen Sinn", sagte Diviš. Seine Stimme klang verschwommen, wahrscheinlich kaute er. Zweifellos etwas Wohlschmeckenderes als so ein ungenießbares Hörnchen von der Tankstelle. Marián legte es endgültig beiseite. Er passierte die Engstelle, wo an der Fahrbahn gearbeitet wurde, wechselte in die linke Spur und trat das Gaspedal durch. Der Stau hatte sich binnen kürzester Zeit aufgelöst, noch könnte er den Termin bei Doktor Léblová schaffen. Dann fiel ihm auf, dass Diviš ihn gerade etwas gefragt hatte.

„Sorry, was hast du gesagt?"

„Rat mal, wie viel Zapletal auf dem Konto hat."

Mein liebes Kind, nun rat geschwind – er hasste diese Art von Fragen. Vor allem, wenn ihm der Magen knurrte.

„Weiß nicht."

„Fünfundneunzigtausend. Knapp tschechischer Durchschnitt. Er hat Alimente gezahlt und die üblichen laufenden Kosten, ansonsten hatte er keine regelmäßigen Ausgaben. Bargeld hat er meistens am Bankautomaten in Kladno abgehoben. Die Geldbewegungen auf dem Konto sind absolut übersichtlich. Aber weißt du, was mir eingefallen ist? Wir sollten auch mal auf dem Konto von seiner Mutter nachsehen. Zapletal hatte die Verfügungsgewalt. Wenn er in Drogengeschäfte verwickelt war, dann …"

„Glaub ich nicht."

„Kannst du mich mal ausreden lassen?" Diviš hob gereizt die Stimme. Marián ging durch den Kopf, dass es vielleicht ein Fehler gewesen war, ihm das Duzen so schnell anzubieten. Es war zwar nützlich für die Kommunikation, schwächte aber gleichzeitig den Respekt. Man reichte jemandem den Finger …

„Vielleicht hat er das Geld bei ihr gebunkert. Wenn das größere Beträge waren, bei denen er die Herkunft nicht nachweisen konnte, dann wäre das Konto von einer Rentnerin ein ziemlich sicheres Zwischenlager."

„Du hast recht, wir bitten um Konteneinsicht bei ihr", sagte Marián versöhnlich. Wenn man einen jungen Partner hatte, musste man großmütig sein. Oder sollte zumindest so tun, als ob.

„Wo bist du?", fragte er.

„In der Kantine, wo sonst."

„Was gibt's denn Gutes?"

„Ich hab Wiener Rostbraten", referierte Diviš. „Mit gedüns-
teter Zwiebel."

„Lass dir's nur schmecken."

Als Antwort kam ein glucksendes Schluckgeräusch. Diviš
spülte den Rostbraten offenbar mit etwas hinunter. Bestimmt
nicht mit warmem Mineralwasser, dachte Marián neidisch. In
der Kantine gab es alkoholfreies Bier vom Fass. Er stellte sich
das beschlagene Glas und die angenehme Bitterkeit des Biers
vor, die sich mit dem Geschmack des Rostbratens vermischte.

„Ich hab noch was, das dich interessieren wird." Diviš'
Stimme riss Marián aus seinen kulinarischen Fantasien. „Zapletals Dienstpistole ist in Kladno auf dem Revier nicht auf-
zufinden. Seinen Kollegen zufolge hat er sie selten in den Tresor gelegt."

Marián schaute auf das Schild, an dem er gerade vorbei-
fuhr. Dann auf seine Uhr. Die Situation wurde langsam angespannt.

„Diviš, ich will dir nicht die Verdauung versauen, aber
ich bin leider erst bei Říčany. Fahr bitte in die Pathologie. In
zwanzig Minuten ist die Blažková dort, damit sie den Zapletal
identifizieren kann. Falls ich das nicht schaffen sollte, dann
entschuldige mich bitte. Warst du schon mal bei einer Identifizierung mit einem Angehörigen?"

„Nein."

„Wahrscheinlich wird sie das ganz schön mitnehmen. Vielleicht kollabiert sie auch. Du musst eine Weile bei ihr bleiben."

„Und was soll ich Frau Doktor Léblová sagen, wenn du bis
halb nicht da bist? Sollen wir ohne dich anfangen?"

„Das fände ich unschön. Unterhalt sie irgendwie. Erzähl
ihr jüdische Witze."

„Die sind aber nicht politisch korrekt."

„Ich sagte ,jüdische Witze', nicht ,Judenwitze' … Die
Léblová mag das. Sie stammt aus einer alten jüdischen Fami-

lie, ihr Großvater war Rabbi. Angeblich hat er in der Synagoge auch gern Witze erzählt."

„Ich weiß nicht, ob ich das hinkriege", sagte Diviš nervös. „Der Obduziersaal stört mich nicht, Hinterbliebene aufmuntern, damit hab ich auch kein Problem, aber Witze erzählen, das stresst mich. Einmal bin ich dabei sogar in Ohnmacht gefallen."

Der Körper auf dem Obduktionstisch sah postmodern aus. Die Bereiche von weißer und gebräunter Haut trafen scharf abgegrenzt am Hals, an den Armen und in den Fältchen um die Augen herum aufeinander. Am Kinn und unter der Nase wuchsen Bartstoppeln. Zapletal hatte keine Muskeln aus dem Fitnessstudio, sondern von Natur aus breite Schultern und einen Stiernacken, einen gestauchten Rumpf und kräftige Beine. Einen kurzen Penis.

„Typisches Nordlicht", befand Doktor Léblová. Bei ihren Ausführungen waren Anmerkungen und Kommentare nicht wegzudenken, die in andere Fachgebiete als die Pathologie gehörten. Sie waren immer interessant, gelegentlich zum Lachen, nie aber herabwürdigend. Der Körper, in welchem Zustand auch immer – und das, was Marián bei ihr im Saal von Zeit zu Zeit zu sehen bekam, erinnerte nur noch entfernt an einen Körper –, blieb für sie der Schrein des Menschlichen, über den man keine Witze riss.

„Haben die Männer im Norden tatsächlich kleinere Geschlechtsorgane?", fragte Diviš interessiert. Die Nervosität war inzwischen von ihm abgefallen. Frau Blažková war nicht kollabiert, und jüdische Anekdoten hatte er auch nicht erzählen müssen – Marián war sozusagen auf die Minute genau eingetroffen. „Ich dachte, das ist ein Aberglaube."

„Nix Aberglaube – Evolutionsbiologie", erläuterte Doktor Léblová. „Wo es kälter ist, da muss man mehr mit Wärme sparen. Das gelingt einem Körper mit kürzeren Ausstülpungen besser. Die Bewohner kälterer Gegenden – obwohl ich seit letztem Monat so meine Zweifel hab, dass wir noch dazugehören –, die haben im Durchschnitt auch kleinere Ohren als zum Beispiel Afrikaner."

Unwillkürlich schauten alle auf Zapletals Ohren. Sie saßen weit oben, waren spitz und hatten fleischige Ohrläppchen.

„Wann ist er gestorben?", lenkte Marián die Unterhaltung zurück zum Thema, dessentwegen sie sich hier zusammengefunden hatten. Manchmal beteiligte er sich gern an diesen fliehkraftstrotzenden Diskussionen, aber heute war er unter Zeitdruck. Bevor Sabina zum Abendessen käme, wollte er noch einiges erledigen. Vor allem die Aufzeichnungen aus Zapletals Überwachungskamera durchsehen und in die Beschwerde der jungen Chladilová hineinschauen, die ihm Diviš aus Kladno mitgebracht hatte. Er bemühte sich deshalb, die Debatte am Obduktionstisch in möglichst sachlichen Bahnen zu halten. „Können Sie Ihre vorläufige Schätzung präzisieren?"

„Die Totenstarre und die anderen Prozesse laufen im kalten Wasser mit anderer Geschwindigkeit ab als an der Luft", gab der Assistent Volavka blasiert zum Besten, der schon mehrere Jahre lang mit Doktor Léblová arbeitete. So, wie er sich wichtig machte, erinnerte er Marián stark an seinen Cousin Fero, zu dem er von Kindesbeinen an eine komplizierte Beziehung hatte. „Bei der Beschau am Montagmittag lag seine Körpertemperatur bei zweiundzwanzig Grad. Das hätte unter normalen Umständen bedeutet, dass er bereits siebzehn Stunden tot war, allerdings …"

Marián schaltete ab. Mit Fero konnte man sich nur verständigen, indem man ihm in saftigem Ungarisch den Marsch blies. Mit Volavka war das nicht so einfach. Er konnte nicht Ungarisch und war schnell beleidigt. In der Vergangenheit hatte ihn Marián mehrmals gebeten, sich direkt zur Sache zu äußern und nur zu sprechen, wenn er auch was zu sagen hatte. Eine zweifellos vernünftige Forderung, aber zur Verbesserung ihrer Beziehung hatte sie nicht beigetragen. Marián vermutete, dass sie auch heute nicht auf ihre unverbrüchliche Freundschaft anstoßen würden.

„Hätte der Körper an der frischen Luft gelegen …" Volavkas Stimme drang jetzt wieder an sein Ohr.

„Hätte, hätte, Fahrradkette", fiel er ihm ohne Umschweife ins Wort und wandte sich an Doktor Léblová. „Wann ist er gestorben?"

„Zwischen dreiundzwanzig Uhr und Mitternacht", sagte sie, ohne Mariáns Unverschämtheit im Geringsten zu kommentieren. „Mit einer genaueren Angabe kann ich nicht dienen."

Ihre Schätzung stimmte mehr oder weniger mit der letzten Lokalisierung von Zapletals Handy überein. Sie entsprach auch der vagen Zeugenaussage des Anglers, der nach zehn aus dem Steinbruch weggegangen war und einen weißen Octavia hineinfahren gesehen hatte.

„Die Todesursache ist Ertrinken?" Marián sah Doktor Léblová fest in die Augen, damit es kein Missverständnis gab, von wem er eine Antwort erwartete. Sie nickte.

„Wie zu erwarten. Er hatte Wasser in der Lunge. Aber …" Sie zögerte. „Es gibt da noch was Interessantes."

„Was denn?", fragte Diviš.

„Das Ertrinken hat ihn vielleicht vor einem anderen Tod bewahrt", informierte ihn Volavka bereitwillig. Mariáns Ausfälligkeit hatte er inzwischen verarbeitet. Entweder war sie nicht ruppig genug gewesen, oder Volavkas Empfindlichkeitsschwelle war seit der letzten Begegnung höher geworden. Beim nächsten Mal würde er ein gröberes Register ziehen müssen.

„Vor einem anderen Tod? Wie meinen Sie das?"

„Wenn er nicht ertrunken wäre, wäre er offensichtlich erstickt", sagte Doktor Léblová. „Durch innere Ursachen. Die

Wirkung von Cyanwasserstoff. Darauf weist auch die rote Farbe der Todesflecken hin."

Sie zeigte auf Hüfte und Gesäß des Toten.

„Was genau bewirkt Cyanwasserstoff?"

Der Assistent Volavka holte tief Luft, zweifellos um eine erschöpfende Erläuterung abzugeben, aber Doktor Léblová kam ihm zuvor.

„Sie verhindert die Sauerstoffübertragung", antwortete sie. „Das Blut verteilt ihn zwar im Körper, aber das Gewebe kann ihn nicht aufnehmen. Cyanwasserstoff blockiert im Prinzip den Stoffwechsel. In unserem Fall ist aber Wasser in die Lungen gelangt, bevor es so weit kommen konnte."

Eine Weile sahen sie schweigend auf den toten Körper. Marián spürte, dass Diviš und er dieselbe Frage auf der Zunge hatten. Er beschloss, seinem Kollegen den Vortritt zu lassen. Aus Erfahrung wusste er, dass man beim Suchen nach den richtigen Fragen und ihrem Formulieren mehr lernte als auf jede andere Weise. Volavka allerdings durchschaute Mariáns pädagogische Absichten nicht.

„Die Frage ist, unter welchen Umständen der Cyanwasserstoff freigesetzt wurde", warf er gedankenversunken ein. Er gebärdete sich wie ein Teilnehmer an einem wissenschaftlichen Symposium, der die nächsten beiden Tage zur Verfügung hatte, um mit Kollegen in aller Ruhe ein interessantes Problem zu diskutieren. „Von der Verbindung aus Cyanwasserstoff und Wasser, der Blausäure, ist notorisch bekannt, dass sie extrem giftig ist. Sie war Hauptbestandteil von Zyklon B."

„Bestimmt ist sie auch noch in was anderem drin, oder?", fragte Diviš. Der Assistent pflichtete ihm bei.

„Sie ist zum Beispiel auch in Insektiziden und Desinfektionsmitteln enthalten. Aber manchmal entsteht sie auch als Nebenprodukt. Zum Beispiel beim Destillieren von Steinobst.

In Alkoholika, die durch unsachgemäße Destillation herge-stellt wurden, kann man …"

„Hatte er so ein Destillat im Magen?", unterbrach ihn Marián ungeduldig. Die roten Ziffern der Uhr über der Tür waren gerade auf 17:15 gesprungen.

„Er hat kein Steinobstdestillat getrunken", sagte Doktor Léblová. „Die Analyse des Magen- und Darminhalts zeigt, dass er ein paar Stunden vor seinem Tod Bohnen gegessen hat und fettiges Räucherfleisch. Bei der Hitze unpassend, aber gesundheitlich unbedenklich. Danach hat er nur noch den Weinbrand zu sich genommen. Außer der Menge war daran nichts Schädliches."

„Und wie ist es nun zu der Vergiftung gekommen?"

„Er muss das Zeug inhaliert haben."

„Sie meinen, absichtlich?" Diviš sah Doktor Léblová per-plex an. „Wie ein Schnüffler?"

„Ehrlich gesagt kann ich mir das auch nicht erklären. Schauen Sie mal, hier …" Sie klickte sich durch Zapletals Dokumentation, bis auf dem Monitor eine Aufnahme seiner Lunge erschien. Auch für einen Laien war offensichtlich, dass sie mit Teer zugesetzt war.

„Dem Zustand des Lungengewebes nach hat er stark ge-raucht. Dem entspricht auch sein Blutbild und die verkalkten Blutgefäße. Und er hat nicht nur Tabak geraucht." Ihr Blick wanderte vom Monitor zu Marián. „Wissen Sie schon, was in den Zigarettenstummeln war, die am Ufer gefunden worden sind?"

„Eine Analyse haben wir noch nicht."

„Im seinem Blut war nicht nur Alkohol, sondern auch THC. Er hat regelmäßig Marihuana konsumiert. Das bewei-sen die Stoffwechselprodukte im Blut. Er ist ohne Frage ab-hängig gewesen."

„Ist in Marihuana-Rauch Cyanwasserstoff?", fragte Marián.

Doktor Léblová und ihr Assistent nickten.

„Ungefähr dreimal mehr als im Nikotinrauch", belehrte ihn Volavka.

„Aber ein paar Joints hätten für eine Vergiftung nicht gereicht. Er muss noch was anderes eingeatmet haben."

„Was?"

„Drogensüchtige experimentieren gern." Léblová bot ihre Hypothese an. „Sie probieren alles, was ihnen in die Hände fällt."

„Was ist mit dem Putzmittel von den Sitzbezügen?", fiel Diviš ein. „Vielleicht hat er nichts geputzt, vielleicht hat er das geschnüffelt. Egal was es war, er hätte es übertreiben und sich dabei vergiften können. War er bewusstlos, als er im Wasser gelandet ist?"

„Zweifellos."

„Fassen wir mal zusammen", sagte Marián. Zum Theoretisieren und Aufrollen von Hypothesen war nicht genug Zeit. „Wir wissen, dass der Tod durch Ertrinken eingetreten ist. Wir wissen, dass der Körper bewusstlos ins Wasser gekommen ist. Wir wissen, dass die Bewusstlosigkeit Folge von innerem Ersticken war. Wir wissen, dass das von Cyanwasserstoff verursacht worden ist, der in irgendeinem Stoff enthalten war. Was wir nicht wissen, ist: welcher. Die Erklärung bietet sich an, vorerst allerdings unbestätigt, dass das eine Droge war."

„Die er sich durch Inhalation appliziert hat", ergänzte Volavka.

Diesmal brachte seine Bemerkung Marián nicht auf die Palme.

„Oder jemand anderes hat sie ihm appliziert", sagte er. „Derjenige, der mit ihm dort gewesen ist, der seine Spuren beseitigt hat, der ihn in den See geschubst hat."

„Vorher hat er ihn gewaschen", fügte Doktor Léblová hinzu.

„Gewaschen?" Marián und Diviš schauten sie verdutzt an.

„Zapletal hatte kurz vor seinem Tod Geschlechtsverkehr. Alles, was er von seiner Partnerin an seinem Körper mitgenommen hatte, hat jemand versucht abzuwaschen. Er hat gründlich gearbeitet, aber ich habe eine gute Nachricht." Doktor Léblová machte eine Pause. Marián verstand, dass sie diesmal mit etwas wirklich Wesentlichem herausrücken würde. Das Beste hatte sie sich für den Schluss aufgehoben. Sie lächelte. „Das ist ihm aber nicht restlos gelungen. Und auch das Wasser im Steinbruch hat das nicht geschafft. In Zapletals Slip haben wir eine Spur Scheidensekret gefunden. Eine kleine, aber das genügt. Die DNA-Analyse kriegen wir innerhalb von zwei Tagen."

„Bingo!", stieß Diviš hervor. „Das beweist uns eindeutig …"

„Mit wem er Geschlechtsverkehr hatte, aber nicht, wer ihn umgebracht hat", bremste Marián seine Begeisterung. Spuren eines Sexualpartners waren keine direkten Beweise. Es sei denn, sie stimmten mit anderen Spuren überein, am besten …

„Und was ist mit den Druckstellen an den Handgelenken?", fragte Diviš. Ihre Gedanken gingen in dieselbe Richtung.

„Die müssen vor seinem Tod entstanden sein", sagte Assistent Volavka.

„Seine Hände waren, als er noch gelebt hat, fest verschnürt, mit etwas Grünem oder Gelbem, höchstwahrscheinlich einem Strick. Nach seinem Tod hat den jemand gelöst und beseitigt. Möglicherweise, um den Eindruck eines Unfalls zu erwecken. Und hier habe ich für Sie die nächste gute Nachricht. Er hat beim Lösen des Knotens keine Handschuhe getragen. Schauen Sie mal." Doktor Léblová zeigte ihnen auf dem Monitor ein Detail von vergrößerten Partikeln, die zwischen den Härchen auf Zapletals Handgelenk hängen geblieben waren. „Zum Glück hat er stark behaarte Unterarme. Dort haben wir nicht nur die grünen Fasern von dem Strick gefunden, sondern auch fremde Hautschuppen.

Das Wasser hat sie nicht weggespült. Also können wir auch aus denen DNA gewinnen."

„Wann gibt's die Analyse von den grünen Partikeln?", fragte Marián.

„Sie arbeiten schon dran."

„Also können wir in plus minus zwei Jahren mit den Ergebnissen rechnen?"

Doktor Léblová reagierte auf seinen Sarkasmus mit einem trockenen Lachen.

„Ich habe die Kollegen darüber in Kenntnis gesetzt, dass das Ihr Fall ist", antwortete sie. „Sie haben mir versichert: Wenn das für den Zuchtmeister aus den Vihorlat-Urwäldern ist, dann erledigen sie's lieber, so schnell es geht."

„Aus dem Slowakischen Mittelgebirge", korrigierte Marián sie. „Wir haben keine Bären, aber dafür gedeiht bei uns der Wein."

Das Fenster in Mariáns Büro verlor schnell seine Unbeflecktheit. Eine Reihe von Telefonnummern und Zetteln mit Diviš' Notizen, eine Kopie des Fotos von Zapletals Abiball und ein Foto der jungen Dunkelhaarigen mit den riesigen Mandelaugen waren hinzugekommen.

„Barbora Chladilová, geboren am 7. Mai '91", referierte Diviš. Er saugte geräuschvoll an einem Strohhalm, der in einem Saftkarton steckte, und ging zwischen Mariáns Schreibtisch und der Tür hin und her, in der Hand die Beschwerde der jungen Chladilová, die er zusammen mit einem Foto von ihr am Vormittag aus Kladno mitgebracht hatte. „Der Tod ihrer Mutter Veronika Chladilová war im Februar 2009. Da war Barbora noch nicht achtzehn. Die Beschwerde hat sie eingereicht …"

„Fällt dir an ihr was auf?", unterbrach ihn Marián. Diviš hob den Blick und schaute das Mädchengesicht mit den Mandelaugen aufmerksam an. „Hübsch. Zwar nicht mein Typ …"

179

„Deiner vielleicht nicht, aber der von Zapletal ganz bestimmt." Marián hatte im Rechner den Ordner mit den Fotos aus Zapletals Pornoarchiv gefunden, den ihm der Techniker im Verlauf des Tages geschickt hatte. Gute Arbeit. Die nackten Körper hatte er unscharf gemacht, man erkannte nur noch die Gesichter. „Siehst du? Alle haben was gemeinsam."

Diviš schaute sich die Mädchengesichter eins nach dem anderen an, dann nickte er.

„Die langen dunklen Haare und die Form der Augen."

„Es gibt noch mehr", sagte Marián. Er trat ans Fenster und zeigte auf das Gesicht von Barbora Chladilová. „Rundes Kinn, hohe Wangenknochen …"

„Breiter Mund, dominante Lippen", ergänzte Diviš. „Eben das, was man sexy und attraktiv nennt."

„Und jetzt schau mal hier." Marián zeigte auf Zapletals Abifoto. „Findest du nicht, dass es da eine Ähnlichkeit mit seiner Mutter gibt?"

Beide versenkten sich in den Anblick von Růžena Zapletalová mit ihrem schwarzen Haar, den dunklen Augen und dem verführerischen Lächeln im markant geschminkten Gesicht.

„Glaubst du, er hat sich die Mädchen vom Typ her nach seiner Mutter ausgesucht?", fragte Diviš.

„Sieht ganz so aus. Sogar Magda Floriánová entspricht ihrem Typ. Mit dem Unterschied, dass sie sich nicht schminkt und ihre Haare trimmt wie einen englischen Rasen."

„Aber sie hat dir doch gesagt, dass er gegenüber seiner Mutter eine Aversion hatte."

„Das stimmt, aber sie kann ihn trotzdem angezogen haben. Auch ihr Verhalten könnte er mit gemischten Gefühlen wahrgenommen haben. Einerseits hat es ihn abgestoßen, andererseits vielleicht erregt", überlegte Marián laut und musste wieder an Györffy denken. Der hatte dieses Beispiel mit dem Mond im zehnten Haus gebracht, die Mutter Richterin oder Politikerin …

An mehr konnte er sich nicht erinnern. Er war entschlossen, dass er mit Sabina, falls sie heute Abend Zapletals Horoskop mitbringen sollte, über das Beziehungsmodell Mutter – Partnerin sprechen müsste. Er selbst hatte in dieser Hinsicht im Zusammenhang mit dem frühen Tod seiner Mutter keine Erfahrungen. Er bevorzugte nicht einmal einen bestimmten Frauentyp – zumindest nicht bewusst. Er drehte sich zu Diviš um. „Du hast gesagt, Barbora Chladilová hat die Beschwerde gegen Zapletal vor zwei Jahren im Februar eingereicht?"

„Am 1. März, da waren die Ermittlungen schon abgeschlossen. Sie schreibt darin, er hat sie belästigt und ihr angeboten, dass er die Ermittlungen zu ihren Gunsten deichselt, wenn sie ihm sexuelle Gefälligkeiten erweist. Sie hat abgelehnt. Er hat sein Angebot mehrfach wiederholt. Hat ihr versichert, dass er darin firm ist." Diviš legte die Kopie der Beschwerde vor Marián auf den Tisch. „Den holprigen Formulierungen nach würde ich sagen, dass sie das selbst geschrieben hat. Da sind auch Fehler drin. Zwei Tage später hat sie die Beschwerde wieder zurückgezogen, mit der Begründung, dass sie nach dem Tod ihrer Mutter unter Druck stand."

„Hast du ihre Kontaktdaten?"

„Ich war in dem Geschäft, wo sie damals gearbeitet hat. Die haben mir ihre neue Adresse gegeben."

„Ihre neue?"

„Sie hat geheiratet und wohnt jetzt in Pankrác, gleich oben hinterm Vyšehrad." Diviš zeigte auf einen der Zettel, die am Fenster klebten. „Ich hab auch ihre Telefonnummer aufgetrieben."

„Anrufen werden wir sie nicht. Du gehst morgen zu ihr hin. Versuch mal, aus ihr rauszukriegen, was damals dahinter gesteckt hat."

„Oberkommissar Lír hat gesagt, dass sie gestresst war. Er glaubt …"

„Ich weiß, was Oberkommissar Lír glaubt, aber wir müssen das überprüfen", fiel ihm Marián ins Wort. „Wie steht's um Zapletals Dienstpistole?"

„Im Tresor auf dem Revier ist sie nicht. Seine Kollegen sagen, er hat sie normalerweise mit nach Hause genommen."

„Bei ihm zu Hause habt ihr gestern alles durchsucht, oder?"

„Nur die Mansarde und den Hausflur. Unten in die Wohnung von seiner Mutter wollte uns die Blažková nicht reinlassen. Da müssten wir uns einen Beschluss besorgen."

„Das machen wir auch." Marián dachte nach. Zwischen dem Erdgeschoss und der Wohnung in der Mansarde lagen das Treppenhaus und zwei abschließbare Türen. Symbolisierte das jene Abkapselung und Entfernung zwischen Sohn und Mutter?

„Ob er die Pistole bei ihr aufbewahrt? Das kommt mir unwahrscheinlich vor", befand Diviš. „Ich hab noch überlegt, dass er sie vielleicht im Auto hatte und sie ihm ins Wasser gefallen ist. Aber der Taucher hat das dort alles gründlich abgesucht und nichts gefunden. Es sei denn, die Jungs, die ihn gefunden haben, Cmíral und Hudeček, dass die sie mitgenommen haben."

„Warum hätte er zwei Pistolen dabeihaben sollen?"

Sie verstummten und dachten nach. Dann nahm Marián einen roten Folienschreiber in die Hand. In der linken oberen Ecke des Fensters notierte er: *Wo ist Zapletals Dienstpistole?* Nach kurzem Überlegen ergänzte er: *Wie ist er zu seinem Pornoarchiv gekommen – wer sind die Mädchen?*

„Links schreiben wir die Fragen hin, auf die wir erst mal keine Antworten haben", erläuterte er. „Sobald sich eine Erklärung findet, wischen wir die Frage weg. Klar?"

Diviš nahm ihm, statt zu antworten, den Stift ab und begann die linke Fensterseite rasch mit kleiner säuberlicher Handschrift vollzuschreiben: *Herkunft Cyanwasserstoff??? Wer hat Zapletal ins Wasser gestoßen? Mit wem hatte er Sex? Wer hat ihn gefesselt (DNA-Übereinstimmung)? Was hat Prchlík unter den Teppich gekehrt? Warum …*

„Prchlík hat was unter den Teppich gekehrt?", fragte Marián. „Woher weißt du das?"

„Ich wollte dir's am Telefon sagen, als ich gerade den Rostbraten gegessen hab, aber du hast mich abgewürgt", sagte Diviš mit einem leichten Vorwurf. „Ich hab den Autor von dem Artikel im Netz ausfindig gemacht. Er heißt Strouha und du hattest recht, das ist ein älterer Jahrgang. Der hat Hauptkommissar Prchlík noch als Leiter der Polizeidienststelle Beroun erlebt."

„Ja und? Was hat er dir über seine unrühmlichen Praktiken erzählt?"

„Da gab's den Verdacht auf einen Interessenkonflikt. Prchlíks Ehefrau ist Ökonomin und Mitinhaberin einer Firma, die Ausrüstung an die Sicherheitskräfte liefert. Den Chef der Firma und damit ihren Kompagnon kennt Prchlík angeblich. Vor Jahren sollen sie zusammen in Zbraslav gearbeitet haben, bei der Wirtschaftskriminalität." Diviš hatte inzwischen aufgehört zu schreiben und sich zu Marián umgedreht. „Mit dem Interessenkonflikt, das ist damals im Sande verlaufen."

„Höchstwahrscheinlich hat sich rausgestellt, dass die Angelegenheit rechtlich nicht angreifbar ist", vermutete Marián. Diviš nickte.

„Prchlík ist kurz danach in Pension gegangen."

„Und Prchlíks Frau und sein ehemaliger Kollege beliefern die Polizei weiter mit Schlagstöcken", schloss Marián stoisch.

„Davon hat Strouha nichts mehr gesagt. Aber er hat was anderes erwähnt, und das ist im Hinblick auf Zapletal viel interessanter." Diviš klopfte gegen die letzte Frage auf der Fensterscheibe und las sie mit Betonung auf dem ersten Wort laut vor: „Warum ist er nach Kladno gegangen?"

„Beim Pendeln jeden Tag hat er es da näher."

„Strouha zufolge hatte Zapletal in Beroun was auf dem Kerbholz", erläuterte Diviš. „Er hat das dadurch gelöst, dass er sich versetzen lassen hat."

„Um was ging's da?"

„Irgendeine wilde Party. Wohl sogar mit Körperverletzung. Das ist nie an die Öffentlichkeit gelangt."

„Woher hat der Strouha das?", fragte Marián und holte sein Handy aus der Innentasche, das ihm den Eingang einer SMS signalisierte.

„Das wollte er mir nicht sagen. Angeblich Quellenschutz."

„Oder er ist selbst seine eigene Quelle."

„Warum fragen wir nicht Prchlík direkt? Mit der Party, das muss er als Zapletals damaliger Chef ganz genau gewusst haben."

„Kennen und bekennen sind zwei diametral verschiedene Dinge, Diviš. Wenn sie's damals geschafft haben, das geschickt aus der Welt zu schaffen, dann holen wir jetzt auch nichts aus ihm raus."

„Aber sicher doch", sagte Diviš vertrauensselig. „Wir untersuchen immerhin den Mord an seinem Kollegen! Wenn er was hat, das uns helfen könnte, sagt er uns das bestimmt auch."

Das Einzige, was der uns sagt, ist: Leck mich, hatte Marián schon auf der Zunge. Laut widersprach er Diviš aber nicht. Schon zum wiederholten Mal in den letzten beiden Tagen ertappte er sich dabei, dass er sich alt vorkam. Diviš' Optimismus stellte ihn bloß. Er entsprang zwar seiner Naivität und der geringen Lebenserfahrung, aber trotzdem führte er Marián seine eigene Skepsis vor Augen. Die gefiel ihm nicht, aber angesichts seines Alters und der Dienstjahre bei der Polizei konnte man offensichtlich nichts dagegen tun.

„Du hast recht", sagte er und ihm fiel auf, dass er Diviš fast schon zu oft beipflichtete. Das war wohl ein Überbleibsel seiner pädagogischen Ausbildung. Ein guter Lehrer muss die Fähigkeiten der Schüler mit Hilfe von Dialog und Akzeptanz zur Entfaltung bringen. Zusammenarbeit gibt den Schülern Selbstvertrauen und Gewissheit, dass sie die Dinge um sie herum aktiv beeinflussen können. Es ist nötig, sie unablässig zu ermuntern, hatte Frau Professor Dítětová den angehenden Lehrerinnen und Lehrern eingetrichtert. Marián hatte auch heute keinen Zweifel an ihren Worten. Er zog ein maximal ermunterndes Gesicht. „Du hast recht, Diviš. Wir laden Prchlík vor und fühlen ihm mal gründlich auf den Zahn. Und jetzt wirf mal die Aufzeichnungen aus der Überwachungskamera an."

Während Diviš die externe Festplatte mit dem Filmmaterial an den Rechner anschloss, schaute Marián nach, wer ihm geschrieben hatte. Sabina. *Ich schaff's erst um neun. Ist das okay für dich?*

Er war froh. Zumindest musste er nicht hetzen und würde genug Zeit haben, das Abendessen vorzubereiten. Ihm fiel ein, dass er Auberginen kaufen und sie pikant auf chinesische Art zubereiten könnte. *Ich freu mich*, schrieb er zurück.

„Dort gibt's eine Zeitschaltung", verkündete Diviš und setzte das Video in Gang. „Die Daten werden nach drei Tagen automatisch gelöscht."

Sie schauten auf den Bildschirm, der einen Ausschnitt aus Zapletals Garten zeigte, mit dem Weg zur Haustür, dem Gartentor und einem Stück Bürgersteig.

Über den Weg ging langsam eine Katze. Erst von rechts nach links, anschließend in entgegengesetzter Richtung. Nach einer Weile sprang sie auf einen Zaunpfahl und von dort hinaus auf die Straße. Dann erschien sie am Haus. Träge schleppte sie sich zum Gartentor. Sie sah immer gleich aus, aber Marián bezweifelte, dass es sich hier um ein und dasselbe Tier handelte. Für ihre Ermittlungen jedenfalls war das unwesentlich.

„Geh mal auf schnellen Vorlauf", bat er Diviš. Nun sah man die Katzen in wildem Tempo nach allen Seiten rennen und springen. Ansonsten passierte nichts.

Nach langer Zeit kam die Briefträgerin. Sie warf etwas in den Kasten. Und ging wieder. Alena Blažková tauchte auf. Sie goss das Beet am Zaun. Und ging wieder. Dann trat Zapletal in einem gestreiften T-Shirt auf. Er kam in den Garten. Es wurde dunkel. Die Straßenlampen gingen an. Ein nächtlicher Passant kam vorbei. Dann ein Radfahrer. Es wurde wieder hell. Zapletal verließ das Haus in einem dunklen T-Shirt. Er stellte den Katzen Futter hin. Und fuhr davon. Am Gartentor sprang ein Werbezettelverteiler vom Rad. Er warf etwas in den Briefkasten. Und fuhr davon. Die Blažková kam an, eine Schachtel in der Hand.

„Da bringt sie den Streuselkuchen", sagte Diviš. Die Blažková betrat das Haus, kam wieder heraus, goss das Beet, gab den Katzen Wasser. Und ging wieder. Am Bürgersteig hielt der Octavia. Zapletal stieg aus. Er öffnete das Gartentor. Über die Straße näherte sich ein glatzköpfiger Mann. Er blieb bei Zapletal stehen. Sie fingen an sich zu unterhalten. Der Mann hatte die Arme vor der Brust verschränkt. Zapletal drehte ihm den Rücken zu. Der Mann fasste ihn an der Schulter. Zapletal schüttelte seine Hand ab. Diviš ging zurück auf Normalgeschwindigkeit.

„Sieht so aus, als ob er und der Glatzkopf nicht die besten Freunde waren."

„Das ist ein Nachbar, der wohnt auf der anderen Straßenseite", sagte Marián. „Gestern hab ich ihn im Garten gesehen."

Zapletal schubste den Glatzkopf beiseite und knallte ihm das Gartentor vor der Nase zu. Der Mann hob eine Hand, gestikulierte eine Weile ausdrucksstark, dann drehte er sich um und verschwand aus dem Blickfeld. Marián sah auf den Timecode am Bildrand.

„17.15 Uhr", sagte er. „Vor zwei Tagen, also Samstag."

Diviš sprang in der Aufzeichnung zurück und ließ die Szene noch einmal laufen, mit normaler Geschwindigkeit. Zapletal stand seitlich zur Kamera, aber das Gesicht des Glatzköpfigen war gut zu sehen. Trotz der niedrigen Auflösung konnte man erkennen, dass er sich aufregte. Zapletal wirkte ruhig, in seinen Gesten lag Verachtung. Diviš zeigte auf die drohend erhobene Hand des Nachbarn. „Der hat offensichtlich ein Problem. Ob die Zapletal-Katzen ihm den Garten vollkacken?"

„Fragen wir ihn. Find raus, wie er heißt. Das ist das Haus direkt gegenüber."

Die Aufzeichnungen waren inzwischen beim Sonntagmorgen angekommen. Zapletal ging in einem weißen T-Shirt aus dem Haus. Stellte den Katzen Futter hin. Setzte sich ins Auto. Und fuhr davon. Die Blažková tauchte auf. Sie goss das Beet am Zaun. Und ging wieder. Die Katzen fanden sich am Futternapf ein und verschwanden wieder. Am Bürgersteig hielt der Octavia. Zapletal stieg aus. Er ging ins Haus. Auf der Straße schoss ein Radfahrer vorbei. Zapletal kam aus dem Haus in einem schwarzen T-Shirt. Er ging den Weg entlang zum Gartentor. Öffnete es. Zuckte heftig zusammen. Schaute sich um. Stieg schnell in sein Auto. Und fuhr davon.

Marián und Diviš sahen sich an. Diviš ging in der Aufnahme zurück, beide richteten ihren Blick auf den Bildschirm. Die Bewegung, mit der Zapletal zusammenzuckte, wirkte reflexartig.

„Ist er gestolpert?"

„Er hat über seine Schulter geschaut."

„Er hat hinter sich was gehört", schlussfolgerte Diviš. „Dann ist er erschrocken. Siehst du, wie er in sein Auto krabbelt? Der macht sich klein wie …"

„Als würde er in Deckung gehen."

„Klaro! Jemand hat auf ihn geschossen. Sieht so aus, als hätte ihn jemand ins Visier genommen."

„Das ist eine Erklärung, es kann auch noch andere geben. Zeig's noch mal."

Immer wieder schauten sie sich die Aufnahmen an, auch verlangsamt, begutachteten die betreffende Stelle.

„Er scheint seine Pistole zücken zu wollen, siehst du?" Diviš machte Marián auf Zapletals unvollendete Bewegung aufmerksam. Die rechte Hand fuhr in Richtung Gürtel, blieb aber in der Luft hängen. „Warum hat er's nicht getan?"

„Vielleicht hat er ja."

„Wann denn? Glaubst du, dass das, was wir sehen, eine Fortsetzung außerhalb des Bildes hatte? So weit ich weiß, war das Magazin in seiner Beretta voll."

„Wir zeigen das den Technikern und fahren mit ihnen hin", verkündete Marián.

„Jetzt?"

„Aufschieben können wir das nicht. Wenn dort irgendwo eine Patrone rumliegt?"

Die Glocke der nahen Kirche schlug halb sieben. Vor dem Fenster brannte nach wie vor die Sonne vom Himmel. Marián stand auf. Wenigstens sind die Tage so lang, dachte er. Bevor es dunkel wurde, würden sie es schaffen, den Garten zu durchsuchen. Auch das Abendessen mit Sabina war immer noch hinzukriegen, versicherte er sich. Er würde etwas Schnelles kochen. Spaghetti Bolognese waren im Handumdrehen fertig und passten gut zu dem Wein. Ein perfekter Abend. Sie würden ihre Telefone ausschalten, Sabina bliebe bis zum Morgen, eine herrliche gemeinsame Nacht …

„Seit Sonntag hätte die Patrone schon längst jemand auflesen können."

„Diviš! Bloß keinen Rollentausch!", tadelte Marián ihn. „Der Skeptiker bin ich, du bist der Optimist."

Er verließ das Büro und machte sich auf zur Kantine. Denn er wusste, dass er dort einen von den Technikern finden würde. Und er wusste, dass er ihm, egal, wer es war, keine Freude machen würde. Aber letzten Endes waren sie in dieser Dienststelle, um Fälle aufzuklären, nicht um sich zu freuen.

„Immer schön langsam, Frau Zapletalová", hörte sie neben sich die Stimme des Krankenpflegers.

„Sie können Rózi zu mir sagen", schlug sie ihm vor. „Alle meine Freunde nennen mich so."

„Okidoki, Rózi." Er nahm ihr Angebot an. Männer lehnten ihre Angebote niemals ab. „Sie haben Zeit, Rózi, bloß keine Hektik. Kommen Sie, schön langsam, ein Schritt nach dem anderen."

Ein weiterer Tag im Krankenhaus ging dem Ende entgegen. Wie viele sind es schon gewesen? Sie versuchte, sie zu zählen – erfolglos. Der Schmerz ließ allmählich nach, aber er ließ ein dumpfes Vakuum zurück. Ihr Kopf war wie ein schwarzes Loch. Die Operation war am Donnerstag gewesen, das wusste sie noch. Sie hatte früh am Morgen hier erscheinen müssen, mit nüchternem Magen. Alena hatte sie begleitet und mit ihr auf dem Gang vor der Aufnahme gewartet. Hatte ihr Mut gemacht. Gesagt, dass alles gut ausgeht, dass sie diesen verdammten Tumor endlich loswird. Endgültig, wie es hieß. Ihre Schwester hatte immer geschwindelt. Die Wirklichkeit eingefärbt, aus ihr ein Märchen gemacht. Das kam von ihren Hörspielen. Manchmal hörte sie sie an, um zu zeigen, dass sie sich für die Arbeit ihrer Schwester interessierte, aber jedes Mal hatte sie den Eindruck, dass das, was sie gehört hatte, nicht stimmte. Das Problem war, dass die Hörspiele nicht glaubwürdig waren. Sie taten so, als ob sie mitten aus dem Leben gegriffen waren, aber so lief das im Leben nun mal nicht. Zumindest nicht in dem von Růžena Zapletalová. Es war nicht voller dramatischer Ereignisse, meistens war es zum Verzweifeln langweilig.

„Rózi, großartig!", jubelte der Krankenpfleger heuchlerisch. „Na sehen Sie, wie schön wir vorankommen."

Du vielleicht, ich nicht, dachte sie bei sich, als sie mit einem Blick die Strecke maß, die sie zurückgelegt hatte. Eineinhalb Meter. Großzügig geschätzt. Aber Großzügigkeit gehörte nicht zu ihrer Weltsicht. Immer sah sie die Dinge illusionsfrei. So, wie sie waren, nicht wie sie zu sein schienen. Einen bösartigen Tumor im Gehirn kriegt man nicht los, besonders so ein aggressives Gli… Gliobast… Blaston. Oder Blastom? Sie versuchte sich an den genauen Namen dieses Scheißdings zu erinnern, der zuerst ihren linken und dann auch den rechten Frontallappen attackiert hatte, aber es ging nicht. Der Ausdruck war ihr entfallen, genauso wie eine Menge anderer Wörter und Zahlen. Sie konnte sich nicht einmal an ihr eigenes Geburtsdatum erinnern. Aber darauf kam es auch nicht an. Alena würde es bestimmt wissen. Sie brauchte es wegen der Aufschrift auf dem Gedenkstein. Gedenkstein? Sie blieb stehen und wühlte in ihrem Gedächtnis. Das Ding auf dem Grab heißt doch nicht Gedenkstein, sondern … sondern …

„Machen Sie ruhig mal Pause", lobte der Krankenpfleger ihren Zwischenstopp. „Jeden Tag ein paar Schritte mehr, und in einer Woche hüpfen Sie wieder durch die Gegend wie ein junger Fisch."

Ein Fisch hüpft nicht herum, dachte sie. Ein Fisch … Angestrengt überlegte sie, aber das richtige Wort wollte ihr partout nicht einfallen. Falls das so weiterginge, wäre sie nicht in der Lage, wieder ins normale Leben zurückzukehren. Mit dem schwarzen Loch im Kopf könnte sie nicht einmal die Katzen füttern. Sie freute sich, dass sie sich an ihre Katzen erinnerte. Vorher hatte sie einen Hund gehabt, das wusste sie auch noch. Sogar seinen Namen: Bruno. Der ist gern herumgetobt. Hochgesprungen. Später nicht mehr, da war er alt und krank. So wie sie.

Sie ging wieder los. Wenn sie nicht ins normale Leben zurückkehren könnte, würde sie wahrscheinlich ins Heim kommen. Das störte sie nicht, wesentlich war, welches sie aussuchten. Gerne würde sie die Zeit, die ihr noch blieb, in einem schönen Umfeld verleben. Niveauvoll. Sie bräuchte jemanden, der ihr helfen würde, sich zurechtzumachen, zu frisieren und zu schminken. Sie wäre gern in Gesellschaft von Menschen, mit denen sie sich nicht langweilen würde. Das war ihr immer wichtig gewesen. Keine Langeweile. Sie suchte sich ihre Männer nicht nach dem Aussehen aus, sondern danach, ob sie sich mit ihnen amüsierte. Maßstab war ihr Vater. Ein unterhaltsamerer Mensch war ihr nie wieder begegnet. Wenn er am Mittagstisch in Familie Anekdoten von der Arbeit erzählte, mussten alle lachen, bis sie unterm Tisch lagen. Schade, dass er so früh gestorben war. Sie hatte Osvald nach ihm benannt, in der Hoffnung, er würde nach seinem Großvater kommen, aber der Unterschied hätte kaum größer sein können. In Gegenwart ihres eigenen Sohnes hatte sie immer Langeweile. Er ödete sie an, es war zum Verzweifeln.

Wahrscheinlich hatte er den Mangel an Humor von seiner Großmutter geerbt, überlegte sie. Die hat immer nur rumgemeckert. Sich geärgert. Ihr Szenen gemacht. Sie hat ihr gesagt, dass die Nachbarn mit Fingern auf sie zeigen, weil sie allem hinterherrennt, was Hosen anhat. Sogar ihrem Schwager. Aber das war andersrum gewesen, Pavel war ihr nachgestiegen, hatte ihr Geschenke gemacht. Bilder, was sonst. Er konnte malen, hatte Sex-Appeal, aber sonst nichts. Sie hatte nur zwei Mal mit ihm geschlafen. Sex war für sie nie die Hauptsache gewesen, wichtig war es, sich die Langeweile zu vertreiben. Selbstverständlich zu einem angemessenen Preis.

Von etwas musste sie ja leben, und der Schufterei von früh bis spät in irgendeinem schmuddeligen Betrieb konnte sie immer aus dem Weg gehen. Auch zu sozialistischen Zeiten.

Einer ist stinkreich und führt trotzdem ein langweiliges Leben, ein anderer kann mit seinem Einkommen fantasievoll umgehen, dachte sie. Geld soll doch Freude bringen, oder noch mehr Geld erzeugen. Das war ihr Credo. Geld ausgegeben hatte sie schon immer mit großem Vergnügen. Sie investierte vor allem in ihr Äußeres, das machte sich bezahlt. Die beste Ausgabe allerdings, die sie je getätigt hatte, war der Fotoapparat gewesen. Damals hatte sie ziemlich viel dafür hingeblättert, aber das hatte sich schon x-fach rentiert.

„Na, Rózi? Schauen wir mal auf den Flur?“, schlug der Krankenpfleger vor, als sie an der Tür angekommen waren. Sie nickte. Sie musste sich Mühe geben, wieder in Form zu kommen. Musste kämpfen. In irgendein miefiges Pflegeheim, so eine Sammelstelle für Bettlägerige, würde sie sich nicht abschieben lassen! Sie hatte genug Mittel, um zivilisiert und kulturvoll zu sterben: Einzelzimmer, Kabelfernsehen, anständiges Essen. Sollten ihr nur noch ein paar Monate bleiben, könnten sie sie ruhig ins Hilton bringen. Sobald Osvald käme, würde sie ein ernstes Wort mit ihm reden. Klar und deutlich würde sie ihm sagen, dass er ihr das Beste besorgen soll, was er auftreiben kann. Deswegen hatte sie ihn ja an ihr Konto gelassen, Herrschaftszeiten, damit er sich um sie kümmerte. Noch jetzt sah sie sein verdattertes Gesicht. Fast hätte es ihm die Augen aus den Höhlen gedrückt, als er sah, wie viel sie sich zusammengespart hatte.

„Der hat vielleicht Augen gemacht!“, sagte sie lauthals. Manchmal passierte ihr das. Sie reagierte auf ihre Gedanken mit einer laut gesprochenen Replik und erregte damit die Aufmerksamkeit ihres Umfelds.

„Wer hat Augen gemacht?“, fragte der Krankenpfleger.

„Mein Sohn", antwortete sie und sah auf die Uhr. Dreiviertel sieben. „Osvald. Ich wundere mich, dass er heute noch nicht aufgetaucht ist. Wahrscheinlich kommt er morgen."

Der Krankenpfleger machte ein betretenes Gesicht. Er sah aus, als wolle er etwas sagen, aber dann lächelte er bloß. Ist Osvald heute etwa schon dagewesen und sie hat's nur vergessen? In Gedanken versuchte sie, die Fläche des verflossenen Vormittags zu durchforsten, aber er war viel zu lang und mehrfach von Schlaf unterbrochen gewesen. Der Schlaf machte alles unübersichtlich, brachte Tage und Nächte durcheinander, richtete in ihrer Zeit Chaos an, und sie machte dann einen verwirrten Eindruck. Als wäre sie verrückt.

Vielleicht war sie ja auch wirklich verrückt. Manchmal dachte sie das. Manchmal dröhnte ihr der Kopf und ein beißender Schmerz hämmerte dermaßen gegen ihre Schläfen, dass sie glaubte, es nicht mehr ertragen zu können. Vor der Operation hatte der Tumor auch auf den Sehnerv gedrückt, sodass sie geglaubt hatte, zu erblinden. Statt des Sehsinns hatte ihre Vorstellungskraft die Herrschaft über ihren Geist übernommen. Jede verborgene Befürchtung, jeder Alptraum war zu jener Zeit real. Ihr Gehirn war *tatsächlich* geplatzt und ihr Schädel füllte sich mit Blut. Die Ärzte kamen *tatsächlich* nicht in ihren Kopf, also schnitten sie ihre Zunge heraus. Der Glatzkopf von gegenüber hatte mit Osvald *tatsächlich* die Geduld verloren und lauerte ihm auf. (Das hatte er schon mal gemacht und gedroht, dass er ihm den Hals umdreht.) Die Kubanerin von dem hatte gegen sie *tatsächlich* einen Zauber eingesetzt. (In der Karibik können sie das, sie stechen eine Nadel so oft in dein Foto rein, bis du verblutest.) Osvald hatte ihr Konto *tatsächlich* geplündert. *Tatsächlich* nicht eine einzige Krone draufgelassen. Der blöde Kamil hatte ihren Katzen *tatsächlich* Gift hingestreut, der Öko! Und alle lagen tot auf dem Weg zum Haus. „Tatsächlich!", sagte sie. Wieder lauthals. Der Krankenpfleger reagierte darauf mit einem besorgten Lächeln.

„Machen Sie einen Moment Pause, bevor wir zurückgehen", schlug er vor und half ihr beim Hinsetzen auf die Bank im Flur. „Das war heute ganz schön viel für Sie, Rózi."

Er blieb vor ihr stehen, griff in die Kitteltasche und begann sich seinem Handy zu widmen. Durch die offene Tür schaute sie ins gegenüberliegende Zimmer, wo der Fernseher lief. Sie nahm ihn gar nicht wahr, dachte über ihr Geld nach. Lange war sie beunruhigt gewesen, dass vielleicht das Finanzamt oder sonstiges Kontrollpack ihr Konto einsehen könnte und feststellen würde, dass der Betrag dort auf wundersame Weise immer größer wurde. Das mit den Einzahlungen hatte sie sich schlau ausgedacht: Sie hatte Namen und Adresse einer fiktiven Institution erfunden, Senior Program. Monat für Monat, Jahr für Jahr kümmerte sich das Senior Program darum, dass ihre Ersparnisse anwuchsen. Was hätte sie sagen sollen, wenn das Finanzamt nach der Herkunft des Geldes gefragt hätte? Wie hätte sie das erklären sollen? Sie hatte sich überlegt, dass sie die Dumme spielen würde. Sie wüsste nicht, wer der Absender war. Sie hätte gedacht, das sei eine Art Unterstützung im Alter. War es nicht? Wirklich nicht? Sie verstünde nichts von solchen Sachen. Vermutlich hätten sie sich damit zufriedengegeben. Bestimmt wäre sie nicht belangt worden, aber ziemlich sicher hätte sie den Betrag versteuern müssen. Gauner.

Die Sorgen um ihr Geld hatten ihr jahrelang den Schlaf geraubt. Vielleicht war das der Grund, dass sich in ihrem Gehirn ein Tumor gebildet hatte. Ganz bestimmt jedenfalls war das der Grund, dass sie Osvald schließlich in die ganze Sache eingeweiht hatte. Alleine hatte sie nicht mehr die Kraft, aber er konnte aus den beiden noch was rausquetschen. Zumindest aus der Kubanerin – die macht sich fast ins Hemd vor Schiss.

Noch immer sah sie Osvalds Gesicht vor sich, nachdem sie ihm alles erzählt hatte. Zuerst völlig baff, dann bewundernd. Er hatte ihre Taktik befürwortet. Wusste ihr schlaues Handeln zu schätzen. Beruhigte sie. Sagte, dass es keinen Anlass gebe, dass das Finanzamt Einsicht in ihr Konto nähme. Er versprach, dass er, falls ihr etwas zustoßen sollte und sie sich nicht selbst um sich kümmern könnte, alles Nötige veranlassen würde. Die Ersparnisse würde er in ihren würdevollen Lebensabend investieren. Sie sei schließlich seine Mutter. Das hatte sie gerührt. Er war eben doch ein guter Junge.

Sie nickte, um den Gedanken zu bekräftigen: Er war gut zu ihr. Obwohl sie auch unschöne Zeiten hatten. Er nahm sich ihr gegenüber viel heraus. Sie schlug ihn, weil er dreiste Reden führte. Sie unanständig berührte. Sich nicht benahm wie ein Sohn, sondern wie ein verschmähter Liebhaber. Er hatte sie so lange gelöchert, wer sein Vater war, bis sie einfach etwas sagte. Am nächsten Tag nannte sie einen anderen Namen. Und beim nächsten Mal wieder. Es hätte sonst wer gewesen sein können – es war ihr gleichgültig. Und er hatte sie für diese Gleichgültigkeit bestraft. Ein paar Mal waren sie aufeinander losgegangen. Einmal hatte er sie geschubst, sodass sie die Treppe heruntergefallen war und sich übel gestoßen hatte. Er musste einen Arzt rufen und sich irgendwelche Märchen ausdenken. Manchmal sprach er tagelang nicht mit ihr, vor allem, als Magda ihn rausgeschmissen hatte. Er soll mit jungen Mädchen fremdgegangen sein. Sie kapierte nicht, was die an ihm fanden. Schandmaul, Schluckspecht, Junkie. Einmal hatte sie das Scheißzeug in seiner Hosentasche gefunden und es im Klo runtergespült. Seit der Zeit hatte er es weggeschlossen. Sie wollte ernsthaft mit ihm reden, aber er ließ sie nicht zu Wort kommen. Er beschimpfte sie bloß.

„Billiges Flittchen!" Sie merkte, dass sie ihren Gedanken wieder lautstark freien Lauf gelassen hatte. Der Krankenpfleger sah sie beunruhigt an, schaute aber gleich wieder weg und tat so, als hätte sie nichts gesagt. Sie tat auch so. Sie würde ihm doch hier nichts erklären. Osvalds Beschimpfungen waren für sie immer wie Messerstiche. Er hatte ein untrügliches Gefühl dafür, den Ausdruck zu wählen, der am meisten wehtat. Er wollte verletzen, und jedes Mal war es ihm auch gelungen. Damals, als er bei ihr auf diesen Elektriker gestoßen war, hatte er abscheulich auf ihn eingeschrien. Hieß der nicht Rudolf? Sie konnte sich nicht erinnern. Bis heute allerdings wusste sie, dass es mit ihm lustig war. Im Bett mussten sie so lachen, dass sie Osvald aufgeweckt hatten. Der war mitten in der Nacht zu ihnen ins Zimmer gestürmt und hatte gegeifert wie verrückt, schon in der Pubertät hatte er ein großes Repertoire an unflätigen Schimpfwörtern. Zu guter Letzt musste sie Rudolf oder wie er hieß sagen, dass er sich das mit ihm ausmachen soll wie ein richtiger Kerl. Er hatte Osvald ein paar Ohrfeigen gegeben, sonst nichts. Welcher Junge hat nicht mal eine geschwalbt gekriegt? Allerdings merkte Osvald sich solche Sachen nur allzu gut. Er hatte ein Gedächtnis wie ein Elefant. Wie ein böser Elefant.

„Warten Sie hier auf mich, Rózi", bat sie der Krankenpfleger, den ein Patient am anderen Ende des Flurs gerufen hatte. „Gehen Sie mir ja nicht weg, ich bin gleich wieder da. In Ordnung?"

„Wo soll ich denn hin?", antwortete sie. Sie war froh, dass sie saß, sie fühlte sich müde. Abgestumpft starrte sie auf den Fernsehbildschirm. Dort sah man überschwemmte Häuser in Thailand. Tote Tiere im Wasser. Überall Extreme, dachte sie. Hier regnet es schon seit Wochen nicht und in Bangkok ist Hochwasser. Sie war stolz, dass ihr der Name der thailändischen Hauptstadt eingefallen war. Noch stand es um sie also nicht ganz so schlimm. Inzwischen konnte sie sich auch wieder daran erinnern, was ein Fisch machte. Ein Fisch hüpfte nicht herum, sondern er … Sie erstarrte. Auf dem Bildschirm war Osvalds Gesicht aufgetaucht. Sein Auto am Haken eines Krans. *Tod eines Polizisten wirft Fragen auf,* verkündete ein Schriftzug über dem Kopf der Moderatorin. Sie berichtete etwas. Etwas über Osvald.

„Machen Sie mal lauter!" Růžena Zapletalová versuchte so kräftig wie möglich zu schreien, aber ihre Stimme war schwach, niemand hörte sie.

Sie stützte sich auf der Lehne der Bank ab und erhob sich. Was für Fragen? Welcher Tod? Sie musste erfahren, um was es da ging. Das war ihr Sohn! Plötzlich spürte sie einen heftigen Schmerz und landete wieder auf der Bank. Das Fernsehbild war schwarz. Überall herrschte auf einen Schlag Finsternis. Der Schmerz wurde stärker, er war nicht mehr auszuhalten. Und dann verschwand er ganz von alleine. Jetzt tat ihr nichts mehr weh. *Tatsächlich* nichts.

Die Trompete von Tomasz Stanek rief und jammerte wie ein Vogel, der mitten in der Nacht aufgewacht war. Ängstlich und aufgeregt, mit einer zögerlichen Freude angesichts seiner Existenz in der Finsternis. Marián lauschte, einen Arm um Sabinas Schulter geschlungen, den Blick auf die Rundung ihrer Wange gerichtet. Sie saßen auf dem Innenhof unter der Pawlatsche und schwiegen. Die Straßengeräusche waren verstummt, nur vereinzelt drangen aus der Ferne Schritte und Stimmen nächtlicher Passanten zu ihnen, das Quietschen einer Straßenbahn, der nie verstummende Verkehr auf der Stadtautobahn. Mitternacht war vorbei. Staneks Trompete war angesichts der fortgeschrittenen Stunde viel zu laut, aber Marián konnte sich nicht dazu durchringen, aufzustehen und leiser zu machen. Er fühlte sich göttlich, am liebsten wäre er für immer und ewig so sitzen geblieben. In Ruhe und Einklang mit der Frau, die ihm kurz zuvor eröffnet hatte, dass sie mit ihm zusammenleben wollte.

Als er um halb zehn endlich zu Hause angekommen war und Sabina mit einer Entschuldigung in die Arme geschlossen hatte, sah es so aus, als sei der Abend nicht mehr zu retten. Beide hatten sie Hunger, aber zur Vorbereitung eines romantischen Abendessens waren sie zu müde. Dann fiel Marián aber das kleine indische Restaurant nur ein paar Straßen weiter ein. Jeden Tag fuhr er mit dem Fahrrad vorbei, und einmal hatte ihm der Besitzer einen Flyer mit dem Speisenangebot in die Hand gedrückt. Die indischen Begriffe sagten Marián nichts, aber es saßen immer ziemlich viele Leute im Lokal – untrügliches Zeichen dafür, dass der Koch sein Handwerk verstand. Vielleicht war das ein Weg, ihr Stelldichein erfolgreich in Gang zu bringen.

Eine Viertelstunde später hatten Sabina und er bereits an einem Tisch auf dem Bürgersteig gesessen, an ihrem Aperitif genippt und als Vorspeise Papadam geknuspert. Sabina berichtete Marián von einer als psychologische Beratung konzipierten Rundfunksendung, bei der sie regelmäßig mitwirken sollte. Marián hörte zu und bemerkte dabei, wie in die auskühlende Metropole das Leben zurückkehrte. Die Menschen waren nach der ganztägigen drückenden Hitze schlapp, als hätten sie eine schwere Krankheit überstanden. Sie begrüßten die abendliche Frische mit Lachen und Gläserklirren.

„Dort wird auch die Astrologie ihren Platz haben", sprach Sabina weiter von der geplanten Sendung und Marián konnte an ihrem Gesicht ablesen, wie sehr sie sich auf diese Arbeit freute. Begeisterungsfähigkeit war eine ihrer markantesten Eigenschaften. Sie zögerte immer nur am Anfang, solange sie sich noch nicht sicher war, ob etwas sie wirklich interessierte. Sobald sie das wusste, gab es kein Zurück mehr. Genauso war das mit ihrer Beziehung. Sie beugte sich näher zu ihm und nahm seine Hand.

„Ich liebe dich, und ich will das auch nicht mehr verheimlichen", sagte sie. So etwas am Ende eines Junitags in einer von Lindenblütenduft erfüllten Prager Straße aus dem Mund einer begehrenswerten Frau zu hören und dabei ihren Pulsschlag in seiner Hand zu spüren, das war zum Verrücktwerden schön. „Ich will, dass alle das wissen. Ich will mit dir leben."

Er schaffte es nicht, zu antworten, weil der Kellner das Essen brachte. Er verteilte Becher, Teller und Schüsseln über den ganzen Tisch und erläuterte dabei in gebrochenem Tschechisch, was für die Dame war und was für den Herrn, welche Beilage wozu passte, was in welchen Dip eingetunkt werden sollte und wonach der Mund brannte oder nicht. Die ganze Zeit über sahen Marián und Sabina sich schweigend an. Kaum war der Kellner weg, küssten sie sich.

„Was hat Rosťa zu Deinem Entschluss gesagt?"

„Noch weiß er nichts davon. Er musste nach Brünn. Dienstliche Angelegenheiten, hat er gesagt, aber ich hab das Gefühl, da steckt 'ne andere Geschichte dahinter."

Dieses Gefühl teilte Marián. Er war sich fast sicher, dass diese andere Geschichte die lockenköpfige Ivanka mit den Wangengrübchen war, die er gestern an einem Tisch in der Kantine mit Rosťa lachen gesehen hatte.

„Morgen früh nehm ich dich mit zu einer Kahnfahrt auf der Moldau", versprach er und sah großzügig darüber hinweg, dass er einen Termin in der Ballistik hatte. Den würde er verschieben. Auch wenn ihn das Ergebnis der Expertise im höchsten Maße interessierte. Der Fall Zapletal entwickelte sich in eine unerwartete Richtung.

Die Patrone, die sie im Garten gefunden hatten, hatte das Kaliber neun Millimeter und lag unter einem der Johannisbeersträucher. Sie war von einem Zaunpfahl abgeprallt und nach vorläufiger Schätzung aus dem Wäldchen hinterm Haus abgefeuert worden. Als Marián Zapletals Grundstück verlassen hatte, waren die Messungen noch nicht abgeschlossen gewesen, aber Tomeš, ein erfahrener Ballistiker, den er gut kannte und bei dem er wusste, dass er sich auf sein Urteil verlassen konnte, hatte bereits die Stelle markiert. Der Schütze musste am Rand des Plateaus gestanden oder eher gekauert haben. Offensichtlich hatte er sich hinter den Kiefern versteckt.

Ein Stück weiter lag ein BMX-Parcours. Während die Ballistiker die Entfernung zwischen Kiefernwäldchen und Zaun vermaßen, hatte man vom Plateau die Anfeuerungsrufe der sich anstachelnden Biker gehört und Marián war die Idee gekommen, dass unter ihnen ein Zeuge des sonntäglichen Schusses sein könnte. Pubertierende Jugendliche zu etwas zu befragen, erforderte allerdings, sich mit Geduld zu wappnen und es nicht eilig zu haben. Marián hatte ergeben geseufzt. Hatte ihn die Zeit am Ende also doch noch erwischt. Er würde die Verabredung mit Sabina absagen müssen. Als er gerade sein Telefon gezückt hatte, um ihre Nummer zu wählen, hatte ihm Diviš plötzlich angeboten, zu den Bikern zu gehen. Natürlich würde er Marián nicht dabei benötigen. Vielleicht wäre es sogar viel besser, wenn er allein mit ihnen spräche, der geringere Altersunterschied könnte sie vielleicht auskunftsfreudiger machen. Da hatte Marián seinem Kollegen den dritten Pluspunkt gutgeschrieben.

„Ich habe einen neuen Partner", vertraute er Sabina beim Essen an.

„Und, wie ist er?"

„Wenn er nicht wäre, würde ich jetzt nicht mit dir hier sitzen."

„Arbeitet ihr zusammen an dem Fall, für den du dir das Horoskop bestellt hast?"

„Bestellt!", verwahrte er sich. „Das klingt ja so, als hätte ich dir eine Anweisung erteilt!"

„Und ich hab die Anweisung ausgeführt", sagte sie mit einem Lächeln. Sie wartete ab, bis der Kellner ihren Tisch abgeräumt hatte, holte einen Bogen Papier aus ihrer Tasche und legte ihn vor Marián hin. Es war der Ausdruck eines in die zwölf Häuser eingeteilten Tierkreises, auf dem die Positionen der Planeten eingezeichnet waren. Zwischen einigen davon waren rote Striche. Sie sahen aus wie vom Lehrer angestrichene Fehler in einer schriftlichen Arbeit. Marián zeigte auf einen.

„Was ist das?"

„Die Opposition von Venus und Mond. Ich hab mir angewöhnt, alle disharmonischen Aspekte mit Rot zu kennzeichnen. Jeder Astrologe benutzt ein bisschen eine andere Notation. Ich komme mit der hier gut zurecht, weil sie übersichtlich ist. Auf einen Blick kann ich die Probleme sehen."

„Erzähl mir davon", bat Marián und rückte näher. Das Horoskop war für ihn wie ein Papyrus mit Hieroglyphen. Sie gefielen ihm, aber er verstand sie nicht.

„Die Geburtszeit stimmt?", versicherte sich Sabina.

„Die weiß ich von seiner Tante, und die hat sie von der Ärztin im Kreißsaal", antwortete er. „Bei denen werden ja wohl die Uhren richtig gegangen sein. Und falls nicht – ich kann kaum glauben, dass es wirklich auf die Minute ankommt."

„Für die äußeren Planeten nicht, aber bei den anderen, vor allem beim Berechnen des Aszendenten und der Stellung des Mondes spielt jede Minute eine große Rolle."

„Was ist der Aszendent?"

„Der Schnittpunkt von östlichem Horizont und Ekliptik. Das ist eines der wichtigsten Elemente in einem persönlichen Horoskop: das gerade aufgehende Tierkreiszeichen. Es stand über dir, als du geboren wurdest."

„Und wie berechnest du das?"

„Das hat schon Placidus berechnet, und Regiomontanus und andere. Ich benutze bloß ihre Tabellen und teile nach ihnen den Tierkreis in die zwölf Häuser ein. Das erste beginnt mit dem Aszendenten."

„Und warum ist der so wichtig?"

„Um es mal sehr lapidar zu sagen: Er sagt aus, wer du bist. Er zeigt deine aktive Einstellung zum Leben. Wie du zu Problemen stehst. Wie du mit deinem Umfeld interagierst. Sogar wie du aussiehst."

„Wie hat er deiner Meinung nach ausgesehen?", fragte Marián neugierig.

„Aszendent Skorpion bedeutet fast immer eine markante Stirn und einen stechenden Blick", antwortete Sabina. „Derjenige kann mit seinem Blick regelrecht hypnotisieren. Er ist meist mittelgroß, man spürt seine Kraft – auf manche wirkt das anziehend, auf andere abstoßend, wie Magnetismus. Aber er …" Sie stockte. „Wie hieß er denn?"

„Nenn ihn Cowboy." Er schnappte ihren erstaunten Blick auf und erläuterte: „Er hat einem Schauspieler ähnlich gesehen, mir fällt der Name nicht ein. Oder vielleicht hat er auch niemandem ähnlich gesehen, aber er entspricht meiner Vorstellung von einem Cowboy."

„Er hat die Sonne im Widder stehen und zeigte eine ganze Reihe von disharmonischen Aspekten", sagte Sabina und schrieb in ein Feld im Kopf des Horoskops den Namen Cowboy.

„Mars im Quadrat zur Venus, zum Mond und auch zum Aszendenten, Quadrat von Neptun zu Venus und zum Mond. Quinkunx zwischen Pluto und Sonne."

„Und jetzt bitte in der Sprache der Normalsterblichen."

Sie wendete das Blatt. Es war eng beschrieben.

„Ich hoffe, du kannst meine Schrift lesen. Zusammengefasst würde ich sein Naturell als Vulkan charakterisieren. Unter der Oberfläche blubbert es unablässig, aber oben muss man das Brodeln nicht unbedingt sehen. Nur ab und zu bricht sich das Magma Bahn, und dann geht auch ordentlich die Post ab."

„Sagst du mir was über seine Sexualität?"

„Die wird von Mars und Pluto beherrscht. Beide Planeten sind bei ihm in exponierter Stellung, Mars außerdem verletzt. Ich glaube, es fällt dem Cowboy schwer, seine sexuelle Energie rauszulassen. Sie ist stark, aber blockiert."

„Der Druck in einem Vulkan lässt sich nicht blockieren", erwiderte Marián. Sabina nickte.

„Wenn die Lava sich ihren Weg bahnt, kannst du sie nicht stoppen. Sie ist eine Elementarkraft. Destruktiv. Vielleicht hat er anderen wehgetan, vielleicht hat er sich selbst Schaden zugefügt. Es gibt hier Anzeichen für eine Suchtneigung. Er hat Führungspositionen vermieden, aber bei der Arbeit war er systematisch. Die Sonne im Widder verweist auf ein feuriges Temperament und ein großes Bedürfnis nach Abenteuern und Unabhängigkeit. Das war in ihm ständig im Widerstreit – auf der einen Seite die Pflicht, auf der anderen die Sehnsucht nach Freiheit und aufregenden Erlebnissen, höchstwahrscheinlich auch außerhalb des gesetzlichen Rahmens."

„Wo ist sein Mond?"

„Im Skorpion, fast am Aszendenten. Nicht im ersten, sondern im zwölften Haus." Sie berührte mit der Bleistiftspitze die eingezeichnete Mondsichel. „Es fiel ihm schwer, sich jemandem anzuvertrauen, auf sein Umfeld könnte er griesgrämig gewirkt haben. Er hatte eine blühende Fantasie, vor allem in erotischer Hinsicht, aber vermutlich konnte er sie mit niemandem teilen. Warum fragst du ausgerechnet nach dem Mond?"

„Ich wüsste gern, ob du aus dem Horoskop etwas über die Beziehung zu seiner Mutter rauslesen kannst."

„Seine Mutter ist das A und O in seinem Leben gewesen. Zu ihr hatte er eine intensive Beziehung. Eine von Eifersucht geprägte Hassliebe."

„Hätte er das später auf seine Partnerin übertragen können?"

„Der Mond steht sowohl für die Mutter als auch für den Typ von Partnerin, von dem sich der Mann angezogen fühlt."

„Und wenn er seine Mutter als Hure betrachtet hat?" Er bekam Sabinas überraschten Blick mit und fügte hinzu: „Ich weiß nicht, wie viel davon wahr ist, aber ich hab's aus zuverlässiger Quelle, dass er genau das gedacht hat."

„In dem Fall hat er sich wahrscheinlich die Frauen so ausgesucht, dass er sie auch wie Prostituierte behandeln konnte. Dass er sie beherrschen konnte. Vielleicht hat er sie sogar bezahlt, oder er hat sie sich auf andere Weise gekauft. Übrigens deutet der Skorpion darauf hin, dass ihn mit seiner Mutter auch Besitz verbunden hat." Eine Weile ließ sie ihre Augen noch über das Horoskop gleiten, dann blickte sie auf. „Hilft dir das irgendwie weiter?"

Marián sah sie fassungslos an. Als er in Baden mit Györffy darüber diskutiert hatte, ob man die Astrologie zur Erstellung eines psychologischen Profils bei einem Mörder nutzen könnte, hatte er so seine Zweifel gehabt. Jetzt blickte er auf das Horoskop eines Opfers und ihm schien, dass es auch etwas über die Mordmotive aussagte. Er war baff, wie viel Sabina aus den Planetenkonstellationen herausgelesen hatte, wie präzise sie den Charakter eines Menschen erfasst hatte, dem sie nie begegnet war, und wie viele Worte von Zapletals Exfrau sie dabei benutzt hatte. Ein paar Symbole und ein Gewirr aus Strichen auf einem Blatt Papier zeigten den Weg zum Naturell eines Menschen wie eine zuverlässige Landkarte. Es war aufregend, sie zu lesen. Seine eigene Landkarte hatte Marián nicht und er wusste, dass er sie auch nie bekommen würde. Tante Jozefína hatte ihm hin und wieder gesagt, dass er ein früher Vogel war, vermutlich weil er früh am Morgen geboren war – aber wann genau, daran erinnerte sie sich nicht mehr. Marián wusste von niemandem, der seine genaue Geburtszeit kennen könnte. Er bedauerte das nicht. Auf seine Weise war er froh. Wer weiß, was er über sich erfahren würde.

Die Trompete von Tomasz Stanek war verstummt und im Hof hatte sich Stille breitgemacht, die nur vom Grillenzirpen im Gras unterbrochen wurde. Marián zog Sabina fester an sich heran. Er roch ihr federleichtes blumiges Parfüm und darunter den Duft der sonnengebräunten Haut. Auf der Straße jenseits der Mauer rauschten Autoreifen vorbei, man hörte das Quietschen einer nicht geschmierten Kette, das Licht eines nächtlichen Radfahrers leckte kurz am Tor. Marián bedankte sich im Geist bei Frau Štajfová, dass ihr die Idee gekommen war, auf die Datsche zu fahren. Er war mit Sabina allein im Haus, ihnen gehörte die ganze Nacht und der ganze darauffolgende Morgen. Und nach ihm auch alle weiteren.

„Sobald Rosťa aus Brünn zurück ist, erzähl ich ihm von uns."

„Wenn du willst, sag ich's ihm."

„Wir sagen's ihm zusammen."

Marián stand auf. Er wusste nicht, in welchem Sternzeichen bei ihm der Mars, die Venus oder der Mond standen, aber er hatte das starke Verlangen, jetzt romantisch zu sein. Er hob Sabina hoch und ging mit ihr auf den Armen ins Haus.

Heute Abend im Bad. Passiert ist folgendes: Ich drehe das Wasser ab, streife mir mit den Händen die Nässe von der Haut, ehe ich aus der Dusche steige. Auf einmal erstarre ich. Ich weiß, dass ein Fehler passiert ist. Sie ist weg. Die goldene Kette mit den massiven Gliedern und dem runden Medaillon. Ich habe keine Ahnung, wie lange sie schon um meinen Hals hing, vermutlich eine halbe Ewigkeit. Ein Geschenk von meinem Vater. Unnütz lang, meist unter meinen Sachen, damit sie mich nicht beim Bewegen stört. Sie hat zu mir gehört. Und jetzt ist sie weg.

Ich überlege, was passiert ist. Sie muss mir vom Hals gerutscht sein – aber wann und wo? Ich forsche im Gedächtnis, aber damit schiebe ich die Antwort bloß weiter auf. Natürlich kenne ich sie. Ich hab die Kette im Steinbruch verloren. Höchstwahrscheinlich in seinem Auto. Sie ist irgendwo hingerutscht und damit meiner Aufmerksamkeit und dem Licht der Taschenlampe entgangen. Das heißt, sie haben sie. Aber vielleicht finden sie an ihr nichts von mir. Wenn sie im Wasser war, hat das die Spuren abgewaschen. Vielleicht.

Der erste Schock ist vorbei, ich beruhige mich langsam wieder. Die Situation ist nicht so schlecht. Natürlich gucken sie sich das Medaillon an, aber was es über mich verrät, wird ihnen nicht viel nützen. Im selben Tierkreiszeichen wie ich sind Millionen Menschen geboren – ein Zwölftel der Weltbevölkerung. Also Schluss mit der Panik!

Ich sehe in den Spiegel, bewusst, kraft meines Willens ziehe ich die Mundwinkel in die Breite. Mein eigenes Lächeln macht mir Mut. Ach wo, ein Sternzeichen ist kein Anhaltspunkt, nach dem Tierkreis werden bei der Polizei keine Mörder gesucht. Bis sie zu uns kommen – und sie kommen früher oder später –, muss ich Ruhe bewahren. Das ist meine Verteidigung. Ich werde bereitwillig ihre Fragen beantworten. Nicht übertrieben eifrig, das wäre wieder auffällig. Ganz normal. Ich muss ganz normal sein. Keinen Verdacht wecken. Ich habe ein bombenfestes Alibi, mir kann nichts passieren.

Marián wachte mit heftig pochendem Herzen auf. Er hatte keine Ahnung, wie spät es war, und konnte sich nicht erinnern, was er geträumt hatte, aber ihm war das beängstigende Gefühl von Verlust und Verwirrung geblieben. Er setzte sich im Bett auf und ließ den Blick durch den Raum schweifen, um sich zu beruhigen. Sabina lag neben ihm und atmete gleichmäßig, er erkannte das Dickicht ihrer Haare, die über das Kopfkissen ausgebreitet waren, und die erregende Linie ihrer Hüfte unter der leichten Bettdecke. Seine Lenden erinnerten sich an ihren Schoß. Sie hatten sich im Verlauf der Nacht mehrmals geliebt und immer war es noch süßer und noch schwindelerregender gewesen. Als würden sie mit jedem weiteren Liebesakt einen Weg zum anderen finden. Marián fuhr ihr mit den Fingerspitzen über die Schulter. Sie drehte sich zu ihm um. Er küsste sie auf den Hals. Sie hob eine Hand und halb wach, halb noch schlafend berührte sie seine Brust.

Die kurze Sommernacht ging ihrem Ende zu, die Dunkelheit wurde dünner, durch das offene Fenster strömte frische Luft ins Zimmer. Draußen hörte man vereinzelte Vogelstimmen. Der Sex am Morgen war wie der letzte Tanz eines Festes, das die ganze Nacht gedauert hatte. Etwas schwermütig, langsam und melancholisch, denn danach wäre die Party unwiederbringlich zu Ende. Marián gestand sich die Trauer nicht ein. Sein Herz, das vor einer Weile noch Alarm geschlagen hatte, beruhigte sich, die deprimierende Stimmung des Traums verflog, er war glücklich. Nichts ging zu Ende, im Gegenteil, er spürte, dass alles gerade erst anfing.

Der Tag vor dem Regen

Jakub hielt mit dem Motorrad direkt vor Markétas Haus und wartete. Er wusste, dass sie ihn durchs Fenster sah. Er gab ihr Gelegenheit, sich zu entscheiden. Entweder kommt sie zur Eingangstür raus, oder sie nimmt den Hinterausgang, um ihm aus dem Weg zu gehen. Falls sie beschließen sollte, hintenrum zu verschwinden, würde das bedeuten, dass es zwischen ihnen aus war.

„Ist das der Cmíral?", ertönte es hinter ihm. Er drehte den Kopf. Bohuš aus dem zweiten Studienjahr ging gerade zum Unterricht und blieb bei ihm stehen. „Wie ich gehört hab, bist du berühmt, Mann."

„Von wem hast du das denn gehört?"

„Das sagen alle. Du und Hudeček, ihr sollt am Sonntag über einen Toten gestolpert sein. Stimmt das?"

In einem Kaff wie Hořovice verbreiteten sich Nachrichten mit Lichtgeschwindigkeit. Jakub hoffte, dass die Neuigkeit bereits zu Markéta vorgedrungen war. Damit könnte er bei ihr Eindruck schinden.

„Montag früh", korrigierte er Bohuš' Information. „Wir waren im Vrchlík-Steinbruch schwimmen und haben den unter Wasser gesehen. In einem Auto."

„Wahnsinn!" Bohuš' Stimme überschlug sich vor Begeisterung. „Das is mal 'n Event."

Bei seinen Worten bekam Jakub Gänsehaut. Nicht nur, dass er die Szene vom Montagmorgen deutlich vor Augen sah, er spürte sie nach wie vor mit jeder Pore seines Körpers. Die Kälte und das grünliche Leuchten des Wassers, das weiße Rechteck der Karosserie am Grund, die Schulter in dem schwarzen T-Shirt, die er durchs Fenster gesehen hatte.

„Habt ihr den rausgezogen?", wollte Bohuš wissen. Jakub schüttelte den Kopf. Daran war gar nicht zu denken gewesen. Kaum hatte er die schwarze Schulter in dem versenkten Auto entdeckt, verkrampfte sich alles in ihm und er hatte die größte Lust, so schnell wie möglich wegzuschwimmen. Am besten zu Tomáš, der ein ziemliches Stück hinter ihm war. Aber die erste Panik war schnell verflogen und wurde vom entgegengesetzten Gefühl abgelöst: vom Drang, dem Toten ins Gesicht zu schauen. Nachzusehen, was der Tod mit ihm gemacht hatte. Die einzige Leiche, die Jakub bis dahin gesehen hatte, war sein Großvater, und der war an Altersschwäche gestorben. Er lag in der Kirche in einem offenen Sarg, gekämmt, rasiert, im Festtagsanzug mit gestreifter Krawatte. Außer dem kreidebleichen Gesicht war an ihm nichts Ungewöhnliches, er sah aus, als würde er schlafen. *Ruhe in Frieden*, stand auf der Schleife am Kranz neben dem Sarg, und Großvaters Miene strahlte tatsächlich auch Ruhe und Frieden aus. Jakub hatte geahnt, dass der Tote am Grund des Sees kein friedliches Gesicht hätte. Wenn ein Mensch auf diese Weise starb, konnte er nicht ruhig sein.

„Mann, was habt ihr'n dann gemacht?", forderte Bohuš Informationen ein, die er später weiterverbreiten könnte. „Habt ihr 'n Krankenwagen gerufen? Oder die Bullen?"

„Die eins-fünf-acht. Aber zuerst sind wir zu ihm runtergetaucht, damit wir sehen, was los ist", sagte Jakub. In Wirklichkeit war es aber anders gewesen. Tomáš hatte solche Angst gehabt, dass er nicht mal in die Nähe schwimmen wollte. Jakub war allein hinabgetaucht. In dem durchsichtigen Wasser konnte er jedes Detail erkennen. Das Auto stand auf allen vier Rädern, die Karosserie wirkte unbeschädigt. Im Innern sah er den Rumpf des Mannes, der auf dem Fahrersitz schräg in sich zusammengesackt war. Sein Gesicht war abgewandt, die Haare bewegten sich über dem Ohr. Jakub schwamm rasch um das Auto herum. Er spürte, dass er bald auftauchen müsste, weil ihm die Luft ausging, aber er wollte dem Toten ins Gesicht schauen. Er blickte durchs Beifahrerfenster in den Wagen. Von dort aus konnte er den Mann gut sehen. Er hatte blaue Augen, die draußen bei Tageslicht vielleicht hellblau waren, aber hier unten am Grund ziemlich dunkel wirkten. Sie starrten durch das Wasser direkt Jakub entgegen und in ihnen war überhaupt nichts. Weder die Ruhe seines Großvaters noch Grauen noch Schmerz. Das absolute Fehlen von Gefühlen und Gedanken. Die Grimassen der Figuren, die Jakub jeden Tag in Computerspielen tötete, ließen den Adrenalinspiegel in seinem Blut steigen. Die dunklen Augen in der Tiefe des gefluteten Steinbruchs brachten ihm keinen Adrenalinkick. Sie waren beängstigend durch ihre Leere. Jakub bedauerte es, in sie hineingeschaut zu haben, und ahnte schon, dass ihn dieser Blick noch lange verfolgen würde. Er wandte sich ab, um aufzutauchen, und da bemerkte er dieses Ding. Es lag am steinigen Grund, ein Stück vor dem Ufer. Es glänzte. Jakub griff danach. Eine Kette.

„Nimmste mich mit?", fragte Bohuš. Das *Event* im Steinbruch interessierte ihn schon nicht mehr, er widmete seine Aufmerksamkeit jetzt dem Motorrad.

Jakub schüttelte den Kopf. „Ich warte auf Markéta."

Kaum hatte er das gesagt, wusste er, dass sie die Vordertür nehmen würde. Manche Dinge musste man nur laut aussprechen, und sie gingen in Erfüllung. Das war ganz einfach. Wie bei einem Zauberspruch.

„Sie kommt gleich", fügte er noch hinzu, um sicher zu gehen, dass der Spruch auch wirken würde. Der Streit zwischen ihnen am Sonntag war nicht so gravierend gewesen. Er konnte keine Beziehung zerstören, die schon acht Monate dauerte. Sie hatten sich angeschrien, das schon. Markéta hatte Tränen in den Augen gehabt. Sie hatte Jakub vorgeworfen, dass er ihren

Mitschülerinnen aus dem Gymnasium hinterherschaute, und er ihr, dass sie zu wenig Zeit für ihn hatte. Beides stimmte. Das Problem bestand darin, dass Markéta Lernschwierigkeiten hatte, wohingegen Jakub seine schulischen Verpflichtungen ohne die geringste Anstrengung meisterte. Sie musste abends büffeln, und er wusste mit seiner freien Zeit nichts anzufangen.

„Na dann, mach's gut", verabschiedete sich Bohuš, als er kapiert hatte, dass aus der Mitfahrgelegenheit nichts werden würde. Er zündete sich eine Zigarette an und setzte seinen Schulweg fort. Jakub hätte auch gern eine geraucht, aber er riss sich zusammen. Er wollte nicht nach Rauch stinken, sondern so angenehm wie möglich auf Markéta wirken. Er hob den Blick zu ihrem Fenster. Sie würde ihn ja wohl nicht hier rumstehen lassen wie den letzten Doofi? Er war entschlossen, sie um Verzeihung zu bitten. Sogar eine Entschuldigung hatte er sich zurechtgelegt: Markéta, Schatz, falls ich einer von deinen Freundinnen hinterhergeschaut habe, dann nur, damit ich mich versichere, dass sie viel hässlicher ist als du. Du bist das allerschönste Wesen, das ich kenne, du hast so ein wunderbares Lächeln, also lächle mich doch bitte wieder an, gib mir einen Kuss und nimm das hier als Versöhnungsgeschenk.

Er griff in seine Hosentasche und holte ein Samtetui heraus, das er am Vortag erstanden hatte, um dem Geschenk den gehörigen Rahmen zu verpassen. Er öffnete es. Die Kette machte sich auf dem Satinpolster super. Sie war aus Gold, das bewies nicht nur der Feingehaltsstempel auf dem Verschluss, sondern auch die noble mattgoldene Färbung. Jakub hatte von seinem Fund niemandem etwas gesagt. Auch nicht Tomáš, auch nicht der Polizei. Er hatte keinen Grund gesehen. Schließlich hatte er die Kette nicht aus dem Auto, sondern vom Grund des Sees. Wer weiß, wie lange sie dort schon gelegen hatte, wer sie verloren hatte und wo derjenige abgeblieben war, rechtfertigte er sich vor sich selbst. Er mochte Schmuck. Am kleinen Finger trug er einen Ring von Markéta und um den Hals eine Messingkette. Er könnte sie gegen diese goldene austauschen. Das runde Medaillon würde sich hübsch machen, auf seiner männlichen Brustbehaarung im Ausschnitt des geöffneten Hemds. Am Montag hatte er mit diesem Gedanken gespielt, aber dann hatte er sich das Medaillon genauer angesehen und gestutzt. Dort war Markétas Sternzeichen eingraviert! Er begriff, dass das Schicksal war. Das Schicksal hatte ihm diese Gelegenheit in die Hände gespielt, damit Markéta ein Einsehen hätte und wieder mit ihm spräche. Diese Kette war ein magisches Amulett, das ihre Beziehung wieder fest zusammenschweißen würde. Jakub vertraute auf die Magie, in Computerspielen konnte man mit Zauberkräften mehr Punkte sammeln als mit anderen Fertigkeiten und Effekten.

Die Haustür öffnete sich. Da kam sie. Die Formel wirkte. Jakub ging rasch auf sie zu. Er durfte ihr keine Zeit lassen, mit irgendwelchen Problemen zu kommen. Musste sie mit seinem Büßergesicht erweichen. Und mit der Kette.

„Markéta …“

„Jakub …“

„Guck mal, was ich für dich hab. Da ist dein Sternzeichen drauf, siehst du?“

„Das hättest du aber nicht … Das muss einen Haufen Geld gekostet haben.“

„Ich hab die ganze Zeit an dich gedacht, ohne dich war alles doof. Sei mir aber vor allem nicht mehr böse.“

„Bin ich nicht, ich fand auch alles doof. Ich liebe dich, Jakub.“

„Dann gib mir einen Kuss. Und guck nicht mehr so ernst. Markéta, du hast so ein schönes Lächeln. Das schönste, das ich kenne.“

Der Morgen war schon leicht fortgeschritten, zwischen der Mauer und dem unteren Rand der Pawlatsche lugte die Sonne in Mariáns Loft hinein.

„Sag mal, kann man an seinem Horoskop erkennen, wie er gestorben ist?"

„Vorhersagen, wie und wann du stirbst, das ist keine Psychologie, sondern Hexerei", antwortete Sabina und schlürfte ihren Kaffee, den Marián heute in seinen Festtagstassen serviert hatte. „Ich will nicht sagen, dass das nicht geht, aber ich jedenfalls mache das ungern. Für jemanden, der eine Persönlichkeitsanalyse haben will, um zu überlegen, wie er sein Leben zum Positiven verändern könnte, kann so eine Prognose nicht hilfreich sein."

„Dem Cowboy kann keine Prognose mehr helfen", gab Marián zu bedenken. „Aber mir kann es Stoff zum Nachdenken liefern."

Sie saßen zusammen beim Frühstück, Sabina in Mariáns T-Shirt von Arsenal London, das so ausgewaschen war, dass das Rot längst ein Rosa war. Sie hatte sich noch nicht zurechtgemacht, sondern das Haar einfach so über die Schultern geworfen, die nackten Füße auf den Stuhl gegenüber gestützt. Es war das erste Mal, dass sie gemeinsam bei ihm zu Hause frühstückten, und in Marián löste dieses Ritual ein Gefühl von tiefer Freude aus. Er spürte sie in sich, schon seit er wach geworden war. Leise war er aufgestanden, solange Sabina noch schlief, und war zu dem kleinen Laden geradelt, der zwar am anderen Flussufer lag, wo es aber die besten Hörnchen in ganz Prag gab. In einem Anflug von morgendlichem Glück hatte er gleich zehn gekauft. Sabina war gerade dabei, ihr erstes aufzuessen.

„Natürlich habe ich wegen der Transits auch in die Ephemeriden reingeschaut." Ihr Blick war auf Zapletals Horoskop geheftet, das am Brotkorb mit den Hörnchen lehnte.

Marián hatte es dort bereitgelegt, damit sie die Unterhaltung vom vorherigen Abend abschließen konnten. Ein paar Fragen hatte er noch, auf die er gern eine Antwort gehabt hätte. Sabinas gestrige Ausführungen hatten ihn in der Überzeugung bestärkt, dass Györffy sich nicht geirrt hatte. Was im Innern eines Menschen vorging, spiegelte sich in den Ereignissen, die ihm äußerlich begegneten, ob es nun um einen habsburgischen Monarchen ging oder um einen Polizisten aus Kladno. Die Astrologie war in der Lage, diese Bindungen aufzudecken. Sie gehörte nicht zu den forensischen Wissenschaften, sie konnte keine Beweise liefern, die gerichtsfest wären, und die meisten Kriminalisten würden sie sicher auch als Hilfsmethode in Frage stellen, aber Marián hatte sich im Verlauf seiner langen Praxis angewöhnt, sich aller Mittel zu bedienen, die Licht in eine Ermittlung bringen konnten. Wenn er den Fall an die Staatsanwaltschaft übergeben würde, müsste die Akte verifizierte Angaben enthalten, fachliche Expertisen, fotografisches Material, Zeugenaussagen. Die Sprache von Zahlen, nackten Fakten und Ergebnissen. Über welche Brücken er dorthin gelangt war, das betrachtete Marián als seine Angelegenheit.

„Wo hast du reingeschaut?"

„Die Ephemeriden sind Tabellen mit der Sternenzeit und der Stellung der Planeten für jeden Tag. Wenn ein Ereignis im Leben von jemandem analysiert werden soll, ob nun in der Zukunft oder in der Vergangenheit, wertet man die Übergänge der laufenden Planeten über den Ort des Planeten oder seinen Aspekt im Geburtshoroskop aus."

„Und was hat deine Auswertung ergeben?"

„Du hast gesagt, er ist am Sonntag gestorben. Samstag und Sonntag waren für ihn kritische Tage. Mars und Saturn haben mit vereinten Kräften seinen Merkur angegriffen, also Hände, Lungen, Atemwege und Nervensystem. Uranus war in Konjunktion mit seiner Venus. Was die Sonne angeht: Das exakte Quadrat ..."

Marián nahm sie bei der Hand. „Sabina, sorry, das klingt großartig, aber kannst du mir das wieder in eine normale Sprache übersetzen?"

„Auf seinem Weg lag ein Unfall – so würde vermutlich die obligatorische Auslegung klingen. Neptun deutet an, dass er unter Einfluss von Betäubungsmitteln stand oder sich leichtsinnig verhalten hat. Uranus und Dunkler Mond haben ihn darin unterstützt."

„Der Dunkle Mond, ist das dasselbe wie der Schwarzmond?", fragte Marián. Ihm fiel ein, dass Györffy ihn erwähnt hatte. Sabina nickte.

„Manche sagen auch Lilith. Das ist der zweite Brennpunkt der Bahn, auf der Mars um die Erde läuft. Bei Menschen, die eines unnatürlichen Todes sterben, steht er meistens in einem Aspekt zu Uranus oder zum achten Haus. Und das ist bei unserem Cowboy der Fall."

„Deutet etwas auf Gewalt hin?"

„Der laufende Mars ist in den Zwillingen, und die werden von Merkur regiert. Der steht im Quadrat zu Saturn, der in der Jungfrau ist, und die regiert ebenfalls Merkur. Zusammengefasst: Alles dreht sich hier um Merkur. Aber Merkur ist nicht brutal."

„Würde er nicht morden? Was wäre, wenn er der Täter wäre, wie würdest du ihn charakterisieren?"

„Er kann sich verstellen und sich perfekt Strategien ausdenken. Er ist intelligent. in Verbindung mit Saturn dient er. Das, was er tut, begreift er als Mittel zu einem nutzbringenden Ziel. Du kennst den Spruch, dass der Weg zur Hölle gepflastert ist mit guten Absichten?"

„Willst du sagen, dass ihn jemand in guter Absicht umgebracht hat?"

„Kann sein, dass er ihm das sogar vorher angekündigt hat. Telefonisch. Oder schriftlich. Merkur teilt Gedanken gerne mit. Er ist kommunikativ. Den haben schon die alten Griechen verehrt, in ihrer Mythologie hieß er Hermes. Die Römer haben ihn übernommen und umbenannt."

„War das nicht der, der Apollo die Kühe geklaut hat?"

„Und er hat die Toten in die Unterwelt begleitet. Er war Schutzgott der Rhetoriker, Pilger und Händler, und der Götterbote. Wenn die Nachricht eines Gottes unverständlich ist, übersetzt Merkur sie so, dass wir sie verstehen. Erst wenn wir nicht verstehen wollen, geschieht eine Tragödie."

„Der Cowboy hätte also deiner Meinung nach schon vorher in irgendeiner Form eine Warnung kriegen können?"

„Das muss keine Warnung gewesen sein, vielleicht nur ein Hinweis. Entweder hat er den nicht wahrgenommen, oder er hat ihn ignoriert."

„Du hast gesagt, der Merkur regiert die Zwillinge?"

„Und die Jungfrau. In jedem der Sternzeichen äußert er sich ein bisschen anders. In der Jungfrau ist er sorgfältiger, in den Zwillingen erfinderischer. Keines der beiden Zeichen handelt direkt. Sie suchen nach der geeignetsten Methode, um an ihr Ziel zu kommen. Eine Jungfrau analysiert mehr, ein Zwilling handelt rascher."

Die Sonne war am äußersten Rand der Pawlatsche angelangt und im Spiel ihrer Strahlen fiel Marián ein Schwarm winziger Sommersprossen hoch oben an Sabinas Stirn auf. Fast schon am Haaransatz. Tagsüber kämmte sie ihren Pony darüber, aber jetzt waren sie gut zu sehen. Er beugte sich näher heran, um sie zu zählen, als sich plötzlich sein Handy meldete. Beide schauten mit einem mulmigen Gefühl hin. Marián spürte, dass das Klingeln das Ende ihres Frühstücks verkündete, das Ende der heimischen Gemütlichkeit und Freude, die er in sich hegte. Er sah aufs Display. Die Nummer kannte er nicht.

„Holina", meldete er sich.

„Guten Tag, Sedmerová mein Name", meldete sich am anderen Ende eine Frauenstimme. „Können Sie sich an mich erinnern? Vorgestern sind Sie bei uns auf der Datsche gewesen. Sie haben mit meinem Mann gesprochen."

Die kleine Frau mit der rostroten Tönung, erinnerte Marián sich. Sie hatte sie mit frischer Pfefferminzlimonade bewirtet.

„Natürlich erinnere ich mich an Sie", antwortete er. „Und an Ihre vorzügliche Limonade."

In ihm flammte die Hoffnung auf, dass ihr Morgenidyll doch noch nicht ganz verloren war. Frau Sedmerová wollte vielleicht nur etwas von ihrem schweigsamen Mann ausrichten.

„Das hätten Sie mir auch gleich sagen können, dass der Ertrunkene im Steinbruch der Zapletal war", verkündete sie vorwurfsvoll. „Von dem hätte ich Ihnen ein paar Dinge erzählen können."

„Was für Dinge?"

„Die Sie wissen sollten." Sie verstummte, dann fragte sie im Tonfall eines Inquisitors: „Haben Sie schon mal was von der Blau-Feier gehört?"

„Blaufeier? Ist das irgendein Code?"

„Ach Quatsch, von wegen Code ... Höchstens der von Prchlík und Seinesgleichen", sagte sie und es klang, als würde sie ausspucken.

„Sie meinen Hauptkommissar Prchlík, den ehemaligen Polizei…"

„Genau den. Hören Sie, ich bin gerade bei meinem Sohn in Prag und passe auf meinen Enkel auf. Falls es Sie interessiert, wie der Zapletal minderjährige Mädchen geschändet hat, dann kommen Sie in den Rieger-Park. Ich bin hier bei dem Café im Freien. Kennen Sie das?"

Er hatte sich nicht verhört, sie hatte wirklich „geschändet"
gesagt. Das klang altmodisch, aber sie hatte es nicht mit diesem Anflug von Ironie ausgesprochen, mit dem die Leute ar-
chaische Ausdrücke meist benutzten.

„Ich weiß, wo das ist", sagte er. Seine Hoffnung auf eine
Fortsetzung des so schön gestarteten Morgens verlosch. Die
Frau des Anglers hatte offensichtlich wichtige Informationen.
Marián stand auf. Er würde mit dem Rad fahren, Prag war,
wie immer um diese Uhrzeit, völlig verstopft. „Ich kann ungefähr in zwanzig Minuten bei Ihnen sein. Gehen Sie mir bloß
nicht weg!"

Er beendete das Telefonat und sah Sabina bedauernd an.
An ihrer Miene konnte er ablesen, dass sie solche Situationen
gewohnt war. Fraglos war das nichts Neues für sie, alleine mit
einem angefangenen Frühstück sitzen zu bleiben, mit einem
unterbrochenen Gespräch, mit unvollendeten Momenten.
Wie oft Rosťa sie wohl so alleine zurückgelassen hatte? Wie
oft hatte er etwas versprochen und es dann nicht gehalten?

„Dauert's lange?", fragte sie.

„Ich fürchte, aus unserer Kahnfahrt auf der Moldau wird
nichts."

„Und was ist mit Rosťa?" Sie sah Marián unsicher an, als erwartete sie, dass er, wenn er ein Versprechen gebrochen hatte,
auch das zweite brechen würde. „Sagen wir's ihm gemeinsam?"

„Wann soll er aus Brünn zurückkommen?"

„Heute Nachmittag."

„Dann reden wir heute Abend mit ihm. Es bringt nichts,
das aufzuschieben." Er nahm den Ersatzschlüssel vom Haken
und legte ihn in ihre Hand. „Hier hast du deinen Schlüssel.
Damit du nicht mehr auf dem Hof auf mich warten musst wie
gestern."

„Und wenn deine Vermieterin zurückkommt und fragt,
was ich hier mache?"

„Dann sag ihr die Wahrheit." Er beugte sich zu ihr hinab und zählte die Sommersprossen auf ihrer Stirn. Es waren vier. Er küsste jede einzeln. „Sag ihr, dass du jetzt hier zu Hause bist."

Sie spazierten durch den Park und gingen einem Dreirad aus dem Weg. Es war grellorange mit einer Kippermulde, einem lustigen Wimpel und einer schrillen Klingel. Honza Sedmeras Daumen war im Dauereinsatz.

„Aus dem Weeeg!", rief er und klingelte, dass einem die Ohren dröhnten. Marián wich zu einer Seite aus, Frau Sedmerová zur anderen, Honzík fuhr zwischen ihnen durch und entfernte sich im Wettkampftempo.

„Blau-Feier, weil das bei Familie Blau war?", kehrte Marián zum Thema zurück, über das sie vor der Durchfahrt des Dreirads gesprochen hatten. Er wusste, dass Honza an der nächsten Weggabelung umkehren und zurückkommen würde. Die Unterhaltung mit seiner Großmutter war dadurch in kurze Sequenzen zerhackt, untermalt vom hysterischen Scheppern der Klingel. „Die Blaus haben ihre Datsche bei Ihnen in der Nähe?"

„Gleich nebenan." Frau Sedmerová nickte. „Und zwischen uns haben wir keinen Zaun, nur Sträucher. Ich hab also alles aus erster Hand. Die Sache ist vor vier Jahren passiert, im August. Ich war allein auf der Datsche, Ema und Radka auch, die Ferienzeit ging langsam zu Ende …"

„Wer sind Ema und Radka?", unterbrach Marián sie. Frau Sedmerová redete mit einer Leidenschaft, die das absolute Gegenteil der Sprechweise ihres Mannes war. Manche Worte klebte sie aneinander und verschluckte die Enden, damit sie mehr zu sagen schaffte.

„Die Mädels von den Blaus. Radka war damals neunzehn und Ema noch nicht ganz fünfzehn. Ich sage: noch nicht ganz! Vorsicht, das ist wichtig! Radka hatte einen Freund zu Besuch. Ich hab nicht gesehen, was drin in der Datsche vor sich geht, aber die Musik hab ich nur zu gut gehört. Die hat in voller Lautstärke zu uns rüber gedröhnt. Sicher haben sie getanzt. Ich hab mir gesagt, ein bisschen Lärm halt ich schon aus, in ein paar Tagen geht für sie die Schule wieder los …"

„Aus dem Weeeg!"

Sie ließen den wie wild in die Pedale tretenden Honza in die andere Richtung vorbeifahren und warteten ab, bis das Klingelgebimmel sich wieder entfernt hatte. Frau Sedmerová begleitete ihren Enkel mit einem gedankenverlorenen Blick. Man sah, dass sie sich nicht mehr erinnern konnte, wo sie stehengeblieben war.

„Getanzt haben sie." Marián gab ihr ein Stichwort. Sie fand den Faden sofort wieder und sprach weiter.

„Ich bin vorm Fernseher eingeschlafen. Dann hat mich das Klirren von Glas und Geschrei von draußen aufgeweckt. Ich bin in den Garten gerannt und der Junge lag in einem Beet und hat gebrüllt …"

„Der Freund?"

„Ja, Radkas Freund, der war aus dem Fenster gefallen. Sturzbetrunken war der und hat rumgelallt, man hat kein vernünftiges Wort aus ihm rausgekriegt. Das Fenster war nicht hoch, aber ich hatte trotzdem Angst, dass er sich was Ernstes getan hatte", sprudelte sie hervor und Marián stellte verblüfft fest, dass sie noch immer nicht ihre Höchstgeschwindigkeit erreicht hatte. Ihr Sprechtempo wurde immer größer. Dabei gestikulierte sie exzessiv und holte nur durch den Mundwinkel Luft. Das Ganze wirkte wie Kraulschwimmen. „Ich wollte den Notarzt rufen, weil der Junge sich im Gesicht geschnitten hatte, aber dann ist der Zapletal aufgetaucht und hat gesagt, dass er sich kümmert, ich brauche niemanden anrufen …"

„Osvald Zapletal? Den kannten Sie? Woher denn?" Marián war es gelungen, sie zu unterbrechen. Sie nutzte die kleine Pause und atmete durch den ganzen Mund tief ein.

„Der hat bei den Datscheneinbrüchen in unserer Siedlung ermittelt."

„Und wieso ist er mitten in der Nacht plötzlich bei den Blaus aufgetaucht?"

„Weiß ich nicht. Der Farkas war auch mit dabei, ein anderer Polizist …"

„Ich weiß, wen Sie meinen."

„Die haben zu mir gesagt, ich soll ruhig schlafen gehen, sie kümmern sich um alles. Bloß hat mir das keine Ruhe gelassen, also hab ich sie beobachtet. Den Notarzt haben sie jedenfalls nicht gerufen. Der Farkas hat den Jungen mit seinem eigenen Auto weggebracht. Und der Zapletal ist nicht mit ihnen mitgefahren. Ich hab hinter der Gardine gewartet, bis er geht, aber er ist bei den Blaus in der Datsche geblieben. Irgendwas da dran hat mir nicht gefallen. Ich hatte einfach so eine weibliche Vorahnung. Also bin ich durch die Sträucher gekrabbelt und hab bei ihnen auf die Veranda geguckt. Die ist verglast. Die Jalousien waren runtergelassen, aber von der Seite konnte ich was sehen."

Sie sagte das mit so viel Nachdruck und die Pause, die sie danach machte, war so bedeutungsschwanger, dass sie die Nachfrage regelrecht erzwang.

„Was haben Sie denn gesehen?"

„Beide Mädchen. Splitter-faser-nackt. Und der Zapletal ist mit ihnen dort gewesen. Auf der Hollywoodschaukel."

„Auf der Hollywoodschaukel?"

„Er saß zwischen Ema und Radka. Die beiden Mädels konnten gar nicht wieder mit Gackern aufhören, die waren wie aufgezogen. Mehr hab ich nicht gesehen, weil sie dann verschwunden sind. Alle drei sind von der Veranda nach drinnen in die Datsche gegangen. Was hätte ich denn tun sollen? Die Polizei rufen konnte ich nicht, die war ja schon da! Und die Mädels hatten gegen ihre Anwesenheit offensichtlich nichts einzuwenden."

„Wissen Sie, bis wann er geblieben ist?"

Sie schüttelte den Kopf.

„Ich bin ja nicht die Inquisition. Am Ende hab ich mir gesagt, dass mich das nichts angeht, und hab mich hingelegt. Am nächsten Tag bin ich zu den Mädels, um rauszufinden, wie die Lage so ist. Radka hat mir gesagt, ich soll meine Nase nicht in fremde Angelegenheiten stecken. Und Ema hat behauptet, dass sie sich an nichts erinnern kann, dass sie wahnsinnig viel getrunken hat. Sie hat mich gebeten, dass ich sie nicht bei ihrer Mutter verpetze. Aber so was konnte ich doch nicht für mich behalten, oder? Wer weiß, was der dort mit den Mädels veranstaltet hat! Radka war schon neunzehn, aber Ema war noch minderjährig, also hab ich natürlich …"

„Aus dem Weeeg!"

Diesmal fuhr Honza nicht an ihnen vorbei, sondern stoppte das Dreirad zwischen Marián und Frau Sedmerová. Er zog die Klingel aus seiner Hosentasche.

„Abgefallen", teilte er seiner Großmutter mit.

„Weil du zu doll geklingelt hast", erläuterte sie schlagfertig. Marián beugte sich hinunter, nahm Honza die Klingel aus der Hand und schaute sie sich an. Die Metallhalterung war nicht abgebrochen, es war nur eine Schraube herausgefallen.

„Zeig mir mal, wo sie dir abgefallen ist", bat er den Jungen. Der stieg von seinem Dreirad ab und rannte den Weg zurück. Marián ging ihm hinterher. Nach ein paar Minuten hatten sie die Schraube gefunden. Marián befestigte die Klingel wieder am Lenker und zog die Schraube mit seinem Taschenmesser fest. Er freute sich, dass er es endlich einmal ausprobieren konnte. Es war ganz neu, ein Geschenk von

Sabina, sie hatte es ihm in Baden gekauft. Honza assistierte ihm konzentriert.

„Wie sagt man da?", ermahnte ihn Frau Sedmerová, als die Reparatur bewerkstelligt war.

„Supercooles Messer." Honza gab, statt sich zu bedanken, Marián einen Lutscher.

„Da drin sind Kribbelblasen", sagte er. Setzte sich auf sein Dreirad und raste, den Daumen wieder an der Klingel, davon.

„Minderjährig", sagte Frau Sedmerová noch einmal. Diesmal hatte sie keinen Souffleur gebraucht. Sie wusste genau, wo sie aufgehört hatte. „Wenn das jemand anders gewesen wäre, der wäre in den Knast gewandert. Allerdings ist der Zapletal mit seinem Chef ganz dicke gewesen, mit dem Prchlík. Der hatte auch eine Schwäche für junge Mädchen. Und zusammen haben die das dann aus der Welt geschafft."

„Und wie?"

„Würde mich nicht wundern, wenn sich Frau Blauová ihr Schweigen bezahlen lassen hätte. Das hat sie aber nie zugegeben, auch nicht mir gegenüber. Sie hat zu mir gesagt, dass es das Beste ist, wenn ich nirgendwo darüber rede. Dass ich Ema damit höchstens schaden würde. Der Zapletal soll angeblich in der Datsche gewesen sein, um irgendwas zu überprüfen. Überprüfen! Wie so eine ‚Überprüfung' ausgesehen hat, das kann ich mir lebhaft vorstellen!"

„Was war mit dem Jungen, der aus dem Fenster gestürzt ist?"

„Den hab ich einige Zeit später mal in Beroun getroffen. Ich hab ihn gefragt, ob seine Schrammen nach dem Sturz gut verheilt sind, aber er hat nicht mit mir geredet. Keiner hat mehr über die Fete da geredet. Der Zapletal ist kurz danach nach Kladno gegangen, der Prchlík in Pension, und so ist das Ganze in Vergessenheit geraten. Als ob nie was gewesen wäre. Aber ich weiß, dass da was war!"

„Und glauben Sie, dass das irgendwie mit Zapletals Tod zusammenhängt?"

„Die Deutschen sagen: einmal ist keinmal. Das heißt, was ein Mal passiert ist, das ist so, als wär's gar nicht passiert. Bloß ein kleiner Ausrutscher. Vielleicht gilt das für die Deutschen – für mich jedenfalls nicht! Ich glaube, wenn ein Mensch irgendwas ein Mal macht, dann macht er's auch ein zweites Mal. Ich würde meinen Hals drauf verwetten, dass der Zapletal noch mehr solche Ausrutscher auf dem Konto hatte. Die armen Mädels, die so eine ‚polizeiliche Überprüfung' über sich ergehen lassen mussten! Eins sag ich Ihnen: Wenn der so was mit meiner Tochter gemacht hätte, ich hätte den mit ruhigem Gewissen ertränkt."

Am Himmel war nicht ein Wölkchen, die Temperatur stieg schon wieder an, aber der Park lag angenehm im Schatten. Die Frische wurde noch von einem leichten Lüftchen intensiviert. Es huschte zwischen den Bäumen hindurch, zupfte Blütenblätter von den Zweigen und verteilte sie in der Umgebung. Marián hatte es nicht eilig. Den Termin in der Ballistik hatte er auf zwölf Uhr verschoben und mit Frau Sedmerová hatte er verabredet, dass sie um drei zu ihm ins Büro kommen würde. Er wollte ihr die Fotos der Mädchen aus Zapletals Archiv zeigen. Ihn interessierte, ob sie unter ihnen Radka und Ema identifizieren würde.

Er setzte sich auf eine Bank unter einem gewaltigen Ahorn und ging auf dem Handy seine E-Mails durch. Die einzige interessante Nachricht war von Diviš. Er hatte sie bereits letzte Nacht geschickt. Dort stand, dass er wichtige Neuigkeiten habe, Marián möge ihn, so schnell es ginge, anrufen. Umgehend wählte er seine Nummer, aber eine Automatenstimme forderte ihn auf, es später noch einmal zu probieren, der angerufene Teilnehmer sei momentan nicht erreichbar. Marián schaute inzwischen nach den SMS, die eingegangen waren, während er mit Frau Sedmerová gesprochen hatte. Es waren zwei, eine von Zdeněk, die andere von Alena Blažková. Beide baten ihn, sich zurückzumelden. Er befand, dass sein Vorgesetzter bloß wissen wollte, was es Neues gab, wohingegen Zapletals Tante ihm etwas wirklich Neues mitteilen wollte. Für nichts und wieder nichts würde sie sich nicht bei ihm melden. Er wählte ihre Nummer, aber dort war auch besetzt. Also blieb ihm nichts anderes übrig, als Zdeněk anzurufen.

„Hast mich mit einer Informationssperre belegt oder was?" Karochs Stimme konnte unter gewissen Umständen einen Kasernenhofton annehmen. „Wer ist eigentlich dein Chef?"

„Falls sich seit unserer letzten Begegnung nichts geändert hat, lieber Zdeněk, müsstest du das sein." Marián wählte einen freundschaftlich-spielerischen Tonfall. „Oder haben sie dich abberufen?"

„Steck dir deinen Humor sonstwo hin und sieh zu, dass du hier antanzt! Ein toter Polizist ist kein verendetes Stück Vieh! Die Öffentlichkeit interessiert sich für den Fall. Der Pressesprecher weiß nicht, mit was er die Journaille versorgen soll, und ich hab von dir noch nicht mal eine Info zur Todesursache."

„Tod durch Ertrinken."

„Hat sich deine Mordtheorie bestätigt?"

„Hast du mir etwa nicht geglaubt?"

„Glauben gehört nicht zu meinem Aufgabenbereich. Ich brauche Fakten. Findest du es in Ordnung, wenn mein eigenes Team nicht mit mir spricht?"

„Wie kommst du auf so was?", sagte Marián vorwurfsvoll. „Ich rede in einer Tour mit dir. Über einen Mangel an Teamgeist kannst du dich nun wirklich nicht beschweren. Aber du musst auch einsehen, dass es manchmal einfach nichts zu berichten gibt, also gehen wir sparsam um mit deiner Zeit …"

Regen am Morgen, Weinen von Kindern und der Zorn des Chefs sind nicht von langer Dauer, paraphrasierte er in Gedanken ein oft geäußertes Sprichwort von Tante Jozefína, während er am Telefon weiter versuchte, seinen leicht entflammbaren Vorgesetzten zu besänftigen. Das war eine praxiserprobte, mehr oder weniger automatische Tätigkeit, auf die er sich auch gar nicht besonders konzentrieren musste. Er holte noch einmal das Messer aus der Hosentasche (es war supercool, da hatte Honza recht), klappte die Nagelfeile aus, klemmte das Telefon mit der Schulter gegen sein Ohr und fing an, sich einen abgebrochenen Nagel glattzufeilen. Noch bevor er damit fertig war, hatte Zdeněk sich ausgetobt.

„Ich will einen ausführlichen Bericht", dröhnte er zum Abschluss. „Um zwölf Besprechung bei mir im Büro."

„Um zwölf kann ich nicht. Da hab ich einen Termin bei Tomeš."

„Tomeš? Aus der Ballistik? Warum denn? Du hast doch gesagt, der Zapletal ist ertrunken."

„Aber jemand hat außerdem auf ihn geschossen."

„Und das sagst du mir jetzt erst?"

„Das haben wir gestern Abend rausgefunden. Wir sind bis zum Dunkelwerden in seinem Garten rumgehirscht. Die Techniker machen dort nach wie vor Stepptanz", antwortete Marián. Der Vollständigkeit halber ergänzte er: „Übrigens wäre er zwischen dem Schuss und dem Ertrinken auch noch beinahe an Cyanwasserstoff erstickt."

Am anderen Ende jaulte es auf. Ob wütend oder amüsiert, war nicht zu erkennen.

„Herrgott noch mal, ich krieg gleich ...", brüllte Zdeněk. Marián schlussfolgerte, dass er sich nicht amüsierte. „Komm sofort her, wenn du bei Tomeš fertig bist!"

„Ich geh mal davon aus, das dauert ..."

Aber Zdeněk hatte das Telefonat so schnell beendet, dass er die Antwort auch ja nicht mehr mitbekam. Marián klappte die Nagelfeile wieder ein und versuchte noch einmal, Diviš und Alena Blažková zu erreichen. Bei beiden war immer noch besetzt. Er legte sich auf die Bank und schickte den Blick in die Krone des Ahorns. Im Büro hatte er einen alten Sessel, der ihm als Analysator diente. Er nahm dort Platz, sobald er eine tiefergehende Betrachtung anstellen, in Ruhe eine Lösung finden oder einfach nur seine Gedanken sortieren musste. In die Baumkrone zu schauen, war auch gut für die Konzentration.

Zapletals Aktivitäten hatten sich wie der Zeiger eines Kompasses immer nur in eine Richtung gedreht: die Fotos von den nackten Mädchen in der abgeschlossenen Schublade, die Beschwerde von Barbora Chladilová, die Blau-Feier. Marián würde mal interessieren, womit er die Mädchen rumgekriegt hat. Ob er sie bezahlt hat? Ihnen Alkohol besorgt hat? Drogen? Ob er sie, wie Barbora Chladilová, erpresst hat? Ihnen ein Geschäft angeboten, gibst du mir, so geb ich dir? Einer von ihnen hatte er vielleicht nicht genug geboten. Marián spürte, dass das Pornoarchiv eine wichtige Spur war. Sie könnte ihn zum Mörder oder zur Mörderin führen. Wenn der so was mit meiner Tochter gemacht hätte, ich hätte den mit ruhigem Gewissen ertränkt, hatte die Sedmerová verkündet, und Marián hatte keinen Zweifel, dass noch mehr Mütter eine solche Position beziehen würden. Und Väter. Er selbst, wenn er eine Tochter hätte … Den Faden seiner Gedanken zerriss das Klingeln seines Handys, das er sich auf den Bauch gelegt hatte. Er hob es hoch. Diviš.

„Vier Dinge", sagte der ohne Einleitung. Offenbar hatte er sich von Doktor Léblovás minimalistischem Stil inspirieren lassen. „Erstens: Der Glatzkopf, der gegenüber von Zapletal wohnt, heißt Beran. Radim Beran, Architekt. Es sieht so aus, als hätten sie ihren Meinungsaustausch nicht nur am Zaun geführt. Ich hab seine Nummer in der Anrufliste von Zapletals Handy gefunden. Einmal hat er ihn vor einem Monat angerufen, das zweite Mal am Samstag."

„Diesen Samstag?"

„Nachdem sie sich am Gartentor angerempelt hatten. Der Plausch hat nur ein paar Sekunden gedauert. Ich schätze drei Wörter ohne Begrüßung. Aber das Telefonat davor ging fünf Minuten. Wahrscheinlich würde sich's lohnen rauszufinden, was eigentlich ihr gemeinsames Thema war, oder was meinst du?"

„Unbedingt. Gegen Mittag hab ich eine Besprechung mit Zdeněk und danach fahren wir zu Beran. Hast du gestern was von den Bikern erfahren?"

„Das ist Nummer zwei: Erinnerst du dich an das Mädchen auf dem Video? Sie ist mit dem Fahrrad direkt vor der Überwachungskamera vorbeigefahren."

„Ich hab gedacht, das war ein Junge."

„Sie sieht auch eher wie ein Junge aus als wie ein Mädchen. Sie wohnt in der Parallelstraße und heißt Eliška Žantovská, dreizehn Jahre alt und voll der BMX-Freak. Jeden Tag versucht sie sich auf dem Plateau den Hals zu brechen. Am Sonntagabend ist sie angeblich alleine dort gewesen, Turndowns üben. Ihr ist aufgefallen, dass über den Radweg ein Auto aufs Plateau gefahren kam. Ein Ford Mondeo, blau, so wie Eliškas Vater einen hat, nur wohl dunkler. Der hat zwischen die Kiefern zurückgesetzt."

„Hast du Eliška gefragt, ob sie vielleicht einen Schuss gehört hat?"

„Sie hat Kopfhörer aufgehabt und Musik gehört."

„Hat sie gesehen, wer im Auto gesessen hat?"

„Irgendeine Frau. Eliška sagt, sie hatte eine rote Bluse an oder ein T-Shirt. Gebräunte Schultern."

„Würde sie sie wiedererkennen?"

„Da ist sie sich nicht sicher, sie hat sie nur von der Seite gesehen. Aber pass mal auf, wir haben noch was."

„Sag bloß, sie hat sich das Kennzeichen gemerkt!"

„Sie hat gesagt, dass ständig Autos dort rauffahren und ihnen die Bahn kaputtmachen. Sie wollte den Ford anzeigen."

„Fleißiges Mädchen."

„Leider hat's ihr das Kennzeichen bei den ganzen Turndowns im Kopf ein bisschen durcheinandergehauen. Sie kann sich nicht an die Reihenfolge der letzten vier Ziffern erinnern. Ich bin noch nicht dazu gekommen, das Register zu durchforsten."

Marián erhob sich hektisch von der Bank. Ihn hatte die Nervosität gepackt, wie immer, wenn etwas Konkretes in Reichweite war. Er stieg aufs Rad.

„Wo bist du?", fragte er Diviš.

„Am Hauptbahnhof. Ich geh zur Metro."

„Du, dann …"

„Wart mal, ich hab dir die dritte und die vierte Sache noch nicht gesagt. Auf dem Konto von Zapletals Mutter sind 580 000 Kronen."

„Sind das ihre Ersparnisse?"

„Das ist tröpfchenweise eingetrudelt, von einem Senior Program."

„Eine Versicherung?"

„Ich hatte noch keine Zeit das zu recherchieren. Wir können ja direkt bei ihr nachfragen, ob …"

„Und viertens?", unterbrach ihn Marián ungeduldig.

„Das Trocnov – die Restaurantrechnung, die du bei Zapletal im Jackett gefunden hast. Ich hab da angerufen. Der Chef war arrogant."

„Was hat er gesagt?"

„Dem Typen ist das alles so was von piepegal gewesen. Da müssen wir mal persönlich vorstellig werden."

„Gib mir mal die Adresse."

„Moment …"

Diviš verstummte, man hörte es rascheln. Marián stellte sich vor, wie sein Kollege in seinem gelben Büchlein blätterte. Nach einer Weile diktierte er ihm die Adresse. Wie zu erwarten war es in Žižkov.

„Das ist nicht weit von hier, ich kann hinfahren", schlug Diviš vor.

Mariáns Telefon gluckste zum Zeichen, dass jemand versuchte, ihn zu erreichen.

„Weißt du was? Wir treffen uns jetzt gleich vor dem Trocnov. Ich hab auch eine Neuigkeit für dich."

„Was denn?"

„Blaufeiern." Er beendete das Gespräch und nahm das nächste an. Es war Alena Blažková.

„Ich hatte versucht, Sie zu erreichen, aber bei Ihnen war immer besetzt", verkündete er ihr statt einer Begrüßung. Sie schwieg. Marián war sich unsicher, ob sie noch dran war. „Frau Blažková?"

„Rózi …" Er hörte sie laut schlucken. Es klang, als müsste sie würgen. „Meine Schwester ist heimgegangen."

„Heim gegangen?", wiederholte er begriffsstutzig. Dann kapierte er. „Sie ist verstorben?"

„Sie ist jetzt wieder mit Osvald zusammen", sagte Alena Blažková schluchzend. „Und ich … Ich bin alleine."

Das Trocnov war ein kleines Hotel am Fuß des Vítkov mit einem hussitisch-kommunistischen Mosaik an der Stirnwand. Das Restaurant im Erdgeschoss schmückten dekorative Elemente der sozialistischen Vergangenheit, feinfühlig um zeitgenössischen Kitsch ergänzt. Der Küche entströmte der Duft von gebratener Zwiebel, gedünstetem Fleisch und Majoran, im Gastraum saß niemand. Der Restaurantchef stand mit Diviš und Marián zwischen den Tischen und blickte schweigend auf das Foto von Zapletal.

„Osvald Zapletal. Kennen Sie den?", wiederholte Diviš seine Frage, als sich das Schweigen allzu sehr in die Länge zog.

„Dem Namen nach nicht."

„Und das Gesicht?"

Der Chef nickte unwillig.

„Ist das Ihr Gast?"

„Der kommt manchmal her."

„Oft?"

„Gelegentlich."

„Alleine?"

„Manchmal."

„Und sonst?"

Der Chef zuckte mit den Achseln. Marián spürte, wie er immer gereizter wurde.

„Manchmal alleine und manchmal mit wem?", fragte er mit Nachdruck.

„In Gesellschaft."

„Wessen Gesellschaft?"

Der Chef zuckte erneut mit den Achseln. Mariáns Gereiztheit verwandelte sich blitzschnell in ganz normalen Zorn.

„Soll das heißen, dass Sie es nicht wissen?"

„Vielleicht soll das heißen, dass ich keine Lust hab, mit der Polizei über unsere Gäste zu reden."

„Wir können auch über was anderes reden", schlug Marián vor. „Wo steht denn bei Ihnen, dass der Verkauf von Alkohol und Tabakwaren an Personen unter achtzehn verboten ist?"

Der Chef wurde ein klein wenig unruhig.

„An der Bar."

„Und wo ist Ihre Bar?"

Der Chef wurde noch ein wenig unruhiger und führte Marián in den Nebenraum, der mit einer Falttür abgetrennt war.

An der Wand hinter dem Tresen, der mit Streitkolben, Dreschflegeln, Morgensternen und anderen hussitischen Waffen behängt war, prangte ein kleines Schild, halb von einer Hellebarde verdeckt.

„Der Hinweis muss in schwarzer Schrift auf weißem Grund ausgeführt sein", dozierte Diviš, der begriffen hatte, worum es Marián ging. „Hier ist der Hintergrund aber braun."

„Das hängt da schon lange und ist vergilbt."

„Die Buchstaben müssen mindestens fünf Zentimeter hoch sein."

„Sind sie."

Marián schob die Hellebarde zur Seite, zückte heute schon zum dritten Mal sein neues Taschenmesser, klappte das Lineal aus und legte es an die Schrift.

„Dreieinhalb Zentimeter. Wenn man ein Auge zudrückt, vier."

„Unsinn, das waren immer fünf."

„Das hängt da schon lange", bot Diviš als Erklärung an. „Ist geschrumpft."

„Es ist so sehr geschrumpft, dass sich keiner mehr daran erinnern kann. Und Ihr Barkeeper gießt in aller Ruhe Minderjährigen Alkohol ein. Dafür haben wir Zeugen", verkündete Marián mit solcher Überzeugungskraft, dass er es fast selbst geglaubt hätte. Es war ein Schuss aus der Hüfte, aber offensichtlich hatte er ins Schwarze getroffen. Der pampige Ausdruck war umgehend aus dem Gesicht des Chefs verschwunden. Marián trat näher an ihn heran, einen Daumen bedeutungsschwer an die Millimeterskala des Lineals gepresst. „Also wiederholen wir noch mal ganz in Ruhe, Herr Direktor: Dieses Lokal hat zwei Räume. Sie haben das Verbotsschild nicht in beiden, sondern nur in einem, und es ist nicht gut sichtbar angebracht. Die Buchstaben haben nicht die vorgeschriebene Höhe und sie stehen nicht auf weißem, sondern auf braunem Hintergrund. Um den Verkauf von Zigaretten und Alkohol an Minderjährige machen Sie sich Zeugen zufolge keinen Kopf. Wollen Sie, dass wir das jetzt aufnehmen, oder kommen wir lieber wieder zurück zum Thema Osvald Zapletal?"

Die Veränderung, die im Verlauf der letzten Minute mit dem Restaurantchef vor sich gegangen war, hätte größer nicht sein können.

„Er kommt meist in Damenbegleitung", antwortete er übereifrig. Marián kam der Gedanke, dass sich darin die Tschechen und die Slowaken doch unterschieden. Die Tschechen waren flexibler. Sie konnten schneller eine Kehrtwende hinlegen und eine tiefere rektale Verbeugung.

„Immer dieselbe Dame?", fragte Diviš.

„Manche kommen mehrfach, manche habe ich nur einmal gesehen. Ich hab ein gutes Gesichtsgedächtnis."

„Beschreiben Sie sie mal", forderte Marián ihn auf.

„Ich finde sie attraktiv. Aber meistens viel zu jung. Also für den Herrn … Was haben Sie gesagt, wie er heißt?"

„Zapletal."

„Manchmal kommt er mit einer jungen Dame zum Abendessen, manchmal auf ein Glas …" Er stockte. Ihm wurde bewusst, dass sie wieder bei dem unerwünschten Thema waren. Also fügte er rasch hinzu: „Sie trinken Alkohol, aber sie sind garantiert über achtzehn."

„Haben Sie sie mal nach dem Personalausweis gefragt?", wollte Diviš wissen.

„Da kann ich mich nicht erinnern."

„Sie haben gesagt, dass Sie ein gutes Gedächtnis haben."

„Für Gesichter."

„Also würden Sie die Mädchen erkennen? Beschreiben Sie mal, mit wem er als letztes hier gewesen ist."

„Er ist Gast bei uns", sträubte sich der Chef. „Er kommt her, damit er seine Privatsphäre hat. Er geht davon aus, dass das Personal diskret ist."

„Herr Zapletal ist tot. Er ist nicht mehr Ihr Gast", sagte Marián. „Sie können ruhig indiskret sein."

„Tot?", wiederholte der Chef erstaunt. „Und wie?"

„To-tal", versicherte ihm Diviš.

„Was ist ihm denn zugestoßen?"

Diviš überreichte ihm statt einer Antwort die Rechnung. „Ist das von seinem letzten Besuch?"

Der Chef betrachtete sie aufmerksam.

„Scheint so. Mit Sicherheit kann ich Ihnen das nicht sagen, ich bin ja auch nicht immer hier." Man sah, dass er sich Mühe gab, sich zu erinnern. „Er hat hier an der Bar gesessen. Es war noch nicht spät, eher am frühen Abend. Er hat georgischen Weinbrand getrunken, so wie immer."

„Mit wem war er hier?"

„Alleine. Er hat auf jemanden gewartet. Als er sie gesehen hat, da hat er bezahlt und ist gegangen. Nicht sofort, sondern …"

„Wen hat er gesehen?", unterbrach ihn Marián. „Ist eine Frau hierher gekommen?"

„Hierher nicht, an die Rezeption."

Der Chef machte eine Kopfbewegung in Richtung der Tür neben der Bar. Durch die Glasscheibe sah man ein kleines Hotelfoyer mit einem Tresen. Dahinter stand eine ältere Rezeptionistin in schwarzem Kostüm und weißer Bluse. Ihre Finger flogen über die Tastatur des Rechners. Marián sah sie an und fühlte, dass gerade etwas Wichtiges geschehen war. Sie waren auf etwas gestoßen. Er erkannte, dass Diviš ebenfalls aufmerkte.

„An der Hotelrezeption hat eine Frau gewartet und Herr Zapletal ist zu ihr gegangen?", wiederholte er. Der Chef nickte. „Sind sie zusammen nach oben?"

„Weiß nicht. Ich leite das Restaurant hier, das Hotel interessiert mich nicht. Das ist ein eigenständiges Unternehmen."

„Kommen die Hotelgäste zu Ihnen essen?"

„Unsere Küche ist gut, der Service auch, und die Preise sind sehr annehmbar. Mittags und abends ist es hier in der Regel voll. Meistens weiß ich nicht, wer Hotelgast ist und wer nicht."

„Die Frau, zu der Herr Zapletal gegangen ist, ist die vorher schon mal bei Ihnen gewesen?"

„Ein paar Mal."

„Wie hat sie ausgesehen?"

„Wie eine von unseren Mitbürgerinnen hier in Žižkov."

„Meinen Sie damit, dass sie eine Romni war?"

„Noch exotischer. Eine dunkelhäutige Ausländerin, aber sie hat Tschechisch gesprochen. Und sie ist nicht so jung gewesen wie die anderen, die er sonst mit hergebracht hat."

„Würden Sie sie auf einem Foto wiedererkennen?"

„Garantiert. Ich kann mich auch deswegen so gut an sie erinnern, weil sie keinen Alkohol getrunken hat. Immer nur Saft oder Mineralwasser. Einmal hat sie mich gefragt, ob wir vielleicht Kefir haben." Er lächelte nachsichtig. „So was führen wir leider nicht."

„Ihrer Meinung nach hatte sie ein Hotelzimmer?", fragte Diviš.

„Wie gesagt, ich leite das Restaurant. Das nimmt meine gesamte Zeit in Anspruch. Das Hotel interessiert mich nicht."

„Aber Sie können reinsehen", wandte Diviš ein. „Direkt vor der Glastür hier haben Sie die Rezeption."

„Sie aber auch", antwortete der Restaurantchef. „Nichts einfacher als dort hinzugehen und nach allem zu fragen, was Sie interessiert."

„Uns interessiert, ob Herr Zapletal öfters durch diese Tür gegangen oder gekommen ist", sagte Marián. „Nicht von der Straße, sondern durch diese Tür. Das hätten Sie doch bemerken müssen."

„Ein paar Mal ist er hier durchgekommen", antwortete der Chef. „Und ein paar von den jungen Frauen auch."

Marián lächelte. Er klappte das Lineal zurück in sein Messer und steckte es wieder ein. „Sehen Sie, wie schön wir uns unterhalten haben. Jetzt brauchen Sie nur noch bei uns vorbeizukommen und sich ein paar Fotos anzuschauen. Dann sagen Sie uns, ob Sie die Damen erkennen."

„Wo bei Ihnen?"

„Beim Dezernat für Tötungsdelikte. So schnell es geht. Am liebsten heute noch."

Marián reichte ihm eine Visitenkarte. Dann nickte er in Richtung des vergilbten Schilds hinter der Hellebarde.

„Bringen Sie das in Ordnung", sagte er und ging mit Diviš hinüber ins Hotelfoyer.

Die Pantoffeln mit den Schwanenfedern, der Satin-Morgenmantel, ein Spitzenhemdchen, das Köfferchen mit den Toilettesachen … Die Dinge, die von Růžena Zapletalová im Krankenhaus zurückgeblieben waren, füllten zwei Beutel.

„Frau Blažková, das hier auch noch."

Die Krankenschwester holte mehrere Tafeln Schokolade aus dem Nachttisch. Keine war angebrochen. Alena hatte sie ihrer Schwester vor ein paar Tagen am Kiosk im Erdgeschoss gekauft, damit sie etwas naschen konnte, wenn sie wieder zu Kräften käme. Sie mochte Süßigkeiten. Genau wie Osvald.

„Bei der Hitze würden die mir in der Tasche schmelzen. Behalten Sie sie."

„Dankeschön", antwortete die Schwester verlegen. Sie war jung und unerfahren, noch hatte sie sich nicht daran gewöhnt, dass der Tod im Krankenhaus ein häufiger Gast war. Mitfühlend strich sie Alena über die Schulter. „Tut mir wirklich leid. Frau Zapletalová ist sehr nett gewesen."

Sehr nett. Das war keine treffende Bezeichnung für Rózis Wesen, aber Alena nickte. Sie wollte vermeiden, etwas zu sagen, damit ihr nicht wieder die Tränen kämen. Sie wollte nicht mehr weinen. Erst zu Hause wieder. Vor einer Weile hatte sie sich das Gesicht gewaschen und ein Glas kaltes Wasser getrunken, jetzt war sie abmarschbereit. Die unvermeidlichen Formalitäten hatte sie hinter sich, das Gespräch mit dem Arzt ebenfalls. Plötzlicher Herztod. Eine schlichte Formulierung, kein Wort zuviel. So hatte es Alena immer von ihren Autoren gewollt. Präzise, treffende Dialoge, die den Zuhörern Raum für die eigene Fantasie ließen. Der Arzt war natürlich nicht bei bloß zwei Wörtern geblieben. Er sprach davon, dass Rózis Herz weder erschöpft noch irgendwie geschädigt gewesen war. Der Tod war Folge eines Kammerflimmerns. Die Wiederbelebungsmaßnahmen hatten nichts mehr ausrichten können. Alena hatte den Arzt gefragt, wie es zu dem Flimmern gekommen war, aber er hatte darauf keine eindeutige Antwort gehabt. Vermutlich hatte sie sich über etwas aufgeregt, das war eine der möglichen Erklärungen.

„Vorher hatte sie gute Laune", erzählte der Pfleger ihr, der in den letzten Minuten von Rózis Leben bei ihr war. Auch ihm sah man an, dass ihn ihr Tod betroffen machte. „Wir haben uns ein bisschen unterhalten."

„Dürfte ich wissen, worüber?"

„Sie hat mir angeboten, dass ich sie Rózi nenne", vertraute er ihr an. „Angeblich wird sie von ihren Freunden so genannt."

Er verstummte und zögerte sichtlich. Alena verstand, dass ihn seine Schwester mit irgendetwas in Verlegenheit gebracht hatte. Sie hatte sich immer eigenwillig verhalten. Nie ein Blatt vor den Mund genommen. Wer sie nicht gut kannte, empfand sie als leicht meschugge.

„Was hat sie denn noch gesagt?"

„Das war ein bisschen zusammenhanglos. Ich hatte den Eindruck, dass sie mit sich selber redet."

„Das war so ihre Angewohnheit", gab ihm Alena recht. Sie fragte nicht weiter nach. Rózis letzte Worte waren nicht wichtig, von Bedeutung war das ganze vorausgegangene Leben. Dessen Reste lagen nun zusammengefaltet in zwei Tüten. Alena trug sie durch den Flur zum Ausgang und dachte daran, was sie jetzt erwartete.

„Auf Wiedersehen, Frau Blažková", sagten die Ärzte und Schwestern, denen sie begegnete. Sie sandten ihr mitfühlende Blicke nach, holten bereitwillig den Lift, hielten ihr die Tür auf. Während der wenigen Tage, an denen sie hier zu Besuch gewesen war, waren sie sich nähergekommen. Wobei … Sie waren bloß höflich. Nähe war etwas anderes.

Sie ging zur Bushaltestelle. Die Straße oberhalb des Krankenhauses war stark befahren, die Kolonne aus Autos wollte kein Ende nehmen. Alena ließ ihren Blick abwesend über die Fahrzeuge gleiten. Alle hetzen zu irgendeinem Ziel, nur sie hatte keins, dachte sie apathisch. Immer hatte sie sich irgendwem untergeordnet und angepasst, war jemandem zu Diensten gewesen, und jetzt gab es keinen von ihnen mehr. Sie brauchte für niemanden mehr einzukaufen, zu waschen, Kuchen zu backen, aufzuräumen. Vom Rundfunk kam ab und zu ein Anruf und sie wurde zu einer redaktionellen Tätigkeit hinzugebeten, aber damit hielt sie nur ein bisschen ihren Geist auf Trab und verdiente sich etwas dazu. Ein Gefühl von Nähe brachte ihr das nicht. Alle, für die sie tatsächlich Gefühle gehegt hatte, waren tot: ihre Eltern, Rózi, Osvald. Und Pavel natürlich. Die Ehe mit ihm hatte so ihre Untiefen gehabt, aber über die waren sie hinweggesegelt. Geholfen hatte ihnen die Liebe. Auf Leben und Tod.

Sie stieg in den Bus, eine Tasche stellte sie auf ihren Schoß, die andere zu ihren Füßen. Oben zwischen den Henkeln lugte die schwarze Spitze des Unterhemds hervor. Rózi hatte immer ein Faible für Schwarz gehabt. Hatte gesagt, das mache schlank. Schlanker aussehen musste sie dabei gar nicht, bis ins hohe Alter hatte sie eine gute Figur. Ihr Gesicht war allerdings durch die Krankheit gealtert, die Augen waren eingesunken und hatten ihren Glanz verloren. Vor allem nach der letzten Chemotherapie hatte sie schlecht ausgesehen. Das versuchte sie durch Schminke zu verdecken, aber die betonte die Falten und die schlaffe Haut nur noch mehr. Sie hatte an eine Schildkröte erinnert. Osvald hatte ihr das auch einmal gesagt (nie ließ er eine Gelegenheit aus, ihr wehzutun) und Alena hatte gesehen, dass ihr das einen Stich versetzt hatte. Auch das war ein Anzeichen, dass sie älter wurde. Sie war weicher. Früher hatte sie sich von seinen Boshaftigkeiten nicht aus der Ruhe bringen lassen. Sie hatte Selbstbewusstsein für drei. Schon als kleines Mädchen.

„Ich bin hübscher, also bin ich die Prinzessin!" Das war jedes Mal ihre Bedingung gewesen, wenn sie als Kinder zusammen spielten. Alena machte ihr die Hauptrolle nicht streitig. Gern gab sie sich auch mit jeder anderen zufrieden, wenn sie nur mitspielen durfte. Miterleben. Sich mitreißen lassen vom unbezähmbaren Temperament ihrer Schwester. Seit jeher hatte sie den Unterschied zwischen ihnen beiden gespürt: Rózi lebte, sie selbst sehnte sich lediglich nach dem Leben. Sie versuchte der Schwester nachzueifern, wie es nur ging, aber die Nachahmung war vom Original weit entfernt. Das wusste auch Pavel. Er hatte sich von Rózis Lichtschein anlocken lassen wie ein Nachtfalter. Alena hatte ihm das nie vorgeworfen. Sie wusste, welche Verlockung die Ausstrahlung ihrer Schwester bedeuten konnte. Wie viele Nachtfalter um sie kreisten.

Alena stieg völlig durchgeschwitzt aus dem Bus und schleppte sich auf der Schattenseite der Straße bis zum Haus. Die Katzen mussten gefüttert werden. Sie fühlte sich für sie verantwortlich. Wie auch für Osvald, als er klein gewesen war. Sie war mit ihm spazieren gegangen, hatte ihm beigebracht, das Zungen-R zu rollen, ihm Märchen vorgelesen und mit ihm gekuschelt. Trotzdem konnte er sie nicht leiden. Der einzige Mensch, an dem ihm etwas lag, war Rózi. Er passte auf sie auf (schon als Junge hatte er etwas von einem Polizisten an sich gehabt), wollte sie nicht aus dem Haus lassen. Schloss sie in der Küche ein. Schrie herum, wenn sie Herrenbesuch mitbrachte. Wollte sie für sich allein haben. Darin war etwas fast Perverses. Er versuchte durchzusetzen, dass sie ihn in ihrem Bett schlafen ließ. Trat gegen die Schlafzimmertür. Hatte Heulkrämpfe. Sagte immer wieder, dass er seine Mutter heiraten würde, wenn er einmal groß sei. Später hatte er sich eingeigelt. Alena nichts mehr anvertraut. Sie hatte keinen Zugang mehr zu ihm gehabt.

„Und wenn das nun dein Sohn ist?", hatte sie einmal zu Pavel gesagt, lange nachdem seine Romanze mit Rózi vorbei war und er längst wieder nur seine Malerei im Kopf hatte. Er blickte von der Leinwand auf, sah ihr forschend ins Gesicht, es dauerte einen Moment, bis er begriffen hatte, wovon sie redete. Er schüttelte den Kopf.

„Ich hab einen Vaterschaftstest machen lassen", sagte er knapp. Sie war erleichtert. Sie wollte nicht, das Osvald und Pavel etwas gemeinsam hatten. Pavel liebte sie, vor ihrem Neffen bekam sie allmählich Angst. Sie konnte sich nicht vorstellen, zu was allem er fähig wäre.

Sie verließ den Schatten, ging über die Straße und wollte das Gartentor aufschließen, als sie bemerkte, dass davor ein rotweißes Band gespannt war. Im Garten sah sie mehrere Männer. Am Tor stand ein Polizist.

„Ich kann Sie nicht reinlassen", sagte er bedauernd. „Leider."

Verdutzt schaute sie ihn an. „Wieso denn? Ich bin Alena Blažková. Meine Schwester wohnt hier, ähm … wohnte. Sie können mich nicht reinlassen? Warum denn nicht?"

„Die Durchsuchung läuft noch."

„Was für eine Durchsuchung?"

Der Polizist öffnete das Gartentor, kroch unter dem Flatterband durch und kam auf den Bürgersteig heraus. Sein Gesicht hatte schlimme Aknenarben und die Haare klebten am Kopf. Er war genauso durchgeschwitzt wie sie.

„Im Garten ist was gefunden worden", erläuterte er. „Wichtiges Beweismaterial. Solange ich keine Freigabe kriege, darf ich niemanden reinlassen."

„Aber ich hab doch heute früh mit Kommissar Holina gesprochen, und er hat nichts von einer Freigabe oder einem Verbot erwähnt", erwiderte sie. Dann fiel ihr ein, dass das nicht stimmte. Irgendwas hatte er ihr am Telefon erklärt, aber das hatte sie nicht interessiert, da war sie in Gedanken bei Rózi gewesen.

„Meine Schwester ist gestorben", erklärte sie dem Polizisten. Sie war selbst überrascht, dass sie bei diesen Worten nichts fühlte. Bloß Müdigkeit. Die Sonne verbrannte alles, auch Emotionen. Sie wollte nichts anderes, als die schweren Tüten loswerden, in ihre Wohnung fahren, die Vorhänge zuziehen und alleine sein. Ruhe haben. Für das, worüber sie nachdenken musste. „Ich hab ihre Sachen im Krankenhaus abgeholt. Kann ich die hier lassen?"

„Natürlich, kommen Sie, Frau Blažková", sagte er verständnisvoll und hob das Flatterband, damit sie hineinkonnte. Sie ging neben ihm her zum Haus und sah sich um. Der Rasen war vergilbt, die Beete welk, auf den Weg waren irgendwelche Symbole gemalt. Sie hielt nach den Katzen Ausschau, konnte sie aber nirgends sehen. Wahrscheinlich waren sie vor den Eindringlingen geflohen. Ihre Schale an der Haustür war voll mit Trockenfutter, das sie ihnen beim letzten Mal dort hineingefüllt hatte.

Sie schloss auf und stellte die Tüten am Fuß der Treppe ab. Eigentlich hatte sie vorgehabt, die Blumen zu gießen, durchs

Haus zu gehen und nachzuschauen, ob alles in Ordnung war. Aber als sie jetzt im Flur auf den abgewetzten Fliesen stand, die sie seit ihrer Kindheit kannte, und die alten Familienfotos an den Wänden sah, wusste sie, dass sie hier raus musste. Man durfte sich von der Vergangenheit nicht erpressen lassen. Erinnerungen waren fast immer eine Last. Sie retouchierten die Realität, überfluteten die Seele mit süßlicher Sentimentalität. Schwächten den Willen.

„Du musst mir helfen", hatte Pavel sie eines Winterabends gebeten. Es war eher eine Feststellung gewesen als eine Bitte. „Tritt für mich auf die Bremse, wenn du siehst, dass ich an der Endstation angekommen bin."

„Woran erkenne ich das?", fragte sie.

„Wenn ich nicht mehr malen kann."

Er hatte keinen Zweifel, dass sie das für ihn tun würde – er wusste, dass ihre Schwäche nur äußerlich war. Seine Krankheit schritt langsam und erbarmungslos voran. Den Pinsel konnte er noch halten, aber er wurde immer vergesslicher, konnte sich immer schlechter bewegen, hatte Schmerzen, nahm einen Haufen Medikamente. Alles ertrug er, solange er noch malen konnte. Und malen konnte er, solange er noch Bilder im Kopf hatte.

Alena trank einen Schluck Wasser und machte sich das Gesicht nass. Zum Katzenfutter an der Haustür stellte sie noch eine Schale mit frischem Wasser.

„Falls die Katzen auftauchen, gehen Sie ein Stück weg, sonst trauen sie sich nicht an ihr Futter ran", bat sie den Polizisten. „Sie sind sehr scheu."

Er versprach es ihr. Sie dankte ihm, verabschiedete sich, trat auf die Straße und ging, ohne sich umzusehen, davon. Sie wollte nicht rührselig werden. Sie hatte hier einen Teil ihres Lebens verbracht, na und? Im Leben waren nicht die Häuser wichtig, sondern die Menschen. Und die gingen, einer nach dem anderen. Manchmal musste man ihnen allerdings ein bisschen helfen. Als Pavel bereits drei Wochen vor der leeren Leinwand gesessen und sie nur noch niedergeschlagen angesehen hatte, hatte sie begriffen, dass die Bilder in seinem Kopf verloschen waren. Das war die Endstation, er konnte nicht mehr malen. Sie musste ihm diesen Dienst erweisen. Es war ganz leicht gewesen, sie hatte einfach nur die Dosis der Medikamente vervielfacht, die er einnahm. Er war eingeschlafen und nicht mehr aufgewacht. Alle befanden, dass er seinen Abgang freiwillig gewählt hatte. Recht hatten sie.

Alena Blažková ging die Straße entlang und entfernte sich immer weiter von ihrem Geburtshaus. Sie wusste, dass sie zum letzten Mal hier gewesen war. Nie wieder würde sie herkommen. Sie war müde. Wie Shakespeare, als er sein 66. Sonett geschrieben hatte. Sie dachte an Rózi, an Osvald und an Pavel. Gern hätte sie gewusst, ob Menschen, die in diesem Raum-Zeit-Gefüge eng miteinander verbunden waren (durch Liebe, Hass oder beides), sich auch in anderen Dimensionen wiedertreffen würden. Nach dem Tod. Sie war neugierig, wer dort drüben auf sie wartete.

„Seid ihr euch da vollkommen sicher?"

„Wir nicht, aber EBIS", sagte Tomeš. Das spezielle Computerprogramm zur Typisierung von Schusswaffen anhand von aufgefundener Munition hatte eindeutig bewiesen, dass das Geschoss unter dem Johannisbeerstrauch in Zapletals Garten aus seiner Dienstwaffe abgefeuert worden war. „Irrtum ausgeschlossen, schau selber."

Tomeš präsentierte Marián im Rechner den Abgleichsvorgang: das vergrößerte Projektil, seine Deformation und die Spuren an seiner Oberfläche. Dazu eine Reihe von Zahlen und Parametern. Die sprachen klar und deutlich zu ihnen.

„Wo lag die Patronenhülse?"

Der Ballistiker klickte auf das Foto des kleinen Waldes am Rand des Plateaus.

„Bei den Kiefern da. Geschossen wurde höchstwahrscheinlich aus dem Fenster eines Autos. Pflaumenblau."

„Woher weißt du das?"

Tomeš zeigte das nächste Foto. Darauf war das Detail eines Baumstamms. Die abgeschürfte Rinde zeigte Spuren von blauem Lack.

„Der Baum hat ihn ausgebremst."

„Sie ausgebremst", korrigierte ihn Marián. „Wir haben eine Zeugin, die im Auto eine Frau gesehen hat. Bis jetzt kennen wir ihre Identität noch nicht."

„Die schießt nicht übel. Das sind vierzehn Meter vom Wald bis zum Zaun. Sie hat mühelos zwischen den zwei Latten durchgeschossen." Tomeš zeigte eine Aufnahme von Zapletals Zaun, durch den das Geschoss hindurchgeflogen war. „Offensichtlich hat sie auf den Weg gezielt, ungefähr einen Meter vom Gartentor entfernt."

„Sie hat gewusst, dass Zapletal hier lang muss", pflichtete Marián ihm bei.

„Er ist bloß schneller gegangen, als sie sich das ausgerechnet hatte. Die Patrone ist hinter seinem Rücken vorbeigezischt."

„In Höhe des Brustkorbs. Schwein gehabt."

„Sie muss ihn ziemlich knapp verfehlt haben. Auf dem Video sieht man, was er für einen Schreck gekriegt hat."

„Bis jetzt haben wir kein anderes Geschoss gefunden", sagte Tomeš.

„Ist es vielleicht in den Garten nebenan geflogen?"

„Die Jungs kämmen das alles ab. Aber viel versprech ich mir nicht davon. Ansonsten hätten wir auch noch eine Patronenhülse gefunden. Wenn sie schon die eine liegen gelassen hat …"

„… hätte sie auch die andere nicht aufgehoben", gab Marián ihm recht.

„Ich glaube, das ist nicht unbedingt eine Amateurin gewesen. Meiner Meinung nach hat sie gewusst, dass sie, sobald Zapletal durchs Gartentor ist, keine Chance mehr hat, ihn von ihrem Standort aus zu treffen. Und dort rauszukommen, davor hat sie offenbar Angst gehabt. Aber vielleicht hat sie's später von woanders probiert."

Marián sah sich die topografische Karte mit der eingezeichneten Flugbahn an. „Du sagst, sie war keine Amateurin?"

„Obwohl sie nicht getroffen hat, hat sie garantiert schon oft geschossen", sagte Tomeš. „Sie ist definitiv die bessere Revolverheldin als Autofahrerin. Wie ist sie überhaupt an die Polizeipistole rangekommen?"

„Das werden wir hoffentlich bald erfahren."

Der blaue Ford Mondeo war auf einen Jáchym Valík aus Líšeň bei Kladno zugelassen. Unter dem Kennzeichen mit der umgekehrten Reihenfolge der letzten vier Zahlen hatten sie einen silbernen Fabia gefunden. Eliška Žantovská hatte trotz der von den Turndowns verursachten Verwirrung in ihrem Kopf gute Arbeit geleistet. Und wird das vielleicht auch noch weiter tun, dachte Marián. Es wäre nötig, dass sie die Schützin identifizierte. Bis jetzt hatte sie über sie nicht mehr gesagt, als dass sie gebräunte Schultern hatte und eine rote Bluse trug. Oder ein T-Shirt.

„Jáchym Valík ist nicht verheiratet", verkündete Diviš, der den Besitzer im Einwohnermelderegister herausgesucht hatte. „Er ist zweiunddreißig und hat eine Schwester, die wohnt in Nymburk. Die Mutter auch. Unter derselben Adresse wie Valík ist noch eine Hedvika Grygarová gemeldet."

„Wie alt ist die?"

„Fünfundzwanzig."

Diviš zeigte Marián die Fotos vom Meldeamt. Jáchym Valík hatte einen gedankenverlorenen Blick und vorzeitig erkennbare Falten im Gesicht, was ihm das Aussehen eines Clowns verlieh. Hedvika Grygarová war eine attraktive Blondine. Breiter Mund, volle Lippen, Mandelaugen. Ein Gesicht wie aus der Titelseite einer Boulevardzeitung ausgeschnitten. Diviš und Marián betrachteten es. Bis auf die Haarfarbe entsprach sie dem Mädchentyp aus Zapletals Sammlung.

„Das müssen wir dem Chef vom Trocnov zeigen", sagte Diviš. „Ich wette, der hat sie mit Zapletal in seinem Lokal gesehen."

„Um was?" Marián reagierte rasch. Gelegentliche Wetten belebten die dienstlichen Stereotype.

„Ums Lenkrad." Diviš schnappte Mariáns fragenden Blick auf und erklärte: „Ich würde mich freuen, wenn du mich auch mal ans Steuer lässt, wenn wir zusammen irgendwohin fahren."

Sie schlugen ein. Marián ging zur detaillierten Landkarte an der Wand seines Büros. Auf ihr war jede auch noch so kleine Gemeinde Tschechiens eingezeichnet. Als er vor Jahren bei der Polizei angefangen hatte, hing bei seinem Kommandeur, Oberkommissar Komárek, ebenfalls eine detaillierte Landkarte an der Wand, bloß war damals auch noch die Slowakei mit darauf gewesen. Heute kam einem das wie Ur- und Frühgeschichte vor. Marián hatte sich nie an den Diskussionen beteiligt, ob es nun richtig oder falsch gewesen war, dass sich die Tschechoslowakei in zwei Staaten geteilt hatte (das Gerede war auf beiden Seiten ähnlich; in der Slowakei hörte er immer: *Panna Mária, vďaka,* jetzt kommandieren uns die Tschehúnis nicht mehr rum, auf der tschechischen Seite wiederum: Sollen die sich doch auf ihre Alm hocken und Schafe hüten, die Slowacken!), und doch spürte er, wenn er die veränderte Grenzziehung sah, jedes Mal Bedauern. Beide Länder waren Mitglied der Europäischen Union, in beiden konnte er arbeiten und auch leben, hier und dort liebte er Menschen und hatte jemanden zu Grabe getragen, er sprach beide Sprachen und fühlte sich auf beiden Seiten zu Hause, das Gefühl eines Verlusts in ihm blieb jedoch. Es war irrational wie die meisten Gefühle, aber er vermutete, dass er es nie wieder loswerden würde.

„Lír zufolge ist Zapletal immer hier lang nach Prag gefahren." Er zeigte auf die Karte. „Über Hřebeč und Hostouň. Das war seine reguläre Strecke."

„Líšeň liegt ein bisschen abseits", befand Diviš, der sich das dichte Netz aus Landstraßen näher ansah.

„Es liegt auf dem Gebiet der Gemeinden, die in sein Revier gefallen sind. Er und Valík müssen sich gekannt haben", verkündete Marián mit Sicherheit. Die zog er aus seiner Kindheit. Solange er in Lehôtka gewohnt hatte, kannte er nicht nur jede Familie weit und breit, sondern auch alle Bürgermeister in der Umgebung, alle Postbeamtinnen, Dorftrottel, LPG-Vorsitzenden und weitere Lokalgrößen. Und natürlich auch die Polizisten, die damals angeblich dem Volke gehörten. Die genaue Kenntnis seines alltäglichen Umfelds war seinerzeit unabdingbarer Bestandteil des Überlebenskampfes gewesen. „Und vergiss die Einbrüche nicht. Alle haben sich in einem Radius von wenigen Kilometern ereignet und Zapletal hat in der Sache ermittelt."

„Was zusammengehören kann."

Marián nickte. „Das müssen wir uns anschauen."

Das Klingeln des Telefons unterbrach sie. Der Restaurantchef war eingetroffen und wartete an der Pforte. Während Diviš ihn abholen ging, öffnete Marián im Computer die Akte, zu der ihnen Lír den Zugang verschafft hatte, und schickte die beiden Namen durch den Suchlauf. Weder Valík noch Grygarová waren zu finden. Entweder gehörten sie nicht zu den Vernommenen im Zusammenhang mit den Einbrüchen, oder … Oder was? Die Beschwerde von Barbora Chladilová hatte angedeutet, dass Zapletal nach der Gibst-du-mir-so-geb-ich-dir-Methode vorgegangen war. Das schien sich für ihn zu rentieren – zumindest für eine gewisse Zeit. Am Ende hatte ihm das aber höchstwahrscheinlich das Genick gebrochen.

Marián rieb sich ungeduldig die Nasenwurzel. Er hatte das Gefühl, dass sie auf der Stelle traten. Sie hatten eine ganze Menge Spuren, aber die führten nicht auf einen Punkt zu, die Ermittlungen liefen eher in die Breite. Barbora Chladilová musste so schnell wie möglich vernommen werden. Prchlík und Farkas ebenfalls. Dann Zapletals Nachbar mit der Glatze. Und natürlich der Besitzer des Ford Mondeo, Jáchym Valík. Vielleicht könnten sie ihn hierher holen. Mariáns Blick fiel auf den alten Sessel in der Ecke. Am liebsten würde er sich hineinsetzen, um in Ruhe seine Gedanken zu sortieren. Aber die Zeit gestattete ihm das nicht. Sie hätten längst bei Zdeněk sein müssen. Marián hatte keine Zweifel, dass gleich sein Handy klingeln würde und er die aufs Zwerchfell gestützte Stimme seines Chefs vernähme, wo Herrgottnochmal sie jetzt blieben. Er beschloss, die Besprechung bei Zdeněk zu nutzen, um ihn zu bitten, sein Team aufzustocken. Obwohl Diviš ein außergewöhnlich leistungsstarker Partner war, wuchsen ihnen die Dinge allmählich über den Kopf, und das altbekannte Ziehen unterm Bauchnabel vermeldete Marián, dass es keine Zeit zu verlieren gab. Irgendwer oder irgendwas war gerade dabei, sie zu überholen.

„Na dann nehmen Sie mal schön Platz bei uns und schauen sich ein paar hübsche Mädchen an", begrüßte er den Restaurantchef, kaum dass er zur Tür hereingekommen war, und öffnete am Bildschirm den Ordner mit Zapletals nun jugendfreiem Pornoarchiv. Ihr Gast klickte sich von einem

Mädchengesicht zum nächsten durch. Schweigend und aufmerksam schaute er sich jedes an. Bei manchen verweilte er etwas länger, zu anderen kehrte er zwei- oder dreimal zurück. Marián und Diviš standen neben ihm und warteten gespannt. Die Momente, in denen ein Zeuge jemanden zweifelsfrei identifizierte, hatten schon immer zu den süßesten gehört. Das waren die Rosinen im Kuchen. Kurze Augenblicke der Befriedigung, die man sich durch vorausgegangenen Bienchenfleiß verdient hatte.

„Die da!", kam es endlich. Der Restaurantchef ging näher an den Bildschirm heran. Darauf war das Foto der Ausländerin, die sie intern Salma Hayek getauft hatten. (Marián hatte es inzwischen geschafft, sich im Netz Fotos der Schauspielerin anzuschauen, und er musste zugeben, dass sie sich tatsächlich ähnlich sahen.) „Das ist sie."

„Die Frau hier hat an der Hotelrezeption auf Osvald Zapletal gewartet, als er das letzte Mal bei Ihnen war?"

Ihr Gast nickte.

„Und vorher ist sie schon ein paar Mal mit ihm bei Ihnen im Restaurant gewesen?"

Er nickte noch einmal.

„Sind Sie sicher?"

„Absolut."

„Und von den anderen Damen haben Sie keine mit Zapletal gesehen?"

Er schaute sich alle Fotos noch einmal an. Dann zeigte er auf ein Gesicht.

„Die vielleicht", sagte er zögerlich. Dann zeigte er auf ein anderes: „Die auch, glaube ich. Aber meinen Kopf würde ich darauf nicht verwetten."

„Sie haben gesagt, dass Sie ein gutes Gedächtnis für Gesichter haben", erinnerte Diviš ihn.

„Die sehen ja alle gleich aus!"

Da musste Marián im recht geben. Die gleiche Art von Frisur, die gleiche Weise, sich zu schminken, und der gleiche glasige Blick hatten jede Individualität aus den Gesichtern beseitigt.

„Und was ist mit der hier?" Diviš zeigte ihm das Foto von Hedvika Grygarová. „Ist die mal bei Ihnen im Trocnov gewesen?"

„Nein", sagte er, ohne zu zögern. „So ein Schnuckel wäre mir in Erinnerung geblieben."

„Na dann vielen Dank", sagte Marián. „Sie haben uns sehr geholfen."

Der Restaurantchef erhob sich, schüttelte ihm die Hand und ging mit Diviš in Richtung Tür. Plötzlich blieb er stehen. Verblüfft wandte er den Kopf und ging zurück zum Fenster. Er schaute auf das Foto von Barbora Chladilová, das an der Scheibe klebte.

„Die hab ich mit ihm gesehen!"

„Tatsache?", fragte Marián überrascht.

„Wenn ich Ihnen das sage, dann hab ich sie auch gesehen", antwortete er. Für einen Moment war sein patziger Tonfall wieder da, mit dem er sie am Morgen empfangen hatte. „Sie ist mit ihm bei uns gewesen."

„Wann?"

„Das ist schon ein Weilchen her. Vor einem Jahr, oder eher vor zwei Jahren."

„Dass Sie sich gerade die gemerkt haben und die anderen nicht?", wunderte sich Marián.

„Die war anders. Scheu. Sie war vor ihm da, hat sich dauernd umgeschaut, wollte nichts bestellen, sie erwarte noch jemanden. Dann ist sie auf einmal aufgestanden und gegangen. Und einen Moment später ist sie mit ihm zusammen zurückgekommen."

„Mit Osvald Zapletal?"

Der Restaurantchef nickte. Man sah, dass er die ganze Situation klar vor Augen hatte.

„Sie haben sich an die Bar gesetzt, sie immer noch verhuscht wie ein Häschen, sie haben was getrunken, er hat bezahlt und dann sind sie gegangen."

„Ins Hotel?"

„Hm, in Richtung Rezeption. Weiter habe ich mich nicht darum gekümmert. Wie gesagt, ich leite das Restaurant, das Hotel …"

„… ist ein eigenständiger Betrieb", beendeten Diviš und Marián den Satz für ihn. Manchen Kehrreim kann man ganz leicht auswendig lernen.

Nina legte den Badeanzug ganz unten in den Koffer. So bald würde sie ihn nicht brauchen, laut Mariluz bewegten sich die Julitemperaturen in Brasilien um die fünf Grad. Eine Wetter-App sagte sogar Schneefall voraus. Nina kam das vor wie Ironie. Sie fuhr in eine warme Gegend – in Pudelmütze und Handschuhen. Aber sie machte die Reise ja nicht, um das Wetter zu genießen.

In den Koffer packte sie nun weitere Kleidungsstücke, die sie sich auf Tisch, Bett und Boden zurechtgelegt hatte. Eine Capoeira-Hose, ein T-Shirt. Die Schuhe kamen in den kleinen Koffer von Yadira. Schon über eine Woche sah es in ihrem Zimmer aus wie in einem Warenlager. Nichts war mehr an Ort und Stelle, die Berge aus Sachen zum Einpacken wuchsen und Yadira brachte immer noch mehr angeschleppt. Andere hingegen nahm sie wieder mit oder sortierte sie um. Hinter all dem Aktionismus spürte man ihre Nervosität. Bestimmt fragte sie sich, wie sie ohne Nina weiter in diesem Haus existieren sollte. Die Stille und Leere jagten ihr Angst ein. Sie tat alles, um hier nicht allein zu sein. Nach der Schule rief sie Nina meist an und fragte, ob sie sie auf dem Rückweg irgendwo einsammeln könne. Oder sie machte einen Abstecher zu Vater in die Firma. Yadira war das leere Haus verhasst. Jede Heimkehr war für sie der Horror. Manchmal suchte sie sich Arbeit im Garten, sie schnitt die Hecke oder jätete Unkraut, nur um das Betreten des Hauses hinauszuzögern.

Auf den Fliesen in der Halle hörte man Vaters Schritte. Er kam aus seinem Arbeitszimmer und ging in Richtung Küche. Den ganzen Vormittag hatte er sich mit dem Shanghai-Projekt beschäftigt, das zwar längst abgegeben war, aber er besserte nachträglich immer noch daran herum. Noch ein paar Tage, und er würde erfahren, ob er den Wettbewerb gewonnen hatte. Das wäre der erste große Auftrag nach langer Zeit, zudem ausgeschrieben vom Außenministerium, das alle tschechischen Kulturzentren weltweit finanzierte. Und Nina wusste, wie sehr Vaters professionelles Selbstvertrauen diesen Auftrag brauchte.

Die Schritte hielten auf halbem Wege zwischen Arbeitszimmer und Küche inne. Nina überlegte, aus welchem Grund. Sie kannte den Grundriss und alle Winkel des Hauses so genau, dass sie sich anhand der bei ihr ankommenden Geräusche vorstellen konnte, wer wohin ging und was er dort tat. Er musste am Kamin stehen. Ging er die Post durch? Blätterte er im *Architekt*, dessen neueste Ausgabe er meist auf den Kaminsims legte? Das ließ Nina keine Ruhe und sie schlüpfte aus dem Zimmer. Über das Geländer der Galerie sah sie Vaters Glatze. Er stand am Kamin und schaute durch die breite Fensterscheibe nach draußen. Angestrengt, reglos.

Schon den dritten Tag wimmelte es gegenüber bei Zapletals von Polizisten und Technikern in Schutzanzügen und mit den unterschiedlichsten Geräten. Außer dass sie Fotos machten, war nicht zu erkennen, was genau sie taten. Sowohl Vater als auch Yadira nahmen alles aufmerksam wahr, ließen sich aber beide nichts anmerken. Sie taten so, als interessiere sie das

Treiben auf der anderen Straßenseite kein bisschen. So auch jetzt. Kaum hatte Vater das Knarren von Ninas Zimmertür gehört, drehte er sich vom Fenster weg.

„Na, wie weit bist du mit Packen?", fragte er.

„Die Bücher lass ich zu Hause", sagte sie. Er hatte ihr einen Stoß Literatur zurechtgelegt, die sie vielleicht in São Paulo gebrauchen konnte, aber sie musste auch an das Gewicht ihres Gepäcks denken. „Das wären anderthalb Kilo extra."

„Falls du merkst, dass du was davon brauchst, schick ich's dir."

Sie nickte und stieg langsam die Stufen hinunter.

„Kaffee?", fragte sie. Wenn sie allein zu Hause waren, beide eingeigelt in ihren Zimmern bei der Arbeit oder beim Studieren, nahmen sie sich im Laufe des Tages meistens Zeit für ein bisschen Gemeinsamkeit bei einer Tasse Kaffee.

„Gerne", sagte er. Unterbewusst drehte er den Kopf wieder zum Fenster. Durchs Gebüsch sah man das gegenüberliegende Gartentor mit dem rotweißen Flatterband. Daneben stand ein Polizist. Hinten im Garten waren ein paar Männer zugange. Vater beobachtete sie. „Die suchen was."

„Patronen", sagte Nina.

„Patronen?", wiederholte er verständnislos. „Wo sollen denn dort Patronen herkommen?"

„Jemand hat auf den Zapletal geschossen." Das hatte sie kurz zuvor im Netz gelesen. Der Artikel war sensationslüstern geschrieben, mit Details aufgehübscht, die nicht glaubwürdig waren, außerdem stand er auf einem nicht wirklich seriösen Nachrichtenportal. Aber ein bisschen Wahrheit steckte doch in jedem Gerücht …

„Wann denn?"

„Angeblich Sonntagabend. Direkt im Garten."

„Hast du was gehört? Oder wen gesehen?"

„Nein. Und du?"

„Ich war nicht da."

Nina fiel ein, dass er bei einem Geschäftsessen gewesen war.

„Vielleicht befragen sie uns ja", sagte sie wie nebenbei. Sie blieb neben Vater stehen, den Blick auf den Zaunpfahl gerichtet, der hinter den Hortensien herausschaute. Auf ihm saß eine Katze und beobachtete misstrauisch den Polizisten am Gartentor. „Ich wundere mich, dass sie noch nicht bei uns geklingelt haben."

Sie ging Kaffee machen. Wer hätte einen Grund haben können, auf Zapletal zu schießen? Im Unterschied zu seiner Mutter hatte er sich den Nachbarn gegenüber höflich benommen, er grüßte freundlich und parkte so, dass sein Auto niemandem im Weg stand.

„Ich hatte eine Auseinandersetzung mit ihm", hörte sie Vaters Stimme. „Ich geh davon aus, dass sie das erfahren."

Er war zu ihr gekommen, lehnte sich gegen den Türrahmen und sah zu, wie sie die Tassen auf den Rost der Espressomaschine stellte.

„Eine Auseinandersetzung? Mit dem Zapletal?", fragte sie überrascht. „Weshalb denn?"

„Manchmal hat er den Fernseher oder das Radio so laut gemacht, dass ich das bis zu mir ins Arbeitszimmer gehört hab. Bei dem Lärm konnte ich nicht arbeiten. Da hab ich ihn drauf aufmerksam gemacht."

„Und er?"

„Hat gesagt, dass er beim nächsten Mal drauf achtet."

„Das ist alles?"

„Ich glaube, der hat das von dem Moment an extra oft gemacht. Vor allem, wenn er dicht war. Und gesoffen hat der eigentlich dauernd."

Nina starrte ihren Vater völlig konsterniert an. Noch nie hatte er mit ihr über die Nachbarn gesprochen.

„Und woher willst du das wissen?"

„Hast du nie die Berge von Flaschen gesehen, die er immer in den Container geschmissen hat? Gesoffen hat der wie 'n Loch. Ich bin dem aus dem Weg gegangen, aber dann ist zwischen uns der Krieg ausgebrochen wegen dem Lärm."

Immer hatte Nina gedacht, dass ihr Vater weit über Kleinlichkeiten jeglicher Art stand. Er hatte Visionen und Ideale, und in Übereinstimmung mit den Werten, zu denen er sich bekannte, lebte er auch selbst. Er war fest. Gerade. Deshalb bewunderte sie ihn. Als sich ihr vor einiger Zeit Yadira mit ihrem Unglück anvertraut hatte (ihrer Beichte vorausgegangen war ein nicht zu bändigender Weinkrampf und Nasenbluten, das sie dann gemeinsam im Bad zum Stillstand bringen mussten), konnte sich Nina ganz und gar in ihre Verzweiflung hineinversetzen. Sie begriff, was sie Vater ersparen wollte. Wenn er erfahren würde, unter welchen Begleitumständen Marek zu Tode gekommen war, wäre für ihn die ganze Katastrophe wieder präsent. Das Moment des Zufalls wäre daraus verschwunden, das Ganze würde zu einem persönlichen Versagen. Sie fürchtete, dass er das vielleicht nicht ertragen könnte. Jetzt aber kam es Nina so vor, als hätte sie sich in ihm getäuscht. Vielleicht hatte sie ihn unberechtigterweise idealisiert.

„Und wie hast du den Krieg geführt?"

„Na wie richtige Kerle eben Krieg führen. Ich hab ihm eine …" Er ließ den angebissenen Satz in der Luft hängen. Mit abwesendem Blick sah er zu, wie der Kaffee in die Tassen plätscherte. Nina lief eine kleine Frostwelle über den Rücken. Sie merkte, dass Vater über eine Sache sprach, aber an etwas anderes dachte. Ob er Bescheid wusste? Yadira hatte ihr das Gegenteil versichert. Sie hatte behauptet, dass ihm das nicht im Traum einfallen würde. Ob sie sich da vielleicht Illusionen machte?

„Was hast du ihm?", fragte sie, weil Vaters Satz nach wie vor unvollendet war.

„Ist doch egal", sagte er. Er lächelte und strich Nina übers Haar. Sie schmiegte sich in seine Arme, wie sie das schon von Kindheit an getan hatte. Sie wollte sich nicht den Kopf zerbrechen über unerwartete Windungen in seinem Charakter. Sie wünschte sich, dass er sie mit nichts überraschen würde, dass er immer gleich wäre. Ihr Vater, der sich um Kleinigkeiten keine Gedanken machte und die wesentlichen Dinge hinbekam. Ein Mann von Format. Sie gab ihm ein Küsschen, nahm sich ihre Tasse und goss einen Schluck Milch hinein.

„Den trink ich bei mir im Zimmer", sagte sie. „Ich muss hinmachen. Wenn ich weiter in dem Tempo packe, dann fliegen die morgen ohne mich."

„Ohne dich fliegt keiner, das lass ich nicht zu", beruhigte er sie. Es klang absurd, aber Nina war absolut sicher, dass er alles tun würde, was in seiner Macht stand, damit das Flugzeug auf sie warten würde. Er nahm seinen Kaffee und ging damit in Richtung Arbeitszimmer. Am Kamin blieb er noch einmal für einen Augenblick stehen und blickte durchs Fenster hinaus. Seine Haltung wirkte unerschütterlich. Das lass ich nicht zu …

Nina stieg die Treppe hinauf, schaute von oben auf Vaters Glatze und überlegte, wo die Grenzen seiner Möglichkeiten waren und was er sich vielleicht nur einredete.

Zdeněk Karoch hatte eine angenehme Eigenschaft: Er zog Konflikte nicht in die Länge. Er konnte innerhalb weniger Sekunden in Weißglut geraten, aber genauso schnell auch wieder abkühlen. Es kam darauf an, welche Ergebnisse man ihm vorlegte. Ehe er Vorgesetzter geworden war, hatte er jahrelang als einfacher Kriminalpolizist gearbeitet, er konnte Schlamperei erkennen und wusste anständige Arbeit zu würdigen. Marián wusste das genau, also hielt er sich nicht erst mit Entschuldigungen für die gestrige Nachrichtensperre und die heutige

Verspätung auf und verlor auch keine Zeit mit Formalitäten, auf die keiner von ihnen großen Wert legte. Er kam direkt zum Wesentlichen: zum Obduktionsbefund, zu Zapletals Vorliebe für junge Mädchen, zur Patrone aus seiner Dienstpistole, zum blauen Ford Mondeo und zu der Frau, die die dreizehnjährige Zeugin darin sitzen gesehen hatte.

„Beinahe erschossen, beinahe an Cyanwasserstoff erstickt und schließlich ertrunken", zählte Zdeněk fast ehrfürchtig auf, was Osvald Zapletal an seinem letzten Tag zugestoßen war. „So von der Bühne abtreten, das schafft nicht jeder. Sonst noch was?"

„Er war kurz vor seinem Tod sexuell aktiv. Außerdem hatte er Teer in der Lunge, fast drei Promille Alkohol und einen hohen THC-Spiegel im Blut", antwortete Marián. „Wir warten auf die Analyse …"

„Ich Rindvieh!", entfuhr es Diviš. Er zog eine schuldbewusste Miene, wurde sogar ein bisschen rot. Er holte sein gelbes Notizbuch aus der Hosentasche: „Ich hab's mir aufgeschrieben, aber dann wieder vergessen. Sorry. Der Lulatsch von den Technikern hat angerufen, dass in den Tütchen, die wir bei Zapletal in der Wohnung gefunden haben, Weiße Witwe war. Das kriegst du noch schriftlich per Mail mit einem vorläufigen Bericht …"

„Was für eine weiße Witwe?", fragte Zdeněk.

„White Widow. Eine Hanfsorte." Der Respekt in Diviš' Stimme ließ erahnen, dass er die Lady nicht nur vom Hörensagen kannte. Er blätterte in seinem Büchlein nach dem markierten Eintrag. „Holländische Qualitätssorte mit hohem THC-Gehalt, vermutlich indoor gezüchtet oder im Gewächshaus. In dem Briefumschlag hatte er sechzig Tütchen à fünf Gramm. In Prag kriegt man auf der Straße das Gramm für durchschnittlich zwei Hunderter oder acht Euro fünfzig. In der Schublade waren also an die sechzigtausend Kronen."

„Warum hat er denn so viel davon zu Hause gehabt?"

„Den Pathologen zufolge hat er schon über lange Zeit und regelmäßig Drogen genommen. Und meiner Meinung nach war das hier sein Tauschwert", sagte Marián.

„Er hat sich die Mädels mit Gras gekauft?"

Marián zuckte mit den Schultern. Noch immer hatte er keine klare Vorstellung davon, wie Zapletals Transaktionen über die Bühne gegangen waren. Grundlegende Informationen hatten sie am Vormittag von der Rezeptionistin im Hotel bekommen. Er gab sie an Zdeněk weiter: „Jeden Monat hat er sich zweimal, manchmal auch dreimal im Hotel Trocnov in Žižkov ein Zimmer genommen. Immer nur für eine Nacht."

„Alleine?"

„Zumindest den Unterlagen nach."

„Wer dann tatsächlich mit ihm dort gewesen ist, kann man nicht mehr feststellen", erläuterte Diviš. „Wir haben die Zeugenaussage vom Leiter des Restaurants im Erdgeschoss, dass Zapletal oft in Damenbegleitung aus der Bar ins Hotel gegangen ist. Mehr wisse er angeblich nicht. Und die Rezeptionistin auch nicht. Sie werde nicht dafür bezahlt, die Besucher ihrer Gäste zu kontrollieren."

„Und wofür wird sie dann bezahlt? Dass sie sie nicht kontrolliert?"

„Einen Namen haben wir: Barbora Chladilová. Vor zwei Jahren hat sie gegen Zapletal Beschwerde eingelegt, die sie später zurückgezogen hat. Angeblich wollte er von ihr Sex als Gegenleistung dafür, dass er die polizeilichen Ermittlungsakten fälscht. Die Chladilová hat bei ihrer Beschwerde ausgesagt, dass sie abgelehnt hat. Aber der Restaurantchef hat sie mit Zapletal im Trocnov gesehen. Und dann haben wir noch Salma Hayek."

„Salma Hayek?" Zdeněk riss die Augen auf. „Die Schauspielerin?"

„Die kennst du?"

„Hammer Frau!"

„Zapletal hat sie offensichtlich auch gefallen. Mit einer Doppelgängerin von ihr ist er ein paar Mal im Trocnov gewesen. Leider wissen wir weder, wie sie heißt, noch wo wir sie suchen sollen. Vielleicht ist sie es, die auf ihn geschossen oder ihn ertränkt hat. Oder beides."

„Eventuell hat sie sich auch um den Cyanwasserstoff gekümmert", fügte Diviš hinzu.

Zdeněks Schreibtischtelefon klingelte. Er nahm den Hörer ab.

„Das hat auch noch zehn Minuten Zeit, oder?", blaffte er hinein. Ohne eine Antwort abzuwarten, legte er auf und kehrte zur unterbrochenen Unterhaltung zurück: „Und sein Handy hat euch keine Spur geliefert?"

„Wir wissen, dass er zum letzten Mal um dreiviertel neun am Abend telefoniert hat. Jemand hat ihn kurz aus einer Telefonzelle in Beroun angerufen. Das könnte der Mörder gewesen sein, mit dem er vielleicht dort verabredet war."

Eine Weile dachten alle drei schweigend darüber nach. Dass jemand ein Handy von einer Telefonzelle aus anrief, geschah heutzutage selten. Derjenige hatte entweder keine andere Möglichkeit, oder er wollte anonym bleiben.

„Und aus seiner Mutter habt ihr auch nichts rausgekriegt?"

„Das haben wir nicht mehr geschafft", gab Marián zu. Er machte sich leichte Vorwürfe, dass er sich überreden lassen und Růžena Zapletalová nicht doch ein paar Fragen gestellt hatte. Damit hätten sie jetzt weiter sein können. „Sie ist überraschend verstorben. Herzinfarkt. Bis jetzt haben wir Zapletals Mansarde durchsucht, als nächstes schauen wir bei ihr im Erdgeschoss nach."

„Rechnest du damit, dass du dort eine Hanfplantage findest? Oder ein Studio für Pornofilmdrehs?"

Marián wusste nicht, was er in der Wohnung von Růžena Zapletalová finden wollte, aber er hatte eine Ahnung, dass die Durchsuchung nicht vergeblich wäre. Wenn Mutter und Sohn so viele Jahre in einem Haus gewohnt hatten, musste sie mehr verbinden als nur ein Flur und ein paar Stufen. Er hatte zu ihr eine intensive Beziehung gehabt, sie war das A und O in seinem Leben gewesen, hatte Sabina aus Zapletals Horoskop herausgelesen. Irgendetwas muss diese intensive Beziehung doch dokumentiert haben. Etwas Greifbares. Briefe? Ein Tagebuch? Alte Fotos? Das Testament?

„Wir haben uns ihr Bankkonto angeschaut." Diviš' Stimme riss Marián aus seinen Gedanken. „Da sind 580 000 Kronen drauf. Wir haben noch nicht überprüft, von wo das Geld gekommen ist, aber wir vermuten … ich zumindest vermute, dass Zapletal mit Gras gedealt hat. Die Einnahmen hätte er, wenigstens zum Teil, auf dem Konto seiner Mutter parken können."

„Streit mit jemandem aus der Drogenszene als Tatmotiv?", sagte Zdeněk. Es war eine rhetorische Frage, die er selbst beantwortete: „Warum nicht? Vielleicht hat er versucht, jemanden zu bescheißen. Oder er hat fröhlich selber konsumiert, statt das Zeug zu verticken."

„Das ist eine Möglichkeit", sagte Marián. Er wollte Diviš' Hypothese nicht vor Zdeněk angreifen, auch wenn er selbst nicht an sie glaubte. Warum nicht, konnte er nicht sagen, aber irgendetwas passte da nicht zusammen. Alles, was er bisher über Zapletal erfahren hatte, ergab eher das Bild eines Abenteurers, der auf eigene Faust handelte, als das eines Bauern auf dem Schachbrett der Drogenmafia. Im Moment aber kam ihm die Hypothese ganz gelegen. Die Mafia passte ihm gut in den Kram.

„Sicher, das ist eine mögliche Variante", sagte er noch einmal. „Das müssen wir überprüfen. Und andere Spuren natürlich auch. Irgendwie wird das alles ziemlich kompliziert, Zdeněk. Alleine kriegen wir das nicht hin. Kannst du uns nicht noch Jarda Svoboda zuteilen?"

„Der ist mit Rosťa am Fall Hamouz dran."

Das wusste Marián natürlich, aber Maulfaulheit bringt nix als Leid, wie Tante Jozefína immer sagte. Svoboda war ein ausgezeichneter Kriminalist.

„Vielleicht kommt Rosťa ja ohne ihn aus."

Zdeněk schüttelte den Kopf. „Die sind jetzt in der entscheidenden Phase. Die könnten selber mindestens noch zwei Leute gebrauchen. Aber ich konnte ihnen gerade mal eine junge, unerfahrene Praktikantin zuschustern."

„Ich hab den Eindruck, dass sie durchaus Erfahrungen hat", sagte Marián. Zdeněk warf ihm einen kurzen Blick zu, als hätte er die Doppeldeutigkeit seiner Anmerkung verstanden, sagte aber nichts.

„Und was ist mit Honza?"

„Mit welchem?"

„Honza Kočí. Teil den doch unserem Team zu."

Marián hatte mit Kočí vor einem Jahr die Fahndung nach einem Doppelmörder an Schulmädchen geleitet. Sie hatten ihn erwischt, kurz bevor er ein drittes Mal zuschlagen konnte. Das war eine Hetzjagd gewesen, von Prag über fast vierhundert Kilometer bis nach Ostrava, und sein Testosteronspiegel war dermaßen angestiegen, dass er, wenn zum Schluss nicht ein SEK übernommen hätte, auf seine Weise mit dem Mörder abgerechnet hätte.

„Honza Kočí hat Urlaub. Und der andere Honza macht mit der Málková und noch einem Praktikanten den Mord im Schwimmbad."

„Was ist mit Vráťa Labský?", versuchte es Marián weiter. Labský war schon im Pensionsalter, aber Marián arbeitete gern mit ihm zusammen. Er war systematisch und zuverlässig und man konnte den bürokratischen Routinekram bei ihm abladen. Er konnte eigenständig arbeiten, obwohl er für Mariáns Geschmack unnötig pingelig war.

„Labský hilft dir auch nicht weiter", wandte Zdeněk ein. „Der hat nicht mehr den Biss wie früher. Der verblödet langsam ein bisschen, schont sich, immer an der Wand lang. Ihr braucht kein Hausmütterchen, sondern ..."

Es klopfte. Fast gleichzeitig flog die Tür auf und im Büro stand, ohne hereingebeten worden zu sein, Lída Šotolová.

„Die Frau Hauptkommissar!", strahlte Zdeněk übers ganze Gesicht. „Dass mir das nicht gleich eingefallen ist! Lída ist euer Mann!"

Du wolltest Verstärkung, jetzt hast du sie, dachte Marián mit einer gegen sich selbst gerichteten Boshaftigkeit, als sie eine halbe Stunde später mit Lída Šotolová in seinem Büro saßen und sie in den Fall Zapletal einweihten. Diviš voller Elan, Marián etwas zurückhaltender. Bisher war er der Hauptkommissarin bei der gemeinsamen Arbeit nicht begegnet und war auch nicht besonders scharf darauf gewesen. Sie war dickköpfig, das verriet auch die Form ihres Schädels. Das Gesicht wie von Rodin gemeißelt, die Stirn unnachgiebig, das Kinn nach vorn gereckt. Augen, die einem bis in die Nieren schauten und niemandem auswichen. Man sagte, wenn aus einem Delinquenten etwas rauszuholen war – Hauptkommissarin Šotolová schaffte das. Sie strahlte eine natürliche Autorität aus, aber etwas tiefer unter der Oberfläche musste sie auch Empathie und ein Gespür für die feinere Psychologie parat haben, denn mit großem Erfolg führte sie auch Verhöre mit Frauen. Genau das brauchten sie jetzt. Also, ob dir das nun passt oder nicht, Zdeněk hat die richtige Wahl getroffen, versuchte Marián sich zu überzeugen.

„Wo brennt's am meisten?", fragte sie, als sie sich mit den wesentlichen Konturen des Falls vertraut gemacht hatte. Die ganze Zeit über hatte sie sich hastige, für ein fremdes Auge unleserliche Notizen gemacht.

„Frau Sedmerová. Die kommt um drei und schaut nach, ob sie in Zapletals Archiv vielleicht Ema und Radka Blauová findet. Wenn ja, gib mir gleich Bescheid", sagte Marián.

„Ich halte niemals Informationen zurück", erwiderte die Šotolová und ließ ihren Blick über ihre Notizen huschen. „Danach quetsch ich den Prchlík und den Farkas aus?"

Gegen Ausquetschen hatte Marián nichts einzuwenden, nur die Reihenfolge stimmte noch nicht.

„Ich wäre froh, wenn du erst mal zu Barbora Chladilová fahren könntest – das ist die, die erst Beschwerde gegen Zapletal eingereicht und sie dann wieder zurückgezogen hat. Vergiss nicht, sie ist frisch verheiratet, du musst vorsichtig mit ihr reden, und vor allem ohne ihren Ehemann", warnte er sie. „Das ist eine ziemlich heikle Angelegenheit."

„Ich vernehme Frauen niemals in Anwesenheit des Ehemanns", versicherte ihm die Šotolová und verzog sich zum Fenster, damit er in seinen Rechner schauen konnte. Gerade war dort der vorläufige Bericht der Techniker eingetroffen. *Panna Mária, vďaka,* hab Dank, dass du mein Bitten erhörst, was uns ermöglicht, voranzukommen, murmelte er in Gedanken ein kurzes Stoßgebet. Dabei fiel ihm auf, dass die frommen Gewohnheiten aus seiner Kindheit nur dann erwachten, wenn er etwas brauchte. Er nutzte den Himmel zu nichts anderem als zu Hilfeersuchen. Falls seine Bitte erfüllt wurde (Erfolgsquote etwa achtzig Prozent), folgte eine kleine Danksagung, was nicht nur eine bloße Formalität war, sondern darüber hinaus die pure Scheinheiligkeit – er befürchtete nämlich, dass ihm ohne Gebet die da oben beim nächsten Mal eins husten würden.

„Den Bericht druck mal aus", bat er Diviš. „Den lesen wir unterwegs."

Die Šotolová ließ ihren Blick über die Fensterscheibe fliegen, auf der die offenen Fragen standen. Bei einer hielt sie inne. Sie war ganz frisch, Diviš hatte sie kurz vor der Besprechung dazugeschrieben.

„Was heißt Senior Program?"

„Von dort kamen regelmäßig Zahlungen auf Růžena Zapletalovás Konto", erläuterte Diviš. „Da sind fast sechshunderttausend Kronen drauf. Bis jetzt hatten wir noch keine Zeit zu überprüfen, was das für eine Firma oder Organisation ist. Ich persönlich hab ja den Verdacht, dass das ein Tarnname ist. Ich hab schon bei der Bank angefragt …"

„Bei einer Bank darfst du nie nach irgendwas anfragen", riet ihm die Šotolová. „Ich versuch selber mal, mir das anzugucken. Wenn's dir nix ausmacht."

„Warum sollte es?"

„Was weiß ich?" Sie zuckte mit den Achseln. „Damit ich dir nicht aus Versehen deine Kleckerburg zertrete."

„Unsere Sandkiste teilen wir uns", erläuterte Marián. „Alle Schaufeln und Förmchen gehören uns gemeinsam. Du kannst zugreifen, wie du Lust hast, und anfangen was zu bauen."

„Auch was einreißen?", fragte sie und holte eine dünne Zigarre aus der Jackentasche.

„Meinetwegen auch einreißen. Vor allem aber nicht rauchen."

„Ich rauche nie", blaffte sie zurück und schnupperte ausgiebig an der Zigarre. „Forschungen von Physiologen haben ergeben, dass Tabakduft die Hirntätigkeit deutlich anregt. Die Agenten in Langley bekommen Zigarren als Naturalien zu ihren überdurchschnittlichen Gehältern. Ich hingegen muss sie mir von meinem lächerlichen Lohn selber kaufen."

Aus der anderen Tasche holte sie ein schmales Metalletui. Darin waren noch ein paar Zigarren mehr. Eine reichte sie

Marián, eine zweite Diviš. Automatisch schnupperten beide daran. Das Tabakaroma drang sofort in ihre Gehirnzellen ein und begann umgehend, sie gewaltig anzukurbeln.

„Dass uns dich Zdeněk nicht schon eher zugeteilt hat", bedauerte Marián. „Oder zumindestens jemanden aus Langley. Wir hätten den Fall längst gelöst haben können!"

Nach Líšeň fuhren sie nicht alleine. Jáchym Valíks Auto, mag am Sonntag darin gesessen haben, wer wollte, stand in direktem Zusammenhang mit dem Schuss aus Zapletals Pistole. Sie mussten damit rechnen, dass der Fahrzeughalter etwas von der Waffe wusste oder sie sogar bei sich hatte. Marián ging davon aus, dass sie ihn mit nach Prag zum Verhör nehmen würden. Deswegen waren sie in Begleitung unterwegs. Ein zweiter Polizeiwagen fuhr von der anderen Seite an Líšeň heran, über Buštěhrad, damit ihnen der Ford nicht durch die Lappen ging, sollte der Herr aus Versehen vorhaben, sich aus dem Staub zu machen. Vorerst war er zu Hause, Lída Šotolová hatte das durch einen Anruf auf seiner Festnetznummer überprüft. Sie gab sich als Telekom-Mitarbeiterin aus und bot ihm günstigere Tarife an. Jáchym Valík bezweifelte, dass sich das lohnen würde, und legte auf.

„Also, was teilen uns die Herren Techniker mit?", fragte Marián. Er saß am Lenkrad. In der Polizeigarage hatte er eine Weile damit kokettiert, Diviš ans Steuer zu lassen und unterwegs selbst im Bericht zu schmökern, aber aus pädagogischen Gründen verwarf er den Gedanken schließlich. Wette war Wette, und Diviš hatte verloren: Hedvika Grygarová war dem Restaurantchef vom Trocnov noch nie untergekommen.

„Was die Reifenspuren im Steinbruch betrifft, hat sich bestätigt, was sie uns direkt vor Ort gesagt haben. Sie führen von oben bis runter zu dem Steinvorsprung." Diviš saß neben

Marián, den Bericht der Techniker in der Hand, den Blick in den Text versenkt. „Er hat dort angehalten."

„Ist er ausgestiegen?"

Diviš las eine Weile schweigend weiter, dann nickte er.

„In der Umgebung konnten sie die Schuhabdrücke vom Toten und den Rest einer weiteren Spur sichern … Sportschuhe mit Profilsohle …", las Diviš bruchstückweise. „Die Spitze tief eingedrückt, die Ferse kaum zu erkennen … Aufgrund der Unvollständigkeit lässt sich die Schuhgröße nicht bestimmen. Die Spuren liegen mittig zwischen den Reifenabdrücken, im Boden mit den Sandzungen gut sichtbar … Sie verlieren ihre Konturen am Ufer, an der Absturzstelle …" Diviš blickte vom Text auf. „Also hat jemand in Turnschuhen das Auto bis zum Wasser geschoben."

„Und was ist mit den Handschuhabdrücken hinten an der Heckklappe? Steht da mehr darüber?"

„Der Größe nach zu urteilen, haben sie nicht Zapletal gehört. Sie wären ihm zu klein gewesen. Lederhandschuhe. Sie haben auf der Karosserie Flecken hinterlassen. Identische Flecken sind am Sitzbezug des Beifahrers gefunden worden. Beim Reinigungsmittel geht es entweder um Pulirapid oder um Star. Chemische Zusammensetzung: Ammoniumhydroxid, nichtionische Tenside … Cyanwasserstoff enthalten sie nicht. Auf dem Bezug sind Krümel eines Viskoseschwamms mit Scheuerfläche haften geblieben … Ansonsten nichts. Die anderen Sitze weisen keine Spuren einer Reinigung auf …" Diviš versenkte sich jetzt vollends in den Bericht und vergaß dabei, Marián die Ergebnisse seiner Lektüre mitzuteilen. Er wirkte hochkonzentriert. Auf einmal riss er den Kopf nach oben.

„Na großartig!", stieß er begeistert hervor. „Sie haben den vorderen Sitzbezug abgenommen und darunter, genau genommen auf der Innenseite – rat mal, was sie da gefunden haben."

„Den Hut von Nimmerklug", sagte Marián das Erstbeste, was ihm in den Sinn kam, weil er Rat-mal-Sätze aus Prinzip boykottierte.

„Den Hut von Nimmerklug?", wiederholte Diviš konsterniert. „Wer ist denn Nimmerklug?"

„Ein kleiner Knirps. Der Held in einem sowjetischen Kinderbuch. Der hatte immer so einen blauen Hut auf mit einem langen Grashalm dran … Ach, vergiss es. Was haben sie denn auf der Innenseite von dem Bezug gefunden?"

„Sperma."

„Von Zapletal?"

„Von Nimmerklug." Diviš fing Mariáns Blick auf und begriff, dass das scherzhafte Intermezzo vorbei war. Erneut kehrte sein Blick zum Text zurück. „Bis jetzt wissen sie noch nicht, von wem. Sie haben's zum Analysieren geschickt, aber die Ergebnisse sind noch nicht da. Hundert pro ist das von Zapletal! Siehst du, wie jetzt schön eins zum anderen kommt? Er hatte Sex im Auto, dann ist etwas passiert – bis jetzt wissen wir nicht, was, aber auf jeden Fall war er nach wie vor am Leben, wenn auch möglicherweise nicht mehr bei Bewusstsein – seine Partnerin hat ihm die Hände gefesselt, ihn gewaschen und den Sitzbezug geputzt, damit sie keine Spur von sich hinterlässt …"

„Was sie zum Glück nicht ganz geschafft hat", fügte Marián hinzu.

„Sie hat ihn in den See geschubst, und als sie sicher sein konnte, dass er ertrunken war, da hat sie ihn losgebunden, damit's den Eindruck macht, als wär's ein Unfall gewesen. Sobald wir die DNA-Auswertung haben, sind wir ein ganzes Stück weiter."

Marián nickte. Diviš' Gedanke war logisch. Falls die DNA der Hautschuppen, die an Zapletals Handgelenk hängen geblieben waren, mit der DNA des mit dem gefundenen Sperma vermischten Scheidensekrets übereinstimmte, ließe sich mit Gewissheit sagen, dass Zapletals Sexualpartnerin für seinen Tod gesorgt hatte. Oder zumindest daran beteiligt war.

Diviš versenkte sich wieder in den Bericht. Eine Weile fuhren sie schweigend dahin. Die Informationen der Techniker hatten Mariáns Fantasie die Sporen versetzt. Er sah die Szene im Steinbruch ganz deutlich vor sich: den schwarzen Felsen und davor das weiße Auto. Zapletals Cowboygesicht – männliche Züge, vom Alkohol aufgeschwemmt. Er trinkt Weinbrand, reicht die Flasche einer jungen Frau, die bei ihm ist (ihr Gesicht verliert sich für Marián im Dunkeln), sie küssen sich. Lassen einen Joint zwischen sich hin- und hergehen, hören Musik, fassen sich an. Seine Berührungen werden immer zudringlicher. Roher. Er bemächtigt sich seiner Begleiterin. Auf dem Vordersitz, grob, rücksichtslos (Stimulation durch Gewalt – alle Frauen sind Nutten). Er ist obszön, sie ekelt sich. Schubst ihn weg, wehrt sich. Gab es ein Handgemenge? Was war mit dem Ohrabdruck an der Fensterscheibe – stammte der von ihr?

Mariáns Vorstellungskraft versiegte und wurde durch Überlegungen ersetzt. Warum hatte Zapletals Gefährtin beschlossen, ihn zu Wasser zu lassen? Im Affekt hatte sie nicht gehandelt. Das Treffen war mit allergrößter Wahrscheinlichkeit vorher verabredet worden. Sie hatte ihn aus der Zelle in Beroun angerufen, um die letzten Details abzuklären. Alles war geplant. Ansonsten hätte sie nicht das Pulirapid, den Schwamm und die Handschuhe dabei gehabt. Und den grünen Strick, mit dem sie ihm die Hände gefesselt hatte. Sie musste viel weniger betrunken gewesen sein als Zapletal, vielleicht überhaupt nicht. Sie hatte alles unter Kontrolle. Stocknüchtern beobachtete sie ihn und spielte ihre Rolle, die sie vorher genau durchdacht hatte. Wie sollte aber der Schuss aus der Pistole dazu passen? Jemanden erschießen und jemanden ertränken (anderer Ort, andere Umstände, andere Tageszeit), das waren diametral verschiedene Arten von Mord. Marián wusste, dass jede einem anderen Täternaturell entsprach. Und der Cyanwasserstoff? Der passte ja nun überhaupt nicht mehr in dieses Schema. Wenn nun jemand Drittes im Steinbruch gewesen war? Vielleicht war er später gekommen, oder er hatte, ganz im Gegenteil, über das Treffen der beiden Bescheid gewusst und in der Dunkelheit auf sie gewartet …

„Die Kippen sind interessant." Diviš' Stimme riss ihn aus seinen Gedanken.

„Wieso?"

„Um den Felsen herum, wo das Auto geparkt hat, haben die Techniker insgesamt elf davon aufgeklaubt, vier waren von normalen Filterzigaretten. Die hätten da auch schon länger rumliegen können. Sieben sind von Selbstgedrehten, in zweien ist bloß Tabak."

„Und die anderen fünf?"

„Die sind vermutlich nicht von einem einzigen Raucher. Erstens wegen der Sorte von Papers und zweitens wegen dem Inhalt."

„Was ist der Unterschied?"

„In zweien ist eine Mischung aus Tabak und Hanf – eine unveredelte Freiland-Sorte."

„Und in den drei anderen ist White Widow", riet Marián.

„Stell dir vor: Nein!"

„Was dann?"

„Hortensien."

„Ist das auch eine Hanfsorte?"

„Das ist eine Blühpflanze."

„So eine?" Marián zeigte auf den Garten, an dem sie gerade vorbeifuhren. Am Zaun wuchs ein Strauch, der üppig mit großen rosa Blüten besetzt war.

„Genau, das sind Hortensien", sagte Diviš.

„Er hatte zu Hause Eins-A-Gras! Warum soll er dann Hortensien geraucht haben?"

„Wir wissen nicht, ob das Zapletals Kippen sind. Das zeigt erst die DNA-Analyse. Es wird immer mehr, was von diesen Ergebnissen abhängt. Wenn wir sie bloß schon hätten!"

Der blühende Hortensienstrauch verschwand hinter ihnen, aber gleich darauf tauchte auf der anderen Straßenseite ein anderer auf, mit blauen Blüten. Ein Stück weiter war mit weißen Hortensien eine ganze Hauswand bewachsen. Marián fiel ein, dass auch Tante Jozefína am Gartentor eine cremeweiße Hortensie stehen hatte. Ein paar Blüten hatte sie immer abgeschnitten, trocknen lassen und sie dann in eine Vase im Vorsaal gestellt. Sie waren dekorativ, dufteten aber nicht.

„Schreiben die Techniker denn, ob das Rauchen von Hortensien eine halluzinogene Wirkung hat?"

Hier steht, dass Blüten und Blätter psychoaktive Substanzen beinhalten, die eine ähnliche Wirkung haben wie Marihuana. Sie enthalten kein THC, aber beim Verbrennen kommt es zur Freisetzung von …" Er stockte und fuhr dann mit triumphierendem Blick fort: „Rat mal, was! Vorab so viel: Es ist nicht der Hut von Nimmerklug."

„Sollt' es gar Cyanwasserstoff sein?"

„Bingo! In viel höherer Menge als bei Hanf."

„Wann hab ich die DNA-Ergebnisse?"

„Morgen."

„Ich wette, da ist welche von Zapletal dran", sagte Marián.

„Um was?"

Er tat so, als würde er überlegen.

„Ums Lenkrad", sagte er nach einem Moment. „Ich würde mich freuen, wenn du dich auch mal ans Steuer setzen und mich ausruhen lassen würdest, wenn wir irgendwo hinfahren. Wenn ich gewinne, fährst du."

Hedvika sah sie, als sie die Kurve hinter Luhans Hof passiert hatte. Zwei Autos, eins mit dem Polizeisignet. Zwei Männer in Uniform lehnten dagegen. Zwei andere in Zivil redeten am Tor mit Jáchym. Noch hatten sie sie nicht entdeckt.

Automatisch trat sie auf die Bremse. Jetzt also doch. Gestern war sie mit einem naiven Gefühl von Sicherheit eingeschlafen. Weder im Radio noch im Fernsehen hatten sie etwas Neues über den Fall gesagt, die alte Radová hatte von ihrer Schwiegertochter aus Beroun auch keine frischen Informationen mitgebracht. Das hatte Hedvika eingelullt. In ihr keimte die zarte Hoffnung auf, dass das auch so bleiben würde. Dass sie aus der Sache raus waren. Niemand hatte irgendeine Verbindung zwischen ihnen und dem Dreckschwein entdeckt.

Sie bog auf den Feldrain ab und hielt an. Spürte, wie ihr Herz raste, überlegte fieberhaft, was sie tun sollte. Ein Bus fuhr vorbei. In seiner Deckung könnte sie wenden und unbemerkt wieder zurückfahren. In ein paar Sekunden wäre sie schon wieder jenseits der Kurve. Allerdings würde sie damit weder sich selbst helfen noch Jáchym. Es hatte keinen Sinn abzuhauen. Wohin denn auch? Sie musste jetzt da durch. Ohne Nervosität, mit Besonnenheit – wie besprochen.

Sie fuhr mit dem Auto zurück auf die Straße und setzte ihren Weg fort. Der Bus vor ihr bremste ab, fuhr an der Haltestelle vorbei, wo weder jemand aus- noch einstieg, näherte sich dem Gehöft und passierte die Polizisten. Hedvika schaute sich im Rückspiegel an. Sie sah ruhig aus. Hoffentlich würde ihre Stimme natürlich klingen. Was wussten die wohl? Mit wem hatten sie schon gesprochen? Nach was würden sie fragen? Jáchym hatte ihr ans Herz gelegt, Fragen so knapp wie möglich zu beantworten. Keine endlosen Erklärungen und Ausreden. Keine überflüssigen Worte. Sie würde sich nur darin verheddern und sich selbst einen Strick drehen. So wie damals sein Vater.

Mittlerweile hatten sie sie gesichtet. Die beiden Uniformierten hörten auf zu lümmeln, die in Zivil drehten die Köpfe nach ihr um. Sie bremste ab und fuhr langsam unter die Pergola. Ihr Blick huschte über den Taubenschlag, das fiel ihr auf, rasch sah sie woandershin. Sie stellte den Motor ab. Zum letzten Mal überprüfte sie ihren Gesichtsausdruck im Rückspiegel und stieg dann aus. Sie ging direkt zu ihnen hin.

„Kriminalrat Holina", stellte sich der ältere der beiden Männer in Zivil vor.

„Grygarová." Sie schüttelte ihm die Hand. Der Jüngere stellte sich als Kommissar Mrštík vor. Beide zeigten ihre Dienstausweise. Hedvika tat so, als würde sie sie eingehend betrachten, aber stattdessen schielte sie zu Jáchym. Er zog ein neutrales Gesicht, aus seinem Blick konnte sie keine Warnung herauslesen. Sie kapierte, dass sie antworten sollte wie geplant.

„Wir untersuchen den Tod von Osvald Zapletal. Kannten Sie ihn?", fragte Holina geradeheraus, ohne Einleitung. Hedvika nickte.

„Gut?"

„Beiläufig."

„Haben Sie sich geduzt?"

Die Frage brachte sie in Verlegenheit. Sie schaute flüchtig zu Jáchym. Der bewegte den Kopf ein kleines bisschen seitwärts.

„Nein", sagte sie.

„Kommen Sie, wir gehen ein Stück beiseite", schlug Holina vor. Höchstwahrscheinlich hatte er Jáchyms Zeichen bemerkt. Er führte Hedvika weg vom Tor. Zurück in Richtung Pergola. „Wie oft haben Sie ihn gesehen?"

„Er ist fast jeden Tag hier vorbeigefahren."

„Warum?"

„Zur Arbeit. Und von der Arbeit."

„Das hat er Ihnen gesagt?"

Er fragte ganz leichthin, beinahe interesselos. Als würde er locker Konversation betreiben. Die Antworten auf seine Fragen waren anscheinend ganz einfach, aber gerade darin spürte sie die Gefahr.

„Wenn ich mich recht erinnere … Ja. Das hat er mir gesagt."

„Er hat also ab und zu bei Ihnen Station gemacht?"

Sie nickte. Sie musste einen Schritt zulegen. Er marschierte in forschem Tempo über die gemähte Wiese, und sie kam kaum hinterher. Jáchym blieb hinter ihnen zurück, sie konnte nicht hören, worüber der andere Polizist mit ihm sprach.

„Aus welchem Grund hat denn Herr Zapletal hier Station gemacht?"

„Er hat bei uns Gemüse gekauft." Ihr wurde klar, dass sie jetzt genau den Fehler gemacht hatte, vor dem Jáchym sie gewarnt hatte. Sie hatte viel zu rasch geantwortet. Holina blieb neben dem geparkten Auto stehen. Er verschränkte die Arme vor der Brust und sah sie aufmerksam an. Nach außen hin ruhig erwiderte sie seinen Blick, aber sie spürte, wie ihr Atem sich beschleunigte.

„Bedeutet das, dass Sie und Herr Valík … was sind? Geschäftspartner?"

„Lebenspartner", antwortete sie. „Wir wollen heiraten. In der Gärtnerei helfe ich nur mit, wenn ich frei habe."

„Und wenn Sie nicht frei haben?"

„Dann arbeite ich bei Kaufland." Sie machte eine Kopfbewegung Richtung Kladno. Dabei fiel ihr Blick aus Versehen auf den Taubenschlag. Blitzschnell sah sie woandershin. „Als Kassiererin."

„Wie lange schon?"

„Na, ungefähr … vier Jahre."

Sie vermutete, dass er dort Informationen über sie einholen würde. Mit dem Filialleiter sprechen, mit ihren Kolleginnen. Mit der Radová. Oder hatte er schon mit ihnen geredet?

„Wissen Sie, wo Herr Zapletal gewohnt hat?"

Diese Frage hatten sie und Jáchym bis ins kleinste Detail durchgesprochen. Er hatte ihr ans Herz gelegt, nicht mehr zu lügen, als unbedingt nötig war.

„Am Stadtrand von Prag." Der Kommissar signalisierte, dass er eine Fortsetzung erwartete. Also fügte sie hinzu: „Einmal haben wir ihm Gemüse nach Hause geliefert."

„Wann war das?"

„Das weiß ich nicht mehr." Tatsächlich konnte sie sich nicht erinnern, wann genau das war. Natürlich hatten sie ihm kein Gemüse geliefert. Als das Dreckschwein anfing, ihnen Probleme zu machen, waren sie und Jáchym nach Prag gefahren, um seinen Wohnort in Augenschein zu nehmen. Abends, unauffällig. Jáchym wollte so viel wie möglich über ihn in Erfahrung bringen. Er fand, dass könnte ihnen nützlich sein. Und er hatte recht – die Ortskenntnis hatte Hedvika geholfen. Und auch die ideale Lage: ein paar Meter hinter dem Haus der Wald! Mehr hatte sie sich nicht wünschen können. Von der Straße aus würde sie niemand sehen, da war sie sicher gewesen.

„An den Straßennamen können Sie sich auch nicht mehr erinnern?", fragte Holina.

Sie schüttelte den Kopf. „Aber würden Sie wieder hinfinden?"

„Kann sein. Weiß nicht."

„Von wo aus man am besten auf das Gartentor zielen kann, wüssten Sie das vielleicht?"

Sie erstarrte. Wandte ruckartig den Blick ab – der nächste Fehler. Was nun? Um die Erstaunte zu spielen, war es zu spät.

„Was für ein Gartentor?" Sie kehrte mit den Augen zu ihm zurück, als hätte sie die Frage nicht verstanden. „Wovon sprechen Sie denn?"

„Ich spreche davon, dass Sie versucht haben, Herrn Zapletal zu erschießen."

„Ich?" Diese Reaktion hatte gesessen. Entrüsteter Tonfall, die Augen weit aufgerissen. „Soll das ein Witz sein?"

„Jemanden aufs Korn zu nehmen, ist nicht besonders witzig", antwortete er. „Finde ich zumindest."

„Ich habe niemanden aufs Korn genommen", sagte sie. Schwer beleidigt, wie es sich unter den gegebenen Umständen gehörte.

„Wollten Sie ihm einen Schreck einjagen?" Er tat einen Schritt auf sie zu. Das machte Hedvika nervös, aber sie wich nicht zurück und sah ihm direkt in die Augen.

„Wollten Sie ihn umbringen?"

Sie überlegte, ob es besser wäre zu schweigen, oder sich empört zu verteidigen. Er musste etwas wissen, sonst hätte er nicht mit solcher Gewissheit gefragt. Ob sie doch jemand beobachtet hatte? Sie war so auf das Dreckschwein konzentriert gewesen, dass sie möglicherweise etwas übersehen hatte. Oder ging es um den Lack? Blaue Autos gab es zu Tausenden, sie konnten sie nicht aufgrund der Farbe gefunden haben, das war Unfug.

„Wie sind Sie an die Waffe gekommen?"

„An welche Waffe?"

Statt zu antworten, griff er unter sein Sakko und zog eine Pistole heraus.

„So eine hat auch Osvald Zapletal bei sich getragen. Haben Sie sie irgendwann mal bei ihm gesehen?"

„Was weiß ich." Sie zuckte mit den Schultern. „Ich interessiere mich nicht für Waffen."

Es war nur ein ganz kurzes Aufblitzen in seinen Augen, aber das genügte ihr, um zu erkennen, dass sie den nächsten

Fehler begangen hatte. Diesmal einen gravierenden. So ein Mist! Warum hatte sie sich nicht an Jáchyms Ratschläge gehalten? Warum hatte sie nicht mehr mit ihren Worten gegeizt?

„Sie interessieren sich nicht für Waffen?", wunderte sich Holina, während er die Pistole zurück ins Halfter steckte. „Da stimmt doch was nicht. Wissen Sie, was mein Kollege Mrštík aus dem Internet gefischt hat? Dass Sie vor ein paar Jahren bei der Sportschützenmeisterschaft der Region Mittelböhmen weit vorn gelandet sind. Als Zweite. Oder Dritte?"

„Das ist lange her. Seit damals habe ich nicht mehr geschossen."

„Und Sie haben Ihr Interesse an Waffen verloren", fügte er ironisch hinzu. Sie nickte. „Bis letzten Sonntag, als das Interesse wieder erwacht ist. Sie sind ein wenig aus der Übung gewesen. Kein Wunder, nach der Pause, und zudem auf ein bewegliches Ziel."

„Das ist überhaupt …"

„Wir haben eine Zeugin", unterbrach er sie. „Die wird Sie identifizieren. Sie sind den Weg entlanggefahren, der über das Plateau von Břevnov führt, und haben dann in das Kiefernwäldchen zurückgesetzt. Sie waren nervös, was?"

Eine Antwort erwartete er nicht. Er ging um den Wagen herum und beugte sich zur hinteren Stoßstange hinab. Eine Weile betrachtete er sie, dann nickte er. Jáchym hatte den Kratzer so geschickt überlackiert, dass Hedvika die beschädigte Stelle selbst kaum wiederfand, aber Holinas Blicken war sie offensichtlich nicht entgangen.

„Frau Grygarová, wo ist die Pistole?", fragte er, immer noch zum Auto hinabgebeugt.

„Ich weiß nichts von einer Pistole." Sie blieb dabei. Das war der wichtigste von Jáchyms Ratschlägen: leugnen bis zum Schluss. Auch wenn sie behaupten sollten, dass sie eine Handvoll Beweise hatten, durfte sie ihnen nicht glauben.

„Wenn Sie sie uns aushändigen, wird Ihnen das als mildernder Umstand zugutegehalten", sagte er. Auch darauf hatte Jáchym sie vorbereitet. Mildernde Umstände hatten für seinen Vater drei Jahre ohne Bewährung bedeutet.

„Wenn Sie sie uns nicht freiwillig geben, müssen wir bei Ihnen eine Hausdurchsuchung machen."

„Dazu brauchen Sie einen Gerichtsbeschluss", sagte sie. Er lachte. „Den haben wir schneller, als Sie ‚Hausdurchsuchung' sagen können. Laut § 82 Strafprozessordnung dürfen wir eine durchführen, wenn zu vermuten ist, dass sie in einer Wohnung oder dazugehörigen Räumlichkeiten zur Auffindung von Beweismitteln führt. Das betrifft natürlich auch Grundstücke, sofern sie nicht öffentlich zugänglich sind." Er ließ seinen Blick über das Panorama des Gehöfts schweifen. „Wir machen Ihnen das hier zu einem zweiten Port-au-Prince. Sogar unter den Radieschen werden wir nachsehen!"

Sie bekam es mit der Angst zu tun. Sie wusste nicht, was ein Portoprenz war, aber dass sie vorhatten, hier alles auf den Kopf zu stellen, war klar. Vielleicht würden sie sogar mit Hunden kommen. Nach fünf Minuten hätten die die Plantage ausfindig gemacht. Und das Lager auch. Das Dreckschwein hatte Jáchym gegenüber immer behauptet, dass sie ihm, wenn das hier auffliegen sollte, hübsch was aufbrummen würden. Vermutlich würde er im selben Gefängnis landen wie sein Vater. Das konnte sie nicht zulassen.

„Also, was ist?" Holina sah ihr tief in die Augen. Er musste die Panik in ihnen sehen, die sie nicht unterdrücken konnte. „Sind Sie jetzt vernünftig?"

Wäre sie vernünftig gewesen, hätte sie mit der Pistole das getan, worauf sie sich mit Jáchym geeinigt hatte. Sie hätte sie auseinandergenommen und die Einzelteile getrennt in weit entfernten Mülleimern entsorgt. Aber sie konnte es nicht. Diese Waffe bei sich zu haben, oder wenigstens in greifbarer

Nähe, gab ihr ein Gefühl von Sicherheit. Sie konnte diese Sicherheit nicht auseinanderbauen und entsorgen. Nicht nach dem, was am Samstag im Wald passiert war. Als sie in jener Nacht auf Jáchym gewartet hatte, bis er von seiner Schwester zurückkam, hatte sie sich geschworen, dass ihr so etwas nie wieder passieren würde. Sie würde es nie wieder zulassen, einem Mann derart ausgeliefert zu sein.

„Na, wo ist sie denn nun?", fragte Holina noch einmal. „Hören Sie auf meinen Rat. Ich weiß doch, dass Sie sie hier irgendwo versteckt haben."

Hätte sie auf den Rat gehört, dann hätte sie die Pistole aus der Welt geschafft und jetzt wären sie verloren gewesen. Sie schaute zum Tor zurück, hastig ging sie ihre Möglichkeiten durch. Viele boten sich nicht. Alle beide würden sie nicht mit heiler Haut davonkommen, das war schon mal klar.

„Er weiß nichts", sagte sie mit einem Kopfnicken in Richtung Jáchym. „Das müssen Sie mir glauben."

„Warum sollte ich?"

„Ansonsten erfahren Sie von mir nichts." Sie stellte eine Bedingung. Klar und deutlich. Sie hatte das Gefühl, dass er sie annehmen würde. Das verriet sein Gesicht. Er hatte nicht diese maskulinen Züge, kein scharf geschnittenes Kinn und keinen harten Blick. Nichts von einem Golem. Nachdenklich sah er sie an. Nach einer Weile zuckte er die Achseln.

„Da kann man nichts machen. Wenn er nichts weiß, dann weiß er eben nichts", sagte er. Sie kapierte, dass er auf ihre Bedingung eingegangen war. „Und wo ist jetzt die Pistole?"

„Noch habe ich nicht gesagt, dass ich sie habe", verhandelte sie weiter. „Ich spreche jetzt nur rein theoretisch. Was würde passieren, wenn ich sie Ihnen geben würde?"

„Sie fahren mit uns mit – ganz untheoretisch. Höchstwahrscheinlich werden Sie des Mordversuchs beschuldigt, des unerlaubten Waffenbesitzes, eventuell des Diebstahls einer

Polizeiwaffe", zählte er auf. Dabei ließ er sie nicht für eine Sekunde aus den Augen. Sie hatte das Gefühl, als scanne er sie. „Hab ich was vergessen? Kommt da vielleicht noch mehr ans Licht?"

„Kommen Sie", sagte Hedvika. Sie wusste, dass nichts weiter ans Licht kommen würde. „Ich habe sie im Taubenschlag versteckt."

Die eine Hälfte des Zapletal-Hauses lag in der Sonne, die andere im Schatten. Durchs Küchenfenster fielen sengende Nachmittagsstrahlen, aber in den Zimmern bekam man schon wieder Luft. Schlaf- und Wohnzimmer hatten Fenster Richtung Osten, die zudem von Apfelbäumen verschattet waren. Ihre Kronen waren dicht, lange nicht ausgeästet, aber übersät mit Blütenresten. An manchen Stellen bildeten sich schon kleine Äpfel. Marián sah sie vom offenen Schrank aus, neben dem er stand. Er war vollgestopft mit Röcken, Kleidern, Kostümen und anderen Kleidungsstücken in allen Formen und Farben. Schwarz hatte die Oberhand. Růžena Zapletalová hatte sich gern elegant zurechtgemacht.

Der Polizist mit den Aknenarben betrat das Schlafzimmer.

„Das hat ihre Schwester aus dem Krankenhaus mitgebracht", sagte er und lehnte zwei Beutel gegen die Wand. „Sie ist kurz nach Mittag vorbeigekommen."

„Haben Sie sie reingelassen? Hat sie sich länger aufgehalten?"

„Sie hat nur die Beutel unten an der Treppe abgestellt und in der Küche einen Schluck getrunken. Und den Katzen noch Wasser gegeben. Ich bin die ganze Zeit bei ihr gewesen."

Marián bedankte sich bei dem Polizisten und schloss den Schrank. Taschen gab es in Frauenbekleidung wenige und außer Taschentüchern und alten Drops hatte er in ihnen nichts gefunden. In den Handtaschen auch nicht. Er sah sich um.

Den Wäscheschrank und den Frisiertisch hatte er bereits durchsucht, blieb noch das Bett. Durch die offene Tür zum Wohnzimmer sah er, wie Diviš und einer der Techniker sich über den Fensterstock beugten. Aus der Küche hörte man das Zuschlagen von Schranktüren und Schubladen. Die Hausdurchsuchung ging langsam zu Ende. Das Ergebnis war bis jetzt mager: ein Ordner mit Behördenkram, eine kaputte Digitalkamera und ein paar alte Disketten, von denen die Techniker der Meinung waren, dass man sie noch auslesen könnte. Außer einer Handvoll Ansichtskarten keine Korrespondenz. Entweder hatte sie keine geführt oder sie nicht aufgehoben.

Marián empfand eine leichte Enttäuschung, obwohl er nicht hätte sagen können, was er eigentlich erwartet hatte. Nach der Festnahme von Hedvika Grygarová hatte er Diviš alleine hierher schicken wollen. Sie zu verhören, versprach ein viel interessanteres Programm für ihn zu sein. Diese zauberhafte Blondine brachte ihn durcheinander. Marián spürte unter ihrer glatten Hülle eine widersprüchliche Persönlichkeit. Sie sah naiv aus, handelte dabei aber sehr bedacht. Planmäßig. Vor allem hatte sie sich irgendwie diese Waffe besorgt. Hatte einen günstigen Standpunkt gefunden, dort auf Zapletal gelauert und abgedrückt. Ihn nur um ein Haar verfehlt.

Dieses Haar ging Marián den ganzen Weg nach Prag über nicht aus dem Kopf. Wollte sie treffen und hat es bloß nicht geschafft, oder hat sie sogar ganz genau gezielt? Sollte das eine Warnung sein? Wovor? Welchen Bezug gab es zwischen ihr und Zapletal? Der Abstecher zum Kaufland, den Marián und Diviš auf dem Rückweg aus Líšeň unternommen hatten, war durchaus vielsagend gewesen. Eine der Kassiererinnen hatte Hedvika Grygarová am Samstag zu Zapletal ins Auto steigen sehen. Nach der Spätschicht. Angeblich waren sie zusammen weggefahren. Also war ihre Beziehung viel enger, als sie vorgab. Hatten sie ein Verhältnis? Das musste er aus ihr rauskriegen. Bis jetzt hatte sie nichts gesagt, nur die Pistole hatte sie rausgerückt. (Das Versteck in dem alten Taubenschlag hinter einem losen Stein hatte Marián regelrecht gerührt, auf ähnliche Weise hatte er als Kind seine selbst gemachten Pfeile vor Fero versteckt.) Bevor sie ins Polizeiauto gestiegen war, hatte sie noch den Hund gestreichelt und Jáchym Valík einen Kuss auf die Wange gegeben. Er stand dort vor dem Tor voll hilfloser Wut, die Piercings gesträubt, in seinen Clownsrunzeln alle Bitternis der Welt.

„Sie dürfen sie nicht länger als achtundvierzig Stunden festhalten", rief er.

„Falls sie nicht in Untersuchungshaft geht, haben Sie sie in zwei Tagen wieder", versicherte Marián ihm. „Was Sie betrifft, haben wir keinen Grund, Sie festzunehmen, vorerst nicht. Aber unternehmen Sie bitte keine Reisen, Herr Valík. Wir werden Sie bestimmt zur Bestätigung und Ergänzung der Aussage von Frau Grygarová benötigen."

In Wirklichkeit war Marián unentschlossen gewesen. Am liebsten hätte er ihn auch eingesackt, aber er spürte, dass Hedvika Grygarová auf diese Weise kooperativer wäre. Außerdem war er auf ihre Bedingung eingegangen und wollte sein Versprechen nicht brechen. Solange es dafür keinen Grund gab. Er hatte also beschlossen, Jáchym Valík rund um die Uhr überwachen und sein Telefon anzapfen zu lassen. Vielleicht würde ihnen das mehr nützen, als wenn sie ihn festgenommen hätten.

„Wir sehen uns bald wieder", sagte er bedeutungsschwer zu ihr, als einer der Polizisten sie zum Auto führte.

„Wo bringen die mich denn hin?", fragte sie.

„In Gewahrsam."

„Und dann?"

„Das entscheidet sich nach der Vernehmung." Er wollte gerade gehen, aber sie hielt ihn noch einmal auf.

„Was ist eigentlich ein Portoprenz?", fragte sie mit einem mulmigen Gefühl. Einen Moment lang begriff er nicht, was sie meinte. Dann kapierte er.

„Port-au-Prince, das ist die Hauptstadt von Haiti. Bestimmt können Sie sich an das Erdbeben dort erinnern. Eine riesige Katastrophe. Da ist kein Stein auf dem anderen geblieben."

Ob sie sich nun erinnerte oder nicht, die Furcht war nicht aus ihrem Blick verschwunden. Im Gegenteil, Marián hatte das Gefühl, dass sie noch größer geworden war. In diesem Moment hatte er seinen Plan geändert. Er würde sie nicht sofort vernehmen, sondern sie bis zum Abend in der Zelle sitzen lassen, damit Unsicherheit und Angst hübsch in ihr arbeiten konnten. Danach würde sie auspacken.

Das Bett von Růžena Zapletalová war breit und frisch bezogen. Es roch nach Waschmittel, genau wie die Bezüge und Decken im Stauraum darunter. Marián hatte sie alle herausgezogen und ausgeschüttelt. Bettkästen gehörten zu den beliebtesten Verstecken von Frauen. Männer bevorzugten die Garage, den Hobbykeller oder Datenträger. Wo man allerdings nicht alles verstecken konnte.

Zwischen dem Bettzeug hatte er nichts gefunden. Hinter dem Vorhang und unter dem Teppich auch nicht. Er stand mitten im Schlafzimmer und sprang mit dem Blick von einer Ecke in die andere – gab es überhaupt etwas zu finden? An der Wand hing ein einziges Bild. Ein abstrakter Liebesakt. Marián trat näher heran und betrachtete das Werk. Es gefiel ihm besser als Arnulf Rainers Werke, die ihm Györffy gezeigt hatte, aber ins Schlafzimmer würde er es trotzdem nicht hängen. Er schaute nach dem Namen des Malers: P. Blažek. Hatten nicht früher in den Schulen Blažeks Bilder vom Böhmisch-Mährischen Hochland gehangen – billige Kopien, so ausgeblichen, dass man die ursprünglichen Farben gar nicht mehr erkennen konnte? Nein, fiel ihm ein, die waren von Blažíček gewesen. Das hier sah nach zeitgenössischer Kunst aus. Einem Original. Er nahm das Bild von der Wand und schaute auf die Rückseite. Darauf war kein Stempel, dafür eine handgeschriebene Widmung: *Für Rózi, auf dass sie nicht vergisst, in Liebe Pavel.*

„Marián?", hörte er Diviš' Stimme. „Kommst du mal kurz?"

Mit Blažeks Bild in der Hand betrat er das Wohnzimmer. Der Techniker lehnte sich aus dem Fenster, Diviš stand hinter ihm.

„Frau Zapletalová hat sich scheinbar intensiv für ihre Umgebung interessiert. Schau mal, wie sie hier alles überwacht hat!"

Draußen am Fenstersims war ein kleiner Spiegel angebracht. Halterung und Rahmen waren rostig und das Gelenk, an dem man ihn früher drehen konnte, war lose, sodass er mit der Glasfläche nach unten baumelte. Der Techniker richtete ihn auf und demonstrierte Marián, was man vom Fenster aus alles sehen konnte.

„Sie muss über ihre Nachbarn gegenüber, nebenan und hinten genau Bescheid gewusst haben." Er zeigte auf das Küchenfenster. „Da ist auch ein Spiegel. Und vom Schlafzimmer aus konnte sie direkt aufs Plateau sehen. Sie hat also den absoluten Überblick gehabt, was um sie herum vor sich ging."

„Dazu die Kamera am Eingang", ergänzte Diviš.

„Meine Eltern haben das so ähnlich", sagte der Techniker. „Sie wohnen gleich hinter dem Wald von Krč. Dort haben sie Angst vor Einbrechern."

„Mit einem Polizisten unterm Dach hat sie, glaube ich, keine Angst gehabt. Wahrscheinlich war sie einfach nur neugierig. Vor allem, als sie wegen ihrer Krankheit nicht mehr aus dem Haus gekommen ist, hat sie sich Infos aus der Nachbarschaft zumindest auf diesem Wege verschafft", sagte Marián und reichte Diviš das Bild. „Was sagst du dazu?"

Diviš sah sich das abstrakte Gemälde eine Weile an, schaute auf die Signatur, dann drehte er das Bild um und las die Widmung auf der Rückseite.

„Das kann Zufall sein. Blažeks gibt es wie Sand am Meer. Ich selbst kenne drei."

„Beim Ermitteln glaube ich nicht an Zufälle. Find mal raus, wie der Ehemann von Alena Blažková hieß und ob er Maler war."

Er ging ins Schlafzimmer zurück. Die Stelle an der Wand, wo das Bild gehangen hatte, war scharf abgegrenzt. Es musste lange an Ort und Stelle geblieben sein. Marián führte es wieder dicht vor seine Augen und untersuchte es gründlich – ein Datum konnte er nicht finden. Er hängte es zurück an den Haken und begann sich die Beutel vorzunehmen, die Alena Blažková aus dem Krankenhaus mitgebracht hatte. Er kippte den Inhalt aufs Bett. Lauter persönliche Dinge. Morgenmantel, Unterwäsche, Brille, Schlappen, Toilettesachen, ein Krimi. Billige Paperback-Ausgabe in verbogenem Einband. Die Unterwäsche war demgegenüber luxuriös, möglicherweise sogar ganz neu. Der Inhalt des Schminkköfferchens wirkte teuer und extravagant. Das alles hätte problemlos einer jungen, anspruchsvollen Frau gehören können.

„Das machst du richtig, dass du nicht an Zufälle glaubst", hörte er Diviš' Stimme aus dem Nachbarzimmer. „Pavel Blažek war Maler und Illustrator, ein Schüler von Vratislav Nechleba, Mitglied im Mánes-Kunstverein …"

„Wann ist er gestorben?"

„Vor sechs Jahren. Mit zweiundsiebzig." Diviš erschien in der Tür. Er streckte die Hand mit seinem Handy zu Marián aus. „Hier, ein Foto von ihm. Mit seiner Frau Alena Blažková hat er ein populärwissenschaftliches Buch herausgegeben, *Von Farben und Formen.*"

„Mit seiner Schwägerin hat er sicher nichts publiziert. Vermutlich haben sie andere Interessen geteilt", befand Marián und sah sich das Foto in Diviš' Handy an. Pavel Blažek war darauf noch jung. Er trug Schnurrbart, Barett und Schal. Offensichtlich stilisierte er sich zum Bohemien, aber über dem schnittigen Schnäuzer blickten ernste Augen ins Objektiv.

„Glaubst du, er hatte ..." Diviš suchte nach dem passenden Ausdruck. Schließlich wählte er den abgelutschtesten: „... ein Verhältnis mit seiner Schwägerin?"

„In Liebe hat er ihr ein Bild gewidmet. Und sie hat es in ihrem Schlafzimmer aufgehängt."

„Das muss noch nicht heißen, dass sie eine intime Beziehung hatten."

Aber eine solche Interpretation drängte sich regelrecht auf. Růžena Zapletalová mochte es, wenn sie Männern gefiel, warum sollte ihr Schwager da eine Ausnahme gewesen sein? Vielleicht hatten sie mal was miteinander gehabt, dann war es aus gewesen und er hatte ihr das Bild geschenkt, *auf dass sie nicht vergisst*. Wie hatte das Ganze wohl ihre Schwester gesehen?

„Mich würde mal interessieren, was die Blažková dazu gesagt hat", meldete sich Diviš in diesem Moment zu Wort. „Aber vielleicht hat sie's auch gar nicht gewusst."

Marián schüttelte zweifelnd den Kopf. Das Bild hatte jahrelang hier gehangen, Alena Blažková hatte sicher seine Geschichte gekannt. Sie musste gewusst haben, wann es ihre Schwester bekommen hatte. Mit größter Wahrscheinlichkeit wusste sie auch von dem Text auf der Rückseite. Ihm kam der Gedanke, dass das eine wissentliche Provokation von Seiten ihrer Schwester gewesen sein könnte. Oder ihr normales Verhalten? Nach dem Prinzip: „So bin ich nun mal, und basta", das ihr Umfeld akzeptiert hatte, auch wenn sie damit Menschen verletzte? Und hatten es auch wirklich alle akzeptiert? Zumindest ihr Sohn hatte damit Zeit seines Lebens Probleme gehabt.

„Ich hab da eine etwas gewagtere Gedankenkonstruktion. Willst du sie hören?", fragte Diviš. Marián nickte. „Und wenn nun der Blažek Osvalds Vater war?"

„Das ist mir auch schon eingefallen."

„Wäre das eine entscheidende Wendung in den Ermittlungen? Will heißen, bis jetzt hatten wir die Blažková nicht unter Verdacht …"

„Und das bleibt auch so", unterbrach ihn Marián.

„Sei mir nicht böse, aber das akzeptiere ich nicht", rebellierte Diviš. „Du hast schon mal so kategorisch reagiert, das hab ich geschluckt …"

„Wann denn?"

„Als du aus Uherské Hradiště zurück warst. Ich hab dich gefragt, ob der Junge, der ältere, ein Alibi hat. Du hast gesagt, dass den außer seinen Pickeln nichts interessiert. Das ist deine Ansicht, in Ordnung, aber wenn's nach mir ginge, würden wir trotzdem überprüfen, wo er am Sonntagabend gewesen ist."

„Magda Floriánová hatte Nachtschicht und die Jungs sind mit ihrem Großvater zu Hause gewesen. Sie haben Monopoly gespielt, dann sind sie ins Bett. Zwischen Uherské Hradiště und dem Steinbruch sind es ungefähr dreihundertfünfzig Kilometer. Findest du, das ist als Alibi ausreichend?"

„Zwischen dem Steinbruch und Prag, wo die Blažková wohnt, sind es höchstens fünfundzwanzig Kilometer", antwortete Diviš aufmüpfig. „Außerdem braucht die Entfernung überhaupt keine Rolle zu spielen. Wenn nun der Zapletal die Blažková bei ihr zu Hause abgeholt hat? Sie hätten ja verabredet gewesen sein können, dass sie zusammen ins Krankenhaus fahren, aber dann …"

„Sie ist siebzig!" Marián merkte, dass er mit seinem jungen Partner langsam die Geduld verlor. Sich abwegige Hypothesen anzuhören, war nicht tolerant, sondern Zeitverschwendung. „Und wenn sie fünfzig Kilo wiegt, dann ist das viel. Zapletals

Mörder muss keine überdurchschnittliche Kondition gehabt haben, aber ein Hänfling kann das auch nicht gewesen sein. Allein das Auto ins Wasser zu schieben, muss ziemlich viel Kraft gekostet haben. Außerdem muss er ja nach der Tat auch wieder aus dem Steinbruch weggekommen sein. Stell dir mal die Blažková mit ihrer Aschenbecherbrille vor, wie sie nachts die Felsen hochkraxelt! Oder glaubst du, die hat da irgendwo ein Motorrad stehen gehabt? Aber bitte – wenn du willst, dann überprüf ihr Alibi, damit die liebe Seele Ruh hat."

Er erwartete, dass Diviš seine Argumente anerkannte. Aber stattdessen drehte der sich um und ging.

„Wo willst du denn hin?", rief er ihm gereizt hinterher.

„Die liebe Seele geht ein Alibi überprüfen", sagte Diviš beiläufig über die Schulter hinweg. Marián hatte nicht übel Lust ihn zurückzukommandieren und ihn daran zu erinnern, wer diese Ermittlung leitete, aber in seiner Innentasche klingelte das Handy. Lída Šotolová.

„Na? Wie isses ausgegangen?", fragte sie.

„Wir haben Hedvika Grygarová festgenommen. Sie hatte Zapletals Pistole."

„Wie ist sie denn an die gekommen?"

„Ich hoffe, das erfahren wir bei der Vernehmung."

„Das krieg ich schon aus der raus."

Marián war sich nicht sicher, ob er sie beim Verhör dabei haben wollte, aber das wollte er jetzt nicht mit ihr diskutieren. Es reichte, dass er sich mit Diviš gestritten hatte.

„Wir wechseln uns ab", versprach er ihr. „Was ist mit Frau Sedmerová?"

„Das ist keine Frau sondern eine einzige Wortkaskade."

„Hat sie Ema und Radka auf den Fotos wiedererkannt?"

„Vergiss es. Unter uns gesagt, ihre Zeugenaussage zu der Feier bei den Blaus taugt auch nicht viel. Das ist fast vier Jahre her und keiner außer ihr will irgendwas davon gewusst haben. Hat das überhaupt Sinn, dass ich zu Prchlík und Farkas fahre? Meiner Meinung nach ist das Zeitverschwendung. Was, glaubst du, sollen die mir erzählen? Die müssten ja gegen sich selber aussagen."

Marián teilte die Zweifel seiner Kollegin vollkommen. Er war froh, nicht der einzige Skeptiker im Team zu sein. Diese Spur war nicht nur ausgekühlt, sondern auch gründlich verwischt worden. Wer sonst sollte mit Spuren professionell umgehen können, wenn nicht Polizisten?

„Vorerst verschieben wir das", entschied er. „Die Chladilová interessiert mich mehr."

„Ich steh bei ihr vorm Haus. Sie müsste jeden Moment wiederkommen. Laut ihrer Nachbarin ist sie nur kurz beim Arzt. Ich warte auf sie."

„Dann gib mir später Bescheid", bat er sie. „Sonst noch was?"

„Ich bin in der Zwischenzeit mal das Handelsregister, das Stiftungsregister und das Vereinsregister durchgegangen, aber ein Senior Program hab ich nicht gefunden. Auch die Adresse stimmt nicht überein. Keine Firma, die ..." Sie brach mitten im Satz ab. „Die Chladilová. Da kommt sie, ich geh jetzt zu ihr."

Und schon war die Verbindung unterbrochen. Marián steckte das Handy ein. Am Grund seiner Innentasche ertastete er die Zigarre. Er zog sie unter seiner Nase entlang und atmete den Tabakduft tief ein. Zwar unterstützte der das Denken nicht so wie der alte Sessel in seinem Büro, aber er war angenehm und machte munter. Marián dachte darüber nach, ob jemand abhängig vom Schnuppern an einer nicht angezündeten Zigarre werden konnte. Und vom Hortensien Rauchen? Was war da außer Cyanwasserstoff noch drin? Welche psychotropen Stoffe enthielten sie? Machten sie süchtig?

Erneut beugte er sich über die Dinge, die er aus den Beuteln aufs Bett gekippt hatte. Langsam sah er sie durch. Im Portemonnaie fand er achthundert Kronen und ein paar Münzen. Dann öffnete er den Kosmetikkoffer. Er war randvoll mit Mittelchen, schon allein von der Verpackung her teure Marken. Sie musste für ihr Äußeres einen Haufen Geld aufgewendet haben. Hat ihr nicht viel genützt, dachte Marián. Alter und Krankheit hatten sie eingeholt.

Er wollte den Koffer schon zuklappen, als er in einem Innenfach ein kleines Notizbuch bemerkte. Er zog es heraus. Ein Kalender von 2001. Die selbstbewusste Handschrift verriet, dass Růžena Zapletalová vor zehn Jahren noch eine Menge Energie hatte. Scharfe, feste Linien, energische Schwünge, resolute Satzzeichen.

Marián begann in dem Büchlein zu blättern. Aus welchem Grund hatte sie es bei sich gehabt? Termine standen nicht viele darin. Es diente eher als Abrechnungsbuch. Sie führte darin Listen, wann Geld einging, wann sie welche regelmäßigen Zahlungen leisten musste, die Rechnung für eine Dachreparatur, für den Tierarztbesuch, für ein neues Brillengestell, fürs Nachladen der SIM-Karte. Ein paar Telefonnummern. Auf der Seite vom 31. März stand: *Beran!!!* Zwei Tage später: *Untersuchung Marek. Fotolab, übermorgen abholen (2,50 pro Abzug).* Am 7. April ganz oben: *Beerdigung ,Marek – neue Strumpfhosen (mit Schlank-Effekt)!* Auf der nächsten Seite: *Žantovský – wie viel???* Drei Tage danach: *Beranová 4000?* Gleich darunter: *Will 5000 geben.* Auf der nächsten Seite: *K. Ž. – 1. Rate 15000.* Aufzeichnungen dieser Art wiederholten sich Monat für Monat bis zum Ende des Jahres. Neben manchen Positionen stand *Y. B.*, bei anderen *Kamil*, oft tauchte der Name *Marek* auf.

Die nicht bedruckten Seiten ganz hinten im Kalender waren mit Zahlen und kurzen Notizen vollgeschrieben. Anhand der unterschiedlichen Farben der Stifte, aber vor allem der sich verändernden Handschrift erkannte Marián, dass die Aufzeichnungen immer weiter fortgeführt worden waren, offensichtlich noch bis vor kurzer Zeit. Die festen Linien waren im Laufe der Zeit zu dünnen geworden, die Energie verflog, das Selbstbewusstsein nahm sichtlich ab. Auf der letzten Seite stand: *mit Osvald reden wegen Marek.* Der Satz war mehrfach ungelenk eingerahmt.

„Diviš!", rief er und steckte seinen Kopf ins Nachbarzimmer. Sein Kollege stand telefonierend am offenen Fenster und sah nach draußen.

„Sind Sie sich da sicher?", sagte er. „Na dann, vielen Dank. Auf Wiederhören."

Er drehte sich zu Marián um.

„Ich hab mit dem Krankenhaus gesprochen. Die Blažková ist am Sonntag den ganzen Nachmittag dort gewesen. Gegangen ist sie gegen acht. Also hätte sie noch allerhand schaffen können. Zur Not auch einen Mord."

„Hypothetisch hast du recht", räumte Marián ein. Alena Blažková könnte ihnen vielleicht ein paar Erklärungen zu einigen Notizen im Kalender ihrer Schwester geben, ansonsten sah er keinen Grund, sich auf sie zu konzentrieren, aber er spürte, dass sich Diviš festgebissen hatte. Ein Kommandoton würde mehr Schaden anrichten als Nutzen bringen. (Frau Professor Dítětová: Einen ungezogenen Schüler muss man für sich gewinnen, indem man geduldig persönlich auf ihn zugeht. Empathie kann mehr erreichen als Bestrafungen.) „Am besten, du rufst sie an. Ich hätte auch ein paar Fragen an sie."

„Ich hab es schon versucht. Sie geht aber nicht ran. Ich werd wohl mal bei ihr vorbeifahren."

„Darf ich dich um was bitten, ohne dass du beleidigt bist?", fragte Marián. Er bemühte sich, empathisch und geduldig zu sein, aber ein gewisses Maß an Gereiztheit konnte er dann doch nicht verbergen.

„Bin ich jemals beleidigt gewesen?", wunderte sich sein Kollege. „Ich will nur meine Arbeit konsequent machen."

„Da sind wir ganz einer Meinung. Aber auch Konsequenz hat ihre Prioritäten. Die Blažková läuft dir nicht weg. Momentan wär's für uns wichtiger, die Nachbarn mal abzuklopfen."

„Du meinst den Beran mit der Glatze?"

„Nicht nur den." Marián reichte Diviš Růžena Zapletalovás Notizbuch. „Der Kalender hier ist zehn Jahre alt, und die Zapletalová hatte den mit im Krankenhaus. Warum wohl? Was denkst du?"

„Entweder wollte sie ihn aus irgendeinem Grund nicht hier lassen, oder sie hat ihn gebraucht", schlussfolgerte Diviš. Neugierig öffnete er das Büchlein. „Was steht denn drin?"

„Namen und Zahlen. Ein Haufen stichwortartige Notizen. Bis jetzt verstehe ich die Zusammenhänge noch nicht – falls es überhaupt welche gibt. Lies dir's mal durch."

„Okay, gib mir fünf Minuten", sagte Diviš. Die Bockigkeit war aus seinem Gesicht verschwunden und von einer interessierten Miene ersetzt worden. Er schlug den Kalender auf und begann zu blättern. (Wenn den Schülern der Unterricht Spaß macht, werden sie nicht nur nicht undiszipliniert sein, sondern sich selbst kreativ daran beteiligen.)

„Lies aufmerksam", ermahnte ihn Marián noch. „Ich will deine Meinung wissen."

Radim Beran kippelte mit seinem Arbeitsstuhl. Der Ordner mit den Unterlagen zum Tschechischen Zentrum Shanghai lag offen vor ihm auf dem Tisch, aber er schaute nicht hinein, sondern sah durch die Glastür in den Garten. Er konnte sich nicht konzentrieren, deshalb war er auch aus dem Büro nach Hause gefahren, was das Durcheinander in seinen Gedanken allerdings nicht vertrieben hatte. In den letzten paar Tagen stand alles Kopf. In der Firma herrschte wieder der normale Betrieb, man arbeitete an den aktuellen Aufträgen, aber jegliche Aufmerksamkeit galt dem Projekt in Shanghai. Heute oder morgen sollten sie erfahren, ob sie ins Finale des Wettbewerbs vorgerückt waren. Radim verbreitete unter den Angestellten Optimismus und spielte ihnen absolutes Vertrauen in ihren Erfolg vor, aber im Grunde kämpfte er mit Zweifeln. Würde sich das, was er getan hatte, nicht doch noch gegen ihn wenden?

Er trank den kalten Rest Kaffee, stand auf und begann in seinem Arbeitszimmer herumzutigern. Er war voller Unruhe. Was ihn viel stärker beschäftigte als sein Projekt, waren die Polizisten auf der anderen Straßenseite. Sie durchsuchten Zapletals Grundstück und das Haus. Er sah sie auch bei den Nachbarn. Und auf dem Plateau. Sie kamen ihm vor wie Fischer, die ihre Netze einholten. Jeden Moment konnten sie hier klingeln. Radim wusste: Sobald sie kämen und zu fragen anfingen, würde etwas passieren. Mit ihm, mit seiner Familie, mit ihrem Heim. Er ahnte, dass das eine unumkehrbare Veränderung sein würde.

Nicht so offen, aber auch in großer Zahl trieben sich in der Gegend Journalisten und Paparazzi herum. Radim kannte einige von ihnen von diversen gesellschaftlichen Anlässen. Früher hatte er ihren Hunger nach Informationen dann und wann missbraucht, um seiner Arbeit Raum in den Medien zu verschaffen. Aber dann war er mit dieser wahnsinnigen Reporterin von Genau-TV zusammengerauscht. In ihrer Gier nach sensationellen Neuigkeiten war sie absolut schamlos. Sie hatte herausgefunden, dass Radims Firma sich am Wettbewerb um das Tschechische Zentrum beteiligte und ihn um ein Interview gebeten. Er war ihr entgegengekommen, hatte sich gründlich auf das Gespräch vorbereitet. Als er es dann aber auf dem Bildschirm sah, hirnrissig gekürzt und mit unpassenden Kommentaren versehen, war er so sauer geworden, dass er ihr eine E-Mail voller bissiger Affronts geschrieben hatte. In ihrer nächsten Talkshow hatte sie sie den Zuschauern vorgelesen. Hatte Radim vor allen bloßgestellt. Er war machtlos gegen sie gewesen. Auch die Polizei konnte diese Irre in ihrer Sensationsgier nicht ausbremsen. Gestern hatte Radim sie mit ihrem Kameramann an Zapletals Gartentor gesehen. Sie hatte auf das Haus gezeigt und etwas in die Kamera gesagt. Die Polizisten hatten sie verscheucht, aber sie war zurückgekommen. Heute zog sie den Nachbarn Neuigkeiten aus der Nase. Vielleicht würde sie auch bei Radim klingeln. Und er dürfte sie nicht fertigmachen, wonach ihm aus tiefstem Herzen zumute war, weil das garantiert am Abend in den Nachrichten wäre.

Vor dem straßenseitigen Fenster tauchte Yadiras Auto auf und fuhr in die Garage. Radim sah auf die Uhr. Sie war viel früher dran als sonst. In letzter Zeit brach sie mit ihren alten Gewohnheiten, sie war in Panik – genau wie er. Er konnte sich vorstellen, um was ihre Gedanken kreisten. Das hatte ihm auch die Unterhaltung gestern Nacht deutlich gezeigt.

„Glaubst du, dass sie bei Zapletals eine Hausdurchsuchung machen?", hatte sie im Bett gefragt, lange nachdem das Licht aus war und er dachte, dass sie längst schliefe. Warum fragst du das?, dachte er. Würden sie dort deine Spuren finden?

„Sieht ganz so aus." Er hatte das Gefühl, dass sie sich endlich reinen Wein einschenken sollten, deswegen fügte er hinzu: „Wahrscheinlich laden sie mich vor zu einer Aussage."

„Dich?" Sie drehte sich im Dunkeln zu ihm um. „Worüber solltest du denn was aussagen?"

„Ich weiß nicht, wie lange Zapletal die Aufzeichnungen von seiner Überwachungskamera aufgehoben hat, aber ich gehe davon aus, dass die mich auch darauf finden."

„Bist du bei ihm gewesen?" Sie setzte sich auf und schaltete das Licht an. „Wann denn?"

„Mach wieder aus." Er wusste, dass er bestimmte Dinge nur aussprechen konnte, wenn sie sein Gesicht nicht sah. Das Licht verlosch wieder.

„Wann?", wiederholte sie ihre Frage.

„Ungefähr vor einem Monat. Und letzten Samstag. Ich hab ihn auch ein paar Mal angerufen."

„Weswegen denn?"

Seiner Frau musste er nicht einreden, dass er sich mit Zapletal über dessen Lärm gestritten hatte.

„Wegen dir."

Sie rutschte auf ihrem Kissen ein Stück nach unten und fragte nicht weiter. Er fasste sie um die Schultern. So sanft wie möglich, damit sie begriff, dass er keine Eifersuchtsszene veranstalten würde.

„Ich hab euch gesehen", sagte er. „Vor dem Hotel. Ich weiß nicht, ob ihr euch regelmäßig getroffen habt."

Er wartete darauf, dass sie etwas sagen würde – einen Erklärungsversuch, eine Verteidigung –, aber sie schwieg, also blieb ihm nichts anderes übrig, als weiterzusprechen: „Ich bin zu ihm, weil ich Angst hatte, mit dir darüber zu reden."

„Was hast du zu ihm gesagt?"

Wenn sie alles gehört hätte, was er gesagt hatte, müsste sie ihn verachten. Eine Szene wie aus einer Boulevardgroteske. Radim hatte gemerkt, wie peinlich er sich aufführte, und hatte sich dafür gehasst, aber er konnte nicht anders. Er hatte ihm gedroht, Forderungen gestellt, sich aufgeregt. Herumgeschrien. Ihm war klar gewesen, dass ihn auch Zapletals Mutter hörte, aber das war ihm egal. An einem Punkt hatte er sich sogar aufs Bitten verlegt. Erbärmlicher hätte er sich gar nicht aufführen können. Als er ging, wusste er, dass er alles nur noch schlimmer gemacht hatte. In Zapletals Augen hatte eiskalter Triumph gelegen. Er kostete sein Machtgefühl sichtlich aus. Und sollte seine Dreistigkeit noch steigern. Vierzehn Tage später hatte er Yadira auf der Straße aufgehalten. Direkt vor der Garage. Er wollte testen, was der Gatte aushalten würde. Radim hatte es selbst nicht gewusst. Immer wieder hatte er sich gefragt, womit dieses Arschloch seine Frau rumgekriegt hatte. Was fand sie an ihm attraktiv? Das maskuline Äußere? Außergewöhnliche Standhaftigkeit im Bett? Irgendeine verborgene Seite seiner Persönlichkeit? In welchem Punkt war Radim ihr nicht gut genug?

„Du hast einen Fehler gemacht", sagte Yadira in die Dunkelheit. „Du hättest nicht zu ihm gehen dürfen."

Natürlich hatte sie recht. Richtiger wäre es gewesen, mit ihr darüber zu sprechen – offen, vernünftig. Sie hätten gemeinsam einen Weg aus der Krise suchen sollen wie andere Paare. Aber er kannte die Grenzen seiner Ehe. Einige Themen waren tabu. Schon seit der Hochzeit. Nie war zwischen ihnen ein Wort über Treue gefallen. Über Aufrichtigkeit. Über die Tiefe ihrer Gefühle. Über Bedürfnisse, Wünsche und Befürchtungen tief in ihnen drin.

„Ich hatte Angst, dich zu verlieren", gab er zu. Es war keine Frage, aber trotzdem hätte er gern eine Antwort bekommen. Dachte sie darüber nach, ihn zu verlassen? Sie war fünfzehn Jahre jünger, die Lust auf ein anderes Leben konnte sie gepackt haben, die Sehnsucht nach Veränderung, nach neuen Erlebnissen. Ein paar Mal hatte er sie heimlich beobachtet, wenn sie mit ihrer Cousine skypte. Immer war sie dabei aufgeblüht, ihre Augen strahlten, aufgeregt hatten sie und Mariluz Pläne geschmiedet, was sie alles unternehmen müssten, wenn sie sich wiedersehen würden. Er war nicht Bestandteil dieser Pläne gewesen.

„Du hättest nicht zu ihm gehen dürfen", hatte sie noch einmal gesagt. Voller Unruhe war er eingeschlafen. Der Schatten der Eifersucht war nicht weg, obwohl der Mann, der ihn geworfen hatte, nicht mehr am Leben war.

Durch die Arbeitszimmertür hörte er, wie Yadira aus der Garage ins Haus kam und mit Nina sprach. Er verstand nicht, was sie redeten, aber ihre Stimmen beruhigten ihn. Sie gaben dem Raum zwischen den Wänden einen gemeinsamen Sinn. Nina war ein wichtiges familiäres Bindeglied. Jetzt würde sie verschwinden und Radim mit Yadira allein bleiben. Er würde alles tun müssen, damit sie glücklich wäre. Er könnte sie mit nach Shanghai nehmen. Sie würden ganz Asien bereisen, das gefiele ihr bestimmt. Sie liebte das Reisen. Der vierzehntägige Urlaub in Brasilien war für sie ein größeres Geschenk, als würde sie ein neues Auto bekommen. Und wenn das für sie nun kein Urlaub war, sondern eine Flucht? Was, wenn sie nicht zurückkäme? Ein paar Mal war ihm der Gedanke gekommen, aber jedes Mal hatte er ihn verscheucht. Absurd!

Die Stimmen in der Halle waren verstummt. Nina war offenbar wieder packen gegangen. Radim vermutete, dass Yadira nicht zu ihm hereinschauen würde. Wenn er arbeitete, störte sie ihn nicht. Er hörte ihre Absätze über die Fliesen klappern, dann war es still. Entweder hatte sie sich die Schuhe ausgezogen oder sie war stehen geblieben. Wahrscheinlich beobachtete sie wieder, was gegenüber vor sich ging. Auch er schaute unwillkürlich zum Fenster. Einer der Polizisten in Zivil (der Ältere) kam über die Straße in ihre Richtung. Beim Gehen spielte er mit einer Zigarre in seiner Hand, sah das Haus an und ging auf den Eingang zu. Radim rutschte das Herz in die Hose – sie hatten also was gefunden. Er würde Fragen beantworten müssen und mit fremden Leuten über Dinge reden, die er sich nicht einmal traute, mit seiner Frau zu besprechen. Er erstarrte, blieb mitten im Zimmer stehen und überlegte, was er tun sollte. Er war auf eine Unterhaltung nicht vorbereitet. Er wusste, dass er nicht um sie herumkäme, aber er brauchte noch ein bisschen Zeit. Jetzt würde er alles nur versauen.

Er stand stocksteif da, um mit keiner Bewegung auf sich aufmerksam zu machen, und wartete, bis der Polizist unter dem Fenstersims verschwunden war. Dann stürzte er durch die Glastür in den Garten, rannte über den Rasen hinterm Haus, quetschte sich zwischen der Hecke durch und war im Kiefernwald. Sein Herz raste wie verrückt, er überlegte, ob er nicht lieber stehen bleiben sollte. Zurückkehren und in Würde das Unausweichliche akzeptieren. Stattdessen schlich er sich zwischen den Bäumen davon, stolperte über hervorstehende Wurzeln, schob tief hängende Zweige beiseite und ging den Himbeerruten aus dem Weg. Er wusste, dass er sich komisch benahm, aber zum Lachen war ihm nicht. Die Situation, in der er sich befand, erschien ihm ausweglos. Ihm kam der Gedanke, dass die Helden in Boulevardstücken deshalb so grotesk wirkten, weil sie sich selbst zu ernst nahmen.

Neben einem silbernen Porsche parkte ein grüner Mini. Das Garagentor und die Gartentür standen offen. Zwischen blühenden Hortensiensträuchern hindurch – zur Abwechslung in unterschiedlichen Violetttönen – ging Marián zur Haustür und drückte auf die Klingel. Im Innern ertönte ein Gong. Marián trat ein paar Schritte zurück und betrachtete die imposante Fassade. Beim Bau war sicher nicht gespart worden, aber das war bei weitem nicht nur eine Frage des Geldes. Es ging in erster Linie um Fantasie. Das Ganze strahlte Originalität aus, Qualität, Elan. Und Ordnung. Das Haus wirkte äußerst gepflegt. Darauf basierte im Übrigen Diviš' Hypothese.

„Sie hat bei denen sauber gemacht", hatte er mit Gewissheit verkündet, als er Růžena Zapletalovás Kalender durchgelesen hatte. „Kannste drauf wetten, dass sie bei den Berans und den

Žantovskýs geputzt hat. Schwarz. Die Kohle hat sie auf ihr Konto gepackt, und es sollte so aussehen, als ob das Geld von diesem Senior Program kommt."

„Fürs Putzen sind das aber ziemlich solide Sümmchen", hatte Marián eingewandt. Das Angebot zum Wetten ignorierte er diesmal. Genauso wenig erinnerte er Diviš daran, dass der noch vor wenigen Stunden das vom Senior Program eingegangene Geld für Zapletals Gewinne aus dem Drogengeschäft gehalten hatte.

„Wenn jemand solide Sümmchen verdient, dann blättert der auch mal Viertausend im Monat für eine Putzhilfe hin", erklärte Diviš. „Guck dir doch das Haus von den Berans an! Die beiden Autos! Solche Leute denken in anderen Kategorien als du und ich."

„In letzter Zeit hat die Zapletalová selbst Unterstützung gebraucht", gab Marián zu bedenken. „Ihre Schwester hat ihr praktisch den Haushalt geführt."

„Vielleicht hat sie von ihr auch den lukrativen Putzjob übernommen. Wir versuchen mal, das aus der Frau Dramaturgin rauszuholen."

Diviš' Theorie klang nicht ganz unwahrscheinlich, aber die Höhe der Verdienste irritierte Marián. Zum Beispiel jene fünfzehntausend Kronen, die sie als erste Rate bezeichnet hatte. Für so viel Geld hätte die Zapletalová die Fußböden mit der Zahnbürste schrubben müssen. (Dazu hatten Marián bei der Armee einmal zwei besoffene Dachse nach ihrer Rückkehr vom Ausgang gezwungen, und das einzige Honorar, was er sich dabei verdient hatte, war, dass ihm einer von ihnen den Rücken vollgekotzt hatte.)

Der Kalender hatte mehr Fragen gebracht als Antworten. Was bedeuteten die ganzen Namen und Initialen? Wer war Marek? Wer Y. B.? Stand K. Ž. für Kamil Žantovský? War das etwa der Vater ihrer dreizehnjährigen Zeugin Eliška? Worauf bezog sich die Anmerkung über die Untersuchung? Und das Reden mit Osvald über Marek konnten sie auch nicht interpretieren. Schließlich hatten sie vereinbart, dass Diviš zu den Žantovskýs gehen und Marián den Berans einen Besuch abstatten würde.

Im Haus war es still, hinter den Fenstern regte sich nichts. Marián drückte noch einmal auf den Klingelknopf, aber da hörte er im Innern bereits Schritte. Leichtfüßig, hastig. Die Tür ging auf. Vor ihm stand Salma Hayek.

„Sie wünschen bitte?", sagte sie statt einer Begrüßung. Sie hatte eine angenehm tiefe Stimme, die einen Hauch von Intimität verströmte. Ihr Tschechisch klang perfekt. Sie war barfuß (aber auch mit hohen Absätzen konnte sie nicht sehr groß sein), das blassblaue Kleid kontrastierte mit ihrem dunklen Teint. Sie blickte Marián ohne zu lächeln, aber freundlich an. Es dauerte einen Moment, bis er seine Verblüffung überwunden hatte.

„Kriminalrat Holina", stellte er sich vor und zeigte ihr seine Dienstmarke. „Ist Herr Beran zu Hause?"

Sie nickte.

„Könnte ich mit ihm sprechen?"

„Mein Mann arbeitet", antwortete sie zögerlich. Auf die Marke schaute sie gar nicht erst. „Yadira Beranová, angenehm."

Sie reichte ihm die Hand, machte aber keinerlei Anstalten, ihn hineinzulassen.

„Ich würde gerne Ihnen beiden ein paar Fragen stellen."

„In welcher Angelegenheit?"

„Ich untersuche den Tod Ihres Nachbarn, Herrn Zapletal", sagte er und bemühte sich, jetzt nicht an Zapletals Pornoarchiv zu denken. Es war schwer, sich unter ihrem Kleid nicht das vorzustellen, was er von den Fotos kannte. Wie weit wohl Radim Beran über die Beziehung seiner Frau zu Zapletal im

Bilde war? Und wusste sie, was er wusste? Es wäre besser, mit jedem einzeln zu sprechen. „Wahrscheinlich haben Sie schon gehört, dass er auf tragische Weise ums Leben gekommen ist."

Schweigend nickte sie. Sie machte die Tür weit auf, ließ ihn herein und schloss sie wieder. Marián verspürte sofort den Atem des Hauses. Nicht als gekühlte Luft aus der Klimaanlage, sondern als die natürliche Temperatur eines gut isolierten Gebäudes. Er sah sich um. Rechts gab es ein paar Türen, links betrat man durch ein breites Portal die Halle. Yadira Beranová forderte ihn mit einer Handbewegung auf, ihr zu folgen. Sie zeigte auf eine Ledersitzgruppe.

„Nehmen Sie Platz", sagte sie. „Darf ich Ihnen etwas zu trinken anbieten? Cola, Kaffee? Wasser?"

„Wasser", antwortete er.

„Mit Kohlensäure oder ohne?"

„Ohne."

Sie verschwand. Er blieb allein inmitten der Halle stehen und ließ seinen Blick über die Wände gleiten, die sich kompromisslos in die Höhe reckten, über die Glasflächen, die das Licht in präzise gewählten Winkeln hereinließen, über die geschwungene Treppe und die raffinierte Linie der Galerie. Wohin er sich auch wandte, immer bot sich ihm eine einzigartige Perspektive. Ein brillanter Bau. Durchdacht, elegant, und trotzdem … Während er da so mitten in der Mitte stand, merkte er, dass er sich nicht wohlfühlte. Irgendetwas störte ihn. Das lag nicht an den Dimensionen, auch nicht am Licht, an den Farben oder den verwendeten Materialien, an nichts Sichtbarem. Es ging um eine tiefer liegende Disharmonie. Mariáns Instinkte nahmen sie als beunruhigendes Signal wahr, mit dem sein Verstand nichts anfangen konnte. Was sollte an diesem Zusammenspiel von Schönheit und Funktionalität beunruhigend sein? Es wurde von irgendetwas gestört, nur kam er nicht darauf, wovon.

„Ein herrliches Haus", sagte er, als Yadira Beranová mit zwei beschlagenen Gläsern zurück in die Halle kam. „Wer hat das denn entworfen?"

„Mein Mann", bestätigte sie seine Vermutung. Sofort fügte sie entschuldigend hinzu: „Ich weiß nur leider nicht, wohin er verschwunden ist. Ich dachte, er arbeitet in seinem Zimmer, aber dort ist er nicht."

Sie sah aufrichtig perplex aus, trotzdem war Marián sich nicht sicher, ob das vielleicht bloß eine Ausrede war.

„Hat er sich etwa in Luft aufgelöst?", bot er eine humorvolle Erklärung an. Damit amüsierte er sie allerdings nicht.

„Bitte, setzen Sie sich."

Noch einmal machte sie eine einladende Bewegung. Sie selbst wählte einen Sessel, der mit dem Rücken zur Treppe stand, nahm Platz und schwang ein Bein übers andere. Sie war nicht mehr barfuß. Die Sandalen passten farblich zum Kleid. Ein Glas behielt sie in der Hand, das andere stellte sie vor Marián auf den Tisch. Nicht direkt auf die Glasplatte, sondern auf einen der Flyer, die dort lagen. *Ich bin Yadira Beranová und leite die Sprachschule Cicero*, las er den Werbetext, in den die Wassertropfen einsickerten, die am Glas hinabrannen. Ihm fielen die Initialen Y. B. im Kalender von Frau Zapletalová ein. Vornamen mit Ypsilon gab es nicht allzu viele. Außerdem glaubte er, wie er ja gerade zu Diviš gesagt hatte, beim Ermitteln nicht an Zufälle. Er zog den Flyer näher zu sich heran. *Qualifizierter Sprachunterricht unter Anleitung erfahrener Lektoren …*

„Was möchten Sie wissen?" Ihre Stimme riss ihn aus seiner Lektüre. Sie machte kein ungeduldiges Gesicht, aber man sah, dass sie mit ihrer Zeit umzugehen wusste. Zweifellos organisierte und plante sie sie zweckmäßig. Wie sie in ihrem Kalender wohl die Besuche in dem Žižkover Hotel gekennzeichnet hatte? Und warum war sie überhaupt dorthin gegangen? Sie wirkte feingeistig, kultiviert. Marián kapierte nicht, wie das schlüpfrige Gebaren des Cowboys sie hatte erregen können. Hic sunt leones, dachte er bei sich. In der weiblichen Psyche würde es für ihn wohl immer unerforschte Gebiete geben.

„War Herr Zapletal ein guter Nachbar?", fragte er.

„Still, unauffällig. Viel gewusst über ihn habe ich nicht." Sie schaute ihm direkt in die Augen. Mit argloser Miene. Marián begriff, dass er auf der Hut sein musste.

„Wie lange wohnen Sie schon hier?"

„Dreizehn Jahre."

„Das ist eine lange Zeit, um seine Nachbarn kennenzulernen."

Auch ihre intimsten Seiten, dachte er bei sich. Er überlegte, wie alt ihr Foto in Zapletals Archiv sein mochte. Einen Monat? Ein Jahr? Mehr sicher nicht, ihr Gesicht hatte sich kaum verändert, auch die Frisur war gleich. Gewelltes Haar bis zu den Schultern, über den Ohren zusammengenommen mit silbernen Spangen. Ohrringe und Armreifen waren ebenfalls silbern. Auf dem Foto hatte sie keinen Schmuck getragen.

„Frau Zapletalová kenne ich relativ gut. Er ist erst vor Kurzem hierher gezogen."

„Wissen Sie, was er gemacht hat?"

„Er war Polizist", sagte sie nach kurzem Zögern. „Falls Sie nach seinem Beruf gefragt haben."

„Nach was hätte ich sonst fragen sollen?"

„Wie bitte?" Sie schaute ihn fragend an. Anschließend erläuterte sie mit einem Lächeln: „Tschechisch ist nicht meine Muttersprache. Ich bin Kubanerin, manchmal habe ich Probleme mit der einen oder anderen ... *expresión*."

Jetzt hatte sie eindeutig gelogen. Sie war in der tschechischen Sprache wie zu Hause, hatte nicht nur einen reichen Wortschatz, sondern benutzte ihn auch ganz präzise. Die Sprache war ihr tägliches Brot – immerhin leitete sie eine Sprachschule. Ihre ganze Unterhaltung über hatte sie keinen

Fehler gemacht und war nicht einmal ins Stocken geraten. Erst jetzt. Absichtlich hatte sie einen spanischen Ausdruck eingefügt, um zu zeigen, dass sie für ihre Antworten keine hundertprozentige Garantie übernahm. Auch ihr Lächeln war gut durchdacht. Es sollte die Aufmerksamkeit von den Augen zum Mund lenken. Denn in ihrem Blick lag Unruhe. Etwas hatte sie aus dem Gleichgewicht gebracht. Marián beschloss, ihr Zeit zu lassen, um es wiederzuerlangen.

„Frau Beranová, was geben Sie fürs Saubermachen aus?", fragte er.

„Welches Saubermachen?"

„Das ist ein riesen Haus, das putzen Sie doch nicht selber."

„Was hat das denn mit dem Tod unseres Nachbarn zu tun?"

„Lassen Sie nie jemanden kommen?", redete er weiter, als hätte er ihre Frage nicht gehört.

„Sie meinen eine Reinigungsfirma?"

„Ich meine Frau Zapletalová."

Eine Weile sah sie Marián ausdruckslos an, dann schüttelte sie schweigend den Kopf.

„Ganz bestimmt nicht?"

„Nein."

„Auch nicht früher, als sie noch gesund war?"

„Frau Zapletalová ist noch nie in diesem Haus gewesen", sagte sie. Mit Nachdruck. Er spürte, dass sie ihre nonverbale Kommunikation bewusst auf ein Minimum begrenzte. Sie hatte jede ihrer Bewegungen unter Kontrolle, jedes Zwinkern, und erinnerte damit an eine Pokerspielerin. Marián hob sein Glas, trank einen Schluck, nahm einen Flyer in die Hand und ließ den Blick über den Text gleiten.

„Haben Sie ihr vielleicht irgendeinen Job für Ihre Schule verschafft?"

„Seien Sie mir nicht böse, aber mir entgeht der Sinn all dieser Fragen", sagte sie. Das Pokerface war immer noch da, doch in ihre Stimme hatte sich ein gereizter Unterton eingeschlichen. „Zum letzten Mal: Frau Zapletalová hat niemals und in keiner Weise für mich gearbeitet."

„Wofür haben Sie sie denn dann bezahlt? Für ihr Schweigen?"

Auch ein Gesicht mit dunklem Teint konnte rot werden, stellte er überrascht fest.

„Wie bitte?" Sie benutzte die gleiche Taktik wie zuvor. Tat so, als verstehe sie nichts, bloß mit ihrem Spanisch verschonte sie ihn diesmal. „Was meinen Sie damit?"

„Sie hat von Ihnen relativ hohe Geldsummen kassiert."

„Hat sie Ihnen das gesagt?", fragte sie verdattert. Gleich darauf bot sie ihm eine Erklärung an: „Vielleicht ist sie nach der Operation noch ein bisschen … ein bisschen durcheinander."

Die Nachricht von Růžena Zapletalovás Tod war bisher offensichtlich noch nicht bis in dieses Haus vorgedrungen.

„Sie kam mir nicht durcheinander vor." Poker hatte Marián noch nie gespielt, aber er wusste, dass die Kunst zu bluffen einer der wesentlichsten Bestandteile des Spiels war. „Sie hat mir gesagt, dass sie von Ihnen mehrfach Geld bekommen hat. Warum sollte sie lügen?"

„Ich sage ja nicht, dass sie gelogen hat. Wahrscheinlich haben Sie das nur falsch interpretiert." Erneut versuchte sie, mit einem Lächeln ihre Nervosität zu verbergen. „Vielleicht hat sie über Ausgaben für die Katzen gesprochen. Ich kaufe manchmal Futter für sie."

Irgendwo im Haus vernahm Marián ein neues Geräusch. Was es war, konnte er nicht sagen, auch nicht, woher es kam, aber es hätte der zurückkehrende Ehemann sein können. Marián ahnte, dass er in dessen Gegenwart überhaupt nichts mehr von ihr erfahren würde. Also beschloss er, alles auf eine Karte zu setzen.

„Um die Katzen ging es nicht. Frau Zapletalová hat auf Ihre Affäre angespielt."

„Meine … Affäre?" Sie schnappte nach Luft. Es gelang ihr nun nicht mehr, die zunehmende Erregung zu kaschieren.

„Ihre Beziehung zu ihrem Sohn. Sie sollen sich in einem Hotel getroffen haben. Das haben wir überprüft. Außerdem haben wir bei ihm ein Foto von Ihnen gefunden."

Sie schluckte. Fuhr sich mit der feuchten Zungenspitze über die trockenen Lippen.

„Was für ein Foto?", fragte sie mit erstickter Stimme.

„Ein frivoles. Einen Akt – auf einem Bett. Offenbar im Hotel."

Was er sagte, musste für sie ausgesprochen unangenehm sein, und doch bemerkte er, dass ihre Nervosität nachließ. Sie beruhigte sich. Offensichtlich hatte sie etwas anderes erwartet. Etwas Schlimmeres, dachte er.

„Über mein Privatleben werde ich nicht mit Ihnen sprechen", verkündete sie kühl. „Falls Sie keine weiteren Fragen haben, die Ihre Ermittlungen betreffen, betrachte ich unsere Unterhaltung für beendet."

„Das betrifft aber unsere Ermittlungen", entgegnete er. Das Geräusch von vorhin ertönte erneut. Er konnte es nicht identifizieren, aber es kam von oben. Aus einem der Zimmer im ersten Stock. „Herr Zapletal ist ermordet worden. Wir müssen jeden abklopfen, der mit ihm in engem Kontakt stand."

„Abklopfen?", wiederholte sie. Diesmal hatte er den Eindruck, dass sie tatsächlich unsicher war, was er mit diesem Ausdruck meinte. „Wie abklopfen?"

„Mögliche Motive ergründen, Alibis überprüfen …"

„Bin ich verdächtig?", unterbrach sie ihn. Marián konnte einen Seufzer nicht unterdrücken. Ihn überkam die gleiche Müdigkeit wie vorgestern, als er Alena Blažková den Tod ihres Neffen mitgeteilt hatte. Das waren Modellsituationen und es gab nur eine begrenzte Zahl von Möglichkeiten, darauf zu reagieren. Er kannte sie alle. Die Frage „Bin ich verdächtig?" begleitete meist eine verblüffte Miene, ein beleidigter Tonfall, manchmal auch eine aufgebrachte Geste. Die Stimme von Yadira Beranová war ruhig, nichts an ihr war beleidigt oder verblüfft. Sie gehörte zu der Kategorie von Verhörten, die sich beherrschen konnten. Eine intelligente Frau. Marián kam unwillkürlich der Gedanke, dass er herausfinden musste, in welchem Sternbild sie geboren war.

„Vorläufig wissen wir lediglich, dass Sie mit Ihrem Nachbarn eine Intimbeziehung gepflegt haben. Für sich genommen ist das kein Verdachtsgrund."

Die Geräusche im Haus gewannen eine konkretere Gestalt. Marián hörte, wie eine Schublade geschlossen wurde, und anschließend Schritte. Eine der oberen Türen ging auf und die Galerie betrat ein hoch aufgeschossenes Mädchen in Shorts und gestreiftem T-Shirt. In der Hand hielt sie ein Bügeleisen. Sie schaute übers Geländer nach unten.

„Guten Tag", grüßte sie und kam dann die Stufen herunter.

„Guten Tag", antwortete Marián. Die Treppe war ihm genau gegenüber, es hatte keinen Sinn, so zu tun, als ob er ihre Beine, direkt auf seiner Augenhöhe, nicht sah. Er sah sie nicht nur, sondern musste auch ihre Form bewundern. Sie waren lang, schlank, gebräunt. Nicht mehr mädchenhaft, sondern die einer Frau – so wie ihre Figur überhaupt. Die Art, wie sie die Treppe herunterlief, verriet, dass sie sich sowohl mit den langen Beinen als auch mit dem Körper einer Frau noch keinen rechten Rat wusste. Die Stufen dröhnten dumpf unter ihren Schritten, die Schnur des Bügeleisens schlug mit dem Stecker gegen die Geländerstangen aus Stahl.

„Ich lauf dort zerknautscht rum", verkündete sie kategorisch, als sie in der Halle angekommen war. „Das Bügeleisen bleibt in Prag."

Sie sprach zu Yadira Beranová, aber gleichzeitig warf sie Marián fragende Blicke zu. Schließlich ging sie auf ihn zu. Er stand auf.

„Nina Beranová." Sie nahm das Bügeleisen in die linke Hand und reichte ihm die rechte.

„Marián Holina."

Mit unverhohlenem Interesse betrachtete sie ihn. Er überlegte, in welcher Beziehung die beiden Frauen wohl zueinander standen. Eine genetische Verwandtschaft war auf den ersten Blick nicht auszumachen.

„Sie sind von der Kripo?", fragte sie. Er nickte. „Und was für'n Rang?"

Die Frage hätte vorlaut wirken können, wenn sie sie nicht mit so natürlicher Neugier gestellt hätte.

„Kriminalrat."

„Echt?" Sie pfiff als Zeichen des Respekts. „Ziemlich hohes Tier, oder?"

Er begriff, dass die burschikose Art nur eine Masche war. Noch hatte sie sich nicht entschieden, was für eine Art Frau sie sein wollte. Sie suchte nach ihrem Stil.

„Beim Militär entspräche das einem Major", belehrte er sie. Aus Erfahrung wusste er, dass viele sich mit der Polizeihierarchie überhaupt nicht auskannten. „Über mir gibt es aber noch viel höhere Tiere."

„Ach so."

Nach wie vor sah sie ihn neugierig an. Er befand, dass der Höflichkeiten genüge getan war, und setzte sich wieder.

„Der Herr Kriminalrat leitet die Ermittlungen im Mordfall Zapletal", sagte Yadira Beranová. Sie nahm Nina das Bügeleisen ab und wickelte beim Sprechen die Schnur auf. „Er ist hier, um uns ein paar Fragen zu stellen."

„Mir auch?", fragte Nina, und als hätte sie Mariáns Gedanken gelesen, fügte sie hinzu: „Falls Ihnen nicht klar ist, wer ich bin: das Fräulein Tochter."

„Danke, dass Sie mich ins Bild gesetzt haben", sagte er. Mit seinem zugeknöpften Tonfall und dem strengen Gesichtsausdruck gab er ihr zu verstehen, dass eine Ermittlung keineswegs eine coole Sache war. „Falls Sie mir etwas zu Herrn Zapletal zu sagen haben, würde ich das sehr begrüßen."

„Kommt drauf an, was Sie interessiert, Herr Kriminalrat", sagte sie. Vom Kamin zog sie sich einen Puff heran, ließ sich auf ihm nieder (er war für ihre langen Beine viel zu niedrig, die Knie reichten ihr bis ans Kinn), umfasste ihre Schienbeine mit den Armen und blickte Marián erwartungsvoll an. Er hatte irgendwie das Gefühl, zum Objekt geworden zu sein, das ihre nachmittägliche Langeweile zerstreuen sollte.

„Kannten Sie ihn?", fragte er.

„Er hat gegenüber gewohnt."

„Wie oft wohnen Leute in unmittelbarer Nachbarschaft und wissen nichts voneinander, nicht einmal, wie sie heißen."

„Osvald. Wie der Attentäter in Dallas. Wenn ich einen Sohn hätte, würde ich ihm bestimmt nicht nach einem Mörder benennen."

„Osvald Zapletal schreibt sich mit Vau. Außerdem wurde er geboren, noch bevor der Oswald in Dallas sein berühmtes Attentat verübt hat."

„Vorher? Echt?"

„Wann haben Sie Herrn Zapletal zum letzten Mal gesehen?" Er stoppte die in die Irre laufende Konversation und brachte das Gespräch zurück zum Thema, dessentwegen er hier war.

„Am Sonntagmorgen."

„Haben Sie mit ihm gesprochen?"

„Ich war am Fenster, als er von zu Hause weggefahren ist. Er hat mir aus dem Auto zugewinkt. Immer hat er mich schon von weitem gegrüßt. Er war …" Sie zögerte kurz und überlegte, welche Bezeichnung sie verwenden sollte. „Ein Gentleman ist er gewesen."

„Wir haben ihn am Sonntag noch einmal gesehen, am Abend", schaltete sich Yadira Beranová ins Gespräch ein. Als sie Ninas unsicheren Blick auffing, versuchte sie, deren Gedächtnis auf die Sprünge zu helfen: „Ja, klar doch. Wir haben zusammen hier am Tisch gesessen. Und haben ihn vorbeifahren sehen. Ich hab noch gesagt, dass er vielleicht ins Krankenhaus zu seiner Mutter fährt. Weißt du das nicht mehr?"

Nina tat zwar so, als sei es ihr wieder eingefallen, aber Marián war vom Gegenteil überzeugt. Je länger er in diesem Haus saß, desto intensiver spürte er, dass die moderne Architektur nur eine äußere Hülle war. Darunter waren ganz andere Kräfte am Werk. Uralt, mächtig, elementar. Sie verströmten Unruhe wie sich verschiebende tektonische Platten unter einer Landschaft.

„Einen Schuss haben Sie von draußen nicht gehört?", fragte er. Nina schüttelte den Kopf, Yadira Beranová runzelte die Stirn.

„Jetzt, wo Sie es sagen … Irgendein Geräusch war da", sagte sie nachdenklich. „Aber dass das ein Schuss gewesen sein soll, wäre mir nicht eingefallen."

„Wie spät war es da?"

„Das weiß ich wirklich nicht mehr."

Es war eher ihr Blick als der Tonfall ihrer Stimme, der Marián signalisierte, dass sie ihn an der Nase herumführte. Er war sich nicht sicher, wobei. Log sie komplett, oder manipulierte sie Nina nur ein wenig? Er war neugierig, ob sie sich gegenseitig ein Alibi geben würden.

„Können Sie mir sagen, wo Sie so etwa zwischen zehn Uhr abends und Mitternacht waren?", fragte er Nina.

„Hier bei mir", antwortete Yadira Beranová.

„Ich habe das Fräulein Tochter gefragt."

„Ich war zu Hause", bestätigte Nina. „Wir sind durchgegangen, was ich mit nach Brasilien nehmen soll. Ich gehe ein Jahr dorthin zum Studieren. Haben Sie schon mal versucht, für so einen Zeitraum zu packen? Das ist die Hölle. Ich weiß doch nicht, was ich dort brauche. Ich hab zwar eine Tante in São Paulo, aber trotzdem … Unbekannte Situationen, unbekanntes Klima, verstehen Sie?"

„Verstehe", pflichtete er bei. „Das Bügeleisen bleibt in Prag."

„Nicht nur das Bügeleisen …"

„Ich und Nina sind den ganzen Sonntag zu Hause gewesen", unterbrach sie Yadira Beranová. Ihre Finger spielten nervös mit einem Ohrring. Sie hat Angst, dass Nina sich bei irgendwas verquatschen könnte, dachte Marián.

„Den ganzen Sonntag nicht, wir hatten doch Training", wandte Nina ein. Sie drehte sich zu Marián um. „Wir machen beide Capoeira."

„Den Kampfsport?", fragte er. Sie nickte. Er ließ sich von ihr den Namen und die Adresse des Capoeira-Centers geben. „Bis wann sind Sie dort gewesen?"

„Das Training hätte bis sechs gehen sollen, aber der Mestre hatte Zeit, also haben wir ein bisschen überzogen", sagte Yadira Beranová. „Als wir zurück waren, haben wir Wäsche gewaschen, Sachen sortiert, eine passende Reisetasche ausgesucht und so."

„Bis Mitternacht?"

„Da haben wir höchstwahrscheinlich schon geschlafen."

„Hat Ihr Mann auch geschlafen?"

„Mein Mann?"

Marián wurde mit einem Schlag klar, auf wen sich ihre Nervosität bezog. Sie befürchtete nicht, dass Nina etwas über sie ausplaudern würde, sondern über ihren Vater.

„Hat Ihr Mann am Sonntag zu Hause geschlafen?", fragte er ohne Umschweife.

„Allerdings", sagte sie sofort. „Nur am Abend hatte er eine Besprechung. Ich weiß nicht genau …"

„Er war bei einem Geschäftsessen", sagte Nina.

„Wo?"

„Wo, mit wem, von wann bis wann, das sagt er Ihnen bestimmt gern selber", verkündete die Hausherrin energisch und stand auf. Mit ihrem Blick gab sie Marián zu verstehen, dass sie seinen Besuch als beendet betrachtete.

„Und wenn nicht?", gab Marián zu bedenken und ließ sich noch tiefer in den Sessel sinken. Er hatte nicht vor, so einfach zu gehen. „Was ist, wenn er sich vor mir versteckt?"

Yadira Beranová machte ein pikiertes Gesicht.

„Er hat wichtigere Sachen zu tun, als sich vor der Polizei zu verstecken. Mein Mann ist wirklich vielbeschäftigt", teilte sie Marián mit. Sie trat an den Kamin heran, nahm aus dem Spender auf dem Sims eine Visitenkarte und reichte sie ihm. „Hier haben Sie seine Telefonnummer und die Kontaktdaten der Firma, vereinbaren Sie mit ihm einen Termin."

Marián nahm sich die Karte und steckte sie in die Innentasche. Aus der anderen holte er sein Notizbuch. Er schlug es auf, blätterte Seite für Seite um. Und tat so, als bemerke er ihre wachsende Ungeduld nicht.

„Ich hab noch ein paar Fragen an Sie", sagte er ohne Eile. Sein Blick wanderte zu Nina. „An Sie auch. Ich hoffe, ich halte Sie nicht auf."

„Überhaupt nicht", versicherte Nina ihm. Dazu zog sie ein erwartungsvolles Gesicht, als hätte er zu einem neuen Fernsehsender umgeschaltet. „Fragen Sie, Herr Kriminalrat."

„Ehrlich gesagt, wir krebsen hier ziemlich rum, und ich hab noch reichlich zu tun", sagte Yadira Beranová. „Wenn's aber unbedingt sein muss, könnte man die Fragerei dann nicht auf ein andermal verschieben?"

„Ich kann Sie auch zu uns auf die Dienststelle vorladen, das würde Sie allerdings noch viel mehr aufhalten", wandte er ein. In Gedanken schüttelte er amüsiert den Kopf. ,Herumkrebsen' … Und sie wollte ihm einreden, dass Tschechisch ihr Probleme bereitete. „Aber falls Ihnen ein Besuch bei der Polizei lieber ist, bitte schön."

Er war neugierig, wie sie sich entscheiden würde.

„Jetzt hab ich wirklich etwas, das ich nicht verschieben kann", sagte sie. „Ich komme lieber zu Ihnen. Wann denn?"

„So schnell es geht. Sagen wir morgen Nachmittag? Um zwei?"

„Ideal wäre es nach meinem Unterricht", schlug sie vor. „Kann ich Sie später noch anrufen und das präzisieren?"

Er nickte. Sie spielte auf Zeit. Wozu brauchte sie die? Um ihren Mann zu warnen? Um gemeinsam die Antworten zu durchdenken? Daran hindern konnte er sie nicht. Er hatte keinen triftigen Grund, sie aufzuhalten. Da war nur dieses Gefühl. Der innere Seismograf verkündete ihm, dass er nahe beim Epizentrum war. Aber ob die Kräfte unter der Oberfläche, die er wahrnahm, etwas mit dem Mord an Osvald Zapletal zu tun hatten, verriet das Messgerät nicht. Marián legte seine Visitenkarte auf den Tisch und stand auf.

„Und was ist mit meinem Interview?", fragte Nina.

„Mit Ihnen rede ich jetzt gleich."

Yadira Beranová verzog das Gesicht. „Aber ich …"

„Sie haben zu tun", sagte er für sie. „Keine Angst, ich gehe mit dem Fräulein Tochter nach draußen, damit wir Sie nicht beim Arbeiten stören."

Er schüttelte ihr die Hand und verabschiedete sich. Als er mit Nina in den Garten ging, sorgte er dafür, dass die beiden kein Wort mehr miteinander wechselten.

Jáchym nahm seinen ganzen Körper mit geschärften Sinnen wahr. Er spürte ein Kribbeln von den Oberschenkeln bis zu den Zehenspitzen, in den Armen und den Fingerkuppen, er schwitzte und konnte nicht tief Luft holen. Außerdem war ihm furchtbar schlecht. Er hatte bereits alles herausgebracht, was in ihm war, aber die Übelkeit ließ nicht nach. In den letzten Stunden hatte sich noch Schüttelfrost hinzugesellt. Immer wieder fing er unwillkürlich an zu zittern und musste sich hinsetzen und alles weglegen, was er gerade in der Hand hatte, sonst wäre es ihm heruntergefallen. Zunehmend stärker spürte er, wie ihm das Gras schmerzhaft fehlte, aber bis jetzt hatte er widerstanden. Er wusste, dass er sich nicht mal einen kleinen Joint genehmigen durfte. Jetzt garantiert nicht. Die Situation erlaubte das nicht.

„Garantiert vernehmen wir Sie auch noch", hatte ihn der Ermittler gewarnt. „Wir brauchen eine Bestätigung für die Aussagen von Frau Grygarová." Er könnte jederzeit hier auftauchen, mit einem Rudel Bullen, und mit dem Rumschnüffeln anfangen. Jáchym hatte keine Zweifel, dass es so weit kommen würde.

Er war im vorderen Gewächshaus und band Paprikapflanzen, Rambo lag zwischen den Torflügeln. Jáchym hatte das Tor absichtlich offen gelassen, damit er nach draußen sehen konnte. Der blaue Felicia stand nach wie vor dort. Er war aufgetaucht, kurz nachdem sie Hedvika weggebracht hatten, und hatte in den Hohlweg zurückgesetzt, direkt den Fenstern gegenüber. Drinnen saßen zwei Männer in Zivil. Jáchym begriff, dass sie ihn beobachteten. Sie machten überhaupt kein Geheimnis daraus. Durch die Frontscheibe schauten sie in Richtung Gehöft, einer von den beiden rauchte ab und zu, die Hand mit der Zigarette hielt er dabei aus dem Seitenfenster, die Asche schnippte er ins Gebüsch. Hätte Luhan ihn gesehen, hätte er ihm links und rechts eine verpasst. Die Sträucher waren knochentrocken, schon wenig genügte, und sie könnten in Brand geraten. Von dort würde ein Feuer ratzfatz auf das Feld übergreifen. Angesichts der lang anhaltenden Hitzewelle hatte der Hauptmann der Region Mittelböhmen die höchste Waldbrandwarnstufe ausgerufen und eine

ganze Reihe weiterer Sicherheitsmaßnahmen angeordnet.
Aber die Freunde und Helfer haben schon immer gemacht,
was sie wollten, dachte Jáchym bitter. Für sie galten Verbote
und Vorschriften niemals. Wie für den Gauner, der Vater
hinter Gitter befördert hatte.

Den Paprikapflanzen ging es gut, sie schossen in die
Höhe, er hatte noch einen Draht mehr anbringen müssen.
Daran band er nun die gut gewachsenen Stängel fest und
dachte dabei an die Pistole vom Dreckschwein. Er konnte es
immer noch nicht glauben, dass Hedvika sich so bescheuert
angestellt hatte. Sie im Taubenschlag zu verstecken! Ein Alptraum! Sie hatte im Widerspruch zu allem gehandelt, worauf
sie sich geeinigt hatten. Hätte sie sich der Waffe entledigt,
hätte es keinen direkten Beweis mehr gegen sie gegeben. Die
angeschrammte Stoßstange hätte Jáchym auf seine Kappe
genommen, alles andere hätte man irgendwie kleinreden
können. Einschließlich der Identifizierung. Der Kommissar,
mit dem Jáchym gesprochen hatte, war ein Jungspund. Ihm
war rausgerutscht, dass die Zeugin ein kleines Mädchen war.
Mit einem guten Verteidiger ließe sich so eine Zeugenaussage anzweifeln, und einen guten Verteidiger würde Jáchym
schon auftreiben. Bevor der alte Stašek Parkinson gekriegt
hatte, war er Sekretär in einer Notarkanzlei gewesen und
hatte aus der Zeit noch einen Haufen nützliche Kontakte.
Bestimmt kannte der jemand Fähigen. Deshalb wartete
Jáchym auf Milan wie auf glühenden Kohlen. Heute war
sein Tag, er hoffte, dass er kommen würde. Anrufen wollte
er ihn nicht. Wenn sie den Hof überwachten, dann hörten
sie auch das Telefon ab.

Wieder ließ er seinen Blick zu dem Felicia wandern. Einer
der Polizisten war im Hohlweg pinkeln, der zweite zündete
sich schon wieder eine Zigarette an. Jáchym legte den Bandspanner beiseite, schüttelte seine Finger aus und ballte beide

Hände mehrmals zu Fäusten. Das Kribbeln hörte nicht auf. Die Übelkeit hatte inzwischen ein wenig nachgelassen, aber ein flaues Gefühl im Magen hatte er immer noch. Wie die Sterbeglocke von Buštěhrad, hätte Vater jetzt gesagt. Das war eine Floskel in der Familie. Als sein Großvater gestorben war (Jáchym kannte die Anekdote nur vom Erzählen, er selbst war zu der Zeit noch Quark im Schaufenster gewesen), soll der damalige Pfarrer die Glocke eigenhändig in Gang gesetzt haben, obwohl ihm der Gemeindeparteileiter verboten hatte, den Abgang des Kulaken von dieser Welt bekanntzugeben. Vaters Tod war von keinem Glockenklang begleitet worden. Es sei seine eigene Schuld gewesen, vergaß die stellvertretende Gefängnisdirektorin nie zu betonen, die Mutter informiert hatte. Er habe die Vorschriften grob fahrlässig missachtet.

Jáchym sammelte zwei Raupen von den Blättern ab, warf sie in den Eimer, nahm den Bandspanner wieder in die Hand und machte sich erneut an die Arbeit. Das war die beste Methode, die Gedanken an den Hanf zu unterdrücken. Er konnte sich nicht erinnern, schon einmal so lange ohne ausgehalten zu haben. Seitdem Mutter zu Zora gezogen war und er mit dem Anbau angefangen hatte, war Hanf die Basis seines Lebens. Es hatte seinen Wertekanon komplett umsortiert. Seine Einstellung gegenüber Menschen, Problemen, Geld und vor allem sich selbst völlig verändert. Es hatte ihm innere Ruhe gegeben. Die schöpfte er schon allein aus der Arbeit mit den Pflanzen selbst. Er spürte, dass der Hanf eine Gabe von Gottes Gegenwart war. Manchmal – das geschah selten und er hatte diese Momente fest in seinem Gedächtnis notiert – ließ ihm das Gras eine besondere Gnade zuteilwerden. Das Gefühl von tiefer Freude, wenn er Dinge sah, die sonst verschwommen waren, und Zusammenhänge unmittelbar begriff, ohne Vermittlung durch den Verstand. Hedvika hatte ihm anvertraut, dass auch sie das erlebte. Wenn sie in so einem Zustand Sex hatten, war ein Bestandteil des Liebesspiels die Erkenntnis, dass es keine Einsamkeit gab. Und nun war Hedvika allein in einer Zelle.

Er erkannte den Motor von Milans Lieferwagen, noch ehe er ihn erblickte. Schnell ging er aus dem Gewächshaus, scheuchte Rambo beiseite, und kaum war das Auto hereingefahren, schob er die Torflügel zu. Dabei erhaschte er einen Blick auf die Miene des Polizisten, der vorhin gepinkelt hatte. Er stand neben dem Gebüsch und schaute aufmerksam auf das sich schließende Tor. Ihnen bleibt nichts anderes übrig, als das Gehöft von draußen zu beobachten und in den Hohlweg zu pinkeln, dachte Jáchym voller Genugtuung. Solange sie sich keinen Durchsuchungsbeschluss besorgten. Aber der würde nichts bringen. Sie müssten mit leeren Händen wieder wegfahren.

„Sind das Bullen?", fragte Milan statt einer Begrüßung, kaum dass er aus dem Auto gestiegen war. Er achtete empfindlich auf jeden Umstand, der einen glatten Verlauf der Hanflieferungen an seinen Vater bedrohen könnte.

„Sie haben Hedvika zum Verhör mitgenommen", sagte Jáchym. Es war keine Zeit, um den heißen Brei herumzureden. „Und mich bewachen sie schon seit ein paar Stunden. Vielleicht haben sie auch mein Telefon angezapft. Es geht um das Dreckschwein."

„Hat der Arsch euch verpfiffen?"

„Hedvika hat ihm die Knarre geklaut", erläuterte er. „Und auf ihn geschossen. Frag lieber nicht, warum. Jetzt wird sie verdächtigt, dass sie bei seinem Tod die Finger mit im Spiel hatte."

„Und? Hatte sie?" Milans Frage war ganz sachlich. Alles, was die Polizei betraf, erforderte Sachlichkeit und maximale Vorsicht. Das war allen beiden schon seit Langem klar. „Ich frag nur, damit ich eine Vorstellung hab, womit sie bei mir anrücken könnten."

„Mit gar nix. Du weißt nichts", sagte Jáchym einsilbig. Er konzentrierte sich darauf, was in diesem Moment am wichtigsten war. „Sag deinem Vater, dass wir einen Rechtsanwalt brauchen. Einen guten, aber nicht so teuren."

Er ging ins Gewächshaus zurück, langte hinter die Paprikapflanzen und angelte eine Plastiktüte mit Geld hervor. Keine horrende Summe. Viele Freunde hatten Schulden bei ihm, aber er hatte nicht das Herz, sie einzutreiben. Er gab die Tüte Milan.

„Mehr hab ich nicht."

„Bist du verrückt geworden? Das hat Zeit."

„Eben nicht. Ich hab Angst, dass die hier eine Razzia machen. Sie dürfen weder die Kohle noch das Gras finden."

„Und was hast du jetzt vor?"

„Ich bin schon dabei", antwortete er äußerlich ruhig. In seinem Innern aber krampfte sich alles zusammen. Den Hanf zu vernichten, bedeutete, Gottes Gnade zu entsagen. Den Tempel zu zerstören. Würde es ihm gelingen, einen neuen zu bauen? Würde er dann nicht für immer in Ruinen leben? „Ich muss mir das Zeug vom Hals schaffen. Eine andere Möglichkeit gibt es nicht."

Beide blickten schweigend zur Scheune. Der Rauch, der aus dem Schornstein im Anbau kam, stieg senkrecht zum Himmel. Milan seufzte. Er wusste, was so eine Entscheidung für Jáchym bedeutete. Er wusste auch, was das für seinen kranken Vater hieß. Der Kampf gegen den Parkinson würde mühsamer werden.

„Zwei White-Widow-Pflanzen habe ich dir fertig gemacht, bring sie deinem Vater. Wenn er sie unters Dachfenster stellt, könnten sie ganz gut werden", sagte Jáchym. Hinter den Stiegen mit Salat lehnten die zwei hohen Setzlinge für Milan. Es

waren Prachtexemplare – sorgfältig ausgewählt und einge-
packt. Sie begannen gerade Blüten anzusetzen. Milan hatte
ein mulmiges Gefühl, als er sie sich so ansah. Gras hier raus-
zuschmuggeln, direkt den Bullen vor der Nase, das schien
ihm nicht der beste Einfall zu sein.

„Was ist, wenn sie mich beim Rausfahren anhalten? Wenn
sie mein Auto filzen?"

„Keine Angst, das machen sie nicht. Ich kümmere mich
um sie", versicherte Jáchym. „Aber mach hin, damit sie nicht
noch Verstärkung rufen."

Als er ein paar Minuten später das Tor öffnete, spürte er,
dass das Kribbeln in seinen Gliedmaßen langsam aufhörte. Er
schob das Motorrad seines Vaters nach draußen. Dann warf
er einen Blick auf den blauen Felicia: Ein Polizist stand am
Feldrand und telefonierte, der andere lehnte am Auto und aß
eine Banane. Beide drehten ihre Köpfe zu Jáchym um. Kaum
hatten sie ihn mit dem Motorrad gesehen, stiegen sie hastig
ein. Jáchym schwang sich auf die Maschine, machte den Helm
fest, startete den Motor und legte den ersten Gang ein. Er sah
sich um. Die Fahrbahn war leer. Er fuhr quer darüber hinweg
und wich in einem Bogen dem Felicia aus. Die Gesichter der
beiden Männer waren nur ein paar Zentimeter von ihm entfernt, der am Lenkrad deutete nickend einen Gruß an, den
Jáchym erwiderte. Er fuhr auf den Feldrain. Die Räder san-
ken nicht ein, der Boden war durch die Trockenheit hart wie
Stein. Er passierte das Gebüsch und kehrte hinter dem Felicia
zurück auf den Hohlweg. Luhan hielt ihn in Schuss, ausge-
waschene Löcher und tiefere Fahrrinnen waren mit Kies und
Ziegelschutt aufgefüllt. Jáchym legte den zweiten Gang ein.

Die Polizisten hatten inzwischen kapiert, dass er es ernst
meinte. Sie verhielten sich, ganz wie er es erwartet hatte. Im
Rückspiegel sah er, wie der Felicia auf der Straße wendete und
wieder in den Hohlweg hineinfuhr, diesmal vorwärts. Rasant.

Sie hatten Angst, dass er sie abschütteln könnte. Offenbar hatten sie herausgefunden, dass der Hohlweg keine Sackgasse war, sondern hinter dem kleinen Wald auf die Kreisstraße nach Hřebeč führte, vermutete Jáchym. Er wartete, bis sie näher an ihn herangekommen waren, dann legte er zu. Nicht viel, er kitzelte das Gaspedal nur, damit sie dachten, er wolle ihnen durchbrennen. Allerdings hatte er nichts dergleichen im Sinn. Er wollte bis an den Waldrand fahren, eine Runde um den Hochsitz drehen und dann auf demselben Weg zurückfahren. Inzwischen wäre Milan mit seiner Ladung längst über alle Berge.

Die Sonne war schon hinter den Baumkronen verschwunden, das diffuse Licht und der Staub, der von den Reifen aufgewirbelt wurde, machten aus dem Felicia hinter Jáchyms Rücken einen undeutlichen blauen Fleck. Für die Männer im Auto war das Motorrad ebenfalls in einen Staubschleier eingehüllt, trotzdem hatten sie sich garantiert schon das Kennzeichen notiert. Bald würden sie wissen, wem die Maschine gehörte. Über das Obduktionsprotokoll vom Dreckschwein würden noch mehr Dinge ans Tageslicht kommen. Der Ermittler hatte nicht ausgesehen wie ein Dummkopf, bestimmt würde er das alles in einen Zusammenhang bringen. Aus Hedvika dürfte er auch so allerlei rausholen. Schon bald käme er wieder hier angerauscht. Jáchym war klar, dass bis dahin auf dem Hof nicht mehr als eine kleine Menge Hanf zu finden sein dürfte. Höchste Eisenbahn. Er legte den dritten Gang ein.

Diviš saß auf dem Mauerfundament des Zauns in Zapletals Garten, die Füße auf den Randstein eines Beets gestützt, den Blick aufs Handydisplay geheftet. Marián bemerkte er erst, als er nur noch ein paar Schritte entfernt war.

„Hast du was zu essen?", fragte Diviš nervös. Marián griff in seine Innentasche und fischte den Lutscher heraus, den er von Honza Sedmera bekommen hatte, dafür, dass er ihm die Klingel wieder angeschraubt hatte. Den reichte er seinem Partner.

„Da drin sind Kribbelblasen", erläuterte er mit Honzas Worten. „Wie war's bei den Žantovskýs?"

Statt zu antworten, reckte ihm Diviš die Hand mit dem Telefon entgegen. Auf dem Display war eine südböhmische Bauernkate. Das Pittoreske wurde ein bisschen von Solarkollektoren verdorben.

„Rat mal, wer da wohnt."

„Mein lieber Diviš, ich hab dich schon mehrfach darauf hingewiesen, wie mir diese Art von Fragen auf den Geist geht", seufzte Marián.

„Das ist keine Frage, sondern eine Herausforderung. Auf dem Seminar über das Meistern von Belastungssituationen haben wir gelernt, dass sage und schreibe fünfundneunzig Prozent der männlichen Bevölkerung sich gerne Herausforderungen stellt." Diviš wickelte den Lutscher aus und steckte ihn in den Mund. „Natürlich muss auch jemand zu den restlichen fünf Prozent gehören. Ich spann dich nicht auf die Folter, in diesem Passivhaus wohnt Kamil Žantovský."

Er fuhr mit dem Finger übers Display und zeigte Marián noch mehr Fotos. Darauf war ein sympathischer, intellektuell angehauchter junger Mann mit Henriquatre-Bart und forschendem Blick.

„Das ist nicht der Vater von unserer Zeugin, sondern der jüngerer Bruder von ihm, Eliškas Onkel", erläuterte Diviš. „Er unterrichtet an der Uni Budweis Ökologische Pflanzenphysiologie oder so was ähnlich Attraktives."

„Aha", sagte Marián matt. Er fühlte sich wie ein südböhmisches Passivhaus. Er nahm neben Diviš Platz und streckte müde die Beine in Richtung Rosenbeet aus. Es war nicht gegossen, die Pflanzen neigten ihre Köpfe zum rissigen Boden und dufteten intensiv. Hinter Mariáns Augenbrauen meldete sich ein beginnender Kopfschmerz zu Wort. Noch war er schwach, aber Marián ahnte, dass er bald stärker würde. „Hast du rausgefunden, für was die Zapletalová von ihm das Geld kassiert hat?"

„Für nichts. Er behauptet, das ist absoluter Unsinn."

„Ist er in Prag?"

„In Budweis. Wir haben von den Žantovskýs aus mit ihm geskypt. Nette Familie, alle voll die Fahrradfreaks. Ich hab Eliška das Foto von Hedvika Grygarová gezeigt. Sie vermutet, dass das die Ford-Fahrerin ist, aber sicher ist sie sich nicht. Was diesen Kamil angeht, der hat mir gesagt … Du, da sind echt Kribbelblasen drin!" Diviš holte den Lutscher aus dem Mund und betrachtete ihn interessiert.

„Was hat Kamil Žantovský zu dir gesagt? Mich würde interessieren, ob das mit dem übereinstimmt, was ich bei den Berans erfahren habe."

„Und was hast du da erfahren?"

„Salma Hayek ist die Ehefrau vom Architekten."

Das brachte Diviš dermaßen aus dem Konzept, dass er den Lutscher fast verschluckte. Er röchelte kurz, wollte etwas sagen, aber Marián ließ ihm keine Zeit, um seine Verblüffung zu verbalisieren.

„Sie heißt Yadira", sprach er weiter. „Jetzt wissen wir also auch, was das Kürzel Y. B. bedeutet. Ursprünglich stammt sie aus Kuba, lebt aber schon lange hier. Sie hat in Prag eine Sprachschule. Weder ihre Beziehung zu Zapletal, noch dass sie seiner Mutter Geld gegeben hätte, hat sie zugegeben. Ich hab sie für morgen zu uns einbestellt."

„Hat sie ein Alibi?"

„Sie war zu Hause. Bestätigt hat das ihre Tochter. Genau genommen ihre Stieftochter. Nina. Von ihr habe ich erfahren, dass zwischen ihrem Vater und seiner Frau ein Altersunterschied von fünfzehn Jahren liegt. Da kam mir der Gedanke, dass die Ehe vielleicht nur nach außen hin funktioniert."

„Und was ist mit dem Herrn Architekten? Hat der auch ein Alibi?"

„Am Sonntag ist er angeblich bei einem Geschäftsessen gewesen. Mit wem und wo, weiß ich nicht. Er versteckt sich vor mir und geht nicht ans Telefon", beendete Marián seinen kurzen Bericht. Die Kopfschmerzen hielten sich nach wie vor in der hinteren Frontlinie. Er hoffte, dass sie, solange er sie nicht provozierte, nicht zum Angriff übergehen würden. „Die Hypothese, dass die Zapletalová vielleicht bei den Berans geputzt hat, können wir vergessen. Die ist nie in dem Haus gewesen."

„Bei den Žantovskýs auch nicht", pflichtete Diviš bei. „Die haben keinen Umgang mit ihr gepflegt, Kamil hat gesagt, dass er sie nur vom Sehen gekannt hat. Sie hatte einen bösartigen Hund, als er noch hier gewohnt hat, ist er ihr angeblich aus dem Weg gegangen. Er fand sie durchgeknallt. Dasselbe sagen Kamils Bruder und Vater. Der alte Žantovský ist schon leicht verkalkt, aber an ihre Sprüche und auch an den Hund kann er sich bestens erinnern. Genau wie an die Geschichte mit Marek."

„Meinst du den Marek, den die Zapletalová in ihrem Kalender erwähnt?"

Diviš sah Marián verdutzt an.

„Sag mal, haben dir die Berans das nicht gesagt?"

„Was?"

„Marek war Berans Sohn aus erster Ehe. Der Bruder von dieser ... dieser Nadja."

„Nina."

„Mit fünf ist er tragisch ums Leben gekommen. Er ist die Treppe runtergefallen."

„Wo?"

„Zu Hause."

Marián sah die Halle vor sich, die er kurz zuvor verlassen hatte. Die Höhe. Die lange Stahltreppe. Die Galerie. Wenn ein fünfjähriger Junge da runterschaute, musste er sich vorkommen wir an Bord eines Ozeandampfers. Marián fiel ein, dass Yadira Beranová mit dem Rücken zur Treppe gesessen und während ihrer gesamten Unterhaltung kein einziges Mal hingesehen hatte. Wenn er jetzt so darüber nachdachte, würde er fast sagen, dass sie der Treppe mit den Blicken ausgewichen war. Bei Nina hatten die Stufen offensichtlich kein Trauma verursacht. Sie war sie heruntergelaufen wie eine aufgescheuchte Giraffe. Vielleicht konnte sie sich auch gar nicht mehr richtig an den Tod ihres Bruders erinnern.

„Das hat damals die Kripo untersucht. Aber angeblich war das eindeutig ein Unfall."

„Auf jeden Fall schauen wir in die Akte rein", sagte Marián. „Eigenartig, wie viel Aufmerksamkeit die Zapletalová Marek in ihrem Kalender widmet, findest du nicht?"

„Es ist direkt vor ihrer Nase passiert."

„Ja eben."

„Was eben?"

„Da liegt vielleicht des Pudels Kern. Vielleicht hatte es was mit ihr persönlich zu tun."

„Und wie?"

Marián zuckte die Schultern. Das alles waren Schüsse aus der Hüfte. Er war unfähig, seine Gedanken zu sortieren. Diese Müdigkeit. Er drehte sich im Kreis. Ihn quälte der Eindruck, dass er das Gespräch mit Yadira Beranová ungeschickt angegangen war. Sie hatte ihn belogen und er hatte es nicht geschafft, sie der Lüge zu überführen. Bei Nina hatte er größeren Erfolg gehabt. Gute Idee, dass er sie aus dem Haus geholt hatte. Draußen und alleine hatte er viel besser mit ihr reden können.

„Ihr Vater und Herr Zapletal, sind die gut miteinander ausgekommen?", hatte er sie gefragt.

„Der Zapletal hat ziemlich viel Party gemacht. Mein Vater ist ihm aus dem Weg gegangen."

„Also hatten sie auch keinen normalen nachbarschaftlichen Umgang?"

Sie hatte mit der Antwort gezögert.

„Hin und wieder müssen sie sich doch begegnet sein und ein paar Worte gewechselt haben, oder?", drängte Marián.

„Kann sein, dass sie manchmal auch die eine oder andere kleine Meinungsverschiedenheit hatten. Wissen Sie davon was?"

Meinungsverschiedenheit hatte er mit Bedacht gesagt. Das klang harmlos.

„Höchstens wegen dem Lärm. Zapletal hat die Musik oft viel zu laut gemacht und mein Vater konnte nicht arbeiten. Das war ein Thema bei ihnen."

Auf welche Weise das Thema gewesen war, legte der hochemotionale Auftritt an Zapletals Gartentor nahe, den die Überwachungskamera festgehalten hatte. Falls der allerdings nicht etwas ganz anderem gegolten hatte, dachte Marián.

„Mareks Sturz hat sich höchstwahrscheinlich am 31. März ereignet", sagte Diviš. Er hielt Růžena Zapletalovás Kalender in der Hand und blätterte langsam darin. „An dem Tag steht hier *Beran* mit drei Ausrufezeichen. Eine Woche später war die Beerdigung. Sieht so aus, als ob sie hingegangen wäre."

„Aber gramgebeugt ist sie auch nicht gewesen", sagte Marián. „Sie hat sich mehr darum gekümmert, dass sie ihre Strumpfhosen schlank machen."

„Ansonsten steht hier nichts weiter von Marek, erst hier am Ende." Diviš las die ungelenk eingerahmte Notiz vor: „*Mit Osvald reden wegen Marek.* Was könnte sie damit gemeint haben?"

Marián nahm Diviš den Kalender aus der Hand und blätterte ein paar Seiten weiter.

„Das hat sie nicht in demselben Jahr geschrieben", sagte er. „Der Handschrift nach hat sie das später notiert. Ihre Hand hat gezittert, siehst du? Höchstwahrscheinlich ist sie zu der Zeit schon krank gewesen."

„Also hat der Zapletal schon nicht mehr in Uherské Hradiště gewohnt, sondern hier. Was hätten sie über den toten Marek zu bereden gehabt?"

„Vielleicht wüsste das die Blažková."

Diviš' Handy klingelte. Er sah aufs Display, dann zu Marián. Amüsiert.

„Wenn man vom Teufel spricht … Ich frag sie. Oder willst du mit ihr reden?"

Marián schüttelte schweigend den Kopf. Er wollte weder mit der Blažková noch mit sonst wem sprechen. Er fühlte sich ausgequetscht wie eine Zitrone. Diviš stand auf und ging mit dem Telefon ein Stück beiseite. Marián lehnte sich gegen den Zaun und schloss die Augen. Nach der fantastischen Nacht und dem romantischen Frühstück mit Sabina war ihm der ganze restliche Tag wie eine kopflose Hetzjagd vorgekommen. Einfach zu viel von allem. Zu viele Informationen, zu viele Ereignisse, zu viele Leute. Er musste mal allein sein. Sich in den Sessel in seinem Büro setzen, um all das in sich reifen zu lassen. Eine halbe Stunde würde schon genügen, aber er wusste, dass er sich die nicht freischaufeln könnte. Auf der Dienststelle erwartete ihn bereits die Šotolová mit weiteren Informationen, in seinem E-Mail-Postfach waren haufenweise Nachrichten aufgelaufen, die er zumindest flüchtig durchsehen musste, und als I-Tüpfelchen hatte er für den späteren Abend die Vernehmung von Hedvika Grygarová angesetzt. Er freute sich, dass sie gestresst sein würde, müde, ein Häufchen Elend. Momentan aber war er selber eins.

„Kriminalrat Marián Holina ruht sich auf seinen Lorbeeren aus", hörte er neben sich. Er öffnete die Augen. Sein Blick fiel direkt in ein Kameraobjektiv. Gehalten wurde das Gerät von einem jungen Mann in einem T-Shirt mit dem Logo von Genau-TV. Am Rand des Beets stand eine Reporterin und sprach in ein Mikrofon. Als sie sah, dass Marián die Augen geöffnet hatte, hockte sie sich neben ihn hin.

„Wie Sie sehen, der Herr Ermittler macht sich's hier schwer gemütlich. Fall gelöst, also gönnt er sich vor dem Haus des Mordopfers ein Nickerchen", machte sie sich tschilpend über ihn lustig. „Aber Genau-TV schläft nicht. Wir sind überall, wo etwas passiert, und rücken für Sie, liebe Zuschauer, den Verantwortlichen mit Fragen auf den Leib. Wie weit sind Sie denn im Fall des Polizeibeamten Osvald Zapletal, Herr Kriminalrat? Unseren Informationen nach hat es bereits die erste Verhaftung gegeben. Können Sie unseren Zuschauern sagen, um wen es sich dabei handelt?"

Sie reckte ihm ein Mikrofon vors Gesicht und zwinkerte aufmunternd. In ihren Pupillen flimmerte ein Hauch von Wahnsinn, sie sah komplett virtuell aus. Marián hatte die Hoffnung, dass er diese Frau nur träumte. Er schloss die Augen, wartete zwei Sekunden und öffnete sie wieder. Er hatte sie nicht geträumt. Also versuchte er, die Sache mit ganz oben auszuhandeln: *Panna Mária, prosím ťa,* mach, dass diese Nervensäge wieder verschwindet, oder lass wenigstens die Technik ausfallen, bat er flehentlich. Wieder wartete er ein paar Sekunden. Nichts geschah. Sein Wunsch war bei den zwanzig Prozent nicht erhörten gelandet. Die Barmherzige hatte Wichtigeres zu tun.

„Unserem Rechercheteam ist es gelungen, herauszufinden, dass Osvald Zapletal hier, mitten in seinem Garten, zur Zielscheibe eines Scharfschützen geworden ist", redete die Reporterin in einem Tonfall weiter, der die Erregung der Zuschauer steigern sollte. „War der Schütze allein oder hatte er Komplizen? Aus welchen Motiven hat er gehandelt? Im Internet kursieren immer mehr Vermutungen, dass Unterkommissar Osvald Zapletal im Umfeld des organisierten Verbrechens agiert hat. Können Sie uns das bestätigen, Herr Kriminalrat? Gehört die Person, die Sie verhaftet haben, in diese Kategorie?"

Wieder hielt sie Marián das Mikro vors Gesicht. Da war nichts zu machen, er musste reagieren. Den Weg entlang kamen ihm zwei Polizisten zu Hilfe geeilt, aber die waren noch weit weg. Er schluckte alle ehrenrührigen Ausdrücke hinunter, die er schon auf der Zunge hatte, und lächelte. Zuckersüß.

„Köszönöm a feltett kérdéseket", sagte er. Die ungarische Sprache war wie ungarischer Wein. Sie passte zu allem. Zu einem Meinungsaustausch, der sich gewaschen hatte, aber auch in Situationen, die diplomatische Höflichkeit erforderten. *„Nagyon jó kérdések voltak. Sajnos, a nyomozás érdekeire való tekintettel nem áll módomban ezeket megválaszolni. Szép napot!"*

Der Wahnsinn in ihrem Blick verwandelte sich in ganz gewöhnliche Ratlosigkeit. Sie starrte ihn an wie eine Schülerin an der Tafel, die die Vokabeln nicht gelernt hatte. Marián lächelte noch einmal ganz besonders warmherzig, damit keiner der Fernsehzuschauer daran zweifelte, dass die Polizei nicht nur freundlich und hilfsbereit war, sondern obendrein auch noch außerordentlich nett. Einer der uniformierten Männer war inzwischen beim Kameramann angekommen. Er führte ihn vom Grundstück. Der zweite nahm die Reporterin am Ellbogen und manövrierte sie in Richtung Gartentor. Sie wehrte sich auch gar nicht besonders; so ein Rauswurf gehörte zweifellos zum normalen Begleitprogramm ihres Berufs. Marián lehnte sich wieder am Zaun an. Der für ein Weilchen vergessene Kopfschmerz meldete sich erneut. Angesichts dessen, wie viel Arbeit noch auf ihn wartete, würde er eine Tablette nehmen müssen. Mit halb geschlossenen Augen sah er zu Diviš. Gerade hatte der sein Telefonat beendet und kam zu ihm zurück. An seinem Gesicht konnte man noch den Schock ablesen.

„Das war nicht die Blažková", sagte er, als er bei Marián angekommen war. „Eine Kollegin von uns war dran. Sie hat von ihrem Handy aus angerufen und die verpassten Anrufe gecheckt."

„Warum?"

„Alena Blažková hat sich das Leben genommen."

Das Tal der Moldau lag bereits im Schatten, aber im Polizeipräsidium hoch über dem Fluss knallte die Sonne nach wie vor gegen die Fassade. Die Kantinenfenster gingen Richtung Osten, sodass im Innern ein erträgliches Klima herrschte.

„Die Geschichte hat Barbora Chladilová die ganze Zeit verfolgt wie ein Alptraum", sagte Lída Šotolová und zerschnitt einen Erdbeerknödel. „Das war für sie ein traumatisierendes Erlebnis. Sie hat sich nie verzeihen können, dass sie mit Zapletal in das Hotel gegangen ist."

„Und wenn das Erlebnis nun so traumatisierend war, dass sie mit dem Abstand von zwei Jahren beschlossen hat, Zapletal umzubringen, um den Alptraum endlich loszuwerden?", fragte Diviš und streute sich auf seine Portion noch ein paar Teelöffel Zucker und Zimt.

„So eine Erklärung bietet sich natürlich an", antwortete Lída. „Aber die Chladilová hat ein Alibi hoch zwei. Erstens ist sie hochschwanger und kann sich kaum bewegen, zweitens war sie bis gestern wegen irgendwelchen Komplikationen zur Beobachtung im Krankenhaus. Sie hat hier in der Apolinář-Klinik gelegen, das hab ich schon überprüft."

Die Obstknödelzeit hatte begonnen und die Angehörigen der Sicherheitsorgane fuhren schwer darauf ab. Die meisten Kantinenbesucher hatten schon zum Mittagessen eine doppelte Portion verspachtelt, und jetzt am Abend gönnten sie sich noch einen Nachschlag. Nicht nur in der Kantine, sondern im gesamten Erdgeschoss des Dezernats für Tötungsdelikte duftete es wie in einer Konditorei und Marián hatte den schizophrenen Eindruck, dass auch seine Ćevapčići einen Beigeschmack von Erdbeer und Zimt hatten.

„Als Verdächtige können wir die Chladilová streichen, aber als indirekte Zeugin ist sie wichtig", betonte Lída. „Sie bestätigt uns ganz klar, dass Zapletal eine durchdachte Methode hatte, um Leute zu erpressen, und die auch schon jahrelang angewendet hat. Ich denke, wenn wir die Fälle untersuchen würden, bei denen er mitgearbeitet hat – ob nun in Kladno, in Beroun oder sogar noch in Uherské Hradiště –, dann würden wir feststellen, dass er Frauen missbraucht hat, die in Konflikt mit dem Gesetz geraten waren. Offensichtlich hat er sich immer ganz junge Naivchen ausgesucht, denen er einreden konnte, dass er genug Einfluss hat, um alles wieder auszubügeln. Vielleicht hat er ja auch gebügelt, wenn es ging."

„Aber die Chladilová war in keinem Konflikt mit dem Gesetz", gab Marián zu bedenken.

„Die war damals siebzehn! Ein Horizont bis zum Elbsandsteingebirge." Lída riss so ungestüm die Arme auseinander, dass ein Stück Erdbeere von ihrem Messer auf Mariáns Teller landete. Phlegmatisch spießte er es auf und steckte es sich in den Mund. Fleisch mit Erdbeergeschmack oder Erdbeere à la Ćevapčići, Wurscht. Seine Kollegin hatte den Verlust des Bissens nicht einmal bemerkt und redete weiter: „Dumm ist sie definitiv nicht, aber sie hat keine Erfahrungen gehabt. Außerdem hat sie sich dauernd mit ihrer Mutter gefetzt, und in der Nachbarschaft waren die Kräche bekannt. Sie hatte Angst, dass das zu ihren Ungunsten ausgelegt wird. Zapletal hat ihre Befürchtungen nur noch angeheizt. Sie hat ihm geglaubt, dass sie in der Scheiße sitzt und dass er ihr da raushelfen kann. Also ist sie mit ihm mitgegangen."

„Das hat sie so direkt zugegeben?"

„Zuerst hat sie sich daran gehalten, was sie in der Beschwerde angegeben hatte, aber ich musste mich gar nicht mal besonders anstrengen, und schon hat sie die Karten auf den Tisch gepackt. Ich hatte sogar den Eindruck, dass sie froh war, dass sie endlich wem ihr Herz ausschütten kann. Solange Zapletal noch gelebt hat, hat sie sich das offenbar nicht getraut."

„Wie hat er sich denn in dem Hotel da ihr gegenüber verhalten?", fragte Diviš.

„Er hat sie zum Trinken genötigt. Nach zwei Gläsern war sie dicht. Sie hat ihn im Verdacht, dass er ihr was ins Glas getan hat. Angeblich war sie wie in Trance, sie hatte keine Ahnung, was mit ihr passiert ist. Aber ziemlich bald hat sie's erfahren – der Scheißkerl hat sie gefilmt." Lída nickte vielsagend. „Sie wollte nicht ins Detail gehen, aber sie hat mir gesagt, dass sie in den Aufnahmen Sachen macht, die sie unter normalen Umständen niemals getan hätte. Sie behauptet, dass sie unter Drogeneinfluss gewesen sein muss. Und später hat er sie dann damit erpresst."

Sie hatte aufgegessen und legte ihr Besteck zusammen. Marián sah auf die Uhr hinter ihrem Kopf. Vor zwanzig Minuten hatte er eine Tablette genommen, aber nach wie vor spürte er nicht das leiseste Anzeichen, dass seine Kopfschmerzen auf dem Rückzug wären. Die Stimme von Frau Hauptkommissar prasselte auf sein Stirnbein nieder wie Schlegel auf eine Trommel. Er fühlte sich schlapp, willenlos, ohne Energie. Vielleicht war das Tiefdruckgebiet schon eingetroffen, dachte er und sah zum Fenster. Der Himmel war wolkenlos.

„Als bewiesen war, dass ihre Mutter nicht durch Fremdverschulden gestorben ist, da hat Barbora Chladilová die Beschwerde aufgesetzt. Allmählich ist ihr bewusst geworden, wie abscheulich der Zapletal sie missbraucht hatte. Sie wollte, dass er dafür büßt, aber selber wollte sie nach Möglichkeit unbehelligt da rauskommen. In dem Moment hat er das Filmchen aus dem Hut gezaubert. Er hat damit gedroht, dass er's ihrem Verlobten schickt."

„Machen das die jungen Leute noch?", wunderte sich Marián. „Verlobung und so?"

„Wieder. Sie machen es wieder. Das ist ein neuer Trend", setzte ihn Diviš ins Bild.

„Die Chladilová hat sich nicht an irgendwelchen Trends orientiert. Das ist eine durch und durch konventionelle junge Frau", sagte Lída. „Ihr damaliger Verlobter und heutiger Gatte muss der Anstand in Person sein. Das Video hätte denen die Beziehung kaputtgemacht. Das wollte sie auf keinen Fall riskieren."

„Also hat sie die Beschwerde zurückgezogen", beendete Marián die Geschichte und stand auf. Heute inspirierte ihn das Kantinenambiente nicht, es störte ihn sogar. Die Mischung aus Geschmäckern und Gerüchen war viel zu intensiv. Zu all dem erblickte er an der Tür Zdeněk Karoch. Er betrat den Speiseraum auf seine übliche invasive Art und verschaffte sich umgehend einen Überblick, wer gerade vor Ort war. Ohne zu zögern kam er zu Marián.

„Was soll denn das heißen?", grummelte er schon aus der Ferne. Die Köpfe der Kollegen an den benachbarten Tischen fuhren nach oben. Marián überlegte blitzartig, was der Grund für die Unzufriedenheit seines Chefs sein könnte. Ihm fiel nichts ein.

„Was soll was heißen?", fragte er.

„Na dein magyarisches Palaver im Fernsehen."

„Ich habe der Reporterin ein Kompliment für die schlauen Fragen gemacht und ihr erklärt, dass ich ihr darauf im Hinblick auf die noch laufenden Ermittlungen keine Antworten geben kann", übersetzte Marián seinen Fernsehauftritt. Es überraschte ihn, dass Zdeněk bereits davon wusste. „Natürlich habe ich mich für die Nachfrage bedankt."

„Warum auf Ungarisch?"

„Irgendwie ist mir in dem Moment nichts auf Tschechisch eingefallen."

„Auf Slowakisch auch nicht?"

„Ein Viertel meines Bluts ist ungarisch, dieser Teil hatte wahrscheinlich gerade die Oberhand." Bei Zdeněk kam man nur mit unerschütterlichem Selbstvertrauen weiter. Marián sah ihn ohne zu blinzeln an und versuchte, ein Auge ungarisch funkeln zu lassen. Angesichts des dumpfen Schmerzes unter seiner Schädeldecke war das Bemühen schon im Voraus zum Scheitern verurteilt. Zumindest hielt er seinen Rücken kerzengerade. „Hast du etwa ein Problem mit Minderheiten?"

„Ach hau doch ab, du Minderheit."

„Jedenfalls ist das ein positives Signal, das wir unseren ungarischen Freunden da gesandt haben, findest du nicht? Ich frag mich gerade, ob wir so was nicht regelmäßig tun sollten."

Zdeněk verschwendete keine Zeit mehr mit ihm und ging sich etwas zu essen holen. Marián drehte sich zum Tisch zurück. Die beiden dort sahen ihn erwartungsvoll an.

„Wir machen gleich bei mir im Büro weiter", verkündete er ihnen. „Also beeil dich, Diviš."

„Ich wollte mir noch einen Nachschlag holen." Diviš zerschnitt gerade den letzten Knödel. „Wir werden ja heute vermutlich bis tief in die Nacht hier sein … Damit ich ein bisschen Nervennahrung hab."

„Dazu hast du deine Zigarre", erinnerte ihn Lída. „Ich wüsste nicht, dass ich mal irgendwo gelesen hätte, dass die Agenten in Langley sich mit Knödeln stimulieren."

Fünfzig Minuten, nachdem er die Tablette genommen hatte, stellte sich endlich die Wirkung ein. Die geschlossene Formation aus Schmerz hinter dem Stirnbein verlor an Schlagkraft und zerbröselte allmählich. Zweifellos hatte dazu auch die

Tasse starker Kaffee beigetragen, die er in der Pizzeria auf der gegenüberliegenden Straßenseite getrunken hatte. Marián spürte, wie seine Energie zurückkehrte und mit ihr zusammen auch die Ungeduld. Höchste Zeit voranzukommen. Sie hatten eine Anzahl von Informationen über den Toten, die sowohl Tatmotive als auch potenzielle Täter nahelegten, und doch schienen sie noch nicht die richtige Witterung aufgenommen zu haben. Entweder hatten sie irgendeiner Sache nicht genug Aufmerksamkeit geschenkt, oder ein wichtiges Puzzleteil fehlte. Lída hoffte, dass sie das fehlende Stück in der Vernehmung von Hedvika Grygarová finden würden, Diviš versprach sich einen Durchbruch bei den Ermittlungen von der DNA-Analyse. Marián war sich weder bei dem einen noch bei dem anderen sicher. Aus irgendeinem Grund hatte er das Gefühl, dass es der Architekt war, der sie von der Stelle bringen würde. Aber dazu müssten sie ihn erst einmal erwischen. Obwohl sie in der Firma, zu Hause und auf der Mailbox Nachrichten hinterlassen hatten, stellte er sich tot.

Marián nahm das Foto von ihm und klebte es ans Fenster in seinem Büro. *Radim Beran, geb. 1. 5. 1962*, schrieb er auf die Scheibe. Daneben klebte er das Foto seiner Frau und schrieb dazu: *Yadira Beranová, geb. 2. 9. 1977.* Das Bild von Hedvika Grygarová platzierte er schräg darunter. Ohne sich das bewusst zu machen, bildete er aus den Fotos einen Kreis.

„Steht schon alles hier, hör mal: Auf den Leichnam der Rentnerin wurde die Polizei von einem Nachbarn aufmerksam gemacht, auf dessen Klingeln hin sie die Tür nicht geöffnet hatte", hörte er hinter sich Diviš' Stimme. Er saß an Mariáns Rechner und las ihm einen Artikel aus einem Nachrichtenportal vor. „Nachdem die Polizei in die Wohnung eingedrungen war, fand sie die Frau mit aufgeschnittenen Pulsadern vor. Ein Abschiedsbrief beweist, dass die siebzigjährige A. B. beschlossen hatte, freiwillig aus dem Leben zu scheiden, nachdem sie auf tragische Weise ihre Angehörigen verloren hatte. Die Einsamkeit von alten Menschen ist ein gravierendes Problem, vor allem in Plattenbausiedlungen, sagt ein Psychologe, aber auch die extreme Hitze trägt dazu bei, dass …" Diviš blickte vom Bildschirm auf. „Das hätte ich von der Blažková nie gedacht."

„Du hast sie des Mordes verdächtigt", erinnerte ihn Marián.

„Mord und Selbstmord ist nicht dasselbe."

„Bei beiden geht's in erster Linie ums Motiv."

Aus Mariáns Perspektive war der Freitod von Alena Blažková keine gar so große Überraschung. Schon im Krankenhaus hatte er an ihr eine Art traurige Verlorenheit wahrgenommen. Es war deutlich sichtbar, dass sie ihr Leben auf den Dienst an Schwester und Neffe ausgerichtet hatte. Und nach deren Tod war sie sich überflüssig vorgekommen. Das bezeugte auch ihr kurzer Abschiedsbrief: *Nichts mehr, für das es sich noch lohnt zu leben, müd von all dem bin ich zum Gehn bereit, werd mich aus dieser Welt hinwegbegeben, mit meinen Lieben sein für alle Zeit.* Marián hatte den Verdacht, dass sie sich die Verse von einem Klassiker ausgeliehen hatte, er wusste nur nicht, von welchem.

„Ein Alibi für Sonntagabend hat sie uns zwar nicht gegeben und wird das auch nicht mehr tun, aber ich würde sie trotzdem von der Liste der Verdächtigen streichen", sagte Diviš. „Was meinst du?"

„Du hast recht, wir streichen sie", sagte Marián. Keine Sekunde lang hatte er die Blažková des Mordes an Zapletal verdächtigt, nichtsdestoweniger war er froh, dass Diviš von alleine darauf gekommen war. „Und die Chladilová ist auch raus."

Der Rechner meldete, dass eine E-Mail im Posteingang gelandet war.

„Für den Kollegen aus dem Slowakischen Mittelgebirge, wo es keine Bären gibt, dafür aber guten Wein", las Diviš die

Betreffzeile vor. Er musste lachen. „Die Léblová knausert mit jedem Wort, aber wie man sieht, interessante Infos außerdienstlicher Natur teilt sie gerne."

„Hauptsache sie haben für uns auch noch was anderes als Witzchen!", knurrte Marián. „Mach mal auf."

Während Diviš die Nachricht las, notierte Marián neben dem Foto von Hedvika Grygarová ihr Geburtsdatum: *3. 10. 1985.* Waage, dachte er. Tante Jozefína war auch Anfang Oktober geboren. Grundlage ihres Charakters waren Gerechtigkeit und Anstand. Sie war nie laut geworden und hatte bei der Erziehung nie körperliche Strafen eingesetzt. Gewalt war ihr zuwider. Inmitten ihrer hitzköpfigen Familie bildete sie eine Insel der Toleranz. Marián überlegte, ob sie in der Lage gewesen wäre, jemanden zu töten, und wenn ja, aus welchem Grund. Wer sich nicht gegen Unrecht wehrt, begeht selber welches, hatte er sie mehrfach sagen hören. Aber was war Unrecht? Das ließ sich schwer genau definieren. Jeder verstand ein bisschen was anderes darunter. Und wie man sich dagegen wehren sollte, dazu gab es auch keine eindeutige Anleitung.

Es klopfte und Lída betrat das Büro.

„Jetzt wissen wir …"

„Jetzt wissen wir, womit Zapletals Hände gefesselt waren", fuhr ihr Diviš ins Wort. „Die Analyse der grünen und gelben Partikel, die sich an seinem Handgelenk verfangen hatten, zeigt, dass es um ein Mischgewebe geht. Polyester und Baumwolle, ein dünnes Seil oder eine gedrillte Schnur. Den Abdrücken nach sieben Millimeter breit. So was wird vor allem in der Bekleidungsindustrie, im Gartenbau, im Bauwesen, im Segelsport und bei anderen Sportarten verwendet, aber auch im Haushalt."

„Also ein ganz normal erhältlicher Artikel, genau wie das Pulirapid", fasste Lída zusammen. Sie schaute zu Marián.

„Hedvika Grygarová ist im Verhörraum. Ich kann alleine anfangen, oder willst du dabei sein?"

Die Vorbereitungsphase der Vernehmung hatten sie bereits hinter sich. Gemeinsam hatten sie alle Unterlagen und zugänglichen Informationen ausgewertet, den Tatbestand analysiert und einen Ablaufplan erstellt. Dieses Gerüst war wichtig, aber Marián hielt sich dann doch meist nicht daran. Seine Intuition sagte ihm jedes Mal, wann er davon abweichen sollte. Die Einleitung, formal und amtlich, langweilte ihn. Man kam nicht drum herum, aber nur in Ausnahmefällen gab es dabei Überraschungen. Ein Verhörkandidat (vor allem, wenn es um einen Verdächtigen und nicht um einen Zeugen ging) war am Anfang fast immer extrem kontrolliert. Erst wenn die Vernehmung länger dauerte, ließ die Aufmerksamkeit nach, die Emotionen kamen zu Wort und mit ihnen oft auch die Preisgabe von Informationen. In diesem Moment erwachte in Marián der Jagdinstinkt.

„Ich freu mich, wenn du anfängst, Lída. Nimm Diviš mit, seine Anwesenheit kann man nicht hoch genug schätzen. Er kann im richtigen Moment die richtige Frage stellen", sagte er mit ungespieltem Respekt. Und er muss Verhörpraxis kriegen, fügte er in Gedanken dazu. „Ich lös euch dann ab."

„Aber nicht so bald. Gib uns wenigstens vierzig Minuten", bat Lída ihn. Sie erinnerte an ein Zirkuspferd, das schon die Sägespäne in der Manege roch und ungeduldig mit den Hufen scharrte. Sie ging auf den Flur, aber dann fiel ihr noch etwas ein und sie steckte den Kopf wieder zur Tür herein. „Ich gehe davon aus, dass du die Behauptung von ihr, dass Jáchym Valík von nichts gewusst hat, nur aus strategischen Gründen akzeptiert hast. Das werden wir doch hoffentlich nicht ernst nehmen?"

„Warum denn?"

„Er hat ihr das Auto geborgt. Garantiert hat er gefragt, wo sie hinfährt."

„Sie hat ihm gesagt, dass sie zur Arbeit fährt. Ohne sein Wissen hatte sie ihre Schicht mit einer Kollegin getauscht. Das hatte sie früh am Telefon mit ihr abgesprochen."

„Früh! Also hat sie nach einem durchdachten Drehbuch gehandelt."

„Ich denke, sie hatte einen Plan", gab Marián ihr recht. Je mehr er darüber nachdachte, desto sicherer war er sich, dass Hedvika Grygarová nicht im Affekt geschossen hatte, sondern nach reiflicher Überlegung. „Konzentriert euch darauf, dass ihr aus ihr rausholt, wie sie an die Pistole gekommen ist. Das ist unser Sprungbrett."

Sie schlossen die Tür und waren weg. Marián wartete einen Moment, um sicher zu gehen, dass sie nicht zurückkamen, und wandte sich dann seinem Sessel zu. Er war abgewetzt, hatte hier schon zu Zeiten von Kommissar Náprstek gestanden, dem früheren Bewohner dieses Büros. Marián hatte ihn nicht persönlich kennengelernt, aber dieser Sessel verriet ihm allerhand über ihn. Náprstek hatte gern gekippelt (aus dem Leim gehende Hinterbeine), war ein Schwergewicht gewesen (tief eingedrückte Delle unterm Hintern), hatte Kaugummi gekaut wie Sau (zahlreiche Reste, die unter der Sitzfläche klebten) und war zutiefst nachdenklich gewesen. Die letzte Eigenschaft ließ sich aus der Aura herausahnen, die den Sessel bis heute umgab. Marián nahm nur auf seinem Analysator Platz, wenn er alleine war, denn er erlaubte sich dabei die einzige Sache, für die er sich schämte: Er sprach halblaut mit Náprstek.

„Hedvika Grygarová", murmelte er kaum hörbar und lehnte sich zurück, bis der Sessel mit seinen kranken Hinterbeinen ins Wanken kam. „Ein nach außen hin fragiles ... Pistolenmädchen. War sie in den gewalttätigen Zapletal verliebt? Das kommt einem absurd vor, wobei ... Man sollte's nicht ausschließen. Als sie rausgefunden hat, dass er neben ihr noch mehr Geliebte hatte, hat sie ihn aus Eifersucht umgebracht. Warum sie zuerst geschossen und ihn dann ertränkt hat, ist jetzt erst mal egal. Die Details stimmen wir dann entsprechend den Verhörergebnissen ab. Die zweite Variante ist, dass sie ihm mit dem Schuss nur gedroht hat und ihn jemand anderes umgebracht hat."

Ein paar Sekunden saß er schweigend da und ließ die Worte in seinem und Náprsteks Kopf nachhallen.

„Yadira Beranová", sagte er dann. „Die ist mit Zapletal ins Hotel gegangen. Warum? Glaubst du, wegen dem Sex? Wahrscheinlich hast du recht. Radim Beran ist ein guter Architekt, bloß sind seine Leistungen im Bett vielleicht nicht … Das lass jetzt aber mal beiseite. Auf jeden Fall hat er von der Affäre Wind gekriegt. Zuerst mal hat er Zapletal gewarnt. Als das nichts geholfen hat, hat er ihn umgebracht. Er könnte seine Frau verfolgt und die beiden in dem Steinbruch da in flagranti ertappt haben. Dass er Pulirapid dabei hatte, ist wohl eher unwahrscheinlich, aber das ist ja jetzt erst mal egal. Die Details stimmen wir später ab."

Erneut saß er ein paar Sekunden schweigend da. Vor seinem inneren Auge tauchte Jáchym Valíks Clownsgesicht auf. Darin war Traurigkeit wie im Gesicht von allen Clowns.

„Dasselbe Motiv wie Beran hätte natürlich auch Valík haben können", räumte er ein. „Und so wie die Grygarová hätte auch die Beranová wegen den anderen Frauen eifersüchtig auf Zapletal sein können. Aber war das Motiv tatsächlich Eifersucht? Die wird von Leidenschaften gesteuert, von intensivem Aufbrausen, oft begleitet von Brutalität … die hier fehlt. Zapletals Horoskop verweist auf einen verstandesmäßigen Aspekt der Tat … Merkur, der Götterbote, hat alles analysiert und eine optimale Lösung gefunden … eine Lösung wofür?"

Der Sessel knarzte. Náprstek warf Marián vor, dass er etwas Wichtiges vergaß.

„Ich weiß", erhob er Einspruch. „Da ist noch der alte Kalender. *Untersuchung Marek … Beerdigung Marek … Mit Osvald reden wegen Marek …* Warum ist für die alte Zapletalová der fünfjährige Junge so wichtig gewesen? Und warum hat sie diese unverständliche Buchhaltung geführt? Glaubst du, sie hat die Beranová erpresst? Alles deutet ja darauf hin. Aber wofür hat Kamil Žantovský bezahlt?"

Er hörte auf zu kippeln. Eine Weile lang schaute er reglos auf die vollgekritzelte Fensterscheibe. Žantovskýs Foto fehlte dort, aber Marián hatte das intellektuell wirkende Äußere des jungen Ökologen aus der südböhmischen Bauernkate klar vor Augen: den Henriquatre-Bart, die hohe Stirn, den forschenden Blick.

„Er ist für uns bis jetzt eine unbekannte Größe, aber wir müssen ihn in Betracht ziehen. Zumindest wegen dieser Nummer", murmelte er. Diviš hatte inzwischen herausgefunden, dass eine der Telefonnummern im Kalender zu seinem Handy gehörte. „Er ist uns in dem Fall erst vor Kurzem in die Quere gekommen, aber das heißt nicht, dass er nicht dazugehört. Ganz im Gegenteil, bestimmt ist er nicht zufällig dabei, so wie er nicht zufällig in dem Kalender gelandet ist. An Zufälle glauben wir nicht … Weder du noch ich. Wir müssen mehr über den sympathischen Kerl rausfinden."

Er durchsuchte sein Gedächtnis, ob er etwas Wichtiges vergessen hatte.

„Irgendwie haben wir Zapletals Kifferei außen vor gelassen", räumte er ein. „Dreihundert Gramm Eins-A-Gras zu Hause in der Schublade … White Widow … Ein wichtiges Indiz. Vom Himmel gefallen ist der Stoff nicht, er muss ihn sich irgendwie beschafft haben. Aber wie? Glaubst du, auf die gleiche Weise, wie er sich Sex verschafft hat? Warum nicht … Wenn ein System funktioniert, dann gibt es keinen Grund, es zu ändern. Gibst du mir, so geb ich dir. Ob sein Lieferant der nette Typ aus Budweis war? Er unterrichtet Pflanzenphysiologie, vielleicht hat er auch praktische Erfahrungen mit ökologischem Anbau …"

Die Stille im Büro wurde von einem Klingeln zerrissen. Marián holte sein Handy aus der Innentasche und erhob sich. Auf Náprsteks Sessel telefonierte er prinzipiell nicht, er wollte mit nichts dessen Energiefeld stören. Auch nicht durch ein Telefonat mit Sabina.

„Bist du noch im Büro?", fragte sie.

„Sieht so aus, dass ich heute noch ziemlich lange hier festhänge. Wo bist du?"

„Nur ein Stück von dir entfernt. Gegenüber in der Pizzeria. Willst du kurz rüberkommen?"

Sabina saß auf einem Barhocker und nippte an einem Orangensaft. Sie trug ein elegantes Kleid, Schuhe mit hohen Absätzen, war sorgfältig geschminkt und hatte die Haare zu einem Knoten zusammengesteckt. Als Marián sie am Morgen in dem ausgewaschenen Arsenal-T-Shirt bei ihrem nicht ausgetrunkenen Kaffee und dem Brotkorb voller Hörnchen in seinem Loft zurückgelassen hatte, waren die Haare leger über die Schultern gefallen, Sabina war häuslich-gelöst gewesen, präsent, hatte keine Spur von Schminke getragen und auf der Stirn hatte ihr Sternbild aus Sommersprossen gestrahlt. Das war auch jetzt noch dort, allerdings vom Pony verdeckt.

„Ahoj", begrüßte sie Marián. Er küsste sie auf die Wange. Die Pizzeria war gut besucht, er konnte nicht ausschließen, dass unter den Gästen auch jemand aus dem Kollegenkreis war. Weder Sabina noch er hatten vor, ihre Beziehung geheim zu halten, aber es käme nicht besonders gut, wenn Rosťa von jemand anderem davon erfahren würde. Er nahm neben ihr Platz und bestellte sich einen Kaffee. Die Kellnerin hatte ihn frisch in Erinnerung, das letzte Mal war er vor nicht einmal zwei Stunden hier gewesen.

„Noch einen Ristretto?", fragte sie.

„Etwas Schwächeres, bitte."

„Lungo? Caffè latte?"

„Lieber auch so einen Orangensaft", entschied er. Appetit auf Kaffee hatte er zwar, und er hätte gut und gern noch drei Tassen trinken können, aber gleich würde er in den Verhörraum gehen. Und dabei wollte er weder nervös noch gereizt sein.

„Wo kommst du denn her?", fragte er Sabina, als die Kellnerin weg war.

„Ich war beim Rundfunk, wir hatten das erste Treffen zu der neuen Sendung. Sie haben mich ein bisschen angetestet. Ich hätte keine ausgebildete Stimme, aber es würde schon gehen."

„Dass dir ja nicht einfällt, die ausbilden zu lassen! Bloß keine antrainierte Intonation!", antwortete er entsetzt. Sabina hatte eine leicht belegte Stimme und ihr Zauber lag gerade in der Natürlichkeit. „Die Leute gewinnst du damit, dass du authentisch bist."

„Wir haben vor allem über Inhalte geredet. Ich habe ihnen Themen für die ersten Sendungen vorgeschlagen und Gäste, die ich mir gern einladen würde", erläuterte sie voller Begeisterung. „Sie waren fast mit allem einverstanden. Und sie wollen das mit in die Akademie aufnehmen."

„Was für eine Akademie?"

„Die Akademie für lebenslanges Lernen. Das ist nicht nur zum Anhören, sondern da gibt es auch Internet-Chats und Tests, Deutungen von Persönlichkeitshoroskopen … Ein bisschen Angst hab ich ja."

„Warum denn? Du kannst das wunderbar", sagte er und strich ihr über die Wange. Sie saß so dicht neben ihm und war so erregend, dass er sich nicht helfen konnte. Er musste an letzte Nacht und den Duft ihrer schlaftrunkenen Haut denken.

„Ich befürchte nur, dass ich zu sehr vereinfache. Das Deuten von Horoskopen auf Distanz liegt mir nicht. Viele Astrologen machen das dauernd, aber ich muss immer auch einige andere Aspekte beurteilen. Mimik, Körpersprache, persönlichen Gesamteindruck …"

„Das Horoskop vom Cowboy hast du perfekt interpretiert", versicherte er ihr. „Alles, was du mir über ihn erzählt hast, passt in den Kontext unserer Ermittlungen."

„Cowboy alias Osvald Zapletal", sagte sie bedeutungsvoll. „Warum hast du mir nicht gesagt, dass das ein Polizist war? Ich musste das erst heute im Netz erfahren. Sie schreiben, dass ihr schon jemanden festgenommen habt. Stimmt das?"

Er nickte. Gerne hätte er gewusst, aus welcher Quelle diese Information im Internet stammte. Jáchym Valík vielleicht? Oder sogar jemand von der Polizei? Es wäre nicht das erste Mal.

„Und genau wegen der Festnahme muss ich heute wahrscheinlich noch lange hierbleiben", sagte er, nahm einen Schluck von seinem Saft, und als er das Glas abstellte, berührte er ihre Hand auf dem Barpult. Es war ihm unmöglich, Sabina nicht anzufassen. „Was ist mit Rosťa? Ist er schon zurück?"

„Er hat angerufen, dass er erst morgen kommt."

„Dann bleib über Nacht bei mir", schlug er vor. „Ich kann dir nicht versprechen, dass ich bald nach Hause komme, aber ich hoffe, dass es heute noch was wird."

Sie zögerte kurz, dann nickte sie.

„Ich hab überhaupt keine Lust nach Hause zu gehen", gab sie zu.

„Zu Hause bist du bei mir. Morgen packen wir deine Sachen zusammen und fertig. Mach bloß nicht so 'n Aufriss damit. Oder wenn du willst, siedeln wir dich heute Nacht schon um. Was meinst du?" Sein eigener Einfall erregte ihn. Hätte er nicht zum Verhör gemusst, er hätte ihn sofort in die Tat umgesetzt. „Komm, Aktion Kugelblitz!"

Es funkelte in ihren Augen.

„Du weißt gar nicht, wie viel Spaß das mit dir macht. Keine Angst vor schnellen Lösungen."

„Du meinst voreiligen?", fragte er misstrauisch.

„Klaren. Keine Verzögerungstaktik, keine Ausreden und Entschuldigungen."

„Entschuldige", sagte er und fischte das läutende Handy aus der Innentasche. „Versteh das nicht als Ausrede, aber ich muss rangehen."

Es war einer der Polizisten, die Jáchym Valík überwachten. Er berichtete, dass im Verlauf des Nachmittags mehrere Kunden auf den Hof gekommen seien, um einzukaufen. Einen davon fanden sie verdächtig. Dem Kennzeichen zufolge handelte es sich um einen Milan Stašek aus Kladno. Sie hatten überprüft, dass seine Firma Gemüse an Hotels und Restaurants lieferte.

„Warum kommt er Ihnen verdächtig vor?", fragte Marián. Er rutschte von seinem Barhocker und ging mit dem Telefon nach draußen.

„Als er angekommen war, hat Valík schnell das Tor zugemacht. Bis zu der Zeit stand es sperrangelweit offen", informierte ihn der Polizist. „Kurz danach ist er mit einem Motorrad rausgekommen. Er ist vom Hof gefahren und dann dem Feldweg gefolgt. Wir hatten den Verdacht, dass er abhauen will."

„Valík hat ein Motorrad?", fragte Marián überrascht. Im Kraftfahrzeug-Zentralregister wurde unter seinem Namen nur der Ford Mondeo geführt. „Was denn für eins?"

„Eine Suzuki Bandit. Die gehört nicht ihm. Sie ist auf eine Hana Valíková aus Nymburk registriert."

„Wollte der echt die Kurve kratzen?"

„Das dachten wir, aber der hat uns nur zum Wald gejagt und dann wieder zurück. Entweder war das ein blöder Jux von ihm oder ein Manöver. Ich vermute, eher letzteres. Als wir wieder am Hof waren, war Stašek nicht mehr da." An der Stimme des Polizisten erkannte man, dass er Kritik erwartete. Er selbst hatte offenbar Zweifel, ob er die Situation richtig eingeschätzt hatte.

„Und was ist jetzt mit Valík? Ist er drin?"

„Ja. Vor einer Weile hat er in der Küche Licht gemacht."

„Und er könnte mit dem Motorrad nicht woanders langgefahren sein als vorher?"

„Das haben wir schon überprüft", versicherte ihm der Polizist. „Mein Partner passt am Hinterausgang auf. Woanders kommt Valík mit der Maschine nicht vom Hof."

„Dann passen Sie mal schön weiter auf", sagte Marián. „Und sobald Ihnen irgendwas verdächtig vorkommt, geben Sie mir sofort Bescheid."

Er beendete das Gespräch und schaute eine Weile gedankenverloren vor sich hin. Sieh einer an, der Valík hat also zu Hause ein Motorrad. Das änderte die Situation ein wenig. Es änderte sie sogar entscheidend. Zwischen dem Steinbruch und seinem Gehöft waren es maximal dreißig Kilometer. Mit dem Motorrad ließe sich die Strecke im Handumdrehen zurücklegen. Er holte sein Notizbuch aus der Innentasche und überflog die Anmerkungen, die er sich zu Jáchym Valík gemacht hatte.

„Der 20. Juni, was ist das für ein Sternzeichen?", fragte er Sabina, als er wieder neben ihr an der Bar saß.

„Meistens Zwillinge."

„Meistens? Könnte es auch was anderes sein?"

„Krebs. Aber das ist eher die Ausnahme. Das passiert nur ab und zu mal."

„Weißt du zufällig, wie das 1979 war?"

„Nein, aber ich kann nachschauen." Sie holte ein Tabellenbuch aus ihrer Tasche und blätterte darin. Nach einer Weile blieb ihr Finger auf einer Zeile stehen.

„Zwillinge."

„Oha, es wird immer spannender", sagte Marián. „Du hast gesagt, dass an den kritischen Tagen von unserem Cowboy, vor allem am letzten, besonders der Merkur Probleme gemacht hat. Und der regiert Zwillinge und Jungfrau. Richtig?"

„Marián, falls du dir in den Kopf gesetzt hast, dass eins der beiden Sternzeichen in eurem Fall eine Schlüsselrolle spielt, dann vergiss das bitte ganz schnell wieder." Sie zog ein finsteres Gesicht. „Planeten machen niemandem Probleme. Ein Mensch kommt zur Welt mit einer bestimmten inneren Veranlagung und die Astrologie ist nur ein Hilfsmittel, das zu ihrer Interpretation beiträgt. Alles andere ist grobe Vereinfachung. Lies mal den Jung, den ich dir zu Hause auf dem Tisch liegen lassen hab."

Sie konnte sich nichts Schlimmeres vorstellen als Vereinfachungen. Marián half sein vereinfachender Blick bei der Richtungssuche. Es war, als würde man aus der Vogelperspektive auf den Fall blicken und dann auf die Erde zurückkehren und die Detailstruktur untersuchen. Wie Györffy gesagt hatte, zeigte die Astrologie die Richtung, weitergehen musste man alleine.

Er umfasste ihre Schulter. Die Vorsicht hatte ihn längst verlassen. Sollte sie doch ruhig jemand sehen. Ab morgen würde ihre Beziehung sowieso kein Geheimnis mehr sein.

„Okay, ich les den Jung", versicherte er ihr. „Aber auch ohne den weiß ich, dass mir die Astrologie beim Nachdenken hilft, über die Persönlichkeit des Opfers und über mögliche Motive des Täters. Alles, was nach deiner Aussage vom Merkur symbolisiert wird, passt mit der Durchführung der Tat zusammen."

„Ich dachte immer, das Zauberwort der modernen Kriminalistik lautet DNA-Analyse", sagte sie mit einem ironischen Lächeln, das nahelegte, dass für sie auch die Desoxyribonukleinsäure eine Vereinfachung bedeutete. „Angeblich sollen sie mit ihrer Hilfe sogar schon die Identität von Jack the Ripper enthüllt haben."

„Wenn mir die DNA-Analyse sagt, dass Zapletal von Jack the Ripper ermordet worden ist, dann verhafte ich den", versicherte er ihr. „Und wenn die Planetenstellung bei ihm dreimal dieselbe ist wie beim Engel des Herrn."

Hedvika hatte Rückenschmerzen. Der Stuhl, den sie ihr gegeben hatten, war zu niedrig und hatte eine harte Rückenlehne, die ihr bis kurz unter die Schulterblätter reichte. Man konnte nicht bequem darauf sitzen. Am Anfang hatte sie es versucht; sie hielt die Wirbelsäule so aufrecht es ging, versuchte dabei allerdings, locker zu bleiben, beide Füße fest auf dem Boden. Während die Zeit voranschritt, sank sie immer mehr in sich zusammen. Sie neigte sich mal zur einen, dann zur anderen Seite, verschränkte die Arme vor der Brust, legte ein Bein übers andere. Nostalgisch dachte sie an ihren Stuhl bei der Arbeit, den man je nach Bedarf verstellen konnte. Bei einem Verhör galten allerdings andere Regeln als an einer Supermarktkasse. Wahrscheinlich hatten sie das getestet, je unwohler sich Vernommene fühlten, desto eher würden sie sagen, was die da hören wollten.

„Am Samstag nach der Spätschicht sind Sie laut der Zeugenaussage von Zdena Radová zu Osvald Zapletal ins Auto gestiegen. Wie spät war es da?", fragte Holina.

„Ungefähr viertel elf."

„Wo sind Sie hingefahren?"

„Er hat mir angeboten, mich nach Hause zu bringen."

„Nach Líšeň, wo Sie mit dem Hauptwohnsitz gemeldet sind?"

„Genau, auf unseren Hof."

„Was war danach?"

„Das hab ich doch schon gesagt."

„Dann sagen Sie's noch einmal."

„Er hat mich vor dem Tor rausgelassen und ist weggefahren."

Die gleichen Fragen hatten ihr schon die anderen beiden gestellt. Holina wusste das natürlich. Offensichtlich ging es ihm darum, Hedvika beim Lügen zu erwischen. Sie musste sich konzentrieren, damit sie wie beim ersten Mal antwortete. Aber vielleicht ging es ja auch gar nicht um ihre Antworten. Sie hatten ihre Fingerabdrücke genommen (und nicht nur die von den Fingern, sondern sogar einen vom Ohr) und aus dem Mund eine Speichelprobe. Sie würden die Ergebnisse auswerten und ihre Entscheidung treffen. Was sie ihnen dazu sagte, war möglicherweise Nebensache.

„Wohin ist er gefahren?"

„Weiß nicht. Wahrscheinlich nach Prag."

„Und Sie sind nach Hause gegangen?"

Hedvika nickte.

„Das bedeutet Ja?"

„Ja."

Holina hielt die Hand vor den Mund, er gähnte und ließ den Blick zerstreut durch den Vernehmungsraum schweifen. Hedvika spürte, dass er hinter seiner Fassade des Gelangweilten jede ihrer Gesten genau wahrnahm. Sie richtete sich auf.

„Herr Valík war nicht zu Hause?"

„Er ist da gerade von Nymburk aus zurückgefahren. Von seiner Mutter und Zora. Er hat ihnen Gemüse gebracht."

„Wer ist Zora?"

„Seine Schwester." Auch das hatte sie schon gesagt. Die nächste Frage war allerdings neu.

„Hat Herr Valík zu Hause ein Motorrad, das seiner Mutter gehört?"

„Ist das etwa illegal?"

„Fährt er oft damit?"

„Ich weiß nicht, was Sie unter oft verstehen", antwortete sie. Bei den übergeschlagenen Beinen musste sie schon wieder die Seite wechseln, weil das Blut nicht richtig zirkulierte. „Das Motorrad war von seinem Vater. Es ist für ihn von persönlicher Bedeutung."

Er schrieb sich etwas in ein kleines Notizbuch. Nachdenklich blätterte er ein Blatt um, dann noch eins. Sie wurde nervös. Hatte sie etwas gesagt, was sie nicht hätte sagen sollen?

„Haben Sie Herrn Valík am Samstag nach der Schicht angerufen?", fragte er. Was sollte die Frage nun schon wieder? Die hatten sich doch garantiert eine Anrufliste von seinem Handy machen lassen.

„Hab ich nicht. Er hat mir eine SMS geschickt, dass er unterwegs ist."

„Wo hatten Sie denn Ihr Handy?"

„Warum?", fragte sie. Holina reagierte nicht und wartete schweigend auf ihre Antwort.

„Ich trage es immer bei mir."

„Am Samstagabend, als Sie nach Hause gekommen sind, hatten Sie es also bei sich?"

Sie nickte.

„Das bedeutet Ja?"

„Ja." Genau wie bei den anderen beiden, die sie davor in die Mangel genommen hatten, drehte sich wieder alles um den Samstagabend. Der Sonntag interessierte sie überhaupt nicht. Sie ahnten, dass der Samstag der Schlüssel war. Aber vorerst wussten sie sich mit ihm keinen Rat. Bis jetzt hielt sie sich ganz wacker – auch mit der Pistole. In der Zelle hatte sie sich alles bis ins kleinste Detail ausgedacht und hartnäckig wiederholt. Sie hatte sie gefunden, als er weggefahren war. Vor dem Tor. Wahrscheinlich war sie ihm aus dem Auto gefallen.

Sie wusste, dass das dumm und unwahrscheinlich klang, aber niemand konnte ihr beweisen, dass sie log.

„Wie erklären Sie mir, dass Ihr Handy zweieinhalb Kilometer vom Hof entfernt lokalisiert wurde?"

Also daran hatte er hinter der gelangweilten Miene gestrickt! Sie schaute ihn schweigend an.

„Das Handy von Osvald Zapletal wurde zur selben Zeit an derselben Stelle geortet."

Einen Menschen konnte man hinters Licht führen, die Technik nur schwer. Dessen war sie sich bewusst, deshalb hatte sie auch am Sonntag den Akku aus ihrem Telefon genommen. Am Tag zuvor hatte sie zu so etwas keinen Grund gehabt. Aber warum hatte sich das Dreckschwein nicht abgesichert? Als Polizist hätte er doch wissen müssen, dass falls sie ihn anzeigen sollte, das Handy als Beweis dienen könnte, um ihre Aussage zu stützen. Entweder war er sich sicher gewesen, dass sie den Mund halten würde, oder er hatte ein totales Blackout gehabt. Der Golem denkt nicht, der Golem tut, was er tun muss.

„Am Samstag zwischen halb elf und elf waren Sie zusammen mit Herrn Zapletal zweieinhalb Kilometer südwestlich von Líšeň", deklamierte Holina mit nach wie vor gelangweilter, monotoner Stimme. Er schob ihr über den Tisch eine Satellitenaufnahme zu und piekte mit einem Finger auf einen unregelmäßigen grünen Fleck. „Hier."

Sie brauchte gar nicht hinzusehen, sie wusste, dass er auf den Wald zeigte.

„Was haben Sie in dem Wald gemacht?"

„Das muss ein Irrtum sein", sagte sie.

„Nach elf hat er Sie nach Hause gebracht und ist nach Prag gefahren. Das ist kein Irrtum, Frau Grygarová, das ist eine Tatsache, belegt durch die präzisen Angaben Ihres Telefonanbieters. Also frage ich Sie nicht, ob Sie in dem Wald waren, sondern warum."

„Vielleicht haben wir einen Moment angehalten und uns unterhalten", sagte sie.

„Worüber?"

Er klammerte sich an allem fest. Jede Antwort von ihr diente ihm als Anhaltspunkt für die nächste Frage.

„Weiß ich nicht mehr." Sie tat so, als versuche sie ihrem Gedächtnis auf die Sprünge zu helfen. „Wirklich ... Ich kann mich nicht erinnern."

„Vielleicht haben Sie auch gar nicht besonders viel geredet. Sie hatten wenig Zeit, Ihr Lebensgefährte würde gleich von seiner Mutter nach Hause kommen, also mussten Sie sich beeilen", sagte er. Mit bedeutungsvollem Lächeln. Er gab unverhohlen zu verstehen, was er dachte. Trotzdem tat sie so, als begreife sie nicht.

„Mit was beeilen?"

„Sie und Herr Zapletal waren ein Liebespaar", sagte er. Als wäre es das Selbstverständlichste unter der Sonne. „Sie haben sich heimlich getroffen, damit Ihr Lebensgefährte nichts davon erfährt, stimmt's? Oder wusste Herr Valík sogar Bescheid?"

Seine Stimme war nicht mehr monoton. Es hatte sich eine verständnisvolle Nuance eingeschlichen. Sie machte deutlich, dass er, welcher Art auch immer ihre intime Beziehung gewesen sein mochte, Verständnis dafür hätte.

„Wir waren kein Liebespaar." Trotz aller Selbstbeherrschung spürte sie, wie sie diese Vorstellung empörte.

„Das Ausleben von Sexualität ist nicht immer eine simple Angelegenheit. Einem genügt ein Partner, ein anderer muss die Partner immer wieder wechseln oder hat sogar mehrere gleichzeitig. Von Zeit zu Zeit kommt es dabei unausweichlich zu Enttäuschungen. Was der eine als Gefühlsbeziehung versteht, ist für den anderen etwas rein Körperliches", sprach er weiter in diesem verständnisvollen Tonfall. „Herr Zapletal hatte eine größere Anzahl von Sexualpartnerinnen gleichzeitig, nicht wahr?"

„Weiß ich nicht."

Er zog ein Gesicht wie ein Lehrer, der so tat, als hätte er die falsche Antwort eines Schülers überhört, und ihm nun Gelegenheit gab, sich zu korrigieren. Als Hedvika ihre Chance nicht nutzte, stand er auf und fing an, im Raum auf und ab zu gehen.

„Sie waren in ihn verliebt und er hatte Sie inzwischen satt, stimmt's? In dem Wald hat er Ihnen gesagt, dass er Sie verlässt. Er wollte Schluss machen. Das konnten Sie nicht verwinden. Und haben beschlossen, ihn umzubringen. Nicht sofort, Sie sind ja nicht dumm – Sie haben gewusst, dass Sie mit ihm gesehen wurden. Sie haben auf eine Gelegenheit gelauert, ihm seine Dienstwaffe abgenommen und alles sorgfältig für den nächsten Tag geplant. Solche Verbrechen aus verschmähter Liebe gibt es mehr, als Sie sich vorstellen können, Frau …"

„Liebe?" War er jetzt verrückt geworden? „Ich soll in dieses Vieh verliebt gewesen sein?"

Der Kommissar blieb stehen. Sie hätte nicht Vieh sagen dürfen, bestimmt würde er da einhaken. Aber sie hatte sich nicht helfen können. Sie konnte es nicht auf sich beruhen lassen, dass Holina auch nur für einen Moment dachte, dass sie gegenüber diesem widerlichen Drecksack etwas anderes als Ekel und Abscheu gefühlt hatte. Und Erniedrigung. Die hielt bis jetzt an. Sie hatte sich in ihr eingenistet. Hedvika wusste, dass sie nicht in der Lage wäre, die halbe Stunde im Wald in Worten zu schildern, aber trotzdem musste sie darüber sprechen. Wenn sie das in sich einschloss, würde sie es immer und immer wieder durchleben. Ihr ganzes Leben lang. Sie atmete tief ein und wieder aus. Als sie zu reden anfing, klang ihre Stimme halbwegs ruhig.

„Osvald Zapletal hat mich brutal vergewaltigt", sagte sie. Schon wieder entgegen der Absprache mit Jáchym. Bei der Umarmung zum Abschied hatte er ihr ins Ohr geflüstert, sie möge ihnen nichts sagen, er würde einen Rechtsanwalt besorgen. Bestimmt arbeitete er daran. Sie hätte abwarten sollen. Ohne Rechtsanwalt auszusagen, war riskant. Aber wenigstens hatte sie's dann hinter sich und würde endlich von diesem unbequemen Stuhl wegkommen.

„Wenn ich es fertiggebracht hätte, dann hätte ich ihn schon in dem Wald umgebracht", sagte sie. Und fügte fast entschuldigend hinzu: „Aber ich hatte nicht genug Kraft."

Einer passte vorn auf, einer hinten. Nach dem wilden Motocross im Hohlweg wollten sie nichts mehr dem Zufall überlassen. Aber Jáchym plante keine Ausfahrt mehr. Das Motorrad stand in der Scheune wie sonst auch, mit einer Plane abgedeckt, sozusagen unsichtbar im schwachen Licht, das durch die Tür aus dem Anbau hereindrang.

Den betrat er jetzt und beugte sich zum Ofen hinunter. Eigentlich war es eine offene Feuerstelle mit einem Backofenrest. Die ehemalige schwarze Küche. Großmutter hatte hier angeblich noch Pflaumenmus gekocht und Brot gebacken. Die Mündung des Ofens war zum Teil eingestürzt, aber der Schornstein war unbeschädigt geblieben.

Jáchym wühlte sich durch die krautigen Pflanzenreste. Den trockenen Hanf hatte er bereits verbrannt. Er war ratzfatz durch den Schornstein gewandert und hatte am Himmel einen neuen Stern entzündet: Ha-Schisch im Sternbild White Widow. Vor einer Weile, als er auf dem Hof stand und hinaufschaute, hatte er ihn sehen können. Grünlich strahlte er direkt über seinem Kopf und versprach, dass alles wieder gut werden würde. Man müsste nur Geduld haben. Ruhe bewahren.

Er befasste sich mit den Setzlingen. Die hatte er am Nachmittag aus der Erde gezogen, damit sie wenigstens ein bisschen abwelken konnten, aber trotzdem waren sie immer noch voller Saft und hatten keine Lust zu brennen. Er legte trockenes Holz dazwischen und bespritzte das Ganze mit ein wenig Benzin. Vors Gesicht hatte er sich ein Tuch gebunden und hielt sich an der Feuerstelle immer nur ein paar Minuten auf, wenn er nachlegte, dennoch spürte er bereits die Wirkung. In den Blütentrauben schmorte das Harz und der Rauch, der durch die Ofenöffnung entwich, füllte den Anbau mit konzentriertem Cannabinoid. So ungefähr läuft das also in den Besserungsanstalten bei den Pygmäen, dachte er. Davon hatte ihm ein Student aus Kamerun erzählt. Wenn jemand ein schweres Verbrechen begangen hatte, schlossen die Pygmäen ihn in einer kleinen Kammer ein, und dort musste er kiffen und kiffen, bis er das Bewusstsein verlor. Sobald er wieder zu sich kam, verpassten sie ihm die nächste Dosis. Danach war er angeblich gebessert, hatte der Kameruner behauptet. Vielleicht hatte er Witze gemacht, aber vielleicht stimmte es auch. Jáchym wusste, dass die Wahrheit manchmal fantastisch war.

Er schob eine neue Ladung auf die Feuerstelle, legte Holz nach, spritzte Benzin darüber. Der Haufen loderte heftig auf und der Rauch drang Jáchym in die Nase. Er verließ den Anbau und machte die Tür hinter sich zu. Riss sich das Tuch herunter und atmete tief ein. Die Nacht war nach der Hitze des Tages fast schon unwirklich frisch. Auf die Felder hatte sich Tau gesenkt, die Luft roch nach Raps und Mais. Der Mond war noch nicht zu sehen, er würde erst im Morgengrauen aufgehen, wie gestern. Da könnte der Großteil der Arbeit bereits erledigt sein.

„Morgen früh räumen wir auf", sagte er. Rambo stand bei Fuß, wedelte ruckartig mit dem Schwanz, aufgeschreckt und nervös vom ungewöhnlichen nächtlichen Treiben, und fiepte unterdrückt. Jáchym streichelte ihn und ließ zur Beruhigung die Hand auf seinem Rücken liegen, so wie Hedvika es immer tat. Er spürte, dass es half; der Körper des Hundes entspannte sich, der Schwanz hörte auf zu schwingen.

„Heute passt nicht du auf, heute passen sie auf uns auf", erklärte Jáchym ihm. „Mach Platz, und sei still."

Die Worte „Platz" und „still" verstand Rambo, sie gehörten ins Verzeichnis der üblichen Kommandos. Er hörte auf zu winseln und legte sich gehorsam auf den Boden. Jáchym stand reglos da und lauschte. Aus Kladno drangen entfernte Geräusche herüber, weiter weg konnte er noch undeutlicher das Dröhnen der Autobahn ausmachen. Sie kam nie zur Ruhe. Er stellte sich vor, wie sie die Dunkelheit zerschnitt und auf den Lichtfleck Prag zuführte. Dort irgendwo stand Hedvika am Fenster ihrer Zelle und versuchte herauszufinden, was übrig geblieben war. Gab es etwas, was dieser Kotzbrocken nicht berührt hatte? Was er ihnen nicht genommen hatte? Was sie wegen ihm nicht verloren hatten? Innerhalb von vier Tagen war ihnen alles unter den Händen zerbröselt, der Rauch, der aus dem Schornstein des Anbaus aufstieg, war der letzte Schatten ihres ehemaligen Lebens.

„Das Leben läuft nicht nach Plan. Ein Augenblick genügt, und alles ist anders." Das hatte Vater in einem Brief aus dem Gefängnis geschrieben, im letzten, der von ihm ankam. Mutter hatte ihn aufgehoben, Jáchym kannte ihn auswendig. In ihm stand ein Satz, den er oft vor sich hersagte: „Verlass dich niemals auf die menschliche Gerechtigkeit."

Vaters Ratschlag war richtig, Jáchym hatte sich schon viele Male davon überzeugt. Deshalb hatte er das mit dem Dreckschwein auf seine Art erledigt. Die Entscheidung war schnell herangereift, das Mittel hatte er zur Hand, es gab keinen Grund, die Bestrafung hinauszuzögern. Er war selbst verblüfft, wie glatt es gelaufen war. Gewissensbisse hatte er keine.

Er ging zur Leiter, die an der Scheune lehnte, und kletterte hinauf. Er wollte nachsehen, was der Polizist am Hinterausgang machte. Die Mauer um das Anwesen war hoch, aber an einigen Stellen eingestürzt. Mit ein wenig Geschick konnte man von draußen bis zur Oberkante hinaufklettern. Wenn der Polizist das getan hätte, dann hätte er den Feuerschein im Ofen des Anbaus bemerkt. In Verbindung mit dem Rauch, der aus dem Schornstein kam, hätte ihn das zum Nachdenken anregen können.

Tat es aber nicht. Er stand an den Gottesmarterln und verkürzte sich den Dienst mit Skypen. Das Display seines Tablets beleuchtete sein Gesicht, sogar auf die Entfernung war zu hören, dass er lachte. Jáchym schaute zur anderen Seite, aber bis zur Straße, wo der blaue Felicia stand, konnte er von hier aus nicht sehen. Er kletterte wieder hinunter. Ehe er alles verbrannt hätte, wäre bereits Morgen. Er würde den Hof inklusive Anbau abspritzen und fegen, aufmerksam durch die Gewächshäuser gehen, die letzten Spuren beseitigen. Noch einmal das ganze Haus durchforsten, vom Keller bis unters Dach. Ihm fiel ein, dass er die Hortensie immer noch hatte. Ein Beweis war das nicht, getrocknete Hortensien benutzten alle möglichen Leute als Deko, aber trotzdem sollte er sie lieber beseitigen. Er würde nichts übriglassen, was ihnen einen Anhaltspunkt böte. Danach würde er nach Kladno ins Celicafé fahren. Milan hatte versprochen, ihm dort eine Nachricht in Sachen Rechtsanwalt zu hinterlassen.

Als er auf halber Höhe der Leiter war, klingelte sein Handy. Mutter.

„Ich kann nicht schlafen", sagte sie statt eines Grußes. „Mein Herz klopft."

„Wäre schlimmer, wenn's nicht klopfen würde", witzelte er.

„Jáchym, du verheimlichst mir was", sagte sie ängstlich. „Ich mach mir Sorgen."

„Beruhige dich. Alles in Ordnung." Er überlegte, ob er sie auf die Möglichkeit hinweisen sollte, dass das Telefon abgehört wurde. Aber das verwarf er – das würde sie noch mehr aufregen.

„Du, die Polizei war hier. Die haben nach dir gefragt. Zora hat denen vielleicht was erzählt."

Klar, was gehustet hatte sie denen. Seit Vaters Tod stand Jáchyms Schwester Polizei und Justiz unversöhnlich gegenüber. Eigentlich bereits seit dem Moment, als das Urteil gefallen war. Sie hatte keinen Zweifel, dass es ungerecht war. Keiner hatte daran einen Zweifel. Vater hatte weder unter dem Einfluss von Alkohol noch von anderen Substanzen gestanden, und er hatte auch keine Unfallflucht begangen. Sein einziges Pech: Er war kein Lobbyist. Im Unterschied zu dem anderen.

„Die wollten wissen, wann du bei uns warst und um wie viel Uhr du losgefahren bist", sprach sie weiter. „Du steckst doch hoffentlich nicht in Schwierigkeiten? Hast du was angestellt?"

„Keine Angst, ich hab nichts angestellt. Und Schwierigkeiten hab ich auch keine", antwortete er. Und für eventuelle Zuhörer fügte er sarkastisch hinzu: „Wer nichts Böses tut, kann ja auch nicht in Schwierigkeiten kommen."

„Junge, Junge", jammerte sie. „Ich hab so einen Druck auf der Brust. Wie damals …"

Sie musste den Satz nicht beenden. Jáchym wusste, was dieses Damals bedeutete. Niemand hatte sie damals in der Nacht informierte, aber Mutter hatte bereits gespürt, dass ihrem Mann etwas zugestoßen war. Fünfundzwanzig Ehejahre hatten sie zu siamesischen Zwillingen gemacht. Sie kannten sich bis zur kleinsten Nervenbahn. Stundenlang war sie unruhig auf und ab gegangen. Als am Morgen der Anruf aus dem Gefängnis kam, war das für Mutter nur die Bestätigung ihrer Vorahnung. Eine bloße Zeitangabe. Die Präzisierung der Umstände. *Der Tod ist nach der Überführung ins Krankenhaus eingetreten. Missbrauch psychotroper Substanzen …*

„Alles gut", versicherte Jáchym ihr noch einmal. „Geh ins Bett. Ich bin in Ordnung."

„Und Hedvika?"

„Hedvika auch", sagte er. Er glaubte fest daran. „Gute Nacht, Ma."

Er beendete das Gespräch und stieg die letzten Sprossen hinunter. Sicher doch, alles in Ordnung, sagte er noch einmal zu sich. Herr Stašek hat bestimmt schon einen Rechtsanwalt aufgetrieben. Der würde Hedvika beraten, wie sie sich zu verteidigen hätte. Was sie sagen sollte und was nicht. Sie würden das auf fahrlässigen Umgang mit einer Schusswaffe herunterspielen. Etwas anderes konnten sie ihr nicht anhängen. Verbittert verzog er das Gesicht. Bullen konnten alles!

Ihm fiel auf, dass der Feuerschein aus dem Ofen hinterm Fenster jetzt heller war. Endlich brennt das richtig, dachte er. Er band sich sein Tuch wieder vors Gesicht und ging nachschauen.

„Bin gleich wieder da", sagte er zu Rambo, der aufstand und ihn begleiten wollte. „Bleib."

Der Hund blieb gehorsam stehen. Jáchym betrat die Scheune. Auch hier roch man es. Der Rauch entwich durch die Ritze unter der Tür. Jáchym öffnete sie. Schon von der Schwelle aus konnte er sehen, was passiert war: Ein Teil des brennenden Haufens war von der Feuerstelle gerutscht und hatte ein Fass in Brand gesetzt. Das war voller Baumrinde und kleiner Holzstücke und loderte wie Zunder. Jáchym rannte zurück in die Scheune, schnappte sich ein Stück altes Linoleum in einer Ecke und fing an, auf das Fass einzudreschen, um das Feuer zu löschen. Von einer Seite gelang es ihm, aber dort, wo das Fass an der Wand lehnte, schossen die Flammen immer höher auf. An einer Stelle hatte sogar schon der Türrahmen Feuer gefangen. Jáchym klatschte mit dem Linoleum dagegen und überlegte hektisch, wie er so schnell wie möglich Wasser hierher befördern könnte. Einen Schlauch hatte er am Wasserhahn im Hof angeschlossen, aber der war viel zu kurz und würde nicht bis zum Brandherd reichen. Er musste …

Die ganze Zeit fuchtelte er mit dem Linoleum in seinen Händen herum, und dabei fiel ihm auf, dass er sich im Kopf entfernte. Er sollte dringend frische Luft schöpfen, oder er wäre bald total high, dachte er. Das war keine unangenehme Vorstellung. Schon zwei Tage hatte er sich nicht den kleinsten Joint genehmigt, jetzt würde er alles nachholen. Er würde sich wieder super fühlen. Mit Hanf fühlte er sich immer super. Jetzt auch. Er spürte seine beseligende Umarmung und gab sich ihr hin. Das Sternbild White Widow blinzelte ihm grünlich zu und winkte ihn näher heran. Zu sich, in die Liebe, in Gottes Gegenwart. Er spürte einen heftigen Druck im Brustkorb, aber er erschrak nicht davor. Er wusste, dass das seine Sehnsucht war. Die Sehnsucht aufzufliegen und nie wieder etwas anderes als Liebe zu fühlen. Nichts als Liebe.

Zufälle gibt es nicht. Alles, was geschieht, ist lediglich Bestandteil von etwas, das bereits geschehen ist. Nichts passiert von sich aus. Ich weiß, warum ich gerade jetzt hier stehe und nicht schlafen kann. Auch nicht schreiben. Nur denken. In meinem Kopf schwirren alle Möglichkeiten herum. Worauf sie gestoßen sind, werden sie erst noch feststellen. Sie sind bereits ganz nah. Schon reiben sie sich die Hände, schon atmen sie mir ins Genick. Ich ahne, dass sie mich kriegen. Sie wissen, was er für einer war, was er getan hat, was er Leuten angetan hat, und trotzdem werden sie mich verurteilen und ins Gefängnis schicken. Wer die

Gerechtigkeit in die eigenen Hände nimmt, muss mit Bestrafung rechnen. So ist es nun einmal eingerichtet.

Habe ich Angst? Ich forsche in meinen Gefühlen. Sie sind aufgewühlt, aber wenn ich unter ihnen durchtauche, herrscht dort Stille. Tief in mir weiß ich, dass die Strafe einen Sinn hat. Dass sie richtig ist. Nicht nach den Paragrafen, sondern nach dem Gesetz der Natur. Das werde ich dem Rechtsanwalt sagen, wenn er mir mit seinen ganzen Tricks und Kniffen kommt. Schuld und Strafe lassen sich nicht voneinander trennen. Sie sind Ausdruck einer natürlichen Symmetrie. So werde ich das vor Gericht erläutern.

„Ich hab ja nicht geglaubt, dass das klappt. Als ich die da sitzen sehen hab mit dem bockigen Gesicht, und als hätte sie 'n Lineal verschluckt, da war ich mir fast sicher, dass wir nichts aus der rausholen", musste Lída zugeben. Interessiert hob sie ihren Blick zu Marián. „Womit hast du die bloß gekriegt?"

„Ich hab sie nicht gekriegt. Sie wollte reden. Sie hat nur Zeit gebraucht, bis sie's selber gemerkt hat."

Sie gingen durch den leeren Flur in Richtung Treppenhaus. Es war spät, sie trafen niemanden, hinter den Bürotüren, die sie passierten, war nichts zu hören. Auch Diviš war schon vor zwei Stunden gegangen. Es schien, als seien sie im Präsidium allein.

„Glaubst du nicht, dass sie sich was ausdenkt?"

Da war sich Marián sicher. Hedvika Grygarová kam ihm vor, als hätte sie lange die Luft angehalten, bis sie auf einen Schlag gemerkt hatte, dass es nicht mehr ging. Diesen Punkt hatte sie genau um 22.58 Uhr erreicht – so plötzlich und unerwartet, dass sie selbst ganz verdattert war. Marián hatte gesehen, wie sie versuchte, sich dagegen zu wehren, der Flutwelle aus Worten Einhalt zu gebieten, aber sie war machtlos. Die Wahrheit drängte aus ihr heraus an die Oberfläche, ihre

Wahrheit, die bei Weitem nicht nur in den Fakten lag, sondern auch im Erlebten. Darin vor allem, deshalb konnte sie es nicht weglassen. Marián hatte ihr gegenübergestanden, aber aus einer Diskretion heraus, die nicht einmal seine professionelle Routine überwinden konnte, hatte er woanders hingeschaut. Auch sie hatte ihn nicht angesehen. Sie hatte über ihre Vergewaltigung gesprochen wie über eine Sache. Die Sache im Wald hatte eine halbe Stunde gedauert. Es war nicht schwer, sich vorzustellen, dass das die schlimmste halbe Stunde in ihrem Leben gewesen war.

„Angeblich hat er sie aus dem Auto gezerrt hinter einen Bretterstapel. Sie hat gesagt, dass sie sich genau an die Stelle erinnert. Sie bringt uns hin. Geregnet hat's nicht, es dürfte also kein Problem sein, Spuren zu finden."

„Und sie hat keine Spuren an sich?"

„Was ging, hat sie abgewaschen. Aber sie hat in eine ärztliche Untersuchung eingewilligt."

Sie waren mittlerweile im Erdgeschoss angekommen und gingen auf die Pforte zu. Schweigend. Die Fliesen reflektierten das Geräusch ihrer Schritte, die nächtliche Stille vervielfachte es, in den Biegungen des Flurs splitterte das Echo auf und zerfiel.

„Warum hat sie ihn denn nicht angezeigt?", fragte Lída nach einer Weile. „Hat sie sich geschämt? Oder hatte sie Angst vor ihm? Hat er ihr gedroht?"

Marián kannte die Antwort nicht. So wie Hochwasser in einem Fluss einmal seinen Kulminationspunkt erreichte und der Pegel dann langsam wieder fiel, war auch Hedvika Grygarovás Aussage nicht über einen bestimmten Punkt hinausgekommen. Marián hatte mit ihr weitere vierzig Minuten im Vernehmungsraum verbracht, aber alles, was er von ihr noch erfuhr, war durchdacht, rational, gut möglich auch kalkuliert.

„Also kurz und gut: Sie hat auf Zapletal geschossen in der Absicht, ihn umzubringen, und als das vor seinem Haus nicht geklappt hat, ist sie ihm hinterhergefahren. Er hat versucht, sie abzuschütteln, aber sie ist ihm bis Beroun auf den Fersen geblieben. Dort hat sie ihn verloren", rekapitulierte Lída. „Stimmt das so?"

„Er muss sie schon in Vráž abgeschüttelt haben. Das beweist das Bewegungsprofil von seinem Handy. Er ist von der Autobahn abgefahren und hat einen anderen Weg nach Beroun genommen. Hedvika Grygarová hat das nicht bemerkt. Sie hat gedacht, er ist vor ihr davongefahren, und hat versucht, ihn einzuholen. Erst in Králův Dvůr ist ihr definitiv klargeworden, dass sie ihn verloren hat, und sie hat's sein gelassen."

„War sie das, die ihn aus der Telefonzelle angerufen hat?"

„Sie sagt Nein, aber überprüfen können wir das nicht. So wie wir kaum nachprüfen können, dass sie zwischen neun und halb zehn aus Beroun über Unhošť zurück nach Hause gefahren ist. Sie hat den Akku aus ihrem Handy rausgenommen, also könnte höchstens das Personal von der Tankstelle am Stadtrand von Kladno bezeugen, dass sie am Abend um halb zehn wirklich dort gewesen ist."

„Eventuell geben ihr die Aufzeichnungen aus den Überwachungskameras dort ein Alibi", fügte Lída hinzu. „Das ist vier Tage her, da kann man hoffen, dass sie's noch nicht gelöscht haben. Ich fahr gleich morgen früh hin."

Sie winkten dem Pförtner zum Abschied und verließen das Gebäude. Die Fassade des Polizeipräsidiums und der Asphalt im Hof atmeten die gespeicherte Wärme aus, vom nahegelegenen Park kam ein intensiver Geruch nach blühenden Buchsbäumen. *Boleráz.* Der Duft war Marián sehr vertraut, er hatte sein Erwachsenwerden begleitet. Der Park um das Schlösschen in Lehôtka stand voll mit Buchsbäumen, die noch die Baronin Czóbel gepflanzt hatte. Nach ihrem Tod verwandelte die Gemeinde das Schlösschen in eine Sekundärrohstoff-Annahmestelle und der Park wurde der Allgemeinheit zugänglich gemacht. Mit den Jahren lichteten die Buchsbäume aus, schossen in die Höhe, verloren ihre höfische Eleganz. Aber nach wie vor verströmten sie ihren Geruch. Marián und seine Altersgenossen spielten in ihrem betörenden Duft Verstecken, später sammelten sie im Schutz der alten Äste mit der gleichen Begeisterung ihre ersten erotischen Erfahrungen.

„Bähx", sagte Lída. „Ich weiß ja nicht, wie's dir geht, aber ich finde, Buchsbäume stinken. Vor allem, wenn zu viele auf einem Fleck stehen."

„Es können gar nicht zu viele auf einem Fleck stehen", wandte Marián ein. Die Buchsbäume brachten ihn in Gedanken zu den Hortensien. „Haben Sie mit Doktor Léblová gesprochen?"

„Nein, aber Diviš. Sie hat gesagt, dass man das nicht mit Sicherheit sagen kann." Sie nahm ihre Tasche von der Schulter und fing an, darin herumzukramen. „Cyanwasserstoff könnte ihrer Meinung nach tatsächlich durch das Verbrennen von Hortensien freigesetzt worden sein, aber um bei Zapletal zur Bewusstlosigkeit zu führen, hätte es eine relativ große Menge sein müssen."

„Was heißt relativ?"

„Das hat sie sich nicht getraut zu schätzen. Sie hat gesagt, das ist individuell sehr unterschiedlich, jeder reagiert ein bisschen anders."

Endlich hatte sie das Gesuchte gefunden. Sie reichte Marián einen Umschlag.

„Bevor Diviš gegangen ist, hat er mir das für dich gegeben. Es geht um den Tod von dem … von dem Jungen, der die Treppe runtergefallen ist … Wie hieß der gleich?"

„Marek Beran." Marián öffnete den Umschlag. In ihm waren ein paar Blatt Papier, die er kurz überflog. Auf einem war ein Foto von Marek: rundes Gesicht, neugierige Augen, lausbübisches Lächeln. Obwohl es das Gesicht eines Kindes war, erkannte Marián auf den ersten Blick die Ähnlichkeit mit Nina. Er schob die Zettel in den Umschlag zurück. „Ich schau's mir zu Hause an."

Das Handy in Lídas Tasche klingelte zweimal, dann verstummte es wieder – offenbar ein vereinbartes Signal. Jemand versuchte sie zu erreichen. Wer immer es sein mochte, er hatte keine Chance. Frau Hauptkommissar blieb ihrem Ruf treu: Wenn sie sich erst einmal in einen Fall verbissen hatte, blieb sie an ihm hängen wie ein Blutegel.

„Marián, jetzt mal Klartext", sagte sie. „Hat die Grygarová deiner Meinung nach mehr auf dem Gewissen als den Schuss? Hast du das Gefühl, sie hat auch den Rest gemacht?"

„Der Ohrabdruck ist nicht von ihr. Aber das will nichts heißen. Sie behauptet, dass sie im Auto keinen Sex mit ihm hatte, er hätte dort auch keine Anstalten gemacht. Den Sitz hat sie angeblich nicht geputzt und ihm auch die Hände nicht gefesselt. Warten wir mal auf die DNA-Ergebnisse …"

„Ich hab nicht gefragt, auf was wir noch warten müssen, sondern was du für ein Gefühl hast. Hat sie ihn in den See befördert?"

„Unwahrscheinlich."

„Warum?"

„Ich glaube nicht, dass sie ihn nach all dem angefasst hätte. Dass sie überhaupt in seine Nähe gegangen wäre."

„Und der Freund von ihr? Dieser Valík?"

Marián versuchte sich vorzustellen, was in Jáchym Valík vorgegangen war, als er von der Vergewaltigung seiner Lebensgefährtin erfahren hatte. Auf welche Weise reagieren Clowns auf die Unbill der Welt? Erstatten sie Anzeige?

Schreiben sie eine Beschwerde? Weinen sie? Oder setzen sie sich aufs Motorrad und fahren los, um einen Mord zu begehen?

„Heben wir uns das doch für morgen auf, was meinst du?" Er spürte, dass er nur noch mit dem Markhirn nachdachte. Außerdem meldete sich der Kopfschmerz zurück. „Wir haben uns in den Details eingegraben, jetzt brauchen wir wieder ein bisschen Vogelperspektive."

Lída hatte ihn offenbar nicht gehört.

„Hat der Valík denn ein Alibi?", fragte sie.

„Nur von seiner Lebensgefährtin. Als sie nach Hause gekommen ist, nach außen hin von der Arbeit, da hat er angeblich schon auf sie gewartet."

„Morgen fühlen wir dem mal ordentlich auf den Zahn", schlug sie vor. „Und die Grygarová nehm ich mir auch noch mal zur Brust, was meinst du?"

„Unbedingt." Das einzige, wozu seine Kraft noch ausreiche, war Zustimmung. Er beugte sich zu seinem Fahrrad hinunter und schloss es ab. Lída ging weiter Richtung Parkplatz, wo einsam und verlassen ihr Auto stand.

„Sie hätten es auch gemeinsam machen können", hörte er noch ihre sich entfernende Stimme. Vollkommen frisch. Er dachte, dass sie's mit dem Schnuppern an der Zigarre wahrscheinlich übertrieben hatte. Sie war nicht zu bremsen. „Ich bin neugierig, wie die Aussagen von den beiden zusammenpassen. Gleich morgen früh …"

„Gute Nacht, Lída", verabschiedete er sich. An morgen früh wollte er in diesem Moment nicht denken. Davon trennte ihn eine ganze Nacht. Und die gehörte Sabina.

„Hast du den Wetterbericht gehört?"

„Was haben sie denn angesagt?"

„Spätestens morgen um diese Uhrzeit haben wir hier Gewitter. Wird Zeit, dass mal Niederschlag kommt! Von der

Hitze bin ich völlig zerschlagen. Ich muss unbedingt frische Energie tanken", gab sie zu. „Also, schlaf gut."

„Du auch", antwortete er und nahm das Fahrrad vom Ständer. *Lída, prosím ťa,* bitte tank keine frische Energie, flehte er in Gedanken. Schon das jetzt war hart an der Grenze.

Er sah, wie sie ihm beim Einsteigen noch einmal zuwinkte. Er quetschte den letzten Rest seiner Kräfte aus sich heraus und erwiderte den Gruß. Dann setzte er sich aufs Rad und trat trotz aller Müdigkeit erwartungsfroh in die Pedale. Es war ein neues, fast schon feiertägliches Gefühl, nach Hause zu fahren und zu wissen, dass jemand auf ihn wartete. Ab morgen würde das zur Selbstverständlichkeit werden, aber er hätte wetten können, dass es für ihn niemals alltäglich werden würde. Um was?

Der Tag des angekündigten Regens

Das Haus war zum größten Teil abgebrannt, die Scheune komplett. Auch die Holzschuppen. Und die Sauna. Überall lagen Glassplitter herum, die Metallgerippe der Gewächshäuser ragten verwaist in den wolkenlosen Himmel. Die Löschwagen waren schon wieder weg, das gesamte Objekt war abgesperrt und gesichert, der Brandursachenermittler, Polizisten und Techniker hatten alle Hände voll zu tun. Sie bewerteten die Situation und führten eine Begehung der Brandstätte durch.

Marián und Oberkommissar Lír standen bei den Gottesmarterln. Das Feuer, das gegen Morgen über die Bäume und die Umfassungsmauer bis auf den Feldweg übergegriffen hatte, war an dieser Stelle erfolgreich gestoppt worden. Mariáns Blick fiel auf das angekokelte Kreuz und das verschmurgelte Bildchen unter dem kleinen Dach. Auch in beschädigtem Zustand hatte sich das Gottesmarterl seinen Zauber bewahren können. Es sah aus wie ein fragiles Siegel zwischen der Landschaft und ihren Menschen. Voller Schrammen, aber nach wie vor gültig.

„Letzten Endes war das noch ein Glück", sagte Lír. „Hätte das Feld wirklich Feuer gefangen, hätte sich das bis nach Buštěhrad ausbreiten können."

Die Fläche an verbranntem Raps war relativ klein, der Mais auf der anderen Seite des Weges hatte gar nichts abbekommen.

Lír nickte betrübt. „Aber der Junge hätte ein bisschen mehr Glück gebrauchen können."

Jáchym Valíks Leichnam war schon abtransportiert worden. Die Feuerwehrleute hatten ihn unter einem Haufen aus Ziegeln des eingestürzten Schornsteins in der ehemaligen schwarzen Küche gefunden. Alles deutete darauf hin, dass der Brandherd eben in der schwarzen Küche lag. Von hier aus hatte das Feuer auf die Scheune und weitere Teile des Anwesens übergegriffen. Die Brandursache war vorerst noch unklar, aber schon jetzt konnte man mit Gewissheit sagen, dass Jáchym Valík auf der offenen Feuerstelle etwas verbrannt hatte.

„Das Feuer ist ihm außer Kontrolle geraten", erklärte der Brandursachenermittler nach einer ersten Ortsbegehung. „Um irgendwelche Schlüsse zu ziehen, ist es noch zu früh, aber höchstwahrscheinlich hat er mit Benzin nachgeholfen."

„Lässt sich erkennen, was er da verbrannt hat?", fragte Marián.

„Die Techniker haben in einer Schubkarre und an mehreren Stellen an der Scheunenwand unverbrannte Reste von Hanfpflanzen gefunden. Samt Wurzeln."

„Hanf?", wiederholte Marián langsam, wie ein ausgebremstes Echo. „Er hat Hanfpflanzen verbrannt?"

„Sieht ganz so aus. Offensichtlich hatte er ganze Gewächshäuser voll davon."

Der Brandexperte brachte Marián und Lír in den südlichsten Ausläufer des Gartens, der vor dem Großbrand durch die Scheune von der Straße getrennt gewesen war. Das Feuer hatte sich nicht in diese Richtung ausgebreitet. Beide Gewächshäuser, die hier standen, hatten gesprungene und rußgeschwärzte Scheiben, aber das Innere hatten die Flammen unberührt gelassen. Obwohl hier keine einzige Pflanze wuchs, legten doch die frisch aufgewühlte Erde mit Wurzelresten, abgeknickte Zweige und Hanfblätter Zeugnis davon ab, dass vor Kurzem eine hektische Säuberungsaktion stattgefunden hatte. Ein junger Techniker, der mit der Fotodokumentation betraut war, warf einen bewundernden Blick auf die langen Gänge zwischen den Beeten.

„Ich würd mal sagen, falls das hier komplett bepflanzt war, dann hat er anständig davon leben können, und das Gemüse vorne, das war vielleicht nur ein kleiner Nebenverdienst", verkündete er.

Marián vernahm in seiner Stimme Bewunderung. Er selbst fühlte nichts dergleichen, nur Staunen und Wut. Auf sich. Wie hatte es ihm passieren können, dass er Jáchym Valíks Gewerbe als Gemüsebauer nicht mit Osvald Zapletals Kifferei in Verbindung gebracht hatte? Das passte doch perfekt zusammen, und er hatte es nicht gesehen. Wie hatte er nur so ein Ignorant sein können? Gejubelt hatte er, dass sie die Pistole hatten und Hedvika Grygarová, und dabei waren ihm die größeren Zusammenhänge entgangen.

„Dass Sie direkt vor der Nase eine Hanfplantage haben, ist Ihnen irgendwie entgangen, was?", raunzte er Lír giftig an, sobald sie wieder alleine waren.

„Ach, ich komm wegen dieser scheiß Allergie nicht groß ins Terrain", konterte der den Vorwurf. „Meine Leute halten die Augen offen, aber solange es keine konkrete Anzeige gibt oder einen Verdacht, können sie nicht viel ausrichten. Ich geh davon aus, dass es von solchen kleinen Plantagen hier in der Gegend noch mehr gibt. Aber wie sollen wir da rankommen? Sagen Sie selbst."

„Ihre Leute halten die Augen offen. Aber dass hier hinter der Scheune einer von Ihren Leuten Geschäfte mit einem Hanfzüchter gemacht hat, das haben Sie nicht bemerkt?", setzte Marián seinen Angriff fort, um die Selbstvorwürfe zu übertönen. Hätte er den jungen Mann gestern festgenommen, dann wäre er noch am Leben. „Oder haben Sie davon gewusst, dass Zapletal mit Valík paktiert, und sich entsprechend Ihren Prinzipien bloß nicht eingemischt?"

„Wir haben nicht den geringsten Beweis, dass sie gemeinsame Sache gemacht haben", wandte Lír mit gottgleicher Ruhe ein. „Lässt sich etwa die Herkunft von dem Stoff eruieren, den Sie bei Zapletal gefunden haben?"

Nach dem Bericht der Techniker konnte man mit Gewissheit nur die Sorte, die Qualität und die Art der Zucht (indoor beziehungsweise Gewächshaus) bestimmen. Die einzige direkte Bestätigung, dass Zapletal das Gras eben von Jáchym Valík bezog, hätte die Zeugenaussage von Hedvika Grygarová sein können. Aber da machte sich Marián keine Hoffnungen. Mit so einer Aussage würde sie sich nur selbst schaden.

„Zapletal war ein hervorragender Polizist. Gewissenhaft. Auf den war absolut Verlass." Lír setzte die lobhudelnde Gebetsmühle in Gang, die Marián schon vom letzten Treffen kannte. „Ich hatte keinen Grund, ihn zu verdächtigen, dass …"

„Und was ist mit der Beschwerde von vor zwei Jahren? Barbora Chladilová. Da sind Sie kein bisschen misstrauisch geworden? Ist Ihnen nicht in den Sinn gekommen, dass da vielleicht doch was nicht ganz koscher ist?"

Lír schüttelte den Kopf. „Wir haben alle gewusst, dass das Unfug ist."

„Genauso ein Unfug wie das hier!"

Marián ließ Lír am Rand der Brandstätte stehen, ging stinksauer auf die Straße hinaus und beobachtete das Treiben um sich herum. Der Verkehr war umgeleitet, zwei Wachtmeister hoben mit einem Tierarzt den reglosen Körper des Hofhunds in ein Auto. Sie hatten ihn im Hohlweg gefunden, wohin er vor dem Feuer geflohen war. Mit einem Winseln hatte er auf sich aufmerksam gemacht. Er war verschreckt und aggressiv, sein Bein war verletzt, und der Tierarzt musste ihn mit einem Narkoseschuss ruhigstellen, damit sie ihn einladen konnten. Marián drehte sich wieder zu Lír um.

„Valík hat in Nymburk Mutter und Schwester. Wer benachrichtigt die?"

„Darum hab ich mich schon gekümmert. Mein Stellvertreter und eine Psychologin sind hingefahren", antwortete der Oberkommissar. Man sah ihm die Erleichterung an, dass er mit einer positiven Nachricht dienen konnte. Dann fiel ihm noch etwas ein. Er zeigte in Richtung des nächstliegenden Gehöfts, von dem man von hier aus nur das Dach sehen konnte. „Ich habe Luhan zu uns auf die Dienststelle vorgeladen. Wollen Sie mit ihm sprechen?"

„Das ist der Bauer, der den Brand gemeldet hat?"

„Hm, Oldřich Luhan." Lír holte ein Papiertaschentuch aus seiner Hosentasche. Beim letzten Treffen hatte er Marián verraten, dass er zig davon am Tag verbrauchte. Vorläufig sah er ganz normal aus (wenn man ein Gesicht mit einer so markanten Nase als normal betrachten konnte), auch die Augen waren noch nicht allzu entzündet; vormittags hielt sich seine Allergie offenbar in Grenzen.

„Wann hat er das Feuer bemerkt?"

„Einen Moment früher als die zwei, die hier für Sie Wache geschoben haben. De facto haben sie es gleichzeitig gemeldet. Luhan hatte Schiss, dass das Feuer über das Feld kommt und ihm nicht nur die Ernte wegfrisst, sondern auch das Haus. Bei dieser Trockenheit hätte das in null Komma nix passieren können. Schwein gehabt, dass kein Wind war."

Marián maß mit dem Blick die Entfernung zwischen den beiden Höfen: höchstens anderthalb Kilometer. Fast nur Raps. Bei etwas stärkerem Wind wäre das für das Feuer kein großer Akt gewesen.

Das Auto mit dem Hund war inzwischen weg, an seiner Stelle hatte am Straßenrand gerade Lída Šotolová angehalten.

„Diviš kann dich angeblich nicht erreichen", sagte sie, kaum dass sie die Autotür geöffnet hatte.

„Wieso denn?" Marián holte das Handy aus der Innentasche. Das Display leuchtete für eine Sekunde auf, machte ihn auf den entladenen Akku aufmerksam und wurde wieder schwarz. Das verdarb Marián die Laune, überraschte ihn aber nicht besonders. Er wollte das Telefon eigentlich gestern Nacht nach seiner Ankunft zu Hause aufladen, aber er war nicht dazu gekommen. Sabina hatte eine Überraschung vorbereitet – in Form eines Entspannungsbads inklusive Massage, Musik, Duftkerzen und einer Welle von Zärtlichkeiten, die vom Bad nahtlos ins Bett hinüberschwappte und die Marián, genauso wie letzte Nacht, aufs Wärmste erwiderte. Die beiden waren erst gegen Morgen eingeschlafen, Mariáns Hirn hatte es allerdings noch nicht einmal geschafft, von Alpha- auf Theta-Wellen umzuschalten, als ihn die Nachricht vom Feuer aus dem Bett riss.

„Ich bin nicht mehr dazu gekommen, es über Nacht aufzuladen, und heute früh bin ich direkt hierher gehetzt", sagte er, als schulde er seiner Kollegin eine Erklärung. Ihm fiel auf, dass ihn ihre überdurchschnittliche Leistungsfähigkeit in eine Defensivposition bugsierte. „Was will Diviš denn?"

„Angeblich hat er interessante Neuigkeiten." Sie nahm ihr Handy aus der Freisprecheinrichtung und reichte es Marián. „Ruf ihn von meinem Telefon aus an."

„Wie geht's denn drüben voran?", fragte er, während er Diviš' Nummer suchte. Die Šotolová hatte schon seit dem Morgen an der Ortsbegehung der Waldlichtung teilgenommen, die Hedvika Grygarová als Ort der Vergewaltigung bezeichnet hatte. Sie lag knapp drei Kilometer von hier entfernt. Marián hatte auch kurz vorbeigeschaut, um sich einen persönlichen Eindruck zu verschaffen. Schon die Wahl der Stelle zeugte von Zapletals guter Kenntnis der hiesigen Landschaft. Sie lag etwa vierhundert Meter von der Landstraße entfernt, war hinter Bäumen verborgen und nur über einen Waldweg erreichbar. Der Zugang zur Lichtung war teilweise von jungen Bäumen verdeckt, die zwischen verrottenden Bretterstapeln emporwuchsen. Auch tagsüber wirkte der Ort abgelegen und einsam. In der Nacht würde man schwerlich eine idealere Stelle für ein Verbrechen finden. Marián fragte sich unwillkürlich, ob wohl Hedvika Grygarová die Erste war, die Zapletal dorthin mitgenommen hatte. Als sie aus dem Polizeiauto gestiegen war, das sie aus Prag hergebracht hatte, war ihre Reaktion so heftig gewesen, dass Marián regelrecht erschrocken war. Wie angewurzelt war sie auf dem Weg stehengeblieben, hatte krampfhaft die offene Wagentür umklammert und sichtlich gezittert. Die Ärztin, die mit ihr ausgestiegen war, hatte sie mit einem mulmigen Gefühl beobachtet. Sie hatte ihr die Hand auf die Schulter gelegt und leise etwas zu ihr gesagt, aber Hedvika Grygarová hatte sich losgerissen und war in unbeherrschbarer Panik eher ins Auto zurück gesprungen als eingestiegen.

„Wir haben sie nicht mehr zum Aussteigen bewegen können", referierte die Šotolová. „Sie saß im Auto und hat nur durchs Fenster gezeigt, wo es passiert ist. Keine zehn Pferde hätten sie noch mal auf die Lichtung da gekriegt."

„Und die Techniker, haben die schon was?"

Sie machte eine Handbewegung zum Zeichen, dass das Ergebnis die Erwartungen weit übertraf. „Nicht nur biologische Spuren, sondern auch Reifenabdrücke und sogar ein Feuerzeug!"

„Seins?"

„Ja, sagt die Grygarová, und die Laborergebnisse sind auch schon da", antwortete die Šotolová, und ehe Marián noch darüber nachdenken konnte, ob das ein Reimversuch sein sollte, sprach sie weiter: „Auf dem Weg hierher bin ich bei der Tankstelle vorbeigefahren."

Langsam bekam er einen Begriff davon, warum in seiner Abteilung ihr gegenüber eine leichte Aversion herrschte. In Action war Frau Hauptkommissar schlicht unerträglich. Den

Ermittlungen tat das zwar gut, aber in ihren Partnern, vor allem den männlichen, löste ihre hohe Effizienz regelmäßig einen Minderwertigkeitskomplex aus. Da bildete Marián keine Ausnahme.

„Und was hast du erfahren?"

„Willst du's detailliert oder reicht die Zusammenfassung?"

„Such dir was aus."

„Erstens haben wir einen Zeugen, mit dem sie an der Tanke gegen halb zehn gesprochen hat, zweitens hat sie mit Karte bezahlt und drittens haben sie die Aufnahmen aus der Überwachungskamera von Sonntag noch nicht gelöscht", zählte die Šotolová an den Fingern auf. „Kurz und gut: Hedvika Grygarová hat ein Alibi."

Marián war unsicher. Zwischen halb zehn und viertel elf, als Zapletal ungefähr in den Steinbruch gefahren war, lagen fünfundvierzig Minuten. Genug Zeit, um von hier bis zum Steinbruch zu kommen. Ob nun mit dem Auto oder mit dem Motorrad.

„Schauen wir mal. Heute Nachmittag holst du sie dir noch mal zur Vernehmung", sagte er und hielt sich das Telefon ans Ohr.

„Was gibt's?", fragte Diviš, als er abgehoben hatte.

„Eine Hanfplantage", antwortete Marián. Am anderen Ende ertönte ein anerkennender Pfiff. „Und bei dir?"

„Auch ein paar interessante Neuigkeiten. Wenn auch nicht so attraktiv. Ich bin bei den Technikern. Hast du einen Augenblick Zeit für mich?"

Der Weg musste für die Wagen der Brandtechnik freigemacht werden. Marián verdrückte sich in den Hohlweg, die Šotolová musste wieder in ihr Auto steigen, um umzuparken. Der Moment war für ein konzentriertes Gespräch ungeeignet.

„Ruf mich in der Dienststelle in Kladno an", bat er Diviš. „In einer halben Stunde, plus minus."

Er gab seiner Kollegin ihr Telefon zurück und ging zu Lír, um ihm mitzuteilen, dass er in dessen Amtsstube nicht nur sein Handy aufladen, sondern dort auch seine provisorische Außenstelle einrichten würde. Über den Verlauf der Ermittlungen informieren wollte er ihn lieber nicht. Er glaubte nicht, dass Lír etwas von Zapletals Straftaten gewusst hatte oder sogar irgendwie in sie verwickelt war, nichtsdestotrotz stellte er mit seinem laxen Herangehen ein erhebliches Risiko dar, dass Informationen nach draußen durchsickern konnten.

Als er über die Straße ging, fiel sein Blick auf den rußgeschwärzten Giebel des beschädigten Anwesens, auf den Taubenschlag, auf die Umfassungsmauer, die intakt geblieben war. In den erodierten Sandstein war ein Monogramm aus Ziegelsteinen eingelassen: V. V. Ein alter Familiensitz, dachte er. Wer weiß, wer alles schon in diesen Mauern zur Welt gekommen war. Wer weiß, ob hier noch jemals jemand zur Welt kommen würde. Jáchym Valíks Kinder jedenfalls nicht.

„Gratuliere, Herr Beran!"

„Radim, wir sind in der letzten Runde!"

„Richten Sie dem Herrn Architekten die besten Glückwünsche aus."

„Egal, wie es ausgeht, schon das jetzt ist ein hervorragender Erfolg."

Lob und Schulterklopfen, gehobene Daumen, E-Mails und Anrufe. Seit dem Morgen herrschte in der Firma euphorische Stimmung. Die erste, vorerst inoffizielle Information, dass das Projekt in die letzte Runde vorgerückt war, hatte Radim mitten in einer Dienstbesprechung von seinem Assistenten übermittelt bekommen.

„Noch ist es nicht offiziell", hatte er ihm zugeflüstert. Er verfügte über ein außerordentliches Talent, an vertrauliche Informationen heranzukommen. Er war schwul und hatte ein

Netzwerk von Freunden in allen möglichen Strukturen, deren Informationen mit erheblichem Vorsprung eintrafen und immer verlässlich waren. „Ungefähr in einer Stunde wird's bekanntgegeben."

Um zehn wurde die Entscheidung der Jury offiziell verkündet. In die letzte Runde waren insgesamt drei Projekte gekommen. Welches davon siegen und in Shanghai tatsächlich realisiert würde, sollte innerhalb von zwei Wochen entschieden werden.

„Das hast du in der Tasche!", versicherten Radims Freunde von allen Seiten und er antwortete zurückhaltend, sie mögen nicht voreilig sein, die Konkurrenzprojekte seien großartig, der Kampf um den Sieg werde hart. In der Tiefe seiner Seele war er überzeugt davon, dass die Arbeit seines Teams bei weitem die beste war. Aber er wusste, dass bei Ausschreibungen nicht nur die Qualität entscheidend war, sondern dass es auch noch zahlreiche andere Faktoren gab, unter anderem persönliche, und dass man die nicht unterschätzen durfte. Und das tat Radim auch nicht.

Er saß in seinem Büro, erledigte die Korrespondenz, antwortete auf Gratulationen und war im Netz unterwegs. Yadira hatte als eine der Ersten angerufen. Er merkte, dass sie sich aufrichtig freute.

„Das müssen wir noch vor unserem Abflug feiern", sagte sie. „Wenigstens symbolisch."

„Gefeiert wird erst, wenn du wieder da bist. Bis dahin müsste das definitive Ergebnis raus sein."

Die Nachricht verbreitete sich rasch. Einige Portale beschränkten sich auf eine einfache Mitteilung, andere brachten Statements von Fachleuten und Laien, einen Rückblick auf das bisherige Schaffen seiner Konkurrenten und auch auf Radims eigene Arbeiten. Aufmerksam las er die Texte und spürte, wie sein Selbstvertrauen wuchs. Gestern nach der

Flucht von zu Hause war er sich vorgekommen wie ein Schiff-brüchiger. Schwer deprimiert war er über das Plateau von Břevnov gestreift, war den Blicken der Spaziergänger, der Sportler und sogar der Hunde ausgewichen, an denen er vorüberkam, und hatte versucht, keine Aufmerksamkeit zu erregen. Am anderen Ende der Hochebene, weit vom Haus entfernt, hatte er sich auf eine abseits stehende Bank gesetzt, aus dem Papierkorb den Werbeflyer eines Supermarkts her-ausgefischt und so getan, als studiere er ihn. Er hatte gehofft, dass sich niemand zu ihm setzen und ihn in ein Gespräch verwickeln würde. Am liebsten wäre er unsichtbar geworden. Er hatte sich als Gehetzten gesehen, und für Gehetzte war Unsichtbarkeit der Idealzustand.

Heute war er wieder sichtbar geworden. Neben Dank-barkeit und Genugtuung weckte das in ihm auch Befürch-tungen. Jetzt würde er sich nicht mehr verstecken können. Er stand im Rampenlicht, jeder konnte ihn sehen. Auch die Polizei. Er überlegte, wie er vorgehen sollte. Am besten so schnell wie möglich auf die gestrigen verpassten Anrufe und Mailboxnachrichten reagieren. Die Stimme von Kriminalrat Holina war zurückhaltend gewesen. Er hatte darum gebeten, dass sich Radim bei ihm melden möge, ansonsten würde er das als Versuch sehen, sich der Aussage zu entziehen. Er hatte ihn belehrt, dass es seine Pflicht sei, als Zeuge zu Umstän-den auszusagen, die wichtig für eine Strafermittlung waren. Es hatte nicht nach einer Einladung zum Kaffee geklungen.

„Er weiß über mich Bescheid", hatte ihn Yadira gestern vor dem Zubettgehen kurz und knapp informiert. „Sie haben bei ihm ein Foto von mir gefunden."

Radim hatte keine Fragen gestellt. Ohne sich abgesprochen zu haben, redeten sie über Zapletal nicht mehr, als unbedingt nötig war. Sie berührten die Angelegenheit nur am Rande und mit höchster Vorsicht, so wie man eine frische Wunde berührte. Aber sie waren in enger Umarmung eingeschlafen. Er hatte das als vielversprechendes Signal gedeutet. Seine Frau hatte also nicht vor, ihn zu verlassen. Sie würde Urlaub bei ihrer Cousine machen, ausspannen und zurückkommen. Sie hatte mit Radim doch ein glückliches Leben – trotz alledem.

Durch die offene Tür schaute der Assistent in sein Büro herein.

„Unten steht ein Fernsehteam", verkündete er. „Sie haben gefragt, ob sie ein Interview kriegen."

„Sie sollen mit Herrn Lhoták reden oder mit Frau Vydra", schlug Radim vor. Er wollte es auch den Kollegen aus dem Team gönnen, den öffentlichen Erfolg auszukosten. „Die sind beide besser im Reden als ich."

„Das Fernsehen will zumindest irgendwas von dir. Ein paar Worte reichen angeblich."

Er seufzte. „Na dann lass sie rein."

Der Assistent verschwand und Radim erhob sich von seinem Schreibtisch. Fürs Fernsehen wäre es vielleicht besser, ein T-Shirt anzuziehen. Zwar war er ein Hemdtyp, aber im T-Shirt wirkte er mehr als Sympathieträger. Im Schrank hatte er zwei, er griff zum abgetrageneren. Als er es sich über den Kopf zog, erinnerte er sich an die gestrigen Worte seiner Tochter. Sie hatte am Abend im Garten auf ihn gewartet und verstört gewirkt.

„Der Kommissar glaubt uns nicht, Papa", hatte sie gesagt, als er endlich zurückgekommen war (für alle Fälle hintenrum vom Wald her, auf demselben Weg, auf dem er vor der Polizei abgehauen war). „Er verdächtigt uns, dass wir was mit dem Mord an Zapletal zu tun haben."

„Verdächtigt uns? Warum?"

„Er hat mich gefragt, wie ihr miteinander ausgekommen seid. Ich hab ihm gesagt, dass dich seine laute Musik gestört hat." Man sah, dass sie sich nicht sicher war, ob sie darüber hätte sprechen sollen. „Der kann doch nicht glauben, dass du ihn wegen dem Lärm umgebracht hast, oder?"

„Gut, dass du ihm das gesagt hast." Nichts Besseres hätte sie tun können. Ein Nachbarschaftsstreit wegen Lärm, richtig. „Nach was hat er noch gefragt?"

„Nach einem Alibi."

„Nach meinem?"

„Von uns allen. Ich und Yadira, wir sind zu Hause gewesen, aber du hattest das Geschäftsessen. Ich wusste nicht, mit wem."

Allerdings wusste sie das nicht. Niemand wusste es. Denn dieses Geschäftsessen hatte es nie gegeben. Das Treffen, bei dem er gewesen war, hatte einen ganz anderen Charakter gehabt. Außer Radim hatte nur noch eine weitere Person daran teilgenommen. Und die würde nichts sagen.

An der Tür tauchte wieder der Assistent auf, hinter ihm ein kleines Fernsehteam: Kameramann, Tontechniker, Reporterin – schon wieder diese Wahnsinnige! Kaum hatte Radim sie gesehen, hatte er die größte Lust zu verkünden, dass er es sich anders überlegt habe, dass er kein Interview geben würde. Aber sie tat so, als gebe es zwischen ihnen keinen alten Groll, und er wollte nicht rüberkommen wie eine Primadonna. Deswegen hatte er sich ja das T-Shirt angezogen. Er ließ sie sich im Büro umschauen, und auf Bitten des Kameramanns postierte er sich neben dem hier ausgestellten Modell des Tschechischen Zentrums. Die Reporterin überprüfte in einem Taschenspiegel, ob sich ihre künstlichen Wimpern auch ja nicht lösten.

„Wir haben nicht viel Sendezeit bekommen. Deswegen kurz und knapp. Aber dafür haben wir eine Live-Schalte", sagte sie. Sie steckte den Spiegel ein und blinzelte aufmunternd. Umso besser, dachte Radim. Bei einem Live-Interview kann sie mir wenigstens nicht das Wort im Mund umdrehen.

„Fünf, vier ..." Der Kameramann zählte an den Fingern den Countdown bis zum Beginn der Übertragung ab. Dann nickte er der Reporterin zu. Sie hob das Mikro vor ihre Lippen.

„Das Tschechische Zentrum in Shanghai ist ein Prestigebau. Darüber sind sich das Außenministerium, alle Teilnehmer am Architekturwettbewerb, die Jury-Mitglieder und die breite Öffentlichkeit einig. Es muss die Anforderungen eines Multifunktionsgebäudes erfüllen und gleichzeitig noch das gewisse Extra haben, etwas Zeitloses und doch Traditionelles, typisch Tschechisches. Dieses Projekt hier aus dem Atelier von Ingenieur Architekt Radim Beran erfüllt nach Ansicht der Fachjury alle gegebenen Kriterien und ist als eines von dreien in die letzte Runde vorgerückt", tschilpte sie mit Blick in die Kamera ihren einführenden Kommentar, woraufhin sie sich zu Radim umdrehte. „Freuen Sie sich, Herr Beran?"

„Wer würde das nicht", antwortete er lakonisch.

„Was denken Sie über Ihre Konkurrenten?"

„Das Niveau der eingereichten Arbeiten war hoch, aber von Anfang an habe ich vorbehaltlos an unser Projekt geglaubt."

„In vierzehn Tagen wird der Wettbewerbssieger bekanntgegeben. Werden Sie das sein? Wagen Sie doch mal einen Tipp."

„Objektiv gesehen haben wir eine große Chance."

„Objektiv?", nahm sie ihn beim Wort. „Wollen Sie damit andeuten, dass es auch andere Kriterien gibt? Ist die Jury Ihrer Meinung nach tatsächlich qualifiziert und unvoreingenommen?"

„In der Jury sitzen lauter anerkannte Persönlichkeiten." Entschlossen schmetterte er die Frage ab. „Alle mit hohem professionellen und moralischen Ansehen. Unabhängige Fachleute. Es gibt keinen Grund, an ihrer Unvoreingenommenheit zu zweifeln."

Er setzte einen energischen Punkt, um klarzustellen, dass er nicht vorhatte, sich weiter zu diesem Thema zu äußern. Aber die Reporterin ignorierte das Signal.

„Und wenn Juroren nun doch gern andere als fachliche Kriterien anwenden würden?", fragte sie und blinzelte mit ihren angeklebten Wimpern. „Gibt es denn Absicherungen gegen das Protegieren oder das Diskriminieren von anderen Wettbewerbsteilnehmern?"

„Ich weiß nicht, ob Sie mit den Regeln und verbindlichen Vorschriften der Ausschreibung vertraut sind", sagte er in einem Tonfall, der eher zum Hemd gepasst hätte als zum T-Shirt, aber diese Klimperaugenpuppe musste mal einen Dämpfer kriegen. „Wenn ich Ihnen einen Tipp geben darf, dann lesen Sie sich die mal durch. Dort erfahren Sie, dass es eine ganze Reihe von Absicherungen gibt, unter anderem auch die, dass die Jurymitglieder weder direkte noch indirekte berufliche beziehungsweise finanzielle Interessen am Wettbewerbsergebnis haben dürfen und dass sie außerhalb der festgesetzten Besprechungen, Konsultationen und Evaluationssitzungen keinen persönlichen Kontakt mit Wettbewerbsteilnehmern aufnehmen dürfen. Genügt Ihnen das?"

„Absolut", sagte sie und öffnete einen Ordner, den sie bis jetzt unter dem Arm klemmen hatte. „Nur noch eine letzte Frage, Herr Beran, mit der Bitte um kurze Antwort."

Sie holte mehrere Fotos aus dem Ordner. Eins nach dem anderen zeigte sie ihm, woraufhin sie sie in die Kamera hielt.

„Ihr vertrauliches Treffen hier mit dem stellvertretenden Jury-Vorsitzenden am Sonntag, von dem einem unserer Rechercheteams ein paar Aufnahmen geglückt sind – hat das im Rahmen einer Konsultation oder einer Auswertungssitzung stattgefunden? Oder würden Sie es als nicht statthaften persönlichen Kontakt zwecks Erweckung eines finanziellen Interesses klassifizieren?"

Die Fotos musste irgendein geschickter Paparazzo geknipst haben. Sie waren vielsagend, das Lächeln der Reporterin noch vielsagender. Radim kapierte, dass einige Bomben halt in einer Live-Übertragung explodierten, begleitet von Zwitscherstimme und Klimperwimpern.

„Warum fragen Sie ihn denn nicht?" Eine schwache Reaktion, zu der er sich da aufgerafft hatte.

„Das haben andere für uns getan", antwortete sie. „Der stellvertretende Vorsitzende wurde aufgefordert, der Polizei eine Erklärung zu geben. In diesem Moment …"

Radim hörte ihr nicht mehr zu. Er konnte sich vorstellen, was sie sagte. Genauso wie er wusste, dass es keinen Sinn hatte, sich zu verteidigen oder etwas erklären zu wollen. Man würde ihn der versuchten Bestechung beschuldigen, und auch wenn es nicht genug Beweise gegen ihn gäbe, mit seiner Karriere war es vorbei. Er betrachtete das Modell vor sich. Ein schönes Gebäude wäre das gewesen, dachte er mit Bedauern. Schade, dass das Tschechische Zentrum in Shanghai nun jemand anderes bauen würde.

Sie saßen in einem Spezialraum, bestimmt für Vernehmungen von Kindern, den ihnen Lír zur Verfügung gestellt hatte. Er behauptete, momentan keinen anderen Raum frei zu haben, aber Marián hatte die Vermutung, dass er angeben wollte. Der Verhörraum war frisch eingerichtet, mit Märchenmotiven an den Wänden, farbigem Teppichboden und einem Haufen Spielzeug. Die Möbel rochen noch ganz neu, Luhans faltige Hände mit den hervortretenden Adern und den Trauerrändern unter den Fingernägeln spielten aus Verlegenheit mit einem Schweinchen aus Gummi herum. Jedes Mal, wenn sie das Tier zusammendrückten, gab es ein ängstliches Fiepen von sich.

„In der Nacht sind Sie aufs Klo gegangen, genauer gesagt auf den Hof. Sie hatten den Eindruck, dass aus Richtung von Valíks Gehöft Rauch herübergezogen kommt", zitierte Lída die Notizen des Ermittlers. „Sie sind auf den Dachboden gestiegen, um nachzuschauen, was das ist."

„Vom Hof aus kann ich nicht bis da rüber sehen", bellte Luhan. Er sprach, als sei er permanent sauer. „Ich hab die Dachluke aufgemacht und hab gesehn, dass es da hinten raus qualmt wie aus der Hölle."

„Wo hinten raus?"

„Na hinten aus dem Schornstein in der schwarzen Küche." Luhans Hand ballte sich aufgeregt zur Faust, das Schweinchen fiepte. „So ein elendes Luder."

„Wer?"

„Na der Schornstein. Das hat mir schon die alte Valíková gesagt, aber reparieren lassen hat sie ihn nicht. Und der Junge auch nicht."

„Und da haben Sie wegen dem Rauch gleich gedacht, dass es dort brennt?"

„Ich hab auch Licht gesehn. Erst hab ich mir gesagt, der Junge hat Licht an in der Scheune, aber mir war dann schnell klar, dass es dort brennt. Also hab ich die Feuerwehr gerufen."

Geballte Faust. Fiependes Schwein.

„Und Jáchym Valík?", mischte sich Marián ein. „Den haben Sie nicht versucht anzurufen?"

Der Bauer drehte sich mit dem ganzen Körper zu ihm um und starrte ihn an, als hätte er ihn erst jetzt bemerkt.

„Doch, hab ich", antwortete er nach einer Weile. „Aber er ist nicht rangegangen."

Marián nutzte es aus, dass er die Aufmerksamkeit des Bauern auf sich gezogen hatte, und beugte sich näher zu ihm hin.

„Herr Luhan, wie war die Beziehung zwischen Ihnen und Herrn Valík? Waren Sie befreundet? Hat er sich Ihnen anvertraut?"

„Mit was?"

„Zum Beispiel, dass er Hanf züchtet."

„Das erzählt einem doch keiner", feixte Luhan. Das Schwein fiepte. „Der Zapletal hat aber was gewittert. Eine anonyme Anzeige soll's gegeben haben. Der hat mir den Hof durchsucht. Ich sag zu dem, bin ich etwa 'n Kiffer? Ich hab ihm empfohlen, dass er mal beim Stašek gucken geht."

Marián horchte auf. Er holte sein Notizbuch aus der Innentasche.

„Milan Stašek?", fragte er nach kurzem Blättern. „Hat der eine Firma für Gemüselieferungen an Hotels?"

„Irgend so was. Der Vater von dem hat Parkinson. Wird erzählt, dass er das mit Hanf behandelt. Ob das stimmt, weiß ich nicht. Auf alle Fälle hab ich das dem Zapletal gesagt. Ich bin jedenfalls kein Kiffer!"

Zur Bestätigung seiner Aussage nagelte er das Schweinchen mit einem Faustschlag gegen die Tischplatte, sodass sein Fiepen besonders wehmütig klang. Lída erhob sich kurz und zog das Schweinchen kompromisslos ein.

„Hat Jáchym Valík Ihrer Meinung nach gekifft?", fragte sie. Luhan zuckte mit den Schultern.

„Woran soll ich'n das erkennen? Aber wundern würd's mich nicht. Der alte Valík, also der Vater vom Jáchym, der ist auch so 'n komischer Vogel gewesen. Der hatte auf dem Hof andauernd Gesellschaft. Die haben da solche Hippie-Sessions gemacht und meditiert, andauernd irgendwelche Musik … Noch mit vierzig hat der die Haare bis zum Arsch gehabt. Mit dem hat's auch kein gutes Ende genommen."

„Was denn für eins?", fragte Marián und stand auf. Er hatte gesehen, dass Lír den Nebenraum betreten hatte und ihm zuwinkte.

„Unfall mit dem Motorrad."

„Ist er dabei ums Leben gekommen?", fragte Lída.

„Das nicht, war nur ziemlich ramponiert, und …" Luhan versuchte sich zu erinnern. „Irgendeinen Verletzten hat's noch gegeben. Das ist dann vor Gericht gekommen und die haben ihn eingesperrt. Aber angeblich war das alles gezinkt."

„Gezinkt? Was meinen Sie damit?"

„Schuld am Unfall soll irgendein Herr Oberwichtig gehabt haben. So ein … Dings … Wie heißen die? Lobbyist. Der ist davongerauscht, damit er nicht pusten muss." Luhan feixte wieder. „Entweder hat der wen geschmiert, oder er hatte einen schlauen Rechtsanwalt. Wahrscheinlich alles beides. Die Bullen haben das Ganze jedenfalls Jáchyms Vater angehängt. Der soll plötzlich Schuld an dem Unfall gehabt haben. Drei Jahre hat der gekriegt und im Knast …"

Marián gab seiner Kollegin ein Zeichen, sie möge alleine weitermachen, verließ den Raum und schloss die Tür.

„Auf dem Festnetz ruft Ihr Kollege an", informierte Lír ihn. „Ich hab ihn hierher zu mir durchstellen lassen, damit Sie Ruhe haben."

„Sagt Ihnen der Name Milan Stašek was?", fragte Marián, während sie zu Lírs Büro gingen. „Angeblich liefert er Gemüse an Hotels aus."

Lír nickte. „Sein Vater hat früher mal bei einem Notar gearbeitet."

„Kennen Sie ihn gut?"

„Nicht besonders. Ein paar Mal hatte ich was mit ihm zu tun, aber das ist auch schon alles."

„Versuchen Sie mal, ihn aufzutreiben."

„Vater oder Sohn?"

„Den Junior. Am besten wär's, wenn er für einen Moment zu uns hierher kommen würde."

„Wegen der Brandermittlung?"

„Wir stellen ihm nur ein paar Fragen", sagte Marián ausweichend. Lír öffnete seine Bürotür. Er zeigte auf den Tisch mit Telefon und Bürostuhl.

„Machen Sie's sich bequem", sagte er. „Ich lass Ihnen einen Kaffee bringen. Oder lieber was Kaltes?"

„Kaffee wäre super."

Lír nickte und ging. Marián nahm den Hörer ab.

„Ich mach's kurz", sagte Diviš. „Aber setzt dich trotzdem mal lieber hin."

„Leg los", forderte Marián ihn auf und fläzte sich in den Stuhl des Dienststellenleiters. Er war bequem. Neben ihm stand ein niedriges Sideboard, das Lír zweifellos als Fußablage nutzte. Marián tat das jetzt auch. Er konnte sich gut vorstellen, dass man sich in dieser Position perfekt entspannte. Und die tutende Lokomotive als Klingelton bildete sicher eine außerordentlich angenehme Kulisse zum Einschlafen.

„Neuigkeit number one: Du hast die Wette gewonnen. Die Ergebnisse von der DNA-Analyse sind da."

Marián richtete sich ungeduldig auf und stellte die Füße wieder auf den Boden. „Ist das Sperma auf dem Bezug von Zapletal?"

„Das war nicht schwer zu erraten", sagte Diviš mit Nachsicht. „Zapletals DNA ist auch an den drei Kippen mit den Hortensienresten."

„Und an den anderen?"

„Nur an den dreien. Aber Vorsicht!" Diviš hob dramatisch die Stimme. „Neuigkeit number two: Die DNA der Partikel an Zapletals Handgelenk stimmt mit der DNA des Scheidensekrets überein, das wir in seinem Slip gefunden haben."

„Also können wir mit Sicherheit sagen, dass seine Sexualpartnerin ihm die Hände gefesselt hat", schlussfolgerte Marián. „Oder aber die Fesseln gelöst hat."

„Ich finde, das ist ein Beweis, dass sie zumindest an dem Mord beteiligt war. Die DNA-Ergebnisse von der Grygarová haben wir noch nicht, aber falls die damit übereinstimmen, dann können wir sie beschuldigen."

„Um halb zehn hat sie am Stadtrand von Kladno getankt. Ungefähr viertel elf hat Sedmera Zapletals Octavia in den Steinbruch fahren sehen. Ihm zufolge haben zwei Leute dringesessen", gab Marián zu bedenken und legte die Füße wieder auf dem Sideboard ab.

„Das hätte sie schaffen können. Zum Beispiel mit Valík auf dem Motorrad."

Es war verblüffend, wie oft Diviš Mariáns eigene Gedanken aussprach.

„Sie hätte nach Hause kommen können, dort erzählt sie dem Valík, dass der Schuss nicht getroffen hat, beide setzen sich aufs Motorrad …" Diviš stockte. Er hatte gerade die Schwachstelle seiner Hypothese enthüllt. „Allerdings würde das bedeuten, dass die Grygarová irgendwo zu Zapletal ins Auto gestiegen ist. Dann wäre sie's gewesen, die Sedmera gesehen hat."

„Und wo war Valík?"

„Der hat sie verfolgt. Der hätte problemlos mit ihnen bis runter zum Wasser fahren können. Wir nehmen bei der Maschine Vergleichsabdrücke …"

„Nehmen wir nicht." Marián ließ ihn gar nicht erst ausreden. „Die ist mit verbrannt. Außerdem, lies noch mal den Bericht von den Technikern. Außer Zapletal hat sich da bei dem Felsen nur noch eine andere Person rumgedrückt. Und nur eine Person hat das Auto ins Wasser geschoben. Außerdem hat die Grygarová beim Verhör ausgesagt, dass sie Zapletal auf der Landstraße verloren hat. Wenn das stimmt, dann hat sie nicht gewusst, wo er hinwollte. Und falls es nicht stimmt …"

Es klopfte. Marián nahm die Füße vom Sideboard.

„Falls es nicht stimmt und sie ihn nicht verloren hat, warum soll sie dann zurück nach Kladno gefahren sein?", ergänzte Diviš ganz logisch Mariáns Gedanken. Das Büro betrat eine ältere Frau mit einem Tablett. Wortlos stellte sie es auf dem

Tisch ab, lächelte und gab Marián durch eine Bewegung zu verstehen, er möge zugreifen. Außer Kaffee war auf dem Tablett ein kleiner Teller mit Fleischsalat und ein Hörnchen.

„Na Sie fahren ja hier auf! Vielen Dank." Marián lächelte die Frau an und begleitete sie mit Blicken zur Tür.

„Was fahren die dort für dich auf?", fragte Diviš neugierig.

„Ich hab Kaffee, Fleischsalat und Hörnchen gekriegt", prahlte Marián und biss dem Hörnchen das knubbelige Ende ab. Über seinen Gaumen ergoss sich ein delikates Rosmarinaroma, verfeinert durch Butter. Das kam unerwartet, fast schockierend. Bisher hatte er Kladno nicht für eine große Touristenattraktion gehalten. Aber gerade hatte er seine Meinung geändert. Die Reise hierher hatte sich bezahlt gemacht.

„Schade, dass du nicht mit hier bist, du würdest auch auf deinen Geschmack kommen", sagte er zu Diviš. „Also, was hast du sonst noch für mich?"

„Eine Besprechung beim Chef." Diviš revanchierte sich für Mariáns Schadenfreude. „Er will einen detaillierten Bericht. Um zwei."

„Und Kamil Žantovský? Hast du den angerufen?"

„Er kapiert nicht, warum die alte Zapletalová seine Nummer in ihrem Notizbuch stehen hatte. Angeblich hat sie ihn nie angerufen und er sie auch nicht."

„Hat denn der Herr Ökologe für Sonntagabend ein Alibi?"

„Das hat er – noch nicht gecheckt –, und meiner Meinung nach hat er auch kein Motiv."

„Oder wir kennen es bloß noch nicht. Überprüf mal das Alibi. Sonst noch was?"

„Das ist jetzt, glaube ich … Nein, wart mal, hätt ich fast vergessen: Weißt du, dass sie den Beran verhaftet haben?"

Yadira waren die Testbögen aus der Hand gefallen, sie hatten sich über die Treppe verteilt. Mit Hilfe ihrer Schüler sammelte sie sie wieder ein. Seit dem Moment, als sie *es* erfahren hatte, fiel ihr wirklich alles aus der Hand. Auch ihr Notebook, in dem sie die Nachricht gelesen hatte. Es war nicht kaputtgegangen, aber auch wenn es in tausend Stücke zersprungen wäre, hätte das ihr Entsetzen nicht weiter steigern können. *Der Architekt Radim Beran ist von der Polizei in seinem Büro festgenommen worden …*

„Dankeschön", sagte sie zu einer jungen Frau, die ihr die aufgesammelten Zettel reichte.

„Keine Ursache", antwortete die und lächelte. Bestimmt wusste sie noch nichts von dem Skandal. Und vielleicht würde er sie auch gar nicht interessieren. Bestechungsaffären gab es viele, niemand schenkte ihnen besondere Aufmerksamkeit. Auf einen aufgedeckten Fall kamen angeblich hundert unaufgeklärte. Radim gehörte zu den kleinen Fischen. Aber zu den exklusiven. *Das Bestechungsangebot hatten Investigativjournalisten von Genau-TV enthüllt, nachdem ein nicht namentlich genanntes Jurymitglied ihnen einen Tipp …*

Yadira setzte ihren Weg zum Sekretariat fort, erwiderte die Grüße ihrer Schüler und Kolleginnen, an denen sie vorbeiging, und dachte über das Geld nach. Endlich klärte sich dieses Rätsel auf, über das sie schon längere Zeit nachgegrübelt hatte. Radim hatte sie zwar vor einer Weile über den Verkauf von Aktien informiert, aber wozu er das Geld brauchte, hatte er nicht gesagt.

„Eine wichtige Investition", mit diesen Worten hatte er ihre Frage ins Leere laufen lassen, und sie hatte nicht weiter nachgehakt. Nie hatte er vor ihr alle Karten vollständig auf den Tisch gelegt. Finanzielle Angelegenheiten betrachtete er als seine private Domäne und Yadira akzeptierte das. Beide hatten sie ihre Bereiche, in die sie den anderen nicht hineinließen. Sie war davon ausgegangen, dass er den Betrag in den Kauf von anderen Wertpapieren oder Baugrundstücken investieren wollte; ihr wäre doch im Leben nicht eingefallen, dass er das Geld brauchte, um jemanden zu bestechen! Er war schließlich eine ehrliche Haut. Zumindest hatte sie das bis heute geglaubt. Die Schlagzeilen im Internet sprachen eine andere Sprache: *Der stellvertretende Juryvorsitzende gab unter der Last der Beweise ein vertrauliches Treffen mit dem Architekten Radim Beran zu, der ihn in seinem Wochenendhaus im Riesengebirge aufgesucht hatte. Das Treffen sei rein freundschaftlicher Natur gewesen, gab er an. Gleichzeitig wies er Verleumdungen scharf zurück, er habe Geld angenommen …*

Als Yadira zum Sekretariat abbog, klingelte ihr Handy. Nervös holte sie es aus der Handtasche.

„Beranová", meldete sie sich.

„Holina", ertönte es am anderen Ende resolut. „Ich bin der Ermittler, vor dem sich Ihr Mann gestern versteckt hat und den Sie heute anrufen sollten."

„Verzeihung, hab ich vergessen", entschuldigte sie sich. Sofort aber ärgerte sie ihre eigene Entschuldigung. War sie etwa nicht in einer Situation, in der so ein Versäumnis mehr als nachvollziehbar war? Sie hob die Stimme. „Offenbar haben Sie nicht mitbekommen, dass Ihre Kollegen heute Morgen meinen Ehemann festgenommen haben!"

„Natürlich habe ich das", sagte er leger. „Unsere Freunde aus der Antikorruptionsabteilung machen gute Arbeit. Aber mit unserem Fall und Ihrer Zeugenaussage hat das nichts zu tun. Wann werden Sie hier erscheinen?"

„Heute wahrscheinlich nicht mehr", sagte sie. „Ich weiß nicht, wo mir der Kopf steht."

„Ihre *expresión* gefallen mir zusehends besser."

„*Expresiones*", korrigierte sie ihn ganz automatisch. Sie überlegte, wie sie sich herausreden könnte, um damit bei ihm keinen Verdacht zu erwecken. Am besten, sie schlüge einen konkreten Termin vor.

„Ich schau mal in meinen Timer." Sie raschelte mit dem Stapel Testbögen, damit es so klang, als blättere sie. „Morgen zur Mittagszeit? Oder halb fünf?"

Er suchte sich den Mittag aus. „Melden Sie sich beim Pförtner, ich hole Sie dort ab. Auf Wiedersehen."

Er hatte das Gespräch beendet, noch ehe sie antworten konnte. Langsam atmete sie aus. Erst jetzt wurde ihr klar, wie angespannt sie die ganze Zeit gewesen war. Aber es war ja alles gut. Holina würde sie morgen Mittag erwarten. Jetzt musste sie sich erst einmal um den heutigen Tag kümmern.

Sie schaute ins Sekretariat hinein. Eva Čejdová, kaufmännische Leiterin, Sekretärin und Yadiras rechte Hand, stand vor der Planungstafel und überklebte die Felder mit den Vertretungsstunden. Die Ersatzlehrkräfte waren bereits für die ganze Zeit von Yadiras Urlaub eingetaktet, aber ein paar Verschiebungen im Stundenplan mussten fortlaufend angepasst werden. Kaum hatte sie Yadira gesehen, eilte sie zu ihr und umarmte sie.

„Keine Angst, das wird sich aufklären." Sie versuchte ihr Mut zu machen, aber man sah, dass sie selbst ganz mitgenommen war. „Bestimmt ist das ein Missverständnis."

„Ein Missverständnis?" Yadiras Nervosität wuchs wieder an. *Malentendido?* Dieser Ausdruck hatte für sie den bedrohlichen Beigeschmack von Polizeiwillkür und repressiven Maßnahmen, an die sie sich noch aus Kuba erinnern konnte. Für viele Menschen, die sie zu Hause kannte, war ein *malentendido* zur Fahrkarte nach Boniato, Kilo oder in ein anderes Gefängnis geworden. Ihre Cousine Mariluz war einmal gerade noch so davongekommen. Sie war auf einem illegalen Konzert von Los Aldeanos festgenommen worden, und nur mit Hilfe eines korrupten Beamten war es der Familie gelungen, sie da wieder rauszukriegen. Kuba war ein Wunderland. Beweise entstanden, als hätte jemand einen Zauberstab geschwenkt, und genauso magisch konnten sie auch wieder verschwinden. *Abracadabra pata de cabra!* Jedem konnte es passieren, dass er sich von einer Minute auf die andere hinter Schloss und Riegel wiederfand, und es war nicht gesagt, dass sich die wieder öffneten. Aber Prag war nicht Havanna. Für eine Anschuldigung oder einen Haftbefehl brauchte die hiesige Polizei dann doch einen triftigen Grund, versuchte Yadira sich selbst zu überzeugen. Sie wusste nicht, ob sie dieser Gedanke besänftigen oder eher beunruhigen sollte.

„Weißt du schon was Genaueres?", fragte Eva.

„Vorhin hat mich sein Assistent angerufen. Er hat gesagt, dass sie Radim vorläufig festgenommen haben und er jetzt in einer Zelle in der Regionaldirektion sitzt. Er hat mir sogar die Nummer rausgesucht. Ich hab dort angerufen, aber angeblich können sie mir keine Informationen geben. Ich weiß auch nicht, was ich machen soll."

Sie spürte, wie sie ihre Besonnenheit verließ. Demnächst hätten sie sich zu Hause treffen, das Gepäck einladen und gemeinsam zum Flughafen fahren sollen. Sie wollten dort in Ruhe noch einen letzten gemeinsamen Kaffee vor dem Abflug trinken. Besprechen, was noch zu besprechen war. Radim hatte ihr zwar über seinen Assistenten ausrichten lassen, sie möge sich nicht beunruhigen und auf keinen Fall etwas an ihren Plänen ändern, aber seine Festnahme veränderte absolut alles. *Beran und der stellvertretende Juryvorsitzende versichern, dass es um ein zinsloses Darlehen gegangen sei und keineswegs um Bestechung ...*

„Trink einen Kefir", riet ihr Eva und ging zum klingelnden Telefon. „Und versuch's mal mit einem Stoßgebet zu deiner Schutzheiligen."

Yadira berührte ihr Medaillon. Natürlich hatte sie der Cachita bereits ihre Furcht anvertraut. Die Jungfrau hatte sie erhört, ihr aber noch keinen Weg gezeigt. Sie ließ sich Zeit.

„Haben Sie denn nichts Besseres zu tun, als am Leben von anderen zu parasitieren? Schämen sollten Sie sich", tadelte Eva jemanden am Telefon und legte auf.

„Die Presse?", fragte Yadira.

„Jemand vom Radio. Sie wollten ein Telefoninterview mit dir machen." Zornig schüttelte sie den Kopf. „Das geht heute hier garantiert am laufenden Band so weiter."

Das Telefonat hatte in Yadira neue Befürchtungen geweckt. An die Medien hatte sie bis jetzt noch gar nicht gedacht. Jetzt fiel ihr ein, dass die Reporter vielleicht auch zu ihnen nach Hause kämen. Sie würden in der Straße parken, zu ihren Fenstern hereinschauen und in den Garten, einen Kommentar einfordern; sie wären in der Lage, sie bis zum Flughafen zu verfolgen. Das musste sie verhindern. Den Journalisten musste sie um jeden Preis aus dem Weg gehen.

„Sei so nett und sag allen Kollegen, dass sie niemandem irgendwelche Infos geben", bat sie Eva. „Sie sollen mit niemandem reden. Lasst niemanden, der in der Schule nichts zu suchen hat, hier rein."

„Ich kümmere mich gleich darum."

„Wart mal. Würdest du noch was für mich tun?"

„Alles, was dir irgendwie weiterhilft", antwortete Eva sachlich. Yadira wusste, dass sie sich auf sie verlassen konnte. Sie waren nicht eng befreundet, aber fünf Jahre gemeinsamer Arbeit hatten aus ihnen ein reibungslos funktionierendes Tandem gemacht. Sie wussten, was eine von der anderen erwarten konnte.

„Ich hab Angst, dass sich einer von den Paparazzi an mich ranhängt. Ich lass mein Auto vor der Schule auf dem Parkplatz und …"

Zur Sicherheit schloss Yadira die Tür und senkte die Stimme. Das, um was sie ihre Kollegin bitten wollte, war nicht für fremde Ohren bestimmt.

In Zdeněks Büro war es schwül, aber diesmal wechselten sie nicht in die Kantine. Sie brauchten Ruhe. Der Fall Zapletal hatte unerwartet Fahrt aufgenommen; sie mussten alle verfügbaren Informationen auswerten und die Fakten aufbereiten. In den letzten paar Stunden war eine erhebliche Menge davon hinzugekommen, die meisten von ihnen deuteten auf eine neue Ermittlungsrichtung hin.

„Jáchym Valík, geboren 20. Juni '79, gelernter Gärtner, Führungszeugnis ohne Eintragung", referierte Diviš und ließ dabei ein Foto von Valík herumgehen. „Mit Hedvika Grygarová hat er auf dem Hof seit sechs Jahren gelebt – praktisch seitdem seine Mutter und Schwester von dort nach Nymburk gezogen sind. Angeblich hatten die beiden Heiratspläne. Grygarová arbeitet bei Kaufland, aber mit dem Gemüse, da will sie ihm geholfen haben."

„Nur mit dem Gemüse, oder auch mit dem Gras?", fragte Zdeněk.

„Sie muss über die Plantage Bescheid gewusst haben", antwortete Marián bestimmt. „Die haben das da alles gemeinsam betrieben. Das ist, glaube ich, der Hauptgrund, dass sie die Pistole rausgerückt hat. Sie hatte Angst, dass wir bei ihnen auf dem Hof eine Hausdurchsuchung machen."

„Laut Luhan, dem Bauern vom Nachbarhof, hat Zapletal eine anonyme Anzeige gekriegt, dass in der Gegend jemand Hanf anbaut." Lída übernahm jetzt die Stafette. „Luhan hat nichts von der Plantage gewusst, aber er hat den alten Herrn Stašek verpfiffen, der mit Cannabis seinen Parkinson behandelt. Zapletal hat dann offenbar rausgefunden, wer Stašek den Stoff liefert und hat dadurch Valík erwischt. Mit ihm und der Grygarová hat er dann einen Deal gemacht. Sie mussten ihn ausgiebig versorgen, und das hat ihm gereicht, um nicht nur seinen eigenen Bedarf zu befriedigen, sondern auch, um sich die Gunst der Damen zu erkaufen."

„Oder er hat die Gunst mit dem Gras zumindest befördert", präzisierte Diviš.

„Er hatte eine überdurchschnittlich starke Libido. Ich hab mir sein Horoskop anfertigen lassen", sagte Marián. „Die Sonne im Widder, Aszendent Skorpion und eine ganze Reihe von Aspekten, die eine starke sexuelle Energie andeuten. Er hat sich die Frauen nach dem Typ seiner Mutter ausgesucht, mit der er eine komplizierte Beziehung hatte. Entsprechend hat er sich auch seinen Partnerinnen gegenüber benommen. Das belegt unter anderem auch die Position des Mondes."

Im Büro herrschte auf einen Schlag absolute Stille. Alle starrten Marián an.

„Du hast dich auf die Sterndeuterei verlegt?", fragte Zdeněk amüsiert. Marián hatte mit Spott gerechnet. Trotzdem hatte er sich dazu entschlossen, die astrologischen Erkenntnisse zu behandeln wie die anderen Fakten auch. Er wollte nicht verheimlichen, dass er sie für wichtig hielt.

„Die moderne Astrologie ist eigentlich Psychologie", sagte er in einem Ton, der weder ein Spötteln noch Einwände gestattete. „Zum Beispiel in Ungarn wird schon ganz normal damit gearbeitet. Ich sehe keinen Grund, warum wir sie nicht mit zu den Methoden zählen sollten, die unsere Ermittlungen unterstützen können. Ein erfahrener Astropsychologe kann nicht nur das Profil des Opfers erstellen, sondern auch das des Täters, und uns hilft das beim Einengen und Präzisieren der Fahndung."

„Ich war immer davon ausgegangen, dass uns vor allem die moderne Forensik hilft", merkte Lída trocken an.

„Die ist aber auch kein Allheilmittel", schmetterte Marián ihren Einwand ab. „Wir müssen immer im Hinterkopf haben, dass ein Verbrechen erst die Reaktion auf ein Problem der Seele ist. Die Wurzeln eines Verbrechens liegen in der Psyche."

„Da wäre ich nie drauf gekommen." Zdenĕks Stimme war schneidend vor Sarkasmus. „Könntest du uns mal ein Beispiel geben und unserer Vorstellungskraft ein bisschen auf die Sprünge helfen?"

„Zum Beispiel habe ich den Mars und den Saturn in Opposition und bringe meinen Chef um, weil er mich schikaniert. Jemand anderes würde einfach kündigen, aber ich reagiere mit Verspätung auf Schikanen, die ich in meiner Kindheit nicht bewältigt habe. Begreifst du, Zdenĕk?" Marián sah seinem Vorgesetzten fest in die Augen. Er war sich nicht sicher, wie er diese Parabel verkraften würde. „Ob's dir nun gefällt oder nicht, ich werde ab sofort die astrologische Analyse in meine Methodik eingliedern."

„Von mir aus kannst du auch aus deinem Kaffeesatz lesen oder aus Schafsleber oder was du willst, Hauptsache, du legst mir einen abgeschlossenen Fall auf den Tisch."

„Beim Mord an Zapletal spielt der Merkur eine wichtige Rolle. Er regiert die Sternzeichen Zwillinge und Jungfrau. Und Jáchym Valík war Zwilling ..."

„Also ist er deiner Meinung nach der Verdächtige Nummer eins?", unterbrach ihn Zdenĕk ironisch.

„Es gibt eine ganze Reihe von rationalen Gründen, warum wir ihn verdächtigen", sagte Lída energisch. „Wenn Marián gestattet, lasse ich den Merkur mal links liegen und komme zu den irdischen Beweisen zurück."

Sie holte eine Zigarre aus der Jackentasche, ließ sie vor der Nase vorbeiziehen und schlug ihr Notizbuch auf. Marián sah, dass sie sich auf der letzten Seite eine Tabelle mit verschiedenfarbigen Spalten gemacht hatte, die mit ihrer unleserlichen Miniaturhandschrift ausgefüllt waren.

„Ich hab das mal sortiert und geh die einzelnen Punkte durch", schickte sie voraus. „Vor zwei Jahren ist Zapletal bei Valík auf die Hanfplantage gestoßen. Er hat ihm die Pistole auf die Brust gesetzt: Entweder meldet er's und Valík geht in den Knast, oder Valík versorgt ihn ab jetzt mit dem Zeug. Valík hat sich für die zweite Möglichkeit entschieden. Zapletals Verbrauch ist gestiegen. Der Obduktionsbefund zeigt, dass er süchtig war. Und Drogenabhängigkeit hat in der Regel negative Auswirkungen auf die Sexualität. Allerdings hat der Graskonsum Zapletal nicht daran gehindert, ein aktives Sexualleben zu führen. Er stand auf sehr junge Damen."

„Außer Yadira Beranová", merkte Marián an.

„Richtig. Die stellt als Typus und mit ihrem Alter eine Ausnahme dar", räumte Lída ein. „Aber Hedvika Grygarová gehört genau zu dem Typ Mädchen, die Zapletal gefallen haben."

„Bei der Vernehmung hat sie gesagt, dass er ihr das immer unmissverständlich zu verstehen gegeben hat", schaltete Diviš sich ein. „Und das ist ihr unangenehm gewesen."

„Am Samstag nach der Spätschicht hat er auf sie gewartet, und unter dem Vorwand, dass er sie nach Hause bringt, ist er mit ihr in den Wald gefahren, wo er sie vergewaltigt hat."

„Beweise?", fragte Zdeněk.

„Reichlich. Die Untersuchung der Stelle ist nach wie vor im Gange", sagte Marián. „Die Grygarová hat Zapletal die Dienstpistole abgenommen. Sie verheimlicht nicht, dass sie entschlossen war, ihn zu erschießen. Der Versuch ist schiefgegangen, aber sie hat nicht aufgegeben. Sie ist ihm hinterhergefahren …"

„Moment mal! Irgendwie verlier ich den Faden", unterbrach ihn Zdeněk. „War das eine Einzelaktion von ihr, oder hat sie sich mit ihrem Hanfzüchter da zusammengetan."

„Von der Vergewaltigung hatte sie Valík erzählt. Von ihrem Plan, Zapletal zu erschießen, hat der angeblich nichts gewusst."

„Der Bauer da hat ausgesagt, dass er Zapletal am Sonntagabend ungefähr um sechs vorm Tor von Valíks Hof gesehen hat. Angeblich ist Valík zu ihm ins Auto gestiegen und hat eine Weile mit ihm drin gesessen", sagte Lída. „Ich hab darüber nachgedacht, warum wohl."

„Und zu welchem Schluss bist du gekommen?", fragte Marián.

„Er könnte ihm gedroht haben."

„Nein." Diviš schüttelte kategorisch den Kopf und zog sein grimmiges Gesicht, das Marián nur allzu gut kannte und von dem er wusste, was es bedeutete: Der Schüler stellte sich auf die Hinterbeine. „Valík war zu der Zeit schon fest entschlossen, dass er Zapletal umbringt."

„Warum glaubst du das?"

„In dem Auto hat er ihm die Hortensien untergejubelt. Die waren in genauso einem Tütchen wie sonst das Gras. Ist doch sonnenklar! Das Tütchen haben sie leer in Zapletals Hosentasche gefunden, andere Fingerabdrücke als die von ihm waren nicht dran, die Kippen lagen auf dem Boden um das Auto herum. Ich bin überzeugt, dass Zapletal gar nicht gewusst hat, was er da raucht."

Zdeněk sah Diviš verdattert an und Marián verstand, dass er in der Flut an Informationen tatsächlich etwas unterging. Kein Wunder. Der Fall Zapletal war nach allen Seiten ungewöhnlich ausgewuchert. Sogar sie selber, obwohl sie Schritt für Schritt vorgingen, konnten sich nur schwer orientieren. Alle zusammengetragenen Fakten im richtigen Kontext und innerhalb von wenigen Minuten zu deuten, war eine übermenschliche Aufgabe. Aber sie konnten nichts anderes tun, Zdeněk bestand auf den täglichen Besprechungen.

„Was für Hortensien?", fragte er irritiert.

„Wir hatten noch keine Zeit, dir das zu sagen, aber der Cyanwasserstoff in Zapletals Lunge stammte höchstwahrscheinlich daher, dass er Hortensien geraucht hat", informierte ihn Marián. „Das hat bei ihm zur Bewusstlosigkeit geführt.

Wie gesagt: Wenn er nicht ertrunken wäre, dann wäre er vermutlich erstickt."

„Übrigens, heute Vormittag bin ich auf eine Pressemitteilung von der Polizei Nürnberg gestoßen", meldete sich Diviš erneut zu Wort. „In Bayern ermitteln sie in immer mehr Fällen von Hortensiendiebstahl aus Parks und Gärten. Manchmal sind das richtige nächtliche Raubzüge. Die Diebe ernten eine ganze Straße oder ein Dorf ab. Geraucht wird das meistens von jungen Leuten. Blüten, Blätter, Knospen."

„Was ist bloß mit der Jugend los?", klagte Zdeněk. „Haben die keinen Spaß mehr an Marihuana?"

„Hortensien haben angeblich den gleichen Effekt wie Gras und sie sind leicht zugänglich. Die wachsen an jeder Ecke", erläuterte Marián. „Legal. Aber sie können zu lebensgefährlichen Vergiftungen führen."

„Und du denkst, Valík hat das gewusst?"

„Das denke ich nicht, das haben wir bestätigt bekommen."

Endlich waren sie beim Kern der Sache.

„Valíks Vater ist genau an so einer Vergiftung gestorben, als er seine Strafe für den Verkehrsunfall mit Körperverletzung abgesessen hat. Er hat im Gefängnis Hortensien geraucht, hat's übertrieben und ist erstickt."

„Von wem haben Sie das?"

„Von Luhan", antwortete Lída. „Dem Bauern."

„Und von Milan Stašek", fügte Marián hinzu. „Der Sohn von dem mit Parkinson."

„Und zur Sicherheit haben wir das auch gleich noch direkt im Gefängnis überprüft …"

Auf Zdeněks Tisch klingelte das Telefon. Er nahm den Hörer ab.

„Zehn Minuten wird das doch wohl Zeit haben!", kläffte er. Die Stimme am anderen Ende überzeugte ihn aber offensichtlich, dass dem nicht so war. Zdeněk versteinerte, den Hörer ans Ohr gepresst, den Blick starr geradeaus gerichtet. Marián begriff, dass etwas passiert war. Offenbar etwas Schlimmes. Davon zeugte nicht nur Zdeněks Blick, sondern auch das nervöse Rupfen, mit dem er sich den Hemdkragen lockerte.

„Wo?", fragte er. Dann stand er auf. „Ich fahre."

Er knallte den Hörer hin. Alle sahen ihn gespannt an.

„Was ist denn?", wagte Lída zu fragen.

„Rosťa hatte einen Unfall." Zdeněk schob seinen Stuhl zurück und ging eilig Richtung Tür. „Bei der Verhaftung von dem Inkasso-Typen hat's eine Auseinandersetzung gegeben. Sie sind beide aus dem Fenster gestürzt."

„Wie steht's?"

„Der Geldeintreiber hat's schon hinter sich. Rosťa wird gerade ins Krankenhaus gebracht. Soll nicht gut aussehen."

Sabinas Telefon verkündete wiederholt, die angerufene Nummer sei zur Zeit nicht erreichbar. Marián stand an seinem Bürofenster und sah nach draußen. Die Luft waberte über dem aufgeheizten Asphalt des Innenhofs herum, Mariáns Gedanken benahmen sich auch nicht anders. Sein Kopf surrte wie eine Hochspannungsleitung, er war überzeugt, dass sein Herz mit doppelter Geschwindigkeit schlug, er spürte ein Vibrieren in der Magengrube und hatte Darmkrämpfe. Schon zweimal hatte er es gerade noch so bis aufs Klo geschafft, gleich würde er ein drittes Mal losrennen. Intensive physische Reaktionen auf das Unglück seiner Nächsten begleiteten ihn von Kindesbeinen an. Der Tod seiner Mutter, der Tod von Tante Jozefína, der Tod von Darja – Wendepunkte seines Lebens, die er ausnahmslos als Kranker durchlebt hatte. Ihm ging durch den Kopf, dass alle Menschen, die in seinem Leben eine wichtige Rolle gespielt hatten, von einer Tragödie heimgesucht worden waren. Und jetzt war also Sabina an der Reihe. Er versuchte sich vorzustellen, in welcher Situation sie die Nachricht erreicht hatte, wie ihre erste Reaktion gewesen war, was sie jetzt gerade fühlte. Er griff in seine Innentasche, um noch einen Anrufversuch zu starten, als plötzlich das Telefon selbst anfing zu klingeln.

„Ja?", sagte er hektisch, ohne aufs Display geschaut zu haben.

„Čáp", ertönte es am anderen Ende anstelle von Sabinas Stimme, die er erwartet hatte. „Herr Kriminalrat Holina?"

Ein paar Sekunden dauerte es, eher er sich orientiert und dem Namen ein Gesicht und die Gestalt des großgewachsenen Technikers zugeordnet hatte, der bei der Durchsuchung von Zapletals Mansarde dabei gewesen war und das Pornoarchiv jugendfrei gemacht hatte, damit sie es den Zeugen zeigen konnten.

„Guten Tag, Herr Čáp." Mit großer Mühe lenkte er seine Gedanken wieder zur Arbeit zurück. „Was haben Sie für mich?"

„Ist eigentlich kaum der Rede wert. Wollen Sie vielleicht kurz vorbeikommen?"

Trotz seiner Unkonzentriertheit spürte Marián, dass der Techniker ihn nicht anrief, um im etwas zu zeigen, was nicht der Rede wert war.

„Geht es um die Sachen, die wir bei der Durchsuchung bei Frau Zapletalová beschlagnahmt haben?", fragte er.

„Hm, die Disketten und noch … noch so …" Er rückte einfach nicht mit der Sprache raus. Mariáns Ungeduld nahm zu, der Druck in seinen Eingeweiden ebenfalls. „Noch so Kleinkram von Zapletal."

Das Klo war ungefähr dreihundert Meter von Mariáns Büro entfernt. Er ging auf den Flur. Gleich könnte es zu spät sein.

„Seinen Rechner meinen Sie?"

„Der ist uninteressant."

Marián versuchte vergeblich, sich zu erinnern, was sie bei Zapletal noch einkassiert hatten.

„Also kommen Sie vorbei?"

„Bis wann sind Sie heute noch da?" Er stand inzwischen vor der Tür zu den Klos.

„Mindestens noch eine Stunde."

„Bin gleich da."

Er beendete das Gespräch. Höchste Eisenbahn.

Nina sah angestrengt in den Rückspiegel. Das Auto, das schon seit Bílá Hora hinter ihnen herfuhr, war an der letzten Ampel abgebogen. Es waren also keine Paparazzi gewesen.

„Ruf sie an, dass wir jetzt da sind", sagte Eva Čejdová. Sie wirkte ruhig, aber die Gelenke ihrer Hände, mit denen sie das Lenkrad umklammerte, waren knallweiß. Am Hals hingegen hatte sie rote Flecken bekommen. Sie versuchte, ihre Nervosität hinter einem Lächeln zu verstecken, aber es wirkte verkrampft. Nina rief Yadira an. Sie ging sofort ran.

„Wo seid ihr?"

„Wir biegen gerade auf die Evropská Richtung Flughafen ein." Eva fuhr über die Kreuzung und reihte sich in die rechte Spur ein. „Und wo bist du?"

„An der Rutsche."

Nina schaute aus dem Fenster. Auf dem Kinderspielplatz vor dem McDonald's-Flachbau erkannte sie Yadiras geblümtes Kleid. „Ich seh dich."

Eva bog zum Parkplatz ab. Sie hielt an und wartete. Yadira verließ im langsamen Schlenderschritt den Spielplatz und kam in ihre Richtung. Sie trug eine Sonnenbrille und hatte ein leichtes Tuch wie eine Art Hidschab um den Kopf gelegt. Sie war kaum wiederzuerkennen, trotzdem hatte sie zur Sicherheit das Gesicht zu Boden gesenkt. Sie stieg hinter Nina ein und Eva fuhr los. Nina scannte die Umgebung.

Weder vom Parkplatz noch aus einer der Nebenstraßen kam ein Auto.

„Die Luft ist rein", sagte sie, ließ aber nach wie vor die Augen nicht vom Rückspiegel.

„Wie ging's zu Hause?", fragte Yadira. Sie nahm Brille und Kopftuch ab; die Haare klebten schweißnass an ihren Schläfen. Sie fuhr mit der Hand hindurch und schüttelte kräftig den Kopf.

„Das Telefon hat fast ununterbrochen geklingelt. Erst bin ich rangegangen, weil ich dachte, dass Pa sich melden könnte. Aber es sind immer Journalisten gewesen. Da haben mindestens zwanzig angerufen."

„Haben sie nur angerufen oder sind auch welche vorbeigekommen?"

„In der Straße habe ich keinen einzigen gesehen. Du brauchst keine Angst zu haben, an uns hat sich keiner rangehängt. Für alle Fälle sind wir immer im Zickzack gefahren."

„Ich bin sogar durch die Tiefgarage von einem Kaufhaus gegurkt!" Eva musste lachen. Nun, da sie Yadira eingesammelt hatten und auf dem Weg zum Flughafen waren, fiel die Nervosität ein wenig von ihr ab. Nina kam der Gedanke, dass ihr das Versteckspiel vielleicht sogar Spaß machte. Im Schulsekretariat erlebte sie so was garantiert nicht. Yadira drückte ihr von hinten dankbar die Schulter.

„Ich danke dir, meine Liebe."

„Freu dich nicht zu früh, noch sind wir nicht da."

Und wenn wir dort sind?, dachte Nina. Gibt es dann etwa einen Grund zur Freude? Sie sah sich nach Yadira um.

„Hast du mit Pa gesprochen? Ich meine nach der …" Sie wollte Verhaftung sagen, hatte sich aber rechtzeitig auf die Zunge gebissen. In Yadiras Blick konnte sie Angst lesen. Tiefe, unüberwindliche Angst. Alles, was die Polizei betraf, verband sie mit ihren Erfahrungen aus Kuba. Das alles rief in ihr Erinnerungen an die staatliche Willkür wach, die in die Schicksale ihrer Freunde und Verwandten eingegriffen hatte und gegen die in ihrer Heimat niemand wirklich immun war. Auch diejenigen, die es geschafft hatten, rauszukommen, trugen den Bazillus der Angst weiter in sich.

„Sie haben gesagt, dass ich nicht mit ihm sprechen kann. Aber er soll sich schon mit einem Rechtsanwalt in Verbindung gesetzt haben."

Natürlich hat er das; Vater wusste ganz genau, wie vorzugehen war. Nina konnte sich ihn regelrecht vorstellen: Er sprach wohlüberlegt, verhielt sich ruhig, stand über den Dingen. Ein Mann von Format. Allerdings war das nur gespielt. Eine Fassade, die schon seit einigen Tagen immer mehr Risse bekam. Die sahen die anderen vielleicht nicht, aber Nina konnte er nicht hinters Licht führen. Sein gesellschaftliches und berufliches Image, ein Gebäude, an dem er mit so viel Sorgfalt viele Jahre gearbeitet hatte, wies Mängel in der Statik auf. Es kam ins Rutschen. Nur wenig fehlte, und es würde komplett in sich zusammenstürzen.

„Kannst du mal lauter machen?", sagte Yadira. Eva drehte am Radioknopf. Es ertönte ein Zeitsignal und dann der Nachrichtenjingle. Alle drei lauschten aufmerksam.

„Die Gewalt im palästinensisch-israelischen Konflikt nimmt weiter zu ... Eine nächste Flüchtlingstragödie vor der afrikanischen Küste ... Ein internationales Tribunal verurteilte ... Zahlreiche Opfer forderten erneute Luftangriffe ..." Wichtige Ereignisse. Aber Wichtigkeit war nichts als ein Begriff. Sehr relativ. Auch wenn sie sich dafür schämte, ließ Nina doch der Tod weit entfernter Menschen kalt, während sich ihr Herz angesichts des Schicksals eines Prager Architekten zusammenkrampfte.

„Die Ermittlungen im Zusammenhang mit dem geplanten Tschechischen Zentrum in Shanghai gehen weiter. Beide festgenommenen Männer wurden von der Polizei vernommen. Der Rechtsanwalt des Architekten Radim Beran verlieh seiner Überzeugung Ausdruck, dass dieser Bestechungsfall frei erfunden sei. Sein Mandant habe sich keine Straftat zuschulden kommen lassen. Er erwäge, eine Verleumdungsklage gegen Genau-TV einzureichen", informierte die Nachrichtensprecherin. „Und zum Schluss der Wetterbericht …"

Vaters Rechtsanwalt hatte natürlich das sagen müssen, was er gesagt hatte. Das war sein Beruf. Aber Nina wusste, dass der Fall nicht frei erfunden war. Sie benötigte keine Beweise, sie spürte es. Vater hatte versucht, sich mit dem Geld … was zu kaufen? Einen lukrativen Auftrag? Die Bewunderung seiner Frau? Die Wiederherstellung seines beruflichen Prestiges? Wahrscheinlich alles zusammen. Seine Tat war niederträchtig, aber Nina konnte ihn nicht verurteilen. Hatte sie sich denn nicht etwas viel Schlimmeres zuschulden kommen lassen?

„Die Meteorologen warnen vor dem anstehenden Wetterumschwung." Die Sprecherin kam langsam zum Ende des Nachrichtenblocks. „Die Kaltfront hat im Westen des Landes bereits zu schweren Gewittern mit Starkregen geführt, die sich allmählich über das gesamte Territorium ausbreiten …"

Der Himmel war nach wie vor klar, aber am Horizont bildeten sich bereits erste Wolkentürme. Nina betrachtete sie und überlegte, ob sich die Beziehung zu ihrem Vater verändert hatte. Ihr wurde bewusst, dass sie ihn nur noch lieber hatte. Er tat ihr leid, sie verstand die Beweggründe, aus denen heraus er gehandelt hatte. Weder er noch Yadira und auch nicht sie selbst fanden sich zufällig in dieser Situation wieder. Lange hatten alle drei daran gearbeitet, eigentlich schon seit Mareks Tod. Durch ihr Schweigen. Durch ihre Verstellung. Durch ihre Angst. Wären sie offener zueinander gewesen, wäre es nie so weit gekommen.

Eva hatte das Radio wieder leise gestellt. Sie schwieg und konzentrierte sich aufs Fahren. Der Verkehr wurde langsam dichter, stop and go. Zeit hatten sie genug, die Maschine sollte erst in zweieinhalb Stunden starten. Der Flug nach London dauerte eine Stunde fünfzig Minuten, von dort nach São Paulo dann gute zwölf Stunden. Mariluz wollte sie am Flughafen abholen. Alles würde ganz nach Plan verlaufen.

Nina schaute wieder in den Rückspiegel. Sie sah, dass Yadiras Finger mit dem Anhänger spielten. Ihre Lippen bewegten sich ganz leicht, sie betete. Nina berührte unwillkürlich ihren eigenen Hals. Er war nackt; sie hatte ihre Kette zu Hause gelassen. Sie glaubte nicht, dass Ochún in der Lage wäre, ihr zu helfen. Sie konnte ihr nichts von dem aufbürden, was sie bedrückte. Das musste sie selber tragen. Aber sie war stark – nicht umsonst hatte Marek sie immer Obelix genannt. Plötzlich wurde sie sich eines Gefühls der Unruhe bewusst, das immer stärker wurde. Es erinnerte an Reisefieber, war aber anders. Als würde sie auf etwas warten. Etwas, das sich im Kreis abspielte.

„Die Roda ist der Rahmen von allem, nicht nur von der Capoeira. Der Kampf, das Spiel verläuft kreisförmig. Der Kreis ist gleichzeitig Limit und Quelle unserer Kraft. Nichts, was im Kreis entstanden ist, kann daraus verschwinden", sagte der Mestre oft. Nina wusste, dass er recht hatte. Yadira wusste das auch. Sie kannten auch noch andere Regeln des Mestre. Keine von ihnen bezog sich ausschließlich auf die Capoeira. Es waren Anweisungen, wie man die Freiheit erlangte.

Vor ihnen tauchte der Komplex des Flughafens auf. Eva scherte aus der Kolonne auf der Landstraße aus und bog auf die Brücke ab.

„Geschafft", sagte sie zufrieden. „Gleich sind wir da."

Ein Stück von ihnen entfernt landete gerade ein Flugzeug, ein anderes stieg in die Höhe. Nina verfolgte es mit

Blicken. Die Unruhewelle, die sich in ihr breit machte, nahm präzisere Formen an. Jetzt war es nicht mehr nur ein Gefühl, dass etwas passieren würde. Mit einem Mal war sie sich sicher: Die Maschine startet ohne sie. Zumindest ohne eine von ihnen.

Sabina war nach wie vor nicht zu erreichen. Marián ging durch den Flur auf den Arbeitsplatz der Techniker zu. Ganz langsam, er kam sich vor wie eine Fliege. Die Bauchschmerzen hatten nachgelassen, das seltsame Gefühl am Herzen nicht. Jetzt hatte er zur Abwechslung den Eindruck, dass es wahnsinnig langsam schlug. Aber zweifellos redete er sich das nur ein. Offenbar wurde er mit zunehmendem Alter zum Hypochonder. Er tastete am Handgelenk nach seinem Puls und zählte.

„Bist du gerade dabei abzuklappen?"

Er sah auf. Lída und Diviš waren hinter einer Windung des Flurs aufgetaucht und warteten, bis er bei ihnen eintraf. Beide schauten Marián mit einem mulmigen Gefühl an.

„Dein Gesicht ist kreidebleich."

„Ich hab nichts." Zehn Schläge in fünfzehn Sekunden. Er hatte sich bestimmt verzählt.

„Das ist wegen Rosťa", sagte Lída. „Wir sind alle ganz mitgenommen."

„Weiß man schon was?", fragte Marián. Ihm kam es so vor, als sei seine Stimme überhaupt nicht zu hören gewesen. Er versuchte es lauter: „Weiß man, wie's ihm geht?"

„Er ist jetzt oben in Břevnov im Militärkrankenhaus. Die Wirbelsäule ist zweimal gebrochen ... Marián?!"

Er merkte, dass er wankte. Mit der Schulter stieß er gegen die Wand, aber bevor er ganz zu Boden ging, packte ihn Diviš von einer Seite und Lída von der anderen. Sie klatschte ihm ein paar Mal auf die Wangen.

„Mach keinen Scheiß!", kommandierte sie. „Atme!"

„Ich atme doch", antwortete er. Er merkte allerdings, dass seine Atemzüge nichts taugten. Sie waren unregelmäßig und flach. Er versuchte, tiefer Luft zu holen.

„Hinlegen."

Sie führten ihn zu einer Bank, beförderten ihn in die Waagerechte und schoben etwas unter seinen Kopf. Dann standen sie vor ihm.

„Versuch locker zu lassen. Mach die Augen zu", empfahl ihm Diviš. Er hob ihm die Füße auf die Seitenlehne der Bank.

„Besser?"

Sie behandelten ihn wie jemanden im Schockzustand. Vielleicht stand er ja unter Schock. Aber es lag eher am Wetter. Er spürte, dass das Gewitter schon ganz nah war, und stellte sich vor, welche Erleichterung das wäre, wenn es zu regnen anfinge. Er machte die Augen zu, schaute nur zwischen zwei schmalen Schlitzen hindurch wie durch eine Jalousie. Über die Schläfen rann ihm der Schweiß. Lída zückte ein Papiertaschentuch, hockte sich hin und wischte ihm die Stirn trocken. Das Taschentuch war in irgendetwas getränkt. Ein durchdringender Geruch.

„Was is'n das?", fragte er.

„Weiß nicht. Irgend so 'n Scheißzeug."

Er merkte, wie ihm das Scheißzeug den Kopf durchpustete. Wie es ihn belebte.

Er musste niesen und atmete dann tief ein.

„*Vďaka,* Scheißzeug", sagte er und setzte sich auf.

„Geht's jetzt besser?" Nach wie vor sahen sie ihn besorgt an.

„Hm, alles bestens", versicherte er. „Ist die Grygarová schon im Vernehmungsraum?"

„Sie haben sie gerade gebracht", sagte Diviš. Lída setzte sich zu Marián.

„Grygarová und Valík", sagte sie und schaute ihn eindringlich an. „Sind das unsere Hauptverdächtigen?"

„Das Motiv ist klar", reagierte Diviš umgehend. „Rache für die Vergewaltigung."

„Ein Motiv findest du auch bei Beran", wandte Marián ein. „Seine Frau hatte mit Zapletal ein Verhältnis."

„Allerdings können wir Beran mit größter Wahrscheinlichkeit streichen – der hatte am Sonntag sein Bestechungsrendezvous im Riesengebirge", sagte Lída. „Dass er's außerdem noch geschafft haben sollte, einen Mord bei Beroun zu begehen, das glaub ich nicht."

„Dann wäre da noch Yadira Beranová", gab Marián zu bedenken. „Ihr Alibi nehme ich nicht ganz für voll. Die Beziehung mit Zapletal wurde für sie allmählich untragbar, also hat sie beschlossen, ihn loszuwerden."

„Oder sie ist auf ihn eifersüchtig gewesen", sagte Lída.

„Für mich bleiben nur noch Valík und Grygarová übrig", verkündete Diviš kategorisch. „Ich bin mir sicher, wenn die DNA-Ergebnisse von ihm kommen …"

„Und wenn wir nicht erst abwarten, bis sie kommen?", schlug Marián vor.

„Wie meinst du das?" Diviš kapierte nicht. Lída hatte verstanden. Unsicher sah sie Marián an.

„Ich weiß nicht, ob wir ihr das glaubwürdig vorspielen können", sagte sie skeptisch. Marián war sich auch nicht sicher. Manchmal machte sich eine leichte Manipulation der Fakten bei einer Vernehmung bezahlt. Wenn direkte Beweise fehlten, kein Rechtsanwalt zugegen war, sie der Verdächtige an der Nase herumführte und die Zeit drängte, dann konnte sich ein Ermittler mit einer Finte helfen. Nicht direkt mit einer Lüge, sondern mit einer angeblich echten Information. Einer durch nichts begründeten Behauptung. Einer Aussage, die den Verhörten emotional verunsichern sollte. Marián hatte dank eines solchen Vorgehens schon mehrfach das gewünschte Ergebnis erzielt.

„Wie du das meinst!" Diviš forderte eine Antwort ein. „Sollen wir ihr sagen, dass uns die DNA-Ergebnisse schon vorliegen und dass sie sie überführen?"

„So nicht. Nicht so mit Vollgas. Nur leicht antuschen. Das ist die hohe Kunst. Das kann nicht jeder", sagte Marián und sah Lída an. Schon wieder erinnerte sie an ein Zirkuspferd, das die Sägespäne in der Manege roch und ungeduldig mit den Hufen scharrte.

„Ich mach's", sagte sie kurz und knapp.

„Ich mach mit", bot sich Diviš an. Auch ihm war der Ehrgeiz anzumerken.

„Bleib lieber bei ihm." Sie sprach über Marián, als sei er gar nicht da. Dann zog sie noch ein imprägniertes Taschentuch aus ihrer Jackentasche und reichte es Diviš. „Falls er wieder abklappen sollte."

Sie erhob sich von der Bank und ging mit energischem Schritt davon. Marián blickte ihr finster hinterher. *Himlhergotsakra,* bin ich etwa so hinfällig?, dachte er. Schon wollte er laut protestieren, als plötzlich die Tür am Ende des Flurs aufging und Čáp herauskam. Er blickte sich um und winkte ihm zu.

„Kommen Sie, ich warte schon auf Sie. Endlich haben wir's geschafft, die Disketten auszulesen."

Es waren zwei. Eine mit dreieinhalb Zoll, die andere hatte sogar fünfeinviertel. Sie hatten sie gestern im Rahmen der Hausdurchsuchung bei Růžena Zapletalová beschlagnahmt, zusammen mit einem Haufen von Dokumenten und anderen Sachen. Der Techniker schob die größere Diskette in einen alten Rechner, der am Fenster auf einem Wägelchen stand. Den drehte er so, dass der Bildschirm nicht so stark reflektierte. „Frau Zapletalová ist, wie's scheint, eine große Liebhaberin moderner Kunst gewesen."

Die fünfunddreißig Bilder von Pavel Blažek stammten aus einer Ausstellung anlässlich seines fünfzigsten Geburtstags. Auf der Diskette waren auch Texte von Kunsthistorikern, die einführenden Reden bei der Vernissage und Kritiken aus der Presse. Ein Überblick über sein Schaffen, Aufplusterei.

„Wäre sie eine Kunstliebhaberin gewesen, dann hätte die Diskette nicht in einer staubigen Schachtel unterm Wäscheschrank gelegen", sagte Marián, während er sich von einem abstrakten Bild zum nächsten durchklickte. „Das hier ist ein persönliches Geschenk des Malers, offenbar nicht wirklich wertgeschätzt."

Gewissenhaft sahen er und Diviš alle fünfunddreißig abstrakten Kompositionen durch. Ohne Rücksicht auf die Titel *(Horizont und Grund, Durchdringungen, Stagnation in der Bewegung, Schatten I, Schatten II, Unergreifbar, Menschen – Inseln)* stellte Marián überrascht fest, dass ihm einige davon recht gut gefielen. Aber das mochte an seiner momentanen physischen Geschwächtheit liegen. Vermutlich hatte er das Scheißzeug aus dem Taschentuch ins Auge bekommen.

„Und die zweite Diskette?", fragte er, als sie bei der letzten Komposition *(Schatten VII)* angekommen waren. Außer, dass es vor ihren Augen flimmerte, hatte der Ausflug in die bildende Kunst keinerlei Effekt gehabt.

„Da sind Fotos drauf."

Čáp führte sie an einen anderen Rechner, in den er die Dreieinhalb-Zoll-Diskette eingelegt hatte.

„Die sind zehn Jahre alt. Mit der Digitalkamera von ihr aufgenommen. Anständige Qualität, dafür, dass das so 'n prähistorisches Stück ist", sagte er.

Es waren sechs. Schnappschüsse, mit versteckter Kamera gemacht. Auf dem ersten war ein Pärchen, das sich umarmte, auf der Straße vor Berans Haus. Die nächsten drei Fotos zeigten dasselbe Paar bei dem kleinen Wald am Rand des Plateaus.

Jetzt umarmten sie sich nicht mehr, der Mann rauchte. Das fünfte Foto: erneute Umarmung am Gartentor. Auf dem letzten Bild hatte der Mann noch seine Hand auf dem Hals der Frau liegen, die sich bereits von ihm abgewandt hatte. Beiden leuchtete die Straßenlaterne ins Gesicht.

„Yadira Beranová", sagte Marián. Sie trug hohe Schuhe, einen Staubmantel und längere Haare, aber ihr Gesicht hatte sich in den zehn Jahren nicht verändert. Der Mann, der sie umarmte, hatte helles Haar. Sein Gesicht sagte Marián nichts.

„Können Sie das vergrößern?", fragte er. Čáp zoomte in das Foto hinein. Marián und Diviš beugten sich näher heran und betrachteten den Begleiter aufmerksam. Irgendetwas an ihm kam Marián jetzt doch bekannt vor. Er hatte den Eindruck, dass er ihm gerade eben erst begegnet war. Aber wo? Bei welcher Gelegenheit? Er schloss die Augen und versuchte angestrengt, sich zu erinnern. Diviš' Gedächtnis war schneller.

„Kamil Žantovský."

Marián öffnete die Augen. Natürlich! Die hohe Stirn, die intellektuelle Miene. Es gab keinen Zweifel: Das hier war der Herr Ökologe. Den Bart hatte er damals noch nicht, er sah aus wie ein braver Student.

„Also haben Yadira Beranová und Kamil Žantovský was miteinander gehabt. Vor zehn Jahren."

„Guck mal!" Diviš zeigte auf das Datum in der Ecke der Aufnahme. „31. März 2001!"

Der Tag, an dem Marek Beran ums Leben gekommen war.

„Hat dir Lída gestern den Umschlag gegeben?"

„Bis jetzt hab ich noch keine Zeit gehabt reinzuschauen", musste Marián zugeben.

„Nichts Besonderes. Nur, was ich im Netz gefunden hab. Ein paar alte Artikel und Schlagzeilen. *Familientragödie eines Architekten, Tod im Designerhaus, Der nächtliche Sturz von*

Marek Beran und so weiter. Eine Handvoll Informationen, ansonsten bloß journalistischer Ballast."

„Hier hab ich noch ein bisschen mehr für Sie." Čáp griff in eine Kiste hinter sich und reichte Marián einen dünnen Plastikordner. „Die Fingerabdrücke haben wir schon sichergestellt, Sie können reinschauen."

Drei Blätter. Die Kopie eines auf einer alten Schreibmaschine getippten Textes.

„Das war bei den Dokumenten, die wir in Zapletals Kommode in seiner Mansarde gefunden haben. Die Fingerabdrücke stammen durch die Bank weg von ihm selbst", sagte Čáp. „Ich würde mal sagen, das ist Teil einer Ermittlungsakte."

Es sah ganz so aus. Marián breitete die Zettel auf dem Tisch aus.

„Zapletal ist irgendwie an die Akte rangekommen und hat sich das rauskopiert, was ihn interessiert hat", schlussfolgerte Diviš, während er den Text überflog. „Der Bericht des Arztes, die Aussage von Radim Beran, von seiner Tochter, die Aussage von Yadira Beranová …"

„Warum hat ihn das interessiert?", fragte Čáp. Marián sah den Techniker schweigend an und spürte, wie dessen Frage in seinem Hirn nachhallte. Warum hat sich Zapletal für die Aussagen interessiert? Er muss einen konkreten Grund gehabt haben. Alles, was er tat, tat er zu irgendeinem Zweck. Gibst du mir, so geb ich dir.

Er nahm eins der Blätter und fing an zu lesen. Beran hatte ausgesagt, dass er sich bis tief in die Nacht in der Firma aufgehalten hatte … Er hatte gearbeitet … Den Anruf seiner Frau um 23.36 Uhr hatte er angeblich überhört … 23.38 Uhr kam eine SMS, in der sie ihn bat, sich zu melden … Ein paar Sekunden später hatte er sie zurückgerufen … Yadira Beranová war den ganzen Abend mit den Kindern zu Hause gewesen … Als sie eingeschlafen waren, hatte sie in der Küche einen Kuchen gebacken … Sie hatte einen Sprachkurs auf Kassette laufen, sie lernte damals noch Tschechisch … Geräusche aus der Halle hatte sie nicht gehört … Um 23.30 Uhr war sie aus der Küche gekommen. Auf dem Weg ins Bad hatte sie Marek am Fuß der Treppe gefunden … Überall Blut, aber seine Hände waren warm … Sie hatte sofort einen Rettungswagen gerufen … Der kam um 23.40 Uhr … Der Arzt stellte den Tod fest … Todesursache: Fraktur des Dens axis.

„Laut Protokoll ist er zwischen elf und halb zwölf gestorben", sagte Diviš. „Anhand der Position des Körpers beim Aufprall, der inneren Verletzungen und der Spuren auf Galerie und Stufen wurde ein Fremdverschulden ausgeschlossen. Der Sturz wurde als Unfall klassifiziert. Die Harnblase des Jungen war leer. Den Schlussfolgerungen der Ermittler zufolge war er kurz vor dem Unfall noch auf dem Klo gewesen …"

Marián sah die Stahltreppe in der Halle vor seinem inneren Auge. Die Höhe der Galerie. Die Reihe der oberen Türen: Toilette, Ninas Zimmer, daneben vermutlich das Zimmer ihres Bruders. Marián stellte sich vor, wie Mareks Zimmertür aufging und eine kleine Gestalt im Schlafanzug herauskam. Traumwandlerisch Richtung Klo ging. Gähnend, halb blind, im Gehen fast wieder einschlafend. Nach dem Toilettengang zurück. Hauptsache, so schnell wie möglich wieder im Bett sein! Das Licht über den Stufen ist an, das Haus ist still, von unten riecht es nach Kuchen. Den gäbe es am nächsten Morgen zum Frühstück – ach wenn doch schon Morgen wäre! Plötzlich ein unaufmerksamer Schritt, ein Wanken, Verlust des Gleichgewichts. Schlag gegen den Kopf und Bewusstlosigkeit. Alles in so schneller Folge, dass keine Zeit mehr war zu schreien. Niemand hat etwas mitbekommen. Die Schwester hat hinter ihrer Tür weiter geschlafen, die Mutter ihrer Sprachkurslektion weiter gelauscht, der Vater hat am anderen Ende von Prag weiter gearbeitet. Auf der Straße herrschte

Ruhe, keiner ahnte, was sich in dem wunderschönen Haus am Rand des Plateaus gerade zugetragen hatte. Erst etwas später …

In Mariáns Kopf klackte etwas, wie wenn eine Sicherung heraussprang. Er drehte sich zum Computerbildschirm um und sah sich das Foto genau an. Ja, es stimmte.

„Diviš?" Seine Stimme war schon wieder so still und gepresst wie vorhin auf dem Flur. Diesmal nicht aufgrund von Schwäche, sondern durch eine Vorahnung, die sich Sekunde um Sekunde zu einer Gewissheit verdichtete. „Was denkst du, von wo aus die Zapletalová die beiden fotografiert hat?"

„Aus ihrem Garten, das ist klar. Die Gartentür sieht man von vorn und das Plateau von der Seite. Sie hat sich hinter den Bäumen versteckt. Die beiden konnten sie nicht sehen, aber für sie waren sie wie auf dem Präsentierteller."

„Und warum hat sie sie fotografiert?", sprach der Herr Lehrer weiter.

„Die hat nachspioniert, wem sie nur konnte", antwortete sein Schüler. „Du hast doch die raffinierte Beobachtungsstation von der am Fenster gesehen. Der alte Žantovský hat gesagt …"

Diviš stockte. Marián merkte, dass es bei ihm auch Klack gemacht hatte.

„Kamil Žantovský und Yadira Beranová sind ein Liebespaar gewesen und die Zapletalová hat das rausgekriegt. Heimlich hat sie die Dates von ihnen dokumentiert. Und dann gedroht, dass sie, wenn die beiden nicht blechen, die Fotos dem Beran zeigt. Die Notizen in ihrem Kalender belegen ja, wie viel sie ihr gezahlt haben. Ich versteh nur irgendwie nicht …"

„Was denn?"

Diviš schüttelte den Kopf. „Dass sie sich über so viele Jahre erpressen lassen haben. Auf den Fotos ist ja nun nichts Schreckliches zu sehen. Im Vergleich zu Zapletals Pornoarchiv sind die doch total unschuldig. Ein kleiner Spaziergang, Umarmung, Küsschen. Was soll daran so schlimm sein?"

„Das Timing", sagte Marián und zeigte auf den Datumsstempel in der Ecke der Aufnahme. „Umarmung und Küsschen zur falschen Zeit am falschen Ort. Und dafür muss man dann bezahlen."

Das Navi tat so, als sei es kinderleicht, zur Sprachschule Cicero zu kommen, aber die Verkehrssituation in Prag war noch schlimmer als sonst. Als hätte die plötzliche Veränderung des Luftdrucks und das herannahende Gewitter eine Massenhysterie ausgelöst. Alle versuchten, irgendwo anders hinzukommen, als sie gerade waren. Die Verkehrsdichte bewegte sich auf den meisten Hauptstraßen zwischen Stufe drei und vier, am Ufer herrschte wegen eines Unfalls kompletter Stillstand, und über der Stadt kreiste ratlos ein Polizeihubschrauber. Auf der Stadtautobahn hatte Marián das Blaulicht aufs Dach gestellt, aber jetzt, als er in die Nähe der Schule kam, schaltete er es lieber wieder aus. Sie wollten Yadira Beranová nicht verschrecken, sondern vernehmen.

„Die Beranová und der Žantovský – dass uns das nicht gestern schon aufgegangen ist!" Man hörte es Diviš' Stimme an, dass er sich über sich selbst ärgerte. Er saß am Steuer und fuhr grummelig im Schritttempo mit dem Stau mit. Als er den Wunsch geäußert hatte, Marián möge ihn doch auch ab und zu mal fahren lassen, hatte er sich garantiert nicht das hier vorgestellt. „Wir hatten den Kalender in der Hand, ein paar Mal haben wir ihn von vorn bis hinten durchgelesen. Sogar auf Erpressung waren wir schon gekommen, wir haben bloß nicht den richtigen Zusammenhang gesehen."

„Konnten wir auch nicht. Uns hat ein kleiner, aber wesentlicher Teil an Informationen gefehlt", sagte Marián. Er nutzte die Tatsache, dass er sich nicht aufs Fahren konzentrieren musste, und widmete sich seinem Notizbuch. Die bisherigen Aufzeichnungen sortierte er nach seinem bewährten System und verband sie mit Pfeilen, er strich, was nicht mehr galt, und ergänzte die neuesten Erkenntnisse. Als würde er einen kaputten Reißverschluss reparieren. Zahn um Zahn glitt ineinander, das Ganze schloss sich allmählich. Ein paar Zähnchen aber sträubten sich noch.

„Yadira Beranová und Kamil Žantovský haben sich heimlich getroffen, wenn ihr Mann nicht zu Hause war", spekulierte er. „Und die Zapletalová ist dahintergekommen. Sie hat sie schon mit der Absicht fotografiert, dass sie sie dann erpressen kann. Das erste Foto hat sie um 22.48 Uhr gemacht, das letzte um 23.29 Uhr. Laut Obduktionsbefund ist genau in dieser Zeitspanne Marek gestorben."

„Damit hatte die Erpresserin nicht gerechnet", stimmte Diviš in die Rekapitulation ein. „Das Schicksal hat ihr einen fetteren Bissen zugespielt, als sie sich wünschen konnte. Bei Fotolab hat sie die Fotos entwickeln lassen und sie dann den Beteiligten gezeigt. Hat ihnen Angst gemacht und anschließend Bedingungen gestellt. Und das Senior Program konnte losgehen."

„Sie hatte es umso leichter, weil die Beranová erst seit Kurzem dort gewohnt hat und der Žantovský noch ein Grünschnabel war. Sie konnte sich bei beiden auf eine ordentliche Dosis Unsicherheit verlassen. Sie hatten nicht nur vor der Reaktion des Ehemanns Angst, sondern mussten auch zu Recht befürchten, dass die Beranová, wenn das auffliegt, in den Knast geht. Sie hat die Kinder unbeaufsichtigt gelassen, und zu der Zeit, als sie weg war, ist der Unfall passiert. Ein Gericht würde das höchstwahrscheinlich als fahrlässige Tötung klassifizieren. Eine Aussage von der Zapletalová, belegt durch die Fotos, hätte als Beweis vollkommen ausgereicht."

„Die hätten ihr mindestens zwei Jahre ohne Bewährung aufgebrummt."

„Mehr, würde ich sagen."

Marián blätterte in seinem Notizbuch zurück. Yadira Beranová war an einem 2. September geboren. Waage war sie noch nicht, Löwe nicht mehr. Er überlegte, was zwischen den beiden Sternzeichen lag.

„Die letzte Zahlung vom Senior Program ist ungefähr vor anderthalb Jahren bei der Zapletalová eingegangen. Das stimmt zeitlich mit dem Beginn ihrer Erkrankung überein." Diviš verknüpfte die bisher vorliegenden Fakten. „Irgendwann zu dieser Zeit hat sie wahrscheinlich den Staffelstab an den Sohnemann weitergereicht. Allerdings hat der sie enttäuscht. Seine Prioritäten lagen woanders."

Marián nickte. „Warum sollte er Geld kassieren und sich dafür Sex kaufen, wenn er ihn auch auf direktem Wege kriegen konnte?"

„Und noch dazu von Salma Hayek."

Sie fuhren an einer Baustelle vorbei; der Wind zerrte an der Folie, die das abgedeckte Dach schützte. Marián beobachtete ihr hilfloses Flattern, mit dem sie sich befreien wollte, und dachte über Yadira Beranová nach. Wie Zapletal wohl seine Forderungen bei ihr angemeldet hatte? Hatte er sie vor dem Haus aufgehalten? Sie angerufen? Zu sich eingeladen? Es war nicht ausgeschlossen, dass er zu ihr in die Schule gegangen war. Die Schule war eine Institution, neutrales Territorium, außerdem weit entfernt vom Wohnort aller beider – zu einem diskreten Treffen geschäftlicher Art hätte sie sich ausgezeichnet geeignet. Wie hatte die Frau Direktorin wohl reagiert? Das musste erschütternd für sie gewesen sein. Vielleicht hatte sie gehofft, dass die Angelegenheit durch die Krankheit ihrer Nachbarin endlich aus der Welt war – und stattdessen war sie vom Regen in die Traufe gekommen. Ob sie sofort auf seine Bedingungen eingegangen war? Oder hatte sie verhandelt? Hatte sie sich Kamil Žantovský anvertraut? Der hatte da bereits in Budweis gelebt, vielleicht waren sie gar nicht mehr in Kontakt gewesen. Oder trafen sie sich weiterhin?

„Hast du das Alibi von ihm überprüft?"

„Zum Teil. Er war mit seiner Frau ab sieben im Kino. Dann hat er sie nach Hause gefahren und ist noch auf ein Bier ins Schlechte Gewissen. Das ist eine Kneipe bei ihm in der Nachbarschaft. Die haben mehr oder weniger bestätigt, dass er dort gesessen hat."

„Mehr oder weniger?"

„Er hat sich am Tresen ein Bier geholt und es mit raus genommen in den Gastgarten. Dann hat ihn die Wirtin nicht mehr gesehen. Sie weiß nicht, wann er weg ist, aber ich kann mir nicht vorstellen, dass …"

Diviš ließ den Satz unvollendet, Marián wusste auch so, was er sich nicht vorstellen konnte. Zwischen Budweis und dem Vrchlík-Steinbruch lagen mindestens zwei Autostunden.

„Ich würde sagen, der Herr Ökologe fällt aus unserem Verdächtigenkreis raus."

Eine Weile fuhren sie schweigend weiter. Marián zählte in Gedanken zusammen, was sie alles gegen Yadira Beranová in der Hand hatten. Vor allem müssten sie ihr das Alibi in der Luft zerreißen. Beweisen, dass sie nicht den ganzen Abend zu Hause war, wie sie behauptet hatte. Das hieß, sich auf Nina einzuschießen. Nachträglich die Handys von beiden lokalisieren zu lassen. Im Capoeira-Center überprüfen, ob sie an dem Abend wirklich dort gewesen waren und wie lange. Alle Nachbarn abklappern. Hauptprogrammpunkt wäre natürlich die DNA. Sie würden bei ihr Proben nehmen und falls sich herausstellen sollte, dass die Sekretspuren in Zapletals Slip und die Hautschuppen auf seinem Handgelenk von Yadira Beranová stammten …

„Glaubst du, sie hat ihn umgebracht?", unterbrach Diviš Mariáns Gedanken. Es war offensichtlich, dass er die Grygarová-Valík-Hypothese allmählich zu den Akten legte.

„Warum hat sie's dann nicht schon eher getan?", antwortete Marián mit einer Gegenfrage. Die Zähnchen des Reißverschlusses wollten immer noch nicht ganz ineinandergreifen.

„Sie hat die Geduld verloren. Oder er wollte etwas von ihr, was sie nicht mehr hinnehmen konnte", spekulierte Diviš. Er fuhr an einer überfüllten Straßenbahn-Haltestelleninsel vorüber und bog Richtung Schule ab. Vom Gebäude her kamen Schülergrüppchen. Wahrscheinlich war gerade ein Kurs vorbei.

„Wenn sie nicht da ist, rufen wir sie dann an?"

„Auf keinen Fall, wir würden nur ihr Misstrauen befeuern. Wer weiß, wie sie reagieren würde. Sie ist clever", sagte Marián. Dann platzte der Knoten. „Sie ist Jungfrau!"

„Wie bitte?"

„Ihr Sternzeichen. Und die Jungfrau wird vom Merkur regiert. In Zapletals Horoskop hat sich am Tag des Mordes und an mehreren kritischen Tagen davor alles genau um diesen Planeten gedreht. Das Interessante daran ist, dass sein Prinzip überhaupt nicht brutal ist. Er symbolisiert eher die gegenteiligen Eigenschaften."

„Ach was", sagte Diviš. Ironie lag keine in seiner Stimme. „Welche denn?"

„Intelligenz. Fähigkeit zu strategischem Denken." Er bemühte sich, Sabinas Worte so präzise wie möglich zu interpretieren. „In jedem Sternzeichen verhält er sich anders. In der Jungfrau ist er sorgsamer, in den Zwillingen erfinderischer. Eine Jungfrau dient und analysiert, ein Zwilling handelt."

Sie waren an der Schule.

„Sie ist da." Marián zeigte auf den Parkplatz vor dem Schulgebäude. Dort stand der grüne Mini. „Halt um die Ecke an, damit sie uns nicht vom Fenster aus sieht."

Als sie ausgestiegen waren und Richtung Schule gingen, hörten sie ein entferntes Rumpeln. Beide hoben den Kopf. Die Wolken, die im Verlauf des Nachmittags dichter und dunkler geworden waren, bedeckten inzwischen den gesamten Himmel. Nach wie vor waren sie relativ hoch, aber es hatte sich schon abgekühlt, die Windböen gewannen an Stärke. In der Nähe hörten sie ein Fenster scheppern.

„Ich hab zu Hause das Fenster nicht zugemacht", fiel Diviš ein und er drückte gegen das Schultor. Es gab nicht nach. An einer der Klingeln auf dem Tableau stand *Direktion*. Marián betätigte sie. Im selben Augenblick läutete sein Telefon. Er schaute aufs Display: Sabina.

„Ahoj", sagte er und ging ein Stück beiseite.

„Sei mir nicht böse, ich konnte nicht eher." Sie sprach leise, im Hintergrund hörte er Geräusche und Stimmen, verwaschen von der Akustik eines Krankenhausflurs. „Rosťa …"

Marián hörte, wie sie Luft holte. Stoßweise, mit kurzen Unterbrechungen.

„Wie sieht's aus?"

„Beide Beine sind gebrochen und zwei Lendenwirbel gesplittert."

„Muss er unters Messer?"

„Sie sind schon mittendrin."

Eine Weile war es still. Dann hörte er ein unterdrücktes Schluchzen.

„Sein … Sein … Rückenmark ist verletzt." Sie fing an zu weinen. Gott weiß zum wievielten Mal heute schon. Es klang schwach, müde. Marián stellte sie sich vor, wie sie auf dem Krankenhausflur stand – gepflegt, elegant, die Haare zum Dutt frisiert, das Sternzeichen aus Sommersprossen unter dem Pony versteckt – und ihr verheultes Gesicht von den vorbeikommenden Schwestern abwandte.

„Sie sagen, die OP kann fünf Stunden dauern oder sogar länger …"

Das Ende des Satzes hörte er nicht mehr. Das Stimmengewirr im Hintergrund hatte ihn übertönt. Vielleicht war

Zdeněk vor Ort, Rosťas Verwandte, Jarda Svoboda oder jemand anderes von den Kollegen. Er ging davon aus, dass die Praktikantin Ivanka nicht dort war.

„Soll ich kommen?", fragte er. Am anderen Ende war es einen Moment still, offenbar dachte sie darüber nach.

„Danke, aber das würde mir eher nicht weiterhelfen", sagte sie aufrichtig. „Ich meld mich bei dir."

„Eva Čejdová", stellte sich die Sekretärin vor. Sie hatte einen festen Händedruck, machte aber ein misstrauisches Gesicht. Ihre Dienstausweise schien sie suspekt zu finden.

„Die sind echt", versicherte ihr Marián.

„Uns gehen heute schon den ganzen Tag die Journalisten auf den Geist", sagte sie und fügte schnippisch hinzu: „Wahrscheinlich aus demselben Grund, aus dem auch Sie hier sind."

„Das bezweifle ich", entgegnete Diviš. „Das finanzielle Gebaren von Herrn Beran interessiert uns nicht."

„Und was interessiert Sie dann?"

„Glauben Sie mir, Sie haben Ihre Pflicht als Beschützerin jetzt erfüllt", sagte Marián. „Jetzt seien Sie doch so nett und lassen uns mit der Direktorin sprechen."

„Das geht nicht, tut mir leid."

„Frau Čejdová …" Diviš war zu einem geduldigen, gut zuredenden Tonfall übergegangen. Mit Mariáns Geduld war es bereits vorbei. Er schob die Sekretärin beiseite, trat ohne große Umschweife an die Tür hinter ihrem Rücken heran und öffnete sie. Das Direktionszimmer war leer.

„Wo ist sie?"

„Weggefahren."

„Erzählen Sie keine Märchen!", schnauzte er sie an. „Draußen steht ihr Auto."

„Das hat sie hiergelassen", stotterte sie. Mariáns strenge Miene hatte sie dann doch ein wenig erschreckt. Sie wurde etwas kooperativer. „Ich hab sie mit meinem Auto gebracht. Wegen den Journalisten. Damit sie sich nicht an sie ranhängen.“

„Haben Sie sie nach Hause gefahren?“

„Nein, zum Flughafen.“

„Zum Flughafen?“

„Mit Nina – das ist ihre Tochter.“

Marián fiel die Reise nach Brasilien ein. Das Bügeleisen, das zu Hause bleiben musste.

Eva Čejdová sah auf die Uhr. „In einer Stunde fliegen sie.“

„Fliegen – sie?“ Marián glaubte sich verhört zu haben.

„Yadira … Frau Beranová hat vierzehn Tage Urlaub genommen, damit sie ihre Tochter nach São Paulo begleiten kann. Bis zuletzt hat sie noch schwer gezweifelt. Sie hat überlegt, ob sie nicht lieber dableiben sollte, weil doch ihr Ehemann verhaftet worden ist. Aber letzten Endes …“

„Über wo?“, unterbrach Marián sie ungeduldig.

„Was über wo?“, fragte sie verständnislos.

„Über Frankfurt? Amsterdam?“

„Über London.“

Marián rannte auf den Flur hinaus.

„Ich muss Sie eindringlich auffordern, Frau Beranová nicht anzurufen“, sagte er im Laufen noch über die Schulter hinweg. „Wir würden das als Behinderung unserer Ermittlungen werten.“

„Was für Ermittlungen?“

„Eine schwerwiegende Straftat“, antwortete Diviš und rannte Marián nach.

„Also sind Sie doch wegen der Bestechung hier? Hab ich's doch gewusst!“, rief sie ihnen hinterher. „Mit der Sache hat Frau Beranová überhaupt nichts zu schaffen!“

Marián blieb am Rand der Treppe stehen und drehte sich um.

„Woher wollen Sie das wissen?"

„Wir arbeiten schon seit fünf Jahren zusammen. Ich kenne sie", verkündete sie mit absoluter Gewissheit. „Sie ist tief gläubig."

„Ich weiß nicht, ob das strafbare Handlungen ausschließt", sagte Marián. Er drehte sich wieder zur Treppe um und rannte die Stufen hinunter. „Die Gefängnisse der Welt sind voll mit tief gläubigen Menschen."

Wette hin oder her, Marián scheuchte Diviš auf den Beifahrersitz und nahm selbst hinter dem Lenkrad Platz. Seinen eigenen Fähigkeiten als Fahrer vertraute er dann doch ein wenig mehr. Er setzte das Blaulicht aufs Dach, startete den Motor und legte den Gurt an.

„Fahr über Smíchov", empfahl ihm Diviš. „Dann hoch Richtung Bílá Hora und über den Außenring."

Falls wirklich noch eine Stunde Zeit bis zum Abflug war, sollten sie es schaffen.

„Ruf bei der Leitstelle an. Die sollen die Flughafenpolizei informieren." Marián dachte hektisch nach, welches Vorgehen das beste wäre. „Sie sollen überprüfen, ob Yadira und Nina Beranová auf der Passagierliste nach London stehen und ob sie schon durch die Abfertigung sind."

„Und falls ja? Sollen sie sie festhalten?"

„Bitte sie, dass sich erst mal jemand vom Flughafen mit uns in Verbindung setzt."

Diviš widmete sich jetzt seinem Handy und Marián konzentrierte sich völlig aufs Fahren. Mit dem Blaulicht ging es geschmeidiger, aber es erinnerte ihn trotzdem eher an eine Stadtrundfahrt mit lauter Foto-Stopps als an eine Verfolgungsjagd auf einen Verbrecher. Festnahme einer Verdächtigen, korrigierte er sich. Es gab den unwiderlegbaren Beweis, dass sich Yadira Beranová mit Zapletal im Hotel getroffen hatte, aber nicht den geringsten Beweis, dass sie ihn umgebracht hatte. Er sah ihr Ohr mit dem Ohrring vor sich, aber auch das war keine Spur. Auch wenn die Abdrücke übereinstimmen sollten, würde das nur beweisen, dass sie bei Zapletal im Auto gesessen hatte.

Ein Motiv gab es, dachte er weiter. Den Versuch, uns an der Nase rumzuführen, auch. Sie hat uns nicht Bescheid gesagt, dass sie nach Brasilien reisen wollte. Sie hat den Termin bei der Polizei absichtlich für eine Zeit ausgemacht, von der sie wusste, dass sie da bereits außer Landes sein würde. Zweifellos wollte sie der Entnahme von DNA-Proben aus dem Weg gehen. Aber was hat sie weiter geplant?

Das Handy im Handschuhfach machte ihn darauf aufmerksam, dass er eine SMS bekommen hatte, aber er musste sämtliche Aufmerksamkeit auf den Verkehr richten. Die Abzweigung Richtung Bílá Hora sah hoffnungslos aus, also fuhr er geradeaus über die Kreuzung und folgte den Straßenbahngleisen Richtung Řepy. Als er das Krematorium passierte, fiel ihm unwillkürlich ein, dass Růžena Zapletalová, Osvald Zapletal und vielleicht auch Alena Blažková genau hier ihre Beisetzung haben würden. Wer würde ihnen wohl das letzte Geleit geben? Aus Blažkovás Abschiedsbrief war hervorgegangen, dass alle ihre Nächsten bereits tot waren. Welche Nächsten hatte Osvald Zapletal? Außer den Frauen, die er missbraucht hatte, und der Mutter, die ihn um lediglich zwei Tage überlebt hatte, hatte es in seinem Leben nicht allzu viele Menschen gegeben. Auf seinem Sarg würde ein Blumenstrauß von Magda Floriánová und den beiden Söhnen liegen, ein Kranz von seiner Polizeidienststelle. *In ehrendem Angedenken*, würde auf der Schleife stehen. Oder: *Treu gedient, ehrenvoll gegangen.* Vielleicht sogar: *Deine Ehre, dein Mut und deine Treue mögen uns ein Beispiel sein.* Marián kannte die Polizeibegräbnisse mit all ihren Schleifenaufschriften und Trauerreden. Das Wort Ehre durfte dabei nicht fehlen, wer auch immer der Verblichene im Sarg gewesen sein mochte. Sogar bei Hunden.

„Am Flughafen ist die Sache jetzt angelaufen", sagte Diviš, der inzwischen das Telefonat mit der Leitstelle beendet hatte. „Sie geben uns so schnell wie möglich Bescheid."

Marián nickte schweigend. Er war nach Norden abgebogen und fuhr jetzt zur Karlovarská.

„Guck mal, wer mir da geschrieben hat", bat er Diviš. Dann fiel ihm ein, dass die Nachricht vielleicht von Sabina war und es nicht gut wäre, wenn Diviš sie lesen würde. Aber der hatte die SMS schon aufgemacht.

„Lída", verkündete er. „Du sollst dich melden."

„Ruf sie an."

Er bog in die Karlovarská ab. Der Stau reichte bis zur Auffahrt auf den Außenring, in den Blicken der Autofahrer lag Lethargie. Aber als sie das Blaulicht sahen, machten sie Platz. Einige bereitwillig, andere mit gut leserlichem Kommentar auf den Lippen. Marián bahnte sich seinen Weg zwischen ihnen hindurch und spielte in Gedanken noch einmal die gestrige Unterhaltung im Hause Beran durch. Das fein geschnittene Gesicht von Yadira, ihr kultiviertes Auftreten, die angeborene Grazie und der Blick ihrer kaffeebraunen Augen, der ihre Sensibilität verriet. Ihm fiel ein, wie schwer es ihm gefallen war, zu glauben, dass sie ein Verhältnis mit Zapletal gehabt haben könnte. Sein Instinkt hatte ihm gesagt, dass seine Schlüpfrigkeit ihr zuwider gewesen sein musste. Aber gestern hatte er sich das aus dem Kopf geschlagen. Hic sunt leones, hatte er gedacht und sich damit abgefunden, dass es in Frauen Landschaften gab, die er nicht verstand. Jetzt musste er sich bei seinem Instinkt entschuldigen. Der hatte nicht gelogen. Yadira Beranová war nicht die Geliebte des Cowboys gewesen, sondern seine Geisel.

„Ich bin's. Marián sitzt neben mir. Wir können dich beide hören", sagte Diviš ins Telefon und schaltete auf Freisprechen um. „Wie weit bist du mit der Grygarová?"

„Die hab ich immer noch im Verhörraum sitzen, aber deswegen ruf ich nicht an", sagte Lída. In bedeutungsschwangerem Tonfall. „Die DNA-Ergebnisse sind da."

Sie machte eine Pause und Marián spürte ein leichtes Kribbeln an den Haarwurzeln, Begleiterscheinung einer konzentrierten Erwartungshaltung. Diviš war vor Anspannung erstarrt. Die Pause kam ihnen endlos lang vor.

„Willst du uns noch lange auf die Folter spannen?", schnauzte Marián gereizt.

„Tut mir leid", sagte sie. „Keine Übereinstimmung. Hedvika Grygarová hat ihm weder die Hände gefesselt, noch hatte sie mit ihm kurz vor seinem Tod Sex."

Yadira wusch sich das Gesicht, trocknete es mit einem Papierhandtuch ab und zog ihre Lippen nach. Dann holte sie eine Bürste aus der Handtasche und kämmte sich. Mit den Händen glättete sie die Falten an ihrem Kleid und mit einem weiteren Papierhandtuch wischte sie sich den Staub von den Pumps.

Die Frau, die sich neben ihr die Hände gewaschen hatte, war gegangen und Yadira war jetzt allein auf der Flughafentoilette. Das Tuch, das vorher um ihren Kopf geschlungen war, hatte sie sich nun über die Schultern geworfen, und sie betrachtete ihr Spiegelbild. Solide sah sie aus. Erregte keine Aufmerksamkeit. Ein anständiger Fluggast, gepflegt, sauber. Sau, hätte Osvald gesagt.

Noch einmal strich sie mit den Händen über das zerknautschte Kleid. Es war für die Reise unpassend. Und zu eng. Am Morgen hatte sie es in die Schule angezogen, aber sie hatte eigentlich vorgehabt, sich vor dem Abflug noch umzuziehen. Den Hosenanzug aus Wolle hatte sie sich schon im Schlafzimmer zurechtgelegt. Flachere Schuhe auch. Aber Nina hatte in der ganzen Hektik vergessen, die Sachen einzustecken. Egal. Auf die Kleidung kam's nicht an. Hauptsache nicht zögern. Die Zweifel über Bord werfen. Allerdings hatte sie genau damit ein Problem.

Die Tür ging auf und zwei Frauen mit einem kleinen Kind betraten die Toilette. Yadira schaute sich ein letztes Mal im Spiegel an und ging nach draußen. In der Abflughalle wimmelte es von Menschen. Am Check-In, wo sie vorher mit Nina ohne zu warten ihr Gepäck abgegeben hatte, stand jetzt eine lange Schlange. Yadira machte einen Bogen um sie herum und ging zum Bistro. Sie sah Nina schon von Weitem. Sie saß seitlich zu ihr, auf dem Tisch ein Mineralwasser und die Kaffeetassen. Ihren Stuhl hatte sie zurückgeschoben – die langen Beine würden eh nicht unter den Tisch passen. Sie sah aus wie ein Fohlen, das zu schnell groß geworden war. Ein zauberhaftes Fohlen. Yadira wusste genau, dass ihre Stieftochter die Blicke der Männer auf sich zog. Sie war voller Versprechungen, sie spürten ihre guten Anlagen. Noch zwei, drei Jahre, und sie wäre umwerfend. Vorläufig war sie sich ihrer Schönheit noch nicht bewusst. Osvald hatte sie bereits entdeckt.

„Beeil dich, dein Kaffee wartet schon", rief sie Yadira zu, als sie sie erblickte. „Du sollst ihn doch in Ruhe trinken können."

Yadira nahm ihr gegenüber Platz. Ursprünglich hätten sie zu dritt hier sitzen sollen. Radim bestand auf Ritualen, und Verabschiedungen waren welche. Sie mussten mit allem, was dazugehörte, über die Bühne gehen. Die heutige Abreise hatte in ihm außerdem Unsicherheit verursacht. Yadira war das gestern Abend ganz deutlich bewusst geworden, als er sich im Bett an sie gedrückt und begonnen hatte, sie zu liebkosen. Seine Hände verströmten eine andere Energie als sonst. Sie liebten sich ganz langsam, und darin lag etwas Festliches. Als ob er sie im Bett an all die Rituale erinnern wollte, die sie sich im Laufe der Jahre geschaffen hatten. Er ließ sie spüren, wie wichtig sie für ihn war. Erst heute im Zusammenhang mit dem Skandal um das Tschechische Zentrum hatte sie seine gestrige Gemütslage vollkommen begriffen.

„Ohne dich wird's hier nicht zum Aushalten sein", hatte er vorm Einschlafen gesagt.

„Ich komm ja bald zurück", versicherte sie ihm. Als er eingeschlafen war, lag sie lange mit offenen Augen neben ihm. Sie schaute auf den Vorhang, der im nächtlichen Luftzug, der durchs offene Fenster ins Schlafzimmer strömte, Wellen schlug, und projizierte Osvald auf ihn. Sie versuchte sich vorzustellen, wie er nackt auf dem Obduktionstisch lag. Nackt hatte sie ihn nie gesehen. Dass er sich ihrer angekleidet bemächtigte, war ein wichtiger Punkt in seinen ungeschriebenen Regeln. Er hatte die fixe Idee, dass ein richtiger Kerl sich vor einer Hure nicht weiter auszog als unbedingt nötig. Und etwas anderes war sie für ihn nicht gewesen. Elende Nutte. Käufliche Sau. Dreckige Schlampe. Läufige Hündin. Eigentlich hatte sie bei den Treffen im Hotel eine Menge tschechischer Ausdrücke gelernt, die weder auf ihren Sprachlernkassetten vorgekommen waren, noch von Leuten aus Radims Bekanntenkreis benutzt wurden, mit denen sie Umgang pflegte. Osvald war ein guter Lehrer gewesen. Er hatte ihr etwas beigebracht, was nicht einmal dem kubanischen Regime ohne Weiteres gelungen war, nämlich aus tiefstem Herzen zu hassen. Mit solcher Kraft zu hassen, dass es ihr den Atem verschlug. Ihre Angst hatte ihr nicht erlaubt, sich zu widersetzen, also hatte sie sich wenigstens vorgestellt, wie sie sich an ihm rächte. Wie sie ihn umbringen würde. Unzählige Male, und immer wieder auf andere Weise. Mit einem Gefühl der Befreiung. Sein tatsächlicher Tod hatte ihr nicht so eine Befriedigung verschafft. Er hatte eher die Angst davor potenziert, was nun kommen würde. Der Himmel hatte die Tat zugelassen, aber er konnte sie doch nicht gutheißen.

„Ich hab Angst", sagte sie und umklammerte mit der Hand unwillkürlich ihr Cachita-Medaillon.

„Wieso?"

„Sie könnten mir das als Flucht auslegen."

„Vor was denn?" Nina nahm sie an der Hand. Sie verhakte ihre Finger in denen von Yadira, mit einem festen Druck versuchte sie, ihr Mut zu machen. „Niemand verdächtigt dich wegen irgendwas, beruhige dich."

Aber sie schaffte es nicht. Sie trank ihren Kaffee mit kurzen, hektischen Zügen, verschluckte sich, schnappte nach Luft, bekam Kaffee in die Nase, Tränen schossen ihr in die Augen. Sie kam sich vor wie damals, als der Damm in ihr gebrochen war und sich alles nach draußen gewälzt hatte. Die Lawine aus Entsetzen, Hass und Verzweiflung. Ein Strom von Tränen, Nasenbluten. Jener Abend war das Tor zu allem gewesen, was später noch passiert war, aber sie hatte nicht anders gekonnt. An jenem Abend hatte sie Nina gegenüber alles zugegeben. Ihre Schuld an Mareks Tod, und wie sie Radim Geld gestohlen und es der Zapletalová gegeben hatte. Und wie sie später, als sie selber Einkünfte hatte, die Summe Monat für Monat aus ihrer eigenen Tasche bezahlt hatte. Wie sie sich daran gewöhnt hatte. Es war eine Steuer, und Steuern mussten bezahlt werden. Aber die Steuereintreiberin musste auch irgendwann einmal sterben, hatte sie gedacht. Trotzdem hatte sie der Zapletalová nie den Tod gewünscht. Erst ihrem Osvald. Darin war sie sich mit Nina einig.

Ihr Telefon klingelte. Mit einem mulmigen Gefühl schaute sie aufs Display. Eva Čejdová.

„Seid ihr schon im Flugzeug?", fragte sie.

„Wir sind noch gar nicht durch die Passkontrolle."

„Die Polizei war hier. Sie haben nach dir gefragt."

„Antikorruptions-Leute?"

„Weiß ich nicht. Sie haben mir ihre Ausweise gezeigt, aber ich war so nervös, dass ich vergessen hab, die Brille aufzusetzen. Du weißt doch, was ich ohne Brille erkennen kann."

„Haben sie dir gesagt, was sie wollen?"

„Das war garantiert wegen deinem Mann", antwortete Eva mit Bestimmtheit. „Sie haben draußen dein Auto gesehen und gedacht, dass du dich versteckst. Ich musste denen sagen, dass ich dich zum Flughafen gebracht hab. Sei mir nicht böse."

„Warum soll ich dir denn böse sein?" Yadira gab sich Mühe, ihre Stimme ruhig klingen zu lassen. Unwillkürlich fing sie an, ihr Umfeld mit Blicken abzuscannen. „Es gibt für mich keinen Grund, mich zu verstecken."

„Ich weiß. Das hab ich denen auch gesagt."

„Lieb von dir, dass du mich anrufst." Yadira war klar, dass sie ihre engste Mitarbeiterin in eine blöde Situation gebracht hatte. Es war ihr bestimmt nicht angenehm gewesen, für sie die Kastanien aus dem Feuer zu holen. Aber sie hatte sich loyal verhalten. „Ich danke dir, meine Liebe."

„Keine Ursache. Also dann, gute Reise!"

„Bis bald."

Nachdem sie sich verabschiedet hatte, hob Yadira den Blick zu Nina, die sie die ganze Zeit angespannt beobachtet hatte. „Die Polizei hat in der Schule nach mir gesucht."

„Wegen Pa?"

„Sieht so aus." Sie überlegte, was sie tun sollte. Allzu viele Möglichkeiten boten sich nicht. „Ich ruf mal bei seinem Rechtsanwalt an."

Während sie die Nummer heraussuchte, spürte sie, wie ihr das Gespräch mit Eva immer mehr zu schaffen machte. Der seit Monaten geplante Urlaub erschien im Licht von Radims Verhaftung egoistisch. Sie reiste aber nicht aus eigenem Antrieb, es war eben gerade Radim, der sie überzeugt hatte, Nina zu begleiten, weil das vernünftig war. Aber die Gegebenheiten hatten sich verändert. Jetzt wäre es vielleicht vernünftiger, hier zu bleiben. Yadiras Abreise könnte ihm schaden, ihre Aussage ihm wiederum helfen. Natürlich eine wohlüberlegte Aussage. Ohne Rechtsanwalt würde sie mit niemandem reden.

Sie wartete, dass er rangingе, und ließ dabei ihre Blicke schweifen. War es denkbar, dass sie sie hier holen kämen? Wären sie in Zivil oder in Uniform? Sie schaute sich um. Keiner beobachtete sie, niemand interessierte sich für sie. Erstaunlicherweise verringerte das ihre Unruhe nicht. Das Gefühl, gerade einen Fehler zu machen, wurde immer größer. Warum hatte Radim ihr ausrichten lassen, sie möge an ihren Plänen festhalten? Wollte er, dass die Journalisten ihr nichts anhaben konnten? Dass sich über sie die ganze Affäre nicht noch weiter aufblies? Oder waren das nur Worte, und im tiefsten Innern wünschte er sich, dass sie bliebe?

„Beranová, guten Tag", stellte sie sich vor, als sie im Telefon die Stimme des Rechtsanwalts hörte. Doch dann merkte sie, dass nur die Mailbox angesprungen war. Sie hinterließ eine Nachricht, er möge sie schnellstmöglich zurückrufen, und schaute zu Nina. „Er geht nicht ran."

„Der meldet sich, sobald er kann", sagte Nina entschlossen. Sie trank das Mineralwasser aus und stand auf. Sofort zog sie die Blicke mehrerer Männer auf sich. Sie betrachteten ihren gut gewachsenen Körper mit Wohlgefallen, einigen lief die Spucke im Mund zusammen. Wie Osvald.

„Komm, höchste Zeit", drängte sie Yadira. Sie warf sich den Rucksack über die Schulter und marschierte mit großen Schritten in Richtung Passkontrolle. Yadira hätte interessiert, ob sie wirklich so ruhig war, wie sie wirkte. Sie ging hinter ihr (und machte drei Schritte, wenn Nina einen machte) und in ihrem Gedächtnis tauchte plötzlich die Erinnerung an den regnerischen November vor dreizehn Jahren auf, als sie Nina zum ersten Mal gesehen hatte. Ein achtjähriges Mädchen mit neugierigem Blick. Sie hatte neben ihrem Vater gestanden und Yadira gemustert, als würde sie fragen, was sie wohl von ihr erwarten konnte. Der dreijährige Marek hatte die Bedeutung jenes Augenblicks nicht verstanden, er war durch die Ankunftshalle gerannt und hatte Flugzeug gespielt, aber Nina war ganz ernst gewesen. Sie hatte ihr zur Begrüßung die Kinderhand entgegengestreckt, als sich aber Yadira hinunterbeugte und sie umarmte, hatten sich Ninas Arme spontan hinter Yadiras Nacken verhakt. Dann hatte sie etwas auf Tschechisch gesagt, was Yadira zwar nicht verstanden hatte, aber darauf war es nicht angekommen. Sie hatte gespürt, dass Nina sie in ihr Leben aufgenommen hatte.

Sie gingen durch das Gewimmel im Terminal, wichen Passagieren mit voll beladenen Gepäcktrolleys aus, Yadira ließ den Blick über die gläsernen Wände streifen, auf denen Regentropfen landeten (wie damals, vor dreizehn Jahren, als sie noch nicht gewusst hatte, was Prag war und ob sie überhaupt in der Lage wäre, hier zu leben), zog sich ihr Tuch fester um die Schultern und redete sich in Gedanken ein, dass sie das Richtige tat. Radim hatte recht, es gab keinen Grund, die Reise abzusagen. Im Gegenteil, sie mussten sich beeilen.

Nina stand bereits in der Schlange vor den Schaltern und hatte ihren Pass in der Hand. Ihr Blick glitt über Yadiras dünnes Kleid, die kurzen Ärmel, das Tuch, das nicht wärmte. Sie bemerkte, dass sie zitterte.

„Ist dir kalt?" Sie nahm den Rucksack von den Schultern und kramte darin herum. „Ich geb dir meinen Pullover."

„Du brauchst mir nichts zu geben", sagte Yadira. Und dann, plötzlich und unvermittelt: „Ich hab's mir anders überlegt."

Nina zerrte den Pullover aus dem Rucksack und reichte ihn ihr. Als hätte sie es nicht gehört.

„Ich hab's mir anders überlegt", sagte Yadira noch einmal. „Ich kann nicht mitfliegen."

„Pa will aber, dass du mitfliegst."

„Ich bleib zu Hause. Er wird mich brauchen."

Kaum hatte sie es ausgesprochen, war es wahr. Und es war die richtige Entscheidung. Yadira stopfte den Pullover zurück in den Rucksack. Sie umarmte Nina, gab ihr einen Kuss. Radim hatte sie vor einiger Zeit gefragt, ob sie nicht gern ein eigenes Kind hätte. Es hatte ein bisschen gedauert, ehe sie verstanden hatte. Was für eine absurde Frage! Eigener als Nina hätte kein Kind sein können.

„Ich werd für dich beten", flüsterte sie. „Beeil dich, damit du den Flieger nicht verpasst."

Die Reisende am Schalter bekam ihren Pass zurück, die Tür ging auf und die Frau betrat den Transitbereich. Die Schlange rückte weiter, der Nächste trat ans Fenster heran. Noch zwei, und Nina wäre dran. Sie umklammerte fest den Rucksackgurt und schaute vor sich hin. Sie vermutete, dass Yadira hinter ihr am Geländer stand und zuschaute, aber sie war entschlossen, sich nicht nach ihr umzudrehen. So war es für sie beide einfacher. Nina konnte Yadiras Gründe verstehen, aber trotzdem hatte sie die plötzliche Entscheidung im ersten Moment kalt erwischt. Ihr war sofort klar gewesen, dass sie gar nicht so plötzlich gewesen sein konnte. Nichts kam einfach so, von sich aus. Alles war Bestandteil von etwas, das bereits geschehen war. Bloß wollten das die Leute nicht sehen. Sie steckten den Kopf in den Sand, weigerten sich, die Konsequenzen zu tragen. Suchten nach Wegen, wie sie darum herumkommen würden. Weite Wege – so wie sie.

Die Schlange rückte erneut weiter, Nina machte den nächsten Schritt Richtung Schalter. Jetzt also war sie wirklich allein. Bei allem. Sie wusste, dass sie einen Fehler gemacht hatte.

Nicht dort, im Steinbruch; das bedauerte sie nicht. Indem sie ihn getötet hatte, hatte sie allen gedient, denn sie hatte das Böse verringert. Der Fehler war ihr Schweigen gewesen. Damals nach Mareks Sturz und auch heute. Und gestern. Und vorgestern. Wie oft war Yadira in den letzten Tagen zu ihr gekommen? „Wollen wir nicht mal reden?", hatte sie immer wieder gefragt. Voller Angst, aber entschlossen. Das war eine ausgestreckte Hand. Sie ahnte, was Nina getan hatte, und sie wollte nicht, dass sie damit alleine blieb. Sie bot ihr an, das alles mit jemandem zu teilen, so wie sie ihre Hoffnungslosigkeit und Verzweiflung mit Nina geteilt hatte. Aber Nina war sich sicher, dass sie das aushalten würde. Stark kam sie sich vor. Sie hatte geschwiegen, die angebotene Nähe nicht angenommen. Vor Osvalds Nähe hatte sie sich aber nicht gefürchtet.

„Hab keine Angst, dich dem Gegner zu nähern. Je näher du ihm bist, desto besser kennst du seine Schwachstellen", sagte der Mestre und Nina hatte sich nach seinem Rat gerichtet. Sie hatte ihren Widerwillen überwunden und sich Osvald Schritt für Schritt genähert. Ihn auf ihre Spur gelenkt. Vorsichtig, strategisch. Nie war sie mit ihm ins Hotel gegangen. Für ihre Treffen hatte sie immer einsame Stellen ausgesucht. Und Dunkelheit. Das, was er Sex genannt hatte, waren für sie nur Ergüsse eines Idioten mit Minderwertigkeitskomplex gewesen. Sie hatte es sich gefallen lassen, weil sie sie zum Ziel geführt hatten. Beide hatten sie gespürt, dass es ein Duell auf Leben und Tod war. Seitdem sie über seine Gras- und Alkoholsucht Bescheid wusste, hatte sie Oberwasser. Das hatte sie zumindest geglaubt. Aber beim vorletzten Treffen wäre sie fast draufgegangen. Er hatte sie in einen Wald gebracht, ihr das T-Shirt und den Rock vom Leib gerissen und sie auf einen Haufen Baumstämme geschubst, sie regelrecht zwischen ihnen festgeklemmt. Dann war ein komischer Moment gekommen. Er wollte sich über sie hermachen, aber es hatte nicht funktioniert, er war viel zu betrunken. Vor Wut über sein Versagen fing er an, sie zu treten. Gefangen zwischen den Baumstämmen konnte sie sich nicht wehren, sie dachte, er würde sie dort zu Tode trampeln und unter dem ganzen Holz begraben. Aber er kam wieder zu sich. War vielleicht über sich selbst erschrocken. Er machte etwas, was nie zuvor geschehen war: Er entschuldigte sich. Sie tat so, als nehme sie die Entschuldigung an. Dann ließ sie sich an den Rand von Břevnov bringen und ging über das nächtliche Plateau nach Hause. In jener Nacht hatte sie beschlossen, dass das nächste Treffen das letzte sein würde.

In der Schlange vor ihr stand jetzt nur noch ein Mann. Nina schlug ihren Pass auf. Sie spürte Yadiras Blick im Rücken. Dann sah sie auf die Uhr: Viel Zeit war nicht mehr, aber ein Moment würde genügen. Sie würde sich umdrehen, zurückgehen, ihr alles anvertrauen. Alles, was sie sowieso längst ahnte. Ich konnte doch nicht zulassen, dass er weiter an unseren Leben parasitiert, würde sie sagen. Bald wäre sonst nichts mehr davon übrig gewesen.

Sie drehte sich um. Am Geländer stand niemand. Das überraschte sie. Mit Blicken suchte die sie Menschenmenge ab, bis sie Yadira entdeckte. Am anderen Ende, als sie es erwartet hätte. Sie war nicht alleine. Der junge Kriminalpolizist sprach mit ihr, der in den letzten Tagen immer an Zapletals Haus zugange gewesen war. Neben Yadira stand der Kriminalrat. Holina. Er machte ein ernstes Gesicht, viel strenger, als er es gestern bei ihnen zu Hause getan hatte. Nina begriff sofort, dass es die beiden waren, die Yadira in der Schule gesucht hatten. Sie waren nicht gekommen, um sie zur Bestechungsgeschichte ihres Ehemanns zu befragen.

Der Mann vor ihr hatte seinen Pass zurückbekommen und verschwand im Transitbereich, der Beamte hinter der Scheibe nickte Nina zu. Sie war an der Reihe. Trat mit einem Schritt an den Schalter heran. *Wer die Gerechtigkeit in die eigenen Hände nahm, musste mit Bestrafung rechnen. Schuld und Strafe ließen sich nicht voneinander trennen. Sie waren Ausdruck einer natürlichen Symmetrie.*

Sie machte kehrt. (Hinterm Ozean würde ein großartiger Typ auf sie warten.) Trat aus der Schlange heraus. (Amazonas. Regenwald. Santuário Dom Bosco.) Ging am Geländer entlang zurück. Brasilien hinter ihr rückte in immer weitere Ferne.

24 Stunden später

Das Tagebuch lag auf Mariáns Knien. Gerade hatte er den letzten Eintrag gelesen. Alles passte nun zusammen, die Reißverschlusszähnchen griffen vollständig ineinander. „Das erste Mädchentagebuch, das ich in meinem Leben gelesen habe", sagte er zum alten Náprstek und kippelte mit seinem Sessel. „Ich hätte nie gedacht, dass jemand mit einundzwanzig so eine Persönlichkeit sein kann."

Der Sessel knackte. Náprstek hatte etwas einzuwenden.

„Ich weiß, sie ist eine Mörderin", gab Marián ihm recht. „Aber paradoxerweise hat sie auch die Unschuld in sich."

Er schloss die Augen. Vor sich sah er Ninas fast noch kindliches Gesicht, das von der Galerie herabblickte, ihre stampfenden Beine, die Schnur des Bügeleisens, die mit dem Stecker gegen die Geländerstangen geschlagen war. Die fröhliche Stimme, die gespielte Unverschämtheit, die frechen Fragen. Der scheinbar sorglose Blick und dahinter ein Haufen komplizierter Gedanken.

„Unschuld ist wahrscheinlich nicht der richtige Ausdruck", räumte er ein. „Vielleicht eher so was wie … Reinheit. Und gleichzeitig Kraft, die einen das Fürchten lehrt."

Die Tür ging auf, herein kamen Lída und Diviš.

„Sie lehnt nach wie vor einen Rechtsanwalt ab", sagte Diviš müde. „Sie besteht darauf, sich selbst zu verteidigen."

Alle waren sie erschöpft, seit gestern hockten sie hier. Jeder von ihnen hatte zumindest ein paar Stunden Schlaf auf einer Bank oder einem Sessel ergattert. Die simultanen Vernehmungen hatten mit Pausen bis jetzt angedauert, sie hatten sich immer wieder abgewechselt.

Yadira Beranová gab nur das zu, was ihrer Stieftochter nicht schaden konnte: ihre Schuld an Mareks Tod, dass

Růžena Zapletalová sie seit jener Zeit erpresst hatte und dass sie später zum Opfer von sexueller Erpressung durch ihren Sohn geworden war. Bei den Verhören war sie hibbelig und unruhig, immer wieder glitzerten Tränen in ihren Augen. Ein paar Mal hatte sich ein spanisches Wort in ihre Aussage eingeschlichen, und im Unterschied zum Gespräch bei ihr zu Hause hatte Marián hier gespürt, dass das nicht gespielt war. Unter Stress trat das Tschechische in den Hintergrund, aus dem Gedächtnis tauchte die Sprache der Kindheit auf. Genau wie die Erinnerungen an vergleichbare Situationen in einem diktatorischen Land. Lähmende Angst.

Nach der Besprechung mit ihrem Rechtsanwalt hatte sie sich ein wenig beruhigt. Es war Radim Berans Anwalt. Einen Tag zuvor hatte er mit seinem Mandanten stundenlang auf der Antikorruptionsabteilung herumgesessen, heute saß er zur Abwechslung bei der Mordkommission und manövrierte Yadira bedachtsam durch die Verhöre, damit ihre Aussagen gleichzeitig auch Nina halfen. Die allerdings lehnte seine Anwesenheit ab.

„Ich will die Wahrheit sagen", erklärte sie. „Juristische Tricks brauche ich nicht."

Es war nicht die Naivität, die aus ihr sprach, sondern die ungewöhnliche Mischung von Reinheit und Kraft, die Marián auch in ihrem Tagebuch gespürt hatte. Nina Beranová war nicht naiv. Der Mord, den sie begangen hatte, trug alle Merkmale vorsätzlichen Handelns. Als richtiger Zwilling hatte sie spekuliert. Taktiert. Nach dem Abend, an dem ihre Stiefmutter ihr alles anvertraut hatte (Marián lief es, als er sich diese emotional angespannte nächtliche Szene vorstellte, regelrecht kalt den Rücken herunter), begann sie mit den Vorbereitungen. Jeden Zug durchdachte sie strategisch. Sie hatte Zapletal absichtlich auf sich aufmerksam gemacht. Ihn in die Richtung navigiert, wo sie ihn haben wollte. Sich seiner Gewalt gefügt, um ihn dann umso einfacher in die Falle locken zu können.

Sie hatte ihren Plan sozusagen perfekt ausgeführt. Sie hatte seine Ohnmacht (die sie seiner Betrunkenheit zuschrieb) ausgenutzt und ihm die Hände gefesselt (und dabei einen festen Capoeira-Gürtel benutzt), den Sitz gereinigt, wo er sich ein letztes Mal über sie hergemacht hatte, alle Körperpartien abgewaschen, die mit ihr in Kontakt gekommen waren (hier hatte sie der zwillingstypische Mangel an Gründlichkeit verraten), alle Fingerabdrücke abgewischt (vom Abdruck des Ohrs an dem heruntergelassenen Fenster wusste sie nichts, höchstwahrscheinlich stammte der von Valík) und schließlich das Auto ins Wasser geschoben. Im Dunkeln hatte sie auch irgendwo ihre goldene Kette verloren, wusste aber nicht, wo. Sie schätzte, dass das oben auf den Felsen gewesen sein könnte, über die sie zurückgeklettert war, um den Weg zu vermeiden. Sie hatte alle Wege gemieden, wo sie jemand hätte sehen können.

„Ich bin zu Fuß gegangen", antwortete sie auf Mariáns Frage, wie sie vom Steinbruch nach Hause gekommen war. „Nach den Wanderwegmarkierungen."

Zapletals Handy hatte sie in die Berounka geworfen und die restlichen Sachen, die sie loswerden musste, in verschiedene Müllcontainer gesteckt. Zu Hause angekommen war sie um drei, Yadira und ihr Vater hatten bereits geschlafen. Angeblich waren sie nicht einmal aufgewacht, als sie geduscht hatte.

„Ich bin kein kleines Kind mehr", hatte sie geantwortet, als Lída wissen wollte, ob ihr Vater und Yadira sie nicht gefragt hätten, wo sie in der Nacht gewesen sei. „Ein paar Tage später sollte ich ans andere Ende der Welt reisen, da brauchten sie ja wohl nicht checken, wann ich schlafen gehe."

Marián war von ihrer Antwort nicht überzeugt. Manche Dinge musste man nicht überprüfen, und trotzdem wusste man sie. Schon allein die Tatsache, dass Yadira Beranová versucht hatte, ihrer Stieftochter ein Alibi zu verschaffen, zeugte davon, wie richtig ihre Intuition gewesen war.

Das Tagebuch hatte Nina bereits auf dem Flughafen aus dem Rucksack geholt. Bevor sie es ihnen überreichte, hielt sie es noch einen Moment in der Hand wie etwas, das für sie von großem persönlichen Wert war. „Dort steht alles drin. Sachen, auf die Sie nie gekommen wären. Auch, wie ich meinen Bruder getötet habe. Yadira kann nichts dafür."

Marián legte das Tagebuch zur Akte. Es war nun zusammen mit den Ergebnissen der DNA-Analyse Bestandteil des Beweismaterials. Eine Schlüsselrolle würde allerdings das Geständnis spielen. Als Ermittler freute er sich darüber, aber rein menschlich gesehen befürchtete er, dass Nina sich durch ihre Direktheit selbst belastete. Dass sie den Rechtsanwalt abgelehnt hatte, entsetzte ihn. Er konnte sich lebhaft vorstellen, wie ihre Selbstverteidigung bei der Hauptverhandlung vor Gericht wirken würde.

„Er hat sich benommen wie ein Monster", sagte sie bei der Vernehmung in einem Ton, der klarmachte, dass sie Zapletals perverses Verhalten als ausreichenden Grund für einen Mord erachtete. „Er hat Menschen Leid zugefügt und hätte nie damit aufgehört. Jemand musste ihn stoppen."

Einerseits wirkte sie wie eine reife Persönlichkeit, andererseits war sie noch ein absolutes Kind. Von Gerichtsverfahren hatte sie keinen Schimmer. Er hatte sie darüber belehrt, dass für das Strafmaß ein breites Spektrum an Umständen in Betracht gezogen würde.

„Man schaut darauf, ob der Täter in starker Erregung gehandelt hat, unter dem Einfluss einer Abhängigkeit, einer Drohung oder von äußerem Druck. Als mildernder Umstand wird auch betrachtet, wenn der Täter die Straftat unter Einfluss belastender persönlicher oder familiärer Verhältnisse verübt hat, die er selbst nicht verursacht hat, oder wenn das Geständnis von aufrichtigem Bedauern begleitet ist …"

„Ich kann das nicht bedauern", sagte sie. Dann überlegte sie kurz. „Später vielleicht."

Es klopfte, die Bürotür ging auf und Zdeněk kam herein. Auch er sah müde aus. Die Ereignisse rund um Rosťas Unfall und der Tod des Inkasso-Unternehmers hatten erhebliche Aufmerksamkeit nicht nur seitens seiner Vorgesetzten, sondern auch in der Öffentlichkeit erregt. Seit dem gestrigen Nachmittag war er im Fokus der Medien und es sah nicht so aus, als würde er dem bald wieder entkommen.

„Wie weit seid ihr?", stellte er seine obligatorische Frage.

„Du hast es demnächst auf dem Tisch", antwortete Marián nicht weniger obligatorisch.

„Wir haben ein komplettes Geständnis von ihr", sagte Lída.

„Eigentlich hat sie Pech gehabt", seufzte Diviš trübsinnig. Marián hatte ihm bereits während der Vernehmung seine Niedergeschlagenheit angemerkt. Ninas Schicksal ging ihm offensichtlich nahe.

„Wobei denn?"

„Den Zapletal haben drei Leute versucht zu ermorden. Hedvika Grygarová hat auf ihn geschossen, aber nicht getroffen. Jáchym Valík hat ihm Hortensien untergejubelt, aber auch das hat ihn nicht umgebracht. Erst Nina Beranová hat faktisch seinen Tod verursacht."

„Sie ist überzeugt, dass er ihn verdient hat, weil er so ein Arschloch war", fügte Lída hinzu. Der Tonfall ihrer Stimme legte nahe, dass auch sie mit Ninas rigorosem Schuldverständnis in diesem Fall ein Problem hatte. Marián kam unwillkürlich der Gedanke, dass die Tatsache, dass Zapletal so ein Arschloch war, ihn nicht nur das Leben gekostet, sondern auch eine unglaubliche Menge weiterer Schäden verursacht hatte. Die bisherigen Ermittlungen hatten nur die Spitze eines

Eisbergs enthüllt. Was unter Wasser war, vom Zerbrechen von Beziehungen (einschließlich Zapletals eigener Ehe und dem Verhältnis zu seinem Sohn, der sich ihm entfremdet hatte) bis hin zu tiefen lebenslangen Traumata, das würde vermutlich niemand mehr herausfinden.

„Du musst mit dem Pressesprecher durchgehen, was wir an die Öffentlichkeit geben und was nicht", sagte Zdeněk sorgenvoll. „Zapletal ist ganz bestimmt ein Scheißkerl gewesen, aber wir können schließlich nicht in unsere eigenen Reihen feuern. So langsam stellt sich raus, dass Rosťa bei dem Einsatz gestern eine ganze Menge Fehler gemacht hat. Das ist für die Medien natürlich ein fetter Happen. Noch einen Skandal nach dem Geldeintreiber brauchen wir definitiv nicht. Die wahnsinnige Reporterin von Genau-TV läuft mittlerweile komplett Amok!"

„Willst du, dass ich mit ihr rede?"

„Diesmal wird uns dein Ungarisch nicht weiterhelfen", lehnte Zdeněk Mariáns Angebot ab. Er blieb mitten im Büro stehen und sah zum Fenster. Außen war es nass vom Regen, innen eng bekritzelt. Er trat näher heran, las die Anmerkungen und Fragen, betrachtete den Kreis aufgeklebter Fotos. Nina war nicht dabei.

„Die hat euch einen Strich durch die Rechnung gemacht, was?", sagte er.

„Wir haben sie nicht verdächtigt", räumte Lída ein.

„Mein Fehler", sagte Marián. „Ich war bei ihr zu Hause. Ich hab das Gespräch mit ihr geführt."

„Sie hat dich gelackmeiert", sagte Zdeněk nicht ohne Schadenfreude.

„Das hat sie", gab Marián zu. „Zwillinge können hervorragend mit ihrem Körper schwindeln."

Zdeněk klopfte ihm auf die Schulter.

„Musst du dich halt richtig in die Astrologie reinknien. Immer lern schön, gebildete Menschen können wir gebrauchen.

Wir werden uns doch nicht von den Ungarn die Butter vom Brot nehmen lassen!"

Das war ganz klar ironisch, aber Marián beschloss, den Unterton zu überhören.

„Danke für das Angebot, Zdeněk", sagte er. „Das nehm ich ganz bestimmt wahr. Ich reich einen Fortbildungsantrag ein."

Nach den Gewittern war die Temperatur gesunken und die Luft erfrischt. Der Starkregen hatte an vielen Stellen Oberleitungen heruntergerissen, einige Straßen waren durch Schlammlawinen oder heruntergefallene Äste blockiert, in Braník musste die Feuerwehr vollgelaufene Keller leerpumpen. Marián fuhr mit dem Rad am Ufer entlang, wich den Pfützen aus, die die Dimensionen kleinerer Lagunen hatten, und betrachtete den gestiegenen Pegelstand des Flusses. Die Moldaulände an der Juristischen Fakultät stand unter Wasser, die Dampfer waren verschwunden, die Tretboote ebenfalls. Auf der Rohan-Insel stieg er vom Rad und kletterte zum Anlegesteg hinab. Das Ruderboot war nicht da – Herr Holomek hatte es sicherheitshalber in den Hafen nach Libeň gebracht.

Der Anblick des leeren Stegs lenkte Mariáns Gedanken unweigerlich zu dem morgendlichen Telefonat mit Sabina. Sie hatte ihn angerufen, als er im Büro gerade versuchte, sich mit einem alten Rasiererapparat mit abgenutzten Schneiden seines Zwei-Tage-Barts zu entledigen. Ihre Stimme klang müde, sie war nach wie vor bei Rosťa im Krankenhaus. Die Operation hatte sechseinhalb Stunden gedauert. Angeblich war sie erfolgreich gewesen, allerdings erwarteten ihn noch weitere. Einen Wirbel hatten sie irgendwie fixiert, den zweiten durch ein Metallimplantat ersetzt. Er sei auch schon wach gewesen, Sabina habe kurz mit ihm gesprochen.

„Er hat eine Amnesie. Kann sich nicht erinnern, was passiert ist. Der Arzt hat gesagt, das ist eine kurzzeitige Ausfallerscheinung. Im Verlauf von ein paar Stunden kommt das Gedächtnis angeblich langsam zurück …" Sie redete mit einer Art atemloser Nervosität, als hätte sie Angst, eine Sprechpause zu machen. In Marián wuchs mit jedem ihrer Worte das Gefühl, dass sie mit dem, was sie sagte, etwas anderes, viel Wichtigeres aufschieben wollte. Er sagte nichts, fragte nichts, wartete nur, den ausgeschalteten Rasierer in der Hand.

„Eine genauere Prognose wagt bisher keiner. Auf jeden Fall bleibt er mehrere Wochen hier, dann kommt er in eine Reha-Klinik", betete sie in ihrer unveränderten Hektik herunter. „Die Schädigung am Rückenmark lässt sich nicht mehr rückgängig machen, aber man kann noch nicht sagen, ob die ganze untere Körperhälfte gelähmt bleibt, oder ob er später nur eine teilweise Einschränkung der Muskelfunktion hat."

Endlich hatte sie eine Pause gemacht. Marián hatte sich sein Gesicht in dem kleinen Spiegel angeschaut, seinen halb abrasierten Bart und die vor Müdigkeit eingefallenen Wangen. Er hatte einen forschenden Blick in seine Augen geworfen, aber Unsicherheit hatte er darin nicht ausmachen können. Er hatte gewusst, was nun käme.

„Er wird mich brauchen."

Natürlich würde Rosťa sie brauchen. Es gab Dinge, über die diskutierte man nicht. Situationen, für die es nur eine Lösung gab. Eine Frau mit Charakter würde ihren behinderten Ehemann nicht verlassen, auch wenn sie ein paar Stunden zuvor schon halb bei einem Menschen eingezogen war, mit dem sie ein neues Leben geplant hatte. Leben ist nicht das, was man plant, sondern das, was ist. Ein alter Rasierapparat mit abgenutzten Schneiden. Keine Bootsfahrten auf der Moldau, keine romantischen Abende mit Staneks Trompete, kein gemeinsames Frühstücken.

Er kam am Haustor an, sprang vom Rad und betrat den Innenhof. Auch der war verschlammt. Der Regen hatte Erde auf den Weg gespült, abgeknickte Blumen lagen auf dem Beet wie gefallene Soldaten, zwischen ihnen ein paar Dachziegel, die der Wind heruntergerissen hatte.

„Das ist eine Bescherung, was?", rief Frau Štajfová statt eines Grußes. Sie stand auf der Pawlatsche, im Gesicht die übliche umwölkte Miene. „Einen Monat kein Regen, und dann so was! So eine Katastrophe! Ich weiß überhaupt nicht, wo ich mit Aufräumen anfangen soll."

„Ich helf Ihnen", sagte er. Er lehnte das Rad an die Wand und ging zu seiner Tür.

„Eine sehr sympathische Freundin haben Sie", hörte er die Stimme seiner Vermieterin, als er aufschloss. „Gerade ist sie hier gewesen. Sie hat auf Sie gewartet, aber dann musste sie weg."

Mariáns Herz machte einen Satz. Er hob den Blick zur Pawlatsche.

„Sie war hier? Hat sie was gesagt?", fragte er aufgeregt (die Hoffung stirbt zuletzt).

„Sie meint, sie hat Ihnen eine Nachricht auf dem Tisch hinterlassen."

Schnell ging er hinein. Das Loft war aufgeräumt, das Bett gemacht, über einem Stuhl hing das ausgeblichene Arsenal-T-Shirt. Auf dem Tisch stand der Brotkorb mit den restlichen hart gewordenen Hörnchen, daneben lag ein Briefumschlag. Ungeduldig riss Marián ihn auf. In ihm steckte sein Ersatzschlüssel und ein Zettel mit Sabinas Handschrift: *Falls ich ihn brauchen sollte, melde ich mich.* Und darunter noch ein PS: *Wenn er dann noch zu haben ist.*

Er hängte den Schlüssel zurück an den Haken. Dann nahm er das T-Shirt und roch daran. Es war voll mit Sabinas Duft.

Weitere Autorinnen und Autoren aus Tschechien im Braumüller Verlag

Bellová, Bianca
Toter Mann
A. d. Tschech. v. Mirko Kraetsch
€ 18,90 | ISBN 978-3-99200-110-1

Hejkalová, Markéta
Der Zauberer aus Peking
A. d. Tschech. von Johanna Posset
€ 21,90 | ISBN 978-3-99200-056-2

Pilátová, Markéta
Mein Lieblingsbuch
A. d. Tschech. v. J. Koudela-Hansen-Löve
und Ch. Rothmeier
€ 22,90 | ISBN 978-3-99200-075-3

Pilátová, Markéta
Tsunami Blues
A. d. Tschech. v. Mirko Kraetsch
€ 24 | ISBN 978-3-99200-175-0

Dutka, Edgar
Fräulein, der Hundefänger kommt!
A. d. Tschech. v. Julia Hansen-Löve
€ 21,90 | ISBN 978-3-99200-000-5

Dutka, Edgar
Waisenhausgasse 5
A. d. Tschech. v. Julia Hansen-Löve
€ 21,90 | ISBN 978-3-99200-042-5

Hakl, Emil
Acht Tage bis Montag
A. d. Tschech. v. Mirko Kraetsch
€ 19,90 | ISBN 978-3-99200-122-4

Hakl, Emil
Regeln des lächerlichen Benehmens
A. d. Tschech. v. Mirko Kraetsch
€ 19,90 | ISBN 978-3-99200-083-8

Hakl, Emil
Treffpunkt Pinguinhaus
A. d. Tschech. v. Mirko Kraetsch
€ 18,90 | ISBN 978-3-99200-012-8

Komárek, Stanislav
Das schwarze Häuschen
A. d. Tschech. v. Mirko Kraetsch
€ 22,90 | ISBN 978-3-99200-006-7

Kratochvil, Jirí
Brünner Erzählungen
A. d. Tschech. von Johanna Posset
€ 21,90 | ISBN 978-3-99200-001-2

Kratochvil, Jirí
Gute Nacht, süße Träume
A. d. Tschech. v. Ch. Rothmeier
€ 23,90 | ISBN 978-3-99200-147-7

Kratochvil, Jirí
Das Versprechen des Architekten
A. d. Tschech. v. J. Hansen-Löve
u. Ch. Rothmeier
€ 23,90 | ISBN 978-3-99200-005-0

Kratochvil, Jirí
Femme fatale
A. d. Tschech. v. J. Hansen-Löve
u. Ch. Rothmeier
€ 19,95 | ISBN 978-3-99200-050-0